Taylor Caldwell

& Jesse Stearn

Judas – Rebell im Schatten des Messias

Taylor Caldwell

& Jesse Stearn

Judas – Rebell im Schatten des Messias

Roman

Brendow
Buch · Kunst · Verlag

Die Deutsche Bibliothek –CIP- Einheitsaufnahme

Caldwell, Taylor:
Judas – Rebell im Schatten des Messias : Roman / Taylor Caldwell.
[Aus dem Amerik. von Gisela Stege.] - Moers : Brendow, 1999
(Edition C : C ; 531)
ISBN 3-87067-760-0

ISBN 3-87067-760-0
Edition C, C 531

Originaltitel: I, Judas

Aus dem Amerikanischen von Gisela Stege

Einbandgestaltung: Kortüm + Georg, Agentur für Kommunikation, Münster
Printed in the Netherlands

Dieses Buch
widmen wir in Dankbarkeit
unserem verstorbenen Freund
Lee Barker,
auf dessen Anregung
es zurückgeht.

1

Judas

Wie kann ein einziger Jude ruhen, solange die Besatzer sein Land heimsuchen!

Mein Herz steht in Flammen.

Wie lange, o Herr, müssen wir diese Tyrannei noch ertragen? Wie lange noch soll uns die Hand des Unterdrückers in den Staub zwingen und unser Haupt mit Dornen kränzen? Ich trauere um die Toten, aber mehr noch um die Lebenden, die Tag für Tag tausend Tode sterben. Wo ist unser uralter Stolz, wo sind die Josuas und Davids und Makkabäer, die so zutiefst verhaßte Feinde wie Rom überwanden?

Die ganze Stadt ist empört, und doch erhebt sich keine Hand gegen die Despoten, ja, nicht einmal ein einziger Aufschrei ertönt, so feige sind wir alle geworden. Einzig bei der großen Masse der Ungewaschenen gibt es finsteres Gemurmel, bei den niederen Bauern und Handwerkern, die ein anständiger Pharisäer oder Sadduzäer nicht einmal anspucken würde.

Was macht es, daß diese Toten Galiläer sind? Sie sind dennoch Blut von unserem Blut, Seelen von unserer Seele, sie beten zum selben Gott wie wir. Sie waren wehrlos, unbewaffnet, ohne Arg. Einige beugten sich schützend über ihre Kinder, andere warfen sich zwischen die Soldaten und ihre eigenen Frauen und Schwestern. Die Römer verschonten keinen, nicht jung, nicht alt. Es gab keinen Widerstand. Wie leistet man Widerstand in Gottes eigener Betstätte?

Die Leichen, grotesk auf dem Steinpflaster ausgestreckt, lagen nicht nur im Hof der Ungläubigen, sondern bis in den Hof Israels hinein, wo einige von ihnen Zuflucht gesucht hatten.

Das Massaker hatte erst am Vormittag stattgefunden, so daß viele Leichen noch warm waren. Die Leviten, die im Tempel Dienst hatten, schafften die Toten weg und versorgten die Verwundeten. Ihr Stöhnen marterte meine Ohren, daß ich die Zähne zusammenbeißen mußte. Mit drohend geschüttelter Faust blickte ich hinauf, von dem besudelten Innenhof zur Festung Antonia, wo ich die Schergen Roms in ihren roten Umhängen müßig plaudern sah. Was bedeutet diesen Heiden jüdisches Leid? Ich sah eine hohe, auffallende Gestalt, die mit kahlem, in der Sonne glänzendem Schädel auf die Hölle hier unten herabblickte. Fast vermeinte ich das Lächeln auf den schmalen, grausamen Lippen zu sehen. Pontius Pilatus, Statthalter der Provinz Judäa, genoß diesen Tag.

Mit raschen Schritten, um die bedrückende Szene möglichst schnell hinter mir zu lassen, passierte ich den Hof Israels, den Hof der Frauen und schließlich den Hof der Priester. An den Tempelwachen vorbei betrat ich ein Vorzimmer, wo mich ein Posten nach Nennung meines Namens passieren ließ.

Es war Josef Kajafas gewesen, durch seine Ehe mit der Tochter eines Hohenpriesters ebenfalls Hoherpriester, der mich herbefohlen hatte. Obwohl ich mit diesen Kollaborateuren Roms wenig gemein hatte, war ich seinem Ruf stehenden Fußes gefolgt, und sei es auch nur aus reiner Neugier.

Vor einer vergoldeten Tür blieb ich stehen. Sofort wurde sie von einem levitischen Angestellten aufgestoßen. An einem Fenster, in den Innenhof hinabschauend, stand ein Mann, der um ein beträchtliches kleiner war als ich.

»Ein hübscher Anblick, nicht wahr?« begann ich.

Er wandte sich ohne Herzlichkeit, ohne auch nur einen Anschein von Interesse um. »Wir müssen miteinander sprechen«, entgegnete er kalt. Ich ignorierte den mir angebotenen Stuhl, und dann standen wir da und blickten uns an, der Hohepriester mit einem leicht ironischen Glanz in den dunklen Augen.

»Ich habe einen Auftrag für dich, Judas-bar-Simon«, sagte er schließlich nach langer Pause.

Ich betrachtete ihn argwöhnisch. »Was kann ein römerfreundlicher Sadduzäer von mir wollen?«

Er hatte ein wenig von seiner gewohnten Selbstsicherheit verloren. Weshalb? Um das zu verstehen, brauchte man nur aus dem Fenster zu schauen.

»Normalerweise«, erklärte er sich verteidigend, »lassen uns die Römer unsere Angelegenheiten selbst bereinigen.«

»Selbstverständlich«, entgegnete ich. »Am heiligsten aller Feiertage, am Versöhnungsfest, muß der Hohepriester die Römer um die heiligen Gewänder bitten, die er zur Ausübung seines Amtes braucht. So etwas nennt man Unabhängigkeit!«

Heiße Farbe stieg ihm in die Wangen. »Wir müssen lernen, mit Rom zu leben. Die ganze übrige Welt tut es auch. Wir haben unsere eigene Rechtsprechung, üben unsere eigene Religion aus und nehmen unsere eigenen Steuern ein.«

»Und wir begraben unsere eigenen Toten«, sagte ich.

Ein Ausdruck der Ungeduld verfinsterte das überhebliche Gesicht. »Wir haben Privilegien. Wir sind die einzige Provinz, deren Männer nicht in den Heeren des Kaisers dienen müssen. Doch wenn wir Judäer nicht für Frieden sorgen, werden die Römer es an unserer Statt tun. Jawohl –« mit einem Wink der Hand gebot er mir Schweigen –, »jawohl, genau wie sie es heute getan haben.«

Voller Verachtung rümpfte er die schmale Nase. »Ich habe die Galiläer gewarnt – ich kenne Pilatus, wenn er gereizt ist –, aber sie lächelten nur auf ihre einfältige Art.« Zornig hob er seine Stimme, als hätten die Galiläer durch ihre Unbesonnenheit ein Problem geschaffen, welches das ihnen zuteil gewordene Schicksal rechtfertigte.

»Es ging sie überhaupt nichts an, daß Pilatus das Geld aus dem Tempelschatz zum Bau des Aquädukts vom Teich in Bethlehem bis in seine Festung verwendete, weil die Teiche außerhalb der Stadt ausgetrocknet waren!«

»Salomons Teich ist allen Juden wegen seines heilenden Wassers heilig, deswegen war dies keine Angelegenheit der Provinz.«

Kajafas lachte rauh. »Pilatus hat sie für Judäer gehalten. Er kann natürlich keinen Juden vom anderen unterscheiden.«

»Die Galiläer haben Mut.«

»Jetzt ist nicht die richtige Zeit für Mut«, sagte er finster.

»Du sprichst mit einem Mann, dessen Namensvetter die Eroberer ins Meer getrieben hat.«

»Die Römer sind keine Syrer, und weit und breit ist kein Judas Makkabäus zu sehen.«

Ich überhörte die hellenisierte Version des Namens Juda, denn das machten sie mit allen Namen, sogar mit dem des Messia. »Es gibt einen, der größer ist als die Makkabäer, und dieser wird Israel seine alte Herrlichkeit zurückgeben«, sagte ich.

Er grinste höhnisch. »Ich habe schon ein Dutzend Messias kennengelernt. Sie schießen aus dem Boden wie Winterweizen, diese falschen Propheten, und bringen dem Land nur Ärgernis.«

Wie konnte er sich lustig machen über das, wonach ganz Israel sich sehnte? »Jesaja hat uns gesagt, wo und wann wir nach ihm suchen sollen.«

»Er hat gesagt, wir würden ihn nicht erkennen, wenn er käme.«

»Die Sadduzäer glauben nicht an die Propheten«, wandte ich ein.

Jetzt hatte er einiges von seiner Selbstsicherheit zurückgewonnen. »Wir haben durchaus Interesse am Messias, aber wir müssen seiner ganz sicher sein.«

»Wie kann man ohne Glauben sicher sein? ›Und er kam, und wir erkannten ihn nicht.‹ Aber er wird erkannt werden, wenn er Israel zum Triumph über alle Völker führt.«

Seine Augen verrieten Neugier. »Woran wollt ihr ihn erkennen?«

»Er wird geboren sein in Bethlehem, aus dem Haus Davids. Seine Mutter wird eine Jungfrau sein, und er wird, obwohl nach Abkunft und Tradition ein König, bescheiden auf einem Esel in Jerusalem einreiten.«

In spöttischer Verzweiflung schüttelte Kajafas den Kopf.

»Dieses Gewäsch ist für die Armen und Einfältigen, die *Amharetzin* und ihresgleichen. Wer kann den Sohn Simons von Kerijot ernst nehmen, wenn er wie ein Handwerker spricht?«

»Ich bin nicht in allen Dingen meines Vaters Sohn. Ich bin ein Zelot, und mir ist es gleich, wer das erfährt.«

»Sprich nicht so offen«, warnte Kajafas, der seine Stimme senkte, als wolle er mit einem Mitglied dieser Partei nicht einmal gesehen werden.

»Wir kämpfen für den Messia und gegen Rom.« Ich genoß die Situation ausgiebig. »Ist das etwa ein Verbrechen?«

Er deutete vielsagend aufs Fenster. »War das da draußen ein Verbrechen?«

»Demonstrieren ist eines, Reden etwas anderes. Die Römer verstehen die Bedeutung einer Aktion. Aus diesem Grund beherrschen sie auch die Griechen, von denen sie als unkultiviert bezeichnet werden, und die Juden, für die sie alle Barbaren sind. Gebt den Cäsaren ihr Blutgeld, rasselt nicht mit dem Schwert, und ihr mögt tage- und nächtelang reden.«

Meine Nerven waren noch immer gereizt von dem, was ich im Hof gesehen hatte, und es zog mich abermals ans Fenster.

»Für diesen Tag wird Pilatus teuer bezahlen!« rief ich zornig.

»Vergiß nicht, daß es nur Galiläer sind. Und, wie schon unsere Väter sagten –« in seiner Stimme lag wieder der gewohnte Hohn –, »was kann aus Galiläa schon Gutes kommen?«

»Jeder, der sich gegen Rom wehrt, ist mein Freund.«

»Auf diese Tölpel solltest du keine Tränen verschwenden. Sie gehören keinem Stamm an, sind nur Bekehrte, die ausschließlich die Sprache des syrischen Aram sprechen, und auch die nicht allzu gut.«

»Ihre aramäische Sprache kümmert mich nicht! Sie leiden, weil sie Juden sind wie wir.«

»Wie wir?« Die schweren, kohlegeschwärzten Lider hoben sich ironisch.

»Was haben Sadduzäer und Pharisäer mit Galiläern zu schaffen?«

Diese Kluft, fand ich, war gar nicht so groß. »Eines Tages werden sie von Dan bis Beerseba Seite an Seite mit den Zeloten kämpfen.«

Kajafas warf mir einen mitleidigen Blick zu. »Und wie soll das zustande kommen?«

»Der Messia wird uns führen.«

»Wieso bist du so sicher, daß es ihn überhaupt gibt?«

»Herodes dem Großen wurde auf dem Sterbebett durch eine sibyllinische Prophezeiung mitgeteilt, daß seine Linie von einem neugeborenen König der Könige abgelöst werden würde. Vor seinem Tod erteilte er noch den Befehl, in Judäa jedes männliche Kind unter zwei Jahren zu töten. Dieses Massaker der unschuldigen Kindlein ereignete sich vor dreißig Jahren während der Regierungszeit des Kaisers Augustus. Und dieses Kind müßte jetzt für seine Aufgabe bereit sein.«

Kajafas schüttelte ungläubig den Kopf. »Dennoch – welche Sicherheit habt ihr, daß dieses Kind am Leben blieb?«

»Die Propheten sagen uns, das Kind sei von seinen Eltern nach Ägypten gebracht und dort großgezogen worden, bis sie ungefährdet zurückkehren konnten.«

Wir standen da und musterten einander mit schlecht verhohlener Feindseligkeit; ich überlegte, warum er mich hatte rufen lassen, und er stellte sich zweifellos dieselbe Frage. Das Schweigen wurde durch ein Geräusch an der Tür unterbrochen. Zwei Männer kamen leise ins Gemach geschlüpft. Ich hätte die beiden überall erkannt.

»Wir kommen soeben von Pilatus«, erklärte der ältere, den ganz Israel an seinem grauen Gabelbart und dem hohen Spitzhut erkannt hätte. »Zum erstenmal ist ihm bewußt, daß er vorschnell gehandelt hat.«

Das war zwar keineswegs der Pilatus, den ich auf seinem Turm beobachtet hatte, aber ich sah keinen Sinn darin, dieser Aussage zu widersprechen.

»Friede mit dir, o Hannas«, begrüßte ich ihn, seine Hand nur flüchtig berührend.

Nun kam sein Begleiter auf mich zu und umarmte mich herzlich.

»Und wie«, fragte der Lehrer Gamaliel, »geht es dem Sohn meines lieben Simon?«

»Mein Vater wäre überrascht, seinen Gamaliel an einem für Israel so dunklen Tag in dieser Gesellschaft zu sehen«, entgegnete ich steif.

»Juda, Juda!« sagte er. »Eines Tages wirst du dir mit deiner impulsiven Art noch großen Schaden zufügen. Ist es denn Sünde, wenn die Jungen den Graubärten zuhören?«

Obwohl er klein und zierlich war, strahlte Rabbi Gamaliel eine menschliche Größe aus, die sogar seine Position als Oberhaupt des Sanhedrin weit überragte. Er gab sich offen, doch unter diesem scheinbar so zugänglichen Äußeren schimmerte unnachgiebige Härte. Hannas erwies ihm eine gewisse Ehrerbietung, indem er meine Bemerkung überging.

»Du bist auf Vorschlag Reb Gamaliels hier«, erklärte er kalt. »Er meint, der Apfel falle nicht weit vom Stamm.«

Ich ließ mich durch diese Schmeichelei nicht beirren. »Es ist wider das Gesetz, wenn die Stämme sich mit einem anderen Volk gemein machen. Die Sadduzäer aber essen und trinken mit ihren römischen Freunden und gehorchen ihnen in allen Dingen. Wir nennen uns Juden, unsere Hauptstädte jedoch sind Cäsarea und Tiberias. Wir beten in hellenisierten Synagogen und werden von einem hellenisierten Sanhedrin regiert. Kein Wunder, daß die Pharisäer als Ausleger der Thora größeren Respekt beim Volk genießen.«

Hannas' Miene wurde grimmig. »Du bist nicht hier, um die Herrscher deines Staates zu belehren.«

»Welche Herrscher, und welches Staates?« rief ich aus. »Wären nicht die Bauern auf den Straßen, müßte ich denken, ich wäre in Rom.«

Mit ironischem Lächeln wandte sich Hannas an meinen alten Mentor.

Der Pharisäerführer sprach freundlich zu mir: »Wenn wir so

lange am Leben bleiben wollen, bis wir den vom Propheten Daniel verheißenen Messia willkommen heißen können, müssen Pharisäer und Sadduzäer sich zu einer gemeinsamen Sache bekennen.«

»Dieser Zeitpunkt ist gekommen. Selbst die Römer wissen vom Nahen des Königs der Könige.«

»Die haben ihre Gottheit bereits gefunden«, erwiderte Hannas trocken. Er holte einen römischen Sekel aus seiner Börse und hielt die Inschrift darauf ans Licht. »Caesar Augustus, der Sohn des Gottes.«

Ich zog ebenfalls eine Münze heraus, einen jüdischen Silbersekel, den ich so hielt, daß alle ihn genau sehen konnten. Auf der einen Seite stand klar und deutlich: »Jerusalem, die Heilige.« Auf der andern waren drei Lilien und die Inschrift geprägt: »Ich werde sein wie der Tau auf Israel. Er wird wachsen wie die Lilie.«

Hannas brachte ein schwaches Lächeln zustande. »Haben wir es mit drei Messias zu tun?«

»Ich kenne die Bedeutung dieser Dreiheit nicht. Doch er wird kommen, und die Menschen werden ihn anbeten.«

Kajafas hatte eine ganze Weile geschwiegen. Jetzt wandte er sich gereizt an die anderen. »Wie kann man diesem Hitzkopf eine so heikle Aufgabe anvertrauen?«

»Richtig gelenkt, kann uns ein bißchen von diesem Feuer sehr wohl nützen«, entgegnete Gamaliel mit nachsichtigem Lächeln.

Er legte mir die Hand auf die Schulter. »Wir hegen alle denselben Wunsch«, sagte er leise, »dieselbe brennende Erregung über das Nahen des Messias erfüllt uns. Das ganze Land erwartet ihn voll Ungeduld. Manche sagen, er ist bereits hier, andere, er werde in Kürze kommen.«

»Es kann gar nicht früh genug sein.«

»Es war zu früh«, warf Hannas trocken ein. »Juda der Galiläer nannte sich Messia, und zweitausend Juden starben für seine Torheit. Die Römer machen kurzen Prozeß mit Rebellen.«

»Gewiß«, mußte Gamaliel zugeben, »es gibt falsche Propheten. Doch eines Tages wird der Eine kommen.«

Hannas warf ihm einen nachdenklichen Blick zu. »Unser Gesetz schreibt vor, daß jeder mutmaßliche Messias von einem Rat des Sanhedrin geprüft werden muß. Sonst wird er nicht anerkannt und als Hochstapler oder noch Schlimmeres abgeurteilt. Es ist besser, daß einer stirbt, als daß ein ganzes Volk untergeht.«

»Der Hohepriester hat recht«, stimmte Gamaliel zu. »Die Römer dulden keinen Aufstand. Die Galiläer riefen unter dem Makkabäer-Banner ›Gott allein gehört das Reich‹ fünftausend Mann zu den Waffen. Die Truppen überfielen die Legionen und vertrieben die Steuereinnehmer. Eine Zeitlang genossen sie den süßen Duft des Sieges. Der lange Arm Roms jedoch brachte Verstärkung aus Parthien und Syrien herbei, und wieder einmal triumphierte das Breitschwert. Die Streitkräfte der Galiläer wurden in den Bergen und Höhlen wie die Tiere gejagt. Die Anführer wurden ans Kreuz geschlagen. Andere wurden auf Sklavenmärkte und Galeeren verschleppt. Diese Lektion wird von den Römern von Zeit zu Zeit wiederholt. Geben wir ihnen jetzt keine neuerliche Gelegenheit dazu.«

Das Gespräch kam mir plötzlich eher belustigend vor. Deshalb sagte ich halb scherzhaft: »Hier sitzen wir und reden über Dinge, die uns allen bekannt sind, während Pontius Pilatus tut, was ihm gefällt.«

»Pilatus«, erwiderte Hannas, »ist kein gewöhnlicher Statthalter. In den ganzen dreißig Provinzen des Reiches darf nur ein einziger Statthalter seine Frau bei sich haben.«

»Ist das irgendwie von Bedeutung?«

»Manche behaupten, Claudia Procula sei die natürliche Tochter der Julia, der Tochter des Augustus und verstorbenen Ehefrau des Kaisers Tiberius. Diese Ehe mit einem Römerknecht ist ein Zeichen für die hohe Gunst, in der Pilatus in Rom steht.«

»Er ist nichts weiter als ein besserer Steuereinnehmer«, widersprach ich. »Und würde, wenn es einen Aufstand gibt, sofort stürzen.«

»Du sprichst zu kühn«, schalt mich Hannas. »Nichts käme Pilatus gelegener als eine echte Volkserhebung. Das würde ihm Gelegenheit geben, die Revolte gnadenlos niederzuschlagen und Rom zu zeigen, wie wertvoll er an anderer Stelle sein könnte.«

Gamaliel warf beruhigend ein: »Solange wir uns still verhalten, haben wir von Pilatus nichts zu fürchten.«

»Uns zu verhöhnen ist für Pilatus ein Vergnügen. Bei seiner Ankunft schon hat er den Stil seiner Herrschaft festgelegt, als er uns im Widerspruch zu unserem Gesetz das Bildnis des Kaisers vor die Nase setzte. Er gab erst nach, als die Protestanten ihn herausforderten, sie lieber in Stücke hauen zu lassen.«

»Ja, er gab nach«, entgegnete Gamaliel, »aber er tut, was ihm sein ehrgeiziger Herr Sejanus, der neue Favorit, befiehlt. Man braucht nur aus dem Fenster zu sehen.«

Alles, was ich über den ersten Minister des Tiberius wußte, waren Gerüchte. Als Kommandant der Palastgarde hatte er das Vertrauen eines senilen Kaisers errungen, indem er heimlich seine finstersten Intrigen betrieb. Er war ein ebenso großer Judenfeind wie Haman und hatte bis auf diejenigen, die römische Bürger waren, alle Juden aus Rom verbannt. Pilatus war sein Mann.

»Pilatus wurde ausgesandt, Israels traditionelle Bräuche auszurotten«, erklärte ich. »Das hörte ich vom jüngeren Agrippa, dem Schwager des Herodes Antipas, aber das ist auch ohnehin deutlich erkennbar. Pilatus marschierte nicht nur mit der Fahne der Zwölften Legion in Jerusalem ein, sondern ließ über dem Tempeltor einen römischen Adler anbringen. Er sitzt finster brütend in seinem Palast von Cäsarea und kommt nur dann in die Festung Antonia, wenn er den Judäern Übles will.«

»Die Römer«, warf Kajafas ein, »kümmert es nicht, was einer anbetet, solange es keinen Widerstand gegen ihre Oberhoheit gibt.«

»Sie sind sich deutlich dessen bewußt, daß zuviel Freiheit hier in den übrigen Provinzen gefährliche Ideen wecken kann.«

Kajafas warf mir einen verschlagenen Blick zu. »Es gibt andere Möglichkeiten, Macht über ein Volk zu gewinnen. Die Römer sind durch die Art der Griechen hellenisiert worden wie wir.«

»Stimmt. Und genau da liegt die Gefahr.«

»Allerdings, Judas.« Er betonte die zweite Silbe meines Namens.

Ich spürte, wie mir das Blut ins Gesicht schoß. »Ich nenne mich Juda, ich benutze meinen hebräischen Namen. Was die anderen tun, kann ich nicht ändern.«

Er sah mich weiterhin ironisch an. »Ich bewundere deine mit Blumenmustern verzierte Toga aus feinem Leinen. Feineres habe ich nicht in Athen und Rom gesehen.«

»Macht es einen Unterschied, was wir tragen? Nur unsere Herzen sind es, die zählen.«

»Du, Judas, oder sollte ich lieber Juda sagen –« er lächelte spöttisch –, »hast die Unterwanderung unserer Bräuche erwähnt. Sie nennen also den Messia Messias und den Gesalbten Christus. Ist es das, wogegen du Einwände erhebst?«

Dieses Spiel konnte ich auch spielen. »Wie ich hörte, erwägen sie auf dem Umweg über das Verbot der Verstümmelung ein Verbot der Beschneidung zu erlassen.«

Kajafas zog die Augen zusammen. »Solange im Volk Ordnung herrscht und jeder seine Steuern zahlt, werden sie sich nicht in den jüdischen Glauben einmischen.«

»Es wäre wahrhaftig ein Skandal, wenn die Söhne der Gläubigen nicht acht Tage nach ihrer Geburt zur Bestätigung des Bundes durch Abraham beschnitten werden dürften.«

»Das ist alles nur Gerede. Es bereitet Pilatus Vergnügen, die Judäer ständig zu reizen.«

»Wenn der Ritus verboten würde«, sagte ich, »wäre das ein beträchtlicher Verlust für den Tempel.«

Seine Miene umwölkte sich. »Die Hierarchie ist um grundlegendere Dinge besorgt als um Geld. Zuerst und vor allem müssen wir Israel einighalten.«

Alles, was in Rom geschah, war kurz darauf allgemeines Gesprächsthema in Jerusalem, weitergetragen von den willigen Zungen der Kollaborateure.

»Es besteht eine merkwürdige Verbindung zwischen Sejanus und Pilatus«, sinnierte Gamaliel, wobei er die Augen vor der Spätnachmittagssonne zusammenkniff. »Nach dem gelegen kommenden Tod des Germanicus heiratete der Nächste, Pilatus, in die hohe Familie ein und wurde zum römischen Aristokraten.«

Ein nachdenklicher Ausdruck trat auf Hannas' verschlagenes Gesicht. »Er wurde mit der einen Hand belohnt, mit der anderen jedoch in eine abgelegene Provinz abgeschoben.«

»Es wird gemunkelt, Calpuinius Piso, der Freund des Tiberius, habe Germanicus Gift in den Wein getan«, sagte Kajafas.

Hannas' listige Augen funkelten. »Ja, und Pilatus war das Werkzeug.«

Ich fand diese kleinlichen Intrigen ermüdend. »Aber was hat das mit Israel zu tun?«

»Wir kämpfen gegen einen ruhelosen, ehrgeizigen, durch sein Exil frustrierten Beamten.«

»Und bei allem«, warf Gamaliel ein, »wird er von Sejanus, der ihn hier festhalten will, hundertprozentig unterstützt.«

Ich zuckte verächtlich die Achseln.

»Der abtrünnige Fürst Agrippa sagte mir in Rom, daß Sejanus eine Weile ganz oben sein, dann aber den Weg aller Palastfavoriten gehen würde. Der Kaiser, der sich ungeniert des eigenen Neffen entledigte, wird nicht zögern, einen geringeren Rivalen zu beseitigen.«

Sowohl Hannas als auch Kajafas schienen von meiner Bemerkung beeindruckt, und sogar Gamaliel betrachtete mich mit neuen Augen.

»Du bist wahrlich deines Vaters Sohn«, lobte mich Hannas mit beifälligem Blick. »Wir müssen hoffen, daß sich der Wind dreht.«

Ich konnte keine Unterschiede zwischen den Römern sehen. »Unsere großen Freunde Pompejus, Marcus Crassus und Cassius drangen in unser Allerheiligstes ein, schändeten die Bundeslade und raubten dem Heiligtum die goldenen Türen und Altäre. Und du sprichst von römischer Freundschaft?«

»Ihre Missetaten sind bestraft worden.« Er schenkte mir jenes seidenweiche Lächeln, dem ich so abgrundtief mißtraute. »Bedenke doch, wie diese drei starben: durch Gewalt, im fremden Land, von ihren Feinden verspottet. Der Geheiligte wacht über die Seinen auf seine Art.«

Ich schüttelte heftig den Kopf. »Juda, der Makkabäer, bewies, daß Gott jenen hilft, die sich selbst helfen. Als sein Heer die Scharen der Syrer besiegte, erst da ließ Gott sein Licht wieder über Israel leuchten.«

»An jenem Tag ritt der Herr mit den Hasmonäern«, sagte Reb Gamaliel. »Genau wie mit Josua vor den Mauern von Jericho.«

»Dann muß der Herr damit einverstanden gewesen sein, daß die Makkabäer am Sabbat Blut vergossen. Denn bis die Makkabäer die Sabbatgesetze aufhoben, zog das Auserwählte Volk es vor, sich in seinen Häusern und Höhlen abschlachten zu lassen, statt sich zu verteidigen.«

Hannas und Kajafas hoben die Brauen. »Der Sabbat gehört Gott. Alles andere ist Blasphemie.«

Ich machte kurzen Prozeß mit dieser Heuchelei. »Im Tempel, am Chanukka, feiern wir, wenn auch erst seit hundert Jahren, die Befreiung Israels durch die Hasmonäer. Und der Hohepriester nimmt zur Feier der Wiederweihe des geschändeten Tempels Opfergaben entgegen – ohne Rücksicht auf die Entheiligung des Sabbats, die diesen Feiertag erst ermöglichte.«

Eine peinliche Stille entstand, die Gamaliel zu überbrücken versuchte.

»Der Sabbat ist allen Juden heilig, den Sadduzäern wie den Pharisäern.«

»Von denen es in einem Land von einer Million Seelen zehntausend gibt.«

»Wir halten das Gesetz des Mose«, erklärte Gamaliel. »Das Volk folgt uns.«

Plötzlich wurde das Gespräch vom durchdringenden Klang der Trompeten übertönt, die die Gläubigen zum Gebet riefen, und dann folgte die ekstatische Anwort der Tausende im Tempelbereich, die riefen: »Höre, Israel, der Herr, unser Gott, der Herr ist der Eine.«

Die drei Würdenträger hielten inne, um sich vor dem Gott Abrahams, Isaaks und Jakobs zu neigen. Während sie beteten, sah ich aus dem Fenster, ließ meinen Blick vom Hof unten, wo immer noch Tote und Verletzte hinausgetragen wurden, zu den Zinnen der Festung Antonia wandern, die sich hoch über den Tempelmauern erhob.

»Was sagt Pilatus über diese Morde hier im Tempel?«

Hannas zuckte die Achseln. »Die Römer machen ihre eigenen Gesetze. Wenn es ihnen gefällt, verwüsten sie ganz Israel.«

»Der Tetrarch Herodes wird doch gewiß gegen den Mord an seinen Galiläern protestieren.«

Gamaliel schnalzte mit der Zunge. »Tiberius hört nicht mehr zu. Er genießt mit seinen pervertierten Günstlingen die Bäder auf Capri. Sejanus regiert ungestört.«

»Warum«, warf Kajafas ungeduldig ein, »hätte Pilatus sonst diese Galiläer angreifen lassen? Er wußte, daß er es ungestraft tun konnte.«

»Die Römer haben in ganz Palästina nur Truppen in einer Stärke von dreitausend Mann«, berichtete ich, »und das sind nahezu alle Söldner, geführt von lediglich einer Handvoll römischer Centurionen.«

»Die Straßen wären bald mit römischen Truppen aus Syrien und Ägypten verstopft.«

»Die Zeloten fürchten sich nicht vor Rom.«

Hannas schenkte mir sein süßestes Lächeln. »Wir, für unseren Teil, wundern uns über die Gesellschaft, in der du dich bewegst.«

»Ich wundere mich nur darüber, daß ganz Israel sich noch nicht der Makkabäer-Partei angeschlossen hat«, erwiderte ich.

Gamaliel schüttelte betrübt den Kopf. »Gewalt erzeugt nur Gegengewalt, worin die Römer Meister sind.«

»Nun gut. Mit der Hilfe des Messia wird unser Volk befreit werden. Solange jedoch römische Soldaten diese Mauern besetzt halten, gibt es keine Freiheit für uns.«

Hannas strich sich nachdenklich den langen Bart. »Aber zuvor müßt ihr den Messia finden. Ist dem nicht so?«

»Wir werden ihn an seinen Werken erkennen.« Meine Stimme

hob sich vor Bewegung, wie immer, wenn ich an unseren Erlöser dachte. »›Wie schön er ist‹, sagt der Prophet, ›der Messia-König, der dem Haus Juda entspringt. Er wird seine Lenden gürten und gegen die Feinde in die Schlacht ziehen, und viele Könige werden erschlagen werden.‹«

Reb Gamaliel war erschrocken. »Ich sehe einen anderen Messia, geboren aus der Liebe Gottes zu seinem Volk, einen Messia, der keinen Menschen haßt. Er ist der Friedensfürst, der weise Ratgeber, wie ihn der Prophet Jesaja und so viele andere vorausgesehen haben.«

Leise zitierte er aus den halb vergessenen Psalmen Salomos. »Er wird das heilige Volk in Gerechtigkeit versammeln. Er wird die geheiligten Stämme regieren. In ihnen wird keine Ungleichheit geduldet werden. Und kein Sünder soll in ihrer Mitte weilen. Denn Gott hat ihn im Geist der Heiligkeit gestärkt und reich gemacht in der glänzenden Gabe der Weisheit. Wie glücklich sind sie, welche den Tag erleben, da Israel in der Versammlung der Völker triumphiert.«

»Ich sehe ihn so, wie er sein muß, um das zu vollbringen, wozu er gekommen ist.«

Gamaliel musterte mich durchdringend. »Ist dir schon der Gedanke gekommen, Juda-bar-Simon, daß der Messia, den du dir vorstellst, nicht geschickt worden ist, um Israels irdischen Glanz wiederherzustellen, sondern um uns von unseren Sünden zu erlösen? Ist er nicht der von Jeremia verheißene Gerechte?«

»Es ist ganz eindeutig, daß er kommt, Israel von fremder Herrschaft zu befreien. Wie vom Propheten Daniel vorausgesagt, wird er den Leiden unseres Volkes ein Ende machen.«

Gamaliel lächelte matt. »Es gibt keinen größeren Propheten als Mose, denn nur er durfte das Antlitz des Herrn schauen. Und er spricht in seiner Verheißung des Messia nicht von einem Kriegsherrn.« Der Reb richtete den Blick gen Himmel, und seine Augen wurden feucht vor Bewegung. »Und so lautete das Versprechen des Mose an die zwölf Stämme in der Wüste: ›Einen Propheten wie mich wird dir der Herr, dein Gott, erstehen lassen aus der

Mitte deiner Brüder.‹«

»Hat Mose sein Volk nicht von den Pharaos befreit?«

Der Reb stieß einen kleinen Seufzer aus. »Denk, was du willst, Juda-bar-Simon, aber an Gottes Plan kannst du nicht ein Jota ändern.«

Ich suchte meine Ungeduld zu zähmen. Waren diese alten Männer so blind, daß sie nicht die Wahrheit sahen, oder fürchteten sie, sich der Realität zu stellen, damit sie nicht gezwungen wären, einen Schritt zu tun, durch den sie ihre kostbare Position aufs Spiel setzen würden?

Hannas atmete tief und ungeduldig ein.

»Er ist all das für alle Menschen, dieser Messia, darum müssen wir diesen Gerüchten, die unser Volk in Erregung versetzen, zum Besten Israels ein Ende machen.«

Sein kalter Blick ruhte sekundenlang auf seinem Schwiegersohn. Auf sein Nicken hin wandte sich Kajafas unsicher an mich.

»Die Ältesten«, sagte er widerwillig, »haben beschlossen, dich mit einem sehr heiklen Auftrag zu betrauen.«

Ich lächelte ungläubig. »Warum sollte der Tempel ausgerechnet einen Rebellen wie mich für so einen Auftrag wählen?«

»Weil du eben der Mann bist, von dem du sprichst«, antwortete Reb Gamaliel. »Die Pharisäer und Sadduzäer können sich, wie du siehst, einigen. Die Zeloten aber sind unversöhnlich.«

»Wir haben weder mit der einen noch mit der anderen Partei zu schaffen. Wir stehen für ein unabhängiges Israel, frei von lästigen Herren jeglicher Art. Und wir hegen keinerlei Sympathie für die schmeichlerischen Günstlinge Roms.«

Hannas und sein Schwiegersohn, die mich mit ihren Blicken durchbohrten, wollten auf dem Absatz kehrtmachen, doch Gamaliel hielt sie mit einer Handbewegung zurück. Er senkte den Blick seiner braunen Augen tief in den meinen und sprach mit mehr Sorge als Zorn zu mir:

»Du tust deinem Vater unrecht, Juda-bar-Simon. Denn er glaubte wie wir, daß Israel, wenn es überleben will, nicht von einander bekriegenden Parteien zerrissen werden darf.«

Sekundenlang verdunkelte ein Schatten meine Gedanken.

»Was hat mein Vater mit dieser Sache zu tun?«

»Wenn er noch lebte, könnte er dir das Gefühl für die Traditionen deiner Familie seit Davids Zeiten vermitteln. Denn wie du wohl weißt, bist du von königlicher Herkunft.«

»Warum würde ich sonst von Befreiung sprechen, mit einem Mann meines Blutes als Herrscher anstelle dieses gierigen Ungeheuers in Rom?«

Obwohl der Raum leer und die Türen geschlossen waren, huschten die Blicke der Hohenpriester nervös umher. »Vorsicht, junger Mann!« warnte mich Kajafas. »Es gibt Dinge, die sogar die Römer aufhorchen lassen. Hüte deine Zunge. Für sie ist der Kaiser ihr Gott, und sie werden es nicht dulden, daß er von Menschen wie uns gelästert wird.«

»Menschen wie uns?«

Aufgebracht hatte ich mich abgewandt, als die Stimme von Hannas mich an der Tür noch einmal zurückhielt. »Und wenn ich dir nun den Auftrag gäbe, diesen Volksführer zu suchen, von dem du sprichst?«

Langsam ging ich zurück.

»Dann würde ich dir antworten, daß du nicht der Hohepriester und auch nicht Vater von fünf Hohenpriestern bist und daß der Jordan bergauf fließt.«

Hannas gestattete sich den Anflug eines Lächelns. »Hör gut zu. Es gibt einen Mann, der sich selbst als Propheten bezeichnet. Er lebt wie ein Tier in der Wildnis, mit einem Gewand aus Kamelhaar und einem Lendentuch als Tunika.«

Ich war unbewußt näher gekommen.

»Und wie nennt man ihn?«

»Man nennt ihn den Täufer, da er die Menschen im Jordan von ihren Sünden reinwäscht.«

»Unsere Väter haben für ihre Reinigungszeremonie auch Wasser benutzt.«

»Er tauft anders.«

»Wer ist dieser Täufer?«

»Ein Essener, wie wir gehört haben, der fanatische Führer einer fanatischen Sekte aus dem Kloster Qumran am Toten Meer.«

Ich betrachtete die drei Männer ernst. »Ihr müßt doch einen Grund dafür haben, daß ihr mehr über ihn erfahren wollt.«

»Es gibt Berichte, nach denen er die Kranken heilt und die Armen mit Erzählungen von einem glücklichen Land im Jenseits tröstet.«

Ich spürte ein Prickeln der Erwartung.

»Und was, bitte, ist so unrecht daran?«

»Wenn er sich auf diese harmlosen Dinge beschränken würde, gar nichts. Aber er predigt, die Juden sollten Rom den Tribut verweigern und die Steuereinnehmer verjagen. Das wird Pilatus gar nicht gefallen.«

»So wenig wie dem Schatzamt des Tempels.«

Ich wußte, daß noch mehr kommen mußte, denn warum hätten sie sonst einen Außenseiter wie mich gerufen?

Er zögerte nur einen Moment; dann sagte er mit einer Grimasse: »Seine Anhänger sehen in ihm den wahren Messias.«

Meine Intuition hatte mich nicht getäuscht. »Ist das nicht aber, wonach ganz Israel sich sehnt?«

Hannas schüttelte grimmig den Kopf. »Das Land darf nicht für die Missetaten eines einzelnen leiden.«

»Wollt ihr einen Messia oder einen Märtyrer?« fragte ich in einem Ton, der sogar in meinen eigenen Ohren grob klang.

Gamaliel strich sich den schütteren grauen Bart. »In diesem unserem traurigen Land, Juda-bar-Simon, könnte er beides sein.« Er seufzte schwer. »Wer weiß, wie unsere Zukunft aussieht!«

Ich fühlte mich durch diesen Mangel an Entschlossenheit bei dem geistigen Führer der Pharisäer merkwürdig beunruhigt.

»Wenn er der Messia wäre, sollen wir ihn verleugnen? Warum aber dann mein Auftrag?«

»Wenigstens werden wir ihn im Auge behalten und zur rechten Zeit einen Entschluß fassen können«, gab Hannas zurück.

Das wenige, was ich bis jetzt gehört hatte, stachelte meine Neugier an. »Welcher Abstammung ist er?«

»Derselben wie du.« Die schmalen Lippen des Hannas verzogen sich zu einem ironischen Lächeln. »Hier in Jerusalem allein muß es Zehntausende dieser Abstammung aus dem Haus Davids geben.«

»Geboren in Bethlehem, bei einem Ochsen und einem Esel?«

Ungeduldig schnalzte er mit der Zunge. »Ich habe keine Zeit für Rätselspiele. Falls eine Entscheidung gefällt werden muß, wird der Fünferrat des Sanhedrin sie fällen.«

»Wo befindet sich dieser Mann jetzt?«

»In der Wüste, südlich von Jericho. Er tauft an der Furt von Bethabara, zu beiden Seiten des Jordans.«

»In Peräa ebenfalls?«

»So heißt es.«

»Dann fällt er nicht nur unter die Gerichtsbarkeit des Tempels, sondern ebenso unter die des Herodes Antipas.«

Hannas wehrte überheblich ab. »Alles dasselbe. Herodes regiert Peräa und Galiläa mit Duldung der Römer. Sein Verwandter Agrippa ist durch Sejanus ersetzt worden und kann ihm nicht länger beistehen.«

Mich quälte Neugier auf diesen Mann, der dem Sanhedrin so große Sorgen machte. »Der heiligen Weissagung zufolge müßte dieser Mann von einer Jungfrau geboren sein.«

Der Hohepriester warf mir einen mitleidigen Blick zu. »Wie kann ein Mann, der von einer Frau geboren worden ist, von einer Jungfrau geboren sein?«

Gamaliel stand mit einem belustigten Lächeln auf den Lippen dabei, als genieße er dieses Duell zwischen seinem ehemaligen Schüler und dem Oberhaupt der jüdischen Theokratie.

»Die Pharisäer«, sagte ich, in der Hoffnung, Gamaliel auf meine Seite zu ziehen, »glauben an die Engel Gottes und die Wiedergeburt der Menschen. Es gibt nicht nur ein Leben, sondern viele. Es ist durchaus möglich, daß die Propheten, sogar Mose, wiedergeboren werden, wenn der Gott, der Himmel und Erde in sechs Tagen geschaffen hat, es will.«

Hannas ließ sich nicht beeindrucken. »Die Sadduzäer behaupten, daß es nur ein einziges Leben gibt und daß dieses ein Leben des Fleisches ist.«

Da ich aus meinen Pharisäertagen an die Wiedergeburt glaubte, konnte er mich nicht so leicht abspeisen. »Wer waren die Eltern dieses Mannes?«

Hannas warf verächtlich die Arme empor. »Hörst du denn niemals auf mit deinen Fragen?«

Gamaliel, höchst zufrieden, mischte sich hilfreich ins Gespräch. »Der Vater war ein gewisser Zacharias, Lehrer im Tempel, ein echter Sohn Juda und –«, mit einem Augenzwinkern »– außerdem natürlich Pharisäer.«

»Und die Mutter?«

»Eine gewisse Elisabet, ebenfalls Judäerin.«

»Und dieser Mann war ihr einziges Kind?«

»Ja. Man hielt sie für unfruchtbar und glaubte, sie könne keine Kinder bekommen, denn sie war lange über das Alter hinaus, in dem Frauen normalerweise gebären. Doch siehe da, wie Abraham und Sara in früherer Zeit, schenkte sie auf wunderbare Weise diesem Jungen das Leben. Es war zu der Zeit Herodes' des Großen. Um dem Zorn dieses Despoten zu entgehen, der in einem Anfall von Mißtrauen drei seiner eigenen Söhne erschlug, floh das Paar mit seinem Sohn nach Jerusalem. Er wurde Johannes, der Gottgeschenkte, genannt, denn ihrer Überzeugung nach hatte er nur durch Gottes Willen geboren werden können.«

Ich verlieh meinem Erstaunen darüber Ausdruck, daß mein alter Lehrer, sonst zuweilen so zerstreut, mit der Geburt dieses Kindes so vertraut war.

Er lachte. »Zacharias hatte mehr Grund zur Dankbarkeit als die meisten Väter und neigte daher zur Redseligkeit.«

Der schlaue Gamaliel deutete mein Zögern richtig.

»Es ist natürlich niemandem bekannt, durch wessen Wirken das Kind empfangen wurde.«

»Das ist keine Frage, die man einem Lehrer im Tempel stellt.«

»Könnte es eine jungfräuliche Geburt gewesen sein?«

»Aber Elisabet war gewiß keine Jungfrau.«

»Könnte der Geist denn nicht durch Gottes Allmacht in Elisabets Schoß gesenkt worden sein?«

Kajafas schnaufte nur verächtlich. »Du mußt verrückt sein!«

»Warum schiltst du mich verrückt?« entgegnete ich. »Hat Gott nicht auch den ersten Menschen erschaffen?«

»Du redest Unsinn«, warf Hannas eiskalt ein.

»Das sagst du, weil ihr Sadduzäer nicht an ein Weiterleben nach dem Tode glaubt. Doch wenn es Gottes Wille ist, daß eine Jungfrau ein Kind gebiert, so braucht er dazu keinen Mann. Ist er nicht der Schöpfer Adams, vor dem es keinen Menschen gab?«

Gamaliel klatschte vor Freude in die Hände.

»Dein Vater wäre heute sehr stolz auf dich.«

Hannas bewegte sich auf seinem Sessel.

»Es wird spät«, sagte er, »wir sollten diese Sache lieber zum Abschluß bringen. Kannst du mit deinem Auftrag sofort beginnen?«

»In zwei Tagen«, antwortete ich. »Das reicht, um meine Angelegenheiten zu ordnen.«

Er setzte sich an einen Schreibtisch, und seine Feder flog über ein Blatt allerfeinsten Pergaments. »Nimm das hier, es wird dir als Beglaubigung dienen. Aber ich schlage vor, daß du es nur in unvorhergesehenen Situationen benutzt.«

Ich überflog es rasch, ehe ich es in meinen Rock schob. Ich, Juda-bar-Simon, Sproß einer edlen jüdischen Familie, war ein Agent des Sanhedrin! Das genügte, um mir Alpträume zu verursachen, aber es gab mir Gelegenheit, den Messia zu suchen, wo immer er sich befand.

»Du wirst uns von Zeit zu Zeit Bericht erstatten, doch sage niemandem etwas davon. Dein Auftrag ist überaus heikel. Beobachte und lausche, sage nichts. Überwache nicht nur diesen Täufer, sondern auch seine Anhänger und die Stimmung der Volksmenge. Es liegt in deiner Macht, deinem Land einen großen Dienst zu erweisen.«

Ich wäre tief beeindruckt gewesen, hätte ich nicht genau gewußt, was für ein kaltblütiger, habgieriger Zyniker er war.

»Meine Treue gilt einzig Israel.«

»Gut«, sagte er und rieb sich die Hände. »Dann wird es keine Schwierigkeiten geben.«

»Wem soll ich berichten?«

»Demjenigen, der die Aktionen aller überprüfen muß, die behaupten, der Messias zu sein.«

»Aber der Messia ist von Gott gesandt. Wie kann ein Rat über Gottes Wirken urteilen?«

»Wir stellen nur fest, was für Israel am besten ist.«

Ich erkannte die Falle sofort. »Ihr könnt also alles ablehnen, was ich finde.«

»Deine Rolle ist die des Tatsachenaufspürers. Aufgrund dessen, was du findest, werden wir unser Urteil fällen.«

Nicht eine Sekunde lang war ich naiv genug, daran zu glauben. Immerhin jedoch – falls Johannes der Täufer der Messia, falls er der von Gott gesandte Befreier unseres Volkes sein sollte, würde ich der erste sein, der es erfuhr. Und falls nicht, würde ich die Suche an einem anderen Ort fortsetzen.

Die Hohenpriester waren beiseitegetreten, während Gamaliel mich eben umarmen wollte, als plötzlich im Hof unten Geschrei ertönte. Wir liefen ans Fenster. Es war unglaublich, aber das Massaker begann von neuem! Im geräumigen Hof der Ungläubigen rückten einige Verwundete, denen es gelungen war, sich noch einmal aufzurappeln, unbewaffnet gegen die römischen Soldaten vor, die durch einen unterirdischen Gang von der Festung Antonia herbeieilten. Die Römer attackierten mit Keulen und flachen Schwertern, mähten die blessierten Pilger nieder, als seien sie Weizenhalme.

»Pilatus dürstet auch nach dem letzten Tropfen jüdischen Blutes!« rief ich empört.

Die anderen hatten sich abgewandt; bis auf Hannas wirkten sie tief erschüttert. Dieser aber schien beinahe zufrieden zu sein. »Für den heutigen Tag steht Pilatus in unserer Schuld«, sagte er leise.

Ich selbst hegte den Galiläern gegenüber gemischte Gefühle.

Vor dem Gesetz waren sie uns eindeutig nicht gleich, da sie nicht zu den zwölf Stämmen gehörten; doch sie waren immerhin Juden, die Waffen tragen konnten, und der Aquädukt, gegen den sie demonstriert hatten, war gewiß ein klassisches Beispiel römischer Tyrannei.

Ein Ausdruck der Geringschätzung zog die Winkel von Hannas' Fischmund herab, als das Massaker weiterging. »Was für Toren die Galiläer doch sind!«

»Helden, nicht Toren«, widersprach ich heftig. »Tapfere Männer, die man nur zu bewaffnen braucht, um zu beweisen, wie verwundbar Rom ist.«

»Du, Judas, bist ein noch größerer Narr, als ich gedacht hatte. Glaubst du wirklich, wir würden die Römer dulden, wenn es eine andere Möglichkeit gäbe?«

»Spartakus war nur ein Sklave, der aber mit einem Heer von Sklaven die römischen Legionen drei Jahre lang in Schach hielt.«

Hannas stieß ein verächtliches Knurren aus. »Und wo sind Spartakus und die anderen jetzt?«

»Sie wurden lediglich besiegt, weil ihnen das Zielbewußtsein der Freien fehlte.«

»Du redest wie ein Kind. Die Römer würden kurzen Prozeß mit uns machen. Wir sind zwar wichtig für sie, aber nicht um unser selbst willen. Israel ist nur ein unbedeutender Fleck auf ihrer Landkarte, doch bei all unserer Bedeutungslosigkeit sind wir für sie die Passage, durch die täglich ihre großen Karawanen von den Vorratshäusern in Ägypten nach Damaskus ziehen, wo sie die römischen Truppen versorgen müssen. Aus diesem Grund dulden sie uns; sobald jedoch der Friede gestört wird, werden wir den eisernen Stiefel zu spüren bekommen, der Karthago in den Staub getreten hat. Hüte dich, Judas, du spielst mit einem schlafenden Riesen!«

2

Der Tempel

Ich war entsetzt über das Vernichtungswerk der römischen Soldaten. Doch was noch viel bestürzender war: In dieser riesigen Tempelstadt mit ihren fünfzehntausend Händlern und siebentausend religiösen Beamten hatte sich nicht eine einzige Hand erhoben, um den Galiläern zu helfen. War denn Israel so feige geworden, daß es nicht kämpfen wollte, oder war nur ein Führer vonnöten, der die Flamme des Aufstands entfachte? Nervös bahnte ich mir einen Weg durch das Gedränge der Andächtigen, die, während die letzten Leichen weggekarrt wurden, allmählich wieder Mut zu fassen schienen. Ich versuchte positiv zu denken, meine Gedanken zu ordnen, um aus der Chance, die man mir gab, den bestmöglichen Nutzen zu ziehen. Von meiner pharisäischen Erziehung her wußte ich noch, daß Gott eine unerforschliche Art hat, die Schritte der Menschen auf dem ihnen vom Schicksal vorbestimmten Weg zu lenken. Diese Zusammenkunft war in der Tat ein Glück für mich gewesen, obwohl mein Auftrag den Schein der Zusammenarbeit mit den Sadduzäern und ihrem Sanhedrin erforderte. Außerdem stellte er mich vor ein paar Probleme. Offensichtlich besaß der Messia für verschiedene Leute unterschiedliche Bedeutungen. Konnte es möglich sein, daß er sowohl ein Kriegsherr als auch ein Friedensfürst war? Ich hoffte, daß er alles zugleich sein konnte, denn war er uns nicht von Gott gesandt?

Beim Anblick der Blutflecken dort, wo die Toten und Verwundeten gelegen hatten, zuckte ich zusammen, doch unter den Füßen der wimmelnden Volksmenge begann das Rot gnädig zu verblassen. Irgendwo in den Prophezeiungen hieß es, wie ich mich erinnerte, der Verheißene werde zunächst den Tempel säubern, und das kam gewiß keinen Moment zu früh. Denn die Szene hier glich weit eher einem großen Marktplatz als einem Bethaus, geschändet nicht etwa, wie in der Zeit der Makkabäer, von den Ungläubigen, sondern von jenen Priestern, die auserwählt worden waren, es für Gott heilig zu halten. Für alle Juden versinnbildlichte der Tempel nicht nur ihre Einheit mit Gott, sondern die politische Unversehrtheit der Nation. Im wesentlichen waren wir eine mit Gottes Segen gegründete Theokratie, deren Ziele und Bestrebungen allesamt von der vorrangigen Treue zu diesem Gott bestimmt wurden.

»Gott hat uns gewählt«, sagte Gamaliel, »darum bleibt uns keine Wahl, als ihn ebenfalls zu wählen.«

Wo aber war dieser zornige Gott nun? Der Tempel war gewiß nicht seine Wohnung. Vielleicht waren die Römer Werkzeuge seiner Rache, und die Nation mußte sich von diesen Sünden reinwaschen, ehe der Befreier kam. Als ich so meines Weges ging, fragte ich mich, wie es sein konnte, daß dieser Tempel so niederträchtig entehrt und herabgewürdigt worden war. Wo man hinsah, Verkaufsstände und Läden, insgesamt über dreitausend, und zur Bequemlichkeit der Kunden nach Art der Waren geordnet. So gab es zum Beispiel einen Bereich für Eisenwaren und Küchengeräte, einen anderen für Wolle und Kleidung, wieder andere für Vieh, Brot und Korn, für frisches Obst und für Gemüse. Sogar alkoholische Getränke hatten ihren eigenen Platz, und so wie sich die Händler aufführten, schienen sie reichlich von ihrer eigenen Ware gekostet zu haben.

Ich sah, wie die Verkäufer um den Preis ihrer Güter feilschten, und staunte über Gottes Geduld. War es nicht klar, wer die Schuldigen waren? Ohne Billigung von Hannas und Kajafas hätte es nicht zu dieser Entweihung kommen können, denn es gab keinen einzigen noch so kleinen Stand, der nicht seinen Zehnten an die Hohenpriester Israels entrichtete. Die Leviten, die die Lebensmittel für rein zu erklären und zu weihen hatten, strichen zwischen den Verkaufsläden umher; doch soweit ich sehen konnte, unterschieden sich diese Lebensmittel nur insofern von den ungeweihten, als sie wegen des an ihnen vollzogenen Ritus um ein weniges teurer waren. Wie mußte der Gott Israels in seiner himmlischen Wohnstatt zürnen! War es da erstaunlich, daß er den Messia sandte, diesen wunderbaren Führer, den der Prophet als »Erwählten Gottes« bezeichnete?

»Auf ihm wird ruhen der Geist des Herrn, der Geist der Weisheit und der Einsicht, der Geist des Rates und der Stärke, der Geist der Erkenntnis und der Furcht des Herrn. Er wird alle Völker richten, er wird jene strafen, die die Gerechten unterdrückt haben. Bei seiner Ankunft werden die Toten wieder ruhen, Himmel und Erde werden verwandelt und die Gerechten, himmlische Engel geworden, werden bei ihm sein im ewigen Leben.«

Doch selbst hier, inmitten des krassesten Materialismus, gab es herzerfrischende Beweise für die Hingabe des gemeinen Mannes an seinen Glauben und die Prophezeiung des Messia. Alles ringsum wurde erträglich, selbst die höhnisch grinsenden Soldaten in ihren roten Mänteln auf dem großen Platz, wenn die Gläubigen an das Herannahen der Verheißung dachten. Und der Geruch der Tiere wurde süß, wenn die Pilger ihren Tribut an Jehova zahlten. Wenige Schritte von mir entfernt hörte ich einen knienden Pilger beten, während das Opferlamm, das er soeben gekauft hatte, zur Schlachtbank geführt wurde. Seine Stimme schien zu versagen, als er sich an die Brust schlug und rief:

»Gesegnet seist du, Israel, bis zu dem Tag, da der Verheißene uns von unseren Feinden erlöst!«

Nicht in ein träges Israel würde der Messia kommen, sondern in ein Land von Milch und Honig, gereinigt durch aufrichtige Buße vor dem Herrn.

Man brauchte eine Weile, um den Hof der Ungläubigen zu durchqueren, denn er war das geschäftige Zentrum aller öffentlichen Aktivitäten. Er war ein ebenso wichtiger Knotenpunkt des Imperiums wie Damaskus und Alexandria. Denn hier versammelten sich die Völker der Erde, hier drängten sich die Kosmopoliten und die geistig Gebildeten neben den Schriftgelehrten und Talmudschülern, den Erben jener, deren Augen über der Heiligen

Schrift matt geworden waren, lange bevor die jungen Wölfe aus den Tibersümpfen kletterten.

Mein Blick blieb sekundenlang auf der eleganten Schönheit des Salomo-Portikus ruhen. Die griechischen Säulen waren in drei weiten Reihen angeordnet, damit die Rabbis bequem in ihrem Schatten sitzen und frei über den Talmud diskutieren konnten. Ihre Schüler waren Legion, denn während der Feiertage, die kein Ende zu nehmen schienen, kamen die Pilger zu Zehntausenden in den Tempel geströmt. An den Hängen des Ölbergs und des Scopus sah ich die Zelte, die dort jedes erreichbare Fleckchen Erde bedeckten. Wie herrlich, wären diese Pilger Krieger und hätten sie Schwerter statt Pilgerstäbe! Aber ich sah auch andere Pilger, die, in wochenlangen Wanderungen aus den entweihten Ortschaften der Diaspora herbeigekommen, auf die Knie sanken und fromm die Lippen auf den rauhen Stein preßten. Bei ihren schrillen Rufen durchlief mich eine Woge der Erregung. »Wenn ich dich vergesse, o Jerusalem, soll meine rechte Hand verdorren. Wenn ich deiner nicht gedenke, soll mir die Zunge im Mund stocken.«

Wenn sie sich erhoben, weinten sie ohne Scham, und ich weinte insgeheim mit ihnen um den verlorenen Glanz Salomos und Sauls. Und dennoch war der Tempel des Herodes doppelt so groß wie der Tempel Salomos und dazu viel prunkvoller. Riesige Mauern waren an den Hängen errichtet worden. Stützmauern für die vier Höfe, die sich auf ansteigenden Terrassen bis zum Allerheiligsten hinaufzogen. Nach sechsundvierzig Jahren jedoch war der Tempel des Herodes noch immer nicht fertig, und zu Maurern ausgebildete Priester arbeiteten noch immer in den Gemächern, die für Laien verboten waren. Draußen aber klimperten die Geldwechsler munter mit ihren Münzen, und die Pilger drängten sich, um ihre Opfergaben zu erwerben. An einigen Ständen wetteiferten sogar Priester mit den Händlern: Sie boten Marken feil, die gegen Ziegen, Kälber, Schafe, Vögel und selbst Ochsen eingetauscht werden konnten. Tauben, normalerweise für ein paar Pfennige zu haben, kosteten während der Feiertage das Zwanzigfache, und die Besucher beklagten bitter diesen legalisierten Wucher.

»Diebe!« Schrie ein Mann einen einäugigen Händler erregt an.

»Herr«, anwortete dieser Dieb, »ist es dir nicht so viel wert, daß deine Frau dir einen Sohn gebiert?«

Er hielt eine Taube in die Luft, die mit flatternden Flügeln zu entkommen suchte.

»Durch das Blut dieses wunderschönen Vogels wird sie so fruchtbar werden, daß sie dir Zwillinge gebiert.«

Der Pilger warf ihm einen bösen Blick zu. »Vor sechs Monaten kostete eine Taube wie die hier nur ein paar Pfennige, und ich habe noch immer kein Kind.«

Kein Wunder, daß die Reformierer auf den Tempel schalten. Wie sollte man inmitten all dieses Schmutzes und dieses Durcheinanders Gott finden?

Immer wieder kündete eine silberne Trompete von einer Opfergabe. Nach ihren traurigen Blicken zu urteilen, schienen diese Tiere zu wissen, daß sie zur Erleuchtung der Gläubigen dienen sollten. Der Gestank der verängstigten Tiere beleidigte meine Nase. Der Lärm ringsum war ohrenbetäubend, die Rufe der Händler übertönten sogar das Geschrei der Esel. Ich verabscheute jede Minute, die ich damit verbringen mußte, mich durch das Getöse zu drängen, das Feilschen und Keifen mit anzusehen, die Geldwechsler zu beobachten, die ihre üblichen fünf Prozent dafür einstrichen, daß sie die gottlosen römischen Münzen in gottgefällige jüdische Sekel umtauschten, mit denen man Teppich oder Gewand, Vogel oder Vierbeiner erwerben konnte.

Mir stand der Sinn nicht nach weiterem Verweilen, daher schob ich die lästigen Bettler beiseite, die den Priestern, wie alle anderen Anwesenden, für das Vorrecht, innerhalb der Tempelmauern betteln zu dürfen, einen Tribut entrichten mußten. Die Händler waren jedoch nicht weniger aufdringlich und sprangen immer wieder hinter ihren Tischen hervor, um die Vorübergehenden festzuhalten. Hätte ich hier etwas gesehen, das ich begehrte, ich hätte es dennoch nicht gekauft, so erzürnt war ich über diese Farce der Gottesanbetung. Darum war ich auch äußerst verärgert, als sich ein grober Bursche kriecherisch vor mir verneigte und mir kurzerhand den Weg versperrte. Ich trat zur Seite, er ebenfalls. Auf seinem schmutzigen, hakennasigen Gesicht stand ein Grinsen, während mir seine dreckige, schmierige Hand eine Flasche mit widerlich riechendem syrischen Branntwein unter die Nase hielt.

Die grinsende Fratze schob sich ganz dicht an mein Gesicht heran.

»Dies ist Nektar für einen Fürsten!« rief der rauhe Kerl, dessen Gesicht so dicht mit Pockennarben übersät war, daß es einem großen Schwamm glich.

»Was für ein Jude bist du?« fragte ich ihn.

»Ein Samariter, Herr.«

»Dann ist es dir nicht erlaubt, den Tempel zu betreten«, entgegnete ich und wich zurück wie vor einem Aussätzigen.

»Aber ich bin ein guter Samariter«, beharrte er. »Meine Vorfahren gehörten zu den zwölf Stämmen Israels; sie kehrten ins Land ihrer Väter zurück, als der Prophet Daniel mit den Babyloniern Frieden geschlossen hatte und die Perser unserer Sklaverei ein Ende machten.«

»Du sprichst falsch. Kein wahrer Sohn Israels hat sich jemals als Sklave betrachtet, seit der Prophet Mose sein Volk vom Joch der Ägypter befreite. Sogar in Babylon bewahrten unsere Väter ihre Bräuche und sagten freiheraus ihre Meinung.«

»Wir Samariter sind ebenso gute Juden wie ihr«, antwortete er schmeichlerisch, »und unser Tempel auf dem Berg Geritzim, einem von Mose gesegneten Ort, ist dem euren an Pracht ebenbürtig.« Er zwinkerte listig. »Außerdem brauchen wir nur *ein* Walfischmaul zu stopfen statt wie andere sechs oder sieben.«

Ich entdeckte, daß das römische Siegel an der Branntweinflasche erbrochen war.

»Wenn die Zöllner das erbrochene Siegel sehen, werden sie dich auspeitschen, bis du nahezu dein elendes Leben aushauchst.«

Ohne sich gekränkt zu fühlen, kramte er eine Weile in seinem schmutzigen Beutel.

»An den Fransen deines Mantels erkenne ich, Herr, daß du ein frommer Pharisäer bist und dazu mindestens ein Schriftgelehrter, der etwas vom Gesetz versteht.«

Irgend etwas an der Beharrlichkeit dieses Burschen erregte meine Neugier. Als er sich aufrichtete, sah ich, daß er eine beträchtliche Größe besaß und seine Schultern unter dem groben, braunen Baumwolltuch offenbar kräftig und geschmeidig waren. Er hatte seine kriecherische Art abgelegt und zeigte mir höflich einen seidenen Mantel mit einem deutlich eingestickten »M«, nicht in der üblichen aramäischen, sondern in der hebräischen Schrift.

»Warum zeigst du mir das?« fragte ich ihn.

Er kam näher, bis sein fauliger Knoblauchatem mich zwang, einen Schritt zurückzuweichen. Nachdem er sich davon überzeugt hatte, daß die Leute um uns mit ihren eigenen Angelegenheiten beschäftigt waren, beugte er sich vor und berührte die Innenseite meines Ärmels.

»Dieser Buchstabe, der in deinen Ärmelsaum eingestickt ist«, flüsterte er. »In diesem Augenblick gibt es davon Hunderte hier im Hof, die nur auf einen Führer warten, um Rache für das Massaker zu üben.«

Als sich uns ein Käufer näherte, nahm er schnell wieder die servile Art an, kaum aber war der Mann vorbei, da nickte er zu einer zerbrochenen Säule an einem Ende des Hofes hinüber. »Ich habe gehört, wie die Soldaten lachten, als sie die Säule auf die Galiläer stürzten und zwanzig oder mehr von ihr zermalmt wurden«, sagte er durch die zusammengebissenen Zähne.

Ich betrachtete diese seltsame Gestalt eingehend, denn mir wurde klar, daß er mich nicht zufällig unter den vielen anderen ausgesucht hatte.

»Woher weißt du, ob ich nicht ein Spion der Römer bin?«

Er zeigte lachend die gelben Zähne. »Mit diesem Gesicht niemals! Nur ein Pharisäer kann diese Miene aufsetzen, als müsse er ständig etwas Unangenehmes riechen. Die hoch getragene Nase und die emporgezogenen Brauen sind ein zuverlässigeres Kennzeichen als der gestreifte Ärmel dieser überheblichen Sekte.«

»Du kennst meinen Namen?«

Er nickte leicht. »Wir warten auf einen Führer.«

»Der bin ich nicht.« Er hatte mich in eine Ecke gezogen und holte immer neue Waren aus den gefüllten Körben.

Jetzt hielt er ein weißes Seidengewand empor, an Qualität den Roben gleich, die Hannas und sein Schwiegersohn trugen. »Wie gefällt dir dieses Kleid?« Er lachte und fuhr dann heiser flüsternd fort: »Heute abend im Garten Gethsemane, im großen Raum der Ölpressen. Die Makkabäer werden dort sein.«

Unvermittelt änderte sich sein Verhalten wieder, er begann wie wild zu gestikulieren und mich überaus grob zu beschimpfen. »Warum verschwende ich meine Zeit mit solchen wie dir!« rief er wütend und stopfte seine Waren in die großen Körbe zurück.

Ich wollte eben ärgerlich werden, als ich seinen Blick auffing und hinter mich schaute. Ein Levit mit dem roten Abzeichen der Geldeinnehmer des Tempels hatte an einem benachbarten Stand herumgesucht. Sein Blick streifte über meinen Mantel, ruhte einen Moment auf dem blaugestreiften Ärmel, dann nickte er mir respektvoll zu. Mit dem Händler ging er weniger rücksichtsvoll um. »Deine Bewilligung!« verlangte er.

Murrend zog der Mann die entsprechenden Dokumente für jede feilgebotene Ware hervor. Der Einnehmer sah sie sorgfältig durch und ging dann, wie alle kleinen Beamten, die immer das letzte Wort haben müssen, mit der Ermahnung davon: »Laß mich nicht noch einmal sehen, daß du jemanden belästigst, der hier im Tempel zu tun hat! Sonst wird es dir schlecht ergehen.«

Der Händler sah der davonschreitenden Gestalt finsteren Blikkes nach. »Die sind schlimmer als die Römer, diese Lakaien, die gehorsamen Diener Roms!«

Unwillkürlich fuhr ich zusammen, denn dieser grobe, rauhe Fremde mit dem häßlichen Gesicht hatte fast wörtlich meine eigenen Gedanken über den Hohenpriester und seine Kohorten ausgesprochen.

»Wie nennst du dich?«

»Josua-bar-Abbas.«

»Und die Losung heißt?«

»Gut, daß du mich fragst, denn ohne Losung kämst du nicht mal in die Nähe des Gartens Gethsemane.« Er senkte den Kopf. »Simon«, antwortete er dann. »Simon Zelotes.«

Ich schenkte ihm keinen weiteren Blick, sondern ging meiner Wege, ohne der schrillen Rufe der Händler zu achten. Wie viele von diesen, fragte ich mich, gehören, wie Josua-bar-Abbas, zum heimlichen Widerstand gegen Rom? Es war ein erregender Gedanke, und diesmal nahm ich keinen Anstoß, als zwei behelmte Legionäre lärmend, die Breitschwerter auf dem Pflaster klirrend, mit zwei schamlosen Töchtern Israels am Arm vorüberschwankten.

Bald ließ ich den Tempel hinter mir und befand mich in der Stadt, die ich so liebte. Ich war immer wieder begeistert, wenn ich durch die vertrauten Straßen schlenderte. In der Oberstadt, nahe dem Tempel, wohnte die Aristokratie und genoß die klare Luft in dieser Höhe von fast 800 Metern. Vor mir, hinter dem Schaftor und der parallel zum Kidron-Tal verlaufenden Mauer, erstreckte sich das neue Viertel. Ich kam am Misttor vorbei, hinter dem ein nach Urin und Abfall stinkendes Rinnsal durch die Gossen floß und wo die Aussätzigen, denen die Stadt verboten war, sich in ihrem Elend zusammendrängten und auf eine Wunderheilung im heiligen Wasser des Teiches hofften. Auf der anderen Seite des Kidron-Tals, am Fuß des Ölbergs, lag eine Gruppe von Vorratshäusern für die Häute der geopferten Tiere. Als ich am Misttor vorüberkam, hielt ich mir die Nase zu, denn der Müll ganz Jerusalems wurde durch dieses Tor hinausgefahren und ins Kidron-Tal geworfen. Unmittelbar vor den Mauern sah ich Bettler, die in den stinkenden Abfallhaufen in den schmutzigen Gassen hinter den Lagerhäusern wühlten. Der Bach im Kidron-Tal war rot vom Blut der Opfertiere, und ich blieb einen Augenblick stehen, um das strömende Wasser zu betrachten.

»Eines Tages«, sagte eine fremde Stimme, »wird dieser Bach von einem anderen Blut gerötet sein.«

Als ich mich umwandte, sah ich in der zunehmenden Dunkelheit zwei unklare Gestalten. Obwohl die Abendkühle noch nicht eingesetzt hatte, lief mir ein kalter Schauer über den Rücken. Dann jedoch schüttelte ich das Unbehagen schnell wieder ab. Wieso hatte ich die Stimmen so deutlich gehört? Ich mußte sie mir eingebildet haben.

Die Straßen waren jetzt, kurz nach der Zeit des abendlichen Mahls, sehr still. Und als ich an den Reihen gelber, eng zusammengedrängter Steinhäuser entlangblickte, zwischen denen nur die weitläufigen römischen Villen und die Paläste der jüdischen Würdenträger mehr Raum einnahmen, erinnerte ich mich an den Ausspruch, man könne meilenweit über diese flachen, mit Erde bedeckten Dächer wandern.

Rasch ließ ich das Viertel mit seinen unappetitlichen Gerüchen hinter mir und kam alsbald in eine wohlhabende Wohngegend, erfüllt vom Leuchten roter Mohnblüten, blauen Lavendels und weißer Maiglöckchen. Dann gelangte ich an Beete mit Kümmel, scharfer Pfefferminze, berauschendem Ingwer und Muskat, Safran, Oleander und Zypressen, die alle die Gärten der Reichen schmückten. Ihr süßer Duft ließ mich die schaurigen, eiternden Schwären der grotesken Monstren mit ihren Löwengesichtern und die zerlumpten Bettler mit ihren schmutzigen, nach Almosen ausgestreckten Händen vergessen. Auf einigen die Kalksteinhäuser überragenden Anhöhen fand ich die aromatische Helbona und Lebona, die, gemahlen und getrocknet, Weihrauch ergeben. Wäre der Geist Israels doch so fruchtbar wie dieses Land!

Ich muß stundenlang gewandert sein, denn mein Kopf schwirrte, als ich an das neue Leben dachte, das ich nun beginnen wollte. Wohin es mich führen würde, wußte ich nicht. Ich wußte nur, daß ich meinen Retter kennenlernen sollte, den Messia Israels; daran bestand für mich kein Zweifel. Denn selbst als Junge, wenn ich den leise geführten Gesprächen meines Vaters mit seinen Freunden lauschte, hatte ich schon gewußt, daß ich geboren war, ihm eines Tages zu dienen. Das war meine Bestimmung, die konnte ich nicht leugnen. Sagte das Buch unserer Väter nicht, daß der Philister ohne Erfolg gegen seine Sterne ankämpft? Gewiß, wir konnten unseren Weg wählen, aber er war uns vorgezeichnet. Die Ältesten hatten mir diesen Weg gewiesen, der Verheißene winkte, und dennoch, wie Jesaja sagte, kannte ich ihn noch nicht. Im selben Moment jedoch, da mein Blick auf ihn fiel, würde mir der Schleier vor den Augen hinweggezogen werden. Er war mein Meister, für den ich, falls notwendig, sterben würde.

Der Täufer, hatten sie gesagt, sei ein Essener. Ganz so streng hatte ich mir den Heiland allerdings nicht vorgestellt. Aber wenn ich die Hohenpriester auch mißbilligte, so wußte ich doch, daß Reb Gamaliel recht hatte, wenn er sagte, die Juden müßten gemeinsame Sache machen. Wir waren bereits eine geteilte Nation; auf uns brauchten die Römer ihre Politik des Teilens und Herrschens nicht mehr anzuwenden. Indem ich immer noch kräftig ausschritt, ließ ich mir die verschiedenen Gruppen und ihre Philosophien durch den Kopf gehen. Die Pharisäer glaubten, das Schicksal diktiere schlechthin alles und den Menschen könne nichts widerfahren, was nicht von diesem Schicksal bestimmt werde. Im Gegensatz zu den Griechen jedoch, die den Charakter des einzelnen für den entscheidenden Faktor hielten, war dieses Schicksal für sie ebensowenig eine unbeseelte Macht wie die Bewegung der Planeten und der Rhythmus der Jahreszeiten. Es gehörte alles zu Gottes Plan, und je mehr wir uns dem Schöpfer näherten, je besser wir ihn verstehen lernten und uns dabei auch selber kennenlernten, um so klarer begriffen wir seine Absicht.

Ich war von dieser Philosophie fasziniert, doch mir schien die Annahme, Gott interessiere sich für den trivialen Verlauf eines jeden Menschenlebens, eine unendliche Überbewertung des eigenen Ichs zu sein. Was konnte es Gott schon groß bedeuten, daß ich mit Rahel-bas-Natan verlobt war und mich zu Tode langweilte? Gewiß sehr wenig. Warum gab es denn Propheten, wenn Gott selbst zu allen sprach? Wenn ihm die Ungläubigen ebenso lieb waren wie wir, hätte er uns bestimmt nicht zu seinem Auserwählten Volk gemacht.

Die Essener hatten für die Sadduzäer nichts übrig, denn die Tempelhierarchie leugnete ein göttliches Eingreifen in die Angelegenheiten der Menschen und behauptete, jeder Mensch habe die Freiheit, seinen Weg selbst zu wählen. Sie kümmerten sich nicht um Moral, sondern meinten, Gott lasse sich durch die Sünden der Menschheit nicht stören. Den Pharisäern zollten sie zwar widerwillig Respekt für ihren Fanatismus, verstanden ihn aber nicht. Und wie die Pharisäer sahen auch sie in den Botschaften der Propheten einen Teil des Evangeliums. Die Sadduzäer akzeptierten dagegen nur die fünf Bücher der Schrift bis Mose und schlossen sogar jene Propheten aus, die den Messia voraussagten. Hinsichtlich ihrer Autorität stützten sie sich auf die Schriftgelehrten, die seit der babylonischen Gefangenschaft vor vierhundert Jahren mit ihnen Hand in Hand arbeiteten. In Jerusalem gab es ein Sprichwort, das besagte, wenn ein Sadduzäer äße, rülpste ein Schriftgelehrter für ihn. Mir gefielen weder der Zynismus noch die überhebliche Gelehrsamkeit der Schriftgelehrten, die mit ihrer Spitzfindigkeit nichts verschonten, nicht einmal die römische Tyrannei.

So tief war ich in Gedanken versunken, daß ich, ohne es zu merken, am römischen Forum und Theater vorbeigekommen war, das jeder patriotische Jude so gewissenhaft mied wie gebratenes Schweinefleisch. Schließlich gelangte ich jedoch am Palast des Herodes vorbei zum Haus meines Vaters. Von der Straße aus wirkte es nicht besonders weitläufig, denn kluge Juden verbargen ihren Reichtum vor dem hungrigen Wolf. Nachdem ich das Tor geöffnet und einen offenen Gang durchmessen hatte, betrat ich ein Atrium, das fast überquoll von der Fülle der Zypressen, Palmen und Karobbäume, die um mehrere Marmorbrunnen gruppiert waren. Mein verstorbener Vater war in seinen späteren Jahren stark hellenistisch beeinflußt und hatte eine Vorliebe für griechisch-römische Statuen entwickelt.

»Nimm dir das Beste von jeder Kultur«, hatte er mir geraten, »und verwende es zu deinem Nutzen.«

An der Tür blieb ich stehen. Die Ausreden für Rahel und meine Mutter hatte ich mir schon zurechtgelegt. Wir hatten das Abendessen mit ein paar Freunden einnehmen wollen, doch jetzt beschäftigten sich meine Gedanken nur mit dem Garten Gethsemane. Die Zeloten aus ganz Palästina würden dort sein, und überdies sämtliche Sympathisanten, denn nach dieser Machtdemonstration des Pilatus mußte endlich gehandelt werden. Rom würde es noch bitter bereuen, in uns allen nur Feiglinge zu sehen.

Meine Mutter begrüßte mich zuerst. In ihrem abgespannten Gesicht stand Besorgnis, als sie meine Hand ergriff und mich leicht auf die Wange küßte. »Du bist jetzt immer so selten zu Hause«, seufzte sie mit leichtem Vorwurf.

Hinter ihr sah ich das liebliche Gesicht meiner Verlobten. »Rahel!« rief ich, »deine Schönheit nimmt mit jedem Tag zu!«

Sie errötete auf reizende Art, und ihre haselnußbraunen Augen strahlten.

»Wie kannst du das sagen, Juda, da du doch so selten hier bist?«

»Du kritisierst meine Arbeit?« antwortete ich barscher als beabsichtigt. »Wovon sollten wir denn leben, wenn nicht von den Besitzungen meines Vaters?«

Meine Mutter warf mir einen Seitenblick zu. »Simon aus Zyrene war hier.«

»Ach, der Vergnügungskrämer!« sagte ich ohne jegliches Interesse. »Was für Katastrophen hat er nun wieder zu berichten?«

Der Zyrener, der seinen Spitznamen seiner hedonistischen Lebensauffassung verdankte, war viele Jahre lang Verwalter bei meinem Vater gewesen und diente nach dessen Tod nun mir.

»Er sorgt sich, weil er dich so selten sieht«, erwiderte sie.

»Es ist eine wenig unterhaltsame Reise nach Kerijot. Außerdem kann er mit seinen Problemen nach Jerusalem kommen.«

Rahel schmollte, das Näschen hoch in die Luft gereckt.

»Ich werde eine alte Jungfer, und du merkst es nicht einmal!«

»Ich weiß«, antwortete ich lachend. »Du bist wahrhaftig schon fast sechzehn.«

»Und du ein alter Mann von nahezu dreißig.«

»Noch nicht ganz. Mach mich nicht älter, als ich bin.«

Meine Mutter lächelte bedrückt. »Ich fürchte, Juda, daß ich diejenige bin, die ihre Jahre spürt.«

Die Diener brachten Erfrischungen in die Bibliothek, mein Lieblingszimmer, in dem mein Vater mit mir oft bis in die frühen Morgenstunden über Geschichte diskutiert hatte.

Langsam trank ich von dem guten syrischen Wein.

»Ich kann heute abend nicht mit euch essen, Mutter, so gern ich es auch tun würde.«

Ihre Stimme zitterte ein wenig. »Aber Juda, du darfst deine Gäste nicht enttäuschen! Sie erwarten die Bekanntgabe!«

»Welche Bekanntgabe, Mutter?«

Rahel ließ ihren Becher fallen, der auf dem Fliesenfußboden zerschellte.

»Er hat es vergessen!« rief sie empört.

»Du wolltest das Datum deiner Hochzeit bekanntgeben.«

Ich seufzte. »Leider kann ich heute abend nicht hierbleiben, Mutter. Ich bedaure es wirklich sehr, Rahel.«

Rahel war niedergeschmettert. Ihr Busen wogte vor Erregung, und sie kämpfte mit den Tränen. »Wenn du mich nicht willst, Juda, dann sag es offen. Ich weiß, daß ich seit dem Tod meiner Eltern nur eine arme Verwandte bin, eine Almosenempfängerin.«

Meine Mutter ergriff ihre Hand. »Du bist mein Kind, Rahel, die Tochter, die ich nie bekommen habe.«

Mir war die Situation peinlich. »Reb Gamaliel erwartet mich später. Er will etwas mit mir besprechen.«

»Wann hast du ihn zuletzt gesehen?«

»Heute erst«, antwortete ich wahrheitsgemäß, »aber es waren andere anwesend. Du weißt, daß er mir ein guter Freund ist und meine Karriere fördern will.«

Sie krauste die Stirn. »Ist das Vermögen deines Vaters denn nicht reichlich für uns alle?«

»Es geht nicht anders, ich muß heute abend fort.« Es mißfiel mir, daß ich lügen mußte, wo eine Entschuldigung eigentlich nicht hätte vonnöten sein dürfen. »Gib du ihnen doch an meiner Statt das Datum bekannt.«

Meine Mutter sah mich schmerzlich an. »Aber du, Juda, bist das Oberhaupt dieses Hauses.«

Wie immer, wenn man ungerechtfertigt Druck auf mich ausübte, verlor ich sofort die Beherrschung. »Dann gestatte mir bitte auch, das Oberhaupt dieses Hauses zu sein.«

Meine liebe, gute Mutter erhob sich vom Ruhebett und nahm Rahel bei der Hand. »Komm, Kind, wir müssen uns um die Abendmahlzeit kümmern. Wir dürfen die Gäste nicht enttäuschen.«

Damit brachte sie es wieder einmal fertig, daß ich mich ihr gegenüber schuldbewußt fühlte.

»Es ist mein Wunsch, Rahel zu heiraten«, erklärte ich.

Ohne sich umzusehen, erwiderte meine Mutter: »Wirst du ihr gegenüber auch so ein Geheimnis aus deinen Unternehmungen machen?«

Ich wollte Rahel einen Kuß geben, doch sie warf stolz den Kopf zurück, daß ihr das herrliche rotbraune Haar um die Schultern flog. Nie war sie mir schöner erschienen, und plötzlich empfand ich ein starkes Verlangen nach diesem schlanken, straffen Körper, der sich so verlockend unter dem hauchdünnen Gewand abzeichnete.

»Komm mit, Rahel«, wiederholte meine Mutter. »Juda hat anderswo zu tun.«

Frauen waren unvernünftig, stets auf ihre eigenen unwichtigen Angelegenheiten bedacht, ohne ein einziges Mal an das Wohl der ganzen Nation zu denken. Und was Gott betraf – ihnen war er nicht mehr als ein Wort. In der Synagoge standen sie oben, betrachteten verständnislos die heiligen Schriftrollen und warfen verstohlene Blicke auf ihre Männer, die unten ernst und feierlich beteten. Der Messia galt ihnen nichts. Für sie war es unwichtig, ob er kam. Solange man ihnen Farbe und Öle gab, damit sie Gesicht und Körper anmalen und verschönern konnten, kümmerten sie sich um nichts anderes. Ich konnte mich nicht mit diesen Frivolitäten abgeben, wenn Gerüchte über den Messia in der Luft lagen und von den Gebeten seiner Anhänger bis in die hintersten Winkel des Landes getragen wurden.

»Rette uns, o Erlöser, denn wir sind dein.«

Ohne Abendessen, doch viel zu erregt, um mich daran zu stören, machte ich mich zu Fuß auf den Weg nach Gethsemane. Ich wählte die kürzeste Strecke quer durch die Stadt über die öffentliche Straße, die den Tempel von der Festung trennte, und gelangte durch das Goldene Tor in die Gärten und Haine, die sich bis in die Berge hinaufzogen. Es war eine schattendunkle Nacht, der Mond segelte immer wieder durch silbrige Wolken, und in seinem schwachen Schein erkannte ich drei Kreuze, an deren Querbalken je eine schlaffe Gestalt hing. Wie ich an ihrem Stöhnen hörte, waren die Ärmsten noch nicht tot. Sie waren, zum Zeichen, daß sie auf frischer Mordtat ertappte Straßenräuber waren, an den Füßen aufgehängt worden und würden noch mindestens bis zum Morgen so hängen. Dann würden ihnen die römischen Soldaten die Beine brechen und sie von ihren Qualen erlösen.

Hätte ich Wein bei mir gehabt, ich hätte ihnen ein wenig gegeben, und hätte ich Zeit gehabt, ich hätte sie ein wenig getröstet. Doch auf solchermaßen Bestrafte stieß man in ganz Judäa, und sie füllten die Herzen der Reisenden mit Furcht. Die Römer hielten nicht viel von Kerkern. Das war in ihren Augen nur eine Verschwendung von Zeit und Geld. »Warum ein totes Pferd füttern?« fragte Pilatus.

Der Garten Gethsemane mit seinen knorrigen, alten Olivenbäumen und den verlassenen Vorratshäusern hatte mich immer schon fasziniert. Er machte so einen verlassenen Eindruck, daß es mich, wenn ich vorbeikam, zuweilen schauderte. Ich hatte das unbehagliche Gefühl, schon einmal hier gewesen zu sein. Wenn man an die Wiedergeburt glaubte, war es sicher durchaus möglich, daß eine halbvergessene Erinnerung aus einem anderen Leben im Gedächtnis bewahrt worden war. Während ich aufgrund meiner pharisäischen Erziehung noch zuweilen mit der Idee eines Weiterlebens nach dem Tod spielte, war das diesseitige doch das einzige Leben, dessen ich gewiß sein konnte. Und wenn dieses Leben nicht zählte, wie konnte dann ein anderes zählen?

Aus diesen Gedanken, in die ich versunken war, riß mich plötzlich eine dunkle Gestalt, die hinter einer Baumgruppe hervorsprang.

»Die Losung!« forderte eine rauhe Stimme. Ich spürte den Druck einer Schwertspitze auf meiner Brust und wich unwillkürlich ein wenig zurück.

»Simon Zelotes.«

»Passiert, Juda-bar-Simon. Du kommst spät.«

Im schwachen Mondlicht erkannte ich, als ich die Augen anstrengte, die scharfen Züge eines syrischen Juden. »Man nennt mich Cestus, denn ich bin das Band, das diese uneinigen Patrioten zusammenhält.«

Sein Gesicht verriet selbst in der Dunkelheit eine Kraft und Entschlossenheit, die ich beruhigend fand.

»Du bist der letzte«, erklärte er mir, »aber ich muß hier ausharren, bis ich abgelöst werde.« Mit der Hand strich er über seine Schwertklinge. »Das hier wird jedem Unbefugten recht übel bekommen.«

Ich folgte dem Pfad, den er mir wies. Dreimal noch wurde ich angerufen, ehe ich das verlassene, von bewaffneten Posten umstellte Lagerhaus erreichte. An der Tür wurde ich durchsucht, und man nahm mir den Dolch ab.

»Ich bin Zelot!« protestierte ich wütend.

»Wir sind alle Zeloten«, entgegnete der Wachtposten, »und die Vorschriften gelten für alle, sogar für Simon Zelotes selbst.«

»Und wenn die Römer die Versammlung sprengen?«

Er lächelte. »Wir haben hinter jedem Baum einen Mann. Die Gemeinschaft wächst, Bruder. Die Zeit naht.«

»Gut, mein Freund.« Ich klopfte ihm auf die Schulter. »So etwas höre ich gern.«

Er ließ mich passieren, und ich betrat das Lagerhaus. Drinnen war es heller, als ich erwartet hatte. Das Licht kam von vielen kleinen Lampen, die, nach dem Geruch zu urteilen, von schwarzem Teer gespeist wurden, wie er aus dem Boden Persiens und des Sinai gewonnen wurde. Meine Ankunft weckte keinerlei Interesse. Nicht ein Kopf wandte sich nach mir um. Auf dem Boden des weiten Raumes saßen an die hundert Personen, die einem Mann mit viel Ausstrahlung lauschten. An seiner undeutlichen Aussprache erkannte man, daß er Galiläer war. Er redete jedoch mit der Selbstsicherheit, wie sie nur ein Angehöriger der Stämme Israels hat. In der Tat gab es in Galiläa viele Menschen aus Abrahams Samen, deren Väter sich dort niedergelassen hatten, nachdem die Makkabäer alle Syrer und Aramäer, die sich nicht beschneiden lassen wollten, vertrieben hatten.

Auch der Redner war in Rom gewesen, auch ihn hatte die Verderbtheit, das Überhandnehmen des Lasters und die zügellose Homosexualität entsetzt. »Die herrschende Klasse ist durch den Luxus verweichlicht worden. Sie treiben sich den ganzen Tag in den Bädern herum, spielen mit ihren kleinen Nymphchen und lassen die Staatsgeschäfte von ehrgeizigen Fremden wie dem gierigen Sejanus erledigen. Die unteren Klassen sind zum Mob geworden und haben keine Lust mehr zum Arbeiten. In Judäa gibt es ein Sprichwort, in dem es heißt, daß ein Vater, der seinen Sohn nicht ein Gewerbe lehrt, ihn das Gewerbe eines Diebes lehrt. Die Römer ergeben sich dem Müßiggang, stehlen und huren in ihrer Trägheit, unterstützt noch von der Großzügigkeit einer ängstlichen Regierung, die den Verstand ihrer Untertanen mit Spielen einschläfert und ihren Körper mit kostenlosem Fleisch und Getreide zur Schwerfälligkeit verleitet.«

Die Zuhörer saßen so dicht zusammen, daß ich eine Weile brauchte, bis ich einen Platz ganz vorn gefunden hatte. Der Blick des Sprechers ruhte einen Moment auf mir, und ich entdeckte ein leichtes Lächeln um seinen Mund. Doch wie konnte das möglich sein? Ich hatte diesen stämmigen Riesen von einem Mann noch nie zuvor gesehen. Dann aber verwandelte sich das Gewand, das er trug, auf einmal in den Harnisch einer Tempelwache, und die Erkenntnis dämmerte mir. Selbstverständlich hatte ich ihn schon gesehen! Er war der Levit, der erst einige Stunden zuvor den Branntweinhändler bedroht hatte! Kein Wunder, daß er mich erkannte. Sie waren wirklich überall.

Bald erfuhr ich auch seinen Namen, denn ein Mann, der mir vage bekannt vorkam, ein Mann mit dem Gesicht eines Falken und der Mähne eines Löwen, erhob sich beherzt und sagte: »Simon Zelotes, ich achte dich als den Führer der Zeloten und stimme dir zu, daß dies nicht das Rom der Republik ist. Aber es ist immer noch Rom. Jeder, der meint, es würde beim ersten Schlag zerbrechen wie ein fauliger Apfel, wird für seinen Irrtum an den Füßen aufgehängt werden.«

Ich hätte diesen Mann, dessen Kleidung und Verhalten sich so sehr verändert hatten, kaum wiedererkannt, doch sein Name bestätigte mir kurz darauf, daß er es war.

»Gut gesprochen, Josua-bar-Abbas«, gab Simon Zelotes zurück. »Doch sei versichert, daß es keinen unüberlegten Angriff auf das Imperium geben wird. Es wird erst etwas Entscheidendes unternommen werden, wenn die Zeit reif ist. Aber wir können uns auf diesen Zeitpunkt vorbereiten, indem wir an jedem für einen Hinterhalt geeigneten Punkt entlang der lebenswichtigen Versorgungsroute von Ägypten nach Syrien Waffenlager einrichten.«

Josua-bar-Abbas musterte ihn zweifelnd.

»Bei allem Respekt vor dir, Simon Zelotes – aber wir brauchen einen Führer, der die Menschen entflammt und ihre Phantasie entzündet.«

»Gewiß«, antwortete Simon, »und das kann nur ein einziger sein.«

Es gab ein Aufhorchen in der Menge, begleitet von lauten Rufen wie: »Hosianna, Hosianna dem Messia, dem Befreier Israels!«

Als ich sah, daß andere ebenso empfanden wie ich selbst, überfiel mich eine Woge der Erregung. Nicht alle Anwesenden waren Zeloten, aber alle waren aufrechte Patrioten, getrieben von der Sorge um Israel, das sich von seinen Vätern entfernte. Ein alter Mann erhob sich; mit Überraschung erkannte ich in ihm Nikodemus, einen liberalen Pharisäer wie Gamaliel, den einige für den reichsten Mann Israels hielten. Er war kein Zelot und machte auch keinen Hehl daraus. »Mein einziger Wunsch ist«, sagte er langsam, aber bestimmt, »daß Israel als Land des Auserwählten Volkes bestehen bleibt. Ich gehe durch die Straßen Jerusalems und bin bestürzt darüber, wie sich die Dinge verändert haben. Unsere jungen Männer sind romanisiert. Sie kleiden sich wie die Römer und spreizen sich wie die Römer. Sie besuchen die Sporthallen, gehen in die Arenen und träumen davon, römische Bürger zu werden. Einige sind sogar unbeschnitten, da die Römer Anstoß nehmen an diesem Brauch. Unsere Töchter verkehren freundschaftlich mit den Eroberern, ja, sie heiraten sie sogar und geben unseren überlieferten Glauben auf. Es ist ein beklagenswerter Zustand.«

»Und wie«, fragte ihn Simon, »soll man diesen Zustand ohne Gewalt ändern?« Es war nämlich bekannt, daß Nikodemus aus Furcht vor den Vergeltungsmaßnahmen der Römer immer wieder zur Vorsicht riet.

»Ich bin ein alter Mann«, antwortete Nikodemus, »und habe viel vom Leben gesehen. Ich erkenne einen Verfall im Charakter der Römer, der nur zu ihrem Untergang führen kann.«

»Und woran«, fragte der hitzige Josua-bar-Abbas, »erkennen wir, daß der Charakter eines Volkes sich schwächt?«

»Wenn es alle Pflichten, die es mit Freuden selbst erfüllen müßte, der Regierung überläßt«, antwortete Nikodemus. »Wenn den Menschen gesagt wird, daß sie Nahrung und Wohnung erhalten, wenn sie nicht arbeiten wollen, wenn man ihnen Sicherheit von der Wiege bis zum Grabe verspricht, wenn man ihnen erklärt, der Staat werde die Sorge für ihre Kinder übernehmen und bestimmen, welche Ausbildung sie wo erhalten werden. Wenn man ihnen all das sagt und sie es hinnehmen.«

Josua-bar-Abbas schüttelte heftig den Kopf. »Ich habe nicht die Geduld eines alten Mannes.«

»Laß ihnen Zeit«, drängte Nikodemus. »Wir können nicht an unser Schicksal denken. Es gibt keinen Cato mehr, keinen Marcellus, der seinen eigenen Sohn tötete, um das Prinzip zu erhalten, daß die erste Pflicht dem Staate gilt. Es gibt nur noch eine verderbliche Gier, die ich mit eigenen Augen gesehen habe. Gier nach Macht und nach dem Luxus, den man durch sie erlangt, Gier nach eleganten Häusern und Einrichtungen, nach großen Besitzungen und zuchtlosem Leben mit Wein und Weibern. Alle Kennzeichen des Verfalls sind vorhanden. So weit ist es mit den Bürgern der größten Staatsmacht auf Erden gekommen, daß sie Müßiggang und Sport der Arbeit vorziehen. Rom wird der ersten entschlossenen Streitmacht, die daherkommt, wie eine reife Frucht in den Schoß fallen. Das versichere ich euch.«

Nikodemus war der Überzeugung, das Schicksal der Nationen werde von ihrer Sozialwirtschaft bestimmt. »In der römischen Familie ist es zu einem Verfall gekommen, der ein schlechtes Omen für die Lebenskraft der Römer ist. Nur die Niedriggeborenen und die Sklaven haben noch große Familien, weil sie wissen, daß der Staat sie unterstützen wird. Die Angehörigen der Mittel- und Oberklasse heiraten häufig gar nicht und halten es mit der Abtreibung. Bald wird niemand mehr vorhanden sein, der die Massen unterstützt, die als Sklaven geboren werden und Sklaven bleiben, zufrieden damit, Nahrung und Unterkunft zu haben und sich gelegentlich bei Ausflügen in finstere Gassen die Taschen zu füllen, indem sie jene Menschen berauben, von denen sie unterstützt werden.«

Josua-bar-Abbas war nicht beeindruckt.

»Was Nikodemus sagt, mag richtig sein, aber wir können nicht warten, bis Roms Niedergang beendet ist. Bis dahin werden die Veränderungen in Israel so fortgeschritten sein, daß unsere Söhne und Töchter zu Römern geworden und ebenfalls vom Niedergang betroffen sind.«

Es gab einiges Gelächter über diese geistreiche Entgegnung, und sogar Nikodemus lächelte gutmütig. »Ich rate dringend zur Geduld. Es ist besser für uns alle. Zunächst muß der Messia kommen und entscheiden, wie Israel gerettet werden soll.«

Die Versammlung lief nicht gut. Viele begannen sich unruhig umzusehen. Ich erhob mich.

»Darf ich ein paar Worte sagen?«

Simon Zelotes streckte die Arme aus. »Hier haben wir einen jungen Mann, der in Luxus leben könnte, sich aber statt dessen uns angeschlossen hat«, sagte er. »Sprich, Juda.«

Ich hatte noch nie zuvor öffentlich geredet, doch meine Gedanken waren klar und präzise. Ich konnte einzelne Gesichter in der Menge ausmachen und spürte ein allgemeines Aufleben des Interesses. Ich machte keine großen Umschweife.

»Im Anfang«, begann ich, »waren die Makkabäer nur eine Handvoll, weniger als wir. Aber sie waren zielbewußt und hatten den Glauben. ›Viele‹, sagte Juda Makkabäus, ›können von wenigen überwältigt werden. Der Sieg hängt nicht von der Anzahl ab. Die Kraft kommt allein vom Himmel.‹«

Ich sah, wie das lange Gesicht des Nikodemus sich zur Andeutung eines Lächelns verzog. Cestus dagegen stand teilnahmslos mit unterschlagenen Armen da, und die jüngeren Zeloten saßen schweigend.

»Die Makkabäer waren kein kriegerisches Volk. Sie waren Bauern, wie viele von euch. Sie hüteten Schafe, Ziegen und Rinder, kümmerten sich um ihre Tauben und bestellten ihren Acker. Sie waren ein friedliches, aber auch ein freiheitsliebendes Volk. Die Juden jener Zeit enthielten sich am Sabbat jeglicher Tätigkeit. Antiochus und seine syrischen Griechen frohlockten über diese Frömmigkeit und feierten den Sabbat der Juden, indem sie sie zu Tausenden in ihren Höhlen abschlachteten. Erst als sie ihnen befahlen, Götzenbilder anzubeten, leisteten die Juden endlich Widerstand.«

Ich hob die Stimme. »Und als sie bereit waren, kam in Erhörung ihrer Gebete ein Volksführer.«

Jetzt hatte ich meine Zuhörer in der Hand.

»Mattatias aus Haschmona war reich an Söhnen. Johannes und Simon, Juda, Eleasar und Jonathan. Sie taten sich mit Freunden und Nachbarn zusammen und griffen an, als es der Feind am wenigsten erwartete. Sie bekämpften ihn unablässig, überfielen seine Karawanen, plünderten seine Arsenale, töteten Nachzügler. Sie kämpften nicht nur am Sabbat, sondern sogar am Versöhnungsfest und überhaupt an jedem Tag. In einer offenen Feldschlacht auf der Ebene von Emmaus floh das syrische Söldnerheer beim ersten Angriff. Sie waren nicht mit dem Herzen beim Kampf. Mit jedem Sieg gewannen die Makkabäer –« ich hielt meinen Ärmel empor, damit alle das Zeichen sahen –, »die Hämmerer des Herrn, neue Anhänger. Aber sie waren immer noch an Zahl unterlegen. Bei Elasa sagte Juda angesichts einer weit überlegenen Streitmacht zu seiner kleinen Gruppe: ›Es ist nicht schwer zu sterben, wenn man für die Freiheit stirbt.‹ Und er hatte recht.

Zum Schluß befreite Juda Jerusalem mit einem Heer von 120 000 Soldaten, genug Truppen also, um jedes Volk zu befreien.« Mein Blick streifte über die schweigende Menge. »Und es wird wieder geschehen, wie es damals geschah. Gott hat uns nicht verlassen. Er wird uns den Messia senden, und unsere Feinde werden wie Spreu vor ihm sein.«

Das hatte die Menge hören wollen, darum reagierten sie jetzt freudig und verliehen ihrer Zustimmung Ausdruck, als sei jeder Sieg der Makkabäer der meine gewesen. Es war schön, zu wissen, wie leicht man andere aufrütteln konnte, indem man auf ihre Wünsche einging.

Nicht alle ließen sich jedoch so schnell umstimmen. Das lange Gesicht des Nikodemus schien noch länger geworden zu sein.

»Die Römer«, warf er trocken ein, »würden kaum damit einverstanden sein, daß man sie als Spreu bezeichnet.«

In dem Bewußtsein, die Zuhörer auf meiner Seite zu haben, antwortete ich kühl: »Will Nikodemus andeuten, der von Gott gesandte Messia habe nicht die Macht, Israel von jedem Feind zu befreien?«

Nachdenklich, nicht im geringsten in Verlegenheit gebracht, strich Nikodemus sich das Kinn.

»Zunächst müssen *wir* wissen, daß er der Messia ist, dann muß *er* es ebenfalls wissen.«

»Selbstverständlich wird er es wissen. Wie könnte er sonst unser Führer sein?«

»Wahr, aber er marschiert vielleicht nach einem anderen Takt als wir.«

Empört über diese Worte, die ihrer Ansicht nach Haarspalterei waren, begannen die jüngeren Zeloten mit den Füßen zu stampfen und laut zu rufen: »Nieder mit dem Ungläubigen!«

Nikodemus' Augen blitzten. »Ich bin ein Gläubiger«, widersprach er ruhig, »sonst wäre ich heute nicht hier. Ich stehe für jede

Sache ein, die dem Befreier unseres Volkes den Weg bereitet. Und ich werde jede Sache unterstützen, an die ich glaube.«

Dieser letzte Satz war natürlich ein schwerer Schlag, denn Geld wurde für den geplanten Aufstand dringend benötigt, und Nikodemus, der reichste Kaufmann Palästinas, würde nicht so leicht zu entbehren sein.

Josua-bar-Abbas hob die Hand. »Nikodemus als Freund der Freiheit hat das Recht, seine Meinung zu sagen.«

Ich entdeckte einen Fehler in Nikodemus' Beweisführung. »In der Sklavenbevölkerung ruht der Same so manchen Aufstands. Sie sind ihren römischen Herren an Zahl weit überlegen und würden sich wahrscheinlich jeder Revolte anschließen.«

Nikodemus war anderer Meinung. »Sie haben kein Feuer in sich, sonst hätten sie sich längst erhoben. Diese Sklaven sind nicht wie die Gladiatoren, die mit Spartakus in ganz Italien gekämpft haben, sondern Parasiten, für die schon so lange gesorgt wurde, daß ihnen alles gleichgültig ist, wenn sie nur Nahrung und Obdach haben. Ihr werdet anderswo Unterstützung suchen müssen. Von den Zaghaften werdet ihr sie nicht bekommen.«

Tief im Herzen wußte ich, daß er recht hatte.

»Dann werden wir sie von den Mutigen bekommen«, entgegnete ich mit lauter Stimme. »Von jenen, die die Legionen gegen einen Feind führen, den sie nicht hassen, von Steuerzahlern, die unter jeder neuen, unerträglichen Forderung stöhnen, von Männern überall im Land, die für die Sache der Freiheit kämpfen. Niemand liebt den Tyrannen, nicht einmal die Römer selbst. Was Julius Cäsar zugestoßen ist, kann auch einem Geringeren widerfahren.«

»Für jeden gefallenen Cäsar werden zehn neue aufstehen«, gab Nikodemus zu bedenken.

»Aber die werden nicht von Gott gesandt sein und Gottes grenzenlose Macht besitzen. Sagt nicht die Schrift, daß, wenn er kommt, sich alle Völker in Gehorsam vor ihm neigen werden? Stellt Nikodemus die Propheten in Frage? Gewiß ist er doch kein materialistischer Sadduzäer, von seinem Reichtum so verblendet, daß er meint, es gäbe vorher und nachher nichts.«

»Zwischen den Zeloten und den Pharisäern herrscht Einigkeit bis auf die Frage des Eifers. Das weißt du, Juda, denn nie gab es einen vornehmeren Pharisäer und Patrioten als deinen Vater.«

»Ich weiß, daß die Zeit zum Widerstand gekommen ist. Es ist zweihundert Jahre her, daß die Makkabäer uns die Freiheit gaben, und hundert Jahre, seit die Römer sie uns wieder nahmen. Einhundert Jahre Rom ist genug, sage ich, genug von Tiberius, der uns unsere Bräuche nehmen will, genug von Sejanus, der die Juden haßt, weil sie für die Freiheit sind, genug von Pontius Pilatus, der aus Israel einen Fußschemel für seine eigenen kleinen Ambitionen machen möchte. Ich sage zu Gott: Herr, zeige uns den Verheißenen, und wir, deine getreuen Diener, werden alles übrige tun.«

Abermals wies ich auf das verborgene Emblem. »Laßt uns für jenen Tag leben«, rief ich, »da dieses nicht nur für die Makkabäer steht, sondern für den neuen Befreier, den Messia, der bereits hier ist und wartet. Das weiß ich, denn die Zeit ist reif, und eines Tages wird es die ganze Welt wissen.«

Unter ohrenbetäubendem Beifall setzte ich mich. Sogar der grimmige Cestus rang sich ein Lächeln ab. Und was Nikodemus betraf – nun, was schadete es, daß er die Stirn krauste und besorgt zu sein schien? Er war alt, und die Alten raten immer zur Geduld, während es doch die Ungeduld ist, die Weigerung, das Unvermeidliche zu akzeptieren, welche jene wunderbaren Veränderungen herbeiführt, die dem Leben die Würze verleihen. Ich würde lieber tausend Tode sterben als ein Leben als Sklave verbringen.

Mit einer einzigen Ansprache war ich plötzlich zu einem Führer unter den Zeloten geworden. Zuvor hatte ich keinen nennenswerten Beitrag geleistet, hatte nur zugehört, wie andere redeten und planten.

Cestus und Josua-bar-Abbas schüttelten mir die Hand.

»Du hast uns eine großartige Idee eingegeben«, sagte Cestus mit einem Grinsen, das sein wildes Gesicht verzerrte.

»Das freut mich«, gab ich verwundert zurück.

»Bis wir stark genug sind, den Kampf zu eröffnen, werden wir es den Makkabäern nachmachen. Wir werden ihre Arsenale plündern und ihre Karawanen überfallen – so lange, bis sich die Römer nicht mehr damit brüsten können, daß ihre Straßen so sicher sind wie das Forum in Rom zur Mittagszeit.«

Ich dachte an das, was Hannas über die lebenswichtige Verbindung des Imperiums von Alexandria nach Damaskus gesagt hatte.

»Sie werden das nicht stillschweigend hinnehmen.«

Zu Cestus war jetzt Dysmas getreten, ein Wachtposten, der eben abgelöst worden war.

»Bis sie ihren Feind erkannt haben, werden wir eine bewaffnete, voll ausgerüstete Streitmacht besitzen, stärker als alles, was sie gegen uns aufbringen können.« Er lachte rauh. »Die haben jetzt schon alle Hände voll zu tun mit den Barbaren in Germanien, den Briten, die auf den Bäumen hocken, und den Parthern.«

»Und was ist mit dem Volksführer? Ohne den Messia besteht keinerlei Hoffnung auf eine allgemeine Erhebung. Alle warten auf den Befreier und wollen sich ohne ihn nicht befreien lassen.«

Cestus und Dysmas lachten in ihre zottigen Bärte.

»Wenn wir keinen Messia finden, werden wir eben einen machen.«

3

Der Täufer

Ich erkannte ihn sofort.

Er stand knietief im lehmigen Wasser des Jordan, vor sich einen jungen Mann, dem er die Hand auf den demütig geneigten Kopf gelegt hatte.

»Bereue, und du wirst geheilt werden!« rief er mit einer Stimme, die weit über das Ufer hinaus trug.

Der junge Mann hob mühsam den Arm. Man sah deutlich, daß er verkrüppelt war, daß die Finger verkrümmt und deformiert waren.

Der Täufer – denn ein anderer konnte es nicht sein – strich mit der Hand leicht über den kranken Arm. »Bete zum Vater, der alle Dinge vermag, der sogar Berge versetzen kann.« In seiner Stimme lag ein Vibrieren, das einen Energiestrom auszusenden schien. Ich spürte es sogar dort, wo ich stand, und der junge Mann verspürte es ebenfalls. »Ich fühle die Wärme!« rief er aus.

»Du hast dich geöffnet«, sagte Johannes. »Das ist gut.«

Ich war noch nie zuvor Zeuge einer Wunderheilung gewesen und glaubte eigentlich auch nicht daran. Wie konnte ein gewöhnlicher Mensch eine Krankheit heilen, mit der die besten Ärzte nicht fertig wurden? Ganz zweifellos war das alles nur dummer Aberglaube, immerhin jedoch war es erstaunlich, was der menschliche Geist für Dinge vollbrachte. An etwas zu glauben war häufig schon der erste Schritt dazu, daß dieses Etwas wirklich geschah. Wie viele Menschen hatten geschworen, gesehen zu haben, wie Simon, der Magier, sich in die Luft erhob und flog, und dennoch war er lediglich ein Zauberkünstler, der die Einfältigen irreführte.

Jetzt aber sah ich mit eigenen Augen ein Wunder. Etwas anderes konnte es nicht sein. Der Arm war eindeutig gelähmt gewesen, und nun – es war wirklich unerklärlich – begann sich die Haut zu glätten, und die Muskeln nahmen langsam Form an.

»Im Namen Gottes, unseres Herrn«, dröhnte der Täufer, »ist Azriel, der Sohn Hammons, geheilt worden.« Der junge Mann stieß einen Jubelschrei aus und hob seinen wiederhergestellten Arm, damit alle es sehen konnten. Ein Gemurmel brach an, das sehr schnell zum Crescendo anwuchs. Die Lahmen, die Hinkenden und die Blinden in der von Staunen erfaßten Menge fielen auf die Knie und riefen laut: »Hosianna!«

»Er muß wahrlich der Messia sein«, sagte eine alte Frau, die sich auf einen Stock stützte. »Nur der Gesalbte des Herrn kann solche Dinge vollbringen.«

Der Täufer ließ sich von den Versammelten nicht stören. Er richtete den jungen Mann auf, tauchte seine eigene Hand in das unruhige Wasser und schöpfte es dem jungen Mann über den bloßen Kopf. In diesem Moment existierte kein anderer für ihn. »Ich taufe dich Jesaja, das heißt, die Rettung des Herrn, nach dem Propheten, dessen Weissagungen sich bald offenbaren werden.«

Der junge Mann kniete betend nieder, daß ihm das Wasser bis an die Schultern reichte, und hob in dieser Haltung flehend den Kopf.

Die Augen des Täufers leuchteten. »Er hat Gefallen an dir, Jesaja, darum erhebe dich und wisse, daß du von Sünden reingewaschen und in deiner neuen Reinheit bereit bist, den Herrn zu erkennen.«

Der junge Mann trat einen Schritt vor, um seinen Wohltäter voll Dankbarkeit zu umarmen. Der Täufer wich jedoch hastig zurück, und die Essener schrien erschrocken auf.

»Es würde ihn seiner Kraft berauben. Wenn er mit Gott in Verbindung steht, darf man ihn nicht berühren.«

Während ich noch rätselte, wie dies denn möglich sei, kam der Täufer ans Ufer zurück. Mit seinen scharfen blauen Augen musterte er die Menge, schien in diesen wenigen Sekunden alles und jeden anzusehen. Bis auf ein paar höhnische Grimassen und ein vereinzeltes schiefes Grinsen hatte er die Anwesenden für sich gewonnen. Aber Zyniker gibt es immer. Ich hatte im Gedränge Pharisäer und Sadduzäer entdeckt, ja sogar einige Zöllner, Steuereinnehmer, kenntlich an ihren Dienstabzeichen und daran, daß die Leute ihnen Platz machten. Alle fürchteten diese Speichellekker Roms, die den Arbeitenden noch das Letzte abpreßten, was ihnen die Priester gelassen hatten.

Mit Verwunderung sah ich eine Anzahl Rabbis, bärtig, in schwarzem Kaftan mit Käppchen und dem Phylakterion am Arm, einer kleinen Lederkapsel, die sie immer wieder berührten, während sie aus der in ihr enthaltenen Schriftrolle zitierten.

»Höre, o Israel, der Herr, unser Gott, der Herr ist Eins.«

Selbst einige Männer aus der Wildnis, die uns umgab, waren

anwesend: rauhe, ausgemergelte Jäger und Holzfäller. Ich kannte sie gut, diese Bewohner der Wildnis. Es war ein hartes, gefährliches Land, aber es war mein Land, denn meine Familie lebte seit Generationen im nahen Kerijot. Hier hatte Simon, der letzte Makkabäer, gekämpft, hier in den Kalksteinbergen bei Jericho, wo die grauen Hänge von einer finsteren Schlucht durchschnitten werden, deren Wasser sich schäumend in den Jordan ergießen. Hier jagten Adler durch die Lüfte, löschten Schakale ihren Durst dort, wo sich der Fluß wie eine Schlange über den glitzernden Sand dahinwälzt. Es war ein Land, wo der Tempel mit seinen Problemen wie ein ferner Alptraum erschien, bis ich mir Zeit nahm, die verschiedenen Elemente zu unterscheiden, die ich hier sah.

Im großen und ganzen bestand diese bunte Menschenansammlung aus *Amharetzin*, die den Handelsgeist im Tempel verachteten und sich deshalb von den traditionellen Gesetzen abgewandt hatten. Es waren hauptsächlich Männer, die niedrige Dienste leisteten, Kehricht und Abwässer beseitigten, Handwerker – Zimmerleute, Schmiede –, Fischer und Bauern. Sie arbeiteten in den Werkstätten und Basaren, arbeiteten mit den Händen, denn für eine geistige Ausbildung reichte ihr Verstand nicht aus. Selten übten sie einen geachteten Beruf aus, etwa auf dem Gebiet des Rechts, der Medizin oder als Lehrer.

Sie waren unschwer zu identifizieren: an ihrer groben Kleidung und ihrem ebenso groben Gebaren. Einige von ihnen kannte ich, Adam den Gerber zum Beispiel, dessen Lederwerkstatt in der Heiligen Stadt in der Straße der Gerber lag. Adam war ein schwerer Mann mit einem großporigen Gesicht, das fast so aussah wie seine Häute. Seine Augen waren klein und blickten mit jenem für seine Klasse so typischen Mißtrauen in die Welt. Seine Begleiter waren nicht weniger ungehobelt als er, tranken aus enghalsigen Flaschen, die an ihrer Hüfte hingen, billigen Wein und führten mit lauter Stimme plumpe Reden.

Nicht für das Sanhedrin, sondern um meine eigene Neugier zu befriedigen, schlenderte ich zwischen ihnen umher und dachte mir, daß man sie mühelos zur Rebellion bekehren könne, denn wer nur wenig zu verlieren hat, setzt es auch leichter aufs Spiel.

Da ich die Kapuze tief in die Stirn gezogen hatte, konnte Adam mich nicht erkennen, obwohl ich oftmals seine Werkstatt aufsuchte, denn seine Lederwaren, etwa die festen Schilde und Brustpanzer, waren für die Truppen, die wir schließlich aufstellen würden, überaus gut zu gebrauchen. Während er sich mit dem Handrücken den Wein aus dem Bart wischte, beobachtete er mich mit verkniffenem, argwöhnischem Blick.

»Was führt dich her, Adam?« erkundigte ich mich und sah voller Genugtuung, wie er bei seinem Namen zusammenzuckte.

Sein Blick wurde, falls möglich, noch argwöhnischer. Er schaute sich unsicher um, als suche er Rückhalt bei seinen Kumpanen.

»Woher kennst du meinen Namen?« Drohend kam er auf mich zu.

»Es ist ein wohlbekannter Name.« Ich genoß mein kleines Spiel.

Aus seinem geröteten Gesicht mit den geblähten Nüstern schlug mir übelriechender Atem entgegen. Unwillkürlich wich ich zurück, denn der Gestank nach saurem Wein und Knoblauch drehte mir den Magen um.

Sein blanken, schwarzen Augen glänzten bösartig. »Ich hab's ja gewußt!« rief er triumphierend. »Dieser Kerl hier ist ein Spion! Seht nur, wie er sich vermummt hat!« Schon streckte er den mächtigen Arm aus, um mir die Kapuze vom Kopf zu ziehen, aber ich trat kühl beiseite. Wie primitiv diese Kreaturen doch waren, aber auch nützlich, wie bar-Abbas ganz richtig gesagt hatte! Denn was in der Schlacht gebraucht wurde, waren nicht die Klugen und Nachdenklichen, sondern die Unbedachten, die ihren Führern notfalls wie die Schafe zur Schlachtbank folgten, ohne zu sehr über den Preis oder den Grund dafür nachzudenken.

»Halt, du Narr!« rief ich ihm mit einer Stimme zu, die autoritärer klang, als ich es beabsichtigt hatte.

Trotz seiner Prahlerei wich er einen Schritt zurück.

»Diese Stimme kenne ich«, stellte er fest.

»Wie ich deinen Namen und dein Gesicht kenne.«

Sekunden lüftete ich die Kapuze, und er machte große Augen.

Augenblicklich wurde er unterwürfig, ja sogar feige, wie es die Art dieser Burschen ist.

»Was tust du hier, Herr, und in dieser Verkleidung?« fragte er mich demütig.

»Diese Frage wollte ich dir stellen. Und natürlich gebe ich vor, ein Bettler zu sein. Denn dich würde ich –« mein Blick streifte seine Kumpane – »jederzeit an der feinen Gesellschaft erkennen, in der du dich aufhältst.«

Die aufgeregte Menge schob uns jetzt vor sich her, darum schlug ich ihm, ehe wir getrennt werden konnten, hastig eine Zusammenkunft vor, denn ich wollte mehr über die Stimmung im Volk erfahren.

Seine Miene strahlte vor Stolz.

»Es wird mir eine Ehre sein, Herr.«

Er grinste und kniff verschwörerisch ein Auge zu. »Wie macht sich denn die von mir gelieferte Ware?« Seine Stimme senkte sich zum Flüstern, als er fortfuhr: »Du scheinst ja eine ganze Armee zu rüsten.«

Ich sah ihn mit ernstem Ausdruck an. »Du solltest doch unter Androhung unverzüglicher Strafe niemals ein Wort darüber verlieren.«

Sofort wurde er wieder unterwürfig. »Nur zu dir, Herr, da du ja schon davon weißt. Darum kann es doch nichts weiter schaden, nicht wahr?«

Ehe ich etwas erwidern konnte, wurden wir von der drängenden und stoßenden Menge getrennt.

Dem Täufer mit seinem unglaublichen Charisma gelang es, die Versammelten durch ein einfaches Ausstrecken des Arms zu beruhigen. Daraufhin wurde es still, und von seinen Nachbarn ermuntert, trat ein hochgewachsener Mann mit jugendlichem Angesicht vor. Er hatte die schleppende Aussprache der Galiläer, und ich fragte mich, was er so weit von zu Hause entfernt zu suchen hatte. Da er eine Feder hinter dem Ohr trug, vermutete ich, er müsse ein Schriftgelehrter sein, aber er war ein Schreibkundiger anderer Art.

Mit einer seltsam unschuldigen Stimme fragte er: »Meister, genügt es, sich taufen zu lassen, um rein zu werden?«

Seine Frage löste Gelächter aus, das aber unverzüglich erstarb, als der Täufer die Stirn krauste.

Er sah dem jungen Mann in die Augen.

»Du, Levi, wirst in den Augen des Herrn für würdig befunden werden, obwohl du ein Zöllner bist, aber es ist dir bestimmt, von einem Größeren als mir reingewaschen zu werden.«

Man sah deutlich Levis Enttäuschung.

»Da du meinen Namen weißt, ohne mich zu kennen – wie kann es da einen Größeren geben als dich?«

»Zur rechten Zeit wird dir deine Sendung klarwerden.«

Der zunehmende Ruhm des Täufers hatte Pilger aus dem ganzen Land herbeigeführt. Sie wollten unbedingt Wunder sehen. »Taufe uns, Meister, taufe und heile uns! Heile uns, heile uns, heile uns!«

Sie umdrängten ihn in ihrem Eifer, griffen nach der wenigen Kleidung, die er trug, wurden aber vom Kreis seiner Anhänger zurückgetrieben.

Sein Blick wanderte suchend über die Menge. Einige der Zuhörer trugen elegante Gewänder mit Mänteln aus goldener Seide und silbernen Schuhen. Andere, vor allem die *Amharetzin*, waren ärmlich gekleidet, gingen barfuß und in Lumpen. Sein Blick schien die feinen Kleider zu durchdringen, und so mancher wurde unruhig dabei. In dieses Unbehagen hinein fiel seine machtvolle Stimme wie ein hallender Donnerschlag. »Wer hat euch gesagt, ihr könntet dem bevorstehenden Zorngericht entfliehen?« rief er.

Die Menge wurde unruhig, und die Worte des Täufers erinnerten mich an die Strafpredigt des Propheten Jeremia. Konnte es sein, daß er wirklich, wie manche glaubten, der wiedergeborene Jeremia war oder, wie andere behaupteten, Elija, der Verkünder der frohen Botschaft? Was aber und wer immer er war, er hatte die Menge in der Hand.

»Kehret um wie der junge Jesaja und seid nicht fromm vor der Menge. Bringt Frucht, wie es der Umkehr entspricht. Und meint nicht, ihr könntet, wie es die Sadduzäer und Pharisäer tun, bei euch selbst sagen: Wir haben doch Abraham zum Vater! Denn ich sage zu dieser Natternbrut: Gott hat die Macht, Abraham aus diesen Steinen Kinder zu erwecken! Es ist nichts heilig an den zwölf Stämmen, das nicht vor Gott heilig ist. Die Hohenpriester verbieten es den Samaritern, den Idumäern und sogar den Essenern, in der von Gott gegebenen Stadt im Tempel des Herrn zu beten. Darum sage ich euch, dieser Tempel ist nicht mehr der Tempel des Geheiligten, sondern einer Natternbrut, die dem Gott des Herodes und Roms dient.«

Die Himmel bebten unter dem Beifall der Entrechteten, eben jener *Amharetzin*, während die finsteren Blicke anderer darauf schließen ließen, daß sie Pharisäer oder Sadduzäer waren. Kein Wunder, daß die Hohenpriester einen Bericht über den Täufer wünschten! Nie war er eindrucksvoller, als wenn er ihre Position angriff. »Wie wir alle wissen«, verkündete er, »streiten sich zwei Familien um den Turban der Priesterschaft, die des Hannas und die des Boetus, der wegen der Fruchtbarkeit der Lenden des Hannas schon lange keine Macht mehr besitzt. Doch der ausgetrocknete Hannas hat keine Söhne mehr, sondern nur noch Schwiegersöhne, die für ihn den Tribut der in der Welt verstreuten Juden einsammeln. Denn wenn sie nicht den Zehnten zahlen, wird der Gott Israels sie nicht zum Beten willkommen heißen.«

Essener und *Amharetzin* lachten schallend, denn seine Stimme triefte von Sarkasmus. »Die Talmudgelehrten haben ein Sprichwort: ›Wehe ist mir um das Haus des Boetus wegen seiner Größe. Wehe ist mir um das Haus des Hannas und das Zischen der Nattern. Sie sind Hohepriester, ihre Söhne sind Schatzmeister, ihre Schwiegersöhne Tempelbeamte, und ihre Diener bearbeiten die Menschen mit Stöcken.‹«

Während er in diesem Ton fortfuhr, betrachtete ich ihn mit Muße. Er war hochgewachsen, größer als ich, und daß er ausgemergelt war, ließ ihn noch größer erscheinen. Seine Arme waren hager, aber sehnig, und der fanatische Glanz seiner durchdringenden Augen schien unerschöpfliche Energie zu verstrahlen. Ein

Rock aus Kamelhaar fiel ihm bis auf die Hüften, und nur ein dünnes Lendentuch bedeckte seine Blöße. Nach allem, was ich gehört hatte, waren seine Bedürfnisse gering. Er aß am Tag nur ein paar Feigen und Datteln, ein wenig Brot, Honig und Johannisbrot und einmal in der Woche ein Bröckchen Lammfleisch oder Fisch. Als Essener lebte er im Zölibat. Aber dieser Tatsache widmete er, wie ich glaube, keinen Gedanken. Seine Welt war eine Welt des Geistes. Seine Essener kamen, genau wie er, aus dem Kloster Qumran am Toten Meer. Sie waren alle sehr ernst und streng. Vom gleichen wilden, fanatischen Aussehen wie ihr Meister, bekundeten sie stürmisch ihre Zustimmung, wann immer er ein vertrautes Ziel angriff. Sie hielten sich für Gelehrte und verbrachten ihr Leben mit dem Auslegen der Gesetze. Von ihrer Ergebenheit für den Täufer abgesehen, schienen sie sich vom Hauptstrom des Lebens gelöst zu haben. Sie betrachteten jedermann mit Mißtrauen. Ich war froh über die Kapuze, die meine Augen vor ihnen verbarg, denn sie verbarg zugleich meine Verachtung für ihre so sinnlose Härte. Sie kannten keinen Besitz, beschäftigten keine Dienstboten, nicht einmal bei der Ernte. Am Sabbat aßen und tranken sie nicht, ja, sie entleerten sich an diesem heiligen Tag der Ruhe nicht einmal. Sie schworen nicht, weil sie stets nur die reine Wahrheit sprachen und daher keinen Grund für eine Bekräftigung ihrer Worte sahen. Sie opferten keine Tiere, denn sie behaupteten, es genüge, den Bund Abrahams zu halten, und waren daher vom Tempel in Jerusalem ausgeschlossen worden. Hannas und Kajafas hatten nichts übrig für Juden, die ihnen nicht die Schatztruhen füllten, genau wie der Täufer die Heuchler im Tempel nicht ausstehen konnte. Da sein Vater Tempelpriester war, schien es seltsam, daß er ein Gegner des Tempels sein sollte. Er unterschied sich in dieser Hinsicht jedoch kaum von mir selbst, denn niemand hatte im Tempelrat eine höhere Position eingenommen als mein Vater. Trotzdem hätte ich bei meiner leidenschaftlichen Sehnsucht nach Freiheit niemals ein Mönche werden können wie der Täufer.

Man sagte, der Täufer besitze übermenschliche Kräfte. Er könne endlos durch die heiße Wüste und über die eisigen Berggipfel wandern, tagelang ohne Nahrung leben und brauche kein Wasser wie die anderen Menschen. Er könne stundenlang reden, ohne zu ermüden, und es sei seine Gewohnheit, von Zeit zu Zeit einen Zuhörer aus der Menge auszuwählen, beinahe immer einen körperlich Leidenden. Manchmal sei es auch ein geistig Kranker, dem pflege er dann den Teufel auszutreiben. Kein Wunder, daß manche ihn für den Messia hielten, denn er schien wahrlich von Gott gesandt. Bei dieser Begeisterung, die er auch auf seine Zuhörer übertrug, fiel es mir leicht, in ihm einen zweiten Judas Makkabäus zu sehen, der bereit war, gegen den Tyrannen loszuschlagen. Er war die Verkörperung all dessen, was ich erhoffte. Und die Prophezeiung paßte genau auf ihn – bis zu der Tatsache, daß er in Bethlehem geboren war, wo Elisabet sich aufgehalten hatte, während Zacharias seine Tempelpflichten wahrnahm.

Er bewegte beim Sprechen beredt die Arme. Wie gut konnte ich mir vorstellen, daß diese kraftvolle Stimme und diese zwingend wirkenden Gesten das Volk Israel zur Schlacht riefen! Seine Macht manifestierte sich in seiner bemerkenswerten Heilkraft. Ganz gleich, wer der Hilfesuchende war und welches Leiden ihn plagte – der Täufer berührte ihn nur einmal, sah ihn mit starrem, hypnotischem Blick an, und die Heilung war vollbracht.

»Weshalb wundert ihr euch so?« fragte er die staunende Menge. »Ihr glaubt doch an Elija, der alle heilte, die zu ihm kamen. Warum zweifelt ihr dann an einem, der vom selben geschickt worden ist?«

Seine Heilungen verliehen ihm Glaubwürdigkeit. Sonst wäre er nichts weiter als einer von den üblichen Straßeneckenpredigern gewesen. Immerhin spürte ich etwas in seinem Wesen, das nicht von dieser Welt zu sein schien, sondern ein sehr feines Band zu jenem Gott, den er mit so großer Leidenschaft anrief.

Er ereiferte sich immer heftiger und stellte geschickt einen Zusammenhang zwischen dem Tempel und der römischen Zwangsherrschaft her.

»Schlimmer als die Römer«, rief er, »sind die Romanisierer, und keiner ist schlimmer als Herodes Antipas, ein wahrer Sohn des gottlosen Herodes, den man den Großen nennt. Herodes der Große errichtete seinen römischen Freunden Denkmäler. Er baute die Festung Antonia, von der aus Rom über den Tempel wacht, und weihte sie frech dem Triumvir Markus Antonius, der selbst bei den Römern als zügelloser Wüstling verhaßt war. Dieser verderbte König ließ Foren errichten, Theater, Amphitheater, öffentliche Bäder, alle nach hellenistisch-römischer Manier, und brüstete sich damit, mehr Grieche als Jude zu sein. Selbst während er den Tempel Gottes in Jerusalem baute, ließ er Standbilder des Augustus zur Anbetung durch die Juden aufstellen. Er plünderte die Gräber Davids und Salomos und gründete für die Eroberer die große Mittelmeerstadt Cäsarea. Und dort sitzt der ränkeschmiedende Pilatus heute, wenn er nicht in der Festung Antonia das Abschlachten jüdischer Pilger beaufsichtigt.«

In der Menge vernahm man ein scharfes Aufkeuchen. Einige Gesichter wurden hart vor Zorn, und so manches Auge wurde feucht. Denn ganz Israel begriff, daß dieses sinnlose Massaker ein Schlag gegen das Volk gewesen war. Die Stimme des Täufers hob sich leidenschaftlich. »Es waren Galiläer, die dort starben, doch protestierte der Sohn des Herodes dagegen? Herodes Antipas war mit anderen Dingen beschäftigt, er vergnügte sich in seinem Palast in Peräa mit der Ehebrecherin, die er als seine Frau bezeichnete. Was ist das Gesetz Mose für diesen verderbten Mann, der dem eigenen Bruder die Ehefrau stahl? Er lebt, genau wie die Römer, nur für das Fleisch, aber er ist schlimmer als die Römer. Die Römer sind Heiden und wissen es nicht besser, er aber fühlt sich als Herrscher der Juden und spricht das Recht. Und doch zahlen wir ihnen beiden Tribut.«

Der Täufer hob den Blick gen Himmel, und ich sah, wie ein strahlendes Leuchten von ihm ausging. »Hütet euch wohl, ihr Sünder, denn einer wird kommen, der wird den Bösen die Gottlosigkeit austreiben. Er ist näher als ein Traum.«

An den Mienen konnte ich ablesen, daß die Zuhörer betroffen waren.

Dieser versteckte Hinweis auf einen anderen war unerwartet und beunruhigend. Mußten wir denn noch weiter suchen, da unsere Suche doch anscheinend vorüber war? Meine einzige Sorge war es gewesen, daß er sich mit seiner Polemik gegen die Steuerabgaben der Rache des Pilatus, des Herodes und ihrer Häscher aussetzte. Und nun standen wir vor weiterer Unsicherheit. War er denn nichts als ein neuer Jeremia, der nur schalt, während die Zeit zum Handeln gekommen war? Doch er besaß die Fähigkeit, seine Zuhörer aufzurütteln. Er sprach nicht direkt von Rebellion, säte aber immerhin Zwietracht, welche die Schwester des Aufstandes ist. Er war keineswegs so schlicht, wie es schien. Als echter Prophet jedoch sprach er zuweilen in Umschreibungen, verständlich nur für diejenigen, die mit dem Gesetz vertraut waren. Welcher Römer, welcher Heide hätte ihn wohl verstehen können, als er ausrief: »Schon liegt die Axt an der Wurzel der Bäume. Jeder Baum nun, der nicht gute Frucht bringt, wird abgehauen und ins Feuer geworfen.«

Levi, der Zöllner, war ebenso betroffen wie ich. Er hob die Hand und fragte dann: »So unterliegt das Gesetz des Mose, das den zwölf Stämmen Israels den Vorrang gibt, der Änderung durch die Menschen?«.

Der Täufer schüttelte langsam den Kopf. »Ich taufe euch mit Wasser zur Umkehr, doch das wird bald nicht mehr genügen. Denn der, der nach mir kommt, ist stärker als ich. Er wird euch mit dem Heiligen Geist und Feuer taufen.«

Das klang unglaubwürdig. Denn wenn es einen gab, der stärker war als der Täufer, mußte er ein wahrhaft starker Prophet sein.

»Es ist kein Verdienst, getauft zu werden, wo es Wasser gibt und einen Menschen, der reingewaschen werden will«, fuhr er fort. »Doch ohne den aufrichtigen Wunsch nach Erlösung ist das Untertauchen sinnlos. Darum taufen wir nur jene, die alt genug sind, um aufrichtig zu bereuen.

Denn wie der Prophet Ezechiel sagt: ›Ich werde euch mit klarem Wasser benetzen, und ihr werdet reingewaschen sein von all eurem Schmutz, und von all euren Idolen werde ich euch auch befreien.‹ Aber das ist nicht genug. Das Heil liegt nicht im Reingewaschenwerden, nicht einmal durch Ezechiel, sondern in der Wiedergeburt. Und die kommt nicht durch mich, sondern durch den, von dem ich verkünde.«

Ich spürte die Unruhe in der Menschenmenge, wann immer er einen anderen erwähnte als sich selbst. Einige hatten einen weiten Weg zurückgelegt, hatten der Wüste und dem Gebirge getrotzt, um einen Blick auf den neuen Elija werfen zu können. Die wollten ganz gewiß nicht hören, daß sie die Reise umsonst gemacht hatten.

Die Essener verschlossen natürlich die Ohren vor dieser Selbstherabsetzung.

»Meister, Meister!« riefen sie. »Kein Mensch, der von einer Frau geboren wurde, ist größer als du!«

Er lächelte, und mir fiel jetzt, da ich sein Gesicht wie die Sonne leuchten sah, plötzlich auf, daß er ungewöhnlich finster dreinblickte.

Er hatte stundenlang gesprochen, ohne zu essen, zu trinken oder eine Pause für die üblichen Waschungen einzulegen. Er hielt uneingeschränkten Kontakt mit der Versammlung und reagierte bemerkenswerterweise auch auf unausgesprochene Fragen. »Heute werde ich nicht mehr heilen«, sagte er als Antwort auf meine Überlegungen, wann er das Wunder wiederholen werde. »Doch viele werden auch durch ihren Glauben geheilt werden.«

Die Heilung des jungen Mannes hatte sogar eine Anzahl Soldaten in der Menge von seiner besonderen Kraft überzeugt. Sie hatten, bis der Arm des jungen Jesaja gesund gemacht wurde, abwechselnd gegähnt und die Stirn gekraust. Jetzt fragten sie den jungen Mann aus und strichen ihm mit der Hand über den Arm. Falls der geheilte Arm nicht ausreichte, hätte die Begeisterung des Jungen schon genügt. Sein strahlendes Gesicht ließ keinen Zweifel aufkommen. Er war wahrhaft wiedergeboren.

Ich hatte die Soldaten mit einiger Besorgnis beobachtet. Sie waren offensichtlich keine Römer, denn statt des von der judäischen Wildnis bis zu den nördlichen Inseln bekannten Eisenhelms trugen sie eine Kopfbedeckung aus Leder. Außerdem zeigten sie nicht die ärgerliche Überheblichkeit der Römer, denen die Judäer in ihrem eigenen Land weniger als nichts galten.

Diese Soldaten, dem Aussehen nach von Herodes geschickt, schienen ebenso fasziniert vom Täufer zu sein wie die anderen. Einer von ihnen, höchstwahrscheinlich ein samarischer Söldner, war offenbar erfreut über die Angriffe auf die Stammesaristokratie. »Was sollen denn wir Soldaten tun, die wir den Befehlen unserer Herren gehorchen müssen?«

»Es kümmert mich nicht, was eure Herren sagen. Plündert und erpreßt niemanden; seid zufrieden mit eurem Sold.«

Einerseits predigte er Rebellion, andererseits riet er ihnen, gute Soldaten zu sein. Herodes würde in der Tat verwundert vor diesem Rätsel stehen.

Ermutigt von des Täufers Antwort an die Soldaten, hob jetzt ein gutgekleideter Mann, nach seinem purpurnen Mantel zu urteilen ein reicher Kaufmann, die Hand.

»Ich bin aus dem vornehmen Hause Benjamins . . .«

Der Täufer schnitt ihm sogleich das Wort ab. »Abermals sage ich dem Samen Abrahams, es gibt keine Verheißung der Fortsetzung des Bundes ohne Erlösung, und die Erlösung kommt nicht automatisch für die Menschen dieser Verheißung.«

»Es gibt keine Erlösung für diesen Sohn Abrahams, weil er von Abraham ist?«

»Nicht, weil er von Abraham ist, und nicht, weil er nicht von Abraham ist.«

»Woraus kommt denn das Heil für einen wie mich?« Seine Worte klangen demütig, sein Verhalten war es nicht.

Die Stimme des Täufers wurde schärfer. »Wenn du wahrhaft bereust, lege deinen feinen Mantel ab und gib ihn deinem Nächsten, der keinen hat.«

»Aber dann«, entgegnete der Kaufmann lächelnd, »hätte er einen Mantel und ich keinen.«

»Der Herr«, sagte der Täufer, »sieht, was gegeben und was empfangen wird.«

»Ist Geben besser als Empfangen?«

»Wer so fragt, kann niemals gegeben haben.«

Das Blut stieg in das zuvor schon gerötete Gesicht. Der Kaufmann schlüpfte rasch aus seinem Mantel und hielt ihn geringschätzig empor. Doch keine einzige Hand griff danach, so daß er ihn schließlich achselzuckend wieder umlegte.

Ein nachdenklicher Ausdruck trat in die Augen des Täufers. »Sie kennen dich, Kaufmann, besser, als du dich selber kennst.«

Der Mann schien in sich zusammenzuschrumpfen und stahl sich davon. Die Worte des Täufers folgten ihm: »Wenn du Fleisch hast, und dein Nächster hat keins, gib ihm etwas davon ab.«

Die Sadduzäer und Pharisäer hatten sich bis in die vordersten Reihen gedrängt und machten sich, nach ihren Mienen zu urteilen, jetzt bereit, den Täufer herauszufordern. Es war eine Selbstgerechtigkeit an diesen Tempelherren, die bei mir Übelkeit erregte. Ein Rabbi, seinem Hochmut nach Sadduzäer, baute sich breit vor der Menge auf. Die Essener wollten ihn entfernen, mit einem Wink seiner Hand hielt sie der Täufer jedoch zurück.

»Laßt den Sadduzäer sprechen«, sagte er mit einem Leuchten in den Augen. »Ich brauche sein Abzeichen nicht zu sehen, um zu wissen, wer ihn geschickt hat.«

Der Sadduzäer, ein kleiner, dunkler Mann mit schiefem Rükken, starrte ihn frech und unverschämt an.

»Du sprichst mit großer Autorität«, begann er mit seidenweicher Stimme. »Bist du denn der Verheißene, der Messia Israels?«

»Ich habe schon von ihm gesprochen, der da kommt, uns von dem Bösen zu erlösen. Bleibe, dann wirst auch du ihn kennenlernen.«

Ich spitzte die Ohren.

»Und wann wird er kommen?« In meinem Eifer vergaß ich, daß ich ja unerkannt bleiben wollte.

Er warf mir einen forschenden, aufmerksamen Blick zu. »Du wirst ihn erkennen, wenn er kommt, und er wird dich ebenfalls erkennen.«

Ein Prickeln lief mir die Wirbelsäule empor.

Die Fischaugen des Sadduzäers ruhten einen Moment auf mir, dann wandte er sich wieder dem Täufer zu.

»Du hast recht, Herr, wenn du mich einen Sadduzäer nennst. Mein Name ist Zadok, aus derselben Familie, die unsere Partei gegründet und das Gesetz Mose in der babylonischen Gefangenschaft aufrechterhalten hat.«

Der Täufer schien Vergnügen an diesem Wortwechsel zu finden. »Und jetzt sitzt du, wie deine Väter, im Hohen Rat und richtest über den Verheißenen.«

Zadok, das mußte man ihm lassen, schien kein bißchen eingeschüchtert zu sein.

»Du tust gut daran, zu erklären, daß du nicht der Messia bist. Denn alle wissen, daß ein Menschensohn nicht der Gesalbte sein kann. Wie bekannt ist, bist du der Sohn des Pharisäers Zacharias und der Elisabet, die beide Judäer und daher Angehörige der Zwölf Stämme sind.«

Ein Gemurmel erhob sich unter den Essenern, das sich auf einen Blick des Täufers hin rasch wieder legte.

»Der Sadduzäer ehrt mich damit, daß er meine Abstammung kennt.«

Ein stämmiger Riese, der dem Täufer am Fluß geholfen hatte, richtete sich zu seiner vollen Größe auf und tat dröhnend sein Mißfallen kund: »Du, Meister, bist der Prophet Elija, der wiedergekommen ist, Israel in die Freiheit zu führen.«

Der Täufer schüttelte den Kopf. »Wie ich gesagt habe, bin ich der Vorläufer. Ich bin die Stimme in der Wüste, die da ruft: Machet den Weg frei für den Herrn.«

Ahiram, der Riese, dessen Name übersetzt heißt Bruder der Höhe, ließ sich nicht so leicht abspeisen. Mit einem verächtlichen Blick auf den verwachsenen kleinen Sadduzäer warf er rasch ein: »Aber Meister, alle wissen, daß du von Elisabet geboren wurdest lange nach der Zeit, da Frauen Kinder tragen. So war dies doch, wie es seit alters her heißt, gewiß eine Gabe Gottes, und darum wurdest du Johannes, der Gottgegebene, genannt. Nicht wahr?«

Die Essener klatschten begeistert Beifall, der Täufer lächelte jedoch nur nachsichtig, als hätte er kleine Kinder vor sich. Zadoks Miene hatte einen grimmigen Ausdruck angenommen. Er sah aus wie ein Inquisitor, und ich fürchtete ihn sogar noch mehr als den ränkespinnenden Hannas, denn sein Buckel war eine *Yetzahara*, ein angeborenes Leiden, das ihn leicht hätte mit Haß erfüllen und veranlassen können, unbedingt zu beweisen, daß er einem normalen Mann überlegen war. Eine *Yetzahara* hatte schon mehr als einmal den Teufel in einen Mann geholt.

Ich kannte Zadok vom Hörensagen. Es hieß, daß er an Verschlagenheit und List nur noch dem Hannas nachstehe, also ein wahrer Sohn der rivalisierenden Boetus-Hierarchie sei, die den Tempel traditionell als ihr Privatreservat betrachtete.

Er sprach jetzt mit ausgesuchter Höflichkeit, etwa so, wie die Schlange ein Kaninchen anreden würde, das sie sich zur Mahlzeit ausgesucht hat.

»Und darf ich fragen, wann wir diesen Ehrwürdigen erwarten dürfen, der größer ist als du?«

Der Täufer hatte sich schon ein Urteil über Zadok gebildet.

»Bleibe, dann wirst du sehen, o Abgesandter des Allerhöchsten, und das wird vielleicht früher sein, als du denkst.«

»Einem Propheten sollte es nicht schwerfallen, dieses Ereignis vorauszusagen.«

Unvermittelt verlor der Täufer die Geduld mit diesem Katz-und-Maus-Spiel.

»Suchst du Heilung am Geist oder am Körper, Zadok?«

Jetzt konnte sich Zadok nicht mehr beherrschen; seine Stimme bebte vor unterdrückter Wut.

»Ich sehe deine Zukunft klarer als du die meine, Prophet!«

Schweigen legte sich über die Menge, und die Essener rückten näher an den aufgebrachten Zadok heran, nur, um abermals vom Täufer aufgehalten zu werden.

»Ich kenne meine Zukunft, Zadok, wie ich die Zukunft Israels kenne. Stimmt keine Trauergesänge für mich an, denn ich wandle im Herrn und fürchte nichts Böses.«

Seine Stimmer erhob sich mächtig, stimmte einen Triumphgesang an, als er die Worte des Propheten Jesaja zu einer Hymne gestaltete.

»Wir fragen, wo er ist«, donnerte er zum Himmel empor, »aber Jesaja hat uns gesagt, wo wir ihn suchen müssen, so wir Augen haben zu sehen und Ohren zu hören. ›Denn ein Kind ist uns geboren‹, hat er gesagt, ›ein Sohn ist uns gegeben, und die Herrschaft kommt auf seine Schulter, und er wird genannt: Wunderrat, starker Gott, Ewigvater, Friedefürst.‹«

Wie oft hatte ich mich an diesen Worten begeistert und gebetet, die Weissagung möge noch während meiner Lebenszeit erfüllt werden! Wie oft hatte ich versucht, ihn mir vorzustellen, während ich die Propheten studierte! Jetzt jauchzte mein Herz, als ich erkannte, daß ein Prophet, ebenso groß wie Jesaja, die Verherrlichung Israels verkündete. Niemals zuvor hatte sie so nahe geschienen.

»›Ein Reis wird hervorgehen aus dem Stumpf Jesreels, und ein Schoß aus seinen Wurzeln Frucht tragen.‹« Und der Geist des Herrn würde auf ihm ruhen, der Geist der Weisheit und der Einsicht. Er würde ein wahrer Volksführer sein, kein glattzüngiger Platitüdenkrämer, der angesichts der Unterdrückung Geduld predigte. Und als wahrer Sohn Davids würde er statt einer Schleuder ein Schwert tragen.

»›Er wird die Armen richten mit Gerechtigkeit‹«, fuhr der Täufer fort, »›und den Elenden im Lande Recht sprechen mit Billigkeit; er wird den Tyrannen schlagen mit dem Stabe seines Mundes und den Gottlosen töten mit dem Hauche seiner Lippen.‹«

Einige in der Menge schienen unzufrieden. »Nein, nein«, riefen sie, »du bist es, Meister. Du bist der Verheißene, der uns von den Unterdrückern befreit!«

Er schüttelte den Kopf.

»Ich spreche von einem anderen, der mächtiger ist als ich. Ich bin nicht gut genug, ihm die Schuhe zu binden. Ich bin von dieser Welt, er aber ist vom himmlischen Königreich.«

Die Proteste wurden lauter. »Sprich nicht so, denn du heilst die Kranken mit der Berührung deiner Hand und treibst den Kranken am Geist den Teufel aus mit sanften Worten. Wer könnte Größeres tun als das?«

Mir gefiel sein Grimm. Sobald er jedoch vom Lamm Gottes sprach, wurde seine Stimme sanft und der Blick seiner Augen weich.

Das Lamm Gottes verhieß Hoffnung. Die Abgaben an den Tempel würden ebenso abgeschafft werden wie die Gesetze über reine und unreine Nahrung. Ungerechte Steuern würden aufgehoben werden. Die Nation würde wiederhergestellt werden. Und die Römer sollten nur gut auf ihre Lorbeeren achtgeben. Denn hatte nicht der Prophet Sacharja versprochen:

»Er wird seine Feinde mit einem eisernen Stab schlagen und sie zerschmettern wie eine Töpferschale.«

In den Weissagungen wurde er immer wieder als Stab oder Sproß des Hebräers Nazar bezeichnet. Vielleicht war das ein Hinweis, der mit seinem Kommen zusammenhing. Jeremia sagte, der Sproß stamme aus David, Sacharja deutlicher, sein Name werde Sproß sein. Hätte ich doch das Vertrauen des Täufers in diese Prophezeiungen, denn obwohl ich fest und sicher sprach, hegte ich doch einige Zweifel.

Während dieser Weissagungen leuchtete das Gesicht des Täufers wie von einem inneren Licht. So mochte er ausgesehen haben, als er das Antlitz des Herrn erblickte.

»Er weidet seine Herde wie ein Hirte, sammelt sie mit seinen Armen; die Lämmer trägt er an seinem Busen, die Mutterschafe leitet er sanft.«

Johannes besaß die Eigenschaften eines großen Volksführers, aber den Kampflustigen war er offensichtlich nicht kriegerisch genug. Das spürte ich am Verhalten einiger Zuhörer, von denen ich wußte, daß sie Zeloten waren. Und in der Tat, als ich mich umschaute, sah ich in diesem Augenblick Cestus und Dysmas, die beiden offenbar Unzertrennlichen, mit steinerner Miene neben einigen Essenern stehen, die ein Banner mit dem Zeichen der Fische emporhielten. Ich kannte mich in der Astrologie gut genug aus, um zu wissen, daß dies das Zeitalter der Fische verkündete und somit das Ende des Arianischen Zeitalters, das durch das Widderhorn und seinen Ruf zur Heiligen Anbetung gekennzeichnet wurde. Hatte Jesaja nicht vor dieser boshaften Scharlatanerie der babylonischen Wahrsager gewarnt? Der Tierkreis paßte viel besser zu Babylon und Rom als zu einem Propheten Israels.

Die beiden Zeloten hatten eine Frage an den Täufer. Und er schien das zu erraten, denn mit freundlichem Nicken wandte er sich ihnen zu.

Die Neugier des Cestus bewegte sich auf derselben Linie wie die meine. »Dieser Messias, von dem du sprichst – wird er Israel von Rom befreien?«

Der Täufer lächelte geheimnisvoll. »Er wird uns von jeder Tyrannei befreien, auch von der Tyrannei des Todes.«

Dies war nicht ganz das, was ein Zelot zu hören wünschte.

»Wie kann es sein, daß es keinen Tod mehr gibt?« fragte Cestus mit leicht ungläubigem Lächeln.

Der Täufer war seiner Frage offensichtlich ausgewichen.

»Wir sprechen von Rom«, sagte Cestus, »und nicht von einem unbestimmten, unbestimmbaren Tyrannen, der sich in den Wolken verbirgt.«

»Alle werden Ihm, der da kommt, gehorsam sein«, sprach der Täufer sanft, »und niemand wird sich tiefer neigen als Rom.«

Eine Woge der Erregung durchlief die Menge, denn der Täufer sprach mit einer ruhigen Überzeugung, die eindrucksvoller war als jede noch so große Beredsamkeit.

Ich sah den anmaßenden Zadok eifrig Notizen machen und, zu meinem Erstaunen, den Zöllner Levi in eine Schriftrolle kritzeln.

Zadoks Augen glitzerten boshaft. »Rom wird sich freuen, wenn es hört, daß ein einzelner Mann es stürzen wird.«

»Das, Zadok, habe ich nicht gesagt. Du tätest gut daran, mir zuzuhören.«

Als die Zeloten im Gedränge verschwanden, fiel mir auf, daß diese Menschen, die sich am Flußufer versammelt hatten, einen Querschnitt des Volkes Israel darstellten.

Ich stand ganz in der Nähe des Täufers, beobachtete die Gesichter in der Menge und sah die gestutzten Bärte und die gestreiften blauen Mäntel dreier Pharisäer, die Johannes mit hartem, unnachgiebigem Blick anstarrten. Der vorderste der drei war ein devoter Frömmler.

»Rabbi«, begann er, den gebräuchlichen Ausdruck für Lehrer verwendend, »sage uns, woher du von diesem Manne weißt, der da kommen soll.«

Ein Lächeln ließ das Antlitz des Täufers aufleuchten.

»In den Bergen Moabs hatte ich ein Gesicht. In dieser Vision sah ich einen Engel des Herrn, und er sprach mit einer Stimme, wie ich sie nie gehört hatte, von der Erfüllung der Weissagung, die unsere Väter in der Vergangenheit so beunruhigt hat. ›Ich, der Herr, habe dich in Treuen berufen und bei der Hand gefaßt, ich habe dich gebildet und zum Bundesmittler für das Menschengeschlecht, zum Lichte der Völker gemacht.‹«

Die Augen des Pharisäers waren dunkel vor Zorn.

»Was hat unser Messia mit anderen Völkern zu tun?«

Die Stimme des Täufers klang ein wenig spöttisch. »Du akzeptierst nicht den Verheißenen, und dennoch protestierst du gegen die Bedingungen seines Kommens?«

Er schloß die Augen. »Ist dein Name nicht Eleasar, und sitzest du nicht im Sanhedrin?«

Der Pharisäer wirkte verblüfft, erholte sich aber schnell von seinem Erstaunen.

»Man hat dir gesagt, wer ich bin. Natan, mein Vater, hatte im Tempel mit deinem Vater zu tun.«

Die Augen des Täufers blieben geschlossen. »Ich sehe dich heute zum erstenmal und werde dich, nachdem du von hier gegangen bist, niemals wiedersehen. Doch Gott, der Herr, wird wissen, was du eines Tages tust. Du und deine Brüder.«

Eleasar blickte sich unruhig um; dann sagte er mit gespielter Selbstsicherheit: »In Israel erheben sich keine neuen Propheten.«

»Einer wird kommen, der größer noch als Mose ist, und ihr werdet ihn nicht kennen.«

Eleasar suchte Zuflucht bei einer umstrittenen Auslegung des

Gesetzes. »Es ist den Söhnen Abrahams verboten, mit anderen Völkern vertrauten Verkehr zu pflegen.«

Der Täufer öffnete langsam die Augen. »Warum«, fragte er, »verbirgst du diese Nachricht vor den Hohenpriestern, die jeden Tag mit Rom Verkehr pflegen?«

Obwohl die Vorstellung eines Messia für alle Völker undenkbar war, stimmte ich in das allgemeine Gelächter ein. Eleasar ließ sich jedoch nicht so leicht abspeisen.

»Dann würde also dieser Messia, von dem du sprichst, Gottes ausschließlichen Bund mit dem Auserwählten Volk Israel auflösen und den Römern die gleiche Gunst erweisen wie seinem eigenen Volk?«

Johannes erkannte die Falle, die man ihm stellte. »Ich hatte ein Gesicht«, wiederholte er mit einem Anflug von Ironie. »Ein Engel sprach die geheiligten Worte Jesajas, die den, der kommen wird, als Licht für die Völker beschreiben. Willst du an dem Propheten zweifeln, den alle Pharisäer so sehr verehren?«

Abermals lief eine Woge des Gelächters durch die Versammlung; der Pharisäer warf dem Täufer mörderische Blicke zu. »Du sprichst, als hätte der Engel mit seiner Botschaft dich gemeint.«

Johannes schüttelte langsam den Kopf. »Höre gut zu, denn ich bin wahrlich die Stimme, die in der Wüste ruft, um dem Erlöser den Weg zu bereiten.«

Das Gesicht des Pharisäers rötete sich. »Und wann, bitte«, entgegnete er barsch, »dürfen wir diesen Messia erwarten?«

»Schaue hin, und du wirst sehen. Horche, und du wirst hören. Er wird überall sein. O Zion, das frohe Botschaft bringt. Gehe in die Berge hinauf. O Jerusalem, das frohe Botschaft bringt, erhebe deine Stimme voller Kraft. Erhebe sie, fürchte dich nicht.«

Die Zeloten hatten ihm voll Ungeduld zugehört.

»Uns wurde gelehrt, daß Gott alle hört, die für das kämpfen, was ihnen lieb und wert ist.«

»Und was, Dysmas, hältst du für lieb und wert?«

Abermals verblüffte die unerklärliche Kenntnis seines Namens den so Angesprochenen.

»Warum nennst du mich so? Du hast mich doch nie zuvor gesehen.«

Zum erstenmal lag eine Andeutung von Mitgefühl im Lächeln des Täufers. »Ich habe dich viele Male gesehen«, antwortete er leise. »Ich wollte, es wäre nicht so.«

»Du willst mich einschüchtern.«

»Im Gegenteil, ich sehe, daß du gesegnet bist dafür, wie du eines Tages das Reich Gottes betreten wirst.«

Dysmas stotterte einen Moment herum, dann wurde er still und blickte voll Unbehagen um sich. War dies eine Vorahnung?

Johannes besaß eine faszinierende Offenheit. Er war zwar Essener, aber er war nicht besessen von dieser Philosophie, obwohl er, der Tradition der Essener entsprechend, wie ein Mönch lebte und sich weder vermählte noch Kinder zeugte. Aber er war klug genug, zu wissen, daß nicht alle Männer Essener sein konnten, weil sonst mit der Zeit niemand mehr da sein würde, dem man predigen und den man retten konnte.

Es war ein langer Tag gewesen, und der Täufer hatte von einem frühen Beginn am folgenden Morgen gesprochen. Daher überlegte ich, während sich die Menge verteilte und die Leute sich zu ihren Lagern begaben, was ich den Hohenpriestern berichten konnte, das nicht schon Zadok und Eleasar ihnen mitteilen würden. Doch wenigstens war ich im Mittelpunkt des Geschehens und konnte von dort nach außen arbeiten und die Volksstimmung erkunden, ein wichtiger Faktor für jede Rebellion. Deswegen eilte ich auch sofort zu meiner Verabredung mit Adam, dem Gerber, und den *Amharetzin*, denn ich wollte feststellen, wie sie auf den Täufer und die Verheißung eines anderen reagierten.

Sie saßen in einem kleinen Kreis, ungefähr ein Dutzend von ihnen, und ihre Gesichter wirkten im flackernden Licht des Lagerfeuers noch gröber als sonst. Der Gerber erhob sich, um mich zu begrüßen; er machte eine so übertrieben tiefe Verbeugung vor mir, daß ich ihn mißtrauisch musterte. Wollte sich dieser Tölpel über einen Höhergestellten lustig machen?

Er rief die Namen aller, die dort saßen, und jeder nickte mir ausdruckslos zu: Simon, Noah, David, Salomo, Abraham, Isaak, Jakob, Josef und so weiter – große Namen für Müllfahrer, Rollkutscher und ähnliches. Doch ohne Männer wie diese hier würde es keinen Aufstand geben. Und keine Freiheit. Da ihrer so viele waren, war es von größter Wichtigkeit, daß unsere Sache auch zu der ihren wurde, denn die Zeloten waren eine Führertruppe, ein Offiziersreservoir, und keine Haudegen. Wir brauchten starke Arme und Rücken.

Ich zog es vor, stehenzubleiben und auf sie hinabzuschauen, da ich in dieser Position einen gewissen Vorteil sah. Langsam schweifte mein Blick über den Kreis der Sitzenden, dann kehrte er zu Adam, dem Gerber, zurück, der sich die größte Mühe gab, ein intelligentes Gesicht zu machen. Ich sah keinen Sinn darin, um den heißen Brei herumzureden. Sie standen entweder auf unserer Seite oder nicht. Dennoch konnte es nicht schaden, ihnen ein wenig zu schmeicheln.

»Ich bin erfreut«, begann ich, »über die vielen *Amharetzin*, die ich heute hier gesehen habe. Ich wußte nicht, daß das einfache Volk so religiös ist.«

Aus einem mir verborgenen Grund löste meine Bemerkung Gelächter aus.

»Sie wollen dich nicht beleidigen«, erklärte mir Adam beruhigend, »aber es ist nicht Religion, was sie hier suchen.«

»Warum sollten sie sonst zum Täufer kommen?«

»Wir sind gekommen, um einen Messia zu finden, aber er sagt, daß wir umsonst gekommen sind.«

»Warum bleibt ihr dann hier? Löscht euer Feuer und geht heim. Hier wird es auch ohne euch weitergehen.«

»Weil noch immer Hoffnung auf morgen besteht. Und das ist alles, war wir *Amharetzin* haben. Wir haben nicht die schönen Häuser der Aristokraten und Römer, das üppige Essen, die guten Weine, die hübschen Frauen, die nur der Reichtum bringen kann. Wir wohnen in elenden Hütten, und etwas Besseres steht nicht in Aussicht. Denn die Freiheit, von der du sprichst, bedeutet nicht dasselbe für uns. Es spielt für uns keine Rolle, ob das Sanhedrin oder die

Festung Antonia regiert, denn unser Los bleibt doch das alte. Mit dem Messia jedoch wird ein neuer Tag für uns heraufziehen, denn sagen die Propheten nicht, daß er kommt, den Geknechteten und Demütigen zu helfen?«

Ich konnte ein Lächeln kaum unterdrücken. Demütig – ha! Er tat überheblicher als die Hohenpriester.

»Aber ihr habt nicht das Gefühl, daß der Messia ein Religionsführer ist. Wie also soll er euch helfen können?«

»Nicht nach der Religion des Tempels, aber er wird trotzdem von Gott kommen. Denn ohne Gott ist er nicht der Messia und würde nicht mächtiger sein als alle anderen, die mit schönen Versprechungen gekommen sind, ihren Anhängern aber nur den Ruin gebracht haben.«

Es hatte so viele falsche Propheten gegeben, daß es müßig gewesen wäre, zu fragen, wen er meinte.

»Wenn es nicht Freiheit ist, die ihr sucht, was wollt ihr dann?«

Adam musterte verdrossen seine Bande von Tölpeln. Dann blitzten seine Augen auf. »Wir wollen Freiheit von Angst«, rief er laut. »Wir wollen wissen, daß dieses elende Leben, das wir führen, einen Sinn hat und daß wir, wenn wir sterben, nachdem wir nicht einmal richtig gelebt haben, nicht in den bodenlosen Abgrund eines unbekannten Schreckens stürzen.«

Sekundenlang war ich entgeistert, denn wie kam ein einfacher Mann wie er auf derartige Gedanken?

Er deutete meine Überraschung richtig. »Auch wir sind Menschen, Herr, mit derselben geheimen Sehnsucht nach Sicherheit wie die Reichen und Mächtigen.«

»Genügt es denn nicht, zu wissen, daß der Gott Israels über die Kinder des Bundes wacht?« fragte ich ihn.

Diese Bemerkung löste aus irgendeinem Grunde neues Gelächter aus. Salomo, der Holzhauer, ein verschlagener Spitzbube, kicherte boshaft. »Über dich mag er wachen, Herr. Was aber uns angeht, da sind wir nicht so sicher.«

»Sein Auge nimmt den Sturz auch des kleinsten Sperlings wahr.«

Noch einmal dieses höhnische Gelächter, und zwei oder drei dieser Lümmel bogen sich direkt vor Vergnügen.

»Sperlinge«, entgegnete Salomo, »haben im Vergleich zu uns ein überaus feines Federkleid. Die Aristokraten sind, wie ich mir vorstelle, wohl die Pfauen.«

Ich musterte ihn angewidert.

»Du bist betrunken«, sagte ich.

Salomo wischte sich das Schandmaul mit der schmutzstarrenden Hand. »Wie sonst könnten wir Vergessen finden? Denn das Leben, werter Herr, ist für die Armen nicht so wie für die Reichen.«

»Ja«, bestätigte der Gerber. »Die Vernunft sagt uns, daß unser Leben zu nichts anderem führt als in ein Armengrab. Für die einen kommt es früher, für die anderen eben später. Die Leichen werden in die kalte Erde gelegt, und nach wenigen Tagen schon ist von Adam, dem Gerber, nicht einmal mehr eine liebevolle Erinnerung geblieben. Niemand scherte sich darum, daß er geboren wurde, und niemand wird sich darum scheren, daß er stirbt.«

Salomo hob einen großen Krug an den Mund. »Darauf trinke ich, für uns alle.« Er stemmte das Gefäß hoch über den Kopf. »Und auf dich auch, werter Herr. Dir wünsche ich ebenfalls ein fröhliches Leichenbegräbnis.«

Mein Abscheu steigerte sich zu Ekel. Kein Wunder, daß so mancher Pharisäer es für eine gute Tat hielt, einen *Amharetzin* zu erstechen oder ihm wenigstens ins Gesicht zu spucken.

»Was sollte der Messia wohl mit solchen wie euch anfangen?« entgegnete ich verächtlich. »Ich kam, um zu sehen, welche Art Männer ihr seid, und finde Trunkenbolde, die nichts als Unsinn reden.«

Adam, der Gerber, stand auf.

»Wir sind keine lallenden Säufer, Herr«, erwiderte er. »Wir haben ein paar Schluck getrunken und amüsieren uns ein bißchen, denn sonst würden wir in unserem Elend und unserer Angst vor Selbstmitleid laut aufschreien. An den Gott des Hannas und des Kajafas können wir nicht glauben, denn kein Mensch kann den wahren Gott mit geringfügigen Opfern an Tieren oder Geld kaufen.« Er berührte meine Hand. »Vergib uns unser Vergnügen, denn wir meinen es nicht böse und lachen in Wahrheit nur über uns selbst.«

Seine Worte beeindruckten mich tief, und ich nahm die Entschuldigung gutmütig an. Zuweilen legte er eine für einen Gerber erstaunliche Würde an den Tag.

»Dann seid ihr also bereit, dem Gebot des Messia zu folgen?«

»Wenn er der Messia ist«, antwortete der Gerber, »sind wir bereit, zu seinen Füßen zu sitzen und ihm zuzuhören.«

Ich musterte sie mit abschätzendem Blick. Sie waren die widerwärtigste Bande von Halsabschneidern, die ich je gesehen hatte.

»Würdet ihr für ihn zu den Waffen greifen?«

Sie sahen mich schweigend an.

»Warum wartet ihr dann auf einen Messia, wenn ihr ihm nicht folgen wollt?«

»An dem, was er tut, werden wir erkennen, wer er ist.«

»Ihr könnt seinen Absichten doch nicht eure eigenen Deutungen unterlegen! Wenn er der Messia ist, dann ist er der Erlöser und muß uns daher von unseren Feinden befreien.«

Adam sah mich listig an.

»Und wer könnte das sein?«

Ich machte eine ungeduldige Handbewegung. »Die Römer natürlich. Das weißt du ebensogut wie ich.«

Sein etwas spöttischer Ausdruck änderte sich nicht. »Wir haben mehr als einen Feind.«

»Das haben die Zeloten auch, und die Tempelpriester, die mit den Römern verkehren, und sogar Rom selbst, der größte Räuber von allen. Beginnt nicht euer Blut zu wallen, wenn ihr seht, wie sich eure Frauen auf den Straßen und in den Tavernen Jerusalems mit den rotbemäntelten Soldaten herumtreiben?«

Adam grinste. »Unsere Frauen treiben sich nicht mit den Römern herum. Dafür sorgen wir schon, nicht wahr, Freunde?«

Dies löste wiederum Gelächter aus.

»Wenn das Lachen euer Mittel gegen die Angst ist«, meinte ich,

»dann müßt ihr ja in ständiger Furcht leben.«

Adams rotgefleckte Augen bekamen sofort einen ernsten Blick. »Das tun wir auch, Herr, denn wir haben keine Bildung und begreifen die Einwirkung der Planeten auf diese Erde nicht.« Er senkte die Stimme zu vertraulichem Flüstern. »Wir haben aus zuverlässiger Quelle erfahren, daß uns das Ende der Welt bevorsteht. Wenn das Zeitalter des Widders ausläuft und das Zeitalter der Fische beginnt.«

Ich hatte nichts übrig für Astrologie; ich hielt sie für baren Unsinn, mit dem sich nur die Ungebildeten amüsierten.

»Tragen deswegen die Anhänger des Täufers das Zeichen der beiden Fische vor sich her?«

»Es ist ein böses Omen, denn in diesem Zeichen, so heißt es, wird beim Tod des Kaisers Tiberius der Himmel einstürzen, die Erde aufbrechen, und Feuer und Wasser werden die Erde verwüsten wie zur Zeit Noahs.«

»Wißt ihr denn nicht«, sagte ich verächtlich, »daß Tiberius, genau wie vor ihm der Kaiser Augustus, eine Gottheit ist und daß Gottheiten ewig leben?«

»Das ist nicht zum Lachen«, entgegnete der Gerber, »denn Tiberius könnte nach allem, was man über den hinterlistigen Sejanus weiß, jederzeit plötzlich eines gewaltsamen Todes sterben.«

»Wenn du, ein Gerber aus Jerusalem, von diesen Verschwörungen weißt, wird der Kaiser mit Sicherheit ebenfalls davon wissen.«

Mit hilfloser Geste hob er die Arme. »Der Adler achtet nur selten des Falken.«

»Und was«, fragte ich, »hat der Messia mit alledem zu tun?«

Er überlegte einen Moment. »Wenn er jener ist, wird er uns Gottes Wort bringen, mehr verlangen wir nicht von ihm.«

»Und das ist alles, was ihr braucht, um eure Ängste zu beschwichtigen?«

Er hob den schmutzigen Zeigefinger und blies mir seinen fauligen Atem ins Gesicht.

»Ist es nicht wahr, Herr, daß Gott Himmel und Erde erschaffen hat und darum auch damit machen kann, was ihm gefällt?«

Seine Kumpane sahen mit bösartigem Grinsen zu uns auf.
»Ich weiß nicht, was Gott tun wird.«
»Wahr.« In seinen blutunterlaufenen Augen stand ein gewisser Glanz. »Aber der Messia wird es wissen, denn er wird unser König sein, und es gibt nichts, was Gott weiß und nicht an ihn weitergeben wird.«
»Und wenn dieser Wundermann, der in Gottes Namen spricht, den Kampf gegen Rom predigt – was habt ihr dann?«
Ich sah, wie er um eine Antwort rang.
»Gottes Wille geschehe«, erwiderte er leise.
Ich hatte das Gefühl, daß sie froh waren, als ich ging. Dennoch hatte ich meine Zeit gut angewandt, denn ich wußte, daß man sich bei einem Aufstand auf diese Leute nicht verlassen konnte, es sei denn, im Gefolge eines Messia ihrer eigenen Wahl.
Ich beschloß, die Nacht bei den Essenern zu verbringen, statt die Zeloten oder Pharisäer aufzusuchen, denn zu diesem Zeitpunkt war mir die Anonymität noch lieber. Ich wollte lediglich beobachten und abwarten. Der Täufer hatte angedeutet, der Verheißene werde bald eintreffen. Doch wie bald war das?
So suchte ich denn in meinem Pilgerkleid den Täufer auf, der nach der Abendmahlzeit in seinem Lager am Hügel über dem Jordan ruhte. Seine Essener-Phalanx versuchte mir, wie vorauszusehen war, den Weg zu versperren, doch er winkte sie freundlich beiseite. »Sprich zu mir, Juda«, forderte er mich auf.
Er lachte über mein Erstaunen. »Weißt du denn nicht, Juda, daß du nichts vor dem Auge Gottes verbergen kannst?«
»Dann nennst du dich Gott?«
»Zu diesem Zeitpunkt spreche ich im Namen Gottes, wie du es zu einem anderen tun wirst.«
Er sah mich an mit einem Blick, in dem eine gewisse Trauer zu stehen schien.
»Warum sprichst du so?«
»Damit du weißt, daß du ein Werkzeug des göttlichen Willens bist.«
Ich gab einem plötzlichen Impuls nach.

»Würdest du mich von meinen Sünden reinwaschen?«

Er schüttelte den Kopf. »Das zu tun ist nicht an mir, sondern an einem anderen.«

»Aber du hast alle getauft, die vor Gottes Angesicht bereuten.«

»Ich taufe nur mit Wasser. Aber du, Juda, wirst mit Feuer und Blut getauft werden.«

Mein Herz klopfte bei diesem Gedanken, denn was anderes konnte dies bedeuten als die Bluttaufe der Schlacht?

»Wird denn der Messia kommen und Israel zum Sieg über Rom führen?«

In seinen Augen stand ein entrückter Blick. »Zu einem so großen Sieg, Juda, wie du ihn dir in deinen kühnsten Träumen nicht ausmalen könntest. Denn er wird am Sitz ihres Imperiums regieren, und sie werden sich in seinem Namen demütigen.«

Mein Herz jubelte vor Freude, denn nun bestand kein Zweifel mehr daran, daß er ein Prophet war und mit der Hellsichtigkeit eines Propheten sprach.

»Und wann wird er kommen? Bald?«

Seine Jünger, darunter der Riese Ahiram, starrten mich finster an, aber er winkte sie davon.

Die Sonne warf ihren purpurnen Schatten über die Bergwildnis.

»Noch ehe die Sonne abermals untergeht. Das verspreche ich dir.«

4

Jesus

Eine einsame Gestalt kam langsam über die Anhöhe. Der Mann schwang die Arme in gleichmäßigem Rhythmus und setzte die Füße mit energischem Schritt. Auf der Straße, die von Jericho herführte, befanden sich einige Pilger, der einsame Wanderer jedoch kam quer durch Sand und Gestrüpp der Wüste und nahm geradewegs Richtung auf die Flut, wo ihn der Täufer, den Blick auf den Horizont gerichtet, erwartete.

Ein Gemurmel lief durch die Menge; ich spürte, wie sich mein eigener Puls beschleunigte, und ich fragte mich, wieso wir alle so sicher waren, daß *Er* es sein mußte.

Ich hatte ein Gespräch mit Levi, dem Zöllner, angeknüpft, der mit allem, was im Lager vorging, bestens vertraut zu sein schien.

»Wenn dieser Mann der Messia ist«, sagte ich, »dann kann Johannes es nicht sein.«

Er hatte, wie ich, den Blick auf die näher kommende Gestalt gerichtet.

»Es ist nicht Johannes. Jesaja hat uns gesagt, was wir zu erwarten haben. Er wird so sanft sein wie ein Lamm und so mutig wie ein Löwe.«

Ich lachte. »Nun, den Täufer kann ich mir kaum als Lamm vorstellen.«

»Jedenfalls nicht in seiner Rede«, stimmte mir Levi zu.

Ich hatte meine Bedenken wegen Levi. Er hatte Eindruck auf den Täufer gemacht, doch was immer an ihm sein mochte, ihn zum Römerknecht gemacht hatte – es war zweifellos noch immer da.

»Warum wartest du?« fragte ich ihn.

Er schenkte mir einen kühlen Blick. »Aus demselben Grund wie du.«

»Ein Steuereinnehmer für Rom ist kaum geeignet als Empfangskomitee für den Sohn Davids.«

»Du hast offenbar nicht gehört, was der Täufer sagte.«

»Wer nicht für uns ist, der ist gegen uns.«

Unvermittelt fiel ein Schatten über seine Augen. »Ich hatte gehofft, dich zum Freund zu gewinnen, aber du sprichst wie ein Zelot.«

»Und du riechst immer noch nach Rom.«

»Wenn das zuträfe, wäre ich nicht hier.«

Widerwillig mußte ich zugeben, daß etwas Wahres an seinen Worten war. »Aber Zadok ist doch auch hier, nicht wahr?«

Sein Ton wurde versöhnlicher. »Wir leben beide in derselben Hoffnung. Deshalb laß uns nicht streiten.«

Der einsame Wanderer blickte weder nach rechts noch nach links. Als er näher kam, konnte ich sehen, daß er sehr schlicht in einen alten Mantel mit Kapuze gekleidet war. Er ging barfuß; seine Sandalen trug er in der Hand.

Johannes war ein paar Schritte vorgetreten, um der erste zu sein, der den Fremden begrüßte.

Ich sah den dicken, gelben Staub, der nicht nur in seinen Kleidern, sondern auch in seinen Haaren hing, denn die Kapuze war ihm vom Kopf gerutscht. Er ging mit beschleunigtem Schritt auf Johannes zu und schien von innen heraus zu leuchten.

Als seine Züge zu erkennen waren, hörte ich, wie Levi scharf den Atem einsog; gleichzeitig durchfuhr auch mich eine Woge des Schrecks. Jesaja hatte gesagt, er werde nicht schön sein, dieser jedoch war über jede Schönheit erhaben, denn seine Schönheit lag nicht in den Gesichtszügen. Er schien von einer Aura umgeben zu sein, die fast wie ein Heiligenschein wirkte und von seinem Schicksal kündete. Als ich ihm direkt in die Augen sah, war ich geblendet. Sie waren so blau, daß sie mich wie ein Magnet festhielten; in diesem Moment hätte ich mich nicht rühren können, und wenn es mich die Seele gekostet hätte.

Es ist schwer, ihm gerecht zu werden, denn selbst wenn ich beschreibe, wie hochgewachsen er ist und wie wohlgestaltet in seinem groben Mantel habe ich dennoch nichts über seine Präsenz gesagt. Sein ruhiger, allumfassender Blick schien keine Sekunde lang den Ausdruck zu wechseln, noch wurden seine scharf geschnittenen Züge einen Augenblick lang weich. Gleichwohl aber vermittelte er ohne jegliche Absicht den Eindruck der Strenge und des Mitgefühls, der Liebe und der Entschlossenheit. Nur jetzt, als er sich vorneigte, um Johannes zur Begrüßung zu küssen, schien seine Miene weicher zu werden. Eine Weile blieben sie ruhig stehen und betrachteten einander schweigend

Das Antlitz von Johannes nahm einen überirdischen Ausdruck an, als sei etwas von der Ausstrahlung des anderen auch auf ihn übergegangen.

»Siehe das Lamm Gottes, das die Sünde der Welt aufhebt!« rief er. »Denn als ich ihn des Weges kommen sah, habe ich den Geist wie eine Taube vom Himmel herabkommen sehen, und er blieb auf ihm. Und so wurde mir gesagt, daß dieser der sei, der nach mir kommt, doch er werde den Vorrang besitzen, denn er taufe mit dem Heiligen Geist, während ich mit Wasser taufe.«

»Du kanntest mich nicht«, entgegnete der Fremde, »aber ich habe oft von dir gehört und kannte deine Werke.«

»Ich wußte nur, daß du Israel offenbart werden solltest und daß dein Reich noch lange währen wird, nachdem Rom untergegangen ist.«

Plötzlich, als sie einander betrachteten, trat ein Leuchten in die Augen des Täufers und sein ernstes Gesicht verzog sich zu einem Lächeln.

»Ich weiß, was die Menschen sagen, wer du bist, und es ist mir eine Ehre, daß wir auf dieser Welt vom selben Blut stammen.«

»Ja«, antwortete der Fremde, »ich bin Judäer, genau wie du, von Geburt an in derselben Tradition erzogen und wie du geboren, die uralte Prophezeiung zu erfüllen.«

Sekundenlang legte sich ein Schatten über das Angesicht des Täufers. Er sagte leise: »Wir müssen uns eilen, die Zeit ist kurz.«

»Es wird genug Zeit sein für das, was ich tue.«

Die Stimme des Täufers bebte vor Bewegung. »Wußtest du, daß ich es sein würde?« Es schien fast so, als erbitte er eine Bestätigung seiner Mission.

»Meine Mutter«, sagte der Fremde, »hat mir von dir gesprochen. Daher wußte ich, was zu erwarten war.«

Seine Stimme besaß eine erstaunliche Resonanz und wirkte doch gleichzeitig beruhigend. Es war die Stimme eines geborenen Führers.

»Und meine Mutter«, erwiderte der Täufer, »unterhielt mich mit Erzählungen von deiner Geburt.«

»Ja«, sagte der Fremde, »du wirst anwesend sein, bei meiner Geburt.«

»Dafür wurde ich geboren«, antwortete der Täufer schlicht.

»Ich komme zur rechten Zeit«, sagte der Fremde.

»Wahrlich«, bestätigte der Täufer, »vor einem Jahr wäre ich noch nicht bereit gewesen. In einem Jahr wäre es zu spät.«

Er betrachtete den Besucher mit Besorgnis. »Du hast einen weiten Weg hinter dir und bist hungrig.«

»Mich dürstet nach dem Lebenswasser, mit dem du Israel erlöst.«

Ein Schauer lief mir über den Rücken. Wer anders konnte dieser Mann sein als der Messia?

»Es steht geschrieben«, flüsterte ich, »daß das Volk bereuen muß, ehe sich der Messia zu erkennen gibt.«

»Ich weiß«, antwortete mir Levi. »Darum haben sich auch so viele zur Taufe gedrängt. Denn es ist wohlbekannt, daß die Sünden eines einzigen das ganze Volk verdammen.«

»Genau wie die Sünden der Väter die Kinder heimsuchen.«

Der aufmerksame Blick des Fremden entdeckte uns, und ich errötete bis in die Haarwurzeln. Ich war sicher, daß er alles gehört hatte. Doch er lächelte mit den Augen, und ich empfand das Bedürfnis, niederzuknien und ihm die Hände zu küssen.

Ich sah, daß er auf die anderen eine ganz ähnliche Wirkung ausübte. Eigentlich hatte ich gedacht, Johannes werde ihn überschatten, wie er es mit allen Menschen tat. Jetzt aber begriff ich, was er gemeint hatte, als er sagte, er sei nicht würdig, ihm die Schuhe zu binden. Denn wenn er lächelte, bemerkte man nicht, wie andere Menschen aussahen, ja nicht einmal, daß sie überhaupt existierten; es war, als habe ein Zauberer seinen Bann über uns geworfen. Mit klopfendem Herzen wurde mir klar, daß ich vor mir den Meister sah, mit dessen Leben das meine verknüpft sein würde.

Ganz Israel würde seinem Gebot folgen, dessen war ich völlig sicher. Er brauchte nur ein Wort zu sagen, und Juden aller Glaubensrichtungen würden sich ihm anschließen. Er war absolut unwiderstehlich.

Ich konnte es kaum erwarten, daß er sprach.

Doch als Johannes ihn mit leuchtenden Augen der Menge vorstellen wollte, hielt ihn der Fremde mit einer anmutigen Gebärde zurück.

»Tue zuerst, was du tun mußt«, verlangte er. »Dann will ich es ebenfalls tun.«

Johannes neigte ganz leicht das Haupt. »Wie du es willst.«

Seite an Seite schritten sie zum Flußufer hinunter, die Neugierigen ihnen nach. Der Fremde trat, immer noch barfuß, ins Wasser. Obwohl nur wenig größer als der Täufer, schien er ihn turmhoch zu überragen. Der schlammige Jordan wirbelte ihnen um die Knöchel. Alle anderen hatten vor dem Täufer gekniet, er aber blieb aufrecht stehen und blickte gen Himmel, der so blau war wie das Blau seiner Augen.

Die Essener sahen mit gemischten Gefühlen zu. Wo Zadok und die Pharisäer standen, daran gab es jedoch keinen Zweifel. Nach ihren Mienen zu urteilen, hielten sie die Szene für arrangiert. Und das war sie ja wahrhaftig, nur nicht so, wie es sich diese phantasielosen Gelehrten einer sterilen, ritualistischen Schule vorstellten. Cestus und Dysmas standen, wie üblich, Seite an Seite und warteten skeptisch. Sie waren heute in Begleitung von Josua-bar-Abbas und Simon Zelotes.

Der Täufer tauchte die Hand ins Wasser und bekreuzigte sich ehrfürchtig mit einer Geste, wie ich sie noch niemals zuvor gesehen hatte. In seinen Augen, ja sogar in der Haltung seines Kopfes lag ein entrückter Ausdruck, der ferne Ausdruck eines Sehers. »Ich taufe den Menschensohn nicht aus mir selbst«, verkündete er mit flammender Stimme. »Denn er ist größer als ich und wird größere Werke vollbringen. Denn was ich auf Erden tue, das wird er im Himmelreich tun.«

Sie standen da und sahen sich an, ohne auf die Menge ringsum zu achten.

»*Ich* sollte von *dir* getauft werden«, sagte der Täufer. »Denn du kommst von Gott, und es ist niemand auf dieser Welt, der größeres Wissen besäße um Gottes Wirken als du.«

Der Meister legte Johannes die Hand auf die Schulter. »Du, Johannes, bist gesandt worden, mir den Weg zu bereiten. Und du verkündest mein Reich, nicht im Himmel, sondern auf Erden. Niemand, der auf Erden tauft, hat größere Macht als du. Darum wurdest du dem Zacharias und der Elisabet so spät im Leben gegeben. Und du bist mein Verwandter im Fleisch wie auch im Geist. Von dir sagte mein Vater: ›Siehe, ich sende euch den Propheten Elija vor dem Kommen des großen und schrecklichen Tages des Herrn.‹«

Johannes war immer noch nicht zufrieden. »*Ich* sollte von *dir* getauft werden, und du kommst zu mir?«

»Es ist, wie ich es gesagt habe«, entgegnete der Meister.

»Aber du bist ohne Sünde, und ich taufe dich zur Reinwaschung wie in den alten Tagen und zur Vergebung der Sünden.«

»Du taufst mich, auf daß die Sünden des Volkes abgewaschen werden, ehe ich mich Israel zu erkennen gebe.«

Das war es. Während ich mich noch fragte, warum er wartete, hatte er sich erklärt. Mein Herz war voller Freude. Und als ich Levi ansah, entdeckte ich an ihm ein wenig von meiner eigenen Begeisterung. Dysmas und Cestus blieben noch immer zurückhaltend, ebenso Josua-bar-Abbas und Simon Zelotes. Die Pharisäer und Sadduzäer aber knirschten vor Entsetzen über diese Gotteslästerung mit den Zähnen.

Wiederum tauchte Johannes die Hand in den Jordan. »Ich taufe nur mit Wasser«, erklärte er, ohne den Blick vom Meister zu wenden, »du aber taufst mit dem Heiligen Geist.«

Der Meister tat mit einer Umarmung kund, daß er den Propheten, der die Getreuen in den vergangenen Monaten mit Hoffnung erfüllt hatte, in keiner Weise geringer schätzte als sich selbst.

»Ich bin von dieser Welt und spreche von dieser Welt. Er aber, der vom Himmel geschickt wurde, ist über allem.«

Der Meister sah ihn liebevoll an.

»Und so wird es weiterhin sein. Doch wie schön sind auf den Bergen die Füße dessen, der frohe Botschaft bringt und der Zion sagt, dein Gott regiert.«

Der Täufer zögerte immer noch. »Wie ich hinabsteige, so mußt du aufsteigen. Denn das Heil kommt allein durch dich.«

»Und du«, antwortete der Meister, »bist die Stimme in der Wüste, der Bote, der den Weg zum Gericht bereitet.«

Der Täufer wandte sich an seine Anhänger, von denen viele bedrückt waren, weil ihr Führer sich diesem Fremden unterwarf. »Ihr seid meine Zeugen, daß ich gesagt habe, ich bin nicht der Messia, sondern ich bin ihm vorausgesandt.«

»Aber«, wandte der Riese Ahiram ein, »Gott hat doch einen Grund gehabt, daß er dich zuerst geschickt hat.«

»Nicht um meinen Vorrang zu begründen, sondern meine Rolle. Er steht über mir, denn er war vor mir.«

Ich sah, wie ein boshaftes Lächeln die Züge Zadoks verdunkelte. Denn nach all diesen Andeutungen zu urteilen, hätte der Fremde vor Elija gelebt haben müssen, der schon vor Jahrhunderten gelebt hatte.

Johannes kümmerte es nicht, was andere dachten. »Kehret um!« rief er der Menge zu. »Denn das Himmelreich ist nahe!«

»Und du«, sagte der Meister, »bereite in dieser Wüste einen Weg zum Himmel.«

Ein Leuchten trat auf das Antlitz von Johannes, und er fragte: »Würde der Menschensohn den taufen, der allein in der Wüste rief?«

»Wie du es willst, doch zuerst besprenge mich mit dem Wasser, das du durch deinen Glauben geheiligt hast.«

»Das will ich tun. Denn der Mensch erhält nichts, es sei ihm denn vom Himmel gegeben. Der, welcher die Braut hat, ist der Bräutigam, doch der Freund des Bräutigams, der neben ihm steht, hat große Freude über die Stimme des Bräutigams. Darum ist diese meine Freude heute erfüllt.«

Der Täufer sprach ganz eindeutig nicht nur zum Meister, sondern zu der Menge der Zuhörer.

»Da er größer ist als ich, taufe ich ihn durch den Propheten, der gesagt hat, wie wir den Menschensohn finden würden und wie er uns finden würde.«

Als ich Levi und die anderen beobachtete, sah ich in ihren Mienen einen Abglanz meiner eigenen Gefühle. Denn allen Juden war bekannt, daß der Menschensohn der Gesalbte war, der vom Propheten Ezechiel verheißene Messia oder Christus.

Wie gut wir die Worte des Propheten kannten!

»Und er sprach zu mir: Menschensohn, stelle dich auf deine Füße, ich will mit dir reden.«

Der Meister hatte das Antlitz zum Himmel erhoben, und nicht einmal Ezechiel hätte seine eigenen Worte inbrünstiger aussprechen können.

»Und als er zu mir redete, kam der Geist in mich und stellte mich auf meine Füße. Er sprach zu mir: ›Menschensohn, ich will dich zu den Kindern Israels senden, den abtrünnigen, die von mir abtrünnig geworden sind. Zu den Kindern mit frechem Antlitz und verstocktem Herzen will ich dich senden, und du sollst zu ihnen sagen: »So spricht Gott der Herr!« Mögen sie dann hören und erkennen, daß ein Prophet unter ihnen aufgetreten ist.‹«

Der Meister neigte das Haupt, als wolle er andeuten, alle wüßten gewiß, daß dieser Prophet Johannes sei.

Als ein Judäer der Zwölf Stämme freute ich mich darüber, daß die nun folgende Zeremonie die Erfüllung all dessen war, was geschrieben stand.

»Du aber, Menschensohn«, sagte Johannes mit ungewohnter Sanftmut, »fürchte dich nicht vor ihnen, und erschrick nicht vor ihren Worten, wenn Disteln und Dornen um dich sind und du unter Skorpionen wohnst. Fürchte dich nicht vor ihren Worten, und erschrick nicht vor ihrem Angesicht; denn sie sind ein widerspenstiges Geschlecht. Rede zu ihnen meine Worte, mögen sie nun hören, oder mögen sie es lassen; denn sie sind ein widerspenstiges Geschlecht. Du aber, Menschensohn, höre, was ich zu dir rede; sei nicht widerspenstig wie das widerspenstige Geschlecht. Tu deinen Mund auf und iß, was ich dir gebe.«

Abermals tauchte der Täufer die Hand in den Jordan und legte sie sodann sanft auf die Stirn des Meisters. »Menschensohn, zum Wächter habe ich dich bestellt dem Haus Israel. Hast du aber den

Gerechten verwarnt, damit er nicht sündige, und er sündigt nicht, so bleibt er am Leben, weil er sich hat warnen lassen, und du hast deine Seele gerettet.« Seine Stimme hob sich. »Menschensohn, erhebe deine Augen gen Norden; siehst du, was diese treiben, die großen Greuel, die das Haus Israel hier verübt?«

Ich warf einen verstohlenen Blick zu dem kritischen Zadok hinüber, denn alle wußten, daß damit der Heilige Tempel gemeint war. Sein Gesicht war gerötet, und er schenkte den beiden im Wasser Stehenden einen giftigen Blick. Doch sie achteten nicht auf einen Mann wie ihn, denn ganz eindeutig war der Göttliche Geist zwischen ihnen. Und sie befanden sich in einem anderen Reich.

Der Täufer hatte die Augen geschlossen, doch als er sie öffnete, sah ich Tränen. Er hatte einen entrückten Blick, und auch seine Stimme schien von weither zu kommen, als spähe er über den Schleier der Zeit hinweg, denn die Botschaft war immer noch die des Ezechiel. »Und er führte mich an den Eingang des Vorhofs. Und er sprach zu mir: Gehe hinein und schaue die schlimmen Greuel, die sie hier verüben. Da ging ich hinein und schaute: Siehe, da waren allerlei Bilder von Gewürm und Vieh, Scheusale, auch allerlei Götzen des Hauses Israel ringsherum an der Wand eingegraben, und vor ihnen standen siebzig Männer aus den Vornehmen des Hauses Israel. Da sprach er zu mir: Menschensohn, hast du gesehen, was die Vornehmen des Hauses Israel im Finstern treiben, indem sich ein jeder sein Bild auswählt? Denn sie sagen: ›Der Herr sieht uns nicht; der Herr hat das Land verlassen.‹«

Es war klar, daß damit die siebzig Mitglieder des Sanhedrin gemeint waren, doch was hatten diese korrupten Männer mit dem Menschensohn zu tun? Der Messia war nicht ihre Sache, sondern die des Hohen Rates.

Für den Täufer existierte kein anderer als der Mann, dessen Hand auf seiner Schulter ruhte, und er sprach mit einer Stimme, die plötzlich von Trauer gefärbt war: »Und ich sah, wie eine Hand gegen mich ausgestreckt war, und siehe, sie hielt eine Schriftrolle. Und er breitete sie vor mir aus, und es waren darauf geschrieben

Klage und Ach und Wehe. Und siehe, Menschensohn, man wird Stricke an dich legen und dich damit binden.«

Ich blickte auf, um zu sehen, wie der Meister diese ahnungsvollen Worte Ezechiels aufnahm, doch er neigte nur leicht das Haupt und schaute dann über den Kopf des Johannes hinweg auf die Menge. »Was immer mein Vater will«, sagte er, »nehme ich in seinem Namen hin.«

Der Täufer schien einer fernen Stimme zu lauschen. Unvermittelt hob er die Hand und sprach mit einem Beben in der Kehle: »Ich höre die Stimme des Psalmisten. Und er sagt mir, wen wir heute hier haben und wem er dient.« Er wäre auf die Knie gefallen, aber der Meister hielt ihn fest. Nahezu überwältigt von tiefer Bewegung, sang er den Psalm, daß es laut über die Köpfe der Menschen hinweg schallte.

»Ich verkünde den Beschluß. Der Herr hat zu mir gesprochen: Du bist mein Sohn. Heute habe ich dich gezeugt.« Er verneigte sich tief vor dem Meister, und seine Stimme tönte voll: »Du bist wahrlich mein Sohn, an dem ich Wohlgefallen habe.«

Ich war bereit gewesen, für den Messia, den Erlöser, den Friedensfürsten, nicht aber für dies. Den Sohn Gottes. Er mußte selbst eine Gottheit sein. Da war eine unfaßbare Vorstellung, und dem verblüfften Schweigen ringsum entnahm ich, daß selbst die Allerbegeistertsten einigermaßen verwirrt waren. Hieß es nicht in jedem Gebet, daß Gott der Herr eins war, unteilbar, und daß es keinen vor ihm gegeben hatte? Den Messia, auf den ganz Israel wartete, konnten wir akzeptieren. Doch einen Sohn? War Er dann ebenfalls ein Gott?

Der Meister löste dieses Rätsel sehr bald selbst. »Ich komme zu euch«, erklärte er, »auf den Flügeln des Propheten Jesaja, der zu Israel spricht: ›Siehe meinen Diener, den ich erhebe, meinen Erwählten, an dem sich meine Seele erfreut. Ich habe ihm meinen Geist gegeben.‹«

Der Täufer war nicht bereit, zurückzustehen.

»Du bist die Verkörperung Israels und wirst den Bund vollziehen, den Gott mit seinem Volk geschlossen hat.«

Und was konnte das anderes sein, als daß Gott durch Israel über alle Völker triumphieren würde?

Mein Herz sang vor Freude. Er sollte uns würdig finden. Wir waren zur Schlacht bereit, und mit ihm gemeinsam würden wir siegen. Denn er war wahrlich gottgesandt, wenn einer wie Johannes sich ihm unterwarf. Die flammenden Blicke des Johannes schienen die Zweifler versengen zu wollen. Und in seiner fanatischen Art fuhr er abermals auf uns los: »Siehe, ich sende meinen Boten, daß er den Weg vor mir bereite, und plötzlich kommt zu seinem Tempel der Herr, nach dem ihr verlangt; und der Bundesengel, nach dem ihr begehrt, siehe, er kommt. Wer wird bestehen, wenn er erscheint? Denn er ist wie das Feuer des Schmelzers und wie die Lauge der Wäscher. Er wird sich setzen, zu schmelzen und zu reinigen; er wird die Söhne Levis reinigen, wird sie läutern wie Gold und Silber, daß sie dem Herrn richtige Opfergaben darbringen.«

Sicherlich bedeutete dies, daß der Meister, dessen Namen wir nicht einmal kannten, einen Angriff auf den Tempel unternehmen würde, bevor er gegen den Tyrannnen losschlug, der diese falschen Priester in seiner Macht hielt.

Ich forschte in des Meisters Antlitz nach einem Hinweis.

»Ich werde tun, was ich geschickt wurde zu tun«, sagte er still.

»Es wird geschehen, nachdem ich fort bin«, ergänzte Johannes.

Die Augen des Meisters waren wie Tau, und mit leichtem Schrecken erinnerte ich mich an die Aufschrift des jüdischen Sekels: »Ich werde wie der Tau sein auf Israel.«

Ein entschlossener Ausdruck trat auf das Gesicht des Täufers. »Ich tue nun, was ich geschickt wurde zu tun. Im Namen Gottes, des Vaters und des Heiligen Geistes taufe ich dich, Josua-bar-Josef, mit dem Lebenswasser. Von nun an wirst du, da deine Mission sich auf alle Völker erstrecken wird, in vielen Zungen als Jesus, der Christus, der Heiland der Welt, der Gesalbte des Herrn bekannt werden. Durch dich wird für die Völker der Erde das Heil kommen.«

Ich nahm eine kaum merkliche Veränderung an der stillen Gestalt wahr, deren Namen wir eben vernommen hatten. Sein Antlitz wurde bleich, seine Hände zitterten. Sekundenlang schloß er die Augen. Und dann erkannte ich, daß er, was immer er für Gott sein mochte, gleichzeitig ein Mensch war und leiden konnte wie wir anderen. Darüber war ich froh, denn ich hatte kein Vertrauen zu Göttern, die wie Menschen einherschritten. Ganz Rom war voll von ihnen. Viel lieber ein Mensch, der wie ein Gott einherschreitet, dachte ich, während ich ihn ehrfürchtig betrachtete.

Der Täufer war nun niedergekniet, wie so viele vor ihm selbst niedergekniet waren. Und Jesus tauchte seine Hand in den Jordan und berührte leicht das Haupt des Täufers.

»Im Namen des Vaters bereite ich dir, Johannes, ehemals Joanan-bar-Zacharias, den Weg ins Himmelreich. Du hast Gott wohl gedient, du Sendbote Israels.«

Er rieb sich die Hände, um sie zu trocknen. »Nie mehr sollen diese Hände taufen, denn kein Größerer als er soll von nun an taufen, obgleich viele andere in meinem Namen taufen werden.«

Gemeinsam kamen sie aus dem Wasser – Johannes mit gesenktem Haupt, der Meister bereit, zu der erwartungsvollen Menge zu sprechen. Sein Blick glitt über die Versammelten hin, ihm entging nicht die geringste Regung. Die beiden hatten Aramäisch mit einem vereinzelten Wort Griechisch dazwischen gesprochen. Nun aber sprach der Meister Hebräisch, als wolle er betonen, daß seine Mission zuerst seinem eigenen Volke galt.

Er hatte eine tiefe, musikalische Stimme, die mühelos jegliche Entfernung überwand und bis zu jedem Platz drang, den er erreichen wollte. Um die breiten Schultern hatte er sich jetzt einen schlichten Gebetsmantel geworfen, ohne die Streifen, welche die Überlegenheit der Pharisäer über die anderen Angehörigen der Religionsgemeinschaften kennzeichneten.

An ihm war so gar nichts von einem Fanatiker oder Asketen. Im Gegenteil: Als er sich umschaute und die langen Gesichter der Essener sah, trat ein fast mutwilliges Funkeln in seine azurblauen Augen. Sein Blick richtete sich suchend gen Himmel. Er schien auf etwas zu lauschen.

»Ich bin nicht früher zu euch gekommen«, begann er schließlich, »weil Israel noch nicht bereit war. Niemand hätte geglaubt, und obwohl viele spotten werden, werden einige glauben. Und diese werden die Botschaft von einem anderen Reich, einem größeren als diesem, zu den Auserwählten Israels weitertragen, auf daß eines Tages die ganze Welt vom Heil Gottes erfahren wird.

Israel befindet sich wieder in der Hand der Philister, doch auch das wird bald vorüber sein. Denn der größte Feind ist nicht der Feind draußen, sondern der Feind drinnen: euer eigenes Schwanken in der Treue zu Gott, den Geboten und dem Botschafter, der euch vom Himmel gesandt worden ist.«

An der atemlosen Stille ringsum erkannte ich, daß er die Menge zum Staunen gebracht hatte. Wer war dieser Fremde, für den einzig Johannes bürgte und der so kühn behauptete, vom Himmel herabgestiegen zu sein?

Er hatte nur sehr kurz gesprochen, und doch wußte ich jetzt schon, daß seine Aufgabe keine leichte sein würde. Er war gekommen, die Menschen aus ihrer Trägheit aufzurütteln. Das erkannte man an jedem seiner Worte. In seiner Herde gab es keine heiligen Schafe. Denn in einem Atemzug schalt er sowohl die Pharisäer als auch die Essener, die ein so großes Aufhebens von ihrer Frömmigkeit machten.

»Frömmigkeit ohne Freude, Glaube ohne Fröhlichkeit, Pflicht ohne Vergnügen, Gebet ohne Frohsinn – diese sind dem Herrn kein Gefallen.«

Einige der finsteren Gesichter nahmen die gleiche Purpurfarbe an wie ihre Fransenschals, und selbst der Täufer verstummte anscheinend vor Überraschung.

Jesus aber war keineswegs aus der Fassung gebracht, denn er fuhr fort, als spreche er von einem neuen Glauben: »Ich bin nicht gekommen, neue Flicken auf alte Kleider zu tun. Und die Wege, die ich gewählt habe, sind meine eigenen. Hat Gott nicht gesagt, Gerechtigkeit verlange ich von euch und nicht das Blut der Opfertiere? Ich bin nicht gekommen, um die Gerechten zur Reue zu rufen, sondern die Sünder. Und nicht allein durch Kasteiung und Fasten soll der Mensch dem Herrn dienen. Ich sage euch, nur in der Freude werdet ihr ihm nahe sein. Denn der gute Mensch, wie der gute Baum, trägt gute Früchte, und nicht schlechte. Hütet euch vor zuviel Gerechtigkeit, denn jene, die zuviel fasten, sind kränker als die Kranken am Leib.«

Zadoks glitzernde Augen blickten triumphierend.

»Du behauptest also, vom Himmel zu kommen?«

Jesus sah ihn gelassen an. »Niemand wird zum Himmel aufsteigen, er komme denn von dort.«

Ich begriff natürlich, daß er von der Auferstehung sprach, die Sadduzäer jedoch würden diese Auffassung rundweg abstreiten.

»Und du nennst dich den Messia?«

Die Andeutung eines Lächelns spielte um des Meisters Lippen.

»Das sagst du, Zadok.«

Zadok war sichtlich verblüfft.

Genau wie Johannes besaß auch Jesus offensichtlich die Gabe des Hellsehens, denn wie sonst hätte er den Namen eines Mannes wissen können, den er nie zuvor gesehen hatte?

»Du hast Komplizen in der Menge!« rief Zadok ärgerlich.

»Es sind viele, denen ich vertraue«, erwiderte der Meister, dessen Blick ernst über die Versammelten hinstrich.

»Du nennst dich einen Sohn Gottes?«

Jesus schüttelte gutmütig den Kopf. »Johannes zitierte die Heilige Schrift.«

Zadoks Blick verhieß, daß der Betrüger nicht so leicht davonkommen würde. »Er hat das Zitat auf dich angewandt, und du hast es hingehen lassen.«

»Wir sind alle Gottes Kinder, Zadok. Sogar du.«

Wiederum schien Zadok geschlagen zu sein, aber er fuhr unbarmherzig fort: »Wenn du der verheißene Erlöser bist – wovon wirst du uns erlösen?«

»Von Haß und Heuchelei«, antwortete der Meister.

Der Täufer schien bei diesen Attacken auf Jesus unruhig zu werden, doch der Sadduzäer ließ sich nicht aufhalten.

»Müßten wir nicht mehr über dich wissen, bevor wir dich zu unserem Führer erklären?« fragte er mit seidenweicher Stimme.

»Frage nur, was du willst.«

»Wer sind deine Eltern, da du doch im Himmel geboren sein willst?«

»Mein Vater wohnt im Himmel.«

»Hast du denn keine Eltern auf dieser Erde, oder bist du eines schönen Regentages in einer Wolke erschienen?«

»Mein irdischer Vater war Josef, ein armer Zimmermann aus Nazareth, der schon viele Jahre tot ist, und meine Mutter ist Maria, ein heiliger Engel, wenn es je einen gegeben hat.« Wie klar nun alles war, der Sproß Jesse, der *Nazar*, der Nazaräer.

Zadok spürte, daß die Leute wegen der Vorfahren des Fremden beunruhigt waren.

»Aber der Messia«, sagte er mit triumphierender Miene, »sollte in Bethlehem geboren werden, von einer Jungfrau aus dem Königshaus Davids.«

Jesus lächelte. »Viele sind so geboren worden, ohne der Messia zu sein.«

»Du leugnest, ein Nazaräer zu sein?«

»Ich leugne nichts, jetzt nicht und niemals. Nur Gott allein weiß, wer ich bin, denn nur durch seinen Willen bin ich hier.«

Er wich aus, unter diesen Umständen jedoch konnte ich es ihm kaum verübeln.

»In den fünf Büchern Mose«, sagte Zadok mit einem bösartigen Glitzern im Auge, »warnte Gott der Herr sein Volk: ›Wenn unter euch ein Prophet aufsteht oder ein Träumer von Träumen, und er spricht von anderen Göttern, dann sollt ihr ihn gewiß töten. Deine Hand soll die erste sein, die ihn zu Tode bringt, und nach ihr die Hand des ganzen Volkes.‹«

Jesus schenkte ihm einen gelassenen Blick.

»Ich führe keinen Menschen von Gott fort, nur zu Gott hin, genau wie Mose das Volk Israel aus der ägyptischen Gefangenschaft ins Gelobte Land geführt hat.«

Zadok meinte hämisch: »Du willst dich mit Mose gleichstellen?«

»Ich tue nichts aus mir selbst, nur mit meines Vaters Hilfe.«

Darauf hatte Zadok gewartet. »Dann, allmächtiger Prophet, heile dieses kleine Kind mit der Hilfe deines Vaters – wenn du es kannst.«

Das war grausam. Der Sadduzäer wandte sich um und zog eine Mutter mit ihrem Kind nach vorn. Das Kind klammerte sich an die Frau und schluchzte vor Angst. Es war ein Mädchen, kaum mehr als sieben oder acht Jahre alt. Sie zitterte am ganzen Körper, und selbst nachdem sie aufgehört hatte zu weinen, zitterte sie, wie ich entdeckte, immer noch weiter. Sie litt an der Schüttellähmung, einer unheilbaren Krankheit.

»Wenn du von Gott gesandt bist, heile dieses Kind!«

Die Stirn des Meisters umwölkte sich, und ich sah, daß er die Fäuste schloß und wieder öffnete.

»Gottes Werke sind kein Schauspiel für Neugierige.«

Zadok rieb sich vergnügt die Hände.

»Dann ist es also nur Gerede!«

Ich bemerkte eine kurze Unentschlossenheit; dann schien ein Leuchten von seinen Augen auszugehen.

»Der Herr liebt die Kinder, denn sie haben noch nicht das Böse auf der Welt gelernt. Darum sind sie ihm in ihrer Unschuld lieber als die anderen Menschen.«

»Diesmal wirst du dich nicht wieder herausreden können!« rief der triumphierende Zadok und schob sich so nahe an Jesus heran, daß der Täufer ihm den Weg verstellte.

Jesus trat gelassen vor und berührte das Kind mit sanfter Hand.

Zadok wollte mit seinem Hohn fortfahren, doch die Rufe der Menge übertönten ihn. »Ein Wunder!« riefen sie laut. »Das Kind ist geheilt!«

Tatsächlich hatte das Zittern aufgehört, und das Kind, die Arme um die Mutter geschlungen, rief: »Mutter, ich habe eine Wärme gefühlt, und dann waren die Schmerzen fort. Ich bin gesund!«

Dort, wo Jesus dem Kind die Hand auf den Nacken gelegt hatte, war die Haut stark gerötet. Vermutlich war eine heilende Kraft von ihm auf das Kind übergegangen.

»Das ist ein Trick!« rief Zadok empört. »Dieser Mann ist ein Hexenmeister. Er praktiziert die Schwarze Magie wie die Chaldäer!«

Jesus sah ihn herablassend an. »Und wenn ich das Kind nicht geheilt hätte – was dann? Ich sage dir, Zadok, du wirst dich zu verantworten haben dafür, daß du zynisch eines von Gottes Kindern ausgenutzt hast.« Er hob die Mutter auf, die ihm zu Füßen gefallen war. »Steh auf und geh heim mit deinem Kind und wisse, daß Gott diesen Tag vermerkt hat.«

Jesus mischte sich unter die Zuhörer. Nach der wunderbaren Heilung war ihre mißtrauische Zurückhaltung gewichen, denn diese Tat bewies eindeutiger als alle Worte, daß dieser Mann wahrlich von Gott gesandt war.

Levi und Simon Zelotes drängten sich durch die Menge, um ihm ehrfurchtsvoll die Hand zu küssen. Andere riefen laut nach Heilungen, aber er schien es nicht zu bemerken. Ich selber hielt mich lieber zurück, da ich nicht wußte, wie ich mich in seiner Gegenwart verhalten sollte. Nach einer Weile jedoch fiel sein Blick zufällig auf mich, und er neigte ganz leicht das Haupt, als wolle er mich zum Vortreten ermuntern. Ich grüßte ihn, indem ich mich bis zum Boden neigte.

»Du bist wahrlich der Sohn Gottes«, sagte ich mit vor Bewegung rauher Stimme.

Er blieb reserviert, lächelte mir aber traurig zu, als wisse er etwas, das ich nicht wußte. Bevor ich etwas sagen konnte, wanderte sein Blick rasch über Levi und Simon hin, über die Zeloten Cestus und Dysmas, die sich immer noch im Hintergrund hielten, da sie offenbar immer noch nicht recht wußten, ob er der Volksführer war, auf den sie warteten.

Dann kehrte sein trauriger Blick zu mir zurück.

»Ich werde heute abend am Lagerfeuer sein. Komm dort zu mir, wenn du möchtest.«

Die Menge sah ihn immer noch erwartungsvoll an; nur die Sadduzäer und Pharisäer blickten finster drein, schwiegen aber in weiser Einsicht, da sie ganz richtig erkannt hatten, daß die Versammelten zu ihm übergelaufen waren.

»Fragt, was ihr wollt«, forderte er sie auf, »mein Vater wird euch hören. Denn er ist überall, in den Bäumen und in den Blumen, im Himmel und auf der Erde und auch in euch selbst, wenn ihr es ihm durch gute Gedanken und Taten gestattet.«

Abermals erscholl der Chor der Leidenden: »Hilf uns! Hilf uns!« riefen sie, während sie ihre Stöcke emporhielten und ihm ihre verkrüppelten Gliedmaßen und geröteten Gesichter entgegenstreckten.

Er hob, Ruhe heischend, den Arm. »Ich komme nicht als Arzt für den Leib, sondern für den Geist. Denn dort ist es, wo die Krankheit beginnt.«

Da er jedoch heilen konnte, fragte ich mich, warum er nicht alle, die krank waren, gesund machte.

»Ihr seid auf diese Welt gekommen, um die Aufgaben des Lebens zu meistern«, sagte er dann, als habe er meine Gedanken erraten, »und mit der Zeit und im Glauben an Gott zu lernen, euch so zu verhalten, daß ihr euch dem Herrn als würdige Begleiter erweist.«

Dies beschwichtigte in keiner Weise die Rufe der Kranken, die nur mit ihren Leiden beschäftigt waren.

»Denkt nicht an euch selbst, sondern an die anderen, und euer Denken wird euch von den Fesseln des Fleisches befreien«, fuhr er fort. »Euer Vater weiß, was ihr nötig habt, noch ehe ihr ihn bittet. Darum betet zu ihm, beim Beten aber sollt ihr nicht plappern wie die Heiden; denn sie meinen, Erhörung zu finden, wenn sie viele Worte machen. So aber betonen sie nur ihre Schwäche, nicht ihren Glauben, der doch stark und fest sein sollte.«

Die Menge aber verstand ihn nicht. Denn es ertönte der laute Ruf: »Sage uns, Meister, wie wir beten sollen!«

»Nicht mit Worten allein, sondern mit dem Geist.«

»Aber wie lauten diese Worte?«

»Wenn es nur Worte wären, könnten die Kranken sie sprechen und würden geheilt.«

Sie riefen immer noch nach den magischen Worten.

»Ihr sollt so beten, und sprecht mir jedes Wort nach, denn wisset, wenn ihr Gott um etwas bittet, wird eure Bitte erhört werden.«

Er richtete beim Sprechen den Blick gen Himmel, und die Menge sprach ihm murmelnd nach:

»Unser Vater im Himmel! Dein Name werde geheiligt.

Dein Reich komme.

Dein Wille geschehe, wie im Himmel, so auch auf Erden.

Unser tägliches Brot gib uns heute.

Und erlaß uns unsere Schulden, wie auch wir sie unseren Schuldnern erlassen haben.

Und führe uns nicht in Versuchung, sondern rette uns vor dem Bösen. Denn dein ist das Reich, und die Kraft, und die Herrlichkeit in Ewigkeit.«

Ich spürte eine leichte Enttäuschung in der Menge, die ihm dieses Gebet ohne jedes Interesse nachgesprochen hatte. Und er mußte es ebenfalls spüren, denn nunmehr ermahnte er die Zuhörer streng.

»Lasset euer Licht vor den Menschen leuchten: Sie sollen eure guten Werke sehen und euren Vater im Himmel preisen. Wenn *eure* Gerechtigkeit nicht weit hinausgeht über die der Sadduzäer und Pharisäer, so werdet ihr nicht in das Himmelreich kommen.«

Ihren Mienen war anzusehen, daß die Versammelten mehr erwartet hatten.

»Was ihr von anderen verlangt«, fuhr Jesus fort, »verlangt zuerst von euch selbst. Gebt nicht den anderen die Schuld für das, was ihr tut oder nicht tut, denn die Sünde der Tat ist oft verwerflicher als die Sünde der Unterlassung.«

Der unnachgiebige Zadok hatte sich wieder bis ganz nach vorn durchgedrängt.

»Du sprichst immer von ›meinem Vater‹, ›eurem Vater‹, ›unserem Vater‹ – von wessen Vater sprichst du wirklich?«

Jesus lächelte. »Gut gefragt, Zadok, denn er ist der Vater aller, die auf seine Stimme hören. Und bevor du den Hohenpriestern berichtest, laß mich dir sagen, daß ich nicht gekommen bin, das Gesetz oder die Propheten außer Kraft zu setzen, sondern zu erfüllen.«

Zadoks Miene verriet seine Gedanken.

»Ich spreche nur für mich selbst«, stotterte er.

»Doch du gibst anderen Rechenschaft. Berichte also gerecht, denn du mußt einem Höheren als mir Rechenschaft ablegen.«

Er sprach nicht wie ein Galiläer, denn die meisten von ihnen sprachen nur Aramäisch, und auch das nur so verzerrt, daß es schon fast wie ein Lispeln klang. Sein Hebräisch war besser als meins, sein Griechisch fehlerlos. Wo mochte er studiert haben, daß er in diesen Sprachen so perfekt war?

Während ich ihn genau betrachtete, dachte ich, er müsse wohl Anfang Dreißig sein, vielleicht ein paar Jahre älter als ich, doch nach allem, was ich gehört hatte, nur um Monate jünger als Johannes der Täufer, mit dem er verwandt war. Dennoch wirkte er alterslos, ohne einer bestimmten Zeit, einem bestimmten Ort anzugehören.

Er hatte sich jetzt von Zadok abgewandt und Levi, so wie zuvor mich, gebeten, sich später zu ihm zu gesellen. Und so wanderten wir nach unserer Abendmahlzeit aus Brot und Ziegenmilch erwartungsvoll den Hang hinauf zum großen Lagerfeuer, das dem Johannes als Hauptquartier diente. Einige andere waren bereits da, unterhielten sich zwanglos mit dem Meister, der bequem im Gras ruhte, während ihm ein junger Mann von großer Schönheit die Füße salbte.

Nach ihrer Aussprache zu urteilen, schienen mir diese Männer Galiläer zu sein. Einer, von hoher, majestätischer Gestalt, nannte sich Andreas, der andere, ein ungeschlachter Kerl mit niedriger Stirn und schlaffem Kinn, war dessen Bruder Simon. Ich faßte sofort eine Abneigung gegen ihn; er schien das Gespräch beherrschen zu wollen, obwohl er kaum etwas dazu beitrug. Der junge Mann, bestimmt nicht älter als zwanzig Jahre, hieß Johannes und hatte seinen Bruder Jakobus bei sich. Die beiden waren Söhne des Bootsbauers Zebedäus, der nach galiläischen Maßstäben ein wohlhabender Mann war. Aus ihren Worten folgerte ich, daß sie gekommen waren, um sich von Johannes taufen zu lassen, und vom Auftauchen ihres galiläischen Landsmanns überrascht waren.

Simon-bar-Jona war am glücklichsten, wenn er selbst reden konnte. Er sprach mit jedem, der ihm zuhören wollte, über sein erstes Zusammentreffen mit Jesus. »Andreas und ich fischten im Galiläischen Meer und brachten den ganzen Tag lang nur leere Netze ein. Da rief uns ein Fremder am Ufer zu, wir sollten die Netze auf der anderen Seite des Bootes auswerfen, aber wir hielten das für sinnlos, denn dort hatten schon andere erfolglos gefischt. Er jedoch bestand darauf, wir taten schließlich, was er wollte, und siehe da, wir taten einen größeren Fischzug als jemals zuvor, so groß, daß unsere Netze zerrissen und die Fische entkamen.«

Er merkte gar nicht, wie lächerlich er wirkte.

»Er ist also deswegen vom Meister beeindruckt, weil dieser ihm beim Fischen geholfen hat«, flüsterte mir Levi boshaft zu.

Die übrigen Anwesenden waren mir vertrauter, die Zeloten, Cestus und Dysmas, Josua-bar-Abbas und Simon Zelotes, ebenfalls ein Galiläer, aufgrund seiner politischen Überzeugung jedoch härter sowohl in der Aussprache als auch in seinen Handlungen.

Der Täufer stand mit seinen Jüngern Ahiram und Abner vor Jesus. Er schien sich über den Dienst zu wundern, den der jüngere Johannes dem Meister mit so liebevoller Sorgfalt leistete.

Der Meister schien nicht zuzuhören, warf aber hier und da ein ironisches Wort ins Gespräch. Als Cestus und Dysmas erwähnten, der Messia Israels könne sich nur dadurch beweisen, daß er sein Volk befreie, erwiderte Jesus lächelnd: »Und wenn er der Messia wäre, der Befreier, den Israel ersehnt – sollte er dann Anweisungen von einem anderen entgegennehmen als dem, der ihn gesandt hat?«

Cestus und Dysmas krausten die Stirn, denn sie hatten zwar eine Antwort erhalten, aber nicht die Antwort, die sie erwarteten.

»Es genügt nicht, daß einer sagt, er sei der Messia«, behauptete Cestus störrisch.

»Das ist wahr«, erwiderte Jesus. »Und ebenso genügt es nicht, daß die anderen es sagen.«

Jetzt mischten sich die beiden Führer der Zelotenpartei ein. Josua-bar-Abbas galt als militärischer Experte, da er eine Zeitlang bei den römischen Legionen in Ägypten gedient hatte, und Simon Zelotes war die regligiöse Autorität, denn er hatte die Thora studiert, die aus den Büchern Mose bestand, und die Propheten, und konnte zitieren, was seiner Sache dienlich war.

»Die Thora«, führte Zelotes aus, »erklärt, der Messia werde als König der Könige über alle Völker regieren.«

»Und wie anders könnte er diese Herrschaft erlangen als durch die Vernichtung der Römer?« setzte bar-Abbas rasch hinzu.

Jesus blaue Augen funkelten.

»Es gibt mehr als eine Möglichkeit, einen Feind zu überwältigen.«

»Und welche wäre das?«

»Mit Liebe, indem du dem, der dich auf die rechte Backe schlägt, auch die andere Backe hinhältst.«

Die Zeloten sahen ihn ungläubig an.

»Halte die andere Backe hin«, brüllte bar-Abbas, »und die Römer nehmen sofort deinen Kopf.«

»Dennoch werden sie in Rom dem einen Gott Verehrung erweisen«, entgegnete Jesus.

Der junge Johannes war jetzt fertig mit dem Salben von Jesu Füßen und wandte sich fragend an den Täufer. Der Täufer schüttelte unwirsch den Kopf, als wolle er die Zumutung, sich solcherart verwöhnen zu lassen, energisch zurückweisen.

Jesus nahm Johannes die Alabasterschale mit dem Öl aus der Hand und kniete vor dem Täufer nieder.

»Wie du mich vor dem Vater erhöht hast, laß mich dich an diesem Tage ehren.«

Der Täufer wäre zurückgewichen, aber etwas in Jesu Blick hielt ihn am Ort.

»Nur ich, Johannes, kann dich salben für die Reise, die du antrittst.«

Gehorsam ließ der Täufer die Schultern sinken, und der Meister salbte ihm behutsam, liebevoll die nackten Füße, die so aussahen, als hätten sie nie Sandalen gesehen.

»Ich salbe dich mit dem Heiligen Geist, Johannes, denn nach diesem Abend werde ich dich auf dieser Welt nicht wiedersehen.«

In den Augen des Täufers stand eine heiße Flamme.

»Ich habe getan, was zu tun ich gekommen war. Ich bin bereit.«

Sie standen sich gegenüber und umarmten sich. Und Jesus hielt ihn, als wolle er ihn nie mehr von seiner Seite lassen.

Mit einem Seufzer gab er ihn schließlich frei.

Johannes rief seine beiden Jünger herbei. »Ich gehe nach Salim, um dort zum letztenmal in Judäa zu taufen, und dann nach Peräa, wo der falsche Herodes und seine Hure Herodias die Luft verpesten. Von dort aus – das weiß nur der Herr allein.«

Wir sahen ihm nach, wie er davonschritt; sein Mantel aus Kamelhaar flatterte im Nachtwind.

»Da«, sagte Jesus, »geht ein Prophet, wie es keinen größeren gibt, denn er hat sich seiner eigenen Weissagung geopfert.«

Die Zeloten beobachteten seinen Aufbruch mit Bedauern, denn mit Ausnahme des Zelotes entsprach der Täufer weit eher ihren Vorstellungen des Messia als einer, der ihnen riet, die andere Backe hinzuhalten.

»Dort«, entschlüpfte es mir unverhofft, »geht ein Kämpfer für die Freiheit.«

»Manche sprechen von Freiheit und machen sich selbst zum Gefangenen dieser Freiheit«, sagte Jesus.

Cestus musterte ihn zweifelnd.

»Das scheint mir eine hübsche Phrase zu sein.«

»Oft handeln die Menschen nicht, sondern reagieren nur und verlieren somit die Freiheit des Handelns, die natürlich aus ihrer eigenen Seele kommt.«

»Du meinst«, fragte ich ihn, »daß wir bei der Rebellion gegen die Tyrannei die Freiheit verlieren?«

Jesus lächelte. »Du sprichst von Tyrannei, doch diese leidenschaftliche Liebe zur Freiheit ist eine noch größere Tyrannei. Sie regiert Körper und Geist und steuert einen unsicheren Kurs, der überallhin führen kann.«

»Sollen wir denn unseren Rücken unter die Peitsche beugen,

uns von den Römern geißeln und uns dann ans Kreuz schlagen lassen für die Unverschämtheit, frei sein zu wollen?«

»Denkt nicht so sehr an die Freiheit an sich, sondern befreit euch von diesem Joch der Freiheit, das ihr euch selbst auf die Schultern gelegt habt.«

»Aber wie, Meister, sollen wir dann Freiheit finden?«

»Indem wir für andere leben, leben wir für Gott, und in Gott finden wir diese schwer erreichbare Freiheit.«

Cestus schüttelte langsam den Kopf. »Wir leben für Israel und den Messia, der Israel von seinen Bedrückern befreit.«

»Das sagst du, aber nicht Gott«, entgegnete der Meister, und es lag tiefe Sorge in seiner Stimme.

5

Die Zeloten

Eine gespannte Atmosphäre senkte sich über das Lagerfeuer. Levi stieß mich in die Rippen. »Hast du je ein anrüchigeres Trio gesehen?« flüsterte er, damit die anderen seine Frage nicht hören konnten. Tatsächlich hatten die Zeloten ein wildes Gehabe an sich, das demjenigen, der ihnen in dunkler Nacht über den Weg lief, nichts Gutes verhieß.

Bar-Abbas glich mit seiner Hakennase und dem rauhen Stoppelbart einem Raubvogel, der vor seiner Beute hockt. Cestus und Dysmas glichen scharfäugigen Falken, jederzeit bereit, sich auf einen Feind zu stürzen. Sie würden sich in einer Schlacht bestimmt hervorragend bewähren.

Die Zeloten, auch Simon Zelotes, sahen bar-Abbas erwartungsvoll an. Offenbar überließen sie ihm die Initiative.

»Wie«, begann bar-Abbas, »kann ein Zimmermann aus Galiläa Israel gegen das mächtigste Heer der Geschichte führen?«

Die Galiläer waren empört über seinen Ton, und auch ich fühlte mich gekränkt.

»Der Makkabäer war sogar nur ein Schafhirte«, wandte ich hastig ein.

»Das weiß ich«, gab bar-Abbas zurück. »Und David erschlug Goliath mit einer Schleuder. Aber Schleudern nützen nichts gegen Rom.«

Jesus hatte schweigend, scheinbar ohne zuzuhören, ins Feuer gestarrt. Jetzt hinderte er seine erbosten Anhänger mit einer Geste an einer heftigen Erwiderung. Immer noch in die Flammen blikkend, sprach er sanft:

»Ich will euch ein Gleichnis des Propheten Daniel erzählen, der sich und sein Volk in der Gefangenschaft dadurch rettete, daß er einen Traum des babylonischen Königs Nebukadnezar richtig deutete. Der König hatte ein furchtbares Gesicht gehabt und ein Standbild gesehen. Das Haupt dieses Bildes war aus Gold, seine Brust und seine Arme von Silber, sein Bauch und seine Lenden von Erz, seine Schenkel von Eisen, seine Füße aber teils von Eisen, teils von Ton.

Keiner der Gelehrten Babylons konnte diesen Traum deuten, Daniel aber hatte eine Vision durch den Herrn. Von dieser Vision berichtete er dem König. ›Du, o König, und dein Reich, ihr seid dieses goldene Haupt. Und nach dir wird ein anderes Reich entstehen, geringer als das deine, das Reich der Meder, aus Silber. Und dann noch ein drittes Reich, ein ehernes, das des Griechen Alexander, der über die ganze Erde herrschen wird. Und endlich wird ein viertes Reich sein, stark wie Eisen, wie denn das Eisen alles zermalmt und zerschlägt. Daß aber die Zehen teils von Eisen, teils von Ton waren, das bedeutet: das Reich wird zum Teil stark und zum Teil zerbrechlich sein.‹«

Er hielt einen Moment inne, um nachdenklich ins Feuer zu blikken, und wir wußten, daß er von Rom sprach, denn welches Reich außer Rom war mächtiger als die griechischen Besieger des Meders Darius?

»›Daß du Eisen mit Tonerde vermengt gesehen hast, bedeutet:

Sie werden sich zwar durch Heiraten miteinander verbinden, und doch werden sie nicht fest aneinanderhalten, wie sich denn Eisen nicht mit Ton vermischen läßt.‹«

Wieder flüsterte mir Levi ins Ohr. »Er spricht von der Uneinigkeit dieses römischen Reiches, das sich nicht zusammenschmieden läßt, ganz gleich, wie viele Kaiser und Legionen es gibt.«

Es ging aber noch weiter.

»Und in den Tagen jener Könige«, tönte Jesu Stimme laut, »wird der Gott des Himmels ein Reich erstehen lassen, das ewig unzerstörbar bleibt, und die Herrschaft wird keinem anderen Volke überlassen werden. Alle diese Reiche wird es zermalmen und vernichten, selbst aber in alle Ewigkeit bestehen.«

Einen Augenblick lang herrschte Schweigen; dann mischte sich Simon-bar-Jona, der Bruder des Andreas, mit seiner gewohnten Beschränktheit ein.

»Aber, Meister, wenn diese Reiche zermalmt und vernichtet werden, wie können sie dann fortbestehen?«

Der Meister lächelte ihm liebevoll zu. »Du, Simon, bist mein Barometer, denn an deinen Reaktionen sehe ich, wie der gemeine Mann die Botschaft aufnimmt, die ich bringe.«

Während Simons grobes Gesicht seine Verwirrung verriet, sagte sein Bruder Andreas sanft:

»Wir wissen, von welchem Reich er spricht.«

Jesus ließ den Blick über die Anwesenden schweifen. »Du, Andreas, sollst mein erster Jünger sein. Als der älteste sollst du den anderen Rat geben. Und du, Simon-bar-Jona, sollst der zweite sein, obwohl du in vielen Dingen der erste sein wirst.«

Die beiden Galiläer lächelten vor schlichter Freude.

»Danke, Meister«, sagten sie.

»Dankt mir nicht, denn der Weg wird rauh und steinig werden, und euer Lohn wird nicht von dieser Welt sein.«

»Wir werden dir folgen, wohin du gehst«, sagte der einfältige Simon.

Das Antlitz Jesu umwölkte sich einen Moment. »Ja, das wirst du, obwohl du kaum weißt, was du sagst.«

Mehr denn je verlangte es mich, sein Jünger zu werden.

»Und wie viele Jünger werden es sein, Meister?« Es war das erstemal, daß ich ihn direkt angesprochen hatte, und das Herz pochte mir heftig in der Brust.

»Zunächst werden es zwölf sein, Juda, die nicht nur die Stämme Israel versinnbildlichen, sondern einen Querschnitt der Menschheit, wie er sich im Tierkreis des Universums widerspiegelt. Unser eigenes Zeichen sind die Fische, denn es stellt nicht nur den Konflikt zweier gegensätzlicher Kräfte, des Guten und des Bösen, dar, da die Fische gegeneinander schwimmen, sondern das neue Zeitalter der Anbetung.«

»Außerdem ist es dein Sternzeichen«, sagte Andreas, der ihn von Kind an kannte.

Ich trat gemeinsam mit Levi vor. »Wir möchten dir mit Andreas und Simon zusammen dienen«, erklärte ich.

»Das sollt ihr, doch zuerst wisset, daß viele gerufen sind, aber nur wenige auserwählt.«

Undeutlich nahm ich die mißbilligenden Blicke der Zeloten wahr; nur Zelotes schien ebenso eifrig darauf bedacht, Jesus zu dienen, wie ich selbst. Doch schließlich war er, wie auch Levi, ein Galiläer und daher als Landsmann stolz darauf, den Messia als einen der seinen betrachten zu können.

Auch Cestus und Dysmas waren vorgetreten. »Wir würden gern deine Jünger werden«, sagte der Syrer, »wenn wir nur sicher sein könnten, daß du wirklich der Retter Israels bist.«

»Wenn ihr jetzt nicht sicher seid«, erwiderte Jesus, »werdet ihr nie sicher sein, denn Gott verlangt Glauben von seinen Kindern.«

»Ist es denn nicht gerecht, daß der Messia sich beweist, ehe wir alles aufs Spiel setzen und ihm nachfolgen?« fragte Cestus.

»Ihr setzt mehr aufs Spiel, wenn ihr ihm nicht nachfolgt«, antwortete Jesus rätselhaft. »Aber folgt ihm und sehet selbst.«

»Israels Freiheit bedeutet dir wenig«, stellte Dysmas verdrießlich fest.

»Ich denke an nichts anderes, aber es ist nicht eure Freiheit.«

Ich hatte genug. »Hast du denn nicht gehört, daß er gesagt hat, dieses Reich werde Rom zermalmen und vernichten und in Ewigkeit bestehen?«

Die Zeloten waren noch immer nicht überzeugt.

»Ich habe noch nie erlebt, daß ein Römer durch ein Wortgefecht erschlagen wurde«, sagte bar-Abbas.

Jesus schien sich an der Kritik nicht zu stören. Und dennoch hatte er zuvor auf Zadoks Angriff sehr heftig reagiert. Seine nächsten Worte machten den Unterschied schnell klar.

»Laß sie, sie sprechen aus Liebe zu Israel.«

Er wirkte jetzt völlig in sich gekehrt, und Andreas machte uns ein Zeichen, daß die Zusammenkunft beendet sei.

Die Zeloten gingen zu ihrem eigenen Lager hinüber und baten mich, am folgenden Tag zu ihnen zu kommen. »Vergiß nicht«, knurrte bar-Abbas mit verhaltener Stimme, »du hast dich uns auf Gedeih und Verderb verschworen.«

Ich seufzte innerlich. Da war ich nun, angeblich Spion für das Sanhedrin, ein auf die Rebellion gegen Rom eingeschworener Zelot und gleichzeitig ein zukünftiger Jünger des Messia von Israel. Gott behüte, daß mir eine dieser Aufgaben über den Kopf wuchs!

»Ich werde kommen«, versicherte ich.

Jesus folgte ihnen mit den Blicken, bis sie den Hang hinab in der Dunkelheit verschwanden.

»Die Propheten singen von Gott«, sagte er sehr erschöpft, »deine Freunde aber marschieren zu ihrer eigenen Melodie.«

Ich nahm meinen ganzen Mut zusammen und fragte ihn: »Ist es falsch, sich von dem Unterdrücker zu befreien, der uns den Fuß in den Nacken setzt?«

»Es ist nicht falsch, Juda, und ich wünschte, Israel wäre so frei wie in den Tagen Davids und Salomos. Doch nun verlangt der Herr mehr von uns.«

»Was könnten wir mehr tun, als sein Wort durch alle Lande verbreiten?«

»Und wie würdest du das erreichen?«

»Die Propheten sagen, der Messia werde uns von unseren Feinden erlösen und Israel über siebzig Völker triumphieren lassen.«

Ich zögerte, denn ich wollte nicht allzu kühn erscheinen. »Wenn wir nicht den Propheten glauben, welche Hoffnung gibt es in Israel dann noch auf den Messia?«

»Frage lieber, welche Hoffnung es in der Welt gibt, denn derselbe Gott, der Israel schuf, Juda, der schuf auch alles andere im Himmel und auf Erden.«

Die Galiläer hatten offenen Mundes gelauscht.

»Mit anderen Worten«, sagte Levi stirnrunzelnd, »es gibt keinen Unterschied zwischen Juden und Heiden.«

»Ganz so habe ich es nicht gesagt, denn wir unterscheiden uns von ihnen in der Thora und in dem, was wir wert halten.«

»Aber sind wir nicht das Auserwählte Volk?«

»Gott hat uns erwählt, weil wir ihn erwählt haben. Aber wir haben nicht immer am Glauben festgehalten, und der Tempel ist kein rechter Aufenthaltsort mehr für ihn.«

»Sind wir denn besser dadurch, daß die Römer auf ihren Wällen sitzen, ihren Abfall in unseren Tempel werfen und unsere Freunde aus Galiläa niedermetzeln?«

Jetzt mischte sich Andreas ein. »Du sprichst zu heftig, Herr. Wahre deine Zunge.«

Jesus wies ihn zurecht. »Der spricht wohl, der für Israel spricht.« Er ließ den Blick zu den Galiläern hinüberwandern, und ich sah, wie seine Augen vor Bewegung feucht wurden. »Wären meine Freunde nicht, Juda-bar-Simon, ich wäre heute nacht nicht hier, denn dieses Massaker war das Zeichen, auf das ich gewartet habe, das Zeichen dafür, daß nicht nur Israel, sondern auch Rom der Rettung bedarf. Ja, Juda, ich kannte diese Pilger gut.«

Ein Schauer lief mir über den Rücken.

»Ja, Juda, so wie ich dich kennen werde, und Pontius Pilatus.«

In jener Nacht nahm Jesus Simon-bar-Jona und den jungen Johannes mit und stieg mit ihnen auf die Berge von Moab, wo die Propheten Moses und Elija vor ihm Wache gehalten hatten.

»Ich gehe, mit dem Teufel zu ringen«, sagte er uns.

»Und wo ist dieser Teufel?« fragte Andreas.

»Es ist der Teufel in mir, der meine Ohren den Schreien der von

Rom Geknechteten öffnet, den Rufen der erschlagenen Galiläer und all derer, die für ihren Glauben an Israel sterben mußten.«

Was für ein Teufel mag das sein, dachte ich, den er tadelte für die Rettung seines eigenen Volkes? Nach der Zurechtweisung durch den sanften Andreas jedoch wagte ich nichts mehr zu fragen.

Er umarmte seine Galiläer, sie küßten ihn auf die Wange und wünschten ihm Frieden auf seinem Weg.

»Ich habe in drei Tagen einen langen Weg von Nazareth bis hierher zurückgelegt«, sagte er. »Und nun gehe ich, zu sehen, wieviel weiter ich noch gehen muß.«

Er wandte sich an mich. »Umarme mich, wenn du magst, Juda, denn du bist mir ebenso lieb wie die anderen.«

Ich kämpfte Tränen der Freude nieder, küßte ihn leicht und gab ihm mein ganzes Herz mit auf den Weg.

»Komm zu mir nach Kana, Juda«, forderte er mich auf. »In einem Monat werde ich dort sein.«

Als ich am nächsten Tag mit einem Ausschuß der Zeloten unter dem Vorsitz von Josua-bar-Abbas zusammenkam, konnte ich an kaum etwas anderes denken als an ihn. Trotz all des Feuers, das sie spien, kamen sie mir unendlich gewöhnlich vor.

»Wir können nicht warten, bis er entscheidet, woher der Wind weht«, erklärte bar-Abbas. »Es wird Zeit, zu den Waffen zu greifen und unseren Zermürbungskrieg zu beginnen. Kleine, aber starke Gruppen werden die abgelegenen Garnisonen überfallen und sich ihrer Waffenlager bemächtigen. Andere werden auf schnellen Kamelen aus der Wüste herangejagt kommen, die Karawanen angreifen und den Feind seines Nachschubs berauben. Diese Störaktionen werden wir mit jedem Tag verstärken, bis wir, wie die Makkabäer, eine Streitmacht haben, die allem gewachsen ist, was Rom uns entgegensetzen kann.«

Ich schaute in die Runde, um zu sehen, wie Simon Zelotes diese Ankündigung aufnahm. Denn dieser tapfere Krieger, der mit Juda, dem Galiläer, in dessen zum Scheitern verdammter Revolte gekämpft hatte, war ein so unerschütterlicher Zelot, daß niemand an seinem Patriotismus zweifeln konnte. Nur er allein hatte sich, wie einer der alten römischen Kriegshelden, in der Schlacht einen Zunamen gewonnen.

Sein hageres Gesicht spiegelte den Ernst der Stunde. »Ich glaube an ihn«, erklärte er langsam. »Ich glaube daran, daß er der Messia ist, von Gott gesandt, sein Volk zu erlösen, und ich glaube, daß er die Unterdrückung durch Rom ebenso tief empfindet wie ihr alle. Als er von dem Massaker an den Galiläern sprach, war er von Trauer fast überwältigt. In den Bergen wird er mit den Propheten sprechen und so seine Mission festlegen.«

»Vielleicht hat er schon oft mit ihnen gesprochen«, meinte Cestus hämisch lächelnd.

Der Zelot musterte ihn kalt. »Was soll das heißen?«

»Daß er sein Bild den Beschreibungen der Schrift entnommen haben kann.«

Simons Blick wurde noch finsterer. »Du sprichst wie ein Zadok oder Eleasar – kleine, beschränkte Männer mit einem kleinen, beschränkten Verstand und ganz ohne Seele.«

Cestus hatte den Anstand, rot zu werden. »Unser Leben steht auf dem Spiel. Wir können uns nicht auf die Lauen verlassen. Ist das nicht so, Juda?«

Die Art, wie er mich ansah, gefiel mir nicht.

»Das ist richtig. Doch es heißt, nur der Messia kann das Volk unter seiner Führung vereinen. Die Judäer folgen dem einen, die Galiläer einem anderen, die Samariter einem dritten. Aber alle, gute und schlechte Juden, stammeszugehörig oder nicht, werden sich um den von Gott gesandten Erlöser scharen. Dessen dürft ihr gewiß sein.«

Zelotes klatschte in die Hände. »Weise Worte von einem Aristokraten.« Über der bescheidenen Mittagsmahlzeit trafen sich seine Blicke mit denen des bar-Abbas. »Ich glaube, wir sollten abwarten und ihm die Möglichkeit geben, sich zu erklären. Wenn wir einige Monate warten, haben wir wenig zu verlieren. Bis dahin bekommen wir vielleicht Hilfe von Nikodemus, falls er sich vom Messia überzeugen läßt.«

»Verzögerungen, immer wieder Verzögerungen!« riefen Cestus und Dysmas. »So wurde Rom nicht erobert.«

»Rom«, entgegnete Simon trocken, »brauchte zwanzig Jahre, um Karthago zu zerstören.«

»Wir haben keine zwanzig Jahre Zeit«, sagte bar-Abbas. »Wenn wir keinen Erfolg haben, werden unsere Leichen schon lange vorher am Kreuz hängen.«

»Laßt uns nicht streiten«, warnte Simon. »Mustern wir lieber mit Vernunft das, was uns zur Verfügung steht für den Tag, da wir uns um den Führer versammeln.«

»Er ist kein Johannes der Täufer!« rief Dysmas. »Er wird nie Heere in die Schlacht führen.«

»Er braucht nur zum Aufstand zu raten, und ganz Israel wird sich erheben«, behauptete Simon. Seine Stimme nahm einen leicht ironischen Ton an. »Du kannst dann die Heere führen, bar-Abbas. Über wieviel Truppen befiehlst du jetzt?«

Das Grinsen verlieh dem Raubvogelgesicht des bar-Abbas einen bösartigen Ausdruck. »Ich befehle über tausend Idumäer, Peräer, Samariter. Kein einziger echter Israelit darunter.«

»Und ich über zweitausend erfahrene Kämpfer aus anderen Schlachten«, verkündete Simon stolz. »Mit seinem Segen jedoch würden sich diese Zweitausend um das Zwanzigfache vermehren.«

»Es könnte nicht schaden, uns in der Umgebung mit Lebensmitteln zu versorgen«, meinte bar-Abbas in einschmeichelndem Ton. »Wenn wir es geschickt anstellen, mit einem Minimum an Morden, würde man es wahrscheinlich für das Werk von Räubern und Plünderern halten.«

Simon lachte, bis sich sein ganzer Körper schüttelte. »Und wie weit wären die entfernt, bar-Abbas?«

»Mir paßt deine Art von Humor nicht, Simon«, grollte bar-Abbas, doch als die anderen, auch Cestus und Dysmas, in Simons Gelächter einstimmten, hielt er sich bald ebenfalls die Seiten vor Lachen.

»Das ist gut!« rief er ganz außer Atem.

»Ich bin einverstanden«, sagte Simon. »Überfallt die Karawanen, aber sonst nichts. Keine Angriffe auf Garnisonen, kein Hinterhalt bei kleinen Abteilungen von Soldaten, bis die Zeit reif ist.«

»Einverstanden.« Bar-Abbas streckte die schwielige Hand aus, und wir alle schlugen ein.

Mein Entschluß war schon gefaßt. Ich würde Jesus nach Kana in Galiläa folgen, ich würde ihm auch nach Jerusalem folgen, falls nötig sogar ganz bis nach Rom. Die Römer würden noch von ihm hören, ebenso die Tempelpriester und die anderen, die zwischen Israel und seinem Gott standen. Wie konnte auch nur einer daran zweifeln, daß Jesus der Messia war? Er entsprach bis ins kleinste Detail der Beschreibung, und seine Kenntnis der Propheten zeugte von einem erstaunlichen Wissen um das eigene Schicksal.

Mein Weg war klar. Ich konnte nicht ihn und zugleich einen anderen Menschen lieben. Ich wollte ehrlich zu Rahel sein – was ich zuvor nicht gewesen war –, dem Sanhedrin und den Hohenpriestern gegenüber jedoch nicht ganz so offen. Denn solange es ihnen gefiel, mich in ihren Diensten zu behalten, so lange gefiel es mir, in ihrem Namen aufzutreten. Den Heuchlern etwas vorzuenthalten störte mein Gewissen nicht im geringsten. Jesus hatte zwar gesagt: »Tut den anderen, wie ihr wollt, daß sie euch tun.« Gewiß aber hatte er dabei nicht von den Hohenpriestern gesprochen. Was wußten die schon von Aufrichtigkeit? Die bogen doch alles so hin, wie es ihnen am nützlichsten war.

Die Zeloten hatten beschlossen, daß Simon Zelotes und ich uns dem Messia anschließen und die Wachhunde für die Partei spielen sollten. Ich stimmte dem Beschluß eifrig zu, denn genau das war ja ohnehin mein Wunsch gewesen. Simon wiederum hatte ein besonderes Interesse an einem Führer aus seiner Heimat.

»Aber er ist ein Judäer aus dem königlichen Haus Davids«, hatte ich eingewandt.

»Im Herzen ist er Galiläer«, gab Simon zurück. »Das habe ich in seinen Augen gelesen. Nur um die Prophezeiung zu erfüllen, haben es seine Eltern so angestellt, daß er in Bethlehem geboren wurde.«

»Die hatten wenig damit zu tun«, widersprach ich. »Es ist einfach so gekommen.«

»Einfach so kommt niemals etwas. Das kann Jesus dir bestätigen. Wir sind nichts weiter als Marionetten, die dem Willen des Herrn folgen müssen.«

Simon war scharfsinniger, als ich dachte.

»Wenn alles vorausgeplant ist – warum mühen wir uns dann so ab?«

Er lachte bitter. »Weil wir Gottes Willen erst erkennen, wenn wir uns für einen Weg entschieden haben. Wenn wir erfahren, was er will, ist es für uns bereits zu spät.«

Ich überlegte einen Moment.

»Kann denn überhaupt jemand Gottes Willen kennen?«

»Manche behaupten, die gelehrten Rabbis und Priester ersähen ihn aus ihrem Studium der Schrift.«

»Würde Jesus ihn denn kennen?«

»Wenn er der Messia ist, was ich glaube, würde niemand ihn besser kennen als er, es sei denn Gott selbst.«

»Warum geht er dann aber in die Berge, um über seine Aufgabe nachzusinnen? Müßte sie ihm nicht von Anfang an klar sein?«

Simon Zelotes seufzte tief. »Vielleicht gibt es da zwei Seiten an ihm: die himmlische, der Gottes Wille offenbar ist, und die irdische, die nur ein Mensch ist wie wir anderen und sich seinen Weg selbst suchen muß.«

»Ich weiß nur, daß die Welt nie einen wie ihn gesehen hat«, erklärte ich mit klingender Stimme.

»Nach unserem Aufenthalt in Galiläa werden wir mehr wissen«, entgegnete Simon. »Er spricht niemals leichthin. Er will aus einem ganz bestimmten Grund, daß wir nach Kana kommen. Er tut niemals etwas ohne Grund. Das weiß ich, weil ich die Menschen kenne.«

Ich betrachtete ihn neugierig. »Wie gut aber kennst du dich selbst, Simon?«

Er hob langsam die mächtigen Schultern. »So gut, wie ich dich kenne, Juda-bar-Simon.«

»Und was weißt du von mir?« Ich ärgerte mich, daß er mich so voreilig beurteilte.

»Du läßt dich zu sehr von deinen Gefühlen regieren und denkst nicht immer gründlich genug nach, bevor du handelst.«

»Das könnte man von allen behaupten.«

»Du sprichst zwar viel von Gott und dem Messia, aber es ist Rom, das dich bekümmert, Juda.«

Ich starrte ihn an. »Ja, bekümmert dich Rom denn nicht?«

»Doch, aber ich verstecke mich nicht hinter Vorwänden. Ich spreche nicht, wie du, von Gott und Israel. Rom unterjocht Israel, und das genügt mir. Es ist nicht ausschließlich eine religiöse Frage. Wenn der Messia hilft, das Land zu einen, gut; doch wenn es keinen Messia gibt, erreichen wir unser Ziel allein.«

»Es kann nicht allein erreicht werden; ohne den Messia gibt es keinen Triumph für Israel.«

Er kicherte in seinen zottigen Bart. »Du tust, als hätten Gott und der Messia keine andere Sorge als Israel.«

Seine Worte erschütterten mich, denn hatte Jesus im Grunde nicht dasselbe gesagt?

»Er sagte, er werde über Rom triumphieren, und das glaube ich ihm auch.«

»Und wenn nicht – was dann?«

»Er braucht sich nur zu erkennen geben; alles andere folgt von selbst.«

Er warf mir einen langen Blick zu. »Du siehst in ihn hinein, was dir paßt.«

»Ich sehe gar nichts in ihn hinein, was nicht schon da ist und nur darauf wartet, im richtigen Moment geweckt zu werden.«

»Wie du willst«, kicherte er. »Aber ich bin Realist und sehe die Dinge, wie sie sind.«

»Arbeitest du deswegen im Tempel?«

Er imitierte die arrogante Stimme einer Tempelwache. »Der Teufel, den man kennt, Juda, ist ungefährlicher als der Teufel, den man nicht kennt.« Und dann fügte er rätselhaft hinzu: »Josua-bar-Abbas bewacht den Tempel, und ich bewache ihn.«

Vorerst aber war der Zeitpunkt gekommen, zu dem sich unsere Wege trennten. Wir umarmten uns oberflächlich und versprachen uns ein Wiedersehen in Kana.

»Bis dahin«, sagte er mit sonderbarem Lächeln, »denk über deine Beweggründe nach, Juda.«

Es gab nichts, worüber ich nachdenken mußte, höchstens noch mein unmittelbares Problem. Ich hatte das Unvermeidliche hinausschieben wollen, aber ich wußte, es würde am besten sein, es möglichst schnell hinter mich zu bringen, um nicht ständig von Rahels vorwurfsvollen Blicken verfolgt zu werden.

Wie ich es mir schon gedacht hatte, wurde es eine unangenehme Aussprache. Sie legte ihr leeres Köpfchen an meine Schulter und weinte. Ich spürte das Wogen ihrer Brüste an meiner Brust, ihr Busen hob und senkte sich heftig beim Schluchzen. Ich hob die Hand, um sie zu streicheln. Sie ergriff sie und küßte sie, preßte fest beide Lippen darauf. Und dann, als ich diesem unangebrachten Benehmen ein Ende bereiten wollte, legte sie die Lippen auf meinen Mund und küßte mich auf eine Art, daß ich meinen längst gefaßten Entschluß plötzlich vergaß. Sie wartete nicht erst, bis meine bebenden Finger ihre Bluse oder ihr Gewand geöffnet hatten, und so ereignete sich etwas, das von mir niemals geplant gewesen war. Während der ganzen Zeit, da ich Rahel kannte, war ich ihrer Tugend kein einziges Mal, weder durch Blicke noch durch Handlungen, zu nahe getreten. Und als ich sie jetzt betrachtete, wie sie auf dem Ruhebett meines Vaters in meinen Armen lag und schnurrte, überkam mich Schuldbewußtsein. Sie hob mit schmollendem Ausdruck den Blick; ihr Kinderverstand begriff nicht sogleich, was mir durch den Kopf ging. »Liebst du mich?« murmelte sie leise.

Die Gewissensbisse wurden sehr schnell von Verärgerung und sodann von heftigem Abscheu abgelöst. Warum sollte dieses nichtssagende junge Ding alle Pläne komplizieren – Pläne von derartiger Größe, daß sie ihre Bedeutung nicht einmal erahnen konnte?

»Verzeih, Rahel«, sagte ich. »Es tut mir aufrichtig leid.«

Verspielt legte sie mir den Finger auf die Lippen.

»Es braucht dir nicht leid zu tun. Wir werden einfach ein bißchen früher heiraten als geplant.«

»Heiraten?« Mit einem Ruck richtete ich mich auf. »Aber ich habe dir doch meine Gründe für die Aufhebung unserer Ehepläne genannt!«

Sie kicherte wie ein kleines Kind. »Aber das war, bevor wir ... Du hast mich zur Frau gemacht. Und wenn du mich jetzt nicht heiratest, hast du mich zur Hure gemacht, denn so lautet das Gesetz Israels.«

Ich starrte sie voller Entsetzen an. »Du hast mich überlistet!« rief ich empört.

»Nein, Juda. Ich liebe dich.«

Ich fand sie widerwärtiger, als ich es je für möglich gehalten hätte.

»Ich werde dich nicht heiraten.« Hastig löste ich mich aus ihren Armen, stand auf und schlüpfte im Halbdunkel in mein Gewand.

Sie erhob sich ebenfalls und schmiegte ihre Brüste an meinen Körper.

»Verstehst du denn nicht, Rahel? Nie, nie, niemals werde ich dich oder eine andere heiraten!«

Sie zuckte fassungslos zurück. »Das glaube ich dir nicht! Du bist mein Vetter. Du kannst mir so etwas nicht antun!«

»Es ist bereits geschehen.« Damit verließ ich den Raum.

Das Verhalten meiner Mutter half mir auch nicht. Nie hatte ich sie so streng und hart erlebt. »Die Hochzeit wird gefeiert wie geplant«, erklärte sie fest. »An einem Mittwoch, wie es der Brauch in unserem Volk ist.«

Ich sah sie betrübt an, doch dann kehrte meine Zuversicht zurück. »Ich bin das Oberhaupt dieses Hauses«, erklärte ich, »und ich bin es, der die Ankündigungen macht. Diese Ankündigung wird niemals erfolgen.«

Sie gab nicht nach. »Dann hast du als Oberhaupt des Hauses doppelt gesündigt. Du hast nicht nur deine Verlobte betrogen, sondern auch einen Gast des Hauses.«

»Sie ist selbst nicht ohne Sünde«, entgegnete ich.

Verachtung schärfte ihre Zunge. »Du beschuldigst ein fünfzehnjähriges Kind der Sünde, du, ein Mann von fast dreißig Jahren mit einiger Erfahrung in der Welt? Du willst ihr einen Vorwurf machen? Schäm dich!«

Ich hatte nicht gewollt, daß Rahel bei dieser Unterredung anwesend war, denn ich wollte sie nicht noch mehr kränken.

»Erklär ihr, daß ich ihr jeden Geldbetrag geben werde«, sagte ich. »Genug, daß sie sich ein eigenes Heim einrichten und bis zu ihrem Tod davon leben kann.«

»Kannst du ihr auch die Jungfräulichkeit zurückgeben?«

Jetzt war ich über meine Mutter verstimmt. »Was ist so großartig an dieser Jungfräulichkeit?«

»Sei kein Tor, Juda! Du weißt genau, daß sie mit diesem Makel keinen Ehemann finden wird.«

Sie sah mich vorwurfsvoll an. Statt jedoch Reue zu verspüren, hatte ich nur das Gefühl, in eine Falle gelockt worden zu sein.

»Sie braucht nicht einsam zu sein«, entgegnete ich. »Sie kann hier bei dir als deine Gesellschafterin leben. Du liebst sie, als wäre sie deine eigene Tochter. Ich werde dir dieses Haus übertragen. Ich selber brauche von nun an kein Heim mehr in Jerusalem, denn ich werde nur noch reisen.«

Kein Funke des Interesses glimmte in ihren Augen.

»Ist das dein letztes Wort in dieser Sache?«

»Ich werde meine Meinung nicht ändern. Ich heirate nie!«

Ihr Ton war so kalt, daß er böse Vorahnungen in mir weckte. »Das ist gut«, sagte sie. »Denn es ist besser, daß unser Geschlecht mit dir stirbt, als daß es einen Sohn von deinem Blut hervorbringt.«

»Mutter!« rief ich erschüttert und ergriff flehend ihre Hand.

Mit einer Geste des Ekels wandte sie sich ab. »Nenn mich nicht Mutter, du bist nicht mehr mein Sohn.«

Fassungslos riß ich die Augen auf. »Und das alles nur wegen Rahel?«

Sie schüttelte den Kopf. »Du hast dich abscheulich verhalten.

Du hast eine heilige Pflicht verletzt, Juda. Dein Vater würde sich im Grab umdrehen, wenn er das wüßte.«

»Nach einiger Zeit wirst du besser von mir denken.«

»Ich will dich nie mehr wiedersehen. Rahel und ich werden dieses Haus morgen früh verlassen. Wir wollen nichts mehr von dir.«

»Bitte, Mutter! Du erfüllst mich mit Schuldgefühl.«

»Du kannst immer noch bereuen.«

Das war es also: ein Trick, damit ich nachgeben sollte!

»Ich habe nichts zu bereuen.«

»Du hast das unschuldige Kind betrogen.«

»Du machst zuviel davon her. Niemand wird es erfahren.«

»Gott weiß es. Ist das nicht genug?«

Ich konnte jetzt nur noch zur Wahrheit Zuflucht nehmen.

»Sie hat sich mir an den Hals geworfen«, erklärte ich.

Voller Entsetzen wich sie vor mir zurück.

»Du tust nicht einmal so, als ob du ein Ehrenmann wärst!«

»Es tut mir leid, Mutter, genügt das nicht? Ich werde alles gutmachen, soweit ich kann. Aber heiraten werde ich nie.«

Sie starrte mich an, als sähe sie mich zum erstenmal.

»Du denkst nur an dich selbst, Juda. Man sollte dir kein Vertrauen schenken.«

»Jeder Mensch hat das Recht, sich das Bett zu machen, in dem er liegt.«

Sekundenlang verbarg sie den grauen Kopf, um ihre Tränen nicht zeigen zu müssen.

»Das kann ich dir niemals verzeihen, Judas!« rief sie und benutzte damit zum erstenmal die griechische Form meines Namens, als wolle sie damit den Abgrund kennzeichnen, der sich zwischen uns aufgetan hatte. »Du hast den Namen deines Vaters entehrt.«

Ich wußte nichts mehr zu sagen, empfand aber trotz allem Erleichterung, daß Rahel aus meinem Leben verschwunden war.

Langsam ging meine Mutter zur Tür. Dort blieb sie einen Augenblick stehen. »Ich hätte nie gedacht, daß ich meinem Sohn einmal den Rücken kehren würde, aber du, Juda, hast trotz all deiner schönen Reden kein Gefühl für Recht und Unrecht. Du gibst nur deinen eigenen Launen nach. Und ich warne dich –« ich glaubte einen Bruch in ihrer Stimme zu entdecken –, »eines Tages wirst du für die Leiden, die du anderen durch deine Selbstsucht zufügst, selber leiden.«

Sie schloß die Tür hinter sich und war fort.

Ich begab mich in meine Räume und überlegte. Es war alles ein Bluff, sie würde das Heim, das sie so liebte, das so viele zärtliche Erinnerungen für sie barg, niemals aus einem so unwichtigen Grund verlassen.

Ich schlief lange und erkannte beim Erwachen an dem betretenen Schweigen der Diener sofort, daß etwas nicht stimmte. »Deine Mutter ist in der Nacht mit deiner Verlobten fortgegangen«, berichteten sie mir gedämpften Tones. Ich spürte den Vorwurf in ihren Stimmen.

Ich beschloß, keine weitere Nacht in diesem Haus zu verbringen. Es gehörte ihr; nach einiger Zeit würde sie zurückkehren und dankbar sein, daß ich es ihr überschrieben hatte. Wie oft hatte sie schon gesagt, sie wolle in der Nähe meines Vaters sterben! Ich übergab dem Verwalter sämtliche Schlüssel und wies ihn an, das Haus für die Heimkehr meiner Mutter bereitzuhalten. »Schick jemanden aus, der sie hierher zurückbringt. Geh nach Kerijot, der Heimat ihrer Familie; dort wird sie sein.«

Es würde sich alles regeln. Meine Mutter würde ihren Zorn vergessen, und Rahel würde, mit einer entsprechenden Aussteuer versehen, eines Tages heiraten. Sie war ein hübsches Mädchen, wenn auch nicht besonders klug. Sie würde gut daran tun, einen Mann ihres Alters zu nehmen.

Die wichtigeren Dinge hatten auf jeden Fall Vorrang. Ich mußte meinen Bericht abliefern und auf der Hut sein, damit ich nicht mehr sagte, als sie bereits wußten, immerhin aber doch genug, um mir wenigstens Gamaliels Vertrauen zu erhalten. Während ich wiederum vom Hof der Ungläubigen in den Hof Israels schritt, zuckte ich angesichts des Schildes, das die Heiden bei Todesstrafe davor warnte, diesen Hof zu betreten, die Achseln. Es war ein

Witz; die römischen Beamten gingen, wohin wo sie wollten, ohne jemanden um Erlaubnis zu fragen.

Die drei erwarteten mich im selben Raum wie beim vorigen Mal. Als Gamaliel mich umarmte und, wie üblich, nach meiner Mutter fragte, klopfte Kajafas ungeduldig mit dem Fuß auf den Boden. »Laß den Mann endlich reden!« rief er nervös.

Gamaliel musterte ihn kalt. »Das hat Zeit«, entgegnete er knapp.

Ich bemerkte den warnenden Blick von Hannas. Es hatte keinen Sinn, Gamaliel und die Pharisäer-Partei gegen mich aufzubringen.

Hannas saß, die Hände im Schoß gefaltet, in einem bequemen Sessel. »Nun, haben wir einen Messias?« erkundigte er sich mit lammfrommer Miene.

»Was hat Zadok euch berichtet?« fragte ich kühn zurück.

»Du beantwortest eine Frage mit einer Gegenfrage.«

»Ich bin nicht blind. Sowohl der Täufer als auch der, der nach ihm kommt –« ich brachte hier, vor den Hohenpriestern, seinen Namen nicht über die Lippen –, »wurden von Sadduzäern und Pharisäern ausgefragt. Das stimmte mich nachdenklich hinsichtlich meines Auftrags.«

»Du sagst uns nichts«, grollte Kajafas.

»Was kann ich euch sagen, das euch die anderen nicht schon gesagt haben?«

»Berichte uns deinen Eindruck, Mann!« fuhr Kajafas auf. »So lautete dein Auftrag.«

Ich hatte nicht die Absicht, ihnen Informationen zu liefern, die den Meister vor das Sanhedrin bringen würden. »Ich habe nichts gesehen, was mich überzeugt hätte, daß einer der beiden der Messia ist. Auch beanspruchte keiner von beiden diese Rolle.«

»Hat der Täufer den anderen nicht als den von Gott gesandten Erlöser begrüßt?«

»Selbst das wäre nur seine persönliche Meinung gewesen.«

»Aber es war eine Meinung, die die Meinung des Volkes beeinflußte«, warf Hannas ein.

»Nicht der Essener«, widersprach ich. »Die gaben dem Täufer den Vorzug vor dem anderen.«

Hannas musterte mich aufmerksam. »Hat dieser andere keinen Namen?«

»Er nennt sich Josua-bar-Josef.«

»Wurde er nicht Jesus getauft und als der Gesalbte bezeichnet? Raus damit, Mann! Wir sind keine Toren. Was zögerst du?«

Ich seufzte schwer.

»Wiederum jedoch sind dies lediglich die Worte des Täufers. Josua-bar-Josef selbst hat nichts behauptet.«

»Nur, daß er der Sohn Gottes sei.«

»Aber er sagte auch, wir seien alle Kinder Gottes.«

Gamaliel mischte sich freundlich ein. »Was war mit dem Volk, Juda? Wie haben die Leute es alles in allem aufgenommen?«

»Sie waren verwirrt. Einige waren, wie ich, gekommen, um zu sehen, ob der Täufer der Messia sei, und mußten zu ihrer Enttäuschung feststellen, daß dies ein Mantel war, den er nicht zu tragen beabsichtigte.«

Nachdenklich zog Gamaliel die Stirne kraus. »Josua-bar-Josef. Der Name klingt mir vertraut, aber das ist nicht möglich. Es ist schon so lange her. Er kann einfach nicht derselbe sein!«

Ich hatte keine Zeit, über seine Worte nachzudenken, denn Hannas' Blick bohrte sich in den meinen. »Was ist mit deinen Freunden, den Zeloten? Waren viele von ihnen dort?«

Ich hatte erfahren, daß in der Kunst der Täuschung auch eine Halbwahrheit ein wertvoller Bundesgenosse sein kann. »Einige waren gekommen, aber sie schienen nicht sehr beeindruckt zu sein von Josua-bar-Josef.«

»Was für ein Mann ist dieser Josua?« erkundigte sich Gamaliel mit einem Interesse, das er durchaus nicht zu verbergen suchte.

Ich zögerte, aber nur kurz. »Ein schlichter Mann, ein Galiläer aus Nazareth, ein Zimmermann, der das Handwerk von seinem Vater gelernt hat.«

Gamaliel nickte beifällig. »Ein sehr guter Brauch, denn Arbeit ist Opium für die Massen, und wer nicht arbeitet, bekommt Ärger mit sich selbst und mit dem Staat.«

Kajafas klopfte schon wieder mit dem Fuß.

»Wo ist dieser Josua oder Jesus jetzt? Er scheint sich in Luft aufgelöst zu haben.«

»Du interessierst dich wohl mehr für ihn als für den Täufer?«

»Der Täufer begibt sich nach Peräa; dort wird ihn Herodes schon bald packen.«

Ich suchte meine Überraschung zu verbergen. »Woher wißt ihr von seinen Reisen?«

»Wie du ja sagtest«, gab Kajafas lässig zurück. »Du bist nicht der einzige Beobachter.«

»Ich scheine euch nicht von großem Nutzen zu sein«, bemerkte ich, ohne mich in diesem Moment darum zu kümmern, ob man mich festhalten oder frei gehen lassen würde. Ich konnte kaum noch Neues von ihnen erfahren, nach dieser Bemerkung, die ihnen entschlüpft war – falls sie ihnen entschlüpft war – und die mir verriet, daß sie einen Spion in der Umgebung des Täufers hatten. Am Lagerfeuer, als er seine Pläne kundtat, hatte ein ganzes Dutzend Männer gesessen, aber vielleicht hatte er auch mit anderen darüber gesprochen. In Gedanken rekapitulierte ich, wer dort gewesen war. Die Zeloten Simon, bar-Abbas, Cestus und Dysmas, der Täufer selbst, seine beiden Jünger, Jesus, die Galiläer Andreas und Simon-bar-Jona, Johannes und Jakobus und ich selbst.

Unmöglich, von denen konnte es keiner gewesen sein! Aber gewiß, wer hätte andererseits geargwöhnt, daß ein dreckiger Branntweinhändler der Sturmvogel der Aufständischen war?

Hannas unterbrach meine Gedanken.

»Es herrschen schwere Zeiten für Israel. Darum ist es lebenswichtig, daß wir Pilatus nicht provozieren.«

»Der braucht keine Provokation«, entgegnete ich. »Der braucht nur seine angeborene Verachtung für Menschen, die anders sind als er.«

»Wir müssen diesen Jesus im Auge behalten. Er ist gefährlicher als der andere.«

Gamaliel warf ihm einen fragenden Blick zu. »Warum?«

»Mit Fanatikern werden wir fertig. Die lassen sich von Emotionen tragen und sind bald ausgebrannt. Dieser jedoch macht es mit

Vernunft; er ist sanft und gemäßigt. Der hält sich länger.«

»Er will nur Israel die Rettung bringen«, warf ich ein.

»Seht ihr?« stellte Hannas fest. »Er hat schon jetzt einen Streiter in Juda-bar-Simon. Er muß ein guter Redner sein.«

»Er hat ein Wunder vollbracht: Er hat geheilt.«

»Wir haben in Israel viele Heiler, und dennoch drängen sich die Kranken überall zu den Schreinen außerhalb des Tempels.«

Ich machte meinem Ärger Luft.

»Wenn er der Messia wäre, würde er dann nicht den Hohenpriester als obersten Diener des Herrn ablösen?«

Hannas musterte Gamaliel nachdenklich, ehe er antwortete: »Die Hohenpriester haben ein Dutzend Messias überlebt.«

Gamaliels Augen blitzten.

»Wenn er der Messia ist, wird er seine Heimat nicht schädigen. Denn dann ist er ein echter Sohn Israels.«

Eindeutig verkörperte er für verschiedene Leute verschiedene Dinge.

»Du wirst uns einen weiteren Bericht liefern«, befahl Hannas.

Ich zuckte die Achseln. »Und wo soll ich suchen?«

Hannas zupfte an seiner schmalen Nase. »Dort, wo er sich deines Wissens aufhält.«

In diesem Moment hätte ich das Ganze am liebsten aufgegeben, aber es verschaffte mir die Möglichkeit, zu erfahren, was seine Gegner planten. »Ich werde tun, was ich kann«, versicherte ich, und das war ganz gewiß keine Lüge.

Kajafas hatte mich unfreundlich gemustert. »Wir brauchen einen, der den Beobachter beobachtet.«

»Den habt ihr bereits«, fuhr ich unwillig auf.

Sein bleiches Gesicht wurde dunkel vor Feindseligkeit. »Ich sage, laßt uns gegen diesen Jesus vorgehen, und damit Schluß.«

»Wessen willst du ihn beschuldigen?« erkundigte sich Gamaliel freundlich. »Daß er uns ermahnt, unsere Sünden zu bereuen und an den einen Gott zu glauben?«

»Gebt ihm genug Leine, und er wird sich selbst hängen«, meinte Hannas.

»Und Israel mit«, murmelte Kajafas.

Ich wurde mir zunehmend der unterschwelligen Spannungen zwischen dem Nasi-Oberhaupt des Sanhedrin und den Hohenpriestern bewußt.

»Die Sadduzäer«, hieb ich in dieselbe Kerbe, »wehren sich schon gegen die Idee eines Messia, während die Pharisäer die Aussicht auf ihn willkommen heißen und lediglich an seiner Identität zweifeln.«

Gamaliel lächelte mir beifällig zu. »Gut gesprochen, Sohn eines großen Pharisäers. Dein Vater wäre stolz auf dich.«

Wohl kaum, dachte ich bitter. Sein Lob hatte mir die bösen Worte meiner Mutter ins Gedächtnis gerufen.

Diese Zusammenkunft hatte mich auf unbestimmte Weise beunruhigt. Ich gestattete meinen Gedanken, ungezügelt zu wandern, blockierte absichtlich mein Bewußtsein, denn das Unterbewußtsein war, wie ich festgestellt hatte, zuweilen ein weit besserer Führer. Und dann fiel mir auf, daß ich zwar ausgeschickt worden war, den Täufer zu beobachten, daß sich aber jetzt niemand mehr für ihn interessierte und niemand sich wunderte, daß ein Unbekannter ihn überragte. Sie waren überraschend gut informiert.

Auf dem Weg hinaus spähte ich in ein Vorzimmer hinein, wo das geweihte Schaubrot für die Priester aufbewahrt wurde, und staunte über die Türen, Tische und Kandelaber aus massivem Gold. Allein dieser Raum beherbergte ein wahrhaft königliches Lösegeld, aufgehäuft durch den Schweiß Tausender von Pilgern, die in der Hoffnung auf Rettung ihren Zehnten ablieferten.

Im Hof der Ungläubigen führten mich meine Schritte an den Branntweinständen vorüber, und dort entdeckte ich meinen hakennasigen Freund, der immer noch in alter Aufdringlichkeit seine Waren feilbot. Er sah mich fast zur selben Sekunde.

»Du hast häufig hier zu tun«, sagte er grinsend.

»Nicht öfter als du.«

Er rieb sich die verschmutzten Hände. »Gut gesprochen, Juda.« Dann blickte er sich verstohlen um. Als er sah, daß niemand in Hörweite war, sagte Josua-bar-Abbas heiser flüsternd: »Gute Arbeit! Halte sie weiter im ungewissen. Gib ihnen keine Auskunft!«

»Ich habe ihnen nichts zu berichten«, antwortete ich. »Nicht mehr als du. Ich vermute, daß unsere Diskussionen alle vertraulich sind, wie?«

»Damit vermutest du durchaus richtig.« Dramatisch deutete er auf die Erhebung, die knapp die Westmauer des Tempels überragte. »Sonst würden wir alle mit dem Kopf nach unten an einem Baum auf dem Kalvarienberg hängen.« Er lachte bitter.

»Dazu könnte es nur kommen, wenn wir nicht den Mund halten«, erwiderte ich. Mein Blick wanderte über den Marktplatz hin, von den Geldwechslern, die mit ihren Münzen klimperten, bis zu dem Feilschen und Streiten um Waren, die eindeutig höchstens Andenkenwert besaßen.

Das verschlagene Gesicht des bar-Abbas verriet Sorge.

»Was ist, Juda? Bist du krank?«

»Ich habe nur nachgedacht.«

Er kam näher; sein schlechter Atem drehte mir den Magen um. Er spielte seine Rolle gut.

»Dann müssen es grämliche Gedanken gewesen sein.«

»Ich habe darüber nachgedacht, was du über das ›Machen‹ eines Messia gesagt hast.«

»Aber wir haben einen Messia, Juda! Du bist selber davon überzeugt.«

Ich musterte ihn aufmerksam.

»Du auch?«

Er holte tief Atem; dann stieß er ihn lachend wieder aus.

»Solange das Volk nur daran glaubt – wen kümmert es da, was ich von dieser Sache halte?«

6

Der Wundertäter

Der Ruhm war dem Meister vorausgeeilt. Nur fünfzig waren zur Hochzeit geladen worden, doch etwa zweihundert waren gekommen – angeblich zu Ehren des Brautpaars, in Wahrheit jedoch, um den Propheten zu sehen, der aus Galiläa hervorgegangen war.

Simon Zelotes und ich mußten uns fast mit Gewalt einen Weg ins Haus bahnen. Es war ein wenig reicher als die anderen, die üblichen strohgedeckten Lehmhütten, denn Ephraim-bar-Anaim, der Brautvater, war der wohlhabendste Fischhändler in ganz Galiläa.

Als ich eintrat, sah ich sogleich Andreas und Simon. Sie unterhielten sich mit zwei Männern, die ich noch nie zuvor gesehen hatte. Die beiden waren ungefähr in meinem Alter, vielleicht auch ein bis zwei Jahre jünger. Die Brüder winkten uns zu wie alten Freunden. Wir blieben einen Augenblick stehen und sahen uns vergeblich nach dem Meister um; dann gingen wir hinüber, um die Jünger zu begrüßen.

Eine Überraschung erwartete mich.

»Diese beiden«, erklärte Simon und deutete auf die Unbekannten, »bringen die Zahl der Jünger auf sechs.«

Philippus und Nathanael waren durchschnittlich aussehende Männer, die auch durchschnittlich gekleidet waren. Ich konnte nichts Außergewöhnliches an ihnen entdecken. Sie kamen, wie Simon und Andreas selbst, aus Bethsaida und waren ebenfalls einfache Fischer. Nathanael war bekehrt worden, weil Jesus ihn, lange bevor er ihn tatsächlich kennenlernte, in einer Vision unter einem Feigenbaum gesehen hatte. Diese Hellsichtigkeit hatte ihn ganz für Jesus eingenommen. Sie erinnerte mich an Simon-bar-

Jonas Erzählung vom Fischzug. Auf welch unsichere Vorzeichen hin diese schlichten Galiläer doch ihr Leben Gott weihten!

»Und wer sind die anderen Jünger?« fragte ich ein wenig pikiert.

»Johannes und sein Bruder Jakobus. Sie wurden berufen, als Jesus vom Berg kam.«

Meine Blicke schweiften weiterhin über die Menge, suchten unablässig nach dem Mann, dessen Charisma mich in dieses trostlose Land gelockt hatte.

Ruhig stellte sich Andreas zu unserer Verfügung. Er deutete auf einen langen, reichlich mit Speisen aller Art beladenen Tisch. Auf den ersten Blick hätte man meinen können, wir befänden uns im Haus eines Hohenpriesters oder jüdischen Würdenträgers statt bei einem galiläischen Fischhändler. Ich kostete die Vielzahl der Fleisch-, Wild-, Fisch- und Geflügelgerichte, die alle dem jüdischen Geschmack entsprechend mit Zwiebelsauce gewürzt waren, und einen funkelnden, für Galiläa ganz ausgezeichneten roten Wein.

»Ist es richtig, vor den Feierlichkeiten Erfrischungen zu sich zu nehmen?« erkundigte ich mich.

»Viele Gäste haben einen langen Weg hinter sich, darum meinte man, es entspreche wohl den Regeln der Gastfreundschaft, ihren Bedürfnissen entgegenzukommen, damit sie in die Freude einstimmen können, ohne an knurrendem Magen oder ausgedörrter Kehle zu leiden.«

Der stolze Vater war ein Verwandter von Andreas; das erklärte vermutlich die Anwesenheit des Meisters.

»Und wo ist er?« fragte ich, mir immer noch fast den Hals verrenkend.

»Mit seiner Mutter und seinen Brüdern im Atrium.«

»Mit seinen Brüdern?« Irgendwie war er mir wie ein Mann ohne Familie vorgekommen.

»Johannes, Simon, Jude und Jakobus sind eigentlich seine Vettern, doch Jesu Vater sorgte für sie, nachdem ihr eigener Vater starb.«

»Und seine Mutter?«

»Maria ist eines der Wunder unserer Zeit. Sie wirkt nicht älter als er selbst; man könnte sie leicht für Geschwister halten.«

»Es besteht also eine Ähnlichkeit?«

»Nicht in den Gesichtszügen, aber vielleicht in ihrem strahlenden Lächeln. Doch urteile selbst.«

Eine jung anmutende Frau von einer nahezu ätherischen Schönheit war zur Tür hereingekommen und schien jemanden zu suchen. Sie war in ein schlichtes, weißes Gewand gekleidet, das ihr bis auf die Füße fiel, und trug eine einfache Goldspange um den schwanengleichen Hals. Ihr Haar hatte einen kastanienbraunen Ton und war, wie es sich für eine Matrone geziemte, im Nakken zusammengefaßt und aufgerollt. Ihre Augen waren dunkel und durchdringend, dennoch aber von einer Sanftheit, die sich über das ganze Gesicht verbreitete.

Sie bewegte sich mit Anmut, schien beinahe auf uns zuzuschweben. »Habt ihr ihn gesehen?« fragte sie uns.

Es war, als hätten sich alle verschworen, seinen Namen nicht auszusprechen, als sei eine derartige Vertraulichkeit selbst von seiten der Mutter eine Anmaßung.

»Gibt es Schwierigkeiten?« wollte Andreas wissen.

»Ephraim ist es peinlich, daß der Wein wegen der unerwarteten Zahl der Gäste nicht reicht.«

Ich fragte mich, was das Jesus anging. Er selbst trank selten und trug gewiß keinen Wein bei sich. Vielleicht aber hatten die Jünger ein wenig Wein als Geschenk mitgebracht. So etwas war nicht ungewöhnlich.

Andreas bewies ihr größte Eherbietung. »Ich werde dich zu ihm führen«, erbot er sich und winkte mir, ihnen zu folgen.

Wir schoben uns durch die Menge der Gäste, und jeder machte dem feierlich-ernsten Andreas Platz. Zuerst entdeckte ich Jesus nicht, denn eine dichte Menschengruppe versperrte mir die Sicht.

»Wann immer man eine Menschenmenge sieht, ist der Meister ihr Mittelpunkt«, murmelte Andreas.

Jesus lehnte halb liegend auf einem Ruhebett und erzählte eine Geschichte. Dann sah er Andreas.

Als er an ihm vorbei zu seiner Mutter hinüberblickte, ließ ein Lächeln sein Antlitz erstrahlen. Maria ging rasch auf ihn zu und küßte ihn ganz leicht auf die Stirn.

Er erhob sich und umarmte sie. »Weib«, sagte er liebevoll zu ihr, »was habe ich mit dir zu schaffen?«

Ich fand diese Begrüßung ein wenig grob, doch sein Lächeln dämpfte die groben Worte. Und auf einmal erinnerte ich mich, daß die Bezeichnung »Weib« in Galiläa als Ausdruck der Zuneigung gilt.

»Sie haben keinen Wein mehr«, antwortete sie, als erkläre das alles.

Ich wunderte mich, daß sie ihn mit einer so banalen Angelegenheit belästigte, doch er blickte durch die Türöffnung zu den sich drängenden Gästen hinein. »Du tust recht daran, zu mir zu kommen, denn gewiß ist meine Anwesenheit der Grund für die Vielzahl der Gäste und die daraus entstandene Knappheit an Wein.«

Ephraim hatte das Gespräch gehört und protestierte als guter Gastgeber dagegen, daß Jesus sich mit einer solchen Geringfügigkeit abgab. »Du, Herr, bist unser Ehrengast.«

Jesus winkte seine Einwände beiseite.

»Rufe deinen Diener«, sagte er energischen Tones.

Als die Diener herbeigelaufen kamen, erkundigte sich Jesus, wie viele steinerne Wasserkrüge für die rituelle Reinigung, einen wichtigen Teil der Trauzeremonie, vorhanden seien.

Nach einigem Zögern antworteten sie: »Es sind sechs im ganzen.«

»Füllt diese Krüge mit Wasser und zeigt sie mir.«

Abermals zögerten sie und sahen unsicher ihren Herrn an.

Ehe der Hausherr jedoch nur nicken konnte, befahl Jesu Mutter ruhig: »Was er euch sagt, das tut!«

Jesus ging hinter ihnen her in den Raum, wo die Wasserkrüge standen.

»Füllt sie bis oben«, wies er sie an.

Er machte eine kurze Handbewegung und flüsterte etwas vor sich hin – so leise, daß niemand die Worte verstehen konnte.

»Schöpft jetzt und bringt es dem Speisemeister und laßt es ihn an die Gäste verteilen.«

Meine Augen wurden groß, als ich die rote, funkelnde Flüssigkeit in die Tonkaraffen fließen sah. Die Diener schienen beinahe entsetzt über die Verwandlung zu sein, deren Zeugen sie geworden waren, während unser Gastgeber alabasterbleich wurde. Auf Marias Antlitz jedoch sah ich nur ein erfreutes Lächeln, und Andreas war lediglich darum besorgt, Jesus könne sich mit dieser Tat überanstrengt haben.

»Möchtest du nicht noch ein wenig ruhen?« fragte er ihn.

»Dies ist die Zeit der Braut und des Bräutigams, Andreas, meine Zeit ist noch nicht gekommen.«

Wir gingen Jesus voraus in den großen Raum, wo die Trauzeremonie vollzogen werden sollte. Ich war immer noch verwirrt, und meine Neugier hinsichtlich des Weins war größer als die auf das Brautpaar.

Ich sah zu, wie der Zeremonienmeister, ein kräftiger Mann mit rotem Gesicht, Becher mit der funkelnden Flüssigkeit an die durstigen Gäste verteilte.

»Gesegnet sei der Schöpfer der Frucht dieser Bäume!« riefen sie, und abermals war ich von Staunen erfüllt, denn dies war der Trinkspruch, der nur ausgebracht wurde, wenn der Wein nicht mit Wasser verdünnt worden war. Andernfalls hätte der Trinkspruch heißen müssen: »Gesegnet sei der Schöpfer der Frucht des Weinstocks.«

Ephraim, der immer noch fassungslos den Kopf schüttelte, nahm sich mehrere randvolle Becher des Getränks, als müsse er sein Staunen über das, was vor seinen Augen geschehen war, damit hinunterspülen. Ich selbst versorgte mich ebenfalls mit einem Becher und begann, langsam den Wein zu schlürfen. Er war exquisit, mit einem Bouquet, wie ich es niemals zuvor gekostet hatte. Und so trank ich gemeinsam mit den anderen auf das junge Paar, während ich mir gleichzeitig überlegte, wie wenig es ihnen doch anstand, die Hauptfiguren eines solchen Ereignisses zu sein.

Der Bräutigam, ein unreifer Jüngling mit pickeligem Gesicht, hielt sich dicht bei seiner Braut, einer Gans mit ganz hübschen Augen, die sich bemühte, züchtig zu wirken, während sie doch bereits vor Erwartung am ganzen Leib bebte. Sie war zweifellos eine zweite Rahel.

Der Zeremonienmeister brachte einen Toast auf das Paar aus. Dann trank er einen Schluck aus seinem Becher und wandte sich mit dankbarer Miene an den lächelnden Ephraim. »Jedermann«, sagte er feierlich, »setzt zuerst den guten Wein vor und dann, wenn die Gäste trunken geworden sind und guten Wein nicht mehr von schlechtem unterscheiden können, den geringeren. Du aber, Ephraim, hast den guten Wein bis jetzt aufgespart.«

Simon Zelotes machte ebenso große Augen wie ich.

»Er muß wahrlich der Messia sein«, flüsterte er ehrfurchtsvoll.

Es wurde Zeit, daß man mit der Trauung begann. Seltsamerweise war der Wein in klaren, ungefärbten Bechern und aus unbedeckten Gefäßen serviert worden, wie es der Brauch bei Wasser war. Ephraim gehörte, wie schon sein Name sagte, zum Stamme Ephraim und hielt sich streng an das Gesetz, wenigstens, wenn es galt, seine jungfräuliche Tochter zu ehren.

Jesus schien Freude an der Zeremonie zu haben.

Der einheimische Rabbi mit seinem Käppchen sprach die traditionellen Worte von Vereinigung bis zum Tod. Dann wurde der rituelle Becher zerschlagen, der den Anfang eines neuen, gemeinsamen Lebens versinnbildlichte. Feierliche Treueschwüre wurden unter dem Brautschleier getauscht. Es gab zahllose Küsse und Umarmungen und das übliche Tränenvergießen, und dann wurde die Braut im Triumph auf einem Stuhl zum Haus hinaus über die Straße bis in ein nahegelegenes anderes Haus getragen, das Ephraim dem Paar als Mitgift geschenkt hatte.

»Hosianna! Hosianna!« jubelte die Menge. Niemand aber blickte strahlender drein als Ephraim, nicht einmal das glückliche Paar, das sein wollüstiges Lächeln hinter unschuldigen Mienen zu verstecken trachtete. Ich lächelte still vor mich hin. Wie glücklich Ephraim sein mußte! Es hatte sich bestimmt gelohnt, all dies und noch mehr hinzugeben, um dafür eine Tochter loszuwerden.

Nun aber verstand ich auch, warum Jesus uns nach Kana bestellt hatte. Was immer wir bis dahin an Zweifeln gehegt hatten, war von dem Wein hinweggeschwemmt worden.

»Jetzt ist es mir klar«, wandte ich mich an Andreas. »Johannes taufte bei Bethabara mit Wasser, Jesus aber taufte mit einem Lebenswasser, das der Wein des Lebens ist.«

Andreas lächelte. »Was immer er will, ist das Lebenswasser, durch das der Mensch geläutert wird. Die Luft birgt keine Geheimnisse für ihn. Denn durch seinen Vater im Himmel kennt er alle Gesetze der Schöpfung, die seit der Zeit des ersten Menschen allumfassend sind.«

Nach der Trauung blieben wir noch ein wenig, denn Jesus wollte ein paar Worte mit den Freunden wechseln, die gekommen waren, einem Propheten im eigenen Land Anerkennung zu zollen. Es waren zum größten Teil derbe, leicht an ihrer Sprache zu erkennende Galiläer mit freien, offenen Gesichtern. Ich hatte mit Erleichterung bemerkt, daß weder Pharisäer noch Sadduzäer anwesend waren. Doch dann fiel mein Blick zu meinem Schrecken auf das vertraute Gesicht eines frommen Pharisäers, der, wie ich wußte, ein Freund meines Vaters gewesen war. Sie hatten zusammen im Sanhedrin gesessen und gehörten mit Gamaliel und Nikodemus zum Kern der liberalen Partei, die von Israels Befreiung durch die Ankunft des Messia träumte.

Er stand in einer dunklen Ecke des Raumes, den Blick unverwandt auf den Meister gerichtet. Sein langes, schweres Gesicht trug einen liebevollen Ausdruck, und die großen, dunklen Augen waren in ihrer sehnsüchtigen Melancholie sanft und feucht. Als ich seine Miene sah, wußte ich, daß Jesus nichts von ihm zu befürchten hatte. Denn in seinen Augen stand das gleiche Sehnen, das auch ich im Herzen spürte. Dennoch verwunderte es mich ein wenig, daß ein prominentes Mitglied des Sanhedrin sich die Mühe gemacht haben sollte, den Aufenthalt des Meisters in Erfahrung zu bringen und ihm bis hierher zu folgen.

Mit einer tiefen Verneigung und jener Ehrerbietung im Ton, die einem bekannten Ältesten Israels, der nicht dem sadduzäischen

Glauben anhängt, zusteht, sprach ich ihn an.

»Josef von Arimatäa, was führt dich in dieses bescheidene Haus?«

In seinen Augen funkelte Verärgerung, doch als er mich erkannte, wurde sein Blick ein wenig heller.

»Ich bin nicht in offizieller Eigenschaft hier und wünsche auch nicht, daß es bekannt wird.«

»Wie du verlangst, Herr.«

»Und was machst du hier?«

Ich nickte zu dem kleinen Kreis hinüber, in dessen Mitte der Meister weilte. »Ich folge ihm nach.«

»Daran tust du gut«, lobte mich Josef von Arimatäa, »denn er ist das Licht Israels und die Hoffnung der Welt.«

Wir hatten uns von der Menge gelöst und standen abseits. »Ich will offen zu dir sein, nicht nur, weil du der Sohn Simons bist, sondern weil ich durch Reb Gamaliel von deinen Interessen erfahren habe. Wisse, wem du folgst, und höre nicht auf müßiges Geschwätz.«

»Ich weiß es«, erwiderte ich ruhig. »Ich habe gesehen, wie er Kranke heilte und frisches Wasser in Wein verwandelte.«

Er hob die Hand und winkte ab. »Das ist nichts. Viel wichtiger ist, daß er in Erfüllung uralter Weissagungen von Gott gesandt worden ist. Ich habe von ihm geträumt, noch ehe er geboren wurde; in dieser Vision hat Gott mir offenbart, daß ich nicht sterben werde, bevor er sich zu erkennen gegeben hat.«

»Und nun hast du ihn gesehen?«

Er lächelte wohlwollend. »Oh, zum erstenmal sah ich ihn in der Krippe zu Bethlehem, als ich dem strahlenden Stern folgte, der seine Geburt ankündigte. Aber das war nicht alles, denn mit meinen eigenen Augen sah ich die beiden bescheidenen Lasttiere, die seine Geburt symbolisierten.« Er hob den Finger, sein Ton wurde leise und geheimnisvoll. »Der Ochse kennt seinen Besitzer und der Esel die Wiege seines Herrn. Sogar diese Tiere schienen zu wissen, daß sie an einem großen Ereignis teilhatten.«

»Aber war niemand dort, der bei der Geburt geholfen hätte?«

»Josef, ihr Mann, hat ihr geholfen; doch Gott ließ das Kind schmerzlos zur Welt kommen.«

»Aber warum waren sie in diesem Stall?« fragte ich ihn.

»So lautete die Prophezeiung vom Ochsen und vom Esel«, antwortete er. »Doch angeblich gab es keinen Raum in der Herberge, denn zu viele waren gekommen, um sich zur Volkszählung am Ort ihrer Geburt registrieren zu lassen.«

»Und Josef war also auch ein Judäer?«

»Aus dem Haus David, genau wie Maria.«

»Waren sonst keine Menschen dort?«

»Die drei Weisen waren, als Astrologen mit der seltenen Konjunktion vertraut, die seine Geburt ankündigte, dem strahlenden Stern ebenfalls gefolgt und trafen nur kurze Zeit nach mir ein. Aber sie blieben nicht sehr lange, denn sie fürchteten, Herodes der Große würde von ihnen erfahren und das Kind töten, von dem es in der Prophezeiung heißt, es werde groß und der König der Könige werden.«

Kaspar, Melchior und Balthasar hatten in die provisorische Wiege geschaut und sich überzeugt, daß dies das in der Schrift geweissagte Kind war. Und Kaspar, der zum Gebet niederkniete, hatte feierlich gemurmelt: »Es wird ein Stern aus Jakob kommen und sich ein Zepter aus Israel erheben.«

Josef von Arimatäa hatte mit dem Paar Freundschaft geschlossen. Er brachte ihnen Nahrung und Trost und reiste am achten Tag mit ihnen zum Tempel von Jerusalem, wo das Kind mit dem Opfer der Tauben in seinen Glauben eingeführt werden sollte.

Dem Alten waren die Tränen in die Augen gestiegen. »Ich habe das Kind selbst in den Armen gehalten und bei der Zeremonie geholfen. Und ich habe den Herrn für diese große Ehre gepriesen und gebetet, er möge seinen Knecht in Frieden ziehen lassen, denn meine Augen hatten das Heil gesehen, das er vor allen Völkern bereitet hatte.« Er seufzte. »Doch eine Stimme sagte zu mir, mein Auftrag sei noch nicht erfüllt, bis ich abermals Zeuge seiner Geburt geworden sei.«

Ich musterte den Alten abschätzend. Hatte ich einen Unsinn

plappernden alten Narren vor mir, der längst über den Höhepunkt seines Lebens hinaus war?

Er lächelte ironisch. »Hast du noch niemals Stimmen gehört, Juda-bar-Simon?«

Ich schüttelte den Kopf. Doch dann fiel mir auf einmal jene Stimme ein, die davon gesprochen hatte, daß der Kedron rot von Menschenblut fließen werde. »Doch«, antwortete ich ruhig, »ich habe auch schon Stimmen gehört.«

Es hatte noch einen anderen unerwarteten Besucher bei jenem bedeutungsschweren Ereignis gegeben: Hanna, die Seherin von Jericho, die jedoch nur wenigen bekannt war. Sie war eine zahnlose alte Vettel mit einem bösartigen Grinsen, und ihre Gegenwart bereitete sogar Josef von Arimatäa Unbehagen.

Nur Maria zuckte nicht mit der Wimper, als diese den winzigen Säugling in die schwieligen Hände nahm und aufmerksam in das unschuldige Gesichtchen starrte.

»Er ist es«, gackerte sie aufgeregt. »Dafür lege ich Zeugnis ab vor den Mächten der Finsternis und des Lichts, denn es wird beides sein, ehe das Ende kommt. Es wird keinen größeren König in Israel geben als ihn, doch sein Reich wird allumfassend sein, und er wird erst regieren, wenn er von uns gegangen ist.«

Nur Maria schien das zu verstehen, denn sie nickte und schloß dann die Augen, als wolle sie den Gedanken daran verbannen.

Josef von Arimatäa machte eine Bewegung, als wolle er die Frau verscheuchen, doch Maria hielt ihn sanft zurück.

»Und wie lange werde ich ihn haben?« fragte sie still.

Die alte Vettel verzog nachdenklich das Gesicht. »Er wird bei dir sein, bis ein neuer Tyrann in Israel regiert, einer, an den man sich nur wegen dieses Kindes erinnern wird.« Ihre Miene wurde weich und wirkte jetzt beinahe schön.

»Gesegnet seist du, Maria, denn du wirst Anfang und Ende sehen und beide erkennen als das, was sie sind.«

Mehr als alle anderen interessierte mich diese Hanna. Denn sie schien mit großen Dingen vertraut zu sein, obwohl einiges ganz eindeutig Hexengerede war.

»Was hat sie damit gemeint, daß seine Regierung erst beginnen werde, wenn er von uns gegangen ist?«

Josef von Arimatäa zuckte ungeduldig die Achseln. »Ich hatte keine Zeit, mich um diese Hexe zu kümmern. Mir genügte es, daß das Kind geboren war.«

Er hatte mir immer noch nicht gesagt, warum er sich hier in Kana aufhielt.

»Ich wollte seine Mutter wiedersehen«, antwortete er. »Wir sind einander innig verbunden und spenden uns Trost.«

»Wirst du mit ihm sprechen, ehe du gehst?«

»Das ist nicht notwendig. Er sieht mich hier und weiß, daß ich seiner Familie ergeben bin. Und ich werde auch da sein, wenn er bereit ist. Genau wie du selbst, Juda.«

Ich musterte ihn scharf. »Was weißt du von meinem Auftrag?«

»Nur das, was er weiß.«

Es war verdrießlich, ständig vor diese kleinen Rätsel gestellt zu werden; doch Josef von Arimatäa hatte sich bereits abgewandt und verschwand mit einem Winken der Hand zur Tür hinaus.

Abermals hatte ich das mehr als unbestimmte Gefühl, daß die Obersten der Pharisäer sich für Jesus interessierten und darum beteten, dem Warten Israels auf den Messia werde durch diesen Zimmermann aus Galiläa ein Ende gesetzt werden. Gamaliel, Nikodemus, Josef von Arimatäa, allesamt gute und fromme Männer mit Einfluß beim Sanhedrin, verhießen wirksame Unterstützung, falls es zur Abstimmung kommen sollte. Doch wie stimmte man für einen Messia? Das war eine Unsinnigkeit, die nur den Sadduzäern einfallen konnte, um sich die Gunst der Römer zu erschmeicheln.

Das Zusammentreffen mit Josef hatte mir wieder die Zeit in Erinnerung gerufen, da dieser große Kaufmann unser Haus besuchte, als wäre es sein eigenes. Wann immer dieser fromme Jude kam, um seine Aufwartung zu machen, legte mein Vater sofort alles beiseite, womit er sich gerade beschäftigte. Die beiden redeten jedoch kaum vom Geschäft, das heißt höchstens, um über die schwere Last der Steuern zu klagen.

»Wir bezahlen für Roms Brot und Spiele«, hörte ich etwa meinen Vater sagen. »Für diejenigen, die zu träge sind, den Tag mit anständiger Arbeit zu verbringen.«

»Ja«, pflichtete ihm Josef bei. »Sie betäuben das Volk mit Wagenrennen und Gladiatoren und kostenlosem Getreide, doch eines Tages wird es mehr von ihnen verlangen.«

Zumeist aber saßen sie da und unterhielten sich über andere Dinge. Und aus Josefs Mund hörte ich auch zum erstenmal vom Messia.

Mein Vater lauschte aufmerksam, doch ich merkte, daß er nicht ganz überzeugt war.

»Ihr werdet ihn nicht erkennen, wenn er kommt«, zitierte Josef die alten Propheten.

»Darin stimme ich dir zu«, gab mein Vater gutmütig zurück.

»Ich habe ihn mit eigenen Augen gesehen. Seine Mutter war noch jung, höchstens vierzehn, und Jungfrau. Josef, sein Adoptivvater, war ein einfacher galiläischer Zimmermann. Doch beide stammten, wie die Propheten geweissagt haben, aus dem Geschlecht Davids.«

Spielerisch fuhr mir mein Vater mit der Hand durchs Haar und sagte dabei:

»Genau wie mein sechsjähriger Juda hier. Würdest du ihn als den Gesalbten bezeichnen?«

»Die drei Weisen erkannten ihn, denn sie hatten die frohe Botschaft von Gottes Engeln und den Sternen. Sie hegten weder Zweifel noch Verachtung oder Furcht. So treten alle Weisen ihrem Herrgott gegenüber.«

»Wo ist er denn nun, dein Messia?« spöttelte mein Vater. »Dieser Sohn einer Jungfrau?«

»Er müßte jetzt zwölf Jahre alt sein und sich auf den Auftrag vorbereiten, der eines Tages die Welt erzittern lassen wird.«

»Von welcher Welt sprichst du, Josef von Arimatäa?«

Obwohl ich noch nicht alt genug war, um eine Vorstellung von der ungeheuren Größe des Imperiums zu haben, lief mir bei seiner Antwort dennoch ein Schauer über den Rücken.

»Von der römischen Welt, mein lieber Freund. Er wird kommen, das Reich in seinen Grundfesten zu erschüttern.«

Bei all dem Gerede von Visionen und Stimmen, Weissagungen und Vorahnungen war es nicht überraschend, daß sich in den Gedanken der Menschen ein Messia herauskristallisierte. Und die Anerkennung durch die Öffentlichkeit war, wie Cestus und Dysmas angedeutet hatten, wahrscheinlich wichtiger als die Tatsache an sich.

Das öffentliche Auftreten Jesu hatte noch kaum begonnen, und doch tauchten auf wunderbare Weise überall dort, wo er sich aufhielt, ehrfurchtsvolle Menschenmassen auf. Geschichten wie die über die Verwandlung von Wasser in Wein mußten sich wie ein Lauffeuer verbreiten und seinem Bild Glanz verleihen. Während ich beobachtete, wie sich die Gäste um ihn drängten, um ihn zu berühren oder ihm zuzuhören, verstärkte sich meine Gewißheit, daß er der Verheißene war.

»Ein Wort von ihm«, stellte er fest, »und die Menschen würden sich in Waffen gegen Rom erheben.«

Andreas musterte mich ernst. »Ist das der Grund, warum du ihm folgst?«

»Ist denn das nicht Grund genug?«

»Es ist nicht unser Grund.«

»Aber er ist doch der Messia.«

»Wir maßen uns nicht an, dem Boten seinen Auftrag vorzuschreiben.«

»Ich auch nicht, aber ist es so falsch, anzunehmen, daß der Befreier Israels es auch befreien wird?«

Wir hatten uns durch das Zimmer bis zu der Ruhebank durchgedrängt, auf der Jesus bequem zurückgelehnt saß.

Simon-bar-Jona und die anderen Jünger umgaben ihn schützend und erlaubten niemandem, ihn zu berühren.

»Das nimmt ihm seine universelle Kraft«, flüsterte mir Andreas zu.

Ich überlegte einen Moment. »Bewirkt er so seine Heilungen und die Verwandlung von Wasser in Wein?«

»Er tut alles mit Gottes Hilfe.«

»Aber irgend etwas vollzieht sich doch in ihm und in der Atmosphäre, es besteht irgendwie eine Verbindung, daß diese Wunder Wirklichkeit werden können.«

Als wir uns näherten, hatte Jesus den Kopf gehoben.

»Ah, da ist unser Freund Juda! Komm mit uns nach Bethsaida, denn dort wird unsere Gemeinschaft vervollständigt werden.«

Ich beneidete die Jünger um ihre enge Verbundenheit mit ihm und sehnte mich wieder einmal danach, auch einer von ihnen werden zu dürfen. Doch das konnte ausschließlich auf seinen Ruf hin erfolgen, das war mir klar. »Ich werde dir überallhin folgen«, versicherte ich ihm.

Er hatte sich an Andreas gewandt. »Sorge dafür, daß Juda in Bethsaida Unterkunft findet. Wir haben sehr viel zu tun und so wenig Zeit!«

Mit einer mühelosen Bewegung erhob er sich, und die Menge teilte sich, um ihn durchzulassen. Manche verneigten sich ehrfurchtsvoll, und ein erregtes Gemurmel erhob sich, während er auf die Straße hinaustrat, wo ein paar Bauern in den Ruf ausbrachen: »Heil dem Sohn Davids!« Andere fügten, nachdem sie sich vorsichtig umgeschaut hatten, diesem Ruf noch hinzu: »Heil dem König Israels!«

Er krauste die Stirn, und das war nicht verwunderlich, denn wer konnte wissen, wo die Spione Roms oder des Sanhedrin lauerten.

Ich warf einen kurzen Blick zu Andreas hinüber, um zu sehen, wie er diesen Tribut auffaßte. »Ich bin nicht der einzige, der in ihm unseren Befreier sieht«, sagte ich leise.

»Das ist wahr«, gab er zurück, »aber wir, die wir ihm nachfolgen, tun es allein, weil wir an ihn glauben. Das müßt ihr, du und Simon Zelotes, akzeptieren.«

»Simon Zelotes?«

»Ja. Er vertritt einen wichtigen Teil des Volkes.«

Bethsaida war genau das, was ich erwartet hatte: eines der vielen öden galiläischen Fischerdörfer, wo wir bei jedem Schritt über Bauerntölpel stolperten. Die wohlhabendsten Bewohner des Orts waren Jona, der Vater von Andreas und Simon, und Zebedäus, der Vater von Jakobus und Johannes. Ihnen gehörten gemeinsam nicht nur mehrere Fischerboote, sondern ein Platz zum Verkauf von frischen Fischen und eine Fischtrockenanlage. Die gesamte Ansiedlung stank nach Fisch, doch diese urwüchsigen Menschen mit den gesunden, roten Gesichtern und den plumpen Körpern schienen den Geruch nicht wahrzunehmen.

Andreas hatte es so eingerichtet, daß Simon Zelotes, Levi der Zöllner und ich selbst einige Tage im Haus des Zebedäus unterkamen, und ich muß zugeben, daß es eine warmherzige, großzügige Familie war, obwohl der junge Johannes ohne jeden Grund eine gewisse Abneigung gegen mich gefaßt zu haben schien. Nachdem die Brüder mit Simon-bar-Jona vom Berg herabgekommen waren, waren sie zu Jüngern berufen und von Simon getauft worden, der selber erst kurz zuvor mit Andreas zusammen vom Täufer getauft worden war.

Obwohl sie alle Fischer waren, würden sie ihre Netze nie mehr im See Genezareth auswerfen, der im Volksmund Galiläisches Meer heißt. Beim Essen, als sich der Tisch unter einem Dutzend verschiedener Fisch- und Gemüsesorten bog, unterhielt uns der gutaussehende Johannes – beinahe zu hübsch für einen jungen Mann – mit der Erzählung von Simons Dilemma, als Jesus ihm sagte, er sei nunmehr ein Menschenfischer.

»Soll das heißen, daß ich nie wieder mit meinem Vater die Netze auswerfen werde?« hatte sich Simon mit großen Augen erkundigt.

»Nur, wenn sich ein Mensch darin befindet«, hatte Jesus lächelnd geantwortet.

Ein wenig ernster beschrieb Johannes sodann, wie Jesus den Zebedäern beim Fischfang geholfen hatte.

Doch die Geschichte interessierte mich nicht. »Ihr wart eine ganze Weile auf dem Berg«, sagte ich, um das Thema zu wechseln.

»Ein paar Tage«, bestätigte Johannes zurückhaltend. »Und dann hat Jesus auf dem Weg von der Wüste bis zu seiner Heimat in Nazareth Kranke und Sieche geheilt.«

Wie ich vermutete, hatte Andreas alle Vorbereitungen für den Besuch in Kana getroffen.

Meine Neugier über den Aufenthalt im Moab war durch das ausweichende Vèrhalten von Johannes nur noch gesteigert worden. Denn ich konnte daraus schließen, daß dort etwas Bedeutendes vor sich gegangen sein mußte.

»Glich der Weg auf den Berg ein wenig dem Erlebnis des Mose auf dem Sinai?« erkundigte ich mich möglichst beiläufig.

Johannes tauschte einen Blick mit seinem Bruder. »Darüber können wir nichts sagen«, erklärte Jakobus.

Sekundenlang fühlte ich mich ausgeschlossen; dann tat ich die Sache mit einem Achselzucken als unwichtig ab.

Am folgenden Tag sollten wir uns mit Jesus im Hause des Jona treffen. »Es wird schön sein, mal wieder mit einem Mann ohne Geheimnisse zu sprechen«, sagte ich.

Das war für Salome, die Frau des Zebedäus, eine günstige Gelegenheit, etwas giftig zu fragen: »Warum wohnt Jesus nicht hier? Ist ihm unser Haus nach all den Jahren nicht mehr gut genug?«

Der gutmütige Zebedäus erwiderte lächelnd: »Nun, Mutter, er hat seine Gründe. Die Schwiegermutter Simon-bar-Jonas hat ein Fieber, und Jesus ist hingegangen, um sie zu heilen.«

»Und ist sie denn nun geheilt?«

»Selbstverständlich«, antwortete Zebedäus. »Er berührte nur ihre Hand, und das Fieber verließ sie sogleich. Sie erhob sich und machte ihnen etwas zu essen, so wohl fühlte sie sich.«

Anschließend hatte er eine ganze Anzahl anderer Kranker geheilt, die Andreas zu ihm brachte und von denen einer ihn angriff, bevor er ihm den Teufel austreiben konnte. Von einem anderen, einem Aussätzigen, der normalerweise das Dorf nicht betreten durfte, waren, als er ihm mit der Hand über das entstellte Gesicht fuhr, die Grinde und Schwären abgefallen.

Levi, der Zöllner, hatte mit erstaunter Miene zugehört. »Und all das geschah«, sagte er nun, »um die Worte des Jesaja zu erfüllen: ›Er hat unsere Leiden auf sich genommen und unsere Krankheiten ertragen.‹«

Salome blickte kichernd auf. »Du willst doch nicht etwa behaupten, daß dieser Bauernjunge der Messia ist, wie? Lächerlich!«

Ihre Söhne straften sie mit tadelnden Blicken.

»Na schön«, fuhr sie fort, »ich weiß, seine Mutter hat eine Vision gehabt. Aber viele Mütter haben Visionen über ihre Kinder. Das beweist gar nichts.«

»Eines Tages wirst du auf Knien zu ihm kommen, Mutter, und freudig erkennen, daß er von Gott gesandt ist. Ich wünschte nur, ich könnte euch erzählen, was Jakobus und ich auf dem Berg gesehen haben.«

»Nun gut, Johannes.« Sie küßte ihn auf die Stirn. »Ich fürchte, es war nur die Enttäuschung einer Mutter, deren Söhne beide ihr Heim und das Recht auf eine eigene Familie aufgegeben haben, um dem unsicheren Pfad eines Führers zu folgen, der euch – Gott allein weiß wohin – führt.«

Ich hatte meine Frage eine ganze Weile zurückgehalten. »Wie kommt es, daß Simon-bar-Jona zu den Jüngern gehört, da sie doch weder Weib noch Kind haben dürfen?«

»Eine sehr gute Frage«, mischte sich Salome ein. »Aber Simon überläßt es, genau wie Andreas, dem alten Jona und seiner Frau, für sein Weib und für das Kind zu sorgen. Man sollte meinen, er suche sich nur unverheiratete Männer aus.«

Johannes und Jakobus protestierten einstimmig. »Aber Mutter«, erklärte Johannes, »jeder Jünger steht für etwas Besonderes, das Jesus in ihm sieht.«

Sie schnaufte verächtlich. »Ich bin als Galiläerin geboren und aufgewachsen, aber seit wann besitzt diese abgelegene Region das Monopol für Genies? Laßt das nur keinen Judäer hören, falls ihr unterwegs einen trefft.«

Wider Willen mußten wir allesamt lachen, und die Spannung löste sich.

»Geht jetzt lieber zu eurem Heiland«, sagte sie dann. »Und bittet ihn, die Bank zu reparieren, die er einmal für unser Haus hier gemacht hat. Eines der Beine ist abgebrochen. Hoffentlich hat das keine besondere Bedeutung, denn wie ich hörte, erzählt er anläßlich von geringeren Kleinigkeiten als dieser sofort Gleichnisse.«

Zebedäus schüttelte verzweifelt den Kopf, und dann erhob sich seine Stimme so stark, daß wir sofort verstanden, warum man ihn den Donnerer nannte. »Halte deine Zunge im Zaum, Weib! Deine Söhne gehen, Gott zu dienen. Jeder Tor kann erkennen, daß Jesus kein gewöhnlicher Mensch ist, auch wenn er nichts anderes täte, als durch dieses Dorf zu wandern, ohne die Hand zu heben, um Kranke zu heilen und Gesunde zu segnen!«

Sie schloß die Augen. »Nun gut«, seufzte sie, »ich werde den Kindern meines Leibes ein tränenloses Lebewohl entbieten.«

Ich wußte nicht, was mich erwartete, als wir schweigend das Haus des Jona betraten und von einem Diener in ein Zimmer des oberen Stockwerks geführt wurden. Dort begrüßten uns Andreas und Simon-bar-Jona, der seit seiner Taufe durch Johannes auch als Petrus bekannt war. Jesus saß in der Mitte des Zimmers auf einem großen Polster und blickte uns mit seinen durchdringenden Augen freundlich entgegen.

»Ich habe euch aus einem Grund gerufen, der vielleicht bis zu eurem letzten Atemzug nicht offenbar werden wird. Doch dann werdet ihr die Ewigkeit begreifen, denn ihr seid die Auserwählten Gottes. Vergeßt dies nicht, wie haßerfüllt die Welt euch auch begegnen mag. Daß ich in diese Welt gekommen bin, zu richten, auf daß die, welche nicht sehen, sehen werden und die, welche sehen, in ihrer Blindheit blind werden.«

Seine Worte fielen wie Schwertstreiche.

»Sechs von euch sind bereits mit dem Lebenswasser gesegnet worden. Nun sollen die übrigen sechs mit dem Wasser eines neuen Lebens benetzt werden – von Simon-bar-Jona und Andreas, denn ich taufe nicht mehr nach Johannes.«

Ich merkte, daß die anderen ebenso aufgeregt waren wie ich. Ihre Gesichter waren bleich, in ihren Augen jedoch stand ein Ausdruck der Verzückung.

»Zuerst –« Jesus steckte eine Hand ins Wasser – »werde ich den Heiligen Geist segnen, der euch eins macht mit Gott, der eure Herzen danach dürsten läßt, der gesamten Menschheit zu helfen.«

Ich spürte, wie ich zitterte, weil ich mich jetzt absolut unwürdig fand. Die Erinnerung an Rahel und meine Mutter mischte sich mit Erinnerungen an meine Kindheit, an Josef von Arimatäa, Nikodemus, Josua-bar-Abbas, Cestus und Dysmas, Hannas, Kajafas und Gamaliel. Alles schlug mir über dem Kopf zusammen.

Andreas winkte Levi nach vorn, und Simon-bar-Jona netzte ihn mit einer Erhabenheit, die ich an ihm nicht erwartete hätte, mit ein wenig Wasser. Beherrscht wurde die Zeremonie jedoch noch immer von Jesus, obwohl dieser selbst nicht mehr taufte.

»Levi, der Zöllner«, begann Jesus, »ich taufe dich Matthäus, ich holte dich aus deinem Amt, und du bist wahrlich, wie der Name besagt, ein Geschenk Gottes. Dein Name wird mit dem meinen verbunden sein, solange Gottes Name auf Erden nicht vergessen wird.«

Der nächste war Simon Zelotes. Als er das Wasser der Taufe empfing, sprach Jesus feierlich: »Ein stolzer Sohn Galiläas, der für die Zeloten in ihrem Kampf um die Befreiung der Heimat von den Eindringlingen spricht. Sei nun ein ebenso großer Kämpfer für eine noch größere Sache, Simon.«

Noch während ich mich fragte, welche Sache denn größer sein könne, richtete er den Blick freundlich auf die beiden stämmigen Galiläer, die ganz offenbar Zwillinge waren. »Jakobus und Jude«, sagte er, »die Söhne der Maria von Alfäus, die uns ständig daran erinnern, daß kein Familienband so bedeutungsvoll sein kann wie das von Gott geweihte Band. Ihr, die ihr meine Vettern wart, seid mir jetzt durch ein Band verbunden, das kostbarer ist als das Band des Blutes.«

Der nächste war Didymus, den er Thomas taufte, was ebenfalls Zwilling bedeutete. »Du sollst Ruhm ernten dafür, daß du deine Zweifel und deinen eigenen Zwillingsbruder verlassen hast, um dich einer zweifelhaften Sache zu weihen. Und obwohl deine Zweifel wiederkehren werden, wird dein Glaube dich erlösen.«

»Juda!« Ich zuckte zusammen. »Ein stolzer Judäer aus einem stolzen Haus. Du sollst zu meiner Rechten sitzen und aufgrund der unerforschlichen Wege des Herrn auf deine eigene Art dazu beitragen, die lebendige Wahrheit des ewigen Lebens zu bestätigen.

Wann immer der Name Jesus Christus erwähnt wird, soll der deine nahezu im selben Atemzug hinzugefügt werden«, erklärte er weiter. »Denn obwohl du als der Zwölfte getauft worden bist, soll dein Ruhm nicht der geringste sein. Du sollst unser Schatzmeister werden und den Geldbeutel verwalten, denn nur ein mit dem Besitz seines Vaters vertrauter Judäer kann unsere Angelegenheit so gut verwalten, daß uns Leib und Seele zusammengehalten werden, während wir den Armen dienen.«

Sein Blick ruhte auf mir, und sein liebes Gesicht wurde sekundenlang ganz weich.

»Du, Judas, sollst deinen ersten Ausflug ins Land mit Matthäus zusammen machen, der bisher Levi hieß; ihr sollt mein Wort verbreiten und in meinem Namen heilen. Vergiß nicht, daß deine Kraft durch den Sohn vom Vater kommt. Denn alle Dinge kommen zu mir durch den Vater.«

Ich spürte nichts davon, daß seine Kraft auf mich überging. Wie sollte ich einen Aussätzigen heilen oder eine Hand, die mit der Schüttellähmung geschlagen war, zur Ruhe bringen können?

Er schien meine Gedanken zu lesen.

»Ich sage dies zu euch Zwölfen, die ich alle gleichermaßen liebe, daß ihr mit dem Glauben an den Vater das vollbringen könnt, was der Sohn euch gezeigt hat.«

Ich fühlte mich fast nackt in meiner Hilflosigkeit.

»Und wie sollen wir uns ernähren?«

»Gesprochen wie ein wahrer Gläubiger!« Sein Lächeln war ironisch. »Fragt die Vögel und die Schmetterlinge, die Lilien auf dem Felde, die nicht arbeiten und nicht spinnen. Gott sorgt für sie, wie er auch für euch sorgen wird. Verzichtet nicht so sehr auf eure irdischen Güter als auf eure irdischen Gedanken. Gehet hin als Abgesandte des Herrn, denn das seid ihr, und begegnet der Welt mit der Liebe Gottes in euren Herzen!«

Auch Matthäus war eindeutig verwirrt.

»Und wann beginnt meine Aufgabe, dieses Wirken für jene, die nach uns kommen, aufzuzeichnen?«

»Sie hat bereits begonnen, denn dein Kopf schwirrt schon von all den Worten, die heute gesprochen wurden, von den Geschehnissen in Bethabara und Kana und sogar auf dem Berg, wo du nicht warst.«

Matthäus zögerte immer noch. »Darf ich überall haltmachen und im Zusammenhang mit deinem Auftrag von Gott alle Fragen stellen, die ich will?«

»Das darfst du. Sogar in Nazareth.«

In nahezu allem bewies Jesus ein tiefes Bewußtsein seines jüdischen Erbes. Genau wie Mose zwölf Stammesfürsten ernannt hatte, erwählte Jesus zwölf, die er als Apostel bezeichnete.

»Da Apostel die Bezeichnung für einen Abgesandten ist«, erklärte er, »werdet ihr von mir abgesandt.«

Außerdem waren wir seine Jünger, seiner Lehre verschworen, doch unsere apostolische Autorität beruhte auf der Intimität, die wir als seine Familie teilten.

»Von nun an werde ich euch nicht Diener nennen, denn ein Diener hat keine Ahnung, was sein Herr tut. Ich werde euch meine Freunde nennen, denn alles, was ich vom Vater habe, werde ich an euch weitergeben. Ihr sollt süße und bittere Frucht hervorbringen und alles, was ihr in meinem Namen vom Vater erbittet, wird er euch gewähren.«

Jeder Apostel wurde ermächtigt, fünf Jünger zu nennen, während Jesus die übrigen auswählte, bis es insgesamt siebzig waren. Mose hatte ebenso viele ernannt, und siebzig Männer bestimmten die Angelegenheiten des Sanhedrin.

Wollte Jesus, indem er diese Zahl wählte, die Autorität der Tempel-Ältesten herausfordern?

Er lächelte. »Unser ganzes Amt, Juda, ist eine Herausforderung an das, was der Tempel tut.«

Einige meiner Brüder fanden mich streitsüchtig, doch als Jesus der Reihe nach all diese friedfertigen Mienen betrachtete, sagte er mit beruhigendem Augenzwinkern: »Ich komme nicht, Frieden zu bringen, sondern die bestehende Ordnung zu zerstören.«

Wie üblich, hob Simon-bar-Jona die Hand.

»Und wie soll dies geschehen, Meister?«

»Durch die Wahrheit, denn die Wahrheit ist Gottes Offenbarung und hat sich von König Davids Zeiten bis heute nicht verändert. Weißt du nicht mehr, daß David zu Salomo sagte: ›Tue getreu deine Pflicht gegen den Herrn, deinen Gott, indem du in seinen Wegen wandelst und seine Satzungen und Gebote, seine Rechte und Verordnungen hältst, auf daß du Glück habest in allem, was du tust?‹«

Diese schlichten Galiläer lächelten voller Genugtuung. Denn sie vermeinten auf den Wegen Abrahams und Mose zu wandeln und fühlten sich sehr selbstsicher. Bis auf Zelotes, den Eiferer, gab es unter ihnen keinen einzigen Rebellen.

Jesus aber war noch nicht zu Ende. »Am selben Tag sprach David von der Verheißung des Herrn. ›Wenn deine Söhne treu mit ganzem Herzen und mit ganzer Seele vor mir wandeln, so soll es dir nimmer an einem fehlen auf dem Thron Israels.‹«

»Bist du der, von dem dein Vater David sprach?« fragte ich ihn.

Er lächelte. »Ich bin der, von dem mein himmlischer Vater sprach.«

Philippus verlieh der allgemeinen Verwunderung Ausdruck.

»Meister, zeig uns den Vater, und wir werden zufrieden sein.«

»Wenn ihr nicht an das glaubt, was ich tue, wie könnt ihr an das glauben, was Mose tat?«

Matthäus, an den ich immer noch als Levi dachte, nahm seine Rolle als Chronist offenbar sehr ernst, denn er kritzelte bereits mit gekrauster Stirn auf dünnen Pergamentblättern herum.

»Wenn du nur gekommen bist, Israel nach dem Gesetz Mose zu befreien, Meister, wie unterscheidet sich deine Aufgabe dann von der des Elija, der die falschen Götter aus Israel verbannt hat?«

Der Meister seufzte. »Ich bin nicht gekommen, ein Jota von Gottes Gesetz zu verändern. Gott kümmert es nicht, was der Mensch ißt oder auf welchem Teller es serviert wird, solange der Mensch ihm dient, indem er seinen Nächsten und sich selber liebt.«

Ich war nicht sicher, ob ich richtig gehört hatte. »Ist das nicht eine Art von Egomanie, wie sie sogar die Griechen in ihrer Sage vom schönen jungen Narziß verurteilt haben, der sich in sein Spiegelbild verliebte und an unerwiderter Liebe starb?«

»Um sich selber zu lieben, wie Gott es will, muß man zuerst das eigene Wesen schätzen lernen. Man muß aufrichtig in allen Dingen sein, andere behandeln, wie man selber behandelt werden will, und sich selbst gegenüber immer ehrlich sein. Ohne Selbstachtung kann man die Achtung der anderen nicht erringen. Und man wird den Kopf nicht ruhig aufs Kissen betten können.«

Matthäus war immer noch nicht zufrieden. »Aber sind nicht die Bücher Mose in Israel auf ewig über alles erhaben?«

»In den Dingen, in denen Gottes Stimme eindeutig ist.«

»Wie unterscheidet man Gottes Stimme von der des Auslegers?«

Jesus lächelte. »Siehst du, ich habe eine gute Wahl getroffen. Sein Evangelium wird eines Tages sogar in Rom gepredigt und von den Juden bevorzugt werden, während das Wort des Johannes vor allem die Heiden berühren wird.«

Johannes errötete, weil er hervorgehoben wurde.

»Erzähle ihnen, was ihr auf dem Berg gesehen habt, Johannes. Das soll die Antwort an Matthäus und die anderen sein.«

»Aber, Herr«, wandte Simon-bar-Jona ein, »du hast uns eingeschärft, keinem Menschen diese Vision zu enthüllen, nicht vor der Auferstehung.«

»Das ist wahr«, antwortete Jesus, »aber ich halte nichts vor euch verborgen, denn das Wissen wird euch helfen, Gottes Werke zu tun. Was Johannes, Jakobus und Simon-bar-Jona erfuhren, das sollt nunmehr ihr alle erfahren.«

Johannes erhob sich. Sein helles Gesicht mit den perfekt gemeißelten Zügen schien von innen heraus zu leuchten.

»Es war ein wunderbarer Tag«, berichtete er. »Die Bergluft war frisch und klar, keine Wolke stand am Himmel. Ich sah Simon und Jakobus an; sie atmeten tief, genossen die Frische, als wäre es Wein. Dann wanderte mein Blick zum Meister hinüber; ich sah ihn in einem weißen Licht, und sein Antlitz leuchtete wie die Sonne. Er schien sich mit zwei in strahlende Helle gehüllten Gestalten zu unterhalten, die sprachen, als seien sie Mose und Elija. Simon-bar-Jona meinte, wir sollten für jeden der Propheten, die mit dem Meister sprachen, aus Palmwedeln ein Tabernakel machen. Doch während Simon noch sprach, kam eine weiße Wolke aus dem blauen Himmel und warf ihren Schatten auf Mose und Elija, so daß sie nicht mehr zu sehen und zu hören waren. Dann kam eine majestätische Stimme aus der Wolke, die sprach: ›Ich sende euch meinen geliebten Sohn, an dem ich mein Wohlgefallen habe. Höret auf ihn.‹«

Als sie diese himmlische Stimme hörten, fielen die Jünger auf ihr Angesicht; sie fürchteten sich, zu der Wolke aufzublicken, denn nur Mose und Elija hatten das Antlitz Gottes geschaut und dieses Ereignis überlebt. Doch Jesus streckte seine Hand aus und berührte sie leicht. »Steht auf und fürchtet euch nicht, denn euer Vater wird euch keinen Schaden tun.«

Als sie vom Berg herunterkamen, blickten die Jünger immer wieder furchtsam zurück und sprachen kein Wort von der Stimme, sondern immer nur von Mose und Elija.

»Meister«, fragte Petrus mit bebender Stimme, »warum wurden diese beiden von der hellen Wolke verhüllt, während das Licht auf dir blieb?«

Jesu Augen blitzten ironisch.

»Du hast deine Frage selbst beantwortet, Simon-bar-Jona. Die anderen verschwanden in der Vergangenheit, während der Menschensohn ein neues Licht verbreitete.«

»Gilt denn dein Wort mehr als das ihre?«

»Hast du die Stimme nicht sagen hören: ›Höret auf ihn‹?«

Ihre Gedanken waren immer noch nicht klar. »Aber steht nicht geschrieben, daß Elija kommen soll, ehe der Sohn kommt?«

»Er wäre nicht gesehen worden, wenn er nicht schon gekommen wäre«, antwortete Jesus.

Sie begriffen, daß er damit Johannes den Täufer meinte, der Elijas Geist in seinem Körper beherbergt hatte.

Alle schwiegen, als Johannes seinen Bericht beendete; nur das Kratzen des Federkiels, den Matthäus führte, unterbrach die Stille.

Ich hielt es für wichtig, daß der Umfang seiner Aufgabe umrissen wurde.

»Wenn Gott unendlich ist, ist dann der Sohn nicht ebenfalls unendlich?«

Jesus hielt meinen Blick mit dem seinen.

»Solange er Gottes Willen tut.«

»Welches ist dann die volle Bedeutung dessen, daß Gott das Licht von den Propheten genommen hat, die gesandt waren, Israel zu befreien?«

Langsam ließ Jesus den Blick im Raum umherwandern.

»Gottes Licht leuchtet nicht mehr für Israel allein. Es gibt einen neuen Propheten und einen neuen Tag.«

7

Die jungfräuliche Mutter

Sie fragte nicht, warum wir kamen, sondern stellte schweigend Gerstenbrotfladen, Honig und Wein vor uns hin.

»Mein Sohn ist nicht daheim«, sagte sie mit glockenklarer Stimme.

»Ich weiß. Wir kommen aus Bethsaida.«

»Er hält sich bei den Söhnen des Jona und ihren Familien auf.«

Sie war ganz und gar ohne Arg und Fehl. Sie saß mit im Schoß gefalteten Händen und blickte mit ihren dunklen Augen gelassen in die Welt.

»Es muß dich stolz machen, seine Mutter zu sein«, meinte ich ein wenig lahm.

»Schickt er euch zu mir?« fragte sie.

»Nein, aber ich möchte gern mehr über ihn erfahren.«

»Er hat keine Geheimnisse.«

»Es geht um seine Geburt«, erklärte ich ein wenig verlegen. »Josef von Arimatäa hat mir einiges davon erzählt, aber ich möchte gern mehr wissen.«

Sie sah mir aufmerksam in die Augen, und sekundenlang hatte ich das Gefühl, als werde meine Seele bloßgelegt.

»Das wirst du«, antwortete sie ruhig. »Niemand kann ihm Böses antun, es sei denn, Gott wollte es so.«

»Ich würde ihn mit meinem Leben verteidigen. Ich verehre ihn aus aufrichtigem Herzen.«

Sie schenkte mir ein rätselhaftes Lächeln. In ihren Augen entdeckte ich Mitleid.

»Was wünschst du von mir zu wissen?«

»Ich kann nicht verstehen, warum ein Mann seine Frau, die kurz vor der Niederkunft steht, auf eine so anstrengende Reise mitnimmt. Davon würde jede Wehmutter abraten.«

»Mein Mann hatte seine Gründe.«

»Nun, um die Volkszählung konnte es nicht gehen, denn nur männliche Erwachsene brauchten sich an ihrem Geburtsort eintragen zu lassen.«

Ihr Blick wich keine Sekunde von dem meinen.

»Ich ging, weil Gott es so wollte.«

»Damit er in Bethlehem geboren werden konnte?«

Sie nickte, und abermals staunte ich über die Frische ihres Gesichtes, das das Gesicht eines jungen Mädchens, ja, tatsächlich das einer Jungfrau war.

»Er wurde geboren, wo er geboren werden sollte.«

Konnte es im Bereich menschlicher Dinge möglich sein, daß der mächtige Kaiser Augustus, der Herrscher der Welt, dieses Gebot zur Volkszählung als unbewußtes, ungläubiges Werkzeug eines Gottes erlassen hatte, dessen Wege so oft unerforschlich waren? Ein erschreckender Gedanke!

»Dann wußtest du –« ich zögerte –, »wen du trugst?«

Ich vermeinte ein schelmisches Funkeln in ihren Augen zu entdecken, doch sie antwortete mit ihrer gewohnten Gelassenheit.

»Josef und ich, wir wußten es beide, denn die Engel des Herrn hatten uns eine Vision gebracht.«

Ich zweifelte an Visionen, Matthäus jedoch war nicht so skeptisch. Oder vielleicht wollte er, wie viele Chronisten, nicht allzu eingehend nachforschen, um eine gute Geschichte nicht zu zerstören. Mit freundlichen Worten ermunterte er die Mutter, ihm die Vision so zu schildern, wie sie sich ihrer erinnerte.

Maria lächelte. »Wie könnte ich den Besuch des Herrn vergessen?«

Es war an einem Abend geschehen, nachdem sie das Geschirr fortgeräumt hatte. Josef, mit dem sie verlobt war, las im flackernden Schein einer Lampe aus den Psalmen vor. Auf einmal fühlte sie sich ein wenig benommen und mußte sich setzen.

Zuerst glaubte sie zu träumen. Sie blickte zu Josef hinüber und sah, daß er beim Lesen die Lippen bewegte. Es war also gewiß kein Traum. Die Gestalt war ganz in Weiß gekleidet und trug einen Heiligenschein um den Kopf. Sie sah genauso aus, wie sie sich eine Erscheinung vorgestellt hatte : ätherisch und rein, mit klarer Stimme und einer Autorität, die in ihrer Hoheit beinahe göttlich war.

»Maria, Tochter Davids«, sprach die Gestalt, »gesegnet bist du unter den Frauen, denn du hast Gnade bei Gott gefunden. Siehe, du wirst einen Sohn gebären, dem du den Namen Josua geben sollst (und der später Jesus heißen wird), das heißt, Heiland des Herrn. Er wird Sohn des Höchsten heißen. Und Gott der Herr wird ihm verleihen den Thron Davids, seines Vaters. Und er wird über das Haus Jakob auf ewig König sein, und seine Herrschaft wird kein Ende haben.«

Sie war nicht älter als vierzehn Jahre gewesen, als sie diese Erscheinung hatte, und beunruhigte sich zutiefst. Denn obwohl sie mit ganz Israel die Sehnsucht ihres Volkes nach einem Messia teilte, hatte sie dies nicht eine Sekunde lang mit sich selbst in Verbindung gebracht.

Sie hatte die Erscheinung (denn was hätte es sonst sein sollen?)

gefragt: »Wie soll das geschehen können? Ich habe ja doch mit keinem Manne Umgang!«

»Bei Gott ist kein Ding unmöglich«, lautete die Antwort. »Der Heilige Geist wird über dich kommen, und du wirst einen Sohn Gottes gebären, genau wie Adam, vor dem es keinen Menschen gab, der vom Heiligen Geist gezeugt wurde.«

Überwältigt von diesem Ereignis, konnte sie nur leise sagen: »Gottes Wille geschehe. Siehe, ich bin des Herrn Magd.«

Die Erscheinung ermahnte sie, niemandem davon zu erzählen außer Josef, und auch ihm nur, wenn es unbedingt notwendig wurde. Er war viel älter als sie und heiratete sie nach dem Tod ihrer Eltern, damit er sie ins Haus seiner Mutter aufnehmen konnte, ohne den bösen Zungen etwas zu reden zu geben.

Ich hatte zuvor tuscheln gehört, der ältere Josef habe sie erst geheiratet, als sie hochschwanger war. Doch als ich nun diese reine Gestalt sah, wußte ich, daß das nicht wahr sein konnte. Dennoch mußte ich mehr erfahren, um alle Angriffe abwehren zu können, die mit Sicherheit aus einigen Richtungen erfolgen würden, vor allem aber vom Tempel.

Matthäus überließ nun das Fragen mir.

»Dann war Josef sein richtiger Vater?« erkundigte ich mich.

»Er war der einzige Vater, den er von Geburt an kannte.«

»Dann ist er nicht wie andere Menschen geboren?«

»Er ist niemals wie andere Menschen gewesen.«

Sie war belustigt über mein Ungeschick.

»Wir waren damals erst verlobt. Unseren heiligen Bräuchen entsprechend, achtete er jedoch meine Tugend, denn er war ein guter Mensch.«

Ich war so tief in meine Gedanken versunken, daß ich kaum hörte, wie Matthäus sie fragte:

»War es nicht schwer für den schlichten Mann, an eine Vision zu glauben, die er selbst nicht gesehen hatte?«

»Josef«, gab Maria zurück, »war kein durchschnittlicher Mensch. Aber –« ein Schatten verdunkelte ihr Gesicht – »es war wohl nur natürlich, daß er mir Fragen stellte.« Er hatte sie nicht gescholten, wollte sie jedoch seiner Mutter zuliebe fortschicken, um einen Skandal zu vermeiden. Ihre Habseligkeiten waren gepackt, und sie sollte am folgenden Morgen zu einem Verwandten in die Nähe von Jerusalem reisen.

In jener Nacht aber hatte Josef ebenfalls eine Vision im Traum. »Josef, Sohn Davids«, sagte der Engel des Herrn, »schrick nicht davor zurück, Maria als deine Frau zu dir zu nehmen! Denn das Leben, das in ihr erzeugt ist, stammt vom Heiligen Geist.«

Als Josef vom Schlaf erwacht war, verkündete er, sie würden heiraten und das Kind gemeinsam großziehen. Denn auch er fühlte sich geehrt, daß Gott ihn für seine Pläne auserwählt hatte.

Zu jener Zeit jedoch trug Elisabet, eine Verwandte Marias, die Frau des Priesters Zacharias, ebenfalls ein Kind, das durch Gottes Willen, wenn auch nicht durch Gott, gezeugt worden zu sein schien. Denn beide waren weit über das Alter hinaus, da ein Ehepaar normalerweise auf Kinder hoffen konnte. Ja, Zacharias war so alt, daß er nicht einmal dem zuhören wollte, der ihm die frohe Botschaft brachte.

»Er stand im Tempel am Räucheraltar«, berichtete Maria, »als ihm der Erzengel Gabriel erschien und ihm verkündete, Elisabet werde ihm einen Sohn gebären, der einem anderen, von Gott Gesandten, den Weg bereiten werde.«

Zacharias kehrte dem Engel ruhig den Rücken und fuhr mit seinen religiösen Pflichten fort.

Wie seltsam, aber auch wie typisch für einen Priester, daß er das Abbrennen von Räucherwerk für wichtiger hielt als den Sendboten des Herrn!

»Er hatte den Engel des Herrn gesehen und war dennoch mehr an seinem Ritual interessiert?« fragte ich lachend.

»Weil er den Glauben nicht gehabt habe, sagte der Engel zu Zacharias, werde er stumm werden, bis er die Wahrheit erkenne«, berichtete Maria weiter. »Und als er heraustrat, um das Volk draußen zum Gottesdienst zu rufen, konnte er nicht mehr mit ihnen reden.« Aber er glaubte immer noch nicht, denn der Tempel fand, die Tage der Visionen seien mit den alten Propheten zu Ende gegangen. Sie verehrten einen toten Gott.

Mit Elisabet zusammen kehrte Zacharias zu seinem Landhaus außerhalb Jerichos zurück, unweit des Klosters von Qumran.

Bevor man sehen konnte, daß sie selber ein Kind trug, folgte Maria einem Impuls und besuchte ihre Cousine. Sie fand das ganze Haus niedergeschlagen. Zacharias, immer noch stumm, saß griesgrämig und mit langem Gesicht herum, und Elisabet, die sich seit langem schon für unfruchtbar gehalten hatte, schämte sich so sehr, daß sie das Haus nicht mehr verließ.

Maria versuchte die Ältere aufzumuntern. »Freue dich«, redete sie ihr zu, »daß du von Gott erwählt wurdest, Israel die frohe Botschaft zu bringen.«

Elisabet blieb deprimiert.

»Was kann der Herr von einer alten Frau wie mir wollen?«

»Sei zuversichtlich«, erwiderte Maria, »denn das Leiden deines Mannes ist allein der Beweis für Gottes Hand.«

Dann vertraute sie Elisabet ihr eigenes Geheimnis an.

Elisabet wurde nur noch verwirrter. »Wie kann das alles sein?« weinte sie.

Maria hatte lange über ihre Situation nachgedacht.

»Gott«, hatte sie festgestellt, »kann alles, was er will, denn weder Himmel noch Erde haben Geheimnisse vor ihm.«

Als Maria sie liebevoll umarmte, spürte Elisabet, wie sich das Kind in ihrem Leib regte, und eine Stimme sagte ihr, sie sei mit dem Heiligen Geist erfüllt.

In einem Moment absoluten Glaubens nahm sie nun hin, was ihr zuvor so große Sorge bereitet hatte. »Gepriesen bist du unter den Frauen«, sagte sie und küßte Maria, »und gepriesen das Kind in deinem Leib.« Ruhig akzeptierte sie es, daß ihr eigener Sohn dem ungeborenen Kind Marias untergeordnet war.

Wenn man diese engelsgleiche Mutter betrachtete, fiel es schwer, sich nicht von ihrem Wesen beeinflussen zu lassen. Und doch: Warum sollte Gott bei diesen Demütigen, deren einziger Stolz ihre Abkunft war, den Messia suchen?

»Gott«, erklärte Maria, »stürzt die Machthaber von ihrem

Thron, und Niedrige hebt er hoch hinauf. Hungrige sättigt er mit Gütern, und Reiche läßt er leer ausgehen. So sind am Ende alle Unterschiede beseitigt.«

Mir schien, wenn alles Gottes Wille wäre, habe es wenig Sinn, unsere Bemühungen auf ein Ziel zu richten.

Sie lächelte. »Wir bitten um Kraft, und Gott schickt uns Probleme, die uns stark machen. Wir bitten um Mut, und Gott schickt uns Gefahr, die uns wachsam macht. Wir bitten um Hilfe, und Gott schickt uns Herausforderungen, an denen wir wachsen.« Ihre Augen strahlten von einem inneren Licht. »Und gesegnet ist der Prophet, der all dieses sieht und uns Hoffnung gibt.«

Maria blieb drei Monate bei Elisabet, bis das Kind geboren war. Sie liebkoste es freundlich, denn sie wußte, daß dieser Knabe, sechs Monate älter als ihr eigener, dessen Vorläufer sein würde. Das ältere Ehepaar hatte seinen Sohn nach dem Vater Zacharias nennen wollen, das heißt, Mahnung an den Herrn, doch Elisabet bestand plötzlich darauf, er müsse Johannes genannt werden. Die Verwandten des Zacharias waren verblüfft, denn in ihrem Geschlecht gab es niemanden dieses Namens.

»Warum willst du ihn Johannes nennen?« erkundigten sie sich mißtrauisch.

Sie blickte vielsagend zu dem stummen Zacharias hinüber.

»Johannes heißt ›der für den Herr spricht‹.«

Sie fragten Zacharias, wie er den Jungen nennen wolle. Rasch kritzelte er auf eine Tafel: »Johannes ist sein Name.« Dann öffnete er den Mund, sprach ihnen den Namen nach und redete zum erstenmal seit neun Monaten.

Während seine Verwandten noch staunten, fiel Zacharias auf die Knie und bat Gott um Vergebung dafür, daß er es nicht erkannt hatte, als er durch eine Erscheinung des Herrn ausgezeichnet worden war.

Während der Beschneidungszeremonie hielt er das Kind auf den Armen. Zwar war es erst acht Tage alt, aber es schien mit den Augen des alten Weisen in die Welt zu blicken. Und er, Nachkomme des Aaron, der die erste Vision geleugnet hatte, schien jetzt ein weiteres Gesicht zu haben. Denn seine Augen leuchteten, und sein Blick ging in die Ferne.

»Dieses Kind«, sagte er mit bewegter Stimme, »wird ein Prophet des Höchsten heißen. Denn es wird dem Herrn vorausgehen, seine Wege zu bereiten. Es wird ein Licht geben denen, die in Finsternis und Todesschatten sitzen, um ihre Füße auf den Weg des Friedens zu bringen.«

Und so geschah es.

Während Maria jetzt dasaß wie ein Kind, die helle Stirn faltenlos, mochte man nicht glauben, daß dies alles dreißig Jahre und noch mehr zurücklag. Josef war seit zehn Jahren tot, und die anderen ebenfalls, doch sie lebte strahlend in der Bestimmung ihres Sohnes weiter.

»Er hat uns ein Horn des Heils aufgerichtet im Hause seines Knechtes David und uns gesagt, er werde uns vor unseren Feinden retten und aus der Hand aller, die uns hassen.«

Schweigend betrachteten wir Maria, betroffen von der Würde, mit der sie Gottes Versprechen an Israel zitierte.

»Und dieser Eine ist er?« fragte ich schließlich.

»Das zu entscheiden liegt bei Gott.«

»Aber woher sollen wir es wissen, wenn er uns nicht aus der Hand unserer Feinde errettet?«

Ihr Blick bohrte sich in den meinen.

»Wer kann sagen, wer dieser Feind ist?«

»Wir haben keinen größeren Feind als Rom. Alle wissen, daß es keinen Frieden in Israel geben wird, solange dieser Feind bleibt.«

»Unser schlimmster Feind wohnt in uns selbst. Es gibt keinen Frieden außen, wenn wir ihn nicht zuerst in uns finden.«

Das Gespräch hatte bereits einige Zeit gedauert, darum fürchtete Matthäus, sie könne ermüdet sein.

»Ich habe so wenige Besucher«, antwortete sie, »daß ich mich über diese Gelegenheit freue.«

Mich faszinierte immer noch die Geburt Jesu, denn sie war so eng mit so vielen Weissagungen aus alter Zeit verknüpft.

An jenem Tag waren viele Besucher gekommen: die drei Weisen mit Weihrauch und Myrrhe; die schlichten Hirten, die ihre Herde verlassen hatten, um dem Stern Israels zu folgen; Josef von Arimatäa, der Mutter und Sohn noch immer die Treue hielt; und die zahnlose Prophetin Hanna. Hatte es noch andere gegeben?

Ich sah die geheime Sorge in ihren Augen. Ihre Stimme bebte ein wenig, als sie ihre Erinnerung über die Jahre hinweg zurückverfolgte. »Da war ein Mann namens Simeon, durchaus kein Prophet, sondern ein schlichter Mann, der eine Vision gehabt hatte.«

Matthäus und ich tauschten vielsagende Blicke. Es schien mir seltsam, daß so viele Menschen im Zusammenhang mit der Geburt Visionen gehabt haben sollten. Warfen kommende Ereignisse tatsächlich ihren Schatten voraus, damit der Wille des Herrn kundgetan werde?

Sie wußte nicht, was für eine Vision Simeon gehabt hatte; er habe nur dankbar gemurmelt, nun, da er den von Gott verheißenen Messia gesehen habe, könne er ruhig sterben.

»Wer war dieser Simeon?« fragte ich sie.

Maria schüttelte den Kopf. »Ich kannte ihn ebensowenig wie die Seherin Hanna und Josef von Arimatäa.« Dennoch war sie nicht überrascht, als der alte Mann auftauchte und vor dem neugeborenen Kind das Knie beugte.

Sie schloß die Augen, als sie an jenen Tag im Stall zurückdachte. »Er nahm mir das in Windeln gewickelte Kind aus dem Arm, blickte gen Himmel und sprach mit einer Stimme voll Feuer: ›Siehe, dieser hier ist zu Fall und Erhebung vieler in Israel bestimmt und zu einem Zeichen, das auf Widerspruch stoßen wird.‹«

Levi (den ich nunmehr Matthäus nennen muß) unterbrach sie: »Und dieses Zeichen – welcher Art sollte das sein?«

»Das Zeichen des Kreuzes, das alle seine Jünger bis zum Heraufdämmern eines neuen Zeitalters und seiner Rückkehr wert halten werden.«

Ich krauste die Stirn. »Was ist diese Rückkehr?«

»Unsere Zeit ist wahrlich sehr kurz, wenn er uns nicht aus dem Grabe befreit.«

An Matthäus' Miene sah ich, daß er ebenso verwirrt war wie ich.

»Und was geschah noch?« fragte er sie.

Maria zögerte; dann sagte sie mit leichtem Schauder: »Simeon sagte, daß auch seine Seele zu jenem Zeitpunkt mit einem Schwert durchstoßen werden wird.«

»Warum seine Seele?« wollte ich wissen. »Speere und Schwerter können geistigen Dingen nichts anhaben.«

Sie antwortete mit unerschütterlicher Geduld: »Ich nahm an, weil Simeon bereits bei Gott sein wird, wenn dieses Ereignis eintritt.«

»Was für ein Ereignis ist das?«

»Wir müssen abwarten. Denn Gottes Wille mag sich ändern.«

In ihren Augen schimmerten Tränen.

Matthäus fragte sie unendlich sanft: »Wäre es dir lieber, wenn er wie die anderen wäre?«

»Ich habe gelernt, ihn mit anderen zu teilen, denn das ist es, was er will. Andreas sagte eines Tages zu ihm, seine Familie stehe draußen und warte.« Ihr Lachen klang wie eine Glocke. »Er gab ihm zur Antwort: ›Wer ist meine Mutter, und wer sind meine Brüder? Wer den Willen meines Vaters im Himmel tut, der ist mir Bruder, Schwester und Mutter!‹«

»Und das hat dich nicht gekränkt?«

»Ich verstand, was er damit sagen wollte. Denn er wurde nicht nur für eine Familie geboren, sondern für alle.«

»Er hat dich an jenem Tag nicht gesprochen?«

»O doch! Er kam sofort heraus, aber er ergreift jede Gelegenheit, den Menschen eine Lehre zu erteilen, damit sie Gottes Willen besser erkennen.«

»Und in diesem Fall war es die brüderliche Liebe?«

»Daß alle, die Gott lieben, seine Kinder sind.«

Sie hatte, als wir eintraten, eine zerlesene Schriftrolle beiseite gelegt; jetzt nahm sie sie wieder zur Hand und suchte einen Pslam heraus. »Darf ich ihn vorlesen?« fragte sie uns.

Ihre Stimme war sanft und melodiös wie der Ruf der Vögel bei Tagesanbruch.

»Ich aber will ihn zum Erstgeborenen machen, zum höchsten

unter den Königen der Erde.

Immerdar will ich ihm meine Gnade bewahren, und mein Bund soll ihm fest bleiben.

Ich will auf ewig sein Geschlecht erhalten und seinen Thron, solange der Himmel steht.«

Es war eine Freude, ihren Stolz zu sehen. Denn sie und Josef hatten ihr Leben um Jesus herum gebaut – Maria, weil sie an ihre Vision glaubte, und Josef, weil er an Maria glaubte. Sie flohen nach Ägypten, als Herodes der Große seine Suche nach dem Kind von Judäa bis nach Galiläa ausdehnte, und waren den Männern des Herodes nur um wenige Stunden voraus, als ihr Boot von Joppe nach Alexandria absegelte.

Sie hatten Freunde in Alexandria, und da sie im jüdischen Viertel wohnten, war es fast, als lebten sie in Jerusalem. »Wir hatten unsere eigenen Tempel, unseren eigenen Gottesdienst, unsere eigene Sprache und Gebräuche. Die Juden der Diaspora freuten sich, daß wir kamen, und konnten nur noch vom Messia reden. Sie hatten Gerüchte gehört: In Bethlehem sei ein neuer König geboren worden, der Israel eines Tages vom fremden Joch befreien werde; und sie warteten ungeduldig auf diesen Tag, damit sie als freie Menschen nach Israel zurückkehren konnten.«

Es schien seltsam, daß so viele Juden Ägypten der eigenen Heimat vorzogen.

»Aber stand Ägypten denn nicht auch unter römischer Herrschaft?« fragte Matthäus.

Maria lächelte. »Ja, aber die Juden von Alexandria waren Nichtseßhafte, die nicht das Gefühl hatten, Ägypter zu sein, daher kümmerte es sie wenig, ob sie die Steuern an Rom oder an den Pharao zahlten.«

In Alexandria, das eine größere jüdische Bevölkerung aufwies als sogar Jerusalem, wuchs Jesus nahezu auf, als wäre er in Israel. Er war ein Wunderkind, das nicht nur seine Eltern, sondern auch die Rabbiner in Erstaunen versetzte. Mit vier Jahren beherrschte er Hebräisch, mit sechs Griechisch und Latein. Den ganzen Tag hockte er über Talmud und Thora und lernte die Psalmen Davids und die Lieder Salomos auswendig.

Tag für Tag suchte er die berühmte Bibliothek von Alexandria auf, die mehr Bücher über Geschichte, Philosophie und Okkultismus enthielt als alle Bibliotheken der Welt zusammen. Er ging am liebsten allein, und Maria gab seinen Wünschen nach, denn er machte schon damals den Eindruck, reif und weise zu sein. Manchmal fand sie ihn auch im Streitgespräch mit Rabbinern und Schriftgelehrten.

»Sie diskutierten über den Messia«, berichtete sie, »und er nickte ernst, wenn sie aus den Propheten zitierten.«

»Niemand wird ihn erkennen, wenn er kommt«, hatte sie ihn einmal sagen hören, »denn ein Prophet gilt nichts in seinem Land und bei seinem Volk.«

Als er das näher erklärte, sahen sie ihn respektvoll an. »Sie werden alle etwas von ihm verlangen, das zu geben er nicht von Gott gesandt wurde. Die Kranken werden geheilt werden wollen, die Armen werden Reichtum erbitten, und die Reichen möchten ihren Reichtum mitnehmen.« Schon als Achtjähriger beschäftigten ihn diese Dinge. »Und alle wollen von Rom befreit und von der Besteuerung erlöst werden.«

»Wenn der Messia nicht zur Befreiung Israels kommt, dann sind wir all diese Jahre lang von Jesaja, Ezechiel, Zacharia und Jeremia getäuscht worden«, wandte ein Gelehrter ein. Seine Stimme enthielt eine winzige Spur freundlicher Ironie.

Der Knabe ließ sich nicht aus der Ruhe bringen. »Das Heil Israels liegt nicht in den Dingen dieser Welt, sondern in der Kenntnis des Weges zum ewigen Leben.«

Die Zeloten spotteten über die Vorstellung, ein Messia werde nicht einem zweiten David oder Saul gleichen.

»Wie soll er den Thron Davids ersteigen«, bemerkte der aufrührerische Abbas-bar-Hedekia, »wenn er diese Auszeichnung nicht in der Schlacht gegen den Feind errungen hat?«

Der Knabe lächelte. »Siehst du, selbst einer, der nur von den Propheten spricht, gilt hierzulande nichts.«

Sie ließen ihn gewähren, da er so jung war und wegen des Ausdrucks von Entrücktheit, der ihm eine seltsame Würde verlieh. Mit ihren kleinen Spielereien prüften sie sein Wissen und hielten zugleich das Bewußtsein ihres Judentums wach.

Maria hatte verwirrt zugesehen, wie sie ihm ihre Fragen entgegenschleuderten.

»Sag uns«, meldete sich ein anderer Gelehrter, »was weißt du von den zwölf Stämmen Israels?«

Jesus musterte ihn freundlich mit seinen blauen Augen und antwortete:

»Das, was du auch weißt, Herr, oder das, was du nicht weißt?«

»Nenne mir, Herr«, imitierte ihn der Gelehrte, »die zwölf Söhne Jakobs, nach denen die zwölf Stämme benannt sind.«

»Sie sind nicht nach den zwölf Söhnen benannt«, entgegnete der Knabe, »sondern nach den zehn Söhnen und den beiden Enkeln Ephraim und Manasse, den Söhnen des Josef, der von seinen Brüdern in die Sklaverei verkauft wurde, im Lande Ägypten jedoch zu großen Ehren gelangte.«

Der Gelehrte hob angenehm überrascht die Brauen.

»Und die zehn anderen?«

»Ruben, Simeon, Juda (mit einem Blick zu seiner Mutter, die vom judäischen Stamme David war), Sebulon, Issachar, Dan, Gad, Ascher, Naphtali und Benjamin.«

»Und was ist mit Levi, dem zwölften Sohn – welchem Stamm gab er seinen Namen?«

»Dem dreizehnten Stamm Israels«, kam prompt die Antwort. »Doch da alles Land bereits verteilt war und die Leviten keinen eigenen Anteil hatten, wurden ihre religiösen Aufgaben von bestimmten Städten unterstützt; später wurden sie Tempelbeamte.«

Alle, außer dem finsteren Abbas-bar-Hedekia, klatschten erfreut in die Hände.

Dieser musterte den Knaben mit schiefem Blick. »Fragt dieses Wunderkind doch, was er über die Teilung Israels weiß, und wann es wieder geeint werden wird.«

Der Knabe erwiderte den Vorstoß mit einem Lächeln.

»Zur Zeit Rehabeams, eines Sohnes Salomo, lösten sich zwölf

Stämme und bildeten das Nordreich, das Israel genannt wurde. Während das Südreich, Benjamin und Juda, mit Jerusalem als Hauptstadt als Juda bekannt wurde.«

Bar-Hedekia blickte finster drein. »Das weiß jedes Schulkind. Aber sage mir, mein junges Genie, wann wird Gott wieder auf ein geeintes, von Tyrannei und Besteuerung befreites Land herablächeln?«

Der Knabe erhob sich vom Boden, wo er mit gekreuzten Beinen gesessen hatte. »Wenn dieses Volk, Herr, wieder mit seinem Gott vereint ist.«

Das Gespräch wandte sich unweigerlich dem Messia zu, denn nahezu alle waren sich darin einig, daß er Israels einzige Hoffnung darstellte.

»Wann«, fragte bar-Hedekia, »ist der Messia zu erwarten?«

»Wann Gott es will«, kam prompt die Antwort.

»Und wann mag das sein, o Erleuchteter?«

»Siehe in dein eigenes Herz und in das deines Nächsten.«

»Alles Gemeinplätze. Denn die Propheten haben uns viele Zeichen genannt, nach denen wir Ausschau halten sollen.«

»Wir brauchen nicht außerhalb unserer selbst zu suchen.«

Bar-Hedekia war kein leichter Gegner.

»Jesaja«, sagte er, »hat einen Zeitpunkt für das Kommen des Herrn genannt: ›Alsdann werden die Augen der Blinden aufgeschlossen, und die Ohren der Tauben werden aufgetan.‹«

»Richtig«, antwortete der Knabe, »doch dies ist nicht der Grund, sondern nur ein Zeichen seines Kommens.«

Gelegentlich erschienen auch Besucher. Josef von Arimatäa kam ebenso wie Simeon, und sie verbrachten praktisch ihre gesamte freie Zeit mit den Eltern und dem Knaben. Josef, der in Alexandria zu tun hatte, hielt sich wochenlang dort auf und nahm den Knaben mit auf Ausflüge in die Stadt, in die Viertel der Einheimischen und sogar in den Palast eines römischen Tribuns, den er im Laufe seiner Geschäfte viele Male bestochen hatte.

Der Tribun, L. Pontius Aquilinus, galt viel in Rom, da er erfolgreich eine Legion gegen die Germanen geführt hatte.

Aquilinus staunte über den Knaben.
»Ich habe einen Sohn, der nur wenige Jahre älter ist«, sagte er seufzend, »aber mein Dienst am Reich hält mich leider von meiner Familie fern.«
»Wie heißt der Junge?« erkundigte sich Josef höflich.
»Pontius Pilatus«, antwortete der Tribun. »Ein ehrgeiziger Bursche; ich hoffe, daß er eines Tages in meine Fußstapfen tritt.«
Zu jener Zeit bedeutete der Name nichts.
Diese Freundschaft aus der Vergangenheit mag der Grund gewesen sein, warum Josef von Arimatäa so leichten Zugang zu Jesus hatte.
Josef von Arimatäa führte viele Gespräche mit der Mutter. »Ich werde euch Nachricht geben, wenn ihr in Sicherheit zurückkehren könnt«, versprach er ihr.
Er hatte sein Wort gehalten und sie umgehend benachrichtigt, als Archelaus, der Sohn des Herodes, der die Furcht seines Vaters vor dem geweissagten Nachfolger teilte, nicht mehr regierte. Und so kehrten sie in den letzten Jahren des Kaisers Augustus unauffällig in ihre Heimat zurück, ließen sich jedoch statt in Juda, wo die Frühreife des Knaben unerwünschte Aufmerksamkeit erregen mochte, wieder in Galiläa nieder.
Sie lebten einfach in einem einstöckigen, strohgedeckten Kalksteinhaus, überschattet von Zypressen, unter denen der Knabe zu sitzen und zu lesen pflegte. Er spielte nicht mit anderen Kindern, sondern zog es vor, sich mit Erwachsenen zu unterhalten.
Als wir ihrem Blick folgten, deutete sie durchs Fenster auf eine baumüberschattete Bank. »Dort draußen saß er stundenlang und las und las in den heiligen Büchern, bis das Gesetz keine Geheimnisse mehr für ihn barg«, erklärte sie.
Sekundenlang war ich verblüfft. »Soll das heißen, daß er in diesem Hause aufgewachsen ist?«
Sie nickte. »Bis er nach Bethabara aufbrach.«
Als ich die schlichten Stühle und Tische betrachtete, wurde ich ganz aufgeregt bei dem Gedanken, daß sie vielleicht von ihm selbst angefertigt worden waren. Sie waren solide und kunstvoll

zusammengefügt.

»Dürfte ich sein Zimmer sehen?« fragte ich sie.

Schweigend führte Maria uns durch einen dunklen Flur bis in ein Eckzimmer. Es war ein kleiner Raum, aber sehr hell, und auf einem leichten Holztisch neben dem schmalen Bett stand ein Wasserkrug. An den Wänden hingen drei ungerahmte Aquarelle. Eines zeigte Maria, ein anderes einen Hirten mit seinen Schafen. Das dritte, das meinen Blick sofort auf sich zog, einen Kranz dunkler Wolken, durch die ein blendend helles Licht hervorbrach, das von der Leinwand selbst auszustrahlen schien.

Wir sahen Maria fragend an.

»Ja, er hat es selbst gemalt.«

»Dieses Licht«, sagte ich, »so etwas habe ich noch nie gesehen.«

Sie seufzte. »Er hat nie davon gesprochen, aber ich wußte, daß es auf einer Vision beruhen muß.«

»Ich sehe aber keine Engelsgestalt«, wandte ich ein.

Ein Ausruck unbestimmter Zärtlichkeit trat auf ihre weichen Züge. »Es war kein Engel, den er sah.«

Das Leben war sehr friedlich verlaufen; sie wohnten am Rand des Dorfes und bekamen nur wenig Besuch. Da es in Nazareth keine Synagoge gab, reisten sie zuweilen nach dem nahegelegenen Magdala oder Kapernaum zum Sabbatgottesdienst, zumeist aber beteten sie zu Hause. Es war nicht notwendig, ihn zur Schule zu schicken, da er eine gründlichere Kenntnis des Talmud und der Thora besaß als jeder Gelehrte, von dem sie wußten, und sich sogar in den Mysterien der Kabbala auskannte, die er in Alexandria studiert hatte.

Er war von einer unerschöpflichen Neugier auf Jerusalem und den Tempel erfüllt, doch sie warteten, bis der Zeitpunkt für die traditionelle Einsegnung herankam, ehe sie seine Neugier befriedigten. Daher war er zwölf, als sie wieder eine Reise unternahmen und mit anderen Pilgern zum Paschafest nach Jerusalem zogen. Die Stadt wimmelte von dreihunderttausend Besuchern. Und da keine Herbergen zur Verfügung standen, lagerten sie mit Tausenden anderer Menschen an den Hängen des Ölbergs, um jeden Tag zur Opferung der heiligen Lämmer im Hof der Priester in den Tempel hinabzusteigen.

Es war kein restlos ermutigendes Erlebnis gewesen. Jesus hatte nicht verstanden, warum seine Mutter während des Gedenkgottesdienstes für den Auszug der Juden aus der Knechtschaft in Ägypten nicht bei ihm und Josef sitzen durfte.

»Warum, Herr«, wandte er sich an Josef, »gelten Frauen nicht das gleiche wie Männer?«

Obwohl der Knabe ihn niemals Vater rief, standen sie einander sehr nahe, und Jesus erwies ihm alle in den Zehn Geboten vorgeschriebenen Ehren.

»Weil sie anders sind«, gab Josef zurück.

»Aber dadurch nicht geringer.«

»Es ist ein Brauch von alters her.« Achselzuckend suchte Josef Zuflucht bei der Tradition.

»Männer und Frauen sollten bei diesem Zwiegespräch mit ihrem Gott nicht voneinander getrennt werden.«

Später begaben sie sich in den Hof der Priester, wo die Opferlämmer unter entsetzlichem Geblöke zur Schlachtbank geführt wurden und das Blut über die Becken auf die Leviten und die Volksmenge spritzte. Diesmal war Jesus dankbar, daß seine Mutter auch zu diesem Hof keinen Zutritt hatte.

Josef sah, daß der Knabe beunruhigt war. »Was ist los, Josua?«

»Gefällt es Gott, daß diese Tiere in seinem Namen geschlachtet werden?«

Josef erhob beide Hände. »Es ist die Religion Abrahams, Isaaks und Jakobs, die alle lebende Tiere geopfert haben, um Jehova ihre Ehrerbietung zu erweisen. Es ist nicht an uns, diese Dinge zu ändern.«

Maria hatte ihn besser verstanden. »Er sieht Gott als einen, der alles liebt, was er auf diese Erde gebracht hat. Ist das so verwunderlich, Josef?«

Josef schüttelte den Kopf. »Ich mache mir nicht so sehr Sorgen um die Welt als um ihn. Es wird sein, als renne er mit dem Kopf gegen die Tempelmauer. Du kannst dir selber ausmalen, was von beiden zuerst entzweigeht.«

Daß er so anders war, machte ihr Sorgen; gleichzeitig aber wußte sie, daß er anders sein mußte. Stolz sah sie zu, wie er Monate vor der üblichen Zeit die Mannesweihen erhielt. Die Pilger aus Nazareth drängten herbei und gratulierten ihr zu diesem Triumph. Jetzt war er kein Knabe mehr, sondern ein Bürger Israels, wenn auch natürlich immer noch ein Untertan der Römer.

Es war ein fröhliches Paschafest für alle gewesen. Und mit einer trotz ihrer Müdigkeit tiefen Genugtuung sammelte sich die Pilgerschar für die Reise zurück nach Nazareth. Da seine Eltern glaubten, er habe sich Freunden angeschlossen, waren sie schon einige Zeit unterwegs, ehe sie ihn vermißten. Sie erkundigten sich voll Sorge, doch niemand konnte sich erinnern, ihn nach dem Verlassen des Tempels gesehen zu haben.

Josef überlegte angestrengt. »Er muß aber doch gemeinsam mit uns ins Lager zurückgekehrt sein.«

Ein altkluges Mädchen von zwölf Jahren, das Augen für den geistesabwesenden jungen Mann gehabt hatte, erklärte jedoch, sie habe ihn zuletzt im Hof der Ungläubigen mit einer Gruppe Rabbis und Gelehrter gesehen.

Josef und Maria kehrten gemeinsam um und baten die Karawane, ohne sie weiterzuziehen. Als sie sich dem Tempel näherten, hörten sie die Menschen von einem Knaben reden, der sich in der Pforte des Salomo mit den größten Gelehrten Israels ein Rededuell liefere. Ängstlich drängten sie sich durch den Hof der Ungläubigen, und dort sahen sie tatsächlich den Knaben, wie er sich ernst mit einem graubärtigen Mann in kostbaren Gewändern unterhielt.

Die Neugierigen wahrten respektvollen Abstand, denn es geschah selten, daß sich der große Gamaliel unters Volk mischte. Verwundert und mit einem bangen Gefühl hörten die Eltern, wie ihr Sohn kühn dem Nasi Israels Rede und Antwort stand.

»Warum, Rabbi«, fragte er, »sollte Jehova so zornig über das israelische Volk sein?«

»Weil sie alle Sünder sind und die Gebote nicht halten.«

»Aber ist er nicht unser Schöpfer und unser Vater, der uns in seiner unendlichen Güte nach seinem Abbild geschaffen hat?«

Gamaliel sah ihn aufmerksam an. »Sag, was du denkst, junger Mann, und stelle mir keine Fallen!«

Jesus hatte Maria und Josef am Rand der Menge entdeckt.

»Ist mein irdischer Vater gerechter als Gott, und gnädiger?«

»Natürlich nicht!« fuhr Gamaliel auf. »Ist dies wieder eine von deinen Tricks?«

»Aber mein Vater Josef hat immer Geduld mit mir und schilt mich nie, selbst wenn er ärgerlich über mich ist.«

»Das ist bewundernswert«, erwiderte Gamaliel. »Aber was hat das mit dem einen Gott zu tun?«

»Er ist unser himmlischer Vater, nicht wahr? Nun, als unser Schöpfer und unser aller Vater, der doch wissen muß, was er geschaffen hat, mit allen Schwächen, müßte er nicht mindestens so gnädig sein wie mein irdischer Vater, der ja auch nur sein Geschöpf ist?«

Die Menge applaudierte begeistert, und selbst der Reb Gamaliel, der einen würdigen Gegner zu schätzen wußte, klopfte dem Knaben auf die Schulter. »Du hast richtig argumentiert, aber du hast eines vergessen: Gott spricht durch die Propheten, und niemand wagt in Frage zu stellen, was Jesaja, Ezechiel und die anderen durch ihn sagen. Sprichst du mit mehr Autorität als Jesaja?«

Der Knabe erwiderte seinen Blick frei. »Mein Vater straft nicht die Sünder, sondern erlöst die Gerechten.«

Gamaliels Verhalten zeigte deutlich, daß er Freude an der Debatte hatte.

»Was gibt es noch über deinen himmlischen Vater zu sagen?«

»Er wäre nicht erfreut darüber, daß ein betrunkener Ungläubiger gesteinigt wurde, weil er in seiner Trunkenheit aus dem Hof der Ungläubigen in den Hof Israels geraten ist.«

»Aber den zu betreten ist allen Nichtjuden verboten, und die Warnschilder sind deutlich zu lesen.«

»Es ist jedoch erkennbar, daß er berauscht war.«

»Den Gesetzen muß Geltung verschafft werden, junger Mann,

sonst würde es bald keine Gesetze und kein jüdisches Volk mehr geben.«

Der Knabe runzelte die Stirn.

»Es ist nicht mal eine Frage der Begnadigung«, erwiderte er. »Denn kann man nicht folgern, daß der Gott, der das Universum erschaffen hat, auch die Ungläubigen erschaffen hat?«

»Aber die Juden sind, da sie nur ihn anbeten, sein Auserwähltes Volk. Das hat er Mose und den anderen Propheten gesagt.«

Jesus lächelte so strahlend, daß die gesamte Versammlung von Licht übergossen schien. »Doch hat nicht Jesaja gesagt, er werde einen Messia senden, der nicht nur ein Licht für Israel, sondern für alle Völker sein werde?«

Gamaliel trat zurück und starrte ihn mit großen Augen an.

»Wer bist du?« fragte er ihn schließlich. »Und wer sind deine Eltern?«

Rasch traten Maria und Josef vor. Als Josef sich entschuldigen wollte, wurde er sanft von Maria unterbrochen. »Wir sind aus dem Haus Davids, Herr, und glauben, wie unser Sohn, an David und die Propheten. Er ist ein guter Sohn.«

Gamaliel musterte sie aufmerksam. »Es ist richtig, daß ihr euch nicht entschuldigt. Eines Tages wird Israel mehr über diesen Knaben hören. Dessen bin ich sicher.«

Jesus betrachtete ihn gelassen.

»Ich werde jetzt mit meinen Eltern gehen. Doch wir werden noch einmal miteinander sprechen. An einem Ort nicht ferne von hier.«

Jetzt staunte ich darüber, wie die Wege dieser beiden sich gekreuzt hatten, und erschrocken fiel mir ein, wie nachdenklich Gamaliel bei diesem Namen geworden war.

»Gamaliel ist ein Mann, den ich nicht zum Feind haben möchte«, stellte ich fest.

Sofort bedauerte ich jedoch meine Bemerkung, denn ihr Blick wurde tieftraurig.

»Er hat keine Freunde außer seinem Vater«, antwortete sie.

8

Die Jünger

Nur ich glaube, daß er Gott ist und alles tun kann, was er will.

Simon Zelotes protestierte. »Aber er spricht von Gott als seinem Vater. Ist der Sohn nicht geringer als der Vater?«

»Der Sohn ist der Vater, der Vater ist der Sohn. Hat nicht Johannes, als er mit Petrus vom Berg kam, gesagt, sie hätten im Flüstern des Windes gehört: ›Mein Sohn bist du; ich habe dich heute gezeugt. Heische von mir, so gebe ich dir Völker zum Erbe, die Enden der Erde zum Eigentum‹?«

Simon setzte eine zweifelnde Miene auf. »Aber das ist nur ein Psalm.«

»Warum sagst du, *nur* ein Psalm, wenn er doch vom Geiste ist und niemand weiß, woher er kommt?«

»Nur Gottes Wille ist gewiß.«

»Aber dies *ist* Gottes Wille, eine Stimme, die von allen gehört wurde, obwohl sie nicht aus menschlichem Mund kam. Wichtig ist nur, daß Jesus glaubt, er werde geführt. Denn, heißt es im Psalm nicht auch: ›Du magst sie zerschlagen mit eisernem Stabe, magst sie zerschmeißen wie Töpfergeschirr‹?«

Simons Stirn zeigte noch immer Falten. »Er scheint mir eher ein Fürst des Friedens anstatt der Tat zu sein. Mit dem Täufer, ja, das war etwas anderes. Der war wahrlich ein Makkabäer.« In seiner Stimme schwang eine Andeutung von Bedauern mit.

»Wir sind Gottes Volk«, erwiderte ich. »Da wir ihn allein anbeten, sind wir auch allein sein Volk. Und so kann es keinen Aufstand geben ohne seine Zustimmung.«

Simon schüttelte bedrückt den Kopf. »Der Makkabäer hatte in Gott einen guten Schwertarm.«

Um ganz ehrlich zu sein: Ich mußte zugeben, was ich zuvor nicht offen eingestanden hatte. »Die Römer sind nicht die Syrer, trotz aller Schwächen. Wir brauchen Jesus. Denn niemand, der seine Wunder sieht, kann seine gottgegebene Kraft in Frage stellen.«

Simon war Soldat, daher konnte man ihm verzeihen, daß er meinem Gedankengang nicht zu folgen vermochte.

»Juda«, sagte er ein wenig traurig, »er mag im Himmel zwar ein Gott sein, auf Erden jedoch ist er allzu menschlich. Ich habe ihn gesehen, wie er müde und entmutigt war. Ja, wie ich hörte, hat er sogar geweint, als sein Vater Josef starb. Wenn die Toten wiedergeboren werden, warum sollte er dann Trauer empfinden?«

»Das ist, als müßte man sich von einem guten Freund trennen, nichts weiter. Warst du nicht traurig, als du dein Weib und dein Kind verlassen hast, um mit dem Meister zu ziehen?«

Ich hatte einen unglückseligen Vergleich gewählt.

»Manchmal frage ich mich, ob es sich gelohnt hat«, seufzte er.

»Er weiß, was die Jünger von ihm sagen. Erst gestern abend habe ich ihm aus der heiligen Schriftrolle einen Psalm vorgelesen, und er meinte, wir sollten ihn alle lesen.«

Er sah mich an. »Taten, Juda – nicht Worte!«

»Worte sind ebenfalls Waffen und schlagen zuweilen tiefere Wunden als das Schwert.«

»›Nun denn, ihr Könige, werdet weise, lasset euch warnen, ihr Richter auf Erden! Dienet dem Herrn mit Furcht, und mit Zittern küsset seine Füße, daß er nicht zürne und euer Weg nicht ins Verderben führe; denn leicht könnte sein Zorn entbrennen. Wohl allen, die ihm vertrauen!‹«

Simon hörte mir gutmütig zu. »Hoffentlich hast du recht. Es würde die Sache sehr erleichtern. Vorerst aber treffe ich mich mit Josua-bar-Abbas, Cestus und Dysmas wegen der Bewaffnung der Idumäer und der syrischen Juden. Den Disput mit den Söhnen Israels überlasse ich dir. Die sind zuviel für einen Galiläer wie mich.«

»Aber nicht für unseren Galiläer.«

Immer, wenn die Situation kritisch wurde – zum Beispiel, als der Täufer verhaftet und in den Kerker des Herodes geworfen worden war –, konnten wir sicher sein, daß wir bald wieder unterwegs sein würden. »Meine Zeit ist noch nicht gekommen«, pflegte er zu sagen. »Es müssen immer noch Seelen gefangen werden.«

Und so zogen wir von En-Gedi im Land des Täufers nach Jerusalem, Galiläa und sogar nach Samaria, lagerten bei Nacht in Höhlen oder an bewaldeten Hängen, holten uns Nahrung von den Feldern oder kauften jeden Tag das, was wir brauchten, während wir Almosen nur annahmen, wenn wir in Häusern übernachteten, die unseren Gebeten offenstanden.

Außerhalb der Heiligen Stadt hatte es die ganze Nacht geregnet. Bis auf die Haut durchnäßt, musterte ich das zusammengewürfelte Häuflein der Jünger und fühlte mich vorübergehend tief bedrückt bei dem Gedanken an die ungeheuren Hindernisse, die unserem Vorhaben im Weg standen.

Verdrossen blickte ich mich am Lagerfeuer um. Ich sah nicht ein, wieso die Apostel eine Hilfe sein sollten. Sie waren hauptsächlich gewählt worden, weil sie Galiläer und so zuverlässig waren, wie es vertraute Dinge zu sein pflegen. Es hieß allgemein, die Galiläer liebten die Ehre mehr als das Geld. Doch in Galiläa gab es auch wahrlich wenig Reichtum, daher war dies kein großes Verdienst. Aber sie waren ein harter Menschenschlag. Sie hatten unter Juda dem Galiläer gekämpft und, wie wir wußten, tapfer, wenn auch blindlings gegen die Wasserleitung demonstriert, obwohl diese Sache sie nicht direkt anging.

Es war von Anfang an notwendig gewesen, die judäische Herkunft des Meisters zu betonen. Er hatte bisher am Rande der jüdischen Gesellschaft gelebt, um sich, bis Gott ihm das Wort gab, ganz in den Talmud und die Thora vertiefen zu können.

Die Pharisäer stellten seine bescheidenen Anfänge in Frage, doch Nikodemus erwiderte ihnen: »Verurteilt unser Gesetz einen Mann, bevor er gehört wurde und man genau weiß, was er tut? Ich sage euch, er ist ein Prophet.«

Sie lachten, aber nur, soweit sie es wagten. Denn Nikodemus

war so reich, daß er, wenn er gewollt hätte, die gesamte israelische Bevölkerung zehn Tage lang hätte ernähren können. »Suche nur, solange du willst«, spotteten sie immer noch, »denn aus Galiläa kommt kein Prophet. Sagt denn die Schrift nicht, daß der Messia aus dem Samen Davids kommt und aus der Stadt Bethlehem, wo David war?«

Zum Glück hatten wir Unterlagen über Jesu Geburt und fertigten davon Kopien an. Aber die Zweifler behaupteten, sein Geburtsort sei nichts als Zufall. Denn auch die Pharisäer hatten das Leben des Nazaräers durchforscht. Und sie vermuteten eine Verschwörung des einfachen Zimmermanns und seiner Anhänger, die einem ganzen Volk ein Märchen auftischen wollten.

Sie kannten sich aus mit dem Propheten Micha. »Und du, Bethlehem Ephrata, du kleinster unter den Gauen Juda, aus dir soll mir hervorgehen, der Herrscher in Israel werden soll; sein Ursprung ist in der Vorzeit, in unvordenklichen Tagen.«

Und während Bethlehem »Haus des Brotes« bedeutete, hieß Ephrata übersetzt »reich an Früchten« und symbolisierte die goldenen Weintrauben, die zum Gedenken an Israels reiche Zukunft über den Tempeltoren hingen.

Die Pharisäer hatten Erkundigungen über seine Familie eingezogen und bis auf Maria, die ausschließlich uns empfing, mit Jude, Jakobus, Simon und Josef gesprochen. Sie alle waren einfache, hart arbeitende Menschen und wiesen keinerlei Ähnlichkeit mit dem Meister auf. Sie waren Brüder, doch nicht von Geburt, denn sie waren nach den Tod ihrer eigenen Eltern als Vettern adoptiert worden. Sie wirkten ganz und gar wie die Galiläer in seiner Umgebung, die Fischer und Fischtrockner, die Zimmerleute, Tischler und Bootsbauer.

Von den Aposteln beeindruckte mich vor allem Andreas, denn sogar Simon Zelotes war ein wetterwendischer Bursche, der zuweilen glaubte, wir könnten Rom mit Waffen allein besiegen. Andreas, als erster auserwählt, war hellhäutig und schlank, stets bereit zu einem Lächeln. Er pflegte als Prellbock vor dem Meister zu stehen und die kleinen Klagen der anderen abzuwehren. Er besaß

Einfluß über alle außer Petrus, der ein Jahr jünger war als er, sich in seinem Eifer aber benahm, als sei er der ältere. Diese beiden waren die ältesten unter den Jüngern, höchstens zwei bis drei Jahre jünger als der Meister. Nahezu alle anderen waren etwa in meinem Alter, achtundzwanzig, bis auf den bartlosen Johannes. Er verkörpere das heraufdämmernde Mannestum Israels, erklärte der Meister. Er liebte ihn, weil er in ihm, in seiner Jugend und Unschuld, sich selber sah. Der andere Sohn des Zebedäus, Jacob, den Jesus Jakobus nannte, war still und ernst; er schien seine Familie zu vermissen. Die Söhne des Bootsbauers Alphäus, Waisenkinder und Zwillinge, bekamen ebenfalls neue Namen: aus Jacob wurde Jakobus, wegen seiner geringen Körpergröße der Kleine genannt, aus Juda wurde Jude, um ihn von mir zu unterscheiden. Jude bedeutete »Gelobter des Herrn«. Als Jesus Philippus seinen neuen Namen gab, hatte er lächelnd gesagt: »Das Wort für Lieben gefällt mir besser«, denn diese Bedeutung hatte der Name Philippus. Nathanael hieß das Zeichen für das Lob Gottes. Als geborener syrisch-griechischer Jude nannte man ihn zuweilen auch bar-Tolomäus, Sohn des Ptolemäus. Er war ein liebenswerter Mensch, aber ebenso durchschnittlich wie alle anderen.

Der Meister ging, wie immer, mit gutem Beispiel voran. Er ließ sich lieber Jesus nennen als Josua. Wir alle wunderten uns darüber, denn er hatte für alles, was er tat, einen Grund. Damit, daß er sich einen griechischen Namen zulegte, wollte er anscheinend den Ungläubigen etwas beweisen. Es war, als wolle er zu allen, nicht nur zu den Juden allein, sagen: »Ich bin Jesus Christus, der Heiland und Erlöser, der Gesalbte, der ewige Sohn Gottes.« Denn auf griechisch bedeutete dieser Name all das.

Was meinen eigenen Namen anging, so ergänzte er ihn mit dem der Heimat meiner Vorfahren in Kerijot oder Kariot, verlieh ihm aber einen Beiklang, der leicht mißdeutet werden konnte. Judas Ischariot hatte er mich genannt. »Ein Name«, behauptete er, »der ewig mit dem meinen verbunden sein wird.«

Ich fühlte mich geschmeichelt, doch gefiel mir der Klang des »SKR« nicht, der – beinahe ein Anagramm – in unserer Sprache das Symbol für einen Verräter ist.

Er lächelte. »Du hast nicht mich gewählt, sondern ich habe jeden einzelnen von euch gewählt.«

Warum sonst hätte er Petrus den Vorzug gegeben? Der war nämlich keineswegs der Fels, als den ihn sein neuer Name hinstellte. Er wirkte viel zu einfältig, begriff viel zu langsam. Einmal verlangte er, ich solle den Zwölfen Rechenschaft ablegen.

»Ich verantworte mich nur vor dem Meister selbst«, erwiderte ich steif.

»Aber«, entgegnete er, »der Meister nimmt alles hin, was du ihm sagst.«

»Und wie soll ich das auffassen?«

Der Ausdruck der Verlegenheit ließ sein frisches Fischergesicht noch tiefer erröten. »Es gibt Berichte«, stotterte er, »nach denen Geld für Waffen beiseitegeschafft worden sein soll.«

Wir hatten einige heimliche Spenden reicher Männer erhalten, zum Beispiel von Nikodemus und Josef von Arimatäa.

»Du bist der Fels«, antwortete ich ihm, »und ich bin der Schatzmeister. Gib mir den Fels, dann gebe ich dir die Schatztruhe.«

Er begriff überhaupt nicht, was ich meinte.

Weil aber Petrus so unsicher war, hielt es der Meister für notwendig, ihn immer wieder zu beruhigen. Ich hätte gedacht, Andreas und Jakobus, der Sohn des Zebedäus, wären bessere Adjutanten für ihn gewesen, denn sie waren selbstsicher und von praktischer Veranlagung. Petrus ließ sich leicht verunsichern. Aber der Meister sah offenbar eine Eigenschaft in ihm, die mir entging. Vielleicht war es eine tiefe Demut, aber wie hätte er anders sein können als demütig? Der Meister tat keine einzige Verrichtung selbst. Petrus brachte ihm Brot und Wein, wusch und flickte seine Kleider und war ständig um ihn bemüht. Wenn auch nichts anderes, so war er wenigstens ein guter Leibdiener.

»Jeder gute Baum trägt gute Früchte«, sagte der Meister einmal, »doch jeder morsche Baum trägt schlechte Früchte. Darum werdet ihr sie an ihren Früchten erkennen können.«

»Welche Frucht aber ist die gute Frucht, Meister?«

Wir hatten das Gleichnis natürlich alle verstanden – alle, bis auf »den Fels«. Der Meister war immer nachsichtig mit ihm. Er legte ihm den Arm um die mächtigen Schultern und sprach: »Jeder, der meine Worte hört und sie befolgt, ist einem klugen Manne zu vergleichen, der sein Haus auf Felsgrund gebaut hat. Da stürzte der Platzregen herab, die Ströme ergossen sich, die Winde brausten und prallten gegen das Haus, doch es stürzte nicht zusammen, denn es hatte festen Grund auf dem Felsen.«

Jesus tat nie etwas, ohne ein Motiv dafür zu haben. Er war kein sanfter, umgänglicher Mensch, der sich von der Strömung treiben ließ. Nichts geschah, ohne daß er darum wußte und es guthieß. Jede Handlung diente dem Zweck, eine Aussage zu bekräftigen oder uns mit den Gegebenheiten dieser Welt zu konfrontieren. Vor allem ließ er es sich angelegen sein, unsere Unternehmungen zu lenken, denn er wollte, daß seine Jünger das Wort verbreiteten. Er ernannte siebzig Jünger zur Unterstützung der zwölf. Und wie er es mit uns getan hatte, so schickte er auch sie in Paaren hinaus.

»Die Juden bringen das Heil«, erklärte er, »und als Juden sollt ihr das Heil in jedes Haus tragen. Ich sende euch wie Schafe mitten unter die Wölfe. Nehmt keinen Ranzen auf den Weg mit; auch nicht zwei Hemden; keine Schuhe, keinen Stab.«

Einige machten verständnislose Gesichter. Sie hatten ihr Heim, ihre Familie und ihre Arbeit im Stich gelassen, und nun schickte er sie aus, nur mit einem Hemd auf dem Leib, damit sie an fremde Türen klopften.

Obwohl ich den Geldbeutel gewissenhaft hütete, hielt ich es für richtig, diesen Missionaren wenigstens ein paar Pfennige mit auf den Weg zu geben, damit sie nicht allzu schnell der Verzweiflung über die Zurückweisung erlagen. Ihm lag viel weniger am Geld als allen anderen. Dennoch aber gebot er mir Einhalt.

»Der Herr wird für sie sorgen«, erklärte er.

»Wenn aber«, wandte ich ein, »der Hausherr ihnen die Türe weist – wo werden sie wohnen?«

»Die Himmelspforte ist wahrlich schwerer zu betreten als das Haus des stolzesten Pharisäers.«

»Aber wäre es nicht leichter, Meister, wenn sie besser für ihre Mission gerüstet wären?«

»Wie Soldaten, die von ihrem Troß getrennt sind, brauchen sie sich um nichts zu kümmern als die um Schlacht.«

»Aber sie sind Anfänger und haben nicht zu deinen Füßen gelernt wie wir.«

»Judas, Judas«, sagte er ein wenig spöttisch, »du willst Truppen gegen Rom führen und machst dir Gedanken um Bagatellen?«

»Meine Soldaten wären bewaffnet«, entgegnete ich.

»Diese sind auch bewaffnet: mit den Waffen des Herrn. Denn sie werden überall, wo sie sind, mit dem Glauben heilen, den ich ihnen gebe.«

Er tat die beiden Zeloten zusammen, die ich zu Jüngern gemacht hatte. »Cestus und Dysmas«, sagte er ernst, »ihr sollt bis zum Ende unzertrennlich sein.«

Er gesellte den schwerfälligen, geistig langsamen Simon-bar-Jona zu dem intelligenten neuen Jünger Johannes Markus, Jakobus zu seinem Bruder Johannes, Bartholomäus zu Nathanael, Jude zu seinem Bruder Jakobus dem Kleinen und den mißtrauischen Thomas zu dem liebenswerten Andreas.

»Und du, Juda, sollst dich eins fühlen mit Simon Zelotes.«

Ich hätte mir nichts Besseres wünschen können.

Beim Essen saß ich zu seiner Rechten, Petrus aber links von ihm, gleich neben seinem Herzen. Ich verschloß die Augen zwar nicht vor dieser Ehrung, doch schließlich war ich außer ihm selbst der einzige Judäer, der einzige Aristokrat und bis auf Matthäus, der bei der Beschlagnahmung des Eigentums der Unterdrückten schreiben gelernt hatte, der einzige offiziell Gebildete. Der junge Johannes war von Jesus unterrichtet worden und, wie Matthäus, ständig damit beschäftigt, Gott weiß was zu kritzeln.

Jesus sprach uns immer wieder Mut zu. »Ihr seid Werkzeuge Gottes«, betonte er, »ein jeder von euch aus einem besonderen Grund berufen. Du, Johannes, und du, Matthäus, ihr werdet eines Tages eure Botschaft bis in die entlegensten Winkel der Welt tragen. Du, Petrus, wirst eine Kirche bauen, die niemals untergehen wird. Du, Jakobus, hast mit mir gemeinsam die Verklärung erlebt. Du, Thomas, wirst meinen Triumph bestätigen und du, Juda –« mir stand das Herz still –, »wirst das Medium meiner Rettung auf dem Weg zum ewigen Leben sein.«

Die siebzig waren noch unscheinbarer als die zwölf: ein armseliger Haufen mit wirren Haaren und struppigen Bärten, nach tagelangen Märschen ungewaschen und zerzaust. Obwohl viele von ihnen durch die zwölf benannt worden waren, wurden sie alle von ihm bestätigt. Doch sie schienen mir nach ihrer Taufe ebenso ungeeignet für ihre Aufgabe zu sein wie zuvor. Bald allerdings mußte ich einsehen, daß er einen Fuchs ausschickte, um einen Fuchs zu fangen.

»Wie«, fragte ihn ein schmutziger *Amharetz,* »soll ein Händler wie ich, ein armer Lederverkäufer, einen Menschen von seiner Krankheit heilen? Ich bin kein Arzt.«

Jesus warf diesem zerlumpten Günstling des Petrus, der so sehr jenen glich, denen er helfen sollte, einen beruhigenden Blick zu.

»Du wirst in meinem Namen heilen, im Glauben an den Vater. Ich sende euch nicht in Paaren aus, damit ihr einander Gesellschaft leistet, sondern weil dann, wenn zwei sich einig sind, was erbeten werden soll, dieses Gebet von meinem Vater erhört werden wird. Und wo zwei oder drei in meinem Namen versammelt sind, da bin ich in ihrer Mitte.«

Er forderte sie auf, aus seinen Werken Mut zu schöpfen. »Was ich tue, das könnt ihr mit der Liebe des Vaters alle tun«, pflegte er bei jedem Aussätzigen oder Besessenen zu sagen, den er mit einer Berührung der Hand und ein paar schlichten Worten heilte.

Aber wir alle wußten genau, daß er aus anderem Stoff gemacht war als wir. Denn obwohl wir zu seinen Füßen saßen und mit ihm gemeinsam speisten und tranken, gab es doch eine nie genau definierte Kluft, die ungefähr der zwischen Herrn und Diener glich. Er war uns überlegen – nicht so sehr aufgrund seines Wesens wie aufgrund unseres eigenen Gefühls, er sei um soviel größer als wir. Zu sprechen wagten wir nur, wenn er uns dazu aufforderte. Niemand, nicht einmal Petrus oder Johannes, redete ihn anders an als

Meister. Aus diesem Grund wußte die Volksmenge nur sehr wenig über ihn, obwohl alle sehr neugierig waren. Denn er hatte uns angewiesen, selbst dann, wenn er seine Wundertaten vollbrachte, niemandem etwas über seine Herkunft und seine Aufgabe mitzuteilen, es sei denn, es ergäbe sich von selbst.

Er versuchte jedem von uns das Gefühl zu vermitteln, er sei etwas Besonderes, hob die verschiedenen Eigenschaften der einzelnen hervor, obwohl wir alle dieselbe Arbeit taten. »Theoretisch«, sagte er, »vertretet ihr die Zwölf Stämme und die zwölf Typen, die der astrologische Tierkreis darstellt.«

»Verteidigst du diesen Götzendienst der Babylonier?« fragte ich.

»Nur insofern, als er Gottes Ordnung im Weltall und ihre Beziehung zu den Menschen spiegelt.«

»Aber ist das nicht ein heidnischer Glaube?«

»Kennst du die Psalmen nicht, Juda? Sogar ein abtrünniger Pharisäer müßte doch dieses Wissen besitzen.« Er hob den Blick fromm zum Himmel. »Die Himmel erzählen die Ehre Gottes, und die Feste verkündigt das Werk seiner Hände. Ein Tag sagt es dem anderen, und eine Nacht tut es der anderen kund – ohne Sprache, ohne Worte, mit unhörbarer Stimme.«

»Tragen wir darum das Zeichen der Fische?«

»Die Sterne verkündeten die Geburt des Menschensohnes, und sie werden auch seinen Tod anzeigen.«

Jetzt umdrängten ihn auch die anderen Jünger. »Aber Meister, du sagst doch, es gibt keinen Tod!«

»Der Tod, Juda, ist ein guter Freund, dem man auf dem Weg zu einer Weide begegnet, die grüner ist als alles, was du bisher kanntest.«

Während die Jünger überall durch die Lande zogen, blieb die Kerngruppe der Apostel bei ihm. Seit der Gefangennahme des Täufers war er immer besorgter um uns geworden. Auf dem Weg von Judäa nach Norden befahl er uns, um den Behörden zu entgehen, die größeren Ansiedlungen liegen zu lassen und auf Seitenwegen durch Samaria zu ziehen, das die Pilger auf ihrer Reise nach Jerusalem und zurück gemeinhin mieden.

Als Galiläer war Simon-bar-Jona mit dem Los der Pilger vertraut, die durch das Gebiet dieser gottverlassenen Menschen kamen, die sich selbst als Juden bezeichneten.

»Aber Meister, diesen schlechten Samaritern macht es Spaß, die Gläubigen auf dem Weg in die Heilige Stadt zu überfallen und zu steinigen. Sie pflegen sie sogar bei Nacht mit Feuern auf den Hügeln irrezuführen, so daß sie glauben, es dämmere schon, und sich viel zu früh auf den Weg machen. Wäre es nicht einfacher, östlich des Jordans durch Peräa und Dekapolis zu ziehen und das Galiläische Meer nach Kapernaum zu überqueren?«

»Einfacher vielleicht, aber nicht so lohnend. Wenn ich den samarischen Tempel am Berg Geritzim sehe, muß ich an die Seichtheit dieser großen Kirchen denken, die der Mensch für den Menschen baut. Denn Gott, der nicht so überheblich ist wie der Mensch, gibt sich mit seinem eigenen Himmel und seinen eigenen Wiesen zufrieden. Und dennoch suchen die Samariter, von den Israeliten aus dem Tempel verjagt, sie auf dieselbe Art zu übertreffen.«

Als wir jedoch immer noch Angst hatten, mit diesem primitiven Volk zusammenzutreffen, erzählte er uns ein Gleichnis, mit dem er in Dekapolis einmal einen spitzfindigen Rechtsgelehrten aus Philadelphia verblüfft hatte.

Ein paar Räuber, sagte er, hätten bei Jericho brutal einen Mann überfallen und ihn für tot auf der Straße liegen lassen. Seine Not wurde zuerst von einem Tempelpriester ignoriert, und anschließend von einem Leviten, die beide absichtlich auf die andere Straßenseite hinüber wechselten. Dann jedoch kam ein Samariter des Wegs. Er verband die Wunden des Fremden, brachte ihn in eine Herberge und sorgte dort für ihn, ja, bezahlte sogar die ganze Rechnung, ehe er weiterzog.

»Wer von diesen dreien«, fragte der Meister, »ist dem zum Nächsten geworden, der von den Räubern überfallen war?«

Simon-bar-Jona platzte heraus: »Nun, der gute Samariter natürlich.«

Weitere Fragen gab es nicht, das heißt, Simon-bar-Jona mußte uns, wie üblich, zeigen, wie fromm er doch sei.

»Herr«, fragte er, »wie oft darf mein Bruder gegen mich sündigen, und ich muß ihm vergeben? Ist beim siebenten Mal die Grenze erreicht?«

»Ich sage dir: Nicht beim siebenten, sondern beim siebenundsiebzigsten Mal!«

Matthäus hatte den Kopf gehoben.

»Und wenn wir nicht vergeben, Meister?«

»Dann geht es nicht gut aus. Denn wenn ihr den Menschen ihre Verfehlungen vergebt, so wird sie euer himmlischer Vater euch auch vergeben. Und wenn ihr sie den Menschen nicht vergebt, so wird euch euer Vater eure Verfehlungen auch nicht vergeben.«

Das war leichter gesagt als getan.

Von Jerusalem aus nahmen wir die Bergstraße, und zwar bei Nacht, um der Maihitze zu entgehen. Am Nachmittag spürten wir dankbar den sanften Wind, von dem Boas seine Gerste durchblasen ließ, und am Abend kamen wir nach Sychar, wo wir an dem Brunnen haltmachten, den der Patriarch Jakob seinem Sohn Josef geweiht hatte. Da wir aber nach Norden zogen, von Jerusalem weg, wurden wir nicht von den Samaritern belästigt. Sie kämpften auch eher gegen die Hierarchie als gegen das Volk selbst. Es war eine sehr alte Fehde. Sie waren vom Tempel ausgesperrt worden, da ihre Vorfahren Gott gelästert hatten, indem sie sich zwei riesige goldene Kälber als Abbild des Herrn gossen. Aus Rache dafür hatten sie sich später in den Tempel geschlichen und das Heiligtum mit menschlichem Unrat geschändet. Die Fehde ging immer weiter, und kein dem Tempel anhängender Jude wollte in Samaria übernachten, vor allem nicht an jenem Brunnen, wo Jesus uns geheißen hatte, das Lager aufzuschlagen. »Das Wasser von Samaria«, sagten die Rabbiner, »ist unreiner als das Blut der Schweine.«

Aber Jesus hatte keine Bedenken, sich mit den Samaritern einzulassen, oder auch sonst mit jedem anderen, der Interesse an seinem himmlischen Königreich zeigte. »Mein Vater«, erklärte er uns lächelnd, »kann sogar das Blut der Pharisäer rein machen.« Und so schickte der Meister uns, nachdem wir neben diesem

Schrein Josefs das Lager aufgeschlagen hatten, ins Dorf, um Vorräte einzukaufen, während er selbst am Brunnen ausruhte und meditierte. Bei unserer Rückkehr sahen wir ihn mit einer Frau sprechen, die einen Wasserkrug in der Hand hielt. Als ich näher kam, hörte ich, was sie sagten.

»Wie kannst du als Jude von mir, einer samaritischen Frau, zu trinken begehren, da doch die Juden nicht mit den Samaritern verkehren?«

Der Meister schüttelte den Kopf. »Es gibt weder Israeliten noch Samariter, Galiläer und Römer. Alle sind sie Gottes Kinder und können vom Lebenswasser trinken.«

Sie sah ihn stirnrunzelnd und verständnislos an.

»Was hat er jetzt wieder vor?« flüsterte mir Simon Zelotes ins Ohr.

»Immer dasselbe«, gab ich ebenfalls flüsternd zurück. »Es geht um das himmlische Königreich, in dem wir alle auf ewig glücklich sein werden.«

Der Meister gebot uns mit einem Blick Schweigen. Er sah die Frau mit jenem ironischen Ausdruck an, den ich so gut an ihm kannte. »Wer von dem Wasser trinkt, das ich ihm geben werde, den wird in Ewigkeit nicht dürsten.«

Mit einigem Zögern reichte sie ihm den Krug, und er trank mit langsamen Schlucken. Sie sah ihn aufmerksam an, gebannt, wie so viele, von seiner Ausstrahlung.

»Herr, dies Wasser gib mir, damit ich keinen Durst mehr habe.«

Ich hatte schon oft gesehen, wie Frauen unter seinem Blick dahinschmolzen. Dennoch war ich verblüfft über diese Begegnung, denn der Grund dafür war mir nicht klar.

Er musterte sie und fand sie, auf die unpersönliche Art, die er Frauen gegenüber hatte, recht hübsch.

»Dein Name ist Debora«, sagte er schließlich.

Ihr blieb verblüfft der Mund offenstehen. »Du kennst meinen Namen, obwohl ich dich nie zuvor gesehen habe?«

Er musterte sie immer noch nachdenklich.

»Geh, rufe deinen Mann und komm her.«

Sie zögerte einen Moment. »Ich habe keinen Mann, Herr.«

Er nickte. »Recht hast du, denn fünf Männer hast du gehabt, und der, den du jetzt hast, ist nicht dein Mann.«

Ihr drohten vor Staunen die Augen aus dem Kopf zu fallen. »Woher weißt du das?« fragte sie ihn.

Er schien ein wenig mit ihr zu spielen. »Du hast keine Kinder, und darum hast du immer wieder geheiratet.«

Ihre stumpfen Samariteraugen wurden groß.

»Woher weißt du das?« fragte sie abermals, als habe der Meister ihr etwas Wichtiges mitgeteilt.

Er überging ihre Frage. »Dieser letzte, mit dem du lebst, will dich wegen seiner Position im Dorf nicht heiraten.«

Sie stieß einen Seufzer aus. »Du bist wahrlich ein Zauberer!«

Ich konnte ums Leben nicht verstehen, warum sich der Meister auf dieses niedrige Niveau der Wahrsagerei hinabbegab. Wen kümmerte es, ob diese magere Hexe hundertmal geheiratet hatte? Für wen als sie selbst spielte es eine Rolle?

»Warum sagst du mir all das?« fragte sie ihn.

»Damit du weißt, wer ich bin und wer mich geschickt hat.«

»Herr, ich sehe, du bist ein Prophet, der mit dem Lebenswasser geschickt worden ist«, sagte die Frau, noch immer zutiefst erschüttert.

»Gott ist das Lebenswasser, und wer ihn anbetet, muß ihn im Geist und in der Wahrheit anbeten.«

Jetzt war es klar, daß diese Worte den Jüngern galten.

Die Frau machte große Augen, als sie den wundersamen Fremden betrachtete.

»Ich weiß, daß der Messia der Juden bald kommen wird. Und er wird uns alles verkündigen.«

Sein Blick ruhte einen Moment auf den Zwölfen; dann sprach er mit laut hallender Stimme: »Ich bin es, der mit dir spricht.«

Da kniete die Frau in ihrer Freude nieder, er aber richtete sie mit freundlichem Lächeln auf. »Du bist zweimal gesegnet, die Samariterin ist und dennoch glaubt.«

Sie küßte ihm ehrfurchtsvoll die Hand und eilte davon. Den

Wasserkrug ließ sie zurück. Am Nachmittag kehrte sie mit einigen Samaritern wieder. Sofort umringten sie den Meister. Der Anführer war ein Hirte namens Amos, ein liebenswürdiger Riese, der eher einem Syrer glich als einem Juden.

»Das ist der Vorsteher des Dorfes«, erklärte ihm Debora. »Ich habe ihm von deinen Wundertaten erzählt.«

»Du hast ihn immer noch nicht geheiratet«, entgegnete der Meister lächelnd.

Wie stets, hatte er das Verhältnis der Menschen zueinander auf den ersten Blick erkannt. Vor ihm gab es keine Geheimnisse, jedenfalls nicht in diesem Leben.

Die Samariter verbeugten sich so tief vor dem Meister, daß ihre Köpfe beinahe die Fußspitzen berührten. Sie brachten kostbare Geschenke von Weihrauch und Myrrhe, als huldigten sie damit einem König. Rasch trat ich vor, um die Gaben entgegenzunehmen. Der Meister jedoch hielt mich mit einem Stirnrunzeln zurück.

Sie hatten auch Speisen zum Geschenk gebracht, doch diese lehnte er lächelnd ab. »Ich habe Speise zu essen, die ihr nicht kennt. Meine Speise besteht darin, daß ich den Willen dessen tue, der mich gesandt hat, und sein Werk vollende.«

Er sprach langsam, fast wie zu sich selbst. »Der Menschensohn stirbt für euch. Darum fürchtet euch nicht, wenn sie ihn töten wollen. Fürchtet euch nicht, denn sie können nur den Leib töten, aber sie haben nicht die Macht, die Seele zu töten. Freut euch an der ständigen Gegenwart des Vaters, der die Macht hat, euch von allen Gerichten zu erlösen. Die Spatzen kann man um einen Pfennig kaufen, aber der Herr, die Quelle allen Lebens, bewacht den Flug auch des kleinsten Vogels. Wie könnt ihr euch vor kleinen Dingen fürchten, wo doch die Haare auf eurem Haupt alle gezählt sind? Gott wacht über euch, denn ihr seid mehr wert als eine Vielzahl von Spatzen!

Ich bin in diese Welt gekommen, um euch den Vater zu zeigen und euch zu ihm zu führen. Das eine habe ich aus mir selber getan, das andere kann ich nicht ohne eure Zustimmung tun. Der Vater nötigt keinen, sein Reich zu betreten. Doch warum sollte Jude oder Heide zögern, die frohe Botschaft zu empfangen, daß er in alle Ewigkeit ein Sohn des ewigen Gottes ist? Zögert nicht im Tal der Entscheidung, sondern kommt und trinkt vom Lebenswasser.«

Die Samariter traten vor wie verwandelt und knieten vor dem Herrn nieder. Und kniend wurden sie von den Jüngern getauft.

»Ich bin im Vater, und der Vater ist in mir. Und wer in mir ist, der ist auch im Vater.«

Die Samariter wunderten sich über die vertraute Art, wie er von Gott sprach. »Wie können wir Gott dem Herrn am besten gefallen?« wollte der Riese Amos wissen.

»Indem ihr euch so verhaltet, daß ihr würdig seid, mit ihm im Himmel zu wohnen.«

Die Samariter waren erfreut über die Antwort. »Ach, verweile doch bei uns«, baten sie ihn, »denn wir wissen, daß du kein gewöhnlicher Mensch bist, sondern wahrhaftig Christus, der die ganze Welt retten wird. Warum sonst wolltest du, ein Judäer, dich mit Samaritern befassen?«

Wir blieben zwei Tage. Der Meister erzählte seine Gleichnisse einer ständig wachsenden Zuhörerschaft, während ich und Simon Zelotes die Stimmung der Leute zu erforschen suchten. Amos schien, obwohl so schlicht wie unser Petrus, diese Stimmung widerzuspiegeln. »Unsere Väter kämpften als Söldner für und gegen die Römer und dann wieder als Patrioten für Palästina. Mit einem Führer wie Jesus aber könnten wir ein Heer tapferer Männer zusammenbringen, das für den einen Gott gegen den Heiden Pilatus kämpft.«

»Hättet ihr nicht Angst, das gleiche Schicksal zu erleiden wie Juda von Galiläa?« fragte ich ihn.

»Es wäre nicht das gleiche Schicksal«, antwortete er zuversichtlich, »denn dieser Galiläer war ein falscher Prophet. Er kam weder aus Bethlehem Ephrata, noch war er von einer Jungfrau geboren.«

Ich war verständlicherweise erstaunt. »Woher hast du diese Informationen?«

Er deutete auf Simon-bar-Jona. »Der große Fischer dort hat es mir erzählt.«

»Er hat wahr gesprochen.« Zum erstenmal war ich mit diesem Bauerntölpel einverstanden.

Jesus blieb nie lange an einem Ort, weil er fürchtete, die Soldaten könnten ihn ergreifen, bevor er, wie er sagte, bereit war, von selbst zu gehen.

Ich protestierte gegen diese vorbehaltlose Hinnahme seines frühen Todes. »Wer wird uns führen, wenn du nicht mehr bist?«

Er lächelte traurig. »Du wirst von meinem Hinscheiden vor den anderen erfahren, Juda. Bedenke gut, was ich heute sage, aber vergiß nicht, daß kein Mensch mir das Leben nimmt. Ich sterbe, um die alte Weissagung zu erfüllen und der Welt zu zeigen, daß das Leben ewig währt.«

Wenn aber alles vorbestimmt war, warum planten und strebten wir dann so mühselig? »Wenn wir nur Werkzeuge Gottes sind, was nützt es dann, wer wir sind und was wir wollen?«

Er lächelte.

»Ohne dies, ohne wer und was wir sind, würde Gottes Wille nicht geschehen.«

»Aber wem, Meister, wäre mit deinem Tod gedient?«

»Der Menschheit.«

Es war überaus verwirrend.

»Aber du hast so viele Menschen an Geist und Körper geheilt und zahllosen anderen ein Leben voll Hoffnung geschenkt. Wie könntest du deinem Volk besser dienen als dadurch, daß du ihm die Freiheit gibst, von der du sprichst?«

»Diese Freiheit, Juda, ist die Freiheit der Seele, die ewig währt und allen zukommt. Wenn nur ein Volk frei ist, dann sind die anderen um so weniger frei.«

»Aber Gott hat seinen Bund mit Israel geschlossen und ihm den Messia verheißen.«

»Gott tut seinen Willen durch die Propheten zu verschiedenen Zeiten und auf verschiedene Art und Weise kund. In Gottes Welt ist nichts unveränderlich, nur Gott selbst.«

»Was ist dann mit dem Willen des Menschen, Meister? Ist der

Mensch eine Marionette, geführt von Fäden, die man nicht sieht?«

Das Lächeln des Meisters wurde breiter. »Durch die Entscheidungen, die wir in diesem Leben treffen, Juda, durch die Lektionen, die wir lernen, wenn auch manchmal ziemlich spät, erlangen wir unseren Platz im himmlischen Reich.«

»Und warum ist dies von größerem Gewicht als unser Leben auf dieser Erde?«

Matthäus, Petrus und Johannes waren ins Lager zurückgekommen und setzten sich, ihre kalten Hände reibend, ans Feuer. Es versetzte mir einen Stich, daß unser vertrautes Gespräch so unvermittelt zu Ende sein sollte.

»Es ist gut, daß ihr alle hier seid«, sagte jedoch der Meister zu uns, »denn ich hatte mir vorgenommen, mit euch allen über dieses Thema zu sprechen, das heißt, darüber, daß alles, was wir tun, nach uns weiterlebt und mit uns wiederkehrt.«

Matthäus sah ihn fragend an. »Du sprichst also von der Wiedergeburt, Meister. Doch in ganz Israel glauben nur die Pharisäer an die Engel Gottes und die Wiedergeburt des Menschen. Für die Sadduzäer ist das gegenwärtige Leben alles, und dennoch leiten sie den Tempel und verehren Gott den Herrn.«

»Die Sadduzäer sind restlos hellenisiert«, warf ich ein, »und denken weit eher wie die Stoiker und die Zyniker als wie die hellenisierten Römer. Was die Pharisäer angeht, so sind sie derart im Ritual erstarrt, daß sie sich Gott nach ihrem eigenen, verworrenen Bild schaffen.«

»Gut gesprochen, Juda«, sagte der Meister, und mein Herz sang vor Freude über dieses Lob. »Aber es gibt noch andere in Israel, nicht nur die Sadduzäer und Pharisäer. Die *Amharetzin* sind in all ihrer Schlichtheit für Gottes Lehren aufgeschlossen, und die Essener lehren, das Leben sei nicht allein von dieser Welt. Sie glauben mit Johannes dem Täufer an die Wiederauferstehung. Niemand weiß besser als der Täufer, daß jeder Mensch sich durch die Entscheidungen in seinem Leben, durch seine Tugenden oder den Mangel daran, die Bedingungen seiner Wiedergeburt selbst schafft. Aber um wiedergeboren zu werden, muß der Mensch noch immer sterben.« Sein Blick wurde weich und nachdenklich. »Und auch das weiß der Täufer und muß damit fertig werden.«

In seinen Augen stand ein gequälter Blick, den ich noch nie an ihm bemerkt hatte. Ich spürte deutlich, wie besorgt Johannes auf einmal war, doch diese Niedergeschlagenheit des Meisters ging schnell vorbei. Gegen Morgen aber erhielten wir dann die Nachricht, der Täufer sei hingerichtet worden, und da erinnerten wir uns an seine Vorahnung.

Einer der siebzig Jünger brachte die Botschaft aus Peräa, wo der Täufer im Kerker von Macherus gefangengehalten worden war. Die Frau des Herodes hatte seine Hinrichtung als Preis für ihre weitere Zuneigung verlangt, sein Schicksal war jedoch erst besiegelt, als die Anhänger des Täufers keine Steuern mehr bezahlten. Denn Herodes war ein viel zu schlauer Fuchs, um den Launen der Herodias und ihrer mannbaren Tochter Salome nachzugeben, solange er damit nicht zugleich einen höheren Zweck verfolgte.

Als er hörte, daß die tanzende Salome den Kopf des Täufers auf einem silbernen Teller hereingetragen hatte, stöhnte der Meister auf und winkte dem Jünger, seinen Bericht abzubrechen. »Er war ein brennendes, ein leuchtendes Licht, und die Menschen waren bereit, sich an diesem Licht zu erfreuen«, sagte er. »Denn unter den von Frauen geborenen Männern gab es keinen größeren Propheten als Johannes.«

Sosehr er um den Täufer trauerte, er betonte dennoch, die Botschaft sei von tieferer Bedeutung als der Bote. »Ich habe einen größeren Zeugen als den Vorläufer, denn die Werke, die der Vater mir zu vollenden aufgetragen hat, legen Zeugnis davon ab, wer mich schickt.«

Niemand von uns zweifelte an seiner Macht, Zweifel gab es nur an seiner Sendung. In einer Welt voller Ungerechtigkeit, wer konnte da wissen, welche Ungerechtigkeit Priorität besaß? Simon Zelotes und mir selbst, uns beiden war eindeutig klar, daß er mit seinem Charisma im Handumdrehen genügend Legionen aufstellen konnte, um Rom ins Meer zu drängen. Andreas, Petrus und Jakobus sahen in ihm den wahren Hohenpriester Israels, der Hannas und die anderen ihres Amtes entheben würde. Und die übrigen, diese einfachen, abergläubischen Bauern aus Galiläa, waren vor allem davon beeindruckt, daß er die Kranken heilte und die Bedürftigen beschenkte.

Einzig Matthäus und Johannes schienen nach der wahren Bedeutung seiner himmlischen Erlösung zu forschen, doch ihr Interesse war offenbar dasjenige der Chronisten, die alles, dessen Zeugen sie geworden waren, ausdeuten und weitergeben wollen.

»Die Sadduzäer«, sagte Matthäus, »behaupten, die Seele höre mit dem Körper zu existieren auf. Es gebe kein Jenseits, keinen Ort des Friedens oder der Qualen, kein Gericht, keine Trennung von Gut und Böse, keine Vergeltung im Leben und im Tod.«

»Sie glauben an Zehnten, Steuern und Geldwechsler«, erwiderte Jesus verächtlich. »Warum solltet ihr auf sie hören?«

Matthäus zog die Brauen zusammen. »Aber die Pharisäer glauben an dieses Leben nach dem Tod, von dem du sprichst und in dem es je nach dem Verhalten in diesem Leben Lohn oder Strafe gibt. Die Tugendhaften werden wiederkehren, die Sünder werden mit Gefängnis bestraft. Die Essener behaupten, die Tugendhaften werden nach dem Tod in einem Paradies hinter dem Meer leben.«

»Es ist nicht, wie sie sagen, sondern wie Gott will«, erklärte der Meister. »Wo Reue ist, da gibt es keine Sünder, und das Himmelreich ist für alle da, die ohne Sünde wiedergeboren werden. Erinnerst du dich an den Mann, der mich fragte, ob er wegen seiner oder wegen der Sünden seines Vaters blind geboren worden sei? Ein neugeborenes Kind aber ist wahrlich ohne Sünde.«

Genau wie ich wünschte auch Simon Zelotes, Jesus möge uns den Umfang seiner Führerrolle erklären. War er denn nicht der Bräutigam und nicht nur ein einfacher Gast, und war die Hochzeit nicht seit langem fällig?

»Du sagst, du seist ein Licht für die Heiden. Der große Gelehrte Rabbi Eleazar aber hat vom Herrn gesagt: ›Da ihr mich als einzigen Gott anerkannt habt, habe ich euch als das einzige Volk anerkannt.‹«

Jesus lächelte. »So war es bis heute. Mit der Ankunft des Sohnes jedoch bringt Gott durch sein Auserwähltes Volk allen Menschen das Licht.«

In Simon erkannte ich meine eigene Ungeduld. »Wie kann es Licht geben ohne Freiheit?«

»Die Wahrheit wird euch frei machen, Simon.«

»›Wir sind von Abrahams Samen und kannten nie das Joch eines anderen‹, sagen die Pharisäer. Wie kannst du sagen, ihr sollt frei sein?«

Der Meister lächelte traurig. »Bleibe, so wirst du es sehen, Simon. Denn ihr werdet auf eine Weise befreit sein, die ihr nicht erwartet.«

Ganz ähnlich wie bei gewöhnlichen Sterblichen wechselten seine Stimmungen ohne ersichtlichen Grund. Als wir nach Cäsarea kamen, der Hauptstadt für die Römer, schien er mitteilsamer zu sein als sonst. Zum Mittagsmahl breiteten wir unsere Mäntel auf den Sand, wo wir das blaue Mittelmeer sehen konnten. Der Meister selbst nahm nur zurückhaltend von einer Handvoll Trauben, ein wenig saurer Milch und einem Gerstenfladen. Ich bot ihm Wein aus den Weingärten von Galiläa an, doch er schüttelte nur lächelnd den Kopf.

»Ich trinke keinen Wein, Juda, bis wir das letzte Abendmahl zusammen einnehmen.«

Mit der Hand die Augen beschattend, spähte er hinüber zu der goldglänzenden Kuppel des von Herodes im griechischen Stil erbauten Palastes und sagte nachdenklich: »Dort wohnt der Statthalter Pontius Pilatus mit seiner Frau, der schönen Claudia Procula, ohne in seinem überwältigenden Ehrgeiz zu ahnen, daß sein Ruhm sich in alle Ewigkeit auf sein Zusammentreffen mit dem Menschensohn gründen wird.«

»Wirst du denn die Judäer gegen Rom führen?« fragte ich freudig überrascht.

Er schenkte mir ein mitleidiges Lächeln. »Juda, Juda!«

»Aber du hast doch gesagt, daß du nicht gekommen bist, Frieden zu bringen, sondern das Schwert.«

»Frage lieber, wessen Schwert es sein wird, Juda. Ich komme

nicht von den Makkabäern, sondern von einem, dessen Werke der ganzen Menschheit dienen. Du solltest inzwischen wissen, wer ich bin und wer mich schickt, da doch die Frau am Brunnen es schon nach unserem kurzen Gespräch erkannt hat. War dieses Zusammentreffen in Samaria nicht von größerer Bedeutung als all die Dinge, die du vorher gesehen hast?« Es lag fast ein wenig Tadel in seinem Ton. »Oder muß man ein Samariter sein, um an den Sohn und den Vater zu glauben?«

Er winkte Johannes, der ihm wie üblich gegenübersaß, und bar-Jona, der dem Verlauf des Gesprächs nur mit Mühe folgen zu können schien.

»Erzähle mir, lieber Johannes. Was sagen die Menschen, wer ich bin?«

Die grauen Augen des Johannes leuchteten vor Freude darüber, daß er zuerst gefragt worden war. Er hatte natürlich alle Geschichten gehört, die im Land umgingen, darunter die Weissagung des Maleachi, der gesagt hatte: »Siehe, ich sende euch den Propheten Elija, ehe der große und furchtbare Tag des Herrn kommt. Und er wird das Herz der Väter den Söhnen und das Herz der Söhne den Vätern wieder zuwenden, daß ich nicht komme und das Land mit dem Banne schlage.«

In seiner Begeisterung erhob sich Johannes. »Einige behaupten, Herr, daß du Elija bist, der Verkünder der frohen Botschaft; andere wieder sehen in dir Jeremia, der zurückgekommen ist, dein Volk mit der Wahrheit zu schlagen, oder einen der anderen Propheten, zum Beispiel Jesaja oder Ezechiel, aus denen du ja ständig liest.« Sein rosiges Gesicht verfinsterte sich für einen Moment. »Einige meinen sogar, du seist Johannes der Täufer. Aber wie könntest du das sein, da du doch erst vor kurzem von ihm getauft wurdest und er erst neulich gestorben ist. Wäre es möglich, Meister, daß sich sein Geist mit dem deinen vereinigt hat?«

Der Meister schüttelte den Kopf. »Nein, Johannes, der Geist des Menschen ist nur eins, obwohl er mit Gott vereint die ewige Seele bildet.«

Das Mysterium war größer denn je.

Nathanael, der sich damit brüstete, Student der Rechte zu sein, obwohl er Galiläer war, reagierte mit mehr als seiner üblichen Lebhaftigkeit: »Warum haben dann die Schriftgelehrten und auch die Propheten gesagt, bevor der Messia komme, müsse zuerst Elija kommen?«

Der Blick des Meisters wanderte von Matthäus zu mir, als wüßten wir beide bereits jetzt, welch eine Weisheit er uns vorsetzen würde. »Wohl gesprochen, Nathanael, denn es war wahrhaftig notwendig, daß Elija den Weg bereitete. Doch die Oberen erkannten ihn nicht, darum taten sie mit ihm, was sie wollten.«

Nathanael verlor seine übliche Gelassenheit. »Willst du sagen, Herr, daß Johannes der Täufer wirklich Elija war und daß niemand ihn erkannte?«

»Jene, die bereit waren, erkannten ihn.«

»Aber er kam und ging, ohne die Verheißung des Elija zu erfüllen.«

»Er diente seinem Vater gut und ging dann ein zum himmlischen Lohn, genau wie der Menschensohn durch die Philister leiden wird.«

Daß der Meister mit den Philistern die Ungläubigen meinte, war sogar Philippus und Nathanael klar, die in der Tat aus dem gleichen Holz geschnitzt waren. Hatte Nathanael nicht gesagt, als er zum erstenmal von Jesus hörte: »Was kann aus Nazareth Gutes kommen?«

Die Jünger bildeten in ihrem Bestreben, die Identität ihres Führers zu klären, dem sie mit geheimen Zweifeln folgten, einen engen Kreis um den Meister. Langsam wanderte sein Blick umher, bis er auf das frische Gesicht Simons, des Fischers, fiel.

»Und was sagst du, wer ich bin?«

Unter dem ironischen Blick schlug Simon-bar-Jona die Augen nieder. Nervös befeuchtete er sich die Lippen, dann hob er den Blick gen Himmel und sagte, als erfahre er eine Erleuchtung:

»Du bist keiner von diesen, Herr. Denn du bist der Gesalbte, der Verheißene Israels, der Sohn des lebendigen Gottes.«

Jesus trat vor und legte Petrus – ein sehr seltener Beweis der Zuneigung, wie er ihn sonst nur Johannes zuteil werden ließ – beide Hände auf die Schultern. »Du bist gesegnet, Simon-bar-Jona, denn dies wurde dir nicht nur durch Fleisch und Blut offenbart, sondern durch die göttliche Eingebung meines Vaters im Himmel.«

Ich konnte nichts Welterschütterndes an der Antwort des Fischers finden. Es war lediglich wieder einmal das, was der Meister selbst zahllose Male von sich behauptet hatte. Dennoch ergriff Jesus die Gelegenheit, Simon aufgrund seiner angeblichen Erleuchtung nunmehr offiziell in die vorderste Reihe seiner Anhänger zu rücken.

Bis jetzt hatte er, obwohl er Simon den Felsen genannt hatte, keinen Unterschied zwischen den Aposteln gemacht. Als seine Sendboten waren wir unter uns und vor der Öffentlichkeit alle zwölf gleich.

Die Hände immer noch auf Simons Schultern, sagte Jesus zu ihm: »Auf diesem Felsen will ich meine Gemeinde erbauen; und auch die Höllenpforten sollen sie nicht überwältigen. Ich will dir die Schlüssel zum Himmelreich geben: Was du auf Erden binden wirst, das gelte auch im Himmel als gebunden; und was du auf Erden lösen wirst, das gelte auch im Himmel als gelöst.«

Das war es nun also endlich! Zuerst hatte er ihn Petrus den Felsen genannt, dann hatte er ihn seinem Herzen am nächsten gesetzt, und nun machte er uns klar, was er die ganze Zeit schon beabsichtigt hatte, und zwar unter dem allerdurchsichtigsten Vorwand. In Wahrheit jedoch war es eine sinnlose Ehre, denn sie diente keinem Zweck außer dem, Petrus ein Gefühl der Bedeutung zu verleihen. Andreas war immer noch sein Sekretär, ich sein Schatzmeister und Johannes sein Lieblingsjünger. Warum also hatte er es getan? Vielleicht erkannte Matthäus mit dem Blick des Chronisten diesen Zweck deutlicher als wir.

»Petrus«, erklärte er, »wird trotz seiner menschlichen Schwächen, seiner Hoffnungen und Bestrebungen, seiner fehlgeschlagenen guten Absichten, seiner Zweifel und Ängste am Ende am besten wissen, wie seine Botschaft unter die Menschen gebracht werden muß. Denn in ihm ist ein wenig von allen Menschen.«

Das mochte stimmen, das Thema Wiedergeburt beschäftigte mich jedoch mehr als Simon Petrus. Denn wenn einer immer weiterlebte, immer wieder zurückkehrte, um die unbeendete Aufgabe zu beenden und, wie der Meister sagte, Vollkommenheit in Gottes Ebenbild zu erlangen, dann mußte es wahrlich ein vorsichtiger Mann sein, der den Zeitpunkt für den Kampf gegen die Römer in Ruhe abwartete – wenn nicht in diesem Leben, dann im nächsten. Doch welchen Beweis gab es dafür? Es genügte nicht zu sagen, glaubet, denn auch der Glaube braucht einen winzigen Keim Realität, aus dem er wachsen kann. Das ganze Gerede der Pharisäer und der Essener vom Leben nach dem Tod war in meinen Augen nicht ernst zu nehmen. Jesus selbst sprach ebenfalls vom Himmelreich, von Wiedergeburt, und davon, daß der Mensch sterben müsse, um wiedergeboren zu werden. Aber auch das waren nur Worte.

Jesus war nicht ganz ohne Freunde in hohen Positionen und bei den Pharisäern. Denn vielen Pharisäern, vor allem den reichen und den älteren, behagte die Aussicht, nicht nur im Himmelreich weiterzuleben, sondern wieder zur Erde zurückzukehren. Daher war ich auch nicht überrascht, daß sich einige heimlich mit ihm in Verbindung setzten.

Auch Nikodemus, einem der Pharisäer, die seine Lehren anerkannten, erläuterte Jesus seinen Glauben an die Wiedergeburt. Nikodemus, ein einflußreicher Mann im Hohen Rat der Juden, kam in der Nacht, als ich dem Meister gerade Rechnung legte, in unser Lager geschlichen. Er musterte mich mit schiefem Blick.

Ihm schien es peinlich zu sein, daß der Sohn seines alten Freundes Simon Zeuge seines Besuches war. Bald jedoch hatte er die Nervosität überwunden. »Wir wissen, daß du von Gott gekommen bist«, sagte er, »denn niemand kann diese Zeichen tun, die du tust, wenn nicht Gott mit ihm wäre.«

Jesus wußte, was dieser Weg den Pharisäer gekostet haben mußte. »Du sprichst wahr, Nikodemus. Aber ich sage dir: Wenn einer nicht von neuem geboren wird, kann er das Reich Gottes nicht sehen.«

Nikodemus' Reaktion war durchaus normal. »Wie soll denn ein Mensch geboren werden können, wenn er ein Greis ist? Er kann doch nicht noch einmal in den Schoß seiner Mutter hineinkommen und zum zweiten Mal geboren werden!«

»Wenn einer nicht aus Wasser und Geist geboren wird, kann er nicht in das Reich Gottes gelangen. Denn was aus dem Fleisch geboren ist, ist Fleisch; und was aus dem Geist geboren ist, ist Geist. Nur der Geist, Nikodemus, wird wiedergeboren, denn der Körper ist nur der Tempel des Geistes.«

Nikodemus machte immer noch ein beunruhigtes Gesicht.

»Kehrt der Mensch in seinen früheren Besitz zurück?«

»Nur wenn er würdig vor Gott ist, und dann ist sein Besitz nur noch vom Himmel begrenzt.«

Nikodemus zögerte; er wollte nicht habgierig erscheinen.

»Heißt es denn nicht von alters her, der Mensch sei Staub?«

»Das galt für den Körper, nicht für den Geist. Kehre um, und du wirst gerettet, denn selbst der Reiche kann eine Wohnung im Himmel finden, wenn er seinen Nächsten liebt wie sich selbst.«

Nikodemus' Sorge galt aber immer noch dem Diesseits.

»Haben wir die Wahl, was wir werden wollen?«

Die Andeutung eines Lächelns huschte um die Lippen des Meisters. »Laß mich noch einmal wiederholen, daß niemand vom Himmel herabsteigen kann, der nicht zuvor in den Himmel aufgestiegen ist. Selbst der Menschensohn muß erhöht werden, damit die, die an ihn glauben, ewiges Leben erlangen.«

Schließlich entfernte sich Nikodemus voll Zufriedenheit.

Jesu ständige Hinweise auf seinen Tod jedoch, auch wenn er in Ewigkeit weiterleben würde, beunruhigten alle Jünger, keinen von uns aber mehr als mich. Denn wenn er sterben sollte, wer würde dann den Aufstand führen? Seine Anziehungskraft wirkte auf alle Menschen. Manche hielten ihn für einen zweiten David, den Riesentöter. Andere waren von seinen Heilkräften fasziniert oder von der Verheißung ewigen Lebens. Wieder andere kamen wegen seiner hypnotischen Fähigkeiten. Was immer es sein mochte, viele wünschten sich, ihm nachzufolgen.

Nikodemus war zuletzt so beeindruckt von ihm gewesen, daß er nun seinen Sohn mit seinen ständigen Erzählungen vom Meister beeindruckte. Ich führte Boas, der zu mir kam, frohen Herzens zu Jesus, denn mit den oberen Klassen hatten wir die Blüte Jerusalems auf unserer Seite.

Der Meister befand sich in einem Garten, wo er die Blumen streichelte. Mit einem Lächeln erhob er sich von den Knien, bot mir seine Wange zum Kuß und reichte Boas die Hand.

Boas schlug einen sehr demütigen Ton an. »Mein Vater hat mir erzählt, daß du wahrhaft ein Lehrer bist, der von Gott kommt, und daß du die Botschaft des ewigen Lebens predigst. Wie aber, Herr und Meister, kann ich an diesem ewigen Leben teilhaben?«

Jesus betrachtete ihn mit seinem rätselhaften Lächeln.

»Wie sehr wünschst du dir dieses Leben?«

»Von ganzem Herzen.« Die braunen Augen Boas' leuchteten vor Bewegung, er warf den hübschen Kopf zurück. »Ich werde alles tun, was du von mir verlangst.«

Jesu Lächeln vertiefte sich. »Du nennst mich Herr und Meister. Weißt du denn nicht, daß es nur einen Herrn und Meister gibt, nämlich Gott, den Herrn Israels?«

»Ich wollte den Allerhöchsten nicht kränken«, antwortete Boas. »Ich wollte nur seinen Boten ehren.«

»Ich komme von ihm«, entgegnete Jesus, »doch er existiert getrennt von mir, während ich ohne ihn nicht existieren kann.«

»Manche nennen dich den Sohn Gottes.«

»Der Sohn ist so groß wie der Vater, obwohl mich manche zuweilen unklugerweise Gott nennen. Du sagst, du bist bereit, alles zu tun, was ich verlange?«

»Alles.« Boas nickte voller Eifer.

»Du mußt die Gebote halten.«

»Ist eines von ihnen wichtiger als die anderen?«

»Du sollst Gott den Herrn von ganzem Herzen anbeten. Daraus ergeben sich die anderen von selbst. Denn dann kannst du nicht lügen noch stehlen, und es fällt dir leicht, deinen Nächsten zu lieben und deine Eltern zu ehren.«

»Ich habe von Jugend an all diese Gebote befolgt.«

»Hast du eine Frau oder ein Mädchen, das dir gefällt?«

»Ich bin verheiratet, und es gibt niemanden, den ich nicht verlassen könnte.«

»Und dein Beruf?«

»Ich helfe meinem Vater bei der Verwaltung seines Besitzes.«

»Hat er dich dafür gut entlohnt?«

»Er hat mir bereits mein Erbe gegeben.«

»Ist es beträchtlich?«

»Ja, denn ich bin der einzige Sohn.«

»Jene, die mir nachfolgen, haben keine Familie außer der Gemeinschaft von Männern.«

Boas nickte rasch. »Ich bin bereit.«

Jesus schwieg. Dann: »Bist du bereit, auf den Besitz zu verzichten, den dir dein irdischer Vater gegeben hat?«

Boas zögerte. »Ich trage meinen Besitz nicht bei mir.«

»Du kannst nicht reisen, ohne alles mitzunehmen, was du bist. Gib deinen Besitz den Armen, dann folge mir nach, und du wirst das Himmelreich erben.«

Ich sah den Zweifel in Boas' Blick. »Ich kann nicht verschenken, was mein Geburtsrecht ist.«

Jesus seufzte. »Dein Erbe ist nur von dieser Welt. Nur wer um meines Namens willen alles aufgibt, wird das ewige Leben erlangen.«

Niedergeschlagen wandte sich Boas von ihm ab und ging.

»Dies ist eine Lehre sogar für diejenigen, die sich uns angeschlossen haben«, sagte Jesus traurig. Sein Blick schien durch mich hindurchzugehen. »Rom wurde nicht an einem Tag erbaut, aber es wird auch nicht in einem Tag fallen.«

Ich hob erwartungsfreudig den Kopf. »Dann wird es fallen?«

»Alles wird geschehen, wie es geweissagt wurde, und Rom wird zum Fußschemel des Herrn werden.«

9

Kommende Ereignisse

Da sie meinen Patriotismus nicht verstanden, hielten mich die meisten Jünger für einen Ungläubigen. Doch Jesus selbst wehrte ihre Angriffe auf mich ab und gab mir zu erkennen, daß er mich ebenso lieb und wert halte wie die anderen.

»Du, Juda, hast deine Aufgabe genau wie die anderen und wirst in der Erinnerung der Menschen fortleben, noch lange nachdem viele bereits vergessen sind.«

»Meine Aufgabe ist es, mein Volk zu befreien«, erklärte ich.

Er hob ein wenig die Augenbrauen. »Dein Volk, Juda? Und wer ist das?«

»Die Juden in ganz Israel und der Diaspora, die von Rom befreit werden wollen.«

»Und die anderen Völker? Ist nicht das römische Volk, das du so haßt, ebenfalls Opfer dieser Tyrannei?«

Er mußte die Dinge stets komplizieren.

»Haben die Propheten nicht eindeutig gesagt, daß der Messia Israel befreien wird, damit es über siebzig Völker triumphiert?«

»Dann würdest du also die römische Tyrannei durch eine andere ersetzen?«

»Die anderen Völker kümmern mich nicht«, entgegnete ich. Und dann, noch kühner: »Und den Messia sollten sie auch nicht kümmern.«

»Juda, Juda!« ermahnte er mich liebevoll. »Wie oft muß ich dir noch sagen, daß nur Gottes Wille wichtig ist. Alles andere ist Eitelkeit.«

Selbst in seinem verblichenen Mantel und den abgetragenen Sandalen besaß er das Aussehen eines Königs. Und ein König war er wahrhaftig, auch wenn er das Zepter zurückwies, das viele ihm verleihen wollten. Angesichts seiner Unentschlossenheit geriet der Glaube der Jünger und des Volkes häufig ins Wanken. Dann vollbrachte er wieder ein Wunder, und alle erkannten, daß er wahrlich der Erlöser des Jesaja und der Menschensohn war.

Auf dem Weg von Jericho kamen wir durch das Kidron-Tal, denn wir beabsichtigten, die Heilige Stadt durch das Wassertor zu betreten. Eine ziemlich große Volksmenge zog hinter uns her, als der Meister sich dem Siloah-Teich südöstlich von Jerusalem zuwandte.

Normalerweise wich er den Schreinen aus, an denen sich die Kranken versammelten, denn in der Öffentlichkeit heilte er mit einigen Ausnahmen nur, um seine Verwandtschaft mit dem Vater zu beweisen. Darum hatte ich das Gefühl, daß er wieder eine bestimmte Absicht verfolgte. Jetzt, als wir uns dem Teich näherten, wurde er, wie vorauszusehen, von den Kranken bestürmt, die bisher geduldig darauf gewartet hatten, daß sie sich ins Wasser begeben konnten.

Ein Blinder, der das aufgeregte Gemurmel der Volksmenge hörte, hob flehentlich die Hände und rief mit bebender Stimme laut: »Jesus, Sohn Davids, hab Erbarmen mit diesem Sohn Israels!« Denn unter dieser Bezeichnung war Jesus vielen bekannt, die nicht recht wußten, ob er wirklich der Verheißene war, ihn aber auch nicht kränken wollten, falls er sich doch als der Erlöser erwies.

Andere unter den Wartenden, die selbst hofften, geheilt zu werden, riefen Josia-bar-Timäus zu, er solle still sein. Jesus aber spähte über ihre Köpfe hinweg und bat Andreas, den Mann zu ihm zu bringen. Josia ließ seine Betteltasche fallen und warf sich vor dem Herrn auf die Knie.

»Sohn Davids«, rief er, und Tränen strömten ihm aus den blinden Augen, »meine Augen möchten die bunten Blumen, den blauen Himmel, die liebenden Gesichter meiner alternden Eltern sehen! Denn ich bin von Geburt an blind und habe noch nie einen Menschen gesehen noch kann ich mir vorstellen, wie ich selbst aussehe, obwohl meine Hände zahllose Male dieses Gesicht betastet haben.«

Petrus hatte, wie üblich, eine Frage.

»Meister, wer hat gesündigt: dieser Mann oder seine Eltern, daß er als Blinder geboren ist?«

Es war nicht das erstemal, daß man Jesus bat, einem Blindgeborenen zu helfen, aber es war das erstemal, daß man es in der Öffentlichkeit tat.

Die Sadduzäer unter dem Volk reckten verächtlich die Nasen in die Luft, denn sie glaubten nur an das gegenwärtige Leben. Der Meister aber erwiderte, ohne die Wiedergeburt zu bestätigen oder zu leugnen: »Weder er noch seine Eltern haben gesündigt; sondern er ist blind geboren, damit Gottes Werke an ihm offenbar werden.«

Da Josia jetzt dreißig Jahre alt war, fand ich es grausam, daß er all diese Zeit blind gewesen sein sollte, nur damit der Meister ihn als Zeichen benutzen konnte.

»Josia-bar-Timäus«, sagte der Meister, als habe er meine Gedanken gelesen, »wird vor allen Menschen Zeugnis von der Macht des Herrn ablegen.«

Das Licht der Welt war bereit, dem Blinden das Licht zu geben. Ich sah das höhnische Lächeln der Sadduzäer, Pharisäer und Schriftgelehrten. Sie würden sehen, aber dennoch nicht glauben, denn das würde ihre bequeme Welt auf den Kopf stellen.

Gewöhnlich heilte Jesus mit einem Wort oder einer Berührung. Diesmal jedoch spie er auf die Erde, machte aus dem Speichel einen Brei und bestrich damit die Augen des Blinden. Josia hielt vollkommen still.

»Spürst du, daß du geheilt werden wirst?« fragte der Meister.

»Ich zweifle nicht daran, Sohn Davids.«

»Gut. Dann wasch dich im Teich, und du wirst geheilt.«

Andreas und Petrus halfen Josia ins Wasser, das jetzt menschenleer war, da sich die Kranken alle um Jesus drängten und ihn anflehten, sie zu heilen.

Josia kniete nieder und wusch sich die Augen mit Wasser. Dann rieb er sie trocken und stieß einen Jubelschrei aus. »Ich kann sehen! Ich kann sehen!« In seiner Aufregung begann er auf und ab zu springen, bis ich fürchtete, er werde fallen und sich Schaden zufügen. Andreas und Petrus jedoch holten ihn aus dem Teich und führten ihn zum Meister.

Jesu Ausstrahlung war sehr stark an diesem Tag; seine Augen blickten durchdringend.

»Du wurdest geheilt, Josia-bar-Timäus, weil du den Glauben hattest. Doch aller Lehm der Welt wird auch nicht den Stich einer Mücke heilen, wenn kein Glaube vorhanden ist.«

Josias hungrige Augen verschlangen alles, was er sah. »Mein Leben lang war ich blind, bis ich heute geheilt wurde.«

Der Pharisäer Ezra, der sich selbst als Wächter der Wahrheit bezeichnete, sagte aus der Menge heraus kalt: »Und wer ist dein Zeuge?«

Josias Miene wurde düster. »Ich weiß nicht, was du meinst, Herr. Ich habe zwanzig Jahre lang hier am Teich gesessen, und niemand hat an meiner Blindheit gezweifelt. Warum sollte ich lügen, Herr?«

»Du hast einen Teufel in dir, und wir wissen genau, wer dafür verantwortlich ist. Denn diese Heilung, falls es denn eine war, geschah am Sabbat, an dem keine öffentlichen Tätigkeiten ausgeführt werden dürfen.«

Jesu Augen sprühten Funken.

»Ezra, wenn dein Ochse in eine Grube fiele und am Ersticken wäre – würdest du ihn am Sabbat herausziehen?«

»Der Sabbat ist der Tag Gottes; es ist Lästerung, an diesem Tag zu arbeiten.«

»Gott ist barmherziger als die Pharisäer. Denn er schuf den Sabbat für die Menschen, nicht die Menschen für den Sabbat.«

Der Pharisäer schürzte die Lippen, der Meister aber wandte sich ruhig ab, gefolgt, wie immer, von der Volksmenge.

»Was soll ich jetzt tun?« rief Josia, der ihm nachlief.

»Erfreue dich deiner Augen«, antwortete er, »und verleugne mich vor niemandem.«

Zwei Tage später, als wir auf dem Ölberg oberhalb des Gartens Gethsemane lagerten, erhielten wir Nachricht, die Pharisäer wollten den Blinden vor Gericht stellen und Jesus als Betrüger entlarven.

Ziemlich beunruhigt ging ich am Nachmittag zu Rabbi Gamaliel. Er betete gerade in seinem Garten, blickte aber freudig auf, als er mich sah.

»Ich bin froh, daß du kommst!« sagte er und reichte mir die Wange zum Kuß. »Nicht nur deinetwegen, sondern weil du mir mehr über diesen Galiläer erzählen kannst, von dem geflüstert wird, er sei der Messia.«

»Er ist der Messia«, antwortete ich. »Er erfüllt die Prophezeiungen. Nur, daß er in Beziehung auf Rom immer noch zögert.«

»Daran tut er weise«, antwortete lachend der Rabbi. »Sonst säht ihr ihn schon bald am selben Kreuz wie Juda den Galiläer.«

»Es gibt kein Kreuz, das ihn halten kann. Er wird ewig regieren, denn er ist der König der Könige.«

»Wir haben genug Könige«, erklärte Gamaliel ironisch. Er nahm mich beim Ellbogen. »Aber verzeih, daß ich ein nachlässiger Gastgeber bin. Gehen wir in mein Studierzimmer, da können wir persischen Wein trinken und uns in Ruhe unterhalten.« Er führte mich aus dem blumengeschmückten Atrium in einen kleinen Raum, dessen Fenster Aussicht auf den herrlichen Palast des Kajafas und den Palast des Herodes boten.

»Du hast vornehme Nachbarn«, bemerkte ich.

Er lächelte. »Das Haus deines Vaters liegt nicht weit von hier.« Er hüstelte. »Wobei mir einfällt, daß deine Mutter zurückgekehrt ist. Ich finde, du solltest sie aufsuchen.«

Überrascht hob ich den Kopf. »Hat sie nach mir gefragt?«

»Nein, aber ihre Rückkehr beweist, daß sie alte Wunden heilen will. Du bist der Jüngere, Juda. Vergiß deinen Stolz.«

»Aber sie ist meine Mutter!« Meine Trauer machte sich wieder bemerkbar.

Er lächelte. »Dennoch – predigt euer Meister nicht, daß vergeben heißt, Vergebung erlangen?«

Ich musterte ihn aufmerksam. »Du bist ihm gefolgt?«

Langsam neigte er den Kopf. »Seit er zwölf war. Aber geh zu deiner Mutter, Juda. Versprich es mir!«

Ich versprach es.

Wir saßen uns bequem an einem kleinen, mit Weinen aus aller Herren Länder beladenen Tisch gegenüber. »Ich würde einen judäischen Wein vorziehen«, sagte ich.

»Immer noch der alte Patriot, Juda? Nun, diesen Wunsch kann ich dir leicht erfüllen.« Langsam, das Gefäß über meinen Becher geneigt, blickte er auf. »Hast du noch einen anderen Wunsch?«

»Warum«, fragte ich ihn, »beschäftigt sich das Sanhedrin mit einer so geringfügigen Angelegenheit wie der Heilung an einem heilkräftigen Teich?«

Er krauste die Stirn. »Es ist keine geringfügige Angelegenheit, wenn man bedenkt, wie heilig die Pharisäer den Sabbat halten.«

»Aber er hat dem Mann das Augenlicht geschenkt. Es war, als hätte er ihm das Leben geschenkt.«

»Dem Gesetz zufolge hatte er nicht das Recht, am Heiligen Sabbat auch nur eine Pflaume vom Baum zu pflücken.«

»Aber es war ein Werk Gottes.«

»Der Tempel entscheidet, was ein Werk Gottes ist, und –« er zwinkerte mir unmerklich zu – »das Sanhedrin entscheidet über die Werke des Tempels.«

»Die Familie des Hannas bestimmt über den Tempel und über das Sanhedrin.«

Ich hatte zu unbedacht gesprochen; sein Gesichtsausdruck rief mir sofort seine Position in Erinnerung. Rasch, ehe ich mich entschuldigen konnte, fuhr er fort:

»Das Sanhedrin ist unter die Sadduzäer und Pharisäer aufgeteilt, und diese folgen Hannas' Geboten nicht in allen Fällen sofort.«

»Sie sind auf sein Ersuchen zusammengetreten, um den Blinden und seine Eltern zu befragen.«

Er hob den langen Zeigefinger. »Aber euren Jesus haben sie nicht vorgeladen.«

Meine Neugier war geweckt. »Warum nicht?«

»Weil er sogar im Sanhedrin Freunde hat: Pharisäer, die aufrichtig interessiert sind an diesem Sohn Davids und mehr über ihn wissen wollen, ehe sie über ihn das Urteil fällen.«

Ich betrachtete das kluge, freundliche Gesicht. Nicht umsonst nannte man ihn die Eule. »Und sie fürchten die Tausende, die ihm folgen wie dem Messia.« Ich führte seinen Gedanken zu Ende. »Die, sobald er das Zeichen gibt, den Tempel und die Festung Antonia stürmen werden.«

Er lachte in seinen Bart.

»Er wird niemals das Zeichen geben. Dafür hält er zuviel von Israel.«

Ich sah ihn fragend an.

»Nach allem, was ich höre, ist er ein sehr weiser Mann, und weise Männer wissen, daß es für alles seine Zeit und seinen Ort gibt.«

Es hatte keinen Sinn, mit ihm über die römische Bewaffnung und die römische Macht zu diskutieren.

»Dürfen noch andere an der Vernehmung des Josia-bar-Timäus teilnehmen?« erkundigte ich mich.

Er lachte nicht.

»Bei deinen Beziehungen dürfte das nicht schwierig sein.«

»Meine Beziehungen sind mein Geheimnis.«

»Richtig, dann wohne also als Gamaliels Gast der Verhandlung bei, als einer, dessen Vater ein Ältester des Obersten Gerichtshofes war.«

»Gut. Dann wird Jesus also nicht vorgeladen werden?«

»Nicht, wenn die Heilung anerkannt wird. Denn es wäre wirklich töricht, den Sabbat zu diesem Zeitpunkt zu einer Streitfrage um einen beliebten Volkshelden zu machen. Zuerst muß er als unglaubwürdig entlarvt werden, und das ist bisher nicht geschehen.«

Mich überlief es kalt bei seiner nüchternen Logik. Sie war so berechnend, daß sie fast böse wirkte.

»Ich betrachte die Situation nur mit den Augen von Hannas, Juda. Wenn man Erfolg haben will, darf man sich nicht so sehr um das kümmern, was die Leute sagen oder tun, als viel mehr um das, was sie sich wünschen. Und jetzt frage ich dich, was der alte Hohepriester will.«

»An der Macht bleiben. Das weiß doch jeder.«

»Genau. Also frage ich dich, was diese Macht untergraben könnte.«

»Eine rivalisierende Macht.«

»Genau. Und was noch?«

»Ärger mit den Römern?«

Er umarmte mich liebevoll. »Du bist wahrlich der Sohn deines Vaters, Juda!«

»Ich habe nur das gesagt, was eigentlich auf der Hand liegt.«

»Aber gerade das entgeht den Menschen oft. Du solltest dieselbe Methode auch mal auf deinen Meister anwenden. Das könnte äußerst aufschlußreich sein. Aber du stehst ihm natürlich zu nahe, um ihn leidenschaftslos betrachten zu können, und läßt dich zu sehr vom Wunschdenken leiten.«

Er winkte meine Einwände beiseite.

»Wir sehen uns morgen früh. Und vergiß nicht«, warnte er mich noch einmal, »du bist nichts weiter als ein Beobachter.«

Als ich ging, merkte ich, daß ich meinen Wein nicht angerührt hatte.

Der Hof des Behauenen Steins, wo das Sanhedrin zusammentrat, war beinahe ganz mit Menschen gefüllt. Bei kleineren Prozessen war nur ein Quorum von dreiundzwanzig erforderlich, während bei Hauptverhandlungen gewöhnlich eine Mehrheit der Siebzig anwesend sein mußte. Die Sitzungen wurden üblicherweise an zwei aufeinanderfolgenden Tagen abgehalten, um dem Angeklagten jede erdenkliche Möglichkeit zur Aufhebung des Urteils vom ersten Tag zu geben. Wie immer war das Gesetz barmherziger als die Menschen.

Ich sah die vertrauten Gesichter im Raum. Auf einer erhöhten Plattform, das Gesicht dem Tribunal zugewandt, saß Hannas und nur wenig unter ihm Reb Gamaliel, der Nasi. Ich suchte mir einen Platz in einer der hinteren Reihen in diesem fensterlosen Raum, nachdem ich zuvor dem Wachtposten einen vom Nasi unterzeichneten Passierschein hatte vorzeigen müssen. In der Nähe der Anklagebank erkannte ich Nikodemus und Josef von Arimatäa, die ruhig auf den Beginn der Verhandlung warteten.

Die Beschwerde wurde von Rabbi Ezra vorgetragen, doch als Kläger konnte er nicht gleichzeitig Zeuge sein. Kajafas, der die Anklage vertrat, nahm seinen Platz am Kopf eines langen Tisches ein. Zwei Zeugen waren notwendig, und ich fragte mich, wer diese beiden wohl sein mochten. Erschrocken sah ich den Jünger Cestus, einen der Siebzig, der, wie ich mich jetzt erinnerte, an jenem Tag bei uns gewesen war.

Er fiel unter meine Verantwortung, denn ich hatte ihn vorgeschlagen; genau wie ich Dysmas und Josua-bar-Abbas vorgeschlagen hatte, da sie Interesse daran gezeigt hatten, diese Tarnung zum Verbergen ihrer Tätigkeit für unsere Sache zu benutzen.

Von Zeit zu Zeit erhielt ich Berichte über ihre Streifzüge und fragte mich, ob ich richtig gehandelt hatte. Ich tröstete mich mit dem Gedanken, daß sie ja tatsächlich im Weinberg des Herrn arbeiteten und Gottes Wort verbreiteten, auch wenn sie dabei insgeheim Waffen und anderes Material fürs Jüngste Gericht sammelten. Jetzt aber war ich meiner Sache nicht mehr so sicher, denn ich erkannte die Rücksichtslosigkeit in Cestus.

Ihm gegenüber am Zeugentisch saßen zwei weitere Personen, ein älteres Ehepaar, offensichtlich aus der arbeitenden Klasse, denn die Nadel am groben Rock des Mannes kennzeichnete ihn als Schneider. Sie schienen sehr unsicher zu sein; in ihren Augen stand die Ehrfurcht vor Hannas in seinen schimmernden goldenen und weißen Roben.

Die Klagepunkte waren überaus fadenscheinig: Josia habe eine Verschwörung zur Entheiligung des Sabbat angezettelt und obendrein einen Meineid geleistet. Was für eine Klage sollte das sein? Offenbar war es nur eine List, um irgendwie Jesus angreifen zu können.

Josia-bar-Timäus wurde als erster vernommen. Furchtsam trat

er in den Zeugenstand und umklammerte dabei nervös das Geländer.

Kajafas ging langsam auf ihn zu.

»Dein Name!« forderte er in einem Ton, als hätte er einen Misthaufen vor sich.

Josia hatte kaum Zeit zur Antwort.

»Dein Beruf?«

Josias Miene verriet, wie verwirrt er war. »Aber ich habe keinen«, erklärte er. »Denn ich war von Geburt an blind.«

Ich konnte ein Kichern kaum unterdrücken.

Der Anklagevertreter donnerte: »Wahre deine Zunge, Mann, und beantworte nur die Fragen!«

Josia blickte hilflos drein; zweifellos fragte er sich, was ihm das Geschenk des Augenlichts nun nütze.

»Jawohl, Herr Ankläger.«

»Und wo wohnst du?«

»An der Straße nach Jericho bei meinen Eltern.« In seinem Eifer, es allen recht zu machen, deutete er mit dem Finger auf sie. »Dort am Tisch sitzen sie, Herr.« Das war also die Erklärung für die Anwesenheit des älteren Ehepaares.

»Berichte, was du am Siloah-Teich zu tun hattest.«

»Ich bettelte um Almosen, Herr, wie es der Brauch bei den Blinden und Armen ist.«

Kajafas musterte ihn geringschätzig. »Aber warum ausgerechnet an diesem Ort, wo es doch bequemer gewesen wäre, in der Nähe deines Hauses zu betteln?«

Die Augen des Josia leuchteten durch den ganzen Raum.

»Ich hoffte auf ein Wunder, Herr.«

»Auf ein Wunder!« Gierig stürzte sich Kajafas auf dieses Wort. »Was für ein Wunder?«

»Auf eines, wie es an heilsamen Quellen stattfindet.«

»Wie lange hast du am Teich gesessen?«

»Seit ungefähr zwanzig Jahren.«

»Und bist du auch im Wasser gewesen?«

»Sehr oft.«

»Und bist du geheilt worden?«

»Nein, Herr.«

»Kennst du jemanden, der geheilt wurde?«

»Nur nach dem, was man mir erzählt hat. Denn ich selbst konnte es ja nicht sehen.«

Leises Gekicher lief durch die Reihen der Pharisäer. Der Anklagevertreter wurde böse. »Mich interessiert nicht, was du nicht sehen konntest! Darum geht es ja bei dieser Verhandlung.«

Josia lächelte unschuldig. »Wie du wünschst, Herr.«

Kajafas sprach jetzt sehr betont, als wolle er der Befragung eine ganz neue Bedeutung verleihen.

»Warum hofftest du immer noch auf ein Wunder, wo doch in all diesen Jahren keines geschehen war?«

Die Augen des Zeugen blitzten. Es waren haselnußbraune Augen mit einem leicht grünlichen Schimmer, die ständig ein gewisses Staunen ausdrückten.

»Weil ich von einem Mann gehört hatte, der größer sein sollte als Johannes der Täufer und der alle möglichen Heilungen vollbracht und sogar die Toten auferweckt habe.«

»Und wer ist dieser Mann?«

Josia zuckte die Achseln. »Manche nennen ihn den Erlöser, andere haben gesagt, er sei der Sohn Davids, der Sproß Jesse, den uns die alten Propheten verheißen haben.«

»Und woher wußtest du von diesen Weissagungen, da du doch von Geburt an blind warst?« Kajafas zog spöttisch die Brauen hoch.

Die Worte sprudelten nur so aus ihm heraus. »Meine Eltern sind fromme Juden pharisäischen Glaubens; sie haben mir von Kindheit an aus den Propheten vorgelesen.«

Ich sah zufriedenes Lächeln bei den Pharisäern.

»Dennoch«, fuhr Kajafas fort, »warum sollte dieser Sohn Davids, wie du ihn nennst, ausgerechnet dich erwählen?«

»Meine lieben Eltern haben mir immer, wenn ich verzweifeln wollte, gesagt, ich müsse glauben und nicht Gottes Willen in Frage stellen.«

Ich selbst hatte die Wahl dieses Mannes durch den Meister in Frage gestellt. Jetzt aber sah ich, daß er für diese Gelegenheit erwählt worden war.

Früher oder später mußte Kajafas zum Zweck dieser Verhandlung kommen.

»Welche Behauptungen hat dieser Mann aufgestellt?«

»Keine.«

»Wie hat er sich genannt?«

»Die anderen haben ihn Meister genannt, er selbst hat aber nichts behauptet.«

»Hast du ihn nicht Sohn Davids genannt?«

»Nur, weil ich das von anderen gehört hatte.«

»Hat er nicht gesagt, er sei ein Prophet?«

Josia zögerte. »Wenn man ihn fragte, nickte er nur.«

»Hast du das nicht als Zustimmung betrachtet?«

»Er muß wahrlich ein Prophet gewesen sein, denn wie hätte er mich sonst heilen können?«

»Diese Heilung, von der du sprichst«, fuhr Kajafas fort. »Erzähle dem Gericht, wie sie geschah.«

Josia berichtete, wie Jesus den Brei gemacht und auf seine Augen gestrichen habe. »Dann habe ich mich im Teich gewaschen und konnte sehen.«

Sekundenlang wirkte Kajafas wie eine Katze, die eine Taube gefressen hat.

»Ist irgendwann schon einmal jemand in diesem Teich geheilt worden?«

»Nur nach dem, was ich gehört habe.«

»Dann wurden also einige geheilt?«

»Mit meinen eigenen Augen habe ich es nicht gesehen.«

Ich merkte, daß der Anklagevertreter allmählich verzweifelte.

»Aber es hat Heilungen gegeben, sonst hättest du nicht davon gehört. Ist das richtig?«

»Ich könnte es nicht beschwören, Herr, denn ich . . .«

Wütend schnitt ihm Kajafas das Wort ab.

»War dir klar, was für ein Tag es war, an dem du angeblich geheilt wurdest?«

»Du meinst, an dem mir das Augenlicht geschenkt wurde?«

»Der Tag, an dem der Sohn Davids, wie du ihn nennst, das Gesetz gebrochen hat.«

Josia war eindeutig verwirrt.

»Ich weiß von keinem Gesetz, das gebrochen wurde.«

»War dir nicht klar, daß dies an einem Sabbat geschah?«

»Ich habe nicht daran gedacht, Herr.«

»War dir nicht klar, daß es Sünde ist, am Sabbat an einer öffentlichen Heilung teilzunehmen, ja sogar, sich zu waschen?«

Josia machte ein langes Gesicht.

»Aber es waren auch andere im Teich.«

»Das befreit dich nicht von Schuld.«

Bis hierher war Rabbi Gamaliel der Verhandlung schweigend gefolgt.

»Bezweifelst du, daß dieser Mann geheilt wurde?« fragte er jetzt.

Voller Ärger wandte sich Kajafas ihm zu.

»Da es Sünde ist, am Sabbat zu arbeiten, muß dieser Mann, Josia, und auch der andere ein Sünder sein. Wie kann aber ein Sünder ein solches Wunder vollbringen?«

Gamaliel zwinkerte mit den alten, weisen Augen. »Wahrlich, ich frage dich: Kann ein Sünder ein solches Wunder vollbringen?«

Zu spät erkannte Kajafas die Falle, die er sich selbst gestellt hatte. Ich mußte lächeln, als ich Hannas' finstere Miene sah.

»Wenn ich ein Wort sagen darf?« Hannas hob die perfekt manikürte Hand. »Mir scheint, die Beweise für ein Wunder hängen von dem Beweis ab, daß dieser Mann von Geburt an blind war.«

Gamaliel nickte beifällig. »Aus diesem Grund haben wir die Eltern des Mannes vorgeladen.«

In diesem Augenblick erfolgte eine unerwartete Unterbrechung. Ein heftig erregter Posten der Tempelwache kam zur Tür hereingeschlüpft und sprach hastig auf den Hohenpriester ein. Hannas lauschte mit ernster Miene; dann winkte er Kajafas zu sich. Sie berieten eine Weile, und der Wachtposten zog sich zurück. Neugierige Unruhe entstand im Raum, doch die Verhandlung ging weiter, als habe es keine Störung gegeben.

»Zuerst möchte ich einen Jünger dieses Jesus von Nazareth aufrufen«, verkündete Kajafas.

»Es wäre zweckmäßiger gewesen, den Nazaräer selbst vorzuladen«, meinte Gamaliel.

Kajafas warf ihm einen bösen Blick zu.

»Ein unabhängiger Zeuge ist immer besser als der, über den ausgesagt werden soll.«

»Dann fahr fort mit deinem unabhängigen Zeugen«, sagte der Nasi ironisch.

Cestus ließ den Blick unbefangen im Raum umherschweifen, stockte aber, als er mich sah. Er wirkte erschrocken und schluckte nervös, dann aber nahm er festen Schrittes den Platz des Josia im Zeugenstand ein.

Jetzt sprach Kajafas mit größerer Sicherheit.

»Du bist ein Jünger dieses Jesus?«

Cestus nickte. »Das bin ich.«

»Glaubst du an ihn?«

»Ja.«

»Hast du gesehen, wie er diesen Josia-bar-Timäus heilte?«

»Ja.«

»Woher wußtest du, daß dieser Mann blind war?«

»Nur, weil er es gesagt hat.«

»Hattest du Zweifel an seiner Heilung?«

»Nicht die geringsten.«

Es wurde immer verwirrender.

»Und warum?«

»Weil ich andere ebenso große Wunder erlebt habe, sogar die Heilung eines schmutzigen Aussätzigen direkt vor meinen Augen.«

»Dann ist er der Prophet, der er zu sein behauptet?«

Cestus schüttelte grimmig den Kopf. »Es ist mehr als ein Prophet. Als ich hörte, daß er Wasser in Wein verwandelt und auf dem Wasser wandeln kann, wußte ich, daß er der Gesalbte Israels ist, der Erlöser, der Messias, auf den wir alle gewartet haben.«

Voller Genugtuung trat Kajafas vor den Nasi hin. »Du siehst also, wir haben es hier mit einer gefährlicheren Situation zu tun, als wir dachten.«

Ich stöhnte auf über die Torheit dieses übereifrigen Zeloten. So irregeleitet war dieser Mann, daß es nahezu an Verrat grenzte. Du Tor, du einfältiger Narr! dachte ich.

Die Hilfe kam von unerwarteter Seite. »Diese Aussage«, erklärte Hannas feierlich, »ist lediglich eine Meinungsäußerung.«

Ich sah den Schreck im Blick des Kajafas, und sogar Gamaliels gewohnte Ruhe hatte einen Stoß bekommen.

»Aus diesem Grund«, fuhr Hannas gelassen fort, »ist sie zu diesem Zeitpunkt nicht zulässig. Der Zeuge ist entlassen. Es gibt keinen weiteren Zeugen mehr.«

Doch Rabbi Gamaliel ließ sich nicht einschüchtern.

»Wir wollen die Eltern des Beklagten nicht vergessen«, sagte er. »Das Tribunal sollte sie anhören, bevor es zu einem Urteil gelangt.«

Zähneknirschend mußte Hannas nachgeben.

Man brauchte nur den Vater aufzurufen, da eine Frau niemals etwas anderes aussagen konnte als ihr Mann.

Timäus war ein einfacher Schneider, ein gottesfürchtiger Mann, der den Glauben der Pharisäer an eine jenseitige Welt teilte.

Gamaliel fragte mit einem kurzen Seitenblick auf Hannas: »Hätten die Sadduzäer etwas dagegen, wenn ich, ein Pharisäer, diesem Anhänger der pharisäischen Lehre ein paar kurze Fragen stelle?«

»Durchaus nicht«, gab Hannas sofort zurück. »Die Pharisäer haben ebenso eine Stimme in den Beratungen dieses Gerichts wie die Sadduzäer.«

Gamaliels Fragen fielen sehr freundlich aus.

»Dieser Josia ist dein Sohn?« begann er.

Der eingeschüchterte Timäus hustete nervös. »Ja. Von meiner guten Frau.«

»War nun dieser Sohn blind, bis er von dem Mann, der als Jesus bekannt ist, geheilt wurde?«

»Ich selbst habe die Heilung nicht gesehen«, antwortete Timäus, »darum kann ich mich nicht dafür verbürgen. Ich habe nur durch meinen Sohn davon erfahren.«

»Konnte dein Sohn überhaupt etwas sehen?«

»Nein. Er war vollkommen blind.«

»Habt ihr Ärzte aufgesucht?«

»O ja, sogar ägyptische und griechische Ärzte, aber immer ohne Erfolg. Er wurde ohne Sehnerv geboren.«

Ungläubiges Gemurmel lief durch den Raum.

»Wie kann er ohne Sehnerv aber dann jetzt sehen? Das ist unmöglich.«

Timäus senkte den Kopf. »Das haben die Ärzte auch gesagt, darum verloren wir die Hoffnung.« Er sah wieder auf, und seine Augen leuchteten. »Es war ein Wunder! Ein richtiges Wunder!«

»Wie erklärst du dir das?«

»Ich habe diesen Jesus von Nazareth nicht gesehen. Aber mein Sohn sagte mir, daß ein Licht von ihm ausgeht, das nicht zu beschreiben ist.«

»Wie kann ein einfacher Mensch solche Zeichen tun und ein solches Wunder vollbringen?«

»Er wurde gewiß von Gott gesandt«, antwortete der alte Mann. »Gott erhört die Sünder nicht, aber wer gottesfürchtig ist und seinen Willen tut, den erhört er.«

Daraufhin herrschte Totenstille im Raum; dann jedoch erhob sich ein zorniger Tumult, der immer mehr anschwoll.

Kajafas sprang wütend auf. »Wer bist du, daß du uns predigen willst, Alter?«

Gutmütig kam Josia dem Vater zu Hilfe. »Mein Vater spricht die Wahrheit! Dieser Mann wurde gewiß von Gott gesandt.«

Kajafas begann zu toben.

»Du, der du in Sünde geboren wurdest«, schrie er, »du wagst es in deiner abgrundtiefen Dummheit, die Tempeloberen zu belehren? Fort mit dir, sonst lasse ich dich in Ketten legen!«

»Kommen wir zur Abstimmung über diesen Fall!« warf Gamaliel auf seine liebenswürdige Art und Weise ein.

Die Hohenpriester tauschten verstohlene Blicke. »Dies hier sind solche Tölpel, daß es unsinnig wäre, ihre Aussagen in Betracht zu ziehen«, erklärte der Anklagevertreter. »Darum empfehle ich, zu diesem Zeitpunkt noch keine Entscheidung zu treffen.«

Das war eine äußerst überraschende Entwicklung der Dinge. Doch die Anschuldigung hing immer noch über Jesu Kopf. Soviel war klar. Rabbi Gamaliel nickte. »Zum Besten der Gemeinschaft folgen wir der Empfehlung des Anklagevertreters.«

Ich folgte Cestus in die Vorhalle.

»Was war das für eine Torheit?« fragte ich ihn.

Er gab sich mürrisch. »Es muß etwas geschehen, das ihn aufrüttelt. Wenn seine Feinde ihn den Befreier nennen, dann muß er endlich auch befreien: um Israel zu retten – und sich selbst.«

»Vorsicht!« warnte ich ihn sofort. »Das grenzt an Verrat.«

»Die Menschen sind für Israel da, nicht Israel für die Menschen«, verdrehte er, was der Meister über den Sabbat gesagt hatte.

Ich hielt nach Josef und Nikodemus Ausschau, aber sie waren zur Hintertür hinaus verschwunden. Bald sollte ich auch erfahren, warum. An der vorderen Tür erkannte ich den Wachtposten, der zuvor mit Hannas gesprochen hatte.

Er machte eine tiefe Verbeugung vor uns.

»Wenn ihr dort hinausgeht, tut ihr es auf eigene Gefahr. Das Volk ist rasend geworden.«

Ich griff nach dem Riegel. »Wir haben vom Volk nichts zu befürchten.«

»Denn«, ergänzte Cestus noch, »wir sind das Volk.«

Ein verblüffender Anblick erwartete uns. Der Hof der Ungläubigen war mit Menschen gefüllt. Sie standen barhäuptig, ohne einen Laut. Manche von ihnen trugen Schwerter und Speere, andere Standarten, auf denen stand: »Jesus von Nazareth, König der Juden.«

Jetzt wußte ich, warum der Verhandlung kein Urteil gefolgt war. Aus seinem Umgang mit den Römern hatte Hannas schon vor langem gelernt, daß nur derjenige, der Mut mit Vorsicht mischt, den nächsten Tag erleben wird.

Die Menge verhielt sich diszipliniert und geordnet. Dennoch ging von ihr eine Drohung aus, wie sie kein unbeherrschter Mob ausstrahlen konnte. In vorderster Front sah ich Simon Zelotes. Er schwang das Schwert in einer Hand, in der anderen einen Speer. Offensichtlich glaubte er nicht an das Sprichwort, daß wer durch das Schwert lebt, auch durchs Schwert umkommen werde.

Dieses hier war keine hilflose Schar von Pilgern. Mein Blick wanderte zu den Türmen der Festung hinauf. Die römischen Soldaten in ihren roten Mänteln standen zum Kampf gerüstet. Heute aber gab es kein einziges spöttisches Lächeln. Sie waren gespannt, schweigend bereit, wie die Legionen es immer waren. Doch obwohl ihr Befehlshaber mit in der Mittagssonne glänzendem Schädel mitten unter ihnen stand, gab er kein einziges Kommando. Dafür war Pilatus viel zu sehr Diplomat. Rom konnte *ein* Massaker dulden, *zwei* jedoch in so schneller Folge könnten auf eine zu schlaffe Zügelführung durch die Regierung hindeuten. Und in dieser Volksmenge herrschte eine ganz andere Stimmung als bei den Pilgern.

Cestus hob den Arm zum Siegesgruß.

»Hier«, rief er laut, »wurde Jesus heute gerechtfertigt!«

Wie aus einem Mund stieß die Menge ein ohrenbetäubendes Gebrüll aus. »Du siehst«, sagte Cestus und winkte dem grinsenden Simon Zelotes zu, »so einfach ist das.«

Mich aber überkam in diesem Augenblick scheinbaren Triumphes ein äußerst starkes Unbehagen.

Abermals blickte ich zum Turm hinauf, zu der hohen, gebieterischen Gestalt im römischen Gewand.

Um seine Lippen spielte ein Lächeln.

10

Maria von Magdala

Jesus hatte eine besondere Zuneigung zu Frauen, und sie erwiderten dieses Gefühl. Er liebte ihre weichen Stimmen und ihre sanfte Art. Es war etwas Geheimnisvolles am Wesen der Frauen, das außerdem seinen Hang zur Mystik ansprach. Vielleicht, weil er seiner Mutter so nahestand, brachte er sie alle mit ihr, mit seinem Ideal an Keuschheit und Tugend, in Verbindung. Entgegen den Sitten brachte er den Frauen die gleiche Achtung entgegen wie den Männern. Ihre Bedürfnisse und Funktionen waren zwar andere, vom menschlichen Standpunkt aber waren sie den Männern gleich, und er übte ihnen gegenüber die gleiche Rücksicht. »Im Grunde schulden wir ihnen mehr«, sagte er, »da sie vor dem Gesetz geringer geachtet werden. Sie dürfen nicht mit den Männern zusammen in der Synagoge sitzen, sie müssen auf der Straße hinter ihnen gehen und haben kein Ansehen vor Gericht. Nicht einmal die Ehe bietet ihnen Sicherheit, daher sind sie hilflos, denn einen Beruf auszuüben ist ihnen verwehrt.«

Er bekämpfte heftig jenen moralischen Wertmaßstab, der von den Frauen mehr verlangte als von den Männern. Und er verabscheute den uralten Brauch, in Schande geratene Frauen auf dem Marktplatz für ihre Sünden zu steinigen.

»Ist ihre Schande nicht ein Kreuz, an dem sie schwer genug zu tragen haben?«

Alle außer Johannes hatten geliebte Menschen verlassen müssen, um ihm zu folgen; es schien uns daher, als machte er unseren Verlust noch schwerer, indem er die Frauen erhöhte.

Er jedoch war anderer Meinung.

»Je mehr man gibt, um so mehr erhält man.«

Petrus verstand ihn wie üblich am wenigsten. »Warum, Herr, war es notwendig, daß wir unsere Familien aufgaben?«

In vorgetäuschter Verwunderung schüttelte er den Kopf. »Petrus, den ich den Felsen genannt habe, begreift mich nicht! Erinnerst du dich nicht an die Botschaft, die ich meiner eigenen Mutter und meinen Brüdern ausrichten ließ, als sie draußen vor der Tür warteten?«

»Du ließest ihnen sagen, du hättest keine Familie.«

»Ich sagte, meine Familie sei die ganze Welt.«

Thomas, der Skeptiker, krauste daraufhin die Stirn. »Sind denn nicht unsere Frauen und Kinder ebenfalls von dieser Welt?«

»Aber nicht mehr als die anderen, sobald ihr euch entschlossen habt, allen Menschen im himmlischen Königreich zu dienen. Denn man kann nicht zwei Herren dienen.«

In meinem gegenwärtigen Zustand tanzte die Vorstellung von Rahels lieblichem Gesicht und ihrer reizenden Gestalt qualvoll verlockend vor meinem inneren Auge.

»Können wir denn nicht irgendwie dieser Liebe zu einer Frau anhängen und dennoch der ganzen Welt dienen?«

Er betrachtete mich ernst. »Du, Juda, möchtest Befehlshaber einer Truppe von Männern sein. Wen würdest du für tapferer in der Schlacht halten: den Soldaten mit Frau und Kind daheim, denen seine Sorge gilt, oder den Unverheirateten, der sich von ganzem Herzen einer heiligen Sache widmet?«

Sogar die Augen des Petrus leuchteten auf, und ich mußte ihm stillschweigend recht geben.

Aber wie überwindet ein Mann das Fieber, das ihn quält, während er vergebens Schlaf sucht? Ich war weder ein Anhänger des Zölibats wie der Täufer, noch ging ich so völlig im Leben anderer auf wie der Meister.

Simon Zelotes hegte ähnliche Zweifel.

»Ist es denn natürlich, Meister, den Trieb zu unterdrücken, den Gott in die Lenden aller Männer gepflanzt hat?«

Es herrschte Schweigen, während die Blicke der Zwölf sich dem Meister zuwandten.

Der Meister war selten diplomatisch, denn zuviel Takt hielt er für eine Form der Heuchelei. Daher machte er auch jetzt keinen Versuch, unseren Wünschen entgegenzukommen. »Zur Zeit Mose hieß es: ›Du sollst nicht ehebrechen.‹ Ich aber sage euch: Jeder, der eine Frau mit begehrlichen Augen ansieht, ist in seinem Herzen bereits in ihre Ehe eingebrochen.«

Ich protestierte sofort. »Aber Ehebruch, Meister, trifft nur auf Mann und Frau zu. Wie kann ich unverheirateter Mann dieses Gebot brechen, es sei denn, er hat, wie König David, Umgang mit einer verheirateten Frau?«

Petrus mußte sein überlegenes Wissen zeigen.

»Bathseba«, antwortete er lächelnd, »war Witwe.«

»Und wer hat sie zur Witwe gemacht?« gab ich höchst empört zurück.

Jesus hatte diesen Wortwechsel mit der Andeutung eines Lächelns verfolgt.

»David begehrte die Frau, und bald wurde aus dem Gedanken die Tat«, erklärte er.

»Mit einem Mord obendrein.«

Der Meister krauste bedrückt die Stirn, denn seine Liebe zu David war immer spürbar.

»David bereute. Dennoch erfuhr er in seinen letzten Jahren die Vergeltung des Herrn, als sein geliebter Sohn sich gegen ihn stellte.«

Ich wollte mich so nicht abspeisen lassen.

»Ehebruch und Unzucht sind nicht dasselbe, denn der unverheiratete Mann kann Unzucht treiben, wann er will, ohne jemandem untreu zu sein.«

»Er ist untreu gegen sich selbst, und das ist die größte Treulosigkeit von allen.«

»Aber wie«, fragte ich ihn, »kann man dann eine Frau lieben, ohne mit ihr verheiratet zu sein?«

»Die Liebe hat viele Ausdrucksmöglichkeiten, Juda, und ich sage euch abermals, daß die geistige Liebe die fleischliche um ein Zehnfaches übertrifft.«

Wie ich feststellte, hatte ich einen unerwarteten Verbündeten in Johannes.

»Meister, muß man bis zur Hochzeitsnacht jungfräulich bleiben?«

Jesus erwiderte mit jenem liebevollen Lächeln, das er nur dem jüngsten seiner Anhänger zukommen ließ: »Es bedeutet, mein lieber Johannes, daß man in Gedanken rein bleiben soll.«

Er sah uns alle mit ernster Miene an. »Alle, die hier sind, wurden aus anderen Gründen erwählt, unsere Kraft drückt sich in anderen Schöpfungen aus.«

»Aber, Meister«, fuhr Johannes mit seiner arglosen Art fort, »was ist denn größer als die Liebe eines Mannes für seine Brüder? Hast du uns nicht immer wieder ermahnt, einander zu lieben?«

»Ihr seid alle zu einem Zweck erwählt worden, der größer ist als ihr selbst. Ihr seid die Werkzeuge eines großen Planes, in dem auch ich nur ein Werkzeug bin. Wenn ihr mehr über Gottes Plan erfahrt, wird euch das, dem ihr den Rücken gekehrt habt, als ein geringer Preis für das Licht erscheinen, das ihr in die Welt bringt.«

Jesu Blick wanderte von Andreas zu Petrus und dann weiter zu mir. »Ihr zwölf verkörpert die Größe und die Niedrigkeit des Menschen. Kein Opfer wird zu groß, kein Verrat zu niedrig für euch sein. Einige von euch, die das Leiden des Menschen verkörpern, werden in meinem Namen leiden müssen. Andere werden sich an dem Bewußtsein freuen, daß alles, was ich euch sage, wahr ist. Jetzt zweifelt ihr noch, wie Generationen von Menschen zweifeln werden, bis Gott sein Volk wiederherstellt und der Menschensohn unter dem Donner des Himmels und dem Aufbrechen der Erde zum zweitenmal wiederkehrt.«

Mich kümmerten zukünftige Erdbeben nicht, mich kümmerte die schwer erträgliche Gegenwart. Hatte er nicht selbst gesagt: »Jeder Tag hat genug mit seiner eigenen Plage!«? Er war selber ein Pragmatiker. Als der Jünger Dysmas um Urlaub bat, um seinen Vater zu begraben, gab er deutlich zu verstehen, daß er nur an den Augenblick glaube. »Folge mir nach«, sagte er, »und laß die Toten ihre Toten begraben.«

Tag für Tag gingen wir in Jerusalem in den Tempel. Er setzte sich an den gewohnten Platz, im Schatten der Kolonnaden in der Halle des Salomo, wo er zu Juden und Ungläubigen gleichermaßen sprach. Er schien die meisten Streitgespräche mit seinen Widersachern zu genießen. Seine Logik war unangreifbar, und das reizte seine Gegner unsäglich. Denn bevor Jesus zu lehren begann, hatten sie dieses Gebiet allein beherrscht und das Lob ihrer Zuhörer mit keinem anderen teilen müssen.

Der Gedanke, sie könnten ihm gewachsen sein, war absurd. Aber sie versuchten es immer wieder. Joel von Hebron, ein reicher Grundbesitzer und Pharisäer, hatte den Meister zur Abendmahlzeit geladen. Als einziger der Zwölf durfte ich ihn begleiten, da Joel für Galiläer nichts übrig hatte. Wir kamen durch ein Atrium voller Blumen und durch einen Marmortorbogen in ein weites Speisegemach, wo es von Dienern wimmelte. Es schien beinahe, als wolle der reiche Pharisäer dem Meister vorführen, wieviel Schönheit und Luxus man sich durch weltlichen Besitz leisten konnte. Als wir uns nach dem Stil der Römer auf riesige Polster niederließen, sah ich überrascht, daß wir nur zu dritt waren. Denn ich hatte halb und halb eine Art Schiedsgericht von nörgelnden und krittelnden Pharisäern vorzufinden erwartet. Das Mahl war üppig. Obst und Käse, Fisch und Geflügel von jeder Art sowie ein köstlicher Lammbraten.

Der Meister aß mäßig und berührte den Rand eines goldenen, mit seltenem griechischem Wein gefüllten Bechers kaum mit den Lippen. Von Zeit zu Zeit blickte er an dem Pharisäer vorbei zur Tür, als erwarte er, es werde noch jemand hereinkommen. Ich widmete mich ausgiebig den aufgetragenen Speisen, denn seit ich mein eigenes Heim verlassen hatte, konnte ich mich nur selten einer so exquisiten Mahlzeit erfreuen.

Vertieft, wie ich war, bemerkte ich die Gegenwart eines Neuankömmlings erst, als eine leichtfüßig an mir vorbeitanzende Gestalt einen flüchtigen Luftzug verursachte. Verblüfft hob ich den Kopf. Der Meister betrachtete schweigend eine spärlich bekleidete junge Frau, die sich vor unseren Augen verführerisch drehte und wand. Ein verstohlener Blick auf den Pharisäer zeigte mir, daß ein Funkeln der Genugtuung in seinen verschlagenen Augen stand.

Die Frau war wohlgestaltet, ihre Gesichtszüge jedoch waren unscheinbar und durch ein schielendes Auge ein wenig entstellt. Sie tanzte mit einer gewissen animalischen Wildheit, doch es war auf den ersten Blick deutlich, daß das Tanzen nicht ihr eigentlicher Beruf war.

Als sie den Tanz beendet hatte, neigte sie sich tief vor dem Meister, warf sich vor ihm zu Boden und küßte, ehe er sie daran hindern konnte, seine mit Sandalen bekleideten Füße.

Während sie auf der Erde lag, als halte eine unsichtbare Kraft sie fest, beugte er sich mitleidigen Blickes vor und sagte sanft: »Gott segne dich, meine Tochter, denn gegen dich ist mehr gesündigt worden, als du selber gesündigt hast.«

Sie hob den Kopf; ihre dunklen Augen schimmerten feucht.

»Meister, ich habe dich auf den Straßen reden hören und fühle mich in meiner Unwürdigkeit zu dir hingezogen.«

Inzwischen war ich überzeugt, daß dies eine Falle sein sollte. »Wie kommt es, daß diese Frau hier ist?« fragte ich scharf.

Ehe der Pharisäer antworten konnte, winkte der Meister meinen Protest beiseite. »Was macht es, warum sie hier ist, solange sie hier ist?«

Jetzt stand sie auf und holte ein Alabastergefäß mit kostbarem Öl aus feinstem Moos und stellte es neben ihm auf den Boden. »Dies ist für dein Wohlergehen, Meister.«

Ich konnte mir denken, wie sie das Geld für den Kauf dieses Salböls verdient hatte; es war eindeutig eine Beleidigung für den Meister, daß er auf diese Art beschmutzt werden sollte.

Ärgerlich sah ich den Pharisäer an, der sich sehr zu amüsieren schien, und wollte die Gabe für die Schatztruhe an mich nehmen.

»Ich werde dieses kostbare Salböl nehmen und verkaufen und den Erlös an die Armen verteilen.«

Doch der Meister schüttelte den Kopf. »Betrübe diese Frau nicht, weil sie ein gutes Werk an mir tun wollte. Weißt du denn nicht, Juda, daß ihr die Armen allezeit bei euch habt, mich aber nur eine kurze Zeit?«

Die junge Frau begann zu weinen; die Tränen strömten ihr über die Wangen. Er wollte sie trösten, aber sie schluchzte nur um so stärker. Plötzlich kniete sie abermals nieder, zog ihm mit einer anmutigen Bewegung die Sandalen aus und wusch ihm die Füße mit ihren Tränen. Mit ihren langen Haaren trocknete sie sie sodann und begann sie mit dem Öl zu salben.

Der Meister hatte die Augen geschlossen und schien nichts anderes um sich herum zu bemerken als die Dienstleistung dieser Frau. »Du sprichst wie eine Galiläerin«, sagte er, als sie sich wieder erhoben hatte und ihn schweigend, wie gebannt ansah.

»Ich komme aus diesem Landesteil«, antwortete sie ihm. »Und als kleines Mädchen schon habe ich von einem wie dir gehört, der das Volk Israel von seinen Sünden erlösen wird. Später hörte ich zu, wie du über die Erlösung von den Sünden durch Buße sprachst, und weinte über das, was ich bin.«

»Und was bist du anderes als ein Kind Gottes?« entgegnete er sanft.

Joel, der Pharisäer, hatte offensichtlich das Gefühl, der Meister habe einen Fehler begangen. Er beugte sich zu mir und flüsterte mir hinter der vorgehaltenen Hand zu: »Wenn dieser dein Jesus ein Prophet wäre, so würde er wissen, was für eine Person diese Frau ist, die ihn da anrührt: eine Sünderin!«

Der Meister, der dies gehört hatte, wandte sich ihm mit dem gleichen Lächeln zu, das er der Frau geschenkt hatte.

»Joel von Hebron, ich habe etwas zum Nachdenken für dich. Höre gut zu.«

»Das werde ich«, antwortete Joel gutmütig.

»Ein Gläubiger hatte einmal zwei Schuldner; der eine schuldete diesem Mann, den wir Joel nennen wollen, fünfhundert, der andere fünfzig Silberstücke. Als sie nun außerstande waren, es ihm zurückzugeben, erließ er beiden ihre Schuld. Und nun, Joel, sage mir –« der Meister senkte die Stimme zu vertraulichem Ton –, »wer von den beiden wird ihn daraufhin mehr lieben?«

Joel zog, angestrengt nachdenkend, die Brauen zusammen. »Ich nehme an: der, dem er die größere Summe erlassen hat.«

»Gut, Joel. Da hast du richtig geurteilt.«

Als nun der Pharisäer sich brüstete, wurde die Miene des Meisters finster. »Siehst du diese Frau hier, Joel? Beachte sie wohl, denn sie steht hier zum Urteil für dich. Ich bin in dein Haus gekommen, und du hast mir zwar ein gutes Mahl vorgesetzt, mir aber kein Wasser für die Füße gegeben, wie es der Brauch bei uns ist. Sie aber hat meine Füße mit ihren Tränen benetzt und sie mit ihrem Haar getrocknet. Du hast mir keinen Begrüßungskuß gegeben. Doch sie hat, seit sie hier ist, unaufhörlich meine Füße geküßt. Du hast mein Haupt nicht mit Öl gesalbt. Doch sie hat meine Füße mit kostbarem Öl gesalbt.«

Joel war betreten, denn er wußte, daß er in seinem Wunsch, den Gast zu demütigen, die einfachsten Höflichkeitsregeln für einen Gastgeber vernachlässigt hatte.

»Du hast dich mit dieser Frau entehrt«, stieß er hervor, »und nun beschuldigst du mich!«

»Du bist dein eigener Ankläger, Joel. Aus diesem Grund sage ich zu dir, daß ihr ihre Sünden, deren viele sind, vergeben sind. Denn sie hat viel geliebt. Wem aber wenig vergeben wird, der hat auch wenig geliebt. Dir, Joel, wird wenig vergeben.«

In seinem Unbehagen wandte Joel das Gesicht ab und kehrte der Frau, die er zu dieser Gelegenheit gemietet hatte, den Rücken.

Ohne einen Blick für den Pharisäer näherte sie sich dem Meister und küßte ihm ehrfürchtig die Hand.

»Gehe hin in Frieden«, sagte er. »Wir werden uns bald wiedersehen.«

»Das hoffe ich, Meister, denn du erfüllst mein Herz mit Gesang. Und es war seit vielen Jahren leer.«

»Ich befreie dich von dem Bösen, und du wirst rein sein.«

Vor meinen Augen nahm das Gesicht der Frau die Ruhe und den Frieden einer Heiligen an.

Ich betrachtete sie verwundert. »Aber, Meister, wie hast du das bewirkt?«

»Juda, Juda!« tadelte er mich. »Wie viele Wunder muß ich noch vollbringen, bis du weißt, daß der Menschensohn nur das bewirkt, was ihr alle, du und die anderen, im Glauben an den Vater auch bewirken könnt?«

Ich hatte in der Tat in mir eine Fähigkeit, zu heilen und die Kranken und Elenden zu trösten, entdeckt, die ich in mir nicht vermutet hätte. Und ich hatte bemerkt, ohne es zu verstehen, daß die Heilkraft, die ich besaß, sofort abnahm, wenn ich mit meinen Gedanken nicht ganz bei dem Menschen weilte, den ich heilen wollte, und das Gefühl des Einklangs mit der Natur nicht vorhanden war.

Die Frau hatte seinen Worten aufmerksam gelauscht, doch es war klar, daß sie über ihr Begriffsvermögen gingen.

In ihrer Schlichtheit reagierte sie nur auf die Ausstrahlung des Meisters.

»Darf ich dir folgen?« rief sie aus und küßte abermals seine Füße.

Wieder richtete er sie auf.

»Die Zeit wird kommen, da wird mir keiner mit größerem Glauben an einen größeren Ort folgen.«

Mit besorgtem Blick sah er ihr nach, als sie davonging.

»Sei ohne Furcht«, sagte er. »Wir werden uns bald wiedersehen.«

Wir hatten unser Lager auf dem Ölberg aufgeschlagen, weit entfernt von allen anderen, und gingen lediglich in die Stadt, um dort zu beten oder die wenigen Dinge einzukaufen, die wir benötigten.

Normalerweise beaufsichtigte ich die Einkäufe, denn ich hatte den Geldbeutel in meiner Obhut, aber ich kaufte nicht gern an den Ständen im Tempel. Die Preise waren unmäßig, denn die Pilger waren sofort bereit, alles zu zahlen, um später sagen zu können, sie hätten dies oder jenes am Ort der Anbetung Gottes erworben. Da ich sparsam mit dem Geld umging, fügten sich die anderen meinen Wünschen. Eines Tages war ich zum Einkauf in die Straße der Käsemacher gegangen, da mir dies wieder einmal Gelegenheit verschaffte, mich mit den *Amharetzin* zu unterhalten und Freiwillige für den Zeitpunkt des Aufstandes zu werben. Ich hatte etwas Ziegenkäse gekauft, der sich bei diesem warmen Wetter gut hielt, sowie getrocknete Feigen und Datteln, die unser Meister am liebsten aß. Die anderen Jünger hatten sich mittlerweile über das Armenviertel der Stadt verteilt, um dort zusätzliche Vorräte zu besorgen.

Als ich mich auf den Rückweg zum Tempel machte, wo der Meister zuvor gesprochen hatte, bemerkte ich eine etwa vierzigjährige schlampige und sehr erregte Frau, die mich in der mit Kopfsteinen gepflasterten Gasse anhielt.

»Herr«, sagte sie, »weißt du etwas von einem Lehrer, den man Josua nennt und der, wie man sagt, alle möglichen Wunder vollbringt?«

»Ja, ich weiß von so einem Mann«, antwortete ich zögernd.

Sie warf mir einen gequälten Blick zu und strich sich das wirre Haar aus der Stirn.

»Ist es wahr, was man von ihm sagt?«

Der Meister hatte uns ermahnt, vorsichtig zu sein. Nach allem, was ich wußte, konnte die Frau eine Spionin der Römer sein, wenn es auch kaum wahrscheinlich war. Aber sie hatten überall ihre Leute.

»Was sagt man denn?« Ich verkürzte meine Schritte und paßte sie den ihren an.

»Daß er die Kranken heilen und Wasser in Wein verwandeln kann.« Sie musterte mich eindringlich. »Manche Leute tuscheln sogar, er sei der Verheißene Israels, gesandt, uns von den heidnischen Eindringlingen zu befreien.«

Wieder schoß mir der Gedanke durch den Kopf, sie könne eine Spionin sein, denn es geschah selten in Israel, daß eine Frau einen Fremden so kühn in der Öffentlichkeit anredete.

»Bist du aus Galiläa?« erkundigte ich mich, Zeit zu gewinnen.

»Warum fragst du?«

»Ich habe Freunde aus Galiläa«, antwortete ich mit geheimnisvollem Lächeln, »und du sprichst mit demselben komischen Zischeln wie sie.«

»Seit ich Witwe geworden bin, lebe ich in Jerusalem und war immer stolz darauf, keinen Akzent mehr zu haben.«

Sie war vorläufig abgelenkt, doch ihre Miene wurde schon bald wieder sorgenvoll.

»Ich suche meine Tochter und dachte, dieser Wundermann könnte mir helfen. Man sagt, er kann sogar Sterbenden helfen.«

»Seit wann ist sie denn fort?« fragte ich sie, während wir uns im Schneckentempo dem Tempel näherten.

»Seit sieben Jahren.« Und dann begann sie mit einer Geschwätzigkeit zu erzählen, die mich mein Urteil revidieren ließ. Keine Spionin hätte so ausgiebig über so wenig plappern können.

»Mein Mann und ich wollten unsere Tochter mit einem jungen Mann vermählen, der ihr nicht gefiel. Sie floh am Vorabend der Hochzeit, und wir haben sie seither nicht mehr gesehen.«

Wie konnte man seinem eigen Fleisch und Blut nur so etwas Übles antun wollen?

Sie zögerte einen Moment, dann sagte sie mit einer Offenheit, die manche Menschen nur Fremden gegenüber an den Tag legen:

»Sie war für ihre Jahre zu reif, und wir fürchteten um ihre Keuschheit. Denn sie wirkte auf weitaus ältere Männer anziehend, obwohl sie an einem kleinen Körperfehler litt.«

»Wie alt war deine Tochter?«

»Vierzehn. Alt genug, um verheiratet zu werden.«

Ihre Geschichte erinnerte mich an die junge Frau, die Jesus erst wenige Tage zuvor geheilt hatte. Auch sie war Galiläerin und ungefähr im Alter dieser Tochter. Aber das hieß natürlich, den Zufall allzusehr strapazieren. Und dennoch – genau wie er der einen geholfen hatte, konnte er der anderen helfen. Ich war fest überzeugt, daß er schlechthin alles konnte. Und nun, da mein Argwohn durch ihre Redseligkeit zerstreut worden war, fragte ich mich, wieso diese Frau von dem Messia sprach.

»Vor vielen Jahren hatte ich einen Traum«, berichtete sie mit einem fernen Blick, der sie beinahe hübsch erscheinen ließ. »In jenem Traum sah ich den Gesalbten Israels, den Erlöser, um den mein Volk seit so langer Zeit betet.«

»Aber du bist Galiläerin.«

»Das war er auch, ein treuer junger Galiläer, mit bronzefarbenem Haar, blauen Augen und der schlanken, geschmeidigen Kraft der Zehnjährigen.«

Ich fuhr unwillkürlich zusammen, entgegnete jedoch lächelnd: »Was haben die Galiläer mit Israels innigster Hoffnung zu tun?«

»Ich bin von meiner Mutter Seite aus Judäa, und das war er auch.«

Wie erstaunlich, daß dieses rauhe Land Galiläa, dessen Vergangenheit so voller Schandflecken war, beim Kommen des Messia eine so wichtige Rolle spielen sollte! Jesus sagte, die Geheimnisse des Lebens blieben den Weisen und Vorsichtigen verborgen, würden den Schlichten und Unwissenden jedoch enthüllt, und er mochte aus diesem Grund recht daran getan haben, die Galiläer zu erwählen. Gab es einen besseren Grund?

»Und was hast du geträumt?« fragte ich sie mit zunehmendem Interesse.

»Es war merkwürdig. Ich sah, wie er sich über eine junge Frau neigte und sie segnete. Und nach allem, was ich von ihrem Gesicht sehen konnte, war diese Frau meine Tochter.«

»Warum sollte deine Tochter beim Messia sein?«

»Ich weiß es nicht. Das hat mich immer schon gewundert. Aber der Traum war so lebhaft, daß ich niemals im mindesten daran gezweifelt habe.«

Es war anscheinend wirklich nur das Gesicht einer ungebildeten Frau, geboren aus Israels uraltem Wunsch nach einem Retter.

Dennoch fühlte ich mich zu der Frage bemüßigt: »Und was ist aus diesem Mann in deinem Traum geworden? Ist er je in Wahrheit gekommen?«

»Ich glaube ihn einmal gesehen zu haben, in einer Synagoge von Magdala. Er kam aus Nazareth und predigte, während ich oben neben seiner Mutter stand. Sie sah so jung aus, als wäre sie seine Schwester.«

»Und ihr Name?«

»Sie hieß Mirjam oder Maria, auf hebräisch oder aramäisch,

ganz wie du willst.« Sie seufzte. »Ich muß mich getäuscht haben. Denn das war vor zehn Jahren, als er kaum älter als zwanzig sein konnte, und seitdem habe ich nichts mehr von ihm gesehen oder gehört. Wäre er der Messia gewesen, so wäre er gewiß jetzt im ganzen Land bekannt.«

Unter leichtem Geplauder waren wir an einer Reihe baufälliger Häuser vorbeigekommen und hatten uns vor dem ekelerregenden Gestank des Unrats die Nase zugehalten. Dann kamen wir von der Straße der Weinmacher und der Straße der Ziegenhirten aus auf eine kleine Anhöhe, wo wir einen freien Blick auf den Tempel hatten.

Als wir einen Moment stehenblieben, bemerkten wir unten vor den Tempeltoren eine lärmende Menschenansammlung. Zweifellos war dort, im Zentrum des Gewimmels, der Meister zu finden. Von unserem Platz aus zu urteilen, handelte es sich um einen in Wut geratenen Mob. Schrille Stimmen vibrierten schneidend in der dünnen Luft.

»Töten!« hörte ich sie rufen. »Töten! Töten! Töten!«

Sekundenlang wurde mir regelrecht übel; ich begann zu laufen und winkte der Frau, mir nachzukommen, so schnell sie konnte. Ein wenig stolpernd, stürzte sie hinter mir her. Keuchend und außer Atem holte sie mich am Rand der Menge ein. Jetzt sah ich, daß der rasende Haufen von Pharisäern und Schriftgelehrten angeführt wurde. Die Zielscheibe ihrer Wut war eine schlanke, ungefähr einundzwanzigjährige Frau, die trotzig die langen schwarzen Locken zurückwarf. Weder in ihren flammenden Augen noch an ihrer geschmeidigen, wie zum Sprung geduckten Haltung war eine Spur von Furcht zu entdecken.

Voller Schrecken erkannte ich sie.

Wie schwach doch das Fleisch ist, wie schwankend der menschliche Wille! Sie war geheilt und gerettet worden und hatte so bald schon wieder gesündigt!

Der Meister stand natürlich im Mittelpunkt des Geschehens. Er hatte sich entschlossen an ihre Seite gestellt, und in seinen Augen war ein zorniger Ausdruck.

Ein Stein flog an ihm vorbei, traf die junge Frau am Kopf, so daß sie aufs Pflaster schlug.

Rasch trat der Meister zwischen die Volksmenge und die wie leblos daliegende Gestalt.

Ein zweiter Stein, aus den hinteren Reihen geworfen, schlug gegen seine Brust.

Mit durchdringendem Blick musterte er die Rasenden, sein Gesicht umwölkte sich.

»Halt!« gebot er mit einer Stimme, daß die frische Herbstluft zu klirren schien. »Wer den nächsten Stein wirft, der wird ohne Hoffnung auf Rettung in Sünde sterben!«

Ich sah, wie sie zögerten. Sie blickten die Pharisäer und Schriftgelehrten an, doch diese Heldenmütigen wandten, von seinem Zorn eingeschüchtert, verlegen den Blick ab. Aber eine Menge, die einmal erregt ist, gibt niemals so leicht auf. Darum behielt ich diese Feiglinge aufmerksam im Auge. Plötzlich stürzte eine Frau unter schmerzerfüllten Schreien an mir vorbei, so daß ich unwillkürlich zusammenzuckte.

»Meine Tochter! Meine Tochter!« rief die Alte, die den Traum gehabt hatte. »Sie haben meine Tochter getötet!«

Sie wollte sich schützend auf die liegende Gestalt werfen, wurde durch die starke Hand Jesu aber zurückgehalten. Rasch kniete er nieder, untersuchte die junge Frau behutsam, blies ihr seinen Atem in den Mund und berührte sie an der Schläfe, wo sich eine Schwellung zeigte. »Erhebe dich und sei geheilt, Maria Magdalena«, sprach er.

Sie richtete sich auf und rieb sich die Augen.

Die Pharisäer und Schriftgelehrten standen verdrossen dabei, und der Pöbel, den sie angeführt hatten, wich voll Schrecken über dieses Wunder zurück und ließ die Steine aus den Händen fallen.

Rabbi Ezra, unser alter Freund, und der Meister maßen sich über wenige Metern hinweg mit den Blicken.

»Diese Frau«, behauptete Ezra kalt, »ist auf frischer Tat beim Ehebruch ertappt worden. Mose hat uns im Gesetz geboten, solche Menschen zu steinigen.«

Jesus erwiderte seinen Blick mit gütigem Lächeln. »Und welche Strafe erhält der Mann, mit dem man sie gefunden hat?«

Die Zuhörer erstarrten. »Das Gesetz spricht nicht vom Mann.«

Der Blick des Meisters streifte freundlich über die Menschen hin. »Wie kann einer allein Ehebruch begehen?«

Innerlich lachte und jubelte ich über die Niederlage des Rabbi Ezra.

»Willst du dich über das Gesetz erheben?« rief er Jesus wütend zu.

Vor aller Augen bückte sich der Meister und malte mit dem Finger im Sand.

Dann richtete er sich auf, blickte über den Kopf des Rabbi hinweg auf die Menge und sprach laut, was er geschrieben hatte:

»Wer von euch ohne Fehl ist, werfe den ersten Stein auf sie.«

Unter seinem Blick schlichen sich viele Zuschauer davon und vermieden es dabei, den Pharisäer-Anführer anzusehen, der außer sich war vor Wut. »Ihr Feiglinge!« schrie er ihnen nach. »Ihr elenden Feiglinge!«

Der Schatten eines Lächelns spielte um die Lippen des Meisters. Abermals bückte er sich und malte mit dem Finger ein paar Worte in den Sand. Und dann las er denjenigen, die immer noch unsicher zögerten, abermals vor, was er geschrieben hatte:

»Wer von euch nicht bei dieser oder einer anderen Frau gelegen hat, werfe den ersten Stein.«

Als er aufblickte, waren alle verschwunden, sogar der Rabbi Ezra, der aufgebracht die Faust geschüttelt hatte und dann hinter den anderen her davongeschlichen war.

Bis auf die weinende Mutter waren wir allein mit der gefallenen Frau. Sie hatte nur Augen für den Meister, er aber sprach hart mit ihr und sagte: »Tröste deine Mutter, die du heute hier gefunden hast. Mutter, tröste deine Tochter.«

Sie umarmten sich, doch diejenige, die Maria Magdalena hieß, richtete sofort wieder den Blick auf ihn.

»Wie kann ich es dir lohnen, daß du mir zweimal vergeben hast?« fragte sie ihn.

Er musterte sie ernst. »Ob deiner Ehrerbietung für den Menschensohn wirst du niemals vergessen werden.«

Ich erkannte, daß Jesus seltsam bewegt war.

»Für deinen Glauben sollst du in den Himmel aufsteigen und wiedergeboren werden.«

Die Mutter war von Anbeginn voll Kummer und Sorge gewesen. Jetzt aber war der Schock über das Wiedersehen mit der Tochter und die Verwirklichung ihres Traumes zuviel für sie. Ihr Gesicht hatte eine unnatürliche Blässe angenommen, und ihre Augen glänzten, als erlebe sie ihren Traum von neuem. »Ich danke dir, Gott«, keuchte sie, »daß du mich den Erlöser hast schauen lassen.« Mit diesen Worten stieß sie vor unseren Augen einen leisen Seufzer aus und gab den Geist auf.

Rasch tastete ich nach ihrem Puls. »Sie ist tot!« rief ich.

Der Meister betrachtete ihr Gesicht. »Sieh hin! Hast du je friedlichere Züge geschaut?«

Sie zeigte wirklich einen Ausdruck des Friedens.

»Sie ist bei Gott«, sagte er schlicht.

Ich begriff nicht, warum er ihren Tod mit so philosophischer Ruhe hinnahm, während er über andere doch so sehr trauern konnte.

Zutiefst verwundert sah er mich an. »Erkennst du denn nicht, Juda, daß ihre Aufgabe auf dieser Welt beendet war? Und jetzt ist sie wegen ihres Glaubens bei Gott in einem weit herrlicheren Reich als diesem.«

Die Tochter stand trockenen Auges und unbewegt daneben.

»Ich habe keine Familie«, erklärte sie. »Ebensowenig wie der Meister.«

»Es ist ein Unterschied«, entgegnete er. »Denn meine Familie ist von Gott, und die deine ist von dieser Welt.«

»Ich müßte heucheln, wenn ich nach all den Jahren Kummer zeigen sollte. Wären meine Eltern nicht gewesen, ich wäre heute nicht der Gegenstand allgemeiner Verachtung. Sie haben mich gezwungen, auf die Straße zu gehen.«

Er blickte ihr tief in die Augen. »Hast du eine Schwester?«

»Ja.« Das klang mürrisch.

»Und hat sie denselben Weg beschritten wie du?«

»Sie wurde mehr geliebt als ich.«

»Maria, Maria!« sagte er traurig. »Wenn du nur die liebst, die auch dich lieben, was solltest du dafür besonderen Dank erhalten? Das tun sogar die Römer und Steuereinnehmer. Doch segne, die dir fluchen, und tue Gutes denen, die dich hassen, und du wirst vollkommen sein wie unser Vater im Himmel.«

Sie blickte an ihrem Körper herab, dessen Fleisch wie Elfenbein durch die zerrissenen Gewänder schimmerte, und begann zu weinen. »Wie kann ich je rein werden?«

Er betrachtete sie mitleidig.

»Deine Reue macht dich rein vor Gott, und neben ihm zählen die anderen nicht. Deine Beschuldiger sind auch Sünder und verblassen vor dem Gericht des Herrn. Es ist niemand da, der dich anklagt, als dein eigenes Gewissen.«

Er legte ihr den Arm um die Schultern. »Sieh dich um, Frau, wo sind deine Ankläger?«

Ihre Augen leuchteten vor Dankbarkeit.

»Du hast sie vertrieben, Meister.«

»Hat niemand das Urteil über dich vollstreckt?«

Sie verneigte sich tief. »Keiner, Herr.«

»Auch ich und der Vater verurteilen dich nicht.« Er strich ihr freundlich über den Kopf, während sie ihn in stummer Verehrung ansah. »Geh hin, sündige von jetzt an nicht mehr. Durch die Taufe des Herzens bist du rein gemacht und wiedergeboren.«

Jetzt blickte Jesus auf die Tote hinab. »Um ihrer Familie willen, Juda«, wies er mich an, »möchte ich, daß du dich um ihre sterbliche Hülle kümmerst und dafür sorgst, daß sie im Angesicht Gottes begraben wird.«

Maria Magdalena seufzte. »Hilf mir, sie in das Haus der Martha und des Lazarus in Bethanien zu bringen. Sie waren ebenfalls ihre Kinder.«

Jesus musterte sie durchdringend. »Sind sie nicht auch dein Bruder und deine Schwester?«

Sie preßte die Lippen zusammen. Dann antwortete sie ernst: »Ihre Tür ist mir verschlossen.«

»Nicht lange mehr, Maria aus Magdala, denn auch Martha und Lazarus müssen vergeben, auf daß ihnen vergeben werde.«

Ihre Augen blitzten empört. »Ich will ihre Vergebung nicht!«

»Es ist nicht an dir zu entscheiden, sondern hinzunehmen, ohne daß sie einen besonderen Lohn dafür zu erwarten haben.«

Unter seinem eindringlichen Blick senkte sie den Kopf. »Dein Wille geschehe, Meister.«

»Nicht mein Wille, sondern Gottes Wille.«

Wie oft hatte ich ihn dies sagen hören! Und doch – wer kannte denn Gottes Willen?

11

Die Würfel sind gefallen

»Was ist dies für ein Tag?« fragte Jesus mit einem Augenzwinkern.

»Nun, der fünfundzwanzigste Tag des Kislev.«

»Und ist euch, Juda und Simon Zelotes, dieser Tag nicht besonders teuer?«

Die Jünger blickten von ihrem einfachen Mahl aus Ziegenmilch, Honig und einer Handvoll Getreide auf.

»Es ist die letzte Woche des römischen Jahres«, sagte Matthäus, der immer noch nach dem Kalender rechnete, nach dem er einst seine Steuern festgesetzt hatte.

»Es ist ein Tag, der mich mit Trauer erfüllt«, sagte ich.

»Und warum?« fragte Jesus leise.

»Er erinnert mich so sehr an den Ruhm des Makkabäers als an unsere fortdauernde Unterwerfung unter das Joch Roms. Wie können wir den Tag feiern, da Juda Makkabäus die Juden befreite, wenn unsere eigene Befreiung so lange auf sich warten läßt?«

»Unsere Befreiung ist nicht so fern, Juda.«

Mit geübtem Blick prüfte er den Himmel. »Es ist ein schöner Tag für den Einzug des Hohenpriesters in den Tempel zu Ehren des alten Matthias und seiner fünf Heldensöhne.«

»Es ist der einzige Tag«, bemerkte ich säuerlich, »da die Hohenpriester der Makkabäer gedenken.«

»Wir aber werden ihnen neuen Grund geben, dieses Tages zu gedenken, Juda. Wir werden selbst eine Prozession machen. Es wird eine Prozession des Volkes sein. Es wird ein Tag werden, geheiligt von allen, die die Propheten kennen, und dazu gehörst du als echter Judäer auch, Juda.«

Nur selten erwähnte er unser gemeinsames Erbe, sonst zog er es vor, sich als Galiläer wie die anderen zu sehen. Es mußte daher bedeutungsvoll sein.

»Ja«, sagte er, »dieses Tages werden sogar die Propheten gedenken.« Er hatte eine Art, von Jesaja, Elija, Ezechiel, David und den anderen zu sprechen, als lebten sie noch bei Gott dem Herrn.

Ich verspürte eine wachsende Erregung, denn ich ahnte, daß er einen entscheidenden Entschluß gefaßt hatte.

Sein Verhalten war nüchtern und sachlich geworden.

»Du, Juda, und du, Simon Zelotes, ihr sollt an diesem Tag meine besonderen Botschafter sein. Nun hört gut zu und tut, was ich euch sage.«

Unter den neidischen Blicken der anderen Jünger stellten wir uns, eifrig auf seine Anweisungen wartend, an seine Seite.

»Geht in das Dorf Bethanien«, sprach er. »Dort, wenn ihr in die Hauptstraße kommt, werdet ihr eine Eselin angebunden finden mit ihrem Füllen, auf dem noch nie ein Mensch gesessen hat. Bindet sie los und bringt sie zu mir! Und wenn jemand fragt, dann sagt zu ihm: Der Herr benötigt sie, und er wird euch helfen, die Tiere auf den Weg zu bringen.«

Weder Simon noch ich bezweifelten eine Sekunde lang, daß wir die beiden Esel finden würden, war er doch vor kurzem aus Bethanien gekommen, wo er Maria, Martha und Lazarus besucht hatte.

Dennoch waren wir ein wenig enttäuscht über die Banalität dieses Auftrags.

Er bemerkte unsere Enttäuschung.

»Es wird ein Tag werden, den du nicht so schnell vergessen wirst, Juda. Das verspreche ich dir.«

In einer Straße, wie er sie beschrieben hatte, sahen wir die beiden Esel angebunden vor der Tür einer kleinen Hütte stehen. Mehrere Männer standen daneben und beobachteten finster, wie wir uns näherten. Als wir die beiden Tiere losbanden, protestierte einer von ihnen: »Was macht ihr da mit den Eseln? Sie gehören euch nicht!«

»Wir tun dies für den Herrn«, entgegnete ich.

Sofort wichen sie zurück, als hätte ich ihnen ein Losungswort genannt. »Nehmt sie«, wies er uns an, »und möge Gott mit euch reiten.«

Meine angeborene Neugier regte sich. »Ist dieses Füllen jemals geritten worden?«

Der Mann sah mich merkwürdig an. »Er ist dein Meister, und du weißt es nicht?«

»Was sollen wir wissen?« Simon hatte genug von diesem unverständlichen Gespräch.

»Daß ihr das tut, was ihr tut, damit die Weissagung des Herrn erfüllt werde.«

Mit großer Erregung erinnerte ich mich der Worte des Propheten Sacharja:

»Frohlocke laut, Tochter Zion! Jauchze, Tochter Jerusalem! Siehe, dein König kommt zu dir; gerecht und siegreich ist er. Demütig ist er und reitet auf einem Esel, auf dem Füllen einer Eselin.«

Simon schüttelte mißmutig den Kopf. »Was ist das für ein König, der auf einem Esel in Jerusalem einzieht?«

»Erkennst du denn nicht, daß er sich endlich zum König der Juden erklärt? Ist das nicht genug für dich?«

»Nicht, wenn er die Weissagung mit eigener Hand erfüllt.«

»Was macht es schon, wie sie erfüllt wird, Hauptsache, er hat heute einen Schritt vorwärts getan.«

Er seufzte. »Juda, du und die anderen, ihr macht euch was vor. Er hat nicht unser Temperament. Er sagt uns immer wieder: ›Wer durch das Schwert lebt, wird durch das Schwert umkommen.‹«

»Aber weißt du denn nicht mehr, daß er auch gesagt hat, er sei nicht gekommen, Frieden zu bringen, sondern das Schwert?«

»Aber«, gab Simon zurück, »er hat nicht gesagt, daß dieses Schwert das seine sein werde.«

Über den schwankenden Rücken der Eselin hinweg sah ich ihn an.

»Warum bleibt ihr dann noch, Simon? Warum geht ihr, du, Josua-bar-Abbas, Cestus und Dysmas und die anderen dann nicht einfach auf und davon?«

»Ich bin Galiläer. Genügt das nicht?«

»Ihr bleibt also, weil ihr treu seid. Gibt es keinen anderen Grund?«

»Na schön«, seufzte er. »Vielleicht sieht er sich eines Tages in die Enge getrieben. Dann hat er niemanden, an den er sich wenden kann; er wird sich unseren Feinden stellen und ihnen seine Macht beweisen, die größer ist als die ihre.«

»Und dann wird sich ganz Israel hinter ihm sammeln.«

»Die ganze Welt!« schwärmte Simon. »Vergiß nicht all die Sklaven Roms, die nur darauf warten, ihre Versklaver zu stürzen.«

Ich hätte Simon küssen können dafür, daß er meinen sinkenden Mut wieder aufrichtete. »Wie du siehst, ist unsere Sache noch nicht verloren.«

Irgendwie war durchgesickert, der Meister habe etwas vor. Daher hatte sich bei unserer Rückkehr eine Menschenmenge in den Straßen versammelt.

»Hosianna!« riefen sie ihm zu. »Hosianna dem Sohn Davids! Gesegnet sei, der da kommt im Namen des Herrn!«

Simon und ich halfen dem Meister auf das Füllen, während Petrus nervös auf einem Bein herumhüpfte, aus Furcht, der Meister werde lächerlich wirken, wenn er auf einem Esel Einzug in Jerusalem hielt.

»Er verleiht jedem Tier Majestät«, belehrte ich ihn.

Da sie die Propheten ebenso gut kannten wie ich, warfen die Scharen der Bewunderer ihre Kleider vor ihm auf den Boden, um ihn zum König der Juden zu erklären. Andere hieben Zweige von den Bäumen und warfen sie auf die Straße, und auf dem ganzen Weg bis zu den Tempeltoren riefen sie: »Hosianna! Hosianna dem Allerhöchsten!«

Als die Prozession in den Tempel einzog, wurde die Volksmenge dichter und die Stimmung überschwenglicher. Denn wie es schien, wußte ganz Jerusalem, daß der geweissagte König demütig auf einem Esel einziehen würde.

Die ganze Woche hindurch hatte er im Tempel, am Lieblingsplatz der Pharisäer, im Schatten der Halle des Salomo still meditiert. Nun, da das Volk im Tempel das Geschrei aufnahm und rief, dies sei Jesus, der Prophet aus Galiläa, winkte er den Zwölfen, seinen Esel zu jenem Platz zu führen. Dort hatte sich bereits eine ganze Anzahl Gläubiger versammelt, die dem Rabbi Ezra lauschten.

Mit bösartigem Lächeln blickte Ezra auf.

»Seht«, sagte er, »hier kommt unser König – nicht mit einem Esel, sondern mit zweien.«

Jesus lächelte der Menge zu, als hätte er nichts gehört.

Simon Zelotes flüsterte mir ins Ohr: »Bei all diesen Menschen, die hinter ihm stehen, wird es Zeit, daß er sich zu erkennen gibt und diesen Dummkopf von seinem hohen Roß herunterholt.«

Jesus stieg anmutig vom Esel und wählte sich sodann in einiger Entfernung von Ezra eine schattige Stelle, wo er sich bequem auf dem Steinboden niederließ und uns aufforderte, es ihm nachzumachen. Mit hochmütigem Lächeln ließ Ezra seinen Stuhl näher zum Meister hinüberrücken.

»Du wirst mir doch nicht ausweichen, wollen, *Rabbi?*« fragte er ironisch.

»Ich wußte nicht, daß du hier sein würdest«, erwiderte der Meister mit unschuldiger Miene.

Inzwischen hatten die Tempelwachen viele *Amharetzin* und andere, die dem Meister lärmend gefolgt waren, vertrieben, und an ihre Stelle waren die üblichen Tempelbesucher getreten. Im Gedränge befanden sich viele, die ihn häufig verhöhnt hatten, wenn er im Tempel lehrte, und denen es dennoch nicht paßte, daß er auch anderen neben Juden predigte.

»Wie«, erkundigte sich der schlaue Pharisäer, »empfangen die Ungläubigen dieses himmlische Königreich, von dem du sprichst, da sie doch nicht nach Gottes Bund mit Abraham beschnitten worden sind?«

Jesus erwiderte gelassen: »Nach Abraham gab es ein Gesetz, und dann nach Mose ein anderes. Und genau wie Mose am existierenden Gesetz etwas änderte, brauchen die Ungläubigen beim Kommen des Menschensohnes nur die Gebote zu befolgen und zu wissen, daß das Heil einzig bei Gott liegt.«

Ezras glitzernde Augen glichen denen einer zum Zuschlagen bereiten Schlange. »Unter deinen Jüngern befindet sich sogar ein Steuereinnehmer.«

Jesus lächelte. »Daran sollten die Pharisäer sich nicht stören. Es ist ein Steuereinnehmer weniger.«

Nur wenige *Amharetzin* in der Menge wagten zu lachen, und Ezra bedachte sie mit einem giftigen Blick.

»Diese dort sind schon von dir verdorben worden!« schalt er.

Die *Amharetzin* ersetzten durch Lautstärke, was ihnen an Zahl fehlte.

»Was sagst du zu der Verderbnis im Tempel?« rief einer.

Jetzt entdeckte ich ein vertrautes Gesicht unter diesen Unberührbaren, die keines unserer Speisengesetze hielten und saubere Küchengefäße für die Feiertage verachteten. Es war Adam, der Gerber, im Kreis seiner Bande von Halsabschneidern.

Die Wachen wollten sie zum Schweigen bringen, besannen sich aber eines Besseren, als sie sahen, daß diese Rüpel mit Schwertern und Dolchen bewaffnet waren.

Ezra musterte sie mit entsetztem Blick. »Sie sind schlimmer als die Samariter!« rief er. »Sie mischen zum Trotz gegen die Gesetze Fleisch- und Milchprodukte bei derselben Mahlzeit und ernähren sich unter Mißachtung der Gebote Mose von Schweinen.«

Dies löste Lachsalven bei dem Gerber und seinen Kumpanen

aus, und ich vermutete, daß sie bereits vom Wein trunken waren.

Der Gerber schüttelte drohend die Faust. »Laßt Jesus sprechen! Von diesen Aasgeiern haben wir genug gehört!«

Der Meister betrachtete ihn stirnrunzelnd; ich sah genau, daß er die *Amharetzin* ebensowenig mochte wie die Pharisäer.

»Ich sage euch allen«, erklärte er jetzt, »sorgt euch nicht so sehr um das, was in den Mund hineinkommt, als um das, was aus ihm herauskommt. Nicht was in den Mund hineinkommt, macht den Menschen unrein, denn es gelangt nicht in sein Herz, sondern in den Bauch. Doch aus dem Herzen kommen die bösen Gedanken, Mord, Ehebruch, Unzucht, Diebstahl, falsches Zeugnis, Verleumdung.«

Die Bande des Gerbers blickte bei dieser angedeuteten Zurechtweisung verständnislos drein, denn waren sie nicht unter jenen gewesen, die ihm als dem König zujubelten?

»Wir nennen dich König«, protestierte der Gerber, »und du verdammst uns im selben Atemzug mit deinen Feinden.«

»Warum seht ihr den Splitter im Auge eures Nächsten, nicht aber den Balken im eigenen Auge?«

Adam der Gerber war noch verwirrter als zuvor. »Aber wir sind für dich, und die Pharisäer hassen dich.«

»Die Mittel, mit denen wir Dinge tun, Adam, sind ebenso wichtig wie der Zweck und das Ende.«

»Bist du nicht der verheißene König Israels? Ist das nicht Zweck und Ende genug?«

»Das Ende ist noch nicht gekommen.«

Ich konnte die Verwirrung des Gerbers gut verstehen.

»Bist du nicht auf dem Esel geritten, Sohn Davids«, rief er, »auf daß die Menschen wissen, daß du nach dem Wort des Propheten der König der Juden bist?«

Ich vermeinte fast Jesus seufzen zu hören. »Es gibt kein größeres Reich als das Reich Gottes. Diesem himmlischen Königreich sollt ihr huldigen.«

Ezra lauschte ungeduldig, um sodann mit seinen Angriffen fortzufahren.

»Du erhebst dich selbst zum Gesetzemacher und stellst dich noch über Mose.«

Jesus warf ihm einen vernichtenden Blick zu.

»Ich erhebe mich über keinen Menschen, Ezra. Aber ich sehe deutlich, was in deinem Herzen ist und was aus ihm herauskommt. Du tust gut daran, dich einen Hüter der Wahrheit zu nennen, denn du tust nichts anderes, als auf die Wahrheit zu sehen.«

Ezra errötete, kam aber sofort mit einer neuen Anschuldigung. »Du brichst das Gesetz, indem du Aussätzige berührst, denen die Stadt verboten ist, und setzt damit alle der Ansteckung aus.«

Jesus hob in spöttischem Staunen die Brauen.

»Willst du, daß ich ihnen die Hilfe Gottes verweigere?«

»Gott hat sie unrein gemacht!« fauchte Ezra.

»Warum erhebst du dann Einwände, wenn er sie rein macht? Denn mir schreibst du diese Heilung doch sicher nicht zu.«

Je hilfloser Ezra sich fühlte, desto giftiger wurde er, und nun kehrte er auf vertrauten Boden zurück. »Du hast deine Jünger ermuntert, am Sabbat Weizen zu säen und zu pflanzen.«

Selbstgerechtigkeit und Kleinlichkeit erzürnten den Meister immer wieder, denn sie waren falsche Zeichen der Frömmigkeit.

»Heuchler!« rief er mit einer Stimme, bei der Ezra zu schrumpfen schien. »Ihr Pharisäer bezeichnet euch als gute Juden, weil ihr am Sabbat keinen Knoten bindet und kein am selben Tag gelegtes Ei eßt. Ihr brüstet euch damit, an diesem Tag eure falschen Zähne nicht zu tragen, nicht einmal den Zweig eines Baumes abzuschneiden oder mehr als eine halbe Meile zu Fuß zu gehen. Ihr fastet und macht dabei ein langes Gesicht, weil ihr hofft, daß alle in der Synagoge von eurer Frömmigkeit erfahren. Doch ihr seid zehnfache Heuchler! Denn Gott verlangt Liebe, und ihr gebt ihm wertlose Dinge. Hat dieses Natterngezücht nicht gelesen, was David tat, wenn ihn hungerte? Er ging in das Haus Gottes und aß das geweihte Brot, das nur für die Priester bestimmt war, und der Herr liebte ihn.«

Ezra schlug sofort zurück. »Daß du es wagst, für Gott zu sprechen, ist Gotteslästerung!«

Jesu Blicke durchbohrten ihn. »Hat Gott dir das gesagt? Ich sage dir, Ezra, Gott kann nicht in eure verhärteten Herzen eindringen. Der Prophet Jesaja, von dem du behauptest, daß du ihn verehrst, hat über diese Zeit geweissagt: ›Dieses Volk höret immerfort, doch verstehet nicht, und sieht immerfort, doch erkennt nicht! Denn wenn es mit seinen Augen sähe und mit seinen Ohren hörte und sein Herz einsichtig wäre, würde es umkehren und geheilt sein.‹ Jesaja, der eure Herzen kannte, fragte betrübt: ›Wie lange, o Herr?‹ Und der Herr sprach: ›Bis daß die Städte öde liegen ohne Bewohner und die Häuser ohne Menschen und das Fruchtland nur noch Wüste ist.‹«

Grimmig sah er Ezra an, und mein Herz klopfte vor Erwartung. Waren die Tage der Versöhnung vorüber? War er jetzt bereit, der Volksführer zu sein, den das ganze Land ersehnte?

»Mein Vater ist überall. Er wirkt am Sabbat, läßt die Blumen leuchten, die Bäume, den Menschen selbst. Und der Menschensohn tut das Werk des Vaters am Sabbat.«

Ezra wich entsetzt zurück.

»Du mußt wahnsinnig sein, so von Gott zu sprechen!«

»Ich sage nur, was ich weiß«, antwortete Jesus. »Du aber sprichst von Dingen, die du nicht weißt.«

Ezra lachte höhnisch.

»Du trittst sehr hochfahrend auf für einen Nazaräer und noch dazu einen Zimmermann.«

Die *Amharetzin,* die sich seit der Zurechtweisung durch Jesus still verhalten hatten, brachen nunmehr in laute Protestrufe aus.

»Was ist so schlecht daran, ein Zimmermann zu sein?« schrie der Gerber. »Verrichtet er nicht auch seine ehrliche Tagesarbeit, damit er die Tempelhyänen in ihrem Luxusleben unterstützen kann?«

Ezra war außer sich vor Wut, aber die Tempelwachen schienen es nicht zu bemerken, denn nur die Hohenpriester besaßen Befehlsgewalt im Tempelgebiet.

»Siehst du, wie du aus diesen Männern Rebellen machst?« rief er empört.

»Ich rufe sie nur zum Werk meines Vaters, auf daß sie nichts Böses sehen und tun.«

Vor Wut stampfte Ezra mit dem Fuß auf. »Dein Vater! Dein Vater! Wie kannst du es wagen, ihn *Abba* zu nennen, ihm die Bezeichnung zu geben, mit der ein Kind seinen lieben Vater ruft? Bist du sein Kind?«

Jesus zuckte gelassen die Achseln. »Das hast du gesagt.«

In seiner Hilflosigkeit trat Ezra drohend einen Schritt vor, doch eine Hand auf seiner Schulter hielt ihn zurück und eine seidenweiche Stimme flüsterte ihm etwas ins Ohr. Ich hätte dieses Gesicht und diese verkrüppelte kleine Gestalt, die so getreu seinen Geist spiegelte, überall wiedererkannt.

Mit einem Lächeln näherte sich Zadok dem Meister.

»Manche glauben, daß du den Weg Gottes lehrst und die Wahrheit, wie du sie siehst, und daß du keinen eigenen Ehrgeiz besitzt.«

Jesus lächelte. »Sprich offen, Freund Gottes.«

Da Jesus beim Volk so beliebt war, hielten es einige Sadduzäer für diplomatisch, die Beurteilung seiner Schuld den Tempelbehörden zu überlassen. Pilatus wußte genau, wie man andere Meinungen unterdrückte.

Daher war es nicht überraschend, daß Zadok den Meister fragte: »Ist es erlaubt, dem Kaiser Steuern zu zahlen, oder nicht?«

Jesus hielt ihm die offene Hand hin. »Zeig mir die Steuermünze, von der du sprichst.«

Einer aus der Begleitung Zadoks gab ihm einen Denar.

Jesus nahm ihn, ohne eine Blick darauf zu werfen, und fragte ruhig: »Wessen Bild trägt diese Kupfermünze?«

»Nun, das des Kaisers Augustus«, antwortete Zadok. »Sein Name und seine Aufschrift stehen auf den älteren Münzen, die des Tiberius auf den neuen.«

»Du kennst dich gut aus mit den römischen Münzen«, bemerkte Jesus leicht ironisch.

Zadok stieß nach. »Du hast meine Frage noch nicht beantwortet, Rabbi.«

»Das werde ich.« Er hielt die Münze empor ans Licht und drehte sie in seinen Fingern. »Sie hat zwei Seiten, und beide kennzeichnen die Macht des Kaisers, wo er diese Macht errichtet hat. Darum sage ich euch allen hier in Gottes Haus, gebt dem Kaiser, was des Kaisers ist – und Gott, was Gottes ist.«

Ich hätte ihn umarmen mögen! Mit diesem geschickten Schachzug hatte er nicht nur Zadoks Bosheit abgewehrt, sondern seine Unabhängigkeit von Rom klargestellt. Denn alle wußten, daß die römischen Münzen im Tempel keinen Wert besaßen und nur galten, wenn sie bei den Geldwechslern gegen jüdische Silber- oder Kupfermünzen eingetauscht worden waren.

Zadok erkannte sehr schnell, daß er nun selber in der Falle saß, die er Jesus gestellt hatte. Doch er bewegte nur leicht die schiefen Schultern und wurde noch höflicher als zuvor. Jetzt ließ er sich bequem vor dem Meister nieder.

»Ich habe nur noch wenige Fragen«, erklärte er in schmeichelndem Ton.

»Ich habe deine Fragen früher schon beantwortet«, erwiderte Jesus, das Kinn in die Hand gestützt. »Bezeichnest du dich nicht als Hüter der Warhheit in Israel?«

»Ich kenne das Gesetz und die Propheten«, entgegnete Zadok mit vorgetäuschter Bescheidenheit.

»Dann hast du also nicht die Ausrede eines Blinden dafür, daß du nicht siehst?«

Wiederum war seine Verschlagenheit der Schlichtheit des Meisters nicht gewachsen. Zadoks Augen zogen sich zu Schlitzen zusammen. »Laß uns von den alten Propheten ausgehen, mit denen dich deiner Behauptung nach eine besondere Verwandtschaft verbindet.«

»Sprich.«

»Du verlangst von den Menschen, daß sie aufgeben, was sie besitzen, und dir folgen. Wenn das alle täten, wen gäbe es dann noch, um die Gesellschaft aufrechtzuerhalten und die Dienste zu leisten, die wir alle zum Leben brauchen?«

»Ich verlange nur, daß sie mir im Geiste folgen, denn auch in der Arbeit liegt das Heil, wenn sie im richtigen Geist getan wird.«

»Du sprichst vonDingen, auf die nicht einmal Mose eingegangen ist«, sagte Zadok mit übertriebenem Respekt.

Der Meister sah ihn spöttisch an. »Wenn du Mose nicht achtest, warum solltest du dann auf mich hören? Aber ich sage dir noch einmal, damit deine Blindheit keine Ausrede mehr sein kann, daß das Gesetz und die Propheten währten, bis Johannes der Täufer kam, und daß seitdem das Himmelreich gepredigt wird.«

Nunmehr mischte sich Ezra wieder in die Auseinandersetzung ein und wandte sich an die Tempelbesucher.

»Dieser Zimmermann aus Galiläa, der, soweit wir wissen, keine offizielle Bildung besitzt, möchte sich über das Gesetz stellen.«

Jesus warf ihm einen vernichtenden Blick zu. »Ich komme nicht, das Gesetz zu ändern«, erklärte er mit einer Würde, die mich stolz machte, »sondern, um es zu ergänzen.«

Ezra lachte höhnisch. »Und bist du nun der König der Juden? Wir haben keinen König.«

Dies war mehr, als ich ertragen konnte.

»Was sind denn Tiberius und Sejanus und sogar Pilatus, wenn nicht Könige der Juden?«

»Hört! Hört!« riefen die *Amharetzin,* doch der Meister brachte sie mit einer Handbewegung zum Schweigen.

»Wenn ihr bei meinem Wort bleibt, werdet ihr die Wahrheit erkennen, und die Wahrheit wird euch frei machen.«

Die Leute sahen einander verständnislos an. Denn die Wahrheit war so flüchtig wie der Wind.

Zadok antwortete im Namen der zweifelnden Gesichter.

»Abrahams Geschlecht ist niemals irgend jemandes Knecht gewesen. Wie kannst du da sagen, daß wir frei sein werden?«

Jesus lächelte herablassend. »Ich weiß, daß ihr von Abrahams Geschlecht seid, aber ihr versucht mich dennoch zu töten, weil ich die Wahrheit spreche, die ich von meinem Vater habe.«

Zadok verbarg seinen Zorn hinter einem Lächeln.

»Und wie lautet diese große Wahrheit, Nazaräer, die du von deinem Vater hast? War das nicht Josef, der Zimmermann, und starb er nicht, als du noch ein Jüngling warst?«

»Ich sage noch einmal: Wenn ein Mensch durch mich zum Vater findet, wird er das Böse überwinden und den Tod nicht sehen.«

Zadoks Hohn spiegelte sich in den Mienen der anderen.

»Abraham, unser Vater, ist tot, und die Propheten sind tot. Wie kannst du, Galiläer, dann behaupten, daß es keinen Tod gäbe?«

Jesu blaue Augen blitzten.

»Du sagst, wir haben denselben Gott, aber ich wäre so falsch wie du, würde ich sagen, du kennst ihn, wie ich ihn kenne. Selbst Abraham freute sich im Bewußtsein meines Kommens.«

Die Pharisäer und Schriftgelehrten lachten, bis ihnen die Seiten weh taten, und sogar die *Amharetzin* zogen verwirrte Mienen.

»Du bist nicht einmal fünfunddreißige Jahre alt«, spottete Zadok, »und du willst Abraham gesehen haben, der seit Hunderten von Jahren tot ist?«

Jesus musterte seinen Widersacher verächtlich.

»Ich sage euch«, erklärte er, »ehe Abraham war, bin ich. Das versteht ihr nicht. Denn ihr verehrt nicht wahrhaft den Vater, sondern einzig eure eigene Haut.«

Als er ihnen sagte, sie seien keine guten Juden, nahmen Pharisäer und Schriftgelehrte Steine von dem Haufen für Steinigungen und liefen drohend auf Jesus zu. Simon Zelotes und ich stellten uns dazwischen, er aber schob uns unwirsch beiseite.

»Laßt sie«, sagte er zu uns, »sie sind vom Teufel besessen.«

Wie angewurzelt blieben sie alle stehen, denn sie hielten ihn für einen Zauberer, der sie vielleicht mit einem Zauberbann belegen würde. Und tatsächlich stand jetzt in seinen Augen jener hypnotisierende Ausdruck, der schon andere Volksmengen gelähmt hatte.

Die *Amharetzin,* das mußte man ihnen lassen, hatten ihre Schwerter gezogen und eine Phalanx gebildet, um ihn vor Gewalttaten zu schützen. Jesus aber schüttelte sie ab.

»Es steht geschrieben, Auge um Auge, Zahn um Zahn. Ich aber sage euch hier und jetzt: Liebet eure Feinde, segnet die euch fluchen, tuet wohl denen, die euch hassen, und betet für eure Verfolger.«

Adam der Gerber und seine Kumpane starrten ihn ungläubig an. »Du hast selbst gesagt, daß sie dich töten werden.«

»Dann laßt meinen Tod auf ihr Haupt herabkommen, nicht auf das eure.«

Während sie noch mit erhobenen Armen dastanden, machte er auf dem Absatz kehrt und ging davon.

Ich war verblüfft, daß er sich vor so verächtlichen Gegnern zurückzog; dann jedoch sah ich, daß er vielmehr zielbewußt auf eine fromme Prozession zuschritt, die jetzt in den Innenhof einbog. Seite an Seite, die Lichtfackel hoch erhoben und stolz in ihre heiligen Gewänder gehüllt, kamen die Hohenpriester Hannas und Kajafas feierlich und langsam einhergezogen, als kosteten sie jeden Schritt bis zur Neige aus. Die Sonne war noch nicht gesunken, der Feiertag noch nicht angebrochen, und die Bazare und Geldwechsler machten in letzter Minute noch gute Geschäfte. Hannas lächelte erfreut, als er sah, wie sich die Menge an den Ständen drängte und an den Tischen der Geldwechsler ihre Sekel eintauschte.

Ihr Weg führte die Priester unmittelbar zwischen einem Verkaufsstand für Branntwein und Wein und einem Holztisch hindurch, an dem ein Geldwechsler seine Kunden beschimpfte, weil sie nicht schnell genug herantraten. Mit toleranter Miene wollte Hannas eben vorüberschreiten, als er bemerkte, daß ihm ein schlanker, doch muskulöser Fremder den Weg vertrat. Er lächelte zögernd und streckte die Hand aus, als wolle er den Frechling beiseite schieben. Irgend etwas im Ausdruck des Fremden ließ ihn jedoch innehalten. Kajafas schaute schnell zu den Tempelwachen hinüber. Diese Helden aber wurden von den *Amharetzin,* die dem Meister gefolgt waren, am Eingreifen gehindert.

Ich sah Simon Zelotes an, denn er trug wie ich ein Flachschwert unter dem Gewand und stand bereits an der Schulter des Meisters.

Ich muß zu Hannas' Gunsten sagen, daß er keinen Moment die Fassung verlor. Mit überheblichem Blick musterte er die Volksmenge, seine Augen ruhten sekundenlang und ohne Zeichen des

Erkennens auf mir und kehrten dann zu dem Mann zurück, der ihm so kühn entgegengetreten war. In diesem Augenblick, als sich die schweren Lider über die verschlagenen Augen senkten, wußte ich, daß er ahnte, wer dieser Eindringling war.

»Mit welchem Recht, Herr, hältst du diese heilige Prozession auf?«

Verächtlich deutete Jesus auf die Geldwechsler und Händler, die in ihrer Geschäftigkeit innegehalten hatten und dem Schauspiel offenen Mundes zusahen. »Das nennst du heilig? Was gut ist, das kommt von Gutem, das Böse aber kommt nur aus Bösem. Wie könnt ihr sagen, diese Prozession sei heilig, wenn diese Greuel im Haus der Anbetung Gottes herrschen?«

Mein Herz schwoll vor Stolz, denn in all seiner Pracht wirkte der Hohepriester Israels neben diesem Löwen von Juda wie ein Schakal.

Kajafas Augen funkelten wütend, und er wollte bereits die Hand erheben, aber Hannas verwehrte es ihm.

»Laß uns anhören, was dieser gute Mann hier zu sagen hat«, bestimmte er mit jener samtweichen Stimme, der ganz Israel mißtraute. »Ich wollte den Nazaräer schon lange hören.«

Erst jetzt wurde Kajafas klar, wer vor ihm stand. Doch als sein Blick die Wachen suchte, schüttelte der gerissene Hannas den Kopf. Mit zur Schau getragener Geduld die Hände vor dem Körper faltend, sagte er sanft: »Nenne uns einen Grund, Jesus von Nazareth, warum du uns von Gottes Heiligtum fernhalten willst.«

Nie hatte ich den Meister so zornig erlebt. »Heiligtum?« rief er aus. »Wissen die Sadduzäer, daß Gott durch den Propheten Jeremia vor diesem Tag gewarnt hat? ›Geh, rufe diese Worte gen Norden: Kehre wieder, Israel, du Abtrünnige! Ich will nicht finster auf euch blicken. Nur erkenne deine Schuld, daß du dem Herrn, deinem Gott, die Treue gebrochen und den Fremden dich preisgegeben unter jedem grünen Baum, auf meine Stimme aber nicht gehört hast. Kehret wieder, abtrünnige Söhne, und ich will euch Hirten geben nach meinem Herzen, die werden euch weiden mit Einsicht und Klugheit.«

Kajafas konnte nicht länger stumm bleiben.

»Aus dem Weg, Schurke, sonst lasse ich dich auspeitschen!«

Hannas unterbrach ihn ruhig. »Laß den Mann sprechen.« Denn er hoffte, daß Jesus sich durch seine eigenen Worte vernichten würde.

Jesu Stimme trug die Botschaft des Jeremia bis in den hintersten Winkel des weiten Hofes, und nicht eine Seele regte sich in der großen Volksmenge.

»›Vergebens suchen sie Hilfe auf den Bergen‹, sagte der Prophet. ›Wahrlich, bei dem Herrn, unserm Gott, steht das Heil Israels. Der Schandgott hat den Erwerb unserer Väter verzehrt von unserer Jugend auf. So wollen wir uns denn in unsre Schande betten, und unsere Schmach bedecke uns! Denn gegen den Herrn, unsern Gott, haben wir und unsre Väter gesündigt von Jugend an bis auf diesen Tag; wir haben nicht auf die Stimme des Herrn, unsres Gottes, gehört.‹«

»Dürfen wir also«, fragte der Hohepriester Hannas in seinem einschmeichelndsten Ton, »jetzt weiterziehen?«

Jesu Blick wanderte an der langen Reihe der Urnen und Gefäße mit Weihrauch, Wein und kostbaren Opfergaben entlang, die für die Zeremonien an den heiligen Altären in den Tempel getragen wurden.

»Ich bin gekommen, das Werk des Jeremia und Johannes des Täufers, dessen Leben ihr gefordert habt, zu Ende zu führen.«

Auf die Unruhe in der Menge hin gab Hannas seinem Gefolge ein Zeichen, sich wieder in Marsch zu setzen.

»Wir werden uns wiedersehen, Nazaräer«, sagte er höhnisch lächelnd.

»Du siehst mich jetzt, hier in diesem Hohn von Gotteshaus.«

Hannas forderte ihn heraus. »Würdest du diesen Tempel einreißen?«

»Diesen Tempel kann ich, so er zerstört ist, in drei Tagen wiederaufbauen.«

»Welch einen Unsinn dieser Mann spricht«, sagte Kajafas. »Aus dem Weg, Schuft!«

»An diesem Ort«, gab Jesus zurück, »gibt es einen Größeren als den Tempel, und der ist lange genug zum Gespött gemacht worden.«

Er wandte sich von den Priestern ab und begann mit ungeheurer Wut den Trägern die Gefäße aus den Händen und von den Schultern zu schlagen.

Die *Amharetzin* jubelten: »Hosianna! Hosianna dem König der Juden!«

Bei diesem Ruf wurde Jesu Miene noch finsterer.

Doch nichts konnte ihn aufhalten. Von seinen Anhängern umdrängt, näherte er sich dem erstbesten Tisch und warf ihn mit einem kurzen Stoß um, daß die Münzen über den Marktplatz rollten. Adam der Gerber und seine Bande stürzten sich munter ins Gefecht und zerschlugen einen Tisch nach dem anderen. Sie folgten ihm in die Verkaufsstände hinein, wo er auf die Händler losstürmte, und halfen ihm, die Waren hinauszuwerfen. Sie waren die Aasgeier beim heiligen Mahl.

»Niemand«, rief Jesus, »kann Gott und dem Mammon zugleich dienen.«

Unter dem Deckmantel der Frömmigkeit begannen die *Amharetzin* Dinge aus reiner Zerstörungswut zu zertrümmern.

»Nieder mit den Hohenpriestern!« schrie der völlig betrunkene Adam, und seine kleine Legion von Salomos, Isaaks und Jakobs fiel mit ihren rauhen Stimmen in das Geschrei ein.

Jesus wies vorwurfsvoll mit dem Finger auf den Gerber. »Sündigt nicht mit den anderen! Ich tue, was ich tun muß, weil es geschrieben steht. Gottes Haus ist ein Haus des Gebets, die Priester aber haben es zu einer Räuberhöhle gemacht. Tut nicht wie jene.«

Hannas, dessen Gesicht leichenblaß war, stellte den Meister.

»Ist dies das Gesetz, das du lehrst, Nazaräer?«

Jesus musterte ihn gelassen. »Steht es denn nicht in der Schrift, daß der Stein, den die Bauleute verworfen haben, zum Eckstein geworden ist? Darum sage ich euch, das Reich Gottes wird euch genommen und einem Volk gegeben werden, das seine Frucht bringt. Und wer immer über diesen Stein strauchelt, der wird zerschellen, doch auf wen dieser Stein fällt, den wird er zerschmettern.«

Ohne etwas zu verstehen, jubelte die Menge: »Hosianna dem Sohn Davids« und hätte Hand an die Hohenpriester gelegt, hätte Jesus sie nicht mit einem Blick zurückgehalten.

Nie hatte ich Hannas so erregt gesehen!

»Sieh dich vor, Rabbi«, sagte er voll unterdrücktem Zorn, »sonst wirst du noch selbst zerschmettert werden.«

Jesus schenkte ihm einen mitleidigen Blick. »Das hat mein Vater bereits entschieden. Ihr könnt mir nichts antun, das nicht nach seinem Willen ist.«

Bei der Aussicht auf Gewalttätigkeiten hatte ich nervös die Terrasse über der Halle des Salomo beobachtet, wo die römischen Soldaten wie üblich während der heiligen Festtage Wache standen. Sie blickten lachend auf uns herab, freuten sich über die Zerstörung der Verkaufsstände und das Umstürzen der Tische und lachten wie Pilatus, ihr Befehlshaber, brüllend über die Possen dieser seltsamen Juden.

Hannas zögerte, eine verfrühte Konfrontation auszulösen, die nur in einem Eingreifen der Römer enden konnte. Er flüsterte Kajafas etwas zu, und ich sah sofort die Veränderung, die mit seinem Schwiegersohn vorging, das leichte Achselzucken und die kalte Maske, die sich über sein Gesicht legte. Morgen war auch noch ein Tag.

Von da an fürchteten einige um Jesu Leben, denn er hatte jetzt endlich klargestellt, daß in diesem Land kein Raum war für die Hohenpriester und ihn. Mir wäre es lieber gewesen, er hätte sich einen günstigeren Zeitpunkt ausgesucht. Immerhin aber hatte er ein Feuer bewiesen, das ganz Israel entflammen konnte.

»In sechs Monaten sind wir bereit, alle Garnisonen in Palästina zu stürmen«, frohlockte Simon Zelotes. »Jetzt brauchen wir nur noch seinen Segen.«

»Er kraust immer noch die Stirn, wenn die Menschen ihn zum König der Juden ausrufen«, wandte ich ein.

Simon schüttelte bedrückt den Kopf. »Wenn er der Erlöser ist, dann muß er uns auch erlösen. Sonst gehen wir dieses Risiko umsonst ein.«

»Er kann alles, was er will.«

Simon reckte die braunen Arme. »Das sagst du, Juda.«

»Wenn Gott allmächtig ist, was wir ja alle zugeben, und wenn Jesus eins ist mit Gott, dann muß er ebenso allmächtig sein.«

Simon schüttelte die Faust unter meiner Nase. »Worte, Worte, nichts als Worte, Juda! Während die Römer das Schwert sprechen lassen.«

12

Der Mann, der nicht König sein wollte

Die Kranken gewöhnten sich an, dem Meister zu folgen wie die Schafe. In Scharen zogen sie ihm nach, warfen sich vor ihm auf den Weg und stöhnten und jammerten so sehr dabei, daß er sie nicht ignorieren konnte. Er hatte gesagt, seine Heilungen seien lediglich ein Zeichen, das eine innigere Verbindung mit Gott bewirken und zeigen solle, daß das Leben ewig währe.

»Ich heile nur«, sprach er, »damit die Menschen an den Vater glauben, der mich geschickt hat.«

Aber wie konnte er alle Menschen, besonders die Unterdrückten, so sehr lieben und dennoch keinen Finger für sie rühren, während es doch mehr dazu gar nicht brauchte?

Als die Dämmerung hereinbrach, hatte Jesus bereits eine ganze Anzahl Kranker geheilt. Er war müde und wollte an jenem Tag keine Wundertaten mehr vollbringen. Deswegen wich er auch zurück, als der Aussätzige auf ihn zustolperte, dessen Schwären so widerlich stanken, daß die Menge ihm hastig den Weg freigab. Als Jesus stumm den Kopf schüttelte, lief ein Gemurmel der Enttäuschung durch die Versammelten. Johannes, der neben dem Meister stand, flüsterte ihm rasch etwas ins Ohr.

»Selig, die Erbarmen üben –« er benutzte Jesu eigene Worte –, »sie werden Erbarmen erfahren.«

Jesus stieß einen tiefen Seufzer aus. »Der Menschensohn hat keinen Fleck Erde, um dort sein Haupt zu betten. Seine Tage sind gezählt, und doch versteht dieses Geschlecht nicht, warum er kam. Die Kranken werdet ihr immer bei euch haben, mich aber nur eine kurze Zeit.«

Andreas und Petrus betrachteten voller Mitleid den entstellten Aussätzigen, der nunmehr auf den Knien lag und in seinem hilflosen Elend die Arme ausstreckte.

Ich las die Unentschlossenheit im Antlitz des Meisters.

»Die Kranken werden krank«, sagte er zu Johannes, »weil sie nicht richtig gelebt haben; in der Ewigkeit aber, die ich bringe, werden sie glücklich im Reich des Vaters leben.«

Jetzt wandte er sich dem Aussätzigen zu und schüttelte abermals den Kopf.

»Freue dich im Herrn und gehe. Denn groß wird dein Lohn im Himmelreich sein.«

Ein empörtes Raunen lief durch die Menge. »Wenn du der Sohn Gottes bist«, riefen sie, »dann tu, was Gott tun würde!«

»Wie kann einer von euch sagen, was Gott tun würde, wo ihr mit dem sprecht, den Gott gesandt hat?«

Er sah sie alle furchtlos an; seine blauen Augen funkelten. »Ihr habt keinen Glauben, ihr Natterngezücht, denn ihr wollt die Wahrheit nicht sehen, solange sie nicht in einem Paket verschnürt ist, das ihr kennt.«

Ich rückte näher an den Meister heran, denn mir gefiel die Stimmung im Volke nicht.

»Erweise diesem Aussätzigen Gnade, Herr, denn hast du nicht selbst gesagt, die Armen und Demütigen würden die Erde erben?«

Er schenkte mir einen seltsamen Blick. »Du sprichst außerhalb deiner Zeit, Juda.«

Maria Magdalena war ihm schon seit einiger Zeit gefolgt. Nun sah auch sie ihn flehend an.

Sein Blick wanderte von ihr zu dem Aussätzigen, der vor ihm im Staub lag. Dann strafften sich seine Züge entschlossen.

»Komm zu mir«, sagte er freundlich zu dem Kranken.

Der Aussätzige kam, gräßliche gutturale Laute ausstoßend, auf ihn zugekrochen. »Wenn ich dich nur anrühren darf«, rief er, »werde ich gerettet sein.«

Jesus betrachtete ihn mitleidig. »Du zeigst mehr Glauben als meine Jünger. Dafür sollst du geheilt werden.«

Er berührte ihn ganz leicht mit der Hand und sprach ein Gebet dazu.

Und vor unseren Augen fielen die Schwären von ihm ab, und seine Haut nahm wieder ihre normale Beschaffenheit an.

Die wetterwendische Volksmenge brach in Jubelrufe aus, und einige eilten herbei, ihm voll Verehrung die Hand zu küssen.

»Heil dem Sohn Davids!« riefen sie. Und diesmal folgte ein anderer, noch eindringlicherer Ruf: »Heil dem König Israels! Heil dem König der Juden!«

Er stand ganz still mit untergeschlagenen Armen; der Ausdruck seines Gesichts brachte ihre Rufe zum Schweigen. »Es gibt nur einen König und nur ein Königreich. Und dieser König hat mich gesalbt, auf daß ich den Armen predige, die Unterdrückten heile und jene, die in Gefangenschaft sind, befreie.«

Damit hatte er seinen Kurs geändert: Er hatte zum erstenmal geheilt, nur um zu heilen. Der Unbeugsame war also möglicherweise gar nicht so unbeugsam, wie es schien. Denn was sollte dieses Befreien der Gefangenen anderes bedeuten als die Befreiung Israels von Rom?

Schon als der Aussätzige noch davonlief und laut Jesus pries, erkannte der Meister, daß viele von uns mit Recht verwirrt waren. »Ich habe nur den Weg zum Himmel erweitert«, erklärte er uns. »Da Gott nicht nur den Geist, sondern auch den Körper geschaffen hat, ist es im Notfall gerechtfertigt, den einen durch den anderen zu erreichen.«

Die Jünger hatten ihn nicht verstanden und waren betrübt darüber, daß sie nicht so wirksam heilen konnten wir er.

»Ihr habt keinen Glauben an Gott und daher auch keinen Glauben an den Gott in euch selbst. Der Leib ist ein lebendiger Tempel, von Gott aus der grenzenlosen Energie des Universums ebenso geschaffen wie alles andere. Und daher Gottes Gesetzen unterworfen.«

»Aber so viele Menschen, denen geholfen wurde, werden wieder krank«, warf der ungläubige Thomas ein.

»Es wäre seltsam, wäre es anders, denn der Körper reagiert empfindlich auf die äußeren Einflüsse, die die Krankheit auslösen: auf Haß, Groll, Bitterkeit. Um geheilt zu werden und es zu bleiben, müssen Körper und Geist auf jene göttliche Kraft eingestellt sein, die diesen Tempel erschaffen hat.«

»Und wie geschieht das?« fragte Thomas.

»Gott ist die Liebe.«

Er versuchte jetzt nicht mehr, seine Heilungen einzuschränken. Die Massen bedrängten ihn sogar auf seinem Lager aus Stroh. Die Lahmen, Blinden, Tauben und geistig Kranken warfen sich ihm zu Füßen, und wenn er sie aufhob, waren sie geheilt. Als die Volksmenge seine Kraft erkannte, priesen sie den Gott, von dem diese Kraft kam.

Matthäus mischte sich unter die Menge, um die Meinung des Volkes zu erkunden und aufzuschreiben. Solange Jesus die Wünsche der Menschen erfüllte, beteten sie ihn an.

»Er könnte jederzeit der Herrscher Israels werden; er brauchte nur ein Wort zu sagen«, stellte Matthäus fest.

»Und würden sie für ihn auch gegen Rom aufstehen?«

»In ihrer gegenwärtigen Stimmung, Juda, würden sie für ihn von einer Klippe springen. Aber wer weiß, was morgen ist?«

»Du hast Einfluß auf ihn, Matthäus. Könntest du ihm nicht zureden, daß er sich unserer Sache verschreibt? Sogar Nikodemus und Josef von Arimatäa betrachten die Zeloten mit Wohlwollen. Das könnte ihn vielleicht umstimmen.«

Matthäus sah mich verwundert an. »Wenn du glaubst, daß ein anderer als Gott selbst ihn von seinem Weg abbringen kann, so kennst du ihn nicht.«

»Wir haben doch gerade gesehen, daß er jetzt jeden heilt, der ihn darum bittet, statt seine Heilkraft nur als Zeichen zu benutzen.«

Matthäus schüttelte den Kopf. »Er verdoppelte seine Bemühungen erst, als er sah, daß die Menschen dieses Zeichen bereitwillig als Beweis für die Macht Gottes anerkennen.«

Ich musterte ihn zweifelnd. »Lautet so seine Erklärung?«

Matthäus lachte. »Glaube mir, er hat sich in seinen eigenen Augen nicht im geringsten verändert. Er sagte zu mir: ›Wer an den glaubt, der mich geschickt hat, besitzt das ewige Leben.‹ Es ist immer noch dasselbe.«

Matthäus sprach wahr, denn bei seinen Heilungen machte Jesus keinen Unterschied zwischen Ungläubigen und Juden. Ja, er heilte nicht nur den Diener eines römischen Zenturio, sondern ergriff die Gelegenheit, diesen Heiden für seinen Glauben zu loben. Andreas war zu ihm gekommen und hatte berichtet, dieser Zenturio, dessen Name Cornelius war, habe der jüdischen Gemeinde in Kapernaum beim Bau einer Synagoge geholfen, da er von dem *einen* Gott so beeindruckt sei. Und nun war sein Bursche, der ihm in der Schlacht das Leben gerettet hatte, so schwer erkrankt, daß niemand ihm mehr helfen konnte.

Jesus zögerte einen Moment. Dann sagte er: »Schickt diesen Cornelius zu mir, denn wahrlich, er ist ein guter Mensch.«

»Er kommt schon«, antwortete Andreas, und wir sahen die rundliche Gestalt des römischen Offiziers die Straße entlang eilen.

Er kniete vor Jesus nieder. Der Meister hob ihn freundlich auf und sagte zu ihm: »Erhebe dich, denn auf vielerlei Art bin ich ein Mann so wie du selbst.«

Der Zenturio sah Jesus an, als sei dieser ein Gott.

»Meister«, sagte er, »mein Bursche liegt gelähmt zu Hause und leidet furchtbare Qual. Ich fürchte um sein Leben.«

Jesu Blick wanderte von Jünger zu Jünger; er sah die Mißbilligung, die einige Mienen ausdrückten. Dann sagte er rasch: »Ich werde sofort zu deinem Haus gehen und ihn heilen.«

Cornelius verneigte sich tief und entgegnete, immer noch mit diesem ehrfurchtsvollen Ausdruck: »Herr, ich bin nicht gut genug, daß du unter mein Dach trittst. Und es ist wahrhaftig nicht nötig. Aber sprich nur ein Wort, so wird mein Bursche gesund werden.«

Ich sah, wie ein Lächeln um Jesu Mund erschien.

»Du bist ein Römer und sprichst so?«

»Ich habe deine Werke gesehen«, antwortete der Römer. »Und ich habe dich sprechen hören. Schon bei der Hochzeit von Ephraims Tochter in Kana.«

Der beschränkte Römer hatte sich natürlich von der Zauberei des Meisters, als dieser Wasser in Wein verwandelte, beeindrukken lassen. Er sah in ihm einen Magier, nicht mehr.

»Woher bist du meiner Macht so gewiß?« fragte ihn Jesus.

»Mir sind viele Soldaten unterstellt«, erklärte der Offizier, der über hundert und mehr Männer befahl, »und sage ich zu dem einen: Geh, so geht er, und zu dem anderen: Komm, so kommt er, denn sie erkennen meine Befehlsgewalt an.«

»Und unter wessen Befehlsgewalt stehe ich?« fragte ihn Jesus weiter.

»Ich habe das Licht gesehen, das von dir ausgeht, wenn du sprichst, und ich weiß, daß du als Licht für die Welt gekommen bist.«

Jesu Blick fiel beinahe spöttisch auf seine Jünger.

»Hört ihr diesen Mann? In Israel habe ich so großen Glauben bei niemandem gefunden!«

»Der Römer schmeichelt dir«, wandte ich ein.

»Wie schmeichelt man Gott? Denn wenn er von meiner Macht spricht, so spricht er nicht von mir, sondern von dem, der mich gesandt hat, sonst hätte er den Juden nicht geholfen, dem *einen* Gott eine Synagoge zu bauen.«

Der Zenturio sah Jesus dankbar an. »Herr, du sprichst mit Gottes Zunge.«

»Und du sprichst mit so großem Glauben, daß dein Glaube nicht nur dich frei machen soll, sondern er wird auch deinen getreuen Burschen frei machen, den du liebst. Geh zu ihm. Wie du glaubt hast, so soll dir und den Deinen geschehen.«

Einige Zeit nachdem der Zenturio davongegangen war, kam eine große Anzahl Menschen zum Meister und sang sein Loblied, denn der Bursche war zur selben Stunde geheilt worden. Ihnen folgte der Zenturio, und mit ihm ein junger Römer.

»Dies ist er, den du geheilt hast«, sagte Cornelius.

Im Gegensatz zu seiner Gewohnheit beugte sich Jesus vor und küßte den Ungläubigen.

»Eines Tages«, sprach er, »wirst du getauft werden und in das Reich Gottes kommen. Denn ich sage euch: Viele aus Ost und West werden kommen und mit Abraham, Isaak und Jakob zusammen zu Tisch liegen im Himmelreich. Die Söhne des Reiches aber werden in die äußerste Finsternis verstoßen werden, denn sie hatten nicht euren Glauben.«

Mein eigener Glaube wurde inzwischen angezweifelt, da ich noch keinen nennenswerten Beitrag zu unserer Sache geleistet hatte. Aber ich wollte nur abwarten, bis ich für meine Mutter gesorgt und festgestellt hatte, wieviel ich von meinem Besitz abzweigen und für den Waffenkauf, der jetzt in Gang gekommen war, in die Kasse der Zeloten geben konnte. Daß ich unsere Einkünfte verwaltete, war noch kein Grund, daß ich mehr geben sollte als die anderen. Doch ich mißgönnte dem Meister nichts und spendete großzügig für die Armen, denn ich wußte, wie er über diejenigen dachte, die viel hatten und viel gaben.

Er hatte mir nie Fragen über Geld gestellt, denn sobald er einen Auftrag weitergegeben hatte, schien er diesen zu vergessen. Jetzt ging ich zu ihm, um ihm von einer Spende des Josef von Arimatäa zu berichten. Als ich mich näherte, blickte er auf, blieb aber weiterhin in Gedanken versunken und starrte bald wieder ins Feuer.

Ich fragte ihn, was ich mit dem Geld tun sollte.

»Gib es den Bedürftigsten«, wies er mich an. Die Flammen verliehen seinem Gesicht einen geisterhaften Ausdruck. »Ich weiß, es ist dir gleich, wo das Geld bleibt, solange es der Verwirklichung deiner innigsten Hoffnungen dient.«

Seine Bemerkung stimmte mich nachdenklich. »Und was, Meister, ist das für eine Hoffnung?«

»Das weißt du ebenso gut wie ich, Juda. Du wirst nicht ruhen, bis du Rom eigenhändig unterworfen hast.«

»Nicht allein, Meister, sondern mit deiner Hilfe.«

»Die Kastanien werden nicht mehr lange im Feuer liegen. In der Familie der Menschen gibt es keinen Unterschied zwischen Römern und Juden.«

Nie zuvor hatte er so präzise darüber gesprochen, was es bedeutete, ein Licht für die Heiden zu sein.

»Aber sie sind unsere Unterdrücker. Und du hast selbst gesagt, du seist gekommen, jene zu befreien, die in Gefangenschaft sind.«

»Das bin ich auch.«

»Aber wie kannst du das ohne Gewalt erreichen, wenn es doch allein die Gewalt ist, die diese Gefangenschaft bewirkt?«

Er schüttelte den Kopf. »Glaube nicht, daß ich gekommen bin, den Frieden mit Gewalt herbeizuführen, Juda. Ich bin weder gekommen, den Frieden aufzuzwingen noch den Krieg zu erklären.«

Er lächelte über meine Verwirrung.

»Eines Tages wirst du verstehen.«

»Mußt du nicht Partei ergreifen? Die Essener behaupten, Johannes der Täufer hätte Israel längst zu den Waffen gerufen, wenn du ihm nicht die Zügel aus der Hand genommen hättest.«

»Ich habe Johannes nichts abgenommen, sondern ihm etwas hinzugefügt. Er wohnt jetzt beim Heiligen Geist. Und wenn der Menschensohn eines Tages wiederkehrt, wird Johannes ihm abermals vorangehen und sich um die Sterbenden auf der ganzen aufbrechenden Erde kümmern.«

Ich war erschüttert über seine düsteren Vorahnungen. »Gibt es denn überhaupt Glück für den Menschen?«

»Nicht, ehe er bereut.«

»Was nützte es dann aber, daß der Täufer im Kerker des Herodes gestorben ist, wenn dadurch nichts gewonnen wurde?«

»Nach Gottes Zeitmaß ist eine Lebensspanne nur ein Augenblick in der Ewigkeit.«

»Aber die Ungerechtigkeiten, die Unbilligkeiten, die Verbrechen gegen die Menschen – wie lange muß es damit noch weitergehen, ehe Gott eingreift?«

»Er hat bereits eingegriffen, aber sein Wort muß wiederholt werden, denn das Gedächtnis der Menschen ist kurz.«

Meine tiefe Enttäuschung schaffte sich Luft. »Wenn du dieses Wort predigst, dann bist du wahrhaftig der Messia!«

»Ich bin nicht dein Messia noch der Messia des bar-Abbas, des Ezra, des Zadok, sondern der Messia des Herrn. Denn nicht für die Eitelkeit eines einzelnen Menschen bin ich geschickt worden.«

»Aber wie lange und zu welchem Ende müssen wir Daniels eiserne Männer mit den tönernen Füßen noch ertragen?«

»Alle Dinge richten sich, wenn nicht in diesem Leben, dann in einem anderen.«

»Wenn dieses Leben nicht zählt, warum sollte ein anderes zählen?«

»Wenn der Tod endgültig vernichtet ist, wird der Mensch sich der Macht bewußt werden, die Gott ihm verliehen hat, der Macht, seine Natur mit Hilfe des richtigen Denkens zu entwickeln.«

»Du sprichst davon, daß Israel für seine Sünden büßt, aber was ist mit den Römern? Sind die denn unangreifbar, weil sie Heiden sind und keinen Gott zu fürchten haben?«

»Wenn du ein Römer wärst und von der Unsicherheit dieser Zeiten wüßtest, würdest du sie nicht unangreifbar nennen.«

»Aber sie nennen wenigstens ihre Seelen ihr eigen.«

»Sie erkennen die Seele nicht an. Doch eines Tages werden sie es tun, und was wird das dann eine Auferstehung sein!«

Wie konnte er sich nur um die Heiden ebenso kümmern wie um die Seinen?

»Die Freiheit ist für alle gleich«, bemerkte er.

Ich starrte ihn ungläubig an. »Du hast gesehen, wie Juden mit dem Kopf nach unten an Kreuzen hingen, weil sie Rom beleidigt hatten. Sind diese ebenso frei wie ihre Henker?«

»Nur, wenn sie das Heil durch den Menschensohn kennen.«

»Welchen Zweck hat denn unser Leben, wenn nicht den, frei zu sein?«

»Wir wachsen durch Schmerz, und selbst wenn die Umstände tief im Bewußtsein der Seele verborgen liegen, erinnern wir uns, und im Erinnern – und sei es auch noch so unbestimmt – verbessern wir unsere Lage, wenn wir uns der Fehler enthalten, die wir einst begangen haben.«

»Darf ich fragen, wann diese Auferstehung der Menschen stattfinden wird?«

Er betrachtete mich mit geheimnisvollem Lächeln.

»Hast du von Jona und dem Wal gehört?«

»Ein hübsches Märchen«, entgegnete ich.

»Eher ein Gleichnis, denn es besitzt einen Kern von Wahrheit. Erinnerst du dich, wie lange Jona im Bauch des Walfisches blieb?«

»Drei Tage. Aber ist das so wichtig?«

»So wird der Menschensohn drei Tage im Bauch der Erde bleiben.«

Er wollte das nicht näher erklären.

»Es wird alles mit der Zeit enthüllt werden. Aber vergiß nicht, daß ich nicht meinetwegen gekommen bin, sondern um zu zeigen, was alle Menschen mit Hilfe des Vaters vollbringen können.«

Seine Lider sanken vor Müdigkeit über die Augen, doch ich wußte noch immer nicht mehr als zuvor.

»Eines würde die Menschen besser von der Macht Gottes überzeugen als alles andere«, sagte ich hastig.

»Und das wäre?«

»Wenn du beweist, daß Gottes Macht größer ist als die Macht Roms.«

Er warf mir einen mitleidigen Blick zu.

»Aber wissen wir das denn nicht schon?«

»Dann würde es nicht nur Israel wissen, sondern die römische Welt ebenfalls. Überall dort, wo der Adler schwebt, wäre er nichts gegen die Legionen des Herrn.«

Er nickte müde. »Du malst ein bewegendes Bild, Juda. Jetzt aber wollen wir uns zurückziehen und mit den Gedanken an den Herrn des Friedens pflegen.« Er beugte sich vor, um mir die Wange zu küssen. »Friede sei mit dir, Juda, der du so wenig Frieden kennst.«

Ich schlief unruhig und stand schon sehr früh auf. In letzter Zeit waren wir fast immer unterwegs. Denn sobald sich eine Menschenmenge angesammelt hatte, kamen die Spione des Tempels und nach ihnen die Agenten Roms. Ich konnte mir das Entsetzen – oder war es Genugtuung? – vorstellen, das auf Hannas' Gesicht bei ihren Berichten zu lesen war.

Ich vertraute Matthäus meine Befürchtungen an.

»Man kann aus dem Schatten soviel machen wie aus der Substanz«, erwiderte er dunkel.

»Hannas hat ihm nie wohlgewollt«, sagte ich, »vor allem nicht seit jenem Tag im Tempel. Wären die liberalen Führer der Pharisäer nicht, Gamaliel, Nikodemus und Josef von Arimatäa, er läge schon seit langem in Ketten.«

»Er scheint die Gefahr beinahe herauszufordern«, sinnierte Matthäus.

»Er ist nicht sicher in Judäa, und ich würde die Heilige Stadt erst auskundschaften, bevor er Galiläa verläßt.«

Matthäus schüttelte den Kopf. »Er geht hin, wohin er will, denn er glaubt, seine Schritte werden vom Vater gelenkt.«

Ich warf Matthäus einen raschen Blick zu. »Zweifelst du?«

»Wie kann man gesehen haben, was er tut, und dennoch an ihm zweifeln?«

»Ich fragte mich nur nach deinem Glauben.«

»Meine Loyalität ist ungeteilt.«

Ich zuckte die Achseln über diesen versteckten Vorwurf. »Ich will nur das Beste für Israel.«

Ohne ein Wort wandte Matthäus sich ab und ging davon. Steuereinnehmer sind anmaßend.

Es war schön, zu sehen, wie entspannt Jesus war. Er schien hier in Galiläa jeden Bergpfad und jede Meeresbucht zu kennen. Besonders freute er sich an seinem Lager mit dem Blick aufs Galiläische Meer, in dem er als Junge gebadet hatte. Die purpurnen Berge, die grünen Felder und die leuchtend bunten Blumen schienen die traurige Miene, die er immer öfter zur Schau trug, aufzuhellen. Nur für die Kranken und Bedürftigen hatte er stets ein Lächeln und ein freundliches Wort. Nie versäumte er es, stehenzubleiben und sich mit Kindern zu unterhalten, denn er sagte, sie seien Gott am nächsten, da sie noch nicht Gefangene jener Ängste und jenes Ehrgeizes seien, die aus den Menschen Heuchler und Lügner machten.

Die Menschen schienen unsere Schritte vorausahnen zu können, denn lange vor unserer Ankunft hatten sie sich schon an jeder kleinen Wegkreuzung in großer Zahl versammelt. In einigen Fällen gaben sie ihre Arbeit auf und verließen ihre Häuser, um ihm zu folgen. Es war eine Ironie des Schicksals, daß ausgerechnet dieses Übermaß an Beliebtheit schließlich zum Sinken seines Glückssterns beitrug. Immer neue und immer größere Forderungen wurden an ihn gestellt. Wir lagerten an einem Berghang oberhalb des Sees, so daß er sehen konnte, wie viele hungerten, denn sie folgten uns seit drei Tagen und hatten keine Nahrung mehr. Besonders schien er um die Armen besorgt, vermutlich, weil sie sich nicht helfen konnten. Und wie immer in einem Notfall, wandte er sich an seinen Schatzmeister. »Juda, hast du Geld genug, um all diesen Hungernden Brot zu kaufen?«

Ich stöhnte, denn ich dachte daran, wieviel nützlicher dieses Geld angelegt werden konnte. »Aber es gibt nicht genug Märkte in der Nähe, um für eine so große Menschenmenge einzukaufen.«

Er lachte trocken. »Damit hätte ich deine Antwort, Juda.«

»Und du, Philippus, weißt du, wo wir Brot kaufen könnten, damit diese Leute zu essen haben?«

»Selbst wenn sie alles Geld nähmen, das wir haben, wäre es nicht genug, um alle satt zu machen.«

Jetzt wandte er sich an seinen Liebling. »Und du, Johannes, was würdest du tun?«

Johannes gab unweigerlich die richtige Antwort. »Mose holte Manna vom Himmel für die hungernden Kinder Israels.«

»Richtig«, gab Jesus freundlich zurück. »Und was sagst du, Andreas?«

Andreas zuckte nur die Achseln. »Da ist ein Junge mit fünf Brotlaiben und zwei kleinen Fischen. Doch was ist das unter Fünftausend?«

Mit einem Blick auf Matthäus sagte er: »Ich kann sie nicht hungrig davonschicken, sonst werden sie unterwegs ohnmächtig.«

Ich verstand seine Sorge, denn viele waren vom Fasten und von der großen Hitze sehr geschwächt.

Ich sah den Jungen mit seinem Essenskorb in der Hand zwischen seinen Eltern im Gras sitzen. Dann wanderte mein Blick über die Menge hin. Es war ein bunt zusammengewürfelter Haufen, der hauptsächlich aus *Amharetzin* bestand: hier in Galiläa harte Bauern, die viel verlangten, weil sie so wenig hatten. Sie waren unruhig geworden, wollten Zeugen der Heilungen werden, die nunmehr Jesu Auftrag kennzeichneten.

Gut die Hälfte der Volksmenge bestand aus Kranken mit ihren Freunden oder Verwandten. Die Jünger gingen zwischen ihnen umher und hörten sich ihre Klagen an, während sich die Apostel, wie üblich, um Jesus scharten. Voll Überraschung entdeckte ich in der Menge Cestus und Dysmas, die sich mit Josua-bar-Abbas unterhielten. Sie waren vor uns hergezogen, hatten das Wort gepredigt und sollten erst in Kapernaum wieder mit uns zusammentreffen. Jetzt aber mischten sie sich eifrig unter die Menschen, und ich vermutete, daß sie die Leidenden trösteten, denn auf diese Weise bekehrten sie sie zum Glauben. Jesus hatte sie auch gesehen, seine Gedanken weilten jedoch beim Volk.

Andreas, der die Erlaubnis hatte, ihn jederzeit anzusprechen, fragte besorgt: »Sollen wir sie fortschicken, damit sie in die Dörfer gehen und sich selbst Brot kaufen können?«

Jesus schüttelte den Kopf. »Sie sind wie Schafe ohne Hirten, Andreas. Ich muß sie in meine Herde holen. Denn der gute Hirte gibt sein Leben für die Schafe. Vor mir sind Diebe und Räuber gekommen, aber die Schafe haben sie nicht gehört, denn sie kamen leise, um zu stehlen und zu zerstören. Ich aber komme, auf daß sie ein reiches Leben haben. Ich bin die Tür, durch die jeder Mensch eintreten kann und gerettet ist, und wo er grasen und frische Weide finden kann. Aber ich habe noch andere Schafe, die nicht aus dieser Herde sind. Auch sie muß ich auf die Weide des Hernn führen. Sie werden meine Stimme hören, und dann gibt es nur noch eine Herde und einen Hirten.«

Seine Augen blickten jetzt klar und heiter. »Mose hat seine Herde mit Gottes Hilfe sicher durchs Rote Meer bis ins Gelobte Land geführt. Derselbe Gott, der den Israeliten in der Wüste geholfen, der ihnen Nahrung gegeben hat, wo es keine gab, wird seinem Volk auch heute zeigen, daß er sein Gott ist. Denn es gibt keine anderen Götter neben ihm, wie immer ihr Name und was immer ihre Sache sei.«

Sein Blick blieb sekundenlang auf mir ruhen; dann befahl er den Jüngern, die Anwesenden in Gruppen zu einhundert einzuteilen. Während sie sich erwartungsvoll niederließen, brachte ihm Andreas den Korb mit den fünf Brotlaiben und den beiden Fischen, den ihm der Junge und seine Eltern freudig überlassen hatten.

Jesus ergriff den Korb und blickte zum Himmel. »Lieber Vater, gib uns heute unser tägliches Brot, wie du deinen Sohn Mose gesegnet hast, indem du dieselben Kräfte herbeiriefst wie bei der Erschaffung aller Dinge am Anfang.«

Ich hatte gesehen, wie die Kranken geheilt und Wasser in Wein verwandelt wurden, was aber jetzt geschah, hätte ich niemals für möglich gehalten, wäre es nicht vor meinen eigenen Augen geschehen. Als Jesus das Brot brach und es seinen Jüngern zum Verteilen gab, vervielfältigten sich die Stücke in seiner Hand. Es war kein Trick, kein Zauberkunststück. Er sprach keine Beschwö ungsformeln und hatte nichts im Ärmel seines Mantels verborgen. Die Menschen saßen wie hypnotisiert, konnten kaum glauben, was sie da sahen, bis sie schließlich vom Brot und den Fischen aßen, die sich ebenfalls vermehrt hatten. Einiges blieb sogar übrig, als Andreas dem strahlenden Jungen die fünf Brotlaibe und die zwei Fische wiedergab.

Ich sah, wie Cestus und Dysmas die Leute beschwatzten, ihnen erklärten, einen solchen Volksführer habe es noch nie gegeben. »Er ist der von Gott gesandte Messia, der uns von unseren Feinden befreien wird!« rief Cestus.

»Dieser Sohn Davids soll unser König sein, er soll größer sein als David!« schrie Dysmas, der sich auf eine Erhebung gestellt hatte, damit er besser gehört und gesehen wurde.

Er hielt einen Lorbeerkranz empor. »Laßt uns diesen Sohn Davids hier und jetzt krönen, dann wird ganz Israel mit ihm gegen Rom ziehen!«

Josua-bar-Abbas, ein feuriger Redner, der die Massen aufrütteln konnte, gesellte sich zu Dysmas auf die Anhöhe und wandte sich mit leidenschaftlicher Miene an Christus.

»Durch die Wunder, die du vollbracht hast«, rief er, »hast du dich als der Verheißene der Propheten erwiesen. Ganz Israel hat auf diesen Augenblick gewartet. Denn der Messia macht der Verfolgung und Unterdrückung ein Ende. Dir bleibt keine Wahl: Du mußt den Mantel deines berühmten Ahnen umlegen und das Wort Gottes als König der Juden im Triumph den siebzig Völkern verkünden!«

Sogar ich, der ich von seinen Plänen wußte, spürte die Wirkung seiner Rede. Und auf die müden Gesichter der Zuhörer, ganz besonders der *Amharetzin,* war ein Glanz vergessenen Stolzes getreten.

Ich warf einen verstohlenen Blick zu Jesus hinüber. Sein Gesicht war starr, die Lippen hatte er fest zusammengepreßt. Er sah aus wie ein Mann, dem eine plötzliche niederschmetternde Erkenntnis gekommen ist.

»Andreas!« rief er völlig verzweifelt. »Sie begreifen nicht! Sie haben nie begriffen!«

»Sie meinen es gut«, beruhigte ihn Andreas. »Aber sie akzeptieren wie alle Menschen nur das, was sie kennen. Und alles, was sie kennen, ist ein Herrscher, sei er Judäer oder Römer.«

Jesus wandte den Blick gen Himmel. In seinem Antlitz stand eine neue Entschlossenheit, und er trat energisch einen Schritt vor, so daß die vorn Stehenden hastig einen Schritt zurückwichen.

Er sprach mit klarer, lauter Stimme. »Habt ihr euch nicht gewundert über dieses Brot, das ihr eben gegessen habt? Habt ihr euch nicht gefragt, wie es aus der leeren Luft erscheinen konnte? Habt ihr euch nicht gedacht, daß es nicht nur zum Essen war, sondern zum Belehren? Eure Väter aßen ebenfalls Manna vom Himmel, doch sie sind tot. Von diesem Brot aber könnte ein Mensch essen und müßte nicht sterben. Dieses ist das wahre Himmelsbrot, und aus diesem Grund hat Gott euch heute geleuchtet. Aber ihr habt gesehen, was er getan hat, und glaubt immer noch nicht an die himmlische Botschaft. Denn ich bin vom Himmel herabgestiegen, nicht um meinen Willen zu tun, sondern den Willen dessen, der mich geschickt hat, damit alle, die den Sohn sehen und an ihn glauben, das ewige Leben gewinnen und am Jüngsten Tag auferstehen werden.«

Die Menge, auf eine ganz andere Rede gefaßt, nahm seine Vorwürfe nicht gut auf. Ich hörte unzufriedenes Murren.

»Bar-Abbas hat recht!« rief ein kriegerischer junger Mann. »Denn wenn er der Messia ist, soll er wie der Messia handeln und uns wie David gegen die Philister von Rom führen.«

Es war unglaublich, daß die Volksstimmung aus einem so nichtigen Grund umschlagen konnte, aber der leidenschaftliche Wunsch nach Freiheit brannte in den Herzen derer, bei denen die Freiheit Tradition war.

Simon Zelotes war eindeutig empört über den Druck, den seine eigenen Zeloten auf Jesus ausübten. Denn der hatte den Meister lieben gelernt und glaubte an ihn, da er hoffte, genau wie ich, daß er eines Tages das Gute an unserer Sache erkennen und aus Überzeugung unsere Partei ergreifen werde.

Wir tauschten Blicke und drängten uns näher an den Meister heran. Das Murren wollte nicht enden, und die Wohlgenährten beschwerten sich am heftigsten.

»Wer ist er«, schimpfte ein kleiner Mann mit hinterhältigem Lächeln, »daß er behauptet, vom Himmel zu kommen? Wenn er Gott ist, ist er nicht Fleisch, und alle wissen, daß dieser Zimmermann der Sohn eines Zimmermanns ist.«

»Mag sein«, bemerkte ein anderer augenzwinkernd. »Denn der Vater war völlig überrascht.«

Welch ein Hohn der menschlichen Natur! Sekunden zuvor waren sie, vom Wunder der Brote überwältigt, bereit gewesen, ihn auf den Thron zu heben, und nun, da er ihren Wünschen nicht Folge leisten wollte, waren sie bereit, ihn in den Staub zu treten.

Einzig der Junge mit dem Korb sprach für ihn.

»Nur Gott hätte dies bewirken können«, erklärte er mit dünnem Stimmchen. »Ich habe selbst fünf Brotlaibe und zwei Fische in diesen Korb getan, und ohne Gott wäre es nicht möglich gewesen, daß daraus Hunderte von Brotlaiben wurden.«

Einige waren beeindruckt, andere jedoch wußten nicht recht, was sie glauben sollten.

Josua-bar-Abbas nutzte diese Unsicherheit aus, um sich abermals gegen den Meister zu wenden.

»Wir, die wir die Tyrannei dieses Königreichs auf Erden erdulden müssen, wissen nichts vom himmlischen Königreich. Wir leben hier, nicht in den Wolken, und hier essen wir das Brot des Lebens, nicht im Himmel. Wenn du der Messia bist, nimm diese Herausforderung an oder laß alle Anmaßung endgültig fallen.«

In der Hitze seiner Rede kam er die Anhöhe herabgesprungen, und die leicht zu beeinflussende Menge machte ihm Raum, als er sich Jesus näherte.

Jesus sah über ihn hinweg, als existiere er überhaupt nicht.

»Ihr erbittet so wenig, da ihr doch so viel haben könntet!« rief er verächtlich. »Ich gebe euch das ewige Leben, denn das Brot, das ich euch gebe, ist mein Fleisch, und dies gebe ich vom Leben der Welt.«

Während die Zuhörer reumütig die Köpfe senkten, wollte bar-Abbas den Meister mit dem Lorbeerkranz krönen.

»Wer ihn anrührt, bekommt es mit mir zu tun!« rief ich, meinen Dolch schwingend.

Verblüfftes Gemurmel lief durch die Menge, denn diese Menschen fürchteten sich vor Gewalttätigkeit.

Bar-Abbas warf mir einen mörderischen Blick zu. Inzwischen

aber hatten Andreas, Petrus, Johannes und die anderen einen schützenden Ring um den Meister gebildet.

»Fürchtet nicht um mich«, wandte er sich an sie, »denn ich könnte jederzeit verschwinden. Aber das ist nicht notwendig, denn meine Zeit ist noch nicht gekommen.«

Noch einmal forderte ihn bar-Abbas heraus. »Wenn du der Messia bist, nimm diese Krone. Wenn nicht, sinke zurück in das Dunkel, aus dem du gekommen bist, denn du versperrst dem wahren Messia den Weg.«

»Seit wann«, entgegnete Jesus, »nimmt Gott Befehle von seinen Dienern entgegen? Dein Auftrag ist beendet, genau wie der von Cestus und Dysmas, denn eure Sache spricht mehr von eurer eigenen Natur denn von Gott.«

Ein wenig von der Ehrfurcht vor dem Wundertäter hielt sich immer noch in der Menge, doch als sie Christus Trotz boten und nicht zerschmettert wurden, stimmten sie in die Forderung des bar-Abbas ein. »Wenn du nicht unser König bist, steh dem König nicht im Weg!«

Jesus musterte sie zornig. »Und wer ist dieser König, von dem ihr sprecht? Irgendein dummer Tor, wegen dem ihr Furchtbares erleiden werdet, was ihr, wie ich jetzt einsehe, reichlich verdient.«

Wäre bar-Abbas nicht gewesen, die Zuhörer wären ihm wieder zugefallen. Doch bar-Abbas schien jetzt fest entschlossen, diesen Volksführer, dem er immer nur mit Lippenbekenntnissen gedient hatte, gründlich in Mißkredit zu bringen.

»Bar-Abbas! Bar-Abbas!« schrie die Menge, und ich staunte wieder einmal über die Dummheit der Menschen.

Jesus musterte sie mit vernichtendem Blick.

»Es gibt keinen Grund, warum der Menschensohn von euch besser behandelt werden sollte als Mose. Mose gab euch das Gesetz, doch keiner von euch hat es gehalten. Ich habe ein Werk getan, und ihr wundert euch. Und dann schreit ihr nach einem anderen Werk, denn eure Herzen sind dem Verständnis Gottes verschlossen.«

»Wir verstehen lediglich«, behauptete bar-Abbas kühn, »daß du nichts gegen die Römer unternehmen willst, während unsere Leute an den Kreuzen hängen, weil sie sich weigern, Rom den Tribut zu zahlen. Wir erwarteten einen Makkabäer, und wir haben einen Wahrsager bekommen.«

»Ihr seht, was ihr sehen wollt«, entgegnete Jesus, »aber kein Mensch zeichnet mir den Weg vor, den ich gehe.«

Bar-Abbas zitterte vor Erregung.

»Du kommst, Israel zu retten, und hebst keinen Finger zu seiner Verteidigung.«

Jesus hatte die Hände gelassen vor dem Körper gefaltet.

»Ihr habt eure Generale und Leutnants, eure bewaffneten Haufen – warum verlangt ihr dies von mir?«

»Ohne den Messia haben sie nicht genug Glauben, um dem Mythos der römischen Unüberwindlichkeit die Stirn zu bieten.«

Jesus musterte ihn spöttisch. »Und darum wollt ihr einen Messia machen, wenn ihr keinen habt.«

Bar-Abbas zuckte sichtlich zusammen, als ihm diese halb vergessenen Worte entgegengeschleudert wurden. Aber er erholte sich schnell. »Pilatus hat deine Galiläer abschlachten lassen, und dennoch machst du ihm keinen Vorwurf, sondern sagst, gebt dem Kaiser, was des Kaisers ist.«

»Und was ist des Kaisers? Oder das Eure, oder dieses Menschen oder jenes? Es kommt alles von Gott, und er ist für alle derselbe Gott.«

Bar-Abbas wurde rot vor Wut. »Du hältst dich für größer als Mose, aber Mose hat sein Volk gegen die Ägypter und gegen andere geführt, die seine Herde vernichten wollten. Du aber sagst, wenn die Römer uns schlagen, sollen wir die andere Wange hinhalten. Wie viele Schlachten könnten denn so gewonnen werden? Wie viele Herzen sind gebrochen in einem Land, das einst voll Hoffnung war und nun am Boden liegt?«

Jesus beschwichtigte die applaudierende Menge mit einem Blick. »Du sprichst von Mose, doch du vergißt die Warnung an ein Geschlecht, das nicht besser war als dieses:

›Dafür, daß du dem Herrn, deinem Gott, nicht mit Freuden und fröhlichem Herzen gedient hast, wirst du deinem Feinde dienen müssen, den der Herr auf dich loslassen wird. Und er wird dir ein eisernes Joch auf den Nacken legen, bis er dich vertilgt hat. Der Herr wird wider dich ein Volk herausholen aus der Ferne, vom Ende der Erde, wie der Adler fliegt, ein Volk, dessen Sprache du nicht verstehst. Ein Volk von grimmigem Angesicht, das keine Schonung kennt gegen den Greis und kein Erbarmen mit dem Knaben. Es wird die Frucht deines Viehs und die Frucht deines Landes verzehren, bis du vertilgt bist.‹«

Er machte eine dramatische Pause. »Diese Geißel aus Eisen kennt ihr alle. Sie ist hier, gesandt von Gott.«

Er ließ den Blick über die Versammelten wandern. »Und genau wie dieses Geschlecht für die Sünden der anderen bezahlt, so werden künftige Geschlechter für die Sünden von heute bezahlen müssen.«

Viele schienen beschämt zu sein. Nur bar-Abbas war unbeeindruckt.

»Du willst uns also glauben machen, die Römer seien die Geißel Gottes und wir müßten ihre Halseisen freudig tragen wie eine Perlenkette. Doch warum sollte Gott sein eigenes Volk so strafen?«

Jesu Augen sprühten Feuer. »Weil ihr alle Heuchler seid! Ihr verehrt Gott mit dem Mund, aber nicht mit dem Herzen. Und in Zukunft werdet ihr und eure Kinder einen bitteren Preis dafür bezahlen, daß ihr eure Herzen dem Heil und der Verheißung der Ewigkeit verschlossen habt!«

»Worte! Worte! Worte!« rief bar-Abbas.

Die unstete Menge war auf seine Seite umgeschwenkt, denn da sie nicht für Jesus waren, waren sie jetzt gegen ihn.

Jesus maß sie mit durchdringendem Blick. »Der, von dem viel erwartet wird, ist verhaßt, wenn das Erwartete nicht den Erwartungen entspricht.«

Hier und da erhob sich ein Ruf in der Menge: »Was kann man von einem Nazaräer erwarten?«

Ein anderer schrie: »Er nennt sich Sohn Davids, aber wo ist sein Vater?«

Simon Zelotes und die anderen schäumten, doch Jesus hielt sie mit einem Blick zurück.

»Ich kenne meinen Vater, und mein Vater kennt mich. Das ist zunächst genug.«

Die Veränderung, die mit bar-Abbas vorgegangen war, kam nicht völlig überraschend. Er hatte immer Vorbehalte gegen Jesus durchblicken lassen und seine Autorität nur soweit anerkannt, als er sie hinnehmen konnte.

»Wenn du nicht beweist, daß du der Messia bist«, rief er, »dann bist du nicht anders als andere Menschen.«

Wie lächerlich, nachdem wir alle gesehen hatten, was Jesus vermochte! Bar-Abbas war jedoch von einer Dickköpfigkeit, die zuweilen zwar wohl lobenswert sein mochte, ihn aber für die Wahrheit blind machte. Er war von einer einzigen Idee besessen: einem befreiten Israel. Jedenfalls schien es zu jener Zeit so. Dennoch aber war etwas an diesem wilden Ungestüm, das beinahe beabsichtigt wirkte, denn es hätte inzwischen deutlich sein müssen, daß Jesus unsere einzige Hoffnung war.

Jesus musterte ihn mit jener Geringschätzung, die er sonst nur für die Tempelparasiten hatte.

»Der Keim deiner eigenen Vernichtung liegt in dir, bar-Abbas«, sagte er.

Der Abtrünnige zuckte zusammen. Doch dann kehrte seine gewohnte Kühnheit zurück.

»Und in dir auch, denn wer der Tyrannei nicht Widerstand leistet, wird ihr unterworfen werden.«

»Du spottest über das himmlische Königreich, aber das ist nicht von Bedeutung. Denn du wirst es niemals betreten, sondern in der Hölle deines eigenen Verrats leben müssen. Du bist nicht nur falsch zu mir, sondern zu Gott. Und obwohl du dein Ziel erreichen wirst, wirst du das Heil verlieren.«

Bar-Abbas stand benommen da. Dann schüttelte er sich jedoch, machte verächtlich kehrt und ging mit Cestus, Dysmas und einigen anderen davon. »Israel«, rief er dabei, »wird sich noch an uns erinnern, nachdem dieser falsche Prophet längst vergessen ist.«

Die Menge löste sich langsam auf, bis nur noch die Zwölf bei Jesus waren.

Jesus blickte ernst im Gehölz umher.

»Werdet ihr auch von mir gehen?«

Simon Petrus erwiderte klagend: »Wohin sollen wir gehen, und zu wem? Denn du bist der Gesalbte, der Sohn des lebendigen Gottes, durch dessen Ankunft aus dem Himmel das ewige Leben gekommen ist.«

Jesu Antlitz begann zu strahlen. »Gott segne dich, Petrus. Für deinen Glauben sollst du auf ewig in den Herzen der Menschen wohnen. Und fürchte dich nicht, denn du sollst diese Welt wie der Menschensohn verlassen.«

Und Petrus freute sich, denn was konnte schöner sein, als das zu tun, was Jesus tat?

13

Die Toten leben

Im Gegensatz zum Täufer war Jesus kein einfacher Mensch. Sein Verhalten war niemals vorauszusehen. Er konnte dem übelsten Sünder Barmherzigkeit erweisen und dann wieder die Geldwechsler unbarmherzig mit den Kordeln seines Mantels peitschen. Er besaß ein tief eingewurzeltes Gefühl für seinen eigenen Wert. »Wenn ich mich nicht um mich selbst sorge, bin ich ohne Rücksicht auf den, der mich geschickt hat«, sagte er.

Nicht ein einziges Mal glich er seine Ansichten der Volksmeinung an, und immer, wenn ich das Gespräch auf Rom und seine Tyrannei brachte, lächelte er nur und sagte geheimnisvoll, daß ohne Rom das Evangelium nicht verbreitet werden könne.

»Mein Vater schickte mich zu einer Zeit, da alle Wege nach Rom und wieder hinaus führen.«

Matthäus, der ein guter Sekretär geworden war, gab vor, dies zu verstehen, mir aber erschien das alles verwirrend. Was hatten die Römer in ihrem schwarzen Heidentum mit dem Gott Israels zu schaffen?

Er schien sich damit abgefunden zu haben, daß die Masse des Volkes seinen Auftrag nicht verstand. Selbst ich konnte nicht recht begreifen, warum es nicht möglich sein sollte, das Heil zu bringen und zugleich die Römer aus dem Land zu vertreiben. Wie konnte eines das andere ausschließen?

Den Zwölfen machte er es zur Pflicht, auf ihren Reisen keine Kränkungen hinzunehmen, sondern eine undankbare Gemeinde hinter sich zu lassen. »Gebt das Heilige nicht den Hunden und werft eure Perlen nicht vor die Säue«, sagte er und gab damit seiner Verachtung für jene Ausdruck, die Augen hatten und nicht sahen.

Er hatte Freude an den guten Dingen des Lebens und genoß es, wenn Martha und Maria aus Magdala seinen müden Körper abwechselnd mit lindernden Ölen einrieben, die sie zu diesem Zweck erworben hatten. Das machte die Besuche im Hause des Lazarus in Bethanien zu einer Staatsaktion.

Seine Freundschaft mit Lazarus erstaunte mich, denn oberflächlich gesehen gab es wenig, das ihn dem Meister empfehlen konnte. Sie redeten jedoch offen miteinander, und Lazarus erklärte die Ansichten der Handelsherren, die mehr Wert auf die Befriedung des Landes legten als auf eine Rebellion.

»Meine Leute sind zufrieden«, sagte Lazarus über die Hunderte, die in seinen zahlreichen Hainen und Weinkellereien arbeiteten. »Ich bezahle sie gut, und sie arbeiten gut.«

Jesus erwies Lazarus die Ehre, von ihm in der dritten Person zu sprechen. »Lazarus ist ein guter Mann«, sagte er, »denn er weiß, daß der Arbeiter seines Lohnes wert ist, und er gestattet seinen Knechten, den Gewinn, der aus dem Schweiße ihres Angesichts kommt, mit ihm zu teilen. Er ist ein Beispiel für die anderen und wird eines Tages den Weg zum Himmel auf den Armen jener vielen, denen er geholfen hat, leicht finden.«

In keiner Weise mißgönnte er dem Lazarus seinen Erfolg und war auch nicht enttäuscht, als sein Freund seine Geschäfte nicht im Stich ließ, um sich seinen Jüngern anzuschließen.

»Auch jene dienen Gott«, erklärte er, »die ihren Dienern den Weg erleichtern.«

Als er einmal sagte, es sei leichter, daß ein Kamel durch ein Nadelöhr komme als ein Reicher in das Reich Gottes, waren wir ratlos. Matthäus insbesondere machte sich Gedanken darüber, denn er konnte nicht verstehen, warum Jesus seinen Freund Lazarus so sehr liebte. Und was war mit Josef von Arimatäa und Nikodemus, die an ihn glaubten und rückhaltlos für unsere Sache spendeten? Wie hätten wir sonst Almosen für die Armen beschaffen können (oder Waffen für den Aufstand)?

Er mache keinen Unterschied zwischen den Menschen verschiedener Klassen und Religionen, sagte Jesus, er denke lediglich daran, daß es für einen Reichen schwerer sei, das himmlische Königreich zu erlangen, da seine Versuchungen größer seien als die eines Armen.

»Nicht, weil sie reich sind, sind sie verurteilt, sondern wegen der Art, wie sie diese Reichtümer erworben und was sie damit gemacht haben.« Er nahm zwei Münzen, den israelischen Silbersekel und den römischen Silbersekel. »Seht ihr Böses an diesen unschuldigen Metallstücken? Gebt sie den Armen oder baut mit ihnen ein bescheidenes Haus oder einen Bauernhof oder eine Straße, und sie sind wohltätig und gut.« Er sah mich aufmerksam forschend an. »Doch kauft mit ihnen Waffen oder baut einen reich geschmückten Tempel im Namen Gottes, und ihr verstoßt gegen Gottes Gebot, daß kein anderer neben ihm sein soll.«

Sein Blick umwölkte sich einen Moment. »Reichtum kann den Menschen frei oder zum Sklaven machen.«

Petrus schaute zu Markus hinüber, dem von ihm erwählten Jünger, der seine eigenen Beobachtungen aufschrieb, und sagte mit verwirrter Miene: »Meister, würdest du uns ein Beispiel für die tiefere Bedeutung von Reichtum und Armut geben?«

Nichts tat Jesus lieber, als mit Hilfe eines Gleichnisses einen

Standpunkt zu erklären. »Wie ihr wollt.« Ein wenig die Augen zusammenkneifend, blickte er ins Feuer. »Es war einmal ein reicher Mann namens bar-Abbas –« wir alle lachten, denn jeder wußte, daß Josua-bar-Abbas so arm war wie eine Maus –, »der kleidete sich in Purpur und feinstes Tuch und lebte alle Tage herrlich und in Freuden. Es war da aber auch ein Bettler namens Lazarus –« wiederum lachten wir über das, was wir für einen Scherz hielten –, »der lagerte, da er keinen Platz zum Wohnen hatte, vor dem Portal des reichen Mannes, denn er war hungrig und über und über mit Geschwüren bedeckt. Der ernährte sich mit den Abfällen vom Tische des Reichen. Außerdem kamen die Hunde des Kaufmanns und leckten ihm die Wunden, bis der Schmerz nachließ. Das war sein einziger Schimmer von Glück in einem Leben voller Elend, doch er beschwerte sich niemals, denn er fühlte, daß Gott ihm diese Leiden nicht umsonst auferlegt hatte. Nun geschah es, daß der Arme starb und von den Engeln in Abrahams Schoß getragen wurde.

Aber auch der Reiche, der nur an seinen Reichtum und niemals an Gott gedacht hatte, starb und wurde in einer kostbaren Gruft begraben.

Nach seinem Tod aber fand er sich unerwartet in der Hölle wieder, die er auf Erden niemals gekannt hatte. In seiner Qual blickte er auf und sah in der Ferne den Erzvater Abraham und auf seinem Schoß den elenden Bettler Lazarus.

Da erhob bar-Abbas seine Stimme und rief hinauf: ›Vater Abraham, erbarme dich meiner und schicke Lazarus, dem meine Hunde mit meiner Erlaubnis die Wunden geleckt haben, daß er seine Fingerspitze ins Wasser taucht und meine Zunge netzt, denn ich leide Qualen in dieser Glut!‹

Abraham jedoch schüttelte den Kopf und sagte: ›Sohn Israels, denke daran, daß du dein Gutes in deinem Leben schon empfangen und nichts für die Armen getan hast, während Lazarus ohne eigene Schuld vieles erlitten hat, doch nun findet der Ausgleich statt, und er empfängt Trost und du dort Qual.‹«

Jesus blickte auf, um zu sehen, wie wir auf sein Gleichnis reagierten. Ich war besonders interessiert, denn aufgrund meiner pharisäischen Erziehung hatte ich oft über die Aussicht einer Wiedergeburt und die Vergeltung für das eigene Verhalten im nächsten Leben nachgedacht. Auch Matthäus hatte aufmerksam zugehört und bedauert, daß es zu dunkel war und er die Worte des Meisters nicht sogleich auf Pergament festhalten konnte.

Der Meister freute sich über unser Interesse und fuhr mit seiner Erzählung, die ihm am Herzen lag, sogleich fort.

»Abraham hatte sogar noch schlechtere Nachrichten für den Reichen, der die Gelegenheit, mit seinem Reichtum Gutes zu tun, ungenutzt hatte verstreichen lassen. ›Zu alldem aber klafft zwischen uns und euch eine tiefe Kluft, damit niemand, selbst wenn er wollte, von hier zu euch hinübergehen und ebensowenig von euch zu uns herübergelangen kann.‹

Der Reiche richtete eine Bitte an den Erzvater. ›Ich bitte dich, Vater Abraham, schicke den Lazarus, der jetzt im Himmel ist, in das Haus meines irdischen Vaters, denn ich habe fünf Brüder, die soll er warnen, damit nicht auch sie hierher geraten an diesen Ort der Qual.‹

Abraham (in dem ich Jesus vermutete) schüttelte den Kopf.

›Sie haben seit ihrer Kindheit Moses und die Propheten, denen sie folgen können. Auf die sollen sie hören, solange es noch Zeit dazu ist.‹

Doch Lazarus drängte immer heftiger. ›Nein, Vater Abraham‹, sagte er, ›denn es würde viel mehr bedeuten, wenn einer von den Toten zu ihnen käme und sie warnte, denn dann würden sie mit Sicherheit bußfertig sein.‹

›Wenn sie auf Mose und die Propheten nicht hören‹, antwortete Abraham, ›werden sie sich auch nicht überzeugen lassen, wenn einer von den Toten aufersteht und ihnen ihre Sünden vorhält.‹«

Niemand konnte der Sinn dieses Gleichnisses entgehen – außer Petrus. »Aber Meister«, sagte er, »warum hast du aus Lazarus den Armen und aus Josua-bar-Abbas den Reichen gemacht, da wir doch alle wissen, daß ihre Rollen auf Erden vertauscht sind?«

»Gerade deswegen«, antwortete Jesus. »Denn die unfruchtbaren Reichen sollen das Elend der Armen erleben, und die verdienstvollen Armen den Trost der Reichen in diesem Leben, das bis in alle Ewigkeit währt.«

Der Jünger Markus, Sohn eines reichen Mannes, der sich häufig unserer Sache zugetan zeigte, schien beunruhigt zu sein.

»Was ist?« erkundigte sich Jesus leise, denn er nahm immer Rücksicht auf die Jungen.

Markus' blaue Augen blickten finster. »Wird der Reiche auf ewig in der Hölle und der Bettler auf ewig im Paradies bleiben?«

»Nein«, antwortete Jesus, »denn wenn die Lektion gelernt worden ist, wenn der Reiche das Wort des Vaters annimmt, wie der Sohn es gebracht hat, dann wird auch er Erlösung finden und in ein neues Leben zurückkehren.«

Das wichtigste war, die Wahrheit zu erkennen. Aber was hieß schon Wahrheit? Unsere Wahrheit lag im Erlöser, die der Römer in allem, was dem Imperium und ihrer Lebenseinstellung diente. Für sie existierte Jesus nicht, solange sein Reich ein himmlisches blieb. Er aber war sich ihrer um so deutlicher bewußt.

»Eines Tages, Juda«, wandte er sich an mich, »wird Rom die Botschaft Gottes bis in die entferntesten Winkel der Erde tragen.«

Ich dachte an die harten, unerbittlichen Gesichter unter den Eisenhelmen, an die verachtungsvollen Mienen, die unerträgliche Arroganz und schüttelte ungläubig den Kopf.

»Es wäre so einfach«, entgegnete ich, »wenn du nur einmal deine Stimme gegen die Herrschaft Roms erheben würdest.«

»Eines Tages wirst du, wird die ganze Welt begreifen, daß der Menschensohn gesandt worden ist, Gottes Werk zu tun, und nicht, den Launen jener zu genügen, die einen Messia nach ihrem eigenen Bilde wollen. Steht Gottes Wille nicht höher als der des Menschen?«

Er kannte ebenso wie ich all die Weissagungen über seine Ankunft, die die Befreiung des Landes von seinen Feinden verhieß. Warum sonst wäre er zu diesem Zeitpunkt gekommen, da sich die Welt dem Ende eines Zeitalters näherte und die Menschen geheimnisvoll vom tausendjährigen Reich sprachen? Er hätte nicht besser gerüstet sein können für seine Aufgabe. Er war noch nicht ganz fünfunddreißig gewesen und hatte dennoch eine überwältigende Ausstrahlung besessen, als ich ihn im fünfzehnten Jahr des Tiberius an den Ufern des Jordan zum erstenmal sah. Um Jesu Geburt gab es einige Verwirrung, denn einige verlegten sie in den Monat Kislev, den Dezember der Römer, während sie tatsächlich im römischen Monat März unter dem Sternzeichen der Fische stattgefunden hatte. Dies war geschehen im dreiundzwanzigsten Jahr der Herrschaft des Vorgängers und Stiefvaters des Tiberius, des verderbten Oktavianus Augustus, der so schlau regierte, daß der römische Senat ihn mit Titeln überhäufte, bis er ihnen geringschätzig befahl, endlich damit aufzuhören.

Viele hatten die Voraussage vom Erscheinen eines Königs der Könige mit der beispiellosen Macht des Oktavianus verwechselt, der sich wie ein Koloß über drei Kontinente breitete. Herodes der Große jedoch wußte es besser, sonst hätte er nicht die Tötung der unschuldigen Kinder angeordnet, um sein übles Geschlecht an der Macht zu halten.

Jesus kannte alle Zweifel, die aus seiner verzögerten Machtergreifung erwuchsen. Dennoch hatte er gewartet, bis er seine Zeit für gekommen hielt. »Die Welt hat einen kritischen Punkt der Unsicherheit erreicht«, sagte er, »und diese Krise schafft eine Geisteshaltung, die den Weg der Völker beeinflußt. Es ist kein Zufall, daß meine Regierung mit Pilatus beginnt, denn sie wird auch mit ihm enden.«

Es schien mir widersinnig, daß die Versetzung eines minderen römischen Statthalters in eine (für die Römer) entlegene Provinz Einfluß auf den Messia haben sollte, der seit Jahrhunderten Israels strahlende Hoffnung gewesen war.

»So ist es nicht, Juda«, antwortete er lächelnd, »denn seid nicht auch ihr, du und Johannes und Petrus und Matthäus und die anderen an diesem Zeitpunkt zusammengekommen, um auf eure Weise zu tun, was Pilatus auf die seine tut?«

»Ist denn alles vorbestimmt?«

»Nicht in den Einzelheiten, denn der Mensch hat im Glauben an

Gott die Möglichkeit, seinen Weg zu ändern. Es gibt einige Dinge, die er ändern kann, und die ihm im Reich Gottes zugute kommen, andere dagegen unterliegen dem Willen des Herrn und können nicht geändert werden.«

»Woher sollen wir wissen, was Gottes Wille ist und was der Wille des Menschen selbst?«

Er lächelte traurig. »Das weiß nur der Sohn. Aber vergeßt nicht –« er wandte sich an Johannes –, »du und die anderen, daß kein Mensch mein Leben nehmen kann, obwohl viele dafür im Lauf der Jahrhunderte in meinem Namen verfolgt werden, und ihre Verfolger werden nicht leicht Vergebung erlangen. Denn Gott ist mit den Ungerechten nicht so barmherzig wie mit den Gerechten, und die Schlüssel zum Himmelreich sind nicht für jene, welche die Lehre des Sohnes verdrehen.«

Johannes wollte ihn hindern, so zu sprechen, doch er brachte ihn mit jenem liebevollen Blick zum Schweigen, den er offenbar nur für diesen Sohn des Zebedäus hatte. »Wisset, daß ich die Macht besitze, mein Leben hinzugeben und wieder aufzunehmen. Aus diesem Grund wird mich mein Vater lieben, denn ich gebe freiwillig hin, was er mir gegeben hat, auf daß ich es wieder aufnehme und den Menschen ihre letztliche Bestimmung zeige.«

Ich frage mich, ob Jesus ohne seine Heilkraft wohl weiterhin die Massen angezogen hätte. Es gab nur wenige, die den Gedanken an ein Leben nach dem Tod oder an die Wiedergeburt ohne Beweise hinnahmen. Und solche Beweise konnte Jesus nicht bieten. Nur Worte. Und so kam es, daß viele, wenn er einen Krüppel oder einen Aussätzigen mit einem Wort heilte, bereit waren, ihm zu folgen und zu glauben, was er ihnen sagte. Denn wie hätte er diese Wunder vollbringen können, wenn nicht mit der Hilfe Gottes?

Niemals jedoch tat er ein Wunder, ohne es auf die Macht des Vaters zurückzuführen.

Ich fragte mich oft, warum die Pharisäer an seinen Wundern zweifelten, während sie diejenigen von Mose und Elija, die sie doch nur vom Hörensagen kannten, freudig akzeptierten. Selbst wenn sie Zeugen seiner Heilungen wurden und Berichte aus erster Hand hörten, daß er die Blinden sehend mache und Wasser in Wein verwandele, wollten sie nicht zugeben, daß er von Gott gesandt war. »Er ist vom Teufel«, behaupteten sie ungeachtet der Tatsache, daß er vielen den Teufel ausgetrieben hatte.

Matthäus, der sich jetzt voll Stolz Historiker nannte, fand einen Grund, weshalb Jesus bei seinen Zeitgenossen nichts galt. »Die alten Propheten«, erklärte er, »verließen sich darauf, daß die Natur ihnen bei ihren Wundern half. Mose klopfte in der Wüste mit einem Stock an einen Felsen, und eine verborgene Quelle entsprang. Er führte das Volk Israel ins Rote Meer – durch eine Furt, von der wir alle wissen, daß es sie zu jener Zeit gab –, und dann ließ eine Katastrophe das Wasser über den sie verfolgenden Ägyptern zusammenschlagen. Jesus aber tut alles aus sich selbst. Mit einem Wort beruhigt er Wind und Wogen und heilt die Kranken von Fieber und Pestilenz. Zur Zeit Mose wurden diese den Ägyptern direkt vom Herrn auferlegt, der das Volk Israel verschonte.«

Ich fand seine Theorie interessant, aber nicht schlüssig. »Was tut es, woher die Macht kommt, solange er sie besitzt?«

»Er ist ihnen zu sehr Magier«, entgegnete Matthäus. »Sie hätten gern etwas mehr Übernatürliches und Gott, und etwas weniger Mensch.«

»Dennoch«, wandte ich ein, »wollte das Volk ihn zum König machen.«

»Das Volk, ja. Aber nicht die Pharisäer. Die sehen ihren Messia als obersten Hohenpriester und troztdem demütigen Diener Gottes, während Jesus ihnen mitteilt, was Gott spricht und denkt.«

»Aber er sagt die Wahrheit.«

»Das glauben *wir*.«

»Dann wollen sie also nicht hinnehmen, was ihre eigenen Augen ihnen sagen?«

»Nicht ganz, denn einen in Bethlehem aus dem Haus Davids geborenen Judäer können sie hinnehmen, nicht aber einen Magier aus Nazareth, der sich als Sohn Gottes bezeichnet.«

»Er nennt uns alle Gottes Kinder.«

»Aber es ist anders, wenn er von sich selber spricht. Nennen wir den Vater im Himmel *Abba,* wie es die Kinder tun, wenn sie vertraulich mit ihrem Vater sprechen?«

»Es ist gleichgültig, was die Leute sagen«, gab ich zurück. »Ich habe, genau wie du, gesehen, wie er im Namen des Vaters Wunder tat, und ich bin sicher, daß er tun kann, was immer er will. Einen wie ihn hat es noch nie gegeben, und niemand kann ihn anrühren, denn haben wir nicht gesehen, wie er mitten in der Volksmenge verschwand, wenn sie allzu viel von ihm verlangten?«

»Es ist wahr«, antwortete Matthäus nachdenklich, »es hat noch nie einen solchen Wundertäter gegeben. Aber wer weiß, wohin sein eigener Wille ihn führt? Er kennt uns, aber wir kennen ihn nicht.«

Zuweilen wirkte der Meister Wunder, die nicht weniger unglaublich waren als sein Gang übers Wasser. Denn jeder, der die Frauen kennt, weiß, daß sie überaus verschlagene und egozentrische Kreaturen sind, die ständig versuchen, einen Mann nach ihren eigenen Wünschen zu manipulieren. Niemals handeln sie ohne Eigennutz. Selbst der Zorn meiner Mutter richtete sich nur gegen mich, weil sie Rahel zur Tochter wollte, und nicht, weil sie um mein Glück besorgt war. Denn hätte sie sich sonst nicht mit meinem Wunsch, unverheiratet zu bleiben, abgefunden? Doch beim Meister war das alles anders. In Maria Magdalena, in Martha, Johanna, der Frau des Chuza, dem Hausverwalter des Herodes, und sogar in Susanna, einer Halbjüdin und Magd der Ehefrau des Pilatus Claudia Procula – in ihnen allen sah ich eine Hingabe, die wahrhaftig ans Wunderbare grenzte. Sie ließen alles zurück, um ihm zu folgen, ihm und den Zwölfen das Essen zu bereiten und für seine Bedürfnisse zu sorgen, deren es nicht viele gab. Nach einer anstrengenden Tagesreise aber war er stets dankbar für die lindernden Salben, mit denen sie liebevoll seinen ermüdeten Körper erfrischten. Sie lebten nur für die Freude, ihm dienen zu dürfen.

»Er ist der Gesalbte Israels«, sagte Maria Magdalena. »Warum sollten wir ihn nicht salben?«

Johanna hatte den Haushalt des Herodes verlassen, um ihm zu

folgen. Doch Jesus überredete sie, heimzukehren; er erinnerte sie daran, daß die Ehe ein heiliger Bund sei. Sie hatte an einem Blutfluß gelitten, der sie so sehr geschwächt hatte, daß sie kaum zu der Oase in Peräa kriechen konnte, wo sie geheilt wurde, indem sie nur den Saum seines Gewandes berührte. Aber auch nach der Wiedervereinigung mit ihrem Gatten diente sie weiterhin dem Meister, wann immer er nach Peräa kam oder die Geschäfte ihren Mann und sie in die Nähe führten. Und wann immer sie konnte, unterrichtete sie uns von den Plänen des Herodes und auch des Pilatus, denn diese beiden standen in enger Verbindung.

Mein besonderer Liebling aber war Susanna. Sie war ein Abbild der Unschuld, mit den sanften blauen Augen ihres mazedonischen Vaters und einer wohlgestalteten Figur, die mich an Rahels verborgene Vorzüge erinnerte. Unglücklicherweise war dieses wunderschöne Mädchen, das mit fünfzehn die Blüte seines Lebens erreicht hatte, durch eine deformierte Hand verunstaltet gewesen: Vier Finger waren von Geburt an zusammengewachsen. Der Meister aber hatte sie nur berührt und dazu ein paar Worte gesprochen, und ihre Finger hatten sich voneinander gelöst und ihre normale Gestalt angenommen.

Sie gefiel mir so sehr, daß ich sie gerne gestreichelt hätte, aber ich wußte, daß das nur mißverstanden werden würde, denn ihre Hingabe galt ausschließlich dem Dienst am Meister, und jedes Zeichen der Zuneigung von einem anderen, und sei es noch so unschuldig, würde falsch ausgelegt werden. Der Meister vertraute mir, denn er sagte mehr als einmal: »Ich weiß, wie schwer es für dich ist, Juda, frauenlos zu bleiben, doch indem du der Versu hung widerstehst, bestätigst du deinen Glauben an den Vater und den Sohn und meinen Glauben an dich.«

Durch Susanna verbreitete sich der Ruhm Jesu sogar bis in den Haushalt des Statthalters, und die Frau des Pilatus, fasziniert von den Erzählungen, die ihre junge Magd mitbrachte, gab ihr aufgrund dieses Interesses immer wieder die Erlaubnis für ihre kleinen Ausflüge.

Ich hatte es nicht für unmöglich gehalten, daß Susanna uns in aller Unschuld schaden könnte, weil sie über unsere Reisen in Judäa sprach, doch Jesus hatte nur gelächelt. »Glaubst du wirklich auch nur einen Moment, daß sie nicht wissen, wo sie mich fangen können? Die Zeit ist noch nicht reif, Juda, weder für die Widersacher des Menschen noch für den Menschensohn. Aber sie naht, und niemand wird es eher erfahren als du.«

Inmitten all dieser Ungewißheit zogen wir nach Galiläa und überquerten den See bei Tiberias nach Dekapolis auf dem anderen Ufer des Jordan, wo wir eine begeisterte Volksmenge vorfanden. Sie bestand zum größten Teil aus Ungläubigen und scherte sich nicht darum, ob Jesus der Messia oder der König der Juden war, solange er sie nur heilte und tröstete.

Die Schar der Frauen, die uns begleitete, nahm ab, denn für viele war es schwierig, ihre Familie in Judäa längere Zeit allein zu lassen; nur die Magdalena, wie ich sie nannte, war ständig bei uns und bestand darauf, daß ihre Schwester Martha bei Lazarus zu Hause blieb. Es hatte einige Streitigkeiten darüber gegeben, doch Maria hatte gesiegt, und Martha war betrübt nach Bethanien zurückgekehrt. Johanna konnte nicht aus dem Land des Herodes herüberkommen, Susanna jedoch vergoldete unsere Tage mit ihrer Schönheit, und außer ihr waren noch einige andere da – von unscheinbarem Aussehen und auffallend nur durch ihren Wunsch zu dienen.

Mein Verhältnis zu Maria Magdalena war nie besonders herzlich gewesen. Sie nahm mir meinen Einspruch dagegen übel, daß sie im Hause des Pharisäers den Meister salbte.

Mich kümmerte es wenig, was sie dachte, nur hatte sie nicht nur das Ohr des Meisters, sondern auch das der hübschen Susanna, die überaus reizend errötete, wenn ich sie dabei ertappte, daß sie mich ansah. Nach judäischen Maßstäben war Magdalena mit ihren ungefähr einundzwanzig Jahren über die erste Blüte der Jugend hinaus und außerdem weit abgewirtschafteter als die anderen. Ihr war viel vergeben worden, sie selbst aber konnte jenen nicht vergeben, die sich an ihren Beruf erinnerten. Doch wie sollte man ihn vergessen, da sie durch ihre Gegenwart ständig wieder daran gemahnte? Einmal warf sie mir vor, ich hätte sie mit einem Schimpfwort gekränkt.

Ich beteuerte sofort meine Unschuld. »Ich weiß nicht, wovon du sprichst.«

Sie warf mir einen vernichtenden Blick zu. »Das weißt du sehr wohl, Judas.« Sie bestand darauf, die griechische Version meines Namens zu benutzen, denn sie wußte, daß mich das ärgerte.

Ich schüttelte den Kopf und wollte davongehen, doch sie streckte die Hand aus und hielt mich zurück.

»Du hast mich eine Prostituierte genannt.«

Ich betrachtete sie mitleidig. »Wenn es falsch ist, einen Maurer einen Maurer und einen Rechtsgelehrten einen Rechtsgelehrten zu nennen, dann habe ich dir unrecht getan. Ich erzählte nur jemandem, wie der Meister dir den Teufel ausgetrieben hat. Hätte ich dich als Engel bezeichnet, wäre der Sinn nicht zur Geltung gekommen.«

In ihrer Wut bleckte sie die Zähne. »Ich kenne deine Hinterhältigkeit und habe den Meister vor dir gewarnt.«

»Du kannst mir nicht schaden, denn ich liebe ihn.«

»Was weißt denn du von Liebe?« Sie fauchte beinahe bei diesen Worten. »Du bleibst aus einem einzigen Grund bei ihm, und das wissen wir alle: Du hoffst, daß er deine elende kleine Armee von Lumpengesindel gegen Rom führen wird. Sobald er dir auch nur ein einzigesmal zeigt, daß er nach einer anderen Melodie marschiert, wirst du davonlaufen und dich einem neuen Meister anschließen.« Anklagend richtete sie den Finger auf mich. »Ich kenne dich, Judas! Mich kannst du nicht täuschen, denn ich bin durch eine harte Schule gegangen und sehe die Menschen, so wie sie sind.«

Ich fühlte, wie mir innerlich eiskalt wurde.

»Du kannst mir nicht schaden. Ich bin einer der Zwölf, vom Meister persönlich ausgewählt; ich sitze bei unseren Beratungen neben ihm. Nur Petrus steht noch über mir.«

»Du bist, was er aus dir gemacht hat. Ohne ihn wärst du nichts oder weniger als nichts.«

Ich war nicht mehr so aufgebracht gewesen, seit Rahel versucht hatte, mich mit einer List zur Heirat zu zwingen.

»Du tätest gut daran, zu Hause bei deinem Bruder zu bleiben und Martha an deiner Stelle herzuschicken«, entgegnete ich hitzig. »Sie weiß wenigstens, was es heißt, einem Apostel Respekt entgegenzubringen.«

»Für dich habe ich keinen Respekt. Glaube nur nicht, daß ich die Augen nicht bemerke, die du diesem Kind Susanna machst! Hast du nicht gehört, wie der Meister sagte, wer eine Frau mit Wollust ansieht, hat im Herzen bereits Ehebruch mit ihr begangen?«

»Sie ist Frau genug, um zu wissen, was sie will.«

»Und du bist Manns genug, um zu wissen, welches Gelübde du abgelegt hast.«

»Wir haben keinen Eid abgelegt.«

Sie lachte mit so abgrundtiefer Verachtung, daß ich sie am liebsten geschlagen hätte.

»Dann mußt du taub sein. Hat Jesus nicht gesagt, wer einen dieser Geringen zu Fall bringt, für den wäre es besser, wenn er mit einem Mühlstein um den Hals ins Meer geworfen würde?«

Ich hatte genug.

»Ich werde mit Andreas darüber sprechen müssen, daß du in unser Lager einbrichst, wann immer es dir paßt.«

»Das tue ich auf Einladung des Meisters, und es kümmert mich nicht, was die anderen dazu sagen. Bis auf Johannes, und vielleicht Andreas, ist keiner von euch gut genug, ihm die Füße zu küssen.«

Ich machte mir weiter keine Gedanken über sie, denn der Meister hörte nie auf Klatsch. Er bezeichnete ihn als die Methode der Feiglinge, einen Gegner von hinten zu erdolchen. Dennoch war ich sehr erleichtert, als Martha Nachricht schickte, ihre Schwester werde zu Hause benötigt, um bei der Pflege ihres kranken Bruders zu helfen.

Als Jesus von der Krankheit hörte, wurde er sehr ernst, denn liebte Lazarus wegen seines guten Wesens und seiner Gastfreundlichkeit.

Maria bereitete die Tatsache, daß sie den Meister verlassen mußte, wahrscheinlich mehr Kummer als die Krankheit ihres Bruders.

»Wirst du kommen, wenn wir dich brauchen, Meister?« flehte sie.

Er betrachtete die Menschen, die zu ihm um Hilfe gekommen waren.

»Jetzt kann ich noch nicht kommen«, entgegnete er, »doch ich verspreche dir, daß Lazarus gesunden wird.«

Unter Tränen und sehnsüchtigen Blicken trottete sie davon, aber nicht, ohne sich bei mir wegen ihres schändlichen Verhaltens entschuldigt zu haben.

»Vergib mir«, bat sie, »daß ich mich dir gegenüber nicht so verhalten habe, wie es der Meister wünscht.«

Und so vergab ich ihr – um ihret- und um des Meisters willen.

Zu jener Zeit sah ich Susanna nirgends mehr, denn der Meister hatte sie seltsamerweise nach Jerusalem zurückgeschickt. Als ich mich nach ihr erkundigte, zuckte er nur die Achseln. Darum fragte ich ihn:

»Ist sie nicht mehr bei uns, weil jene durch sie von unseren Schritten erfahren?«

Er sah mich mit traurigem Lächeln an, und das fand ich noch rätselhafter als sein Schweigen.

»Wir haben nichts zu fürchten von diesem Kind, Juda. Nur von uns selbst.«

Mit einer Handbewegung beendete er das Gespräch.

Wir zogen durch die Städte der Dekapolis und predigten zu Juden und Ungläubigen gleichermaßen. Die Ungläubigen wurden immer zahlreicher und die Juden, sogar die *Amharetzin,* immer weniger, da sich die Nachricht verbreitet hatte, der Mann, den sie als den Messia verehrten, habe den ihm rechtmäßig zustehenden Thron zurückgewiesen. Es bedrückte mich, daß wir an Zahl verloren, denn dieses Schwinden seiner Anhängerschaft konnte dem Meister, dessen großer Einfluß auf die Massen uns Hannas und Kajafas fernhielt, nur schaden.

Gegen Ende der Woche kam unverhofft ein Bote aus Bethanien. Er war auf einem Kamel herbeigeeilt und hatte dennoch Tage gebraucht, uns zu finden. Er brachte eine dringende Botschaft von Martha und Maria. Die Miene des Meisters wurde ernst, als er las: »Herr, siehe, dein Freund, den du liebst, ist schwer erkrankt und braucht dich sofort.«

Der Bote, der Jedika hieß, fragte: »Was soll ich ihnen ausrichten, Herr?«

Jesu Blick wanderte von dem erschöpften Tier zu seinem Reiter, dessen Augen vom Schlafmangel gerötet waren. »Ruhe dich zuvor aus, denn die Krankheit des Lazarus führt nicht zum Tode, sondern durch sie soll der Sohn Gottes verherrlicht werden.«

Am folgenden Morgen brachen Tier und Reiter wieder nach Bethanien auf. Jesus verweilte aber noch zwei Tage, heilte viele und predigte das Evangelium. Erst danach versammelte er seine Jünger und sprach: »Ich muß noch einmal nach Judäa gehen, denn Lazarus ist krank und braucht mich.«

Petrus hob abwehrend die Arme. »Aber, Meister, sie haben dich in Judäa zu steinigen versucht, in ihrem Zorn über deine Weigerung, die Krone der Juden zu tragen. Und du willst wieder dahin zurückkehren?«

»Sie haben mich in Galiläa auch zu steinigen versucht, und aus genau demselben Grund. Was macht es also, wohin der Menschensohn seinen Kopf bettet? Selbst die Füchse haben ihren Bau, in dem sie sich verkriechen können, aber ich habe keinen Ort, wohin ich gehen könnte.«

Er schloß die Augen und seufzte tief. »Ich muß gleich aufbrechen. Lazarus, unser Freund, hat sich schlafen gelegt; ich aber gehe, ihn aufzuwecken.«

Petrus begriff wieder einmal nicht. »Herr, wenn er eingeschlafen ist, wird er gesund werden.«

Nur Andreas schien die volle Bedeutung der Worte des Meisters zu erkennen. Darum erklärte Jesus: »Es ist der Schlaf des Todes, der unseren Freund gefangenhält, und es ist beabsichtigt, daß ihr von neuem einen Beweis für die Macht des Vaters bekommt.«

Wegen der unsicheren Lage in Judäa baten sie ihn dennoch abermals, nicht nach Bethanien zu gehen, sondern seine Jünger zu schicken.

Er aber schüttelte den Kopf. »Ich muß euch noch etwas zeigen, ehe ich euch verlasse.«

»Wir werden mit dir gehen«, erklärte Andreas. »Denn wir haben uns dir bis zum Grab verschworen.«

»Und darüber hinaus«, ergänzte Jesus lächelnd.

Ich hatte Thomas immer für den Geringsten der Zwölf gehalten, doch jetzt sagte er: »Ja, laßt uns gehen, um mit ihm zu sterben!«

»Kümmert euch nicht so sehr um den Tod, er kommt früh genug. Zuvor laßt uns Lazarus aufsuchen.«

Nach drei Tagen erreichten wir den Stadtrand von Bethanien und sahen die Trauernden vom Friedhof zurückkehren. Sie warfen schiefe Blicke auf Jesus, der sie jedoch nicht beachtete, sondern gleich zu Martha ging, der von den anderen Trost zugesprochen wurde. Sie schien aufgewühlt zu sein, und ihre Augen waren rot vom Weinen.

In ihrem Blick stand ein geheimer Schmerz, und der kam nicht nur von der Trauer um ihren Bruder. Sie wollte nicht kritisieren, aber sie war eindeutig bekümmert darüber, daß Jesus nicht früher gekommen war. Er nahm ihre Hand und drückte sie.

Sie sah ihn voll Kummer an. »Herr, wärst du nur hier gewesen«, sagte sie mit einer Andeutung von Vorwurf, »mein Bruder wäre nicht gestorben.«

Er betrachtete sie erstaunt. »Martha, Martha, wie wenig du gelernt hast! Weißt du nicht, daß alles, was du durch den Sohn von Gott erbittest, dir gewährt werden wird?«

Sie errötete und küßte ihm impulsiv die Hand.

»Vergib mir, Meister, daß ich jemals gezweifelt habe.«

»Fürchte dich nicht, dein Bruder wird auferstehen.«

»Ich weiß, daß er auferstehen wird. Bei der Auferstehung am Jüngsten Tag.«

»Du sprichst wohl, und aus diesem Grund wurde Lazarus gerufen: um uns auf die Auferstehung vorzubereiten. Denn zu der

Zeit des Mose und des Elija gab es keine Auferstehung der Menschen, doch nun kommt sie durch Gottes Willen durch den Menschensohn. Denn ich bin die Auferstehung und das Leben. Wer an mich glaubt, wird leben, auch wenn er sterben muß.«

Sein Blick wanderte über die Menge. »Aber wo ist Maria? Sitzt sie zu Hause und grämt sich, weil sie nicht weiß, daß wer an mich glaubt, niemals sterben wird?«

»Sie weiß nicht, daß du hier bist, denn niemand liebt dich so wie sie.«

»Und weißt du, wer es ist, den ihr liebt?«

»Ja, Herr! Ich bin im Glauben gewiß: Du bist der Messia, der Sohn Gottes, der in die Welt kommen soll, um sie von Angst und Furcht zu befreien.«

»Es ist nur natürlich, daß du mir Vorwürfe machst, weil ich nicht eher gekommen bin. Das ist der Menschen Art.«

»Wir verdanken dir viel, denn du gabst uns eine Schwester, die wir verloren glaubten, und führtest sie zur Liebe, indem du ihr zeigtest, wie man vergibt.«

Die Einwohner von Bethanien hatten die Nachricht vom Eintreffen Jesu auch zu Maria gebracht. Eilig verließ sie das Haus, um ihn zu begrüßen. Sie fiel ihm zu Füßen und sagte unter Tränen: »Herr, wenn du hier gewesen wärest, so wäre mein Bruder nicht gestorben.«

Ich hörte, wie Jesus leise stöhnte, denn Maria hatte keinen größeren Glauben gezeigt als Martha und die anderen.

»Wo habt ihr ihn hingelegt?«

Maria und Martha reichten ihm die Hand und sagten: »Komm, wir wollen es dir zeigen.«

Ich sah deutlich, daß Jesus bekümmert war, denn nach allem, was er gesagt und getan hatte, zweifelten sie immer noch an seiner Macht. In seinen Augen standen Tränen, denn selbst jene, die ihn am meisten liebten, schienen ihn zu verleugnen. Er blickte zu r Volksmenge hinüber, und zum erstenmal erkannte ich Verzweiflung in seinem Blick. Doch er faßte sich schnell wieder und führte den Weg zum Friedhof an. Ein Strom von Trauergästen, die nicht wußten, was Jesus beabsichtigte, folgten ihm aus reiner Neugier. Kurz darauf erreichten sie den Friedhof und gelangten an das Grab, das mit einem Stein verschlossen war.

Jesus wandte sich an Andreas. »Schafft den Stein weg!«

Martha und Maria wichen erschrocken zurück. »Aber Herr, er ist schon vier Tage tot«, sagte Martha.

»Ja«, pflichtete ihr Maria, immer noch schluchzend, bei. »Sein Fleisch wird sich in der Hitze schon aufgelöst haben. Darum haben wir ihn begraben, ehe du kamst.«

Abermals weinte Jesus darüber, daß jene, denen er so viel gezeigt hatte, immer noch nicht glauben wollten.

Als der Stein weggeschafft worden war, kniete er vor dem offenen Grab nieder, hob die Augen zum Himmel auf und begann leise auf hebräisch zu sprechen. Das einzige Wort, das ich verstand, war *Abba,* die familiäre Bezeichnung für Vater, die er in seinen Gesprächen mit Gott gebrauchte.

Flüchtig überlegte ich, wie peinlich es doch sein würde, wenn er versagte, denn dieses Fleisch wiederherzustellen, das schon zu stinken begonnen hatte, schien mir über seine Kräfte zu gehen.

Sein Antlitz trug jetzt einen entrückten Ausdruck; mit lauter Stimme sagte er: »Vater, ich danke dir, daß du mich erhört hast!«

Der Sarg war nur mit einer dünnen Schicht Erde bedeckt. Auf ein Zeichen des Meisters hatte Andreas mit Hilfe von Johannes den Deckel geöffnet. Der Gestank war überwältigend, und mich schauderte, als ich mir vorstellte, wie der Leichnam aussehen mußte. Ich warf einen verstohlenen Blick zu Maria und Martha hinüber. Ihre Mienen verrieten Ekel, und es sah aus, als müßten sie gleich erbrechen. Hastig entfernten sie sich vom Grab, würgend und hustend. Darum hörten sie auch nicht, als Jesus sagte, er spreche laut, damit die Menschen ringsum wüßten, daß er von Gott gesandt worden sei.

»Nicht mein Wille geschehe, sondern der deine«, sagte er, ein Satz, den ich schon oft von ihm gehört hatte.

Maria und Martha waren mit aschgrauen Gesichtern zurückgekehrt.

Der Meister, der den Geruch nicht zu bemerken schien, beugte sich über den Leichnam und rief laut: »Lazarus, komm heraus!«

Und vor unseren Augen begann sich langsam eine unheimliche, in weiße Leichenbinden gewickelte Gestalt im Sarg aufzurichten. Andreas und Johannes eilten der Gestalt zu Hilfe, so daß sie sich, an Händen und Füßen mit den Binden umwickelt, das Gesicht mit einem Schweißtuch verhüllt, zum Sitzen erheben konnte. Sie nahmen ihr das Schweißtuch ab, und wir sahen die klaren Züge des Lazarus, des Freundes, den wir verloren geglaubt hatten. Und siehe da, sein Fleisch war so glatt wie zuvor, als ich ihn das letztemal gesehen hatte.

Von Andreas gestützt, entstieg er dem Sarg. Sein Blick fiel zuerst auf Jesus, dann auf Martha und Maria und die übrigen Trauergäste seiner Beerdigung.

»Was tut ihr alle hier?« fragte er, verwundert das Grab betrachtend.

»Wir sind gekommen«, antwortete Jesus, »um die Herrlichkeit Gottes zu beweisen. Dafür bist du krank geworden und hast das Tor des Todes durchschritten. Und dafür wurdest du wieder zum Leben erweckt.«

Wäre der Geruch nicht gewesen, ich hätte es für absolut möglich gehalten, daß wir uns alles eingebildet hatten. Wunderbarerweise hatte sich der Geruch jedoch jetzt verflüchtigt, und die Luft war frisch und rein.

Lazarus umarmte zuerst seine Schwestern, dann aber wandte er sich mit vor Dankbarkeit leuchtenden Augen an den Meister.

»Ich war krank auf den Tod, und du hast mich lebendig gemacht.«

»Und woher wußtest du, daß du tot warst?«

»Ich erinnerte mich zuerst, daß meine Schwestern über mich weinten, während ich sterbend im Bett lag; sie beklagten, daß du nicht hier warst. Dann herrschte absolute Finsternis, und ich schien auf eine große Höhe hinaufgetragen zu werden, während mein lebloser Körper in meinem Haus in Bethanien lag. Ich sah eine Million Lichter wie riesige Sterne in der Ferne leuchten, und dann riesige Wolkenbänke, und dann tauchten schattengleiche Gestalten auf. Es waren nebelhafte Gesichter und Formen, doch als ich nach ihnen griff, stießen meine Finger ins Leere.«

Maria und Martha hatten ihm genauso gebannt zugehört wie die anderen.

»Und glichen diese Finger und Gesichter solchen, die du kanntest?« fragte der Meister.

Lazarus zögerte; ein verwunderter Ausdruck trat in seine Augen. »Ich sah meine liebe Mutter und meinen Vater, der ihr um viele Jahre vorausgegangen war, sie schienen glücklich zu sein.«

Staunend wandten sich die Schwestern an den Meister. »War unser Bruder wahrhaftig im Himmel, wie er glaubt?«

Jesus sah aus, als wolle er wieder weinen. Statt dessen antwortete er jedoch ernsten Tones: »Um wahrhaft zu leben, muß man sterben und wiedergeboren werden. Der arme Lazarus hätte alle Segnungen des Himmels kennengelernt, aber er wurde zurückgeholt, um die Botschaft des Herrn zu bestätigen, und damit hat er Gott gedient.«

Viele Apostel staunten darüber, daß Lazarus ins Leben zurückgerufen worden war.

»Wie ist dies geschehen?« fragte Thomas.

Andreas krauste die Stirn. »Hat der Meister nicht erklärt, daß es durch Gott geschehen ist?«

»Alles kommt von Gott«, erwiderte Thomas mit einer Grimasse.

Philippus nickte zustimmend. »Das ist keine Erklärung, denn wir haben nicht Gottes Hand am Werk gesehen.«

Für mich selbst war alles kristallklar. »Wie oft muß er euch noch sagen, daß seine Macht von Gott kommt? Da Gott die Macht hat, Leben zu schaffen und zu beenden, was niemand bezweifelt, kann Jesus als Gottes Stellvertreter auf Erden ebensoviel bewirken.«

»Wohl gesprochen, Juda«, dröhnte Simon Zelotes beifällig.

Es war deutlich, daß Jesus den Lazarus absichtlich hatte sterben lassen, damit er seine Macht unter Beweis stellen konnte.

»Warum sonst«, sagte ich, »ist er nicht sofort gekommen, als er hörte, daß Lazarus krank war? Nur um dem Volk zu zeigen, daß er über jeden Feind triumphieren kann, auch über den unbesiegbarsten von allen.«

»Welches«, beendete Zelotes für mich den Satz, »der Tod selber ist.«

»Und wenn er es für einen anderen tun kann«, ergänzte ich, »dann kann er es auch für sich selber tun.«

14

Die Verschwörung

Die Vorladung kam von Hannas, und das fand ich merkwürdig, da sonst Kajafas die Tempel-Audienzen arrangierte. Der Kurier, ein Levit, fand mich im Haus von Lazarus in Bethanien, denn ich hatte mich aufgemacht, Frieden mit meiner Mutter zu schließen.

»Du sollst unverzüglich kommen«, richtete mir der Bote, ein junger Mann mit krausem Haar, eindringlich aus, »denn es ist von äußerster Wichtigkeit.«

»Ich werde morgen dort sein«, antwortete ich, indem ich rasch meine verwundbaren Stellen rekapitulierte und fand, daß sie allesamt gut geschützt waren. Daß ich ein Jünger Jesu geworden war, hatte ich ihnen bereits zufriedenstellend erklärt.

»Bist du irgendwie in Schwierigkeiten?« erkundigte sich Martha.

»Nicht, daß ich wüßte«, antwortete ich mit größerer Sicherheit, als ich in Wirklichkeit empfand.

»Es ist wegen des Meisters!« rief Maria. »Sie wollen ihn töten, ich weiß es genau! Ich habe es im Gesicht des Hohenpriesters gesehen, damals, an jenem Tag im Tempel.«

Ihre Stimme bebte ein ganz klein wenig. »Sie hassen ihn, weil ihm die Menschen folgen.«

»Solange das Volk ihn unterstützt«, entgegnete ich, »haben wir nichts zu fürchten.«

Lazarus, der ins Zimmer gekommen war, sah die Mienen der beiden Frauen und fragte schnell: »Was ist geschehen? Findet hier schon wieder ein Begräbnis statt?«

Ich versuchte es mit herzhaftem Humor. »Du weißt ja, wie die Frauen sind. Immer müssen sie sich um Dinge sorgen, die niemals geschehen.«

Maria stand mit geschlossenen Augen in der Mitte des Gemachs, als bete sie. »Seit er in mein Leben getreten ist, habe ich mich ihm sehr eng verbunden gefühlt. Ich wußte, wann er litt, und ich wußte, wann er Freude empfand. Jetzt weiß ich, daß ihm in letzter Zeit das Herz schwer ist.«

Lazarus' Miene spiegelte Besorgnis wider, doch sein immer vorhandener Humor und seine gute Laune, wegen der Jesus ihn liebte, gewannen bald wieder die Oberhand.

»Wir stehen hier herum und sehen schwarz, während es doch nach allem, was wir wissen, durchaus sein kann, daß sie nur Geld von Juda borgen wollen, da jeder weiß, wie schlicht er lebt. Kommt, wir wollen uns zur Abendmahlzeit setzen, ein bißchen Wein trinken und unsere Ängste vertreiben.«

Als wir das Brot brachen und dazu das »Vaterunser« sprachen, wie Jesus es uns gelehrt hatte, mußte ich Lazarus immer wieder ansehen. Lazarus war vier Tage lang tot gewesen. Und dennoch saß er jetzt mit uns am Tisch, eine lebende Mahnung an die Allmächtigkeit des Meisters.

Maria rührte das Essen nicht an. »Ich würde zu ihm gehen, wenn er mich braucht«, sagte sie.

»Er ist auf dem Weg von Kapernaum hierher«, erklärte ich. »Doch deine Furcht ist unbegründet. Die Tempelpriester hätten längst zugeschlagen, wenn sie ihm wirklich Böses wollten.«

»Sie wagen es jetzt auch nur, weil die Anhängerschaft bei den Militanten nicht mehr so groß ist wie zuvor«, stellte sie fest.

»Und wie kommt das?« fragte ich sie, weil ich mich wunderte, daß sie das wußte.

»Sie erkennen nicht, daß seine Botschaft in ihrem Wesen eine geistige ist, denn ihr Problem ist die Römerherrschaft. Und sie begreifen seine Zuneigung für die Heiden nicht.«

»Sie wollen einen Messia, der ein Messia ist«, gab ich zu. »Einen, der gekommen ist, die Juden zu befreien, statt sich um ihre Unterdrücker zu sorgen.«

Sie seufzte. »Ich habe viele Römer und Juden kennengelernt, Juda, und der einzige Unterschied, den ich an ihnen gefunden habe, ist der, daß die Römer das, was sie taten, aus vollem Herzen genossen, während die Juden die Augen niederschlugen, als begingen sie eine schwere Sünde.«

Lazarus musterte sie finster. »Ich dachte, diese Dinge wären vergeben und vergessen und würden in diesem Haus nicht mehr erwähnt.«

Einen Moment stand ein teuflisches Glitzern in ihren Augen.

»Lazarus verbirgt sein Haupt und denkt, man sieht ihn nicht.«

»Ich weiß nicht, wovon du redest.«

»*Ich* spreche von der Sünde, die der Meister vergibt, nicht so jedoch das heuchlerische Israel, das außer der Tradition keinen Grund finden kann, warum Gott es den anderen Völkern vorzieht.«

Martha nickte ihrer Schwester beifällig zu. »Er ist für alle Menschen da, ungeachtet der Rasse und des Glaubens, denn er hat Syrer und Samariter und sogar Römer und ihre Diener geheilt.«

Lazarus wischte sich die Lippen. »Wir sitzen hier herum und sprechen voreilig wie Frauen, ohne die geringste Ahnung zu haben, welches Problem aufgetaucht ist und ob es überhaupt ein Problem gibt«, sagte er barsch. »Laßt Juda erst einmal nach Jerusalem gehen. Dann werden wir früh genug erfahren, was im Gange ist.«

Maria schien davon nicht beruhigt.

»In einem Land, das in Gefangenschaft gehalten wird, kann niemand mit Sicherheit wissen, was morgen ist.«

Ich griff ihre Worte auf. »Du siehst also ein, wie wichtig es ist, daß wir frei und unabhängig sind!«

»Der Meister sagt, die Freiheit liegt im Geist.«

Lazarus hatte genug von diesem Gespräch, wie es von einem Geschäftsmann, einem Besitzer vieler Unternehmen, den sogar die Römer achteten, zu erwarten war.

Er wandte sich an mich. »Wie ich höre, gärt es in Rom. Es heißt, Tiberius sei aus seinem selbst auferlegten Exil auf Capri zurückgekehrt, und die Position des Sejanus sei durch seine eigenen Ränke gefährdet.«

Ich zuckte die Achseln. »Was spielt es für eine Rolle, welches Ungeheuer regiert?«

»Du vergißt«, entgegnete er, »daß Pilatus die Kreatur jenes Sejanus ist; und wenn der Herr geht, wird der Knecht nicht sehr weit hinter ihm sein.«

»Und vor Pilatus hatten wir Valerius Gratus, und davor Coponius und Vitellius. Ging es Israel da besser?«

»Wenigstens hatten wir es nicht mit einem ehrgeizigen Tyrannen zu tun, der auf Beförderung hofft, indem er die antijüdischen Tendenzen seines Vorgesetzten in Rom toleriert.«

»Ein Römer sieht aus wie der andere«, grollte ich. »Die Hauptsache ist, daß wir sie allesamt loswerden.«

Er musterte mich mit seltsamem Blick. »Als Jünger bist du an die Lehren Jesu gebunden, und Jesus macht in seinem Reich keinen Unterschied zwischen Juden und Römern. Das ist dir doch klar, nicht wahr?«

»Es war aber nicht immer so«, widersprach ich. »Die Veränderung in ihm kam erst, als er auf den Berg ging und die Erscheinungen von Mose und Elija vor seinen Augen verblaßten.«

»Genügt dir das nicht?«

»Das ist eine Frage der Interpretation. Ich zweifle nicht an dem, was er sah, sondern am Zweck. Simon Zelotes behauptete, durch ihre Gegenwart wollten die Erscheinungen andeuten, daß Gott immer noch freundlich auf das Volk Mose und Elijas herabblikke.«

Lazarus schnob voller Verachtung. »Und wenn jeder Jünger sich über den Meister stellt, wer ist dann Meister?«

Ich war Lazarus nie sonderlich zugetan gewesen. Er bildete sich einiges ein, weil Jesus ihm die besondere Ehre erwies, jedesmal, wenn er in Jerusalem war, in seinem Haus zu wohnen. Wenn er den Meister liebte, warum war er ihm dann nicht gefolgt wie wir anderen? Er war nichts weiter als ein verpflanzter Galiläer, und Magdala, woher seine Familie kam, konnte man kaum als Erholungsort am Meer bezeichnen.

»Wie kannst du über die Zwölf urteilen«, wandte ich ein, »da du doch nicht, wie wir, alles aufgegeben hast?«

Er sah mich ironisch an. »Alles, Juda? Sei doch ehrlich: Hast du nicht lediglich das aufgegeben, was dir nicht so sehr am Herzen lag?«

Ich errötete. »Stellt der Gastgeber eine hochnotpeinliche Befragung mit seinem Gast an?«

Impulsiv ergriff er meine Hand. »Wir sind nicht Gastgeber und Gast, Juda. Wir sprechen als Freunde miteinander. Ich konnte meine Geschäfte nicht im Stich lassen, und er verstand das. ›Du wirst als Außenseiter mehr Menschen bekehren‹, sagte er zu mir. Damals wußte ich nicht, was er meinte, später aber begriff ich es. Eines Tages wirst auch du begreifen, daß wir alle an dem Platz stehen, an dem er uns haben will, damit der unsichtbare Faden seines Lebens bis zum Ende ausgesponnen werden kann.«

Maria und Martha waren unserem Gespräch stirnrunzelnd gefolgt, verstanden aber nicht ganz die Probleme, die unerwarteterweise dabei aufgetaucht waren. »Er hat dir das Leben gerettet«, sagte Maria vorwurfsvoll. »Du solltest mit Juda gehen und dich vergewissern, daß sie dem Meister nichts Böses wollen.«

»Du machst einen Strom aus einem Rinnsal«, entgegnete er ärgerlich. »Es gibt nichts, was ich für den Freund, der mir das Leben gerettet hat, nicht tun würde.«

»Er hat aber mehr getan«, stieß sie nach. »Dein Leben war schon verloren, denn wir begruben und beweinten dich, und er holte dich von den Toten zurück.«

Es war schwer, zu glauben, daß er die Toten auferwecken konnte, doch letztlich war nahezu alles, was er tat, nicht minder unglaublich. Obwohl ich das Erlebnis des Lazarus mit angesehen hatte, hatte ich mich wie auch einige andere doch gefragt, ob er wirklich tot gewesen sei. Ohne die Verwesung des Fleisches hätte ich größere Zweifel gehegt, denn es war nicht ungewöhnlich, daß Menschen sich in einem Schlafzustand befanden, der alle Zeichen des Todes trug. Jesus wurde sogar beschuldigt, einen Teufel in Lazarus geschickt zu haben, damit er diesen Teufel dann, wie ein Magier, mit der Kraft seines Geistes, mit dem, was die Griechen Suggestion oder Hypnose nannten, wieder austreiben konnte. Ja, es gab viele, die behaupteten, er habe eben dieses in Kana und später abermals mit den Fischen und den Brotlaiben getan, er habe die Menschen hypnotisiert, damit sie glaubten, in einem Fall Wein zu trinken, im anderen Manna vom Himmel zu essen. Das sei, so hieß es, ein gemeinhin bekanntes Vorkommnis in Ägypten, wo er als Knabe einige Jahre verbracht hatte.

Doch das kam mir recht unwahrscheinlich vor, da ich ja selber Zeuge dieser Ereignisse gewesen war und keinesfalls das Gefühl gehabt hatte, unter dem Einfluß eines anderen zu stehen. Allerdings erklärten manche, der Hypnotisierte merke davon am wenigsten.

Ich fand jedenfalls nichts Schlimmes daran, den Lazarus über seine Empfindungen nach dem Tod zu befragen, denn das mochte durchaus ein paar zusätzliche Informationen über das Reich, von dem der Meister ständig sprach, ergeben. »Kannst du mir noch einmal beschreiben, was du deiner Erinnerung nach empfunden hast, nachdem du ins Grab gelegt worden warst?« bat ich.

Er warf mir einen wissenden Blick zu. »Dann zweifelst du also auch wie Thomas? Man muß sagen, der Meister ist wirklich von Ungläubigen umgeben.«

»Ich stelle keineswegs seine Macht in Frage. Höchstens ihr Ausmaß.«

Mir gefiel sein Lächeln nicht. »Du wirst es erfahren, und Matthäus wird es auch erfahren, denn er ist der Apostel der Juden. Aber ist es nicht eine Ironie, daß unsere eigenen Leute mehr Beweise verlangen als die Heiden?«

Er sah sich um, als wolle er Martha und Maria auffordern, das

Zimmer zu verlassen. Diese schienen das jedoch nicht zu bemerken und machten es sich auf ihren Stühlen bequem.

Ich bemerkte kaum eine Veränderung an Magdalena – trotz all des Aufhebens, das um ihre Rettung gemacht wurde. Sie war häufig schroff und beleidigend, denn sie hatte mehr Schlechtigkeit und Schikanen erlebt als Aufrichtigkeit und Achtung und hatte auch für die tugendhaftesten Menschen kaum etwas übrig.

»Er war tatsächlich tot«, erklärte sie hochmütig, »denn er stank wie ein Fisch nach drei Tagen.«

Lazarus' verärgertes Stirnrunzeln schien sie nicht zu bemerken. »Das Wetter war warm geworden, sonst hätte er sich besser gehalten.«

Es machte ihr ganz eindeutig Spaß, ihren Bruder zu verspotten – aus welchem Grund, kann ich nicht sagen, aber möglicherweise hatte sie immer noch den Teufel im Leib.

»Ich interessiere mich weniger für den Zustand seiner Leiche als für denjenigen seines Geistes.«

Lazarus warf mir einen dankbaren Blick zu und beeilte sich, meine Neugier zu befriedigen.

»Ich sah meinen eigenen Körper, als stünde ich neben ihm, und dann sah ich eine weiße, ätherische Substanz den Körper verlassen, die eine leuchtende Hülle in der Form des Körpers vom Haupt bis zu den Füßen bildete und schließlich emporstieg und verschwand.«

»Und hattest du einen Eindruck davon, was das sein konnte?«

»Ich hatte das Gefühl, es sei der Heilige Geist, und er lebe weiter, nachdem mein Körper dem Fieber erlegen war.«

»Dann warst du also nicht richtig tot?«

»Wäre ich nicht auferweckt worden, ich läge immer noch im Grab, und du würdest dich mit meinem Geist unterhalten.«

Der unangebrachte Humor des Lazarus brachte mich immer wieder aus der Fassung, und ich konnte mir absolut nicht vorstellen, wieso der Meister sich gerade in seiner Gegenwart so wohl fühlte.

»Du hast vielleicht nur im Koma gelegen, in einem Zustand, in dem die Menschen oft für tot gehalten werden.«

»Er atmete nicht«, warf Martha ein. »Denn ich habe ihm einen Spiegel an die Lippen gehalten, und es erschien nicht der leiseste Hauch.«

Im Grund zweifelte ich kaum daran, daß er von den Toten auferweckt worden war, aber ich wollte auch die letzten Zweifel zerstreuen. »Glaubst du Jesus, wenn er sagt, der letzte Feind, der vernichtet wird, sei der Tod?«

Lazarus lächelte selbstgefällig. »Brauchst du noch mehr Beweise als mich selbst?«

Martha nickte; ihre Zustimmung spiegelte meine Gedanken. »Wenn er es für einen tun kann, kann er es auch für alle tun.«

»Wenn er diese absolute Herrschaft über den Tod besitzt, warum machst du dir dann Gedanken um sein Wohlergehen?«

Maria sah mich geringschätzig an.

»Sie können ihm nichts anhaben, es sei denn, er gestattet es. Aber hast du nicht auch gehört, daß er in letzter Zeit immer wieder davon sprach, zu seinem Vater im Himmel zurückzukehren? Das gibt mir ein schreckliches Gefühl der Verlassenheit.«

»Aber wie können sie ihm das Leben nehmen, wenn er doch den Toten das Leben gibt? Das ist unlogisch.«

Lazarus wollte das Gespräch beenden, doch Maria ließ sich nicht so leicht zum Schweigen bringen.

»Wie oft hat er gesagt, sein Vater hat ihn geschickt, zu zeigen, daß das Leben ewig währe. Wie anders wollte er dies dem Volk Israel beweisen?«

»Aber dann stirbt mit ihm alles.«

Ihre dunklen Augen wurden traurig.

»Wenn es so ist, wie ich fürchte – wer weiß, wieviel er leiden muß?«

Meine Gedanken wanderten über die zwei Jahre und mehr zurück, die ich ihm gedient hatte. »Ich habe niemals erlebt, daß er versagt hätte. Weißt du denn nicht, daß er einmal sogar auf dem Wasser gewandelt ist?«

»Es wird erzählt.« Sie zuckte die Achseln. »Aber was spielt das für eine Rolle?«

Ich vermochte es kaum zu glauben. »Er tut, was kein Mensch seit Anbeginn aller Zeiten vor ihm getan hat, und du staunst nicht einmal darüber?«

Die tiefliegenden Augen des Lazarus hatten einen nachdenklichen Ausdruck angenommen. »Es gibt nur einen wie ihn, und kein Mensch kann für ihn tun, was er für die anderen Menschen tun kann.«

»Er sagt, die Apostel könnten im Glauben an den Vater alles das tun, was er auch tut.«

»Es herrscht nicht allzuviel Glauben in Israel, denn nur er weiß, was der Vater weiß, und nur der Vater weiß, was er weiß.«

»Du sagst selbst, daß er unüberwindlich ist, und ich habe die Beweise dafür persönlich gesehen.«

Martha war die ruhigere von den beiden Frauen, in ihren Worten lag jedoch stets große Weisheit. »Wir alle glaubten, der Täufer stehe unter dem Schutz Gottes, und dennoch konnte Herodes diesen Fürsten der Welt töten und sein Haupt auf einen Teller legen.«

»Es ist sein Geist, der unüberwindlich ist.«

»Und Jesus ist genau wie er, nur noch stärker, denn er ist ganz und gar aus dem Geist.«

Es war seltsam, daß die beiden Schwestern ihn so unterschiedlich sahen. Marias Miene trübte sich, da sie so traurige Gedanken hegte. »Er ist aber auch durchaus ein Mensch, mit einer grenzenlosen Fähigkeit zu lieben und Liebe zu empfangen.«

Ich starrte sie überrascht an, denn ich hatte in Jesus nie einen Menschen wie andere Menschen gesehen, mit allen Attributen und Eigenschaften eines gesunden, kräftigen Mannes in der Blüte seiner Jahre.

Zuweilen kam mir ein Gedanke, den ich für zutreffend hielt, da er mit dem geordneten Schema des wahrnehmbaren Universums übereinstimmte und daher den Willen dessen, der Himmel und Erde geschaffen hat, spiegelte.

»Jesus«, führte ich also aus, »ist der allumfassende Mensch, der erste und vielleicht der einzige, während sein Vorvater David das

Abbild des irdischen Menschen mit all seinen Fehlern und Schwächen war. Jesu Fehllosigkeit als Mensch läßt uns die Unvollkommenheiten der anderen erkennen.« Mein Blick umfaßte Martha und Maria. »In dieser Vollkommenheit drückt er seine Liebe zu allen Menschen aus, unbeeinträchtigt von der Liebe zu einer Familie oder zu einer Frau. Er sieht die Frauen nicht an wie die übrigen Männer, denn selbst wenn wir gewöhnlichen Sterblichen der Versuchung abgeschworen haben, so fällt es uns doch schwer, zu sein, wie er uns haben will.«

Lazarus sah mich schuldbewußt an. Ich hatte gehört, daß er zahlreiche Mätressen hatte und diese ebensowenig aufgeben wollte wie seinen Reichtum und seinen Luxus. Ich fand es erstaunlich, daß Jesus ihn nicht für seine Schwäche schalt, aber er übte ja oft Nachsicht mit jenen, die er liebte. »Gäbe es keine Sünder«, hatte er einmal gesagt, als ich ihn danach fragte, »hätten wir keine Arbeit zu tun. Der Herr liebt alle gleichermaßen, solange sie ihre Schwächen eingestehen.«

Lazarus konnte offenbar Gedanken lesen.

»Du hast recht«, erklärte er nun in seiner herablassenden Art.

Obwohl ich es nicht zugeben wollte, machte auch ich mir Gedanken über die Vorladung und hielt es für besser, meine Sachen zusammenzupacken und mich auf den Weg zu machen.

Maria Magdalena ergriff meine Hand und sah mir tief in die Augen. »Vergiß niemals, daß er dich liebt.«

»Daran braucht mich niemand zu erinnern.«

»Gehe in Frieden und wisse, daß wir auf dich zählen. Nur du kannst dort, wohin du gehst, zu seiner Verteidigung sprechen.«

Sie weckte Unbehagen in mir, ohne daß ich wußte, warum.

»Du machst aus nichts einen Berg.«

Lazarus ergriff meine Hand. »Seinetwegen bist du uns lieb. Leb wohl und gib uns Nachricht, wenn wir gebraucht werden. Ich kann es ihm niemals vergelten.«

Voller Unruhe machte ich mich auf den Weg in die Heilige Stadt – zu Fuß, denn es waren nur wenige Meilen. Im Tempel herrschten Lärm und Durcheinander wie immer. Die Vertreibung der

Geldwechsler durch Jesus hatte keine nachhaltige Wirkung gezeigt: Sie waren alle wieder da, an ihren Ständen, und betrogen die Pilger so gewissenlos wie zuvor. Das gemahnte mich wieder einmal daran, wie wirkungslos Jesu Lehren blieben, solange er keine offizielle Autorität besaß. Was hätte er alles bewirken können, wäre er nur König gewesen!

Ich kam durch den Hof der Ungläubigen und stieg die Stufen in den Hof der Priester hinauf, in den man mich bestellt hatte. Wie immer standen Wachen an der Tür, ließen mich aber sofort passieren. Aus einem unbekannten Grund, vielleicht aufgrund einer bösen Vorahnung, die mich unvermittelt überkam, spürte ich mein Herz klopfen. Mühsam wehrte ich die trüben Gedanken ab. Ich wußte, daß meine Vorladung Jesus betraf. An Judas Ischariot hatten sie bestimmt nicht so viel Interesse.

Daher war ich innerlich erleichtert, als ich die gütigen Augen des Reb Gamaliel auf mich gerichtet sah.

Er nahm meine Hand mit verblüffender Kraft. »Du kommst rechtzeitig, Israel zu helfen«, erklärte er.

Über seine Schulter hinweg sah ich die verkniffenen Gesichter von Hannas und Kajafas.

»Du hast lange gesäumt«, warf Hannas mir statt einer Begrüßung vor.

»Inwiefern?« Rasch zog ich die Hand zurück, die ich ihm hatte reichen wollen.

Während ich den Stuhl nahm, den mir Gamaliel zuschob, blieben die beiden Hohenpriester stehen.

Hannas ergriff die Initiative. »Man hat ihm das Königreich angeboten, und du hast es uns nicht wissen lassen.«

»Was hätte ich euch berichten sollen? Er lief vor dem Angebot davon wie ein ängstlicher Hase.«

Ich setzte ihn bewußt herab, weil ich glaubte, den Zwischenfall dadurch geringfügiger erscheinen lassen zu können.

»Dachtest du, daß aus einer Volksmenge von füntausend niemand uns von der Rebellion verständigen würde, die er ausgelöst hat?«

»Was andere sagen oder tun, ist nicht seine Schuld.«

Gamaliel hatte sich auf einen Stuhl neben dem meinen niedergelassen. Nachdenklich stützte er das bärtige Kinn in die Hand.

»Es stimmt, was er sagt. Wer kann die Aktionen anderer lenken?«

»Pilatus kümmert sich nicht um Gründe und Logik; er ist nur daran interessiert, daß es keinen Aufstand gibt.«

Der Name des Statthalters genügte, um mich rot sehen zu lassen. »Müssen wir denn immer springen, wenn er bellt?«

»Genau wie er springt, wenn Rom bellt«, gab Hannas trocken zurück.

»Es gab ja gar keinen richtigen Aufstand, nur etwas Unruhe, als Jesus die Krone zurückwies, die ihm von ein paar wenigen angeboten wurde.«

Kajafas hatte mich boshaft gemustert.

»Julius Cäsar wurde die Königswürde Roms dreimal angeboten, und er wies sie dreimal zurück und wartete auf einen günstigen Zeitpunkt, während er seinen Ehrgeiz mit falscher Bescheidenheit bemäntelte.«

»Nach allem, was wir wissen«, warf Hannas ein, »ließ er, genau wie Cäsar, diese spontane Demonstration durch seine eigenen Freunde auslösen.« Er wandte sich kurz an seinen Schwiegersohn. »Wurde die Volksmenge nicht von zwei oder drei Männern aus den Reihen seiner eigenen Jünger aufgewiegelt?«

Wie genau Jesu Schritte beobachtet wurden! Ich hatte keines der vertrauten Pharisäer- und Sadduzäergesichter entdeckt, in einer so großen Menge jedoch konnten sie sich leicht versteckt halten.

»Ich versichere euch«, erklärte ich kühn, »daß Jesus nicht eine Sekunde lang einen vorübergehenden Vorteil angestrebt hat.«

»Aha!« entgegnete Kajafas. »Sein Ehrgeiz gilt also der Priesterschaft.«

»Keineswegs.«

»Was will er dann? Was verlangt er von Israel?«

»Gar nichts verlangt er von Israel, nur, daß es bußfertig ist. Dafür bietet er ihm Heil und ewiges Leben.«

Ein höhnisches Lächeln huschte über das kalte, verschlagene Gesicht. »Er bietet? Ist er denn Gott, daß er seine Reichtümer mit so offener Hand verteilen kann?«

Kajafas zog verächtlich die Mundwinkel herab. »Nein, so hoch hinauf wagt er sich nicht. Er ist lediglich Gottes Sohn. Er hat den Himmel zum Vater und die Erde zur Mutter.« Hätte er es nicht spöttisch gesagt, es wäre wohl gesprochen gewesen.

»Er sagt, wir sind alle Gottes Kinder.«

Hannas ging zum Fenster und blickte über den Hof der Priester hinaus zum Hof der Ungläubigen mit den raffgierigen Händlern und den *Amharetzin*, mit denen sie lärmend herumfeilschten. Er machte eine geringschätzige Handbewegung. »Das also sind Gottes Kinder?«

»Die Möglichkeit steht ihnen allen offen.«

Ich bemerkte eine gewisse Unsicherheit an Gamaliel, die er bei unseren sonstigen Zusammenkünften nicht gezeigt hatte. Seine Augen blickten düster, seine Miene war nachdenklich.

»Israel hat es nicht leicht, in dieser Zeit«, sagte er seufzend.

»Es wird besser werden. Der Messia wird alles bessern.«

Kajafas hatte einen aggressiveren Standpunkt eingenommen als zuvor. »Dein Messia«, fauchte er, »wird der Untergang Israels sein! Wir sitzen hier, warten darauf, daß das Schwert herabfällt, und du sprichst davon, daß er das Land retten wird. Ich habe dich bisher für vieles gehalten, niemals aber für einen Toren.«

Ich war verwirrt über dieses Gespräch; ich spürte, daß es hier etwas Unausgesprochenes gab, das sogar den normalerweise unerschütterlichen Hannas erregte.

»Ich kenne viele, die vor dem Rat für den Messia sprechen werden. Es kann keinerlei Zweifel daran bestehen, daß er derjenige ist, den ganz Israel erwartet.«

»Er wird sich vor einem anderen Rat verantworten müssen.« Kajafas stieß diese Worte heftig heraus.

Das lange Gesicht Gamaliels wurde noch länger. »Der mächtige Arm Roms reicht bis in unsere heiligsten Konklaven. Sejanus ist gestürzt worden, die Hauptstadt der Welt befindet sich in Aufruhr. Es ist Befehl ergangen, jeden Aufstand im Keim zu ersticken, jeden Rebellen am nächsten Baum aufzuhängen. In jedem kleinen Aufmucker, in jedem Straßeneckenredner sieht der verängstigte Tiberius jetzt einen neuen Sejanus, der ihn von seinem Thron stürzen will.«

Kaum zu glauben: Sejanus war entmachtet. Er hatte uneingeschränkt über Rom geherrscht und wurde nun von denselben Mächten verraten, mit denen er sich verschworen hatte. Wie zerbrechlich war dieses Imperium doch mit seinem Mantel aus Macht und Ruhm und seinen tönernen Füßen! Es bedurfte nur eines Spartakus oder eines Jesus, um den Funken zu entzünden, der das Imperium von Parthien bis zu den fernen Inseln in Flammen aufgehen lassen würde.

Und Pilatus war des Sejanus' Mann.

»Das ist das Ende von Pilatus«, stellte ich fest. »Damit hätten wir endlich mal gute Nachrichten aus Rom.«

Kajafas' Miene verfinsterte sich.

»Du Narr, was glaubst du wohl, warum wir hier sitzen? Doch nur, um den Befehlen eines Pilatus nachzukommen, der seinen Gönner verleugnen muß, indem er unter lautem Gedröhn seine Loyalität erklärt!«

»Und wie will dieser Mörder der Unschuldigen das fertigbringen?«

Hannas warf mir einen mißbilligenden Blick zu. »Du hast eine gefährliche Zunge, Juda.«

Kajafas lachte unangenehm.

»Er glaubt, mit seiner Bande von Halsabschneidern Spielchen treiben zu können.«

»Ich spiele nicht mit dem Leben eines Menschen.«

»Wie wir bereits zuvor gesagt haben«, fuhr Kajafas fort, »sind die Römer weder die Syrer noch die Griechen oder die Perser. Ihr Gott sind die Legionen. Sie mögen eine Schlacht verlieren, aber niemals eine Krieg. Reize sie, und sie werden deine Horde von Idioten auslöschen.«

»Sie sind Patrioten!« widersprach ich hitzig.

Er warf mir einen bösen Blick zu. »Du spielst das Spiel eines Toren und wärst ohne die Sentimentalität dieses Gamaliel wahrscheinlich ein Anwärter auf den Galgen.«

»Welche Verwendung habt ihr jetzt noch für mich? Denn ich selbst habe keine mehr für euch.«

»Du hast dich in eine Position hinaufgearbeitet, in der du Israel überaus nützliche Dienste leisten kannst.«

»Ich habe getan, was ihr verlangt habt.«

Er lächelte böse. »Und mehr sogar. Denn dadurch bist du hervorragend zum Zeugen geeignet.«

Ich starrte ihn entsetzt und ungläubig an. »Habt ihr mich darum zu eurem Spion gemacht?«

Reb Gamaliel hob die Hand. »Die Umstände haben unserem Plan eine andere Farbe verliehen.«

Ich widersprach ihnen allen tapfer. »Meine Farbe ist noch dieselbe. Ich habe mich nicht verändert.«

Kajafas musterte mich wütend. »Du wagst es, uns zu belügen? Du bist sein vertrauter Jünger geworden, sein Schatzmeister, und keiner ist besser in der Lage, etwas gegen ihn vorzubringen.«

Ich erhob mich, ihn zu verteidigen.

»Ihr habt nichts von ihm zu befürchten; seine Anhänger verlassen ihn, und die übrigen schelten auf ihn, weil er ihrer Vorstellung des Messia nicht entspricht.« Kaum hatte ich das gesagt, erkannte ich, daß es ein Fehler gewesen war, ihn herabzusetzen. Deswegen fügte ich hastig hinzu:

»Aber viele lieben ihn noch immer, und diejenigen, die sich von ihm abgewandt haben, werden sofort zurückkehren, wenn sie merken, daß er nicht unbedingt ein König David sein muß, um wirklich ihr Messia zu sein.«

»Unwichtig!« beschied mich Hannas. »Die Krone wurde ihm angeboten, also könnte er jederzeit seine Lage verbessern, indem er annimmt, was er anfangs zurückgewiesen hat.«

»Ihr kennt ihn nicht. Ihm liegt nichts an irdischen Dingen.«

»Wenn wir ihn gewähren lassen, werden alle Menschen an ihn

glauben, und die Römer werden uns das bißchen Selbstherrschaft, das wir besitzen, auch noch wegnehmen und die Priester mitsamt unserer Religion abschaffen«, sagte Hannas. »Und was wäre Israel ohne den Tempel?«

Ich hielt es für besser, die Antwort, die mir auf der Zunge lag, nicht auszusprechen.

»Er ist wahrhaft Gottes Stimme«, heharrte ich. »Hört auf ihn, und Israels Leiden werden ein Ende haben.«

»Ja, gewiß«, knurrte Kajafas. »Weil es dann kein Israel mehr gibt.« Seine Augen brannten. »Wie kannst du nur so bereitwillig deine eigene Klasse verraten? Hältst du es nicht auch für zweckdienlich, daß ein einziger Mann stirbt, auf daß nicht das ganze Volk mitsamt den im Imperium verstreuten Juden untergehe?«

Sekundenlang blieb mir das Herz stehen. »Das kannst du nicht im Ernst meinen! Außerdem – was könnt ihr ihm, der Macht über den Tod besitzt, schon anhaben?«

Die Augen des Hannas glühten vor Haß. »Jetzt gibst du uns einen weiteren Grund für seine Vernichtung. Er nimmt eine Macht für sich in Anspruch, die nicht einmal der Kaiser für sich in Anspruch nimmt.«

»Der Kaiser«, entgegnete ich aus tiefstem Herzen, »ist nicht unser Messia.«

»Und ebensowenig«, entgegnete Kajafas, »ist es der Nazaräer.«

»Ihr habt eine Verhandlung vor dem Rat der Fünf zugesichert. Dabei werde ich gern als Zeuge auftreten.«

»Der Zeitpunkt dafür ist längst vorbei«, erwiderte Hannas. »Falls es ihn je gegeben hat. Die Römer wollen nicht länger warten. Schon jetzt harrt in der Festung Antonia Pilatus auf unseren Beschluß. Denn wenn wir nicht handeln, wird er es tun, und seine Hand ist schwerer als die unsere.«

»Was hat Pilatus mit dem Messia zu schaffen?«

»Ihn kümmert es nicht, wie ein Rebell genannt wird. Für ihn sind sie alle gleich. Jeder Sündenbock ist ihm recht.«

Ich sah Gamaliel lange ins Gesicht.

»Du bist immer für die Gerechtigkeit eingetreten. Tritt auch jetzt für sie ein, Freund meines Vaters!«

Gamaliel erwiderte meinen Blick voll Unbehagen.

»Ich möchte ein paar Minuten mit ihm allein sprechen.«

Hannas machte eine ungeduldige Geste. »Je länger Pilatus warten muß, desto ungehaltener wird er sein.«

Mit einem kurzen Nicken zu den anderen zog mich der Nasi des Sanhedrin in ein benachbartes Gelaß.

Einige Sekunden lang musterten wir uns stumm.

»Und ich bin für euch also nur eine Marionette gewesen«, sagte ich schließlich voll Bitterkeit.

»Du wurdest ausgenutzt, das stimmt, aber für einen guten Zweck. Zum Beispiel wollte ich unbedingt Näheres über den jungen Mann erfahren, der mich als Knabe so beeindruckt hat.« Mit seinen weisen, alten Augen sah er mich freundlich an. »Und du, Juda, warst auch nicht darüber erhaben, uns für deine Zwecke auszunutzen. Hast du denn tatsächlich geglaubt, das Sanhedrin sei über deine Aktivitäten nicht unerrichtet?«

»Es gibt überall Spione«, antwortete ich hitzig.

Mit seinen Händen bildete er ein steiles Dach. »Traurig, aber wahr. Denn in diesen Zeiten kann man niemandem mehr trauen.«

»Jesus kann niemals etwas Unehrenhaftes tun, und er duldet solches auch nicht bei anderen.«

»Es wäre besser, er dächte anders, denn wir können nicht ohne Kompromiß leben, und um etwas zu tun, sei es Gutes oder Schlechtes, müssen wir am Leben bleiben.«

»Der Meister sagt, wenn wir nicht Gutes tun, werden wir nicht weiterleben.«

»Er spricht von einer anderen Welt, wir aber müssen in dieser leben. Und das bringt mich zum eigentlichen Thema. Arbeite mit den Ältesten Israels zusammen, Juda. Dann wird Jesus, sollte es zu einem Prozeß kommen, für unschuldig befunden werden.«

Bei dem Gedanken an einen Prozeß, dem Jesus sich stellen mußte, erstarrte ich beinahe vor Entsetzen.

»Wessen wollt ihr diesen heiligsten aller Männer beschuldigen?«

»Der Aufwiegelung zum Aufstand zum Beispiel, als das Volk ihn zum König ausrufen wollte. Und der Gotteslästerung.«

»Er hat niemanden aufgewiegelt, und niemand liebt Gott mehr als er. Ist das etwa Lästerung?«

»Er spottet des Sabbat und nennt sich selbst Gottes Sohn.«

Mir war der Sabbat gleichgültig.

»Wenn er aber Gottes Sohn ist, wieso verstößt er damit gegen das Gesetz?«

Gamaliel musterte mich mit durchbohrendem Blick. »Du glaubst an ihn, nicht wahr, Juda?«

»Ich habe gesehen, wie er tat, was nur Gott selbst tun könnte. Er hat den Tod besiegt, indem er den Lazarus ins Leben zurückrief, als er schon nach den Würmern stank.«

»Wenn er das kann, warum fürchtest du dann für ihn?«

Ich verstand ihn nicht sofort.

»Wenn er Lazarus von den Toten auferweckt hat, was kann ihm dann zustoßen?«

Ich sah Gamaliel zweifelnd an. »Aber niemand weiß, was Jesus selbst will. Er spricht zuweilen von seinem eigenen Tod, als wäre dieser eine vollendete Tatsache.«

Reb Gamaliel rieb sich nachdenklich die Nase. »Es kann nicht schaden, wenn wir Rom zufriedenstellen. Sie werden einen Sündenbock verlangen. Sobald dieser jedoch vor Gericht gestellt und freigesprochen ist, werden sie sich einen anderen suchen.«

»Wieso bist du so sicher, daß er freigesprochen wird?«

»Nikodemus und Josef von Arimatäa sind seine Freunde und besitzen auch einigen Einfluß hier. Zu einem Schuldspruch ist eine Mehrheit von zweien erforderlich, und die bekommen sie nie, wenn du für ihn sprichst.«

»Aber warum überhaupt ein Prozeß?«

»Damit Pilatus Rom zeigen kann, daß er schnell zuschlägt und die Rebellion im Keim erstickt. Dann werden andere gefangengenommen werden, und damit wird sich Rom zufriedengeben.«

Bei all diesem Herumlavieren hatte ich plötzlich das Gefühl, überhaupt niemandem mehr vertrauen zu können.

»Du lastest mir eine schwere Bürde auf.«

»Ich bitte dich nur, das auszusagen, was du selbst gesehen hast.«

»Gibt es nicht außer mir noch andere?«

»Wie du weißt, sind zwei Zeugen erforderlich.«

»Und wer ist der andere?«

Er zögerte einen Moment. »Sie haben da jemanden aus dem Tempel, der dabei war, als Jesus die Tische der Geldwechsler umstürzte.«

»Und das soll ein Verbrechen sein?«

»Im Grunde nicht. Darum wird er ja auch freigesprochen werden.«

Ich wollte mir nicht einmal den Anschein geben, als würde ich den Meister verraten.

»Und wenn ich mich weigere?«

»Du wirst in jedem Fall vorgeladen. Aber als freiwilliger Zeuge kannst du wenigstens zu seinen Gunsten aussagen.«

»Ich traue keinem dieser Hohenpriester. Die denken doch nur an die eigene Haut.«

»Und mir, traust du mir auch nicht?«

Wir sahen einander an. »Du würdest mich vielleicht nicht bewußt hintergehen, aber du selbst könntest getäuscht werden.«

Er lachte bitter. »Nicht, solange ich die Pharisäerpartei im Sanhedrin beherrsche.«

Er merkte, daß ich immer noch unsicher war.

»Warum sorgst du dich, wenn du meinst, daß er den Tod besiegen kann? Dann können ihm doch weder Pilatus noch Kajafas, Hannas oder sogar der Kaiser etwas anhaben. Dann wird er sich eindeutig mächtiger als sie alle erweisen.«

Seine Worte dröhnten mir wie ein Refrain durch den Kopf: »Mächtiger als sie alle.« Aber weltliche Führer verblaßten natürlich neben ihm zu absoluter Bedeutungslosigkeit. Selbst der mächtige Kaiser Augustus fürchtete sich sein Leben lang vor dem Tod und hatte Tag und Nacht Freunde zur Seite, damit er die Angst vor den Schatten verlor. Hatte der Herrscher Persiens nicht sein riesiges Heer betrachtet und beklagt, daß sie alle in fünfundsiebzig Jahren tot sein würden? Jesus dagegen brachte das ewige Leben, und was er anderen brachte, das würde er doch bestimmt auch selbst haben.

Als ich aufblickte, sah ich, daß Gamaliel mich stirnrunzelnd betrachtete.

»Ich werde es tun«, entschied ich schließlich. »Für ihn – und für Israel.«

15

Pilatus

Dieser Mann besaß die Macht über unser aller Leben und Tod, und dennoch konnte ich an nichts anderes denken als daran, daß kein einziges einsames Haar auf seinem glänzend gelben Schädel wuchs.

Fasziniert beobachtete ich, wie er sich mit der fleischigen Hand über den blanken Kopf strich und uns mit spöttischem Lächeln ansah.

Er war größer, als ich gedacht hatte; seine breiten, schräg abfallenden Schultern und der dicke, sehnige Hals, der unmittelbar in sein Kinn überging, verliehen ihm das Aussehen eines Gladiatoren. Dieser Eindruck wurde verstärkt durch den ledernen Brustpanzer, den er angelegt hatte, und durch das flache Breitschwert, das ihm an der Hüfte hing. Man merkte gleich, was er damit bezweckte: Er wollte uns nicht vergessen lassen, daß er nicht nur Beamter war, sondern in so mancher Schlacht römische Legionen befehligt hatte.

Hier in der Festung hielt er nicht Hof, obwohl seine Gemächer, ursprünglich von Herodes dem Großen für Markus Antonius eingerichtet, prächtig genug für einen Kaiser gewesen wären. Seine einzigen Höflinge waren die Männer der Palastwache, ungeschlachte Riesen, die regungslos, mit senkrecht gestellten Speeren hinter ihm standen. Sie kamen aus allen Teilen des Imperiums: dunkle Nubier aus dem Sudan, sommersprossige Pikten von den fernen Inseln, riesige, langarmige Franken und groteske Germanen, denen die blonde Mähne bis zu den Hüften herabwallte. Es war ein Bild, das den Begriff Rom unverwechselbar veranschaulichte.

Offenbar hatte er es nicht eilig, zur Sache zu kommen, bedachte man den Eifer seiner Besucher, ihn nur ja nicht warten zu lassen. Aber so geht es eben mit jenen, welche die Oberhand haben: Sie lassen es einen unweigerlich merken.

Endlich gefiel es ihm, uns anzusprechen.

»Ihr kommt spät«, sagte er ärgerlich.

»Wir kamen, so schnell wir konnten«, entgegnete Hannas.

»Nachdem ihr in euren hinterhältigen Köpfen Ränke gesponnen habt.«

»Wir bedauern zutiefst, was in Rom geschehen ist«, beteuerte Gamaliel.

Pontius Pilatus stemmte die Fäuste in die Hüften und musterte uns mit überheblichem Blick.

»Es hat sich nichts zugetragen, was euch Juden zu kümmern hätte«, erklärte er mit bösartigem Lächeln. »Habt lieber acht auf euer eigenes Verhalten und macht euch keine Gedanken um Rom. Kümmert den Wurm der Spatz, ängstigt sich der Spatz um den Falken?«

»Das Nasi«, versuchte Hannas ihn zu beschwichtigen, »meinte nur, daß wir die Unannehmlichkeiten, unter denen der Kaiser zu leiden hat, bedauern, denn er ist in diesen vielen Jahren stets unser getreuer Freund gewesen.«

»Wahr genug. Tiberius hat eurem Volk zahlreiche Privilegien gewährt, ein Vermächtnis aus den Tagen des göttlichen Julius, der in Ägypten mit Herodes befreundet war. Aber wir Römer leben nicht in der Vergangenheit. Niemand außer dem Kaiser ist unentbehrlich.«

Wie leicht fiel es ihm, den Freund und Beschützer zu verleugnen, dem er doch so viel verdankte!

Er hielt ein eindrucksvolles Pergament empor, auf dem deutlich das kaiserliche Siegel Roms zu erkennen war. »Das hier kam aus Rom«, verkündete er mit rauher Stimme. »Jedes Zeichen von Rebellion, und sei es auch noch so geringfügig, soll unbarmherzig ausgerottet, jeder Aufrührer ans Kreuz genagelt werden. Wo immer es offenen Widerstand gegen die römische Herrschaft gibt, wird der Statthalter direkt darüber befinden. Wo es Widerstand gegen die örtliche Regierung gibt, ist der Tempel berechtigt, die Angelegenheit von seinen eigenen Gerichtshöfen aburteilen zu lassen.«

Hannas blinzelte kurz mit den Lidern. »Aber du vergißt, daß nur der Statthalter die Todesstrafe verhängen kann.«

»Das geschieht zu eurem eigenen Schutz, damit eure rivalisierenden Parteien kein Blutbad anrichten, das der Regierung hier und in Cäsarea schaden kann.«

»Wir dürfen den Schuldigen vor Gericht stellen, aber nur du kannst das Urteil ausführen lassen«, beharrte Hannas.

Pilatus straffte die Kinnmuskeln zu den für seine Rasse so typischen kantigen Konturen. »Habt ihr euer Urteil in dieser Sache bereits gesprochen, daß ihr das Ergebnis jetzt schon kennt?«

»Sie wird unverzüglich an unsere Gerichtshöfe weitergegeben werden, denn es ist unser Wunsch, die römische Regierung möge erkennen, daß wir energisch gegen jeden Aufstand vorgehen.«

Als er sah, wie sich der Hohepriester wand, richtete Pilatus den Finger auf Hannas und lachte dröhnend.

»Was für ein Spielchen habt ihr Juden euch denn jetzt wieder ausgedacht?«

Hannas neigte ein wenig den Kopf.

»Ich weiß nicht, wovon der Statthalter spricht.«

»Das ist doch eindeutig! Ihr Juden führt immer irgend etwas im Schilde.«

»Wir sind auf deine Bitte hergekommen«, stellte Hannas gelassen fest.

Pilatus lachte verächtlich und zeigte dabei seine kräftigen weißen Zähne. Sein dunkles Gesicht glänzte von Schweiß, obwohl es kühl im Zimmer war, und er wischte sich die Stirn mit einem roten Tuch.

»Machen wir uns nichts vor«, fuhr er auf. »Ihr seid ein streitsüchtiges Pack und würdet euch gegenseitig umbringen, wenn ich euch nicht am Zügel hielte.«

Er brach in schallendes Gelächter aus, denn er fand diese Vorstellung belustigend.

Ich haßte zwar alle Römer, aber einige waren noch schlimmer als die anderen. Und Pontius Pilatus mit seiner vulgären Art verkörperte die übelsten Eigenschaften in sich.

Wie ich wünschte, der Meister könnte jetzt hier sein! Der würde sich nicht winden wie der taktvolle Gamaliel oder auf Zeitgewinn bedacht sein wie Hannas, sondern dem Römer trotzig die Stirn bieten und Feuer speien, wie er es bei den Sadduzäern und Pharisäern getan hatte. Ich konnte kaum den Moment erwarten, da der stolze Pilatus vor seiner überlegenen Macht im Staub knien würde.

Anscheinend lag etwas in meinem Verhalten, das jetzt die Aufmerksamkeit des Pilatus erregte. Er richtete den Blick auf mich und krauste dabei grimmig die Stirn. »Wer ist denn dieser glutäugige junge Mann, der wie ein wütender Gladiator ständig die Fäuste ballt? In ihm steckt wenigstens noch etwas Kampfgeist!«

Gamaliel trat vor. »Dies ist Juda-bar-Simon, den wir früher schon erwähnten. Er stammt aus einer Familie, die für ihren Dienst an der Öffentlichkeit berühmt ist.«

»Ihr Israeliten seid doch alle berühmt.« Er lachte rauh. »Genau wie die Briten, habt ihr auf jedem Maulwurfshügel einen König sitzen.«

»Nein, Herr«, mischte sich Hannas ein. »Wir haben keinen einzigen König, obwohl sich einer diese Rolle anmaßt.«

»Du irrst dich, Priester, denn ihr habt wohl einen König, und sein Name ist Tiberius. Es wird jedem schlecht ergehen, der sich seine Hoheitsrechte aneignen will.«

Mit einem spöttischen Blick auf uns Besucher, die er alle drei stehen ließ, warf sich der Stellvertreter Roms in seinen kurulischen Stuhl, der in Rom traditionell den höchsten Würdenträgern zusteht. Er war ein Geschenk Herodes' des Großen – genau wie auch alles andere hier in der Festung Antonia, von den riesigen Bronzekandelabern, die von der Freskodecke hingen, bis zu dem mit kostbaren Teppichen aus Persien belegten Fußboden.

Seine tiefliegenden Augen links und rechts der scharfen Römernase musterten die kleine Abordnung mit unverhohlener Verachtung. »Wegen eurer Trägheit und Verräterei werden unsere Karawanen überfallen, unsere Arsenale geplündert und unsere Soldaten auf einsamen Wegen in die Falle gelockt. Wenn ihr der Anführer nicht bald habhaft werdet, muß ich eingreifen und die Sache an eurer Statt in die Hand nehmen.«

Seine Augen unter den dichten schwarzen Brauen blickten drohend. »Es wird ganz Israel schlecht ergehen, wenn es versucht, mich mit vorgetäuschten Verhaftungen irrezuführen. Das Massaker an den Galiläern wird dagegen wie ein griechisches Freudenfest wirken, denn ich werde das ganze Land von Peräa bis Galiläa mit der Macht des Imperiums schlagen und auch Judäa nicht davon ausnehmen. Der Kaiser ist nicht bereit, nachsichtig mit Verrätern zu sein, und ebenso ist es der nicht, der für ihn spricht.«

Hannas bewahrte seine Gelassenheit.

»Den Anführer kennen wir bereits«, antwortete er. »Und wenn er erst verhaftet ist, wird es eine Kleinigkeit sein, die anderen ebenfalls zu fassen und das ganze Nest auszuräuchern.«

Pilatus kreuzte die braunen Arme vor der Brust. »Und dieser Schuldige, von dem du sprichst – ist das dieser Josua-bar-Abbas, der, wie mir meine Spione berichten, der Unruhestifter unter den Zeloten ist?«

Hannas zuckte sichtlich zusammen. »Von ihm spreche ich nicht.«

»Dann sind deine Informationen besser als meine, denn bar-Abbas ist gesehen worden, wie er diese Unruhen anzettelte, von denen ich spreche.«

»Der Mann, den ich meine, ist Josua-bar-Josef, ein Galiläer, den die Ungläubigen Jesus nennen.«

Der Kugelkopf des Pilatus fuhr in die Höhe; seine großen Ohren zuckten. »Dieser Galiläer, von dem du sprichst, ist das nicht jener Heiler aus Nazareth?«

»So sagt er.«

Pilatus warf ihm einen verächtlichen Blick zu. »Du weißt es nicht? Deine Spione berichten dir, daß er ein Rebell ist, aber sie wissen nicht, daß er heilt? Was für Spione hast du denn?«

Ich war angenehm überrascht und ermutigt von Pilatus' Reaktion.

»Berichte mir mehr über diesen gefährlichen Galiläer«, verlangte er. »War es nicht er, der die Tische der Geldwechsler im Tempel umstürzte und die Hohenpriester verhöhnte, von der Volksmenge aber bejubelt wurde?«

Hannas errötete, während sich Kajafas, merkwürdig still, schweigend auf die Lippe biß. »Wenn es nur das wäre«, entgegnete Hannas, »so könnte die Sache im stillen vom Sanhedrin bereinigt werden, ohne daß wir dich belästigen müßten, Herr. Unsere Spione haben jedoch Beweise dafür, wie gefährlich er ist, und es würde dem Statthalter wohl anstehen, wenn er sich mit gewissen Tatsachen vertraut machte.«

Pilatus schenkte ihm einen vernichtenden Blick. »Schreib mir nicht vor, wie ich meine Geschäfte führen soll, Priester!«

Trotz meiner Verachtung für Hannas kochte mein Blut, denn in ihm wurde Israel gedemütigt.

»Willst du nicht wissen, was dieser Mann getan hat?«

Zum erstenmal wanderte der Blick des Pilatus zu Kajafas hinüber.

»Aha, der Oberste Ankläger spricht! Doch sage mir nicht, welche Verbrechen er begangen oder welche Verschwörung er angezettelt hat, denn dies ist weder die Zeit noch der Ort dafür. Vergewissert euch nur in eurem eigenen Prozeß, daß ihr den richtigen Mann habt, ehe ihr zu mir kommt. Ich bin nicht das Werkzeug eurer Ränke und Intrigen. Dazu müßt ihr euch an Herodes wenden.

Er ist zwar nur Halbjude, aber die griechische Hälfte ist keineswegs besser, denn er ist bis obenhin voll von leerem Geschwätz.«

Er lachte in sich hinein; die schmalen, blutlosen Lippen spannten sich über den weißen Zähnen. »Er nimmt es mir immer noch übel, daß ich die Galiläer ohne seine Zustimmung habe erschlagen lassen. Aber woher sollte ich wissen, daß sie aus seinem Tetrarchat stammten? Ein Jude sieht doch genauso aus wie der andere.«

Das war mehr, als ich ertragen konnte. »Genauso«, gab ich voll Hitze zurück, »wie ein Römer dem anderen ähnlich sieht.«

Gamaliel schien entsetzt zu sein, und selbst die Hohenpriester reagierten mit Unbehagen. Nur der Römer schlug sich brüllend vor Lachen aufs Knie. »Dieser junge Hahn hat Feuer! Das gefällt mir.«

»Er ist jener«, erklärte ihm Kajafas, »der mit der Rebellenbewegung bestens vertraut ist.«

»Und wie kann er damit vertraut sein, ohne ihr auch anzugehören?«

Hannas war tatsächlich vorausschauend gewesen.

»Er hat sich als unser Spion eingeschlichen. Du siehst also, wir sind nicht untätig gewesen.«

Pilatus winkte lässig ab. »Verschont mich bitte mit eurer Loyalität. Dieser Jesus muß euch ein Dorn im Auge sein, sonst wäret ihr nicht so um alles besorgt, was er tut.« Er warf den beiden Priestern einen boshaften Blick zu. »Gefährdet er mit seinen Predigten etwa eure Schatztruhen, oder steht sogar eure eigene Position auf dem Spiel? Ihr könnt beruhigt sein. Denn einzig Rom ernennt die Hohenpriester, und Rom zieht den Teufel, den es kennt, dem Teufel vor, den es nicht kennt.«

Sein Blick streifte mich. »Und das ist also der Mann, der etwas über den König der Juden aussagen kann. Wie gut kennst du den Galiläer?«

»Ich bin jetzt zweieinhalb Jahre bei ihm.«

Er musterte mich geringschätzig.

»Als Spion?«

»Als sein Jünger.«

Er lachte höhnisch. »Bei einem Jünger wie dir braucht man keine Feinde mehr.«

»Ich kann nur Gutes über ihn sagen.«

»Warum bist du dann hier? Wir empfehlen ihn doch nicht für ein Amt.«

»Um die Wahrheit zu sagen.« Ich balancierte gefährlich auf Messers Schneide. Denn ich wollte zwar, daß Jesus vorgeladen wurde, damit er sich gegen die Römer wehren und über sie triumphieren konnte, aber ich wollte auf gar keinen Fall – nicht einmal unbewußt – den Verräter abgeben.

»Und was ist die Wahrheit?« Ein Hohnlächeln spielte um seine dünnen, blassen Lippen. »Ich mißtraue jenen, die von der Wahrheit sprechen, denn die Wahrheit braucht niemanden, der für sie spricht. Sie spricht für sich selbst.«

»Dann laß sie sprechen. Er ist ein guter, freundlicher Mann, der die Armen speist, die Kranken heilt und den einen Gott verehrt.«

»Ach ja, dieser Gott!« Seinem Grinsen nach zu urteilen, schien Pilatus sich zu amüsieren. »Wie kommt es, daß Rom mit seinen vielen Göttern das Land regiert, das im Besitze dieses allmächtigen Wundermannes ist, den niemand sieht? Kommt es daher, daß wir viele Götter haben, ihr aber nur einen einzigen?«

Hannas antwortete stirnrunzelnd: »Dies ist keine Angelegenheit für einen schlichten Bürger, sondern für einen Priester!«

Pilatus warf den Kopf zurück und brüllte vor Lachen. »Ich habe diese Priester gehört. Jetzt will ich die Wahrheit! Hat er nicht gesagt, er stehe für die Wahrheit?«

Er konnte mich nicht einschüchtern. Der Tapfere stirbt nur einmal und findet im Tod vielleicht jene Ewigkeit, von der Jesus sprach.

»Er ist unser Messia«, entgegnete ich. »Der Gesalbte Israels, gesandt von unserem Gott, unser Volk von seinen Feinden zu befreien.«

Abermals lachte der dröhnend los. »Und wie will er das anstellen? Mit einer Schleuder? Oder will er etwa diese Festung mit seinen bloßen Armen zum Einsturz bringen wie Samson? Du siehst, ich kenne mich aus in eurer Geschichte, und ich muß sagen, die Vergangenheit ist eindrucksvoller als die Gegenwart. Jetzt aber erzähl mir mehr über diesen König der Juden.«

»Er behauptet nicht, König der Juden zu sein.«

»Was anders ist denn euer Messia? Ich sitze jetzt seit zweieinhalb Jahren in diesem verdammten Land, und alles, was ich höre, sind Gerüchte über diesen Sohn König Davids, der kommt, um Israel zum Sieg über alle Völker der Welt zu führen, darunter Rom. Das klingt mir kaum nach allzu großer Demut, denn wie sonst könnte er regieren, solange er nicht König ist, ganz gleich, welchen Titel er sich dabei zulegt.«

»Man hat ihm die Krone geboten, aber er wollte sie nicht nehmen.«

Bei diesen Worten sprang er auf und schob sein Gesicht mit finster gekrauster Stirn ganz dicht an das meine heran. »Wer hat ihm die Krone geboten? Wer? Wer? Wer?«

Ich hatte nur wenig Verlangen, Cestus oder Dysmas und die anderen in diese Angelegenheit hineinzuziehen.

»Es waren so viele, daß ich den einen nicht vom anderen unterscheiden konnte.«

An dem Lächeln, das Hannas und Kajafas tauschten, erkannte ich, daß ich einen Fehler gemacht hatte. Bei dem Versuch, die Wahrheit abzuwägen, war ich von der Schneide des Messers gestürzt. »Wenn ich viele sage, so meine ich eben genug, daß ich nicht zwei oder drei einzelne erkennen konnte.«

»Ich weiß genau, was du meinst. Und wie hat Jesus auf dieses Angebot reagiert?«

»Er war beunruhigt darüber, daß die Volksmenge nicht verstand, von welchem Königreich er sprach.«

Wieder dieser grimmige Blick. »Er sprach also von einem Königreich der Juden, nicht wahr?«

»Von einem himmlischen Königreich für Juden und Ungläubige gemeinsam. Es ist nicht vorübergehende Macht, die er sucht.«

Ich schien Jesus auf eine Art und Weise zu belasten, die ich nicht beabsichtigt hatte.

»Es wäre wahrscheinlich gut, sich diesen Jesus einmal anzusehen«, meinte Pilatus. »Wie ich höre, ist er ein harmloser Mann, der den Menschen auf seine Art hilft, ohne sich darum zu kümmern, ob sie Juden oder Römer sind. Aber es kann sicher nicht schaden, wenn ich mir selber einmal ansehe, was für ein Mensch er eigentlich ist.« Er zog nachdenklich die Stirn in Falten. »Rom hat wenig Geduld mit Rebellen und mit diesen endlosen Diskussionen. Das ist was für die dekadenten Griechen und Ägypter.«

Er winkte verabschiedend mit der juwelengeschmückten Hand. »Ihr habt die Tempelwachen und andere Soldaten. Nutzt sie gut; ich werde euch aufmerksam im Auge behalten, und wenn ihr nicht energisch durchgreift, könnt ihr euch darauf verlassen, daß der Statthalter von Judäa diesen Mangel für euch wettmacht.«

Er machte keinerlei Anstalten, die drei höchsten Würdenträger Judäas hinauszubegleiten, sondern winkte statt dessen mir, zu bleiben. »Ich möchte mich gern noch ein wenig mit diesem Jünger des Galiläers unterhalten.«

Die Hohenpriester sahen einander unsicher an, und Gamaliels Miene war eindeutig besorgt.

»Juda ist ein treuer Sohn Israels«, erklärte er fest.

Pilatus grinste die drei böse an. »Ich weiß nicht, ob das eine Empfehlung ist oder eine Anklage. Doch fürchtet euch nicht, denn mir gefällt sein Gesicht. Es besitzt die Beweglichkeit des typischen Heuchlers. Er würde einen glänzenden Hohenpriester abgeben.«

Die drei Obersten der höchsten regierenden Körperschaft Israels verließen das Gemach rückwärtsgehend, als wären sie gemeine Sklaven. Wenn Jesus nur diese Schande miterlebt hätte! Hätte er dann nicht in seinem Zorn nachgegeben und etwas getan, um diese Situation zu ändern?

Die rauhe Stimme des Pilatus schreckte mich aus meinen Gedanken auf. Von Griechisch und Aramäisch war er nunmehr zu Latein übergegangen. »Wie ich hörte, bist du in Rom gewesen.«

»Ja, ich hatte das Vergnügen«, erwiderte ich ebenfalls auf lateinisch, damit er gleich merkte, daß ich kein Bauerntölpel war.

»Da ist jemand«, erklärte er, »der mit dir sprechen möchte.« Er winkte eine der Palastwachen zu sich heran und gab dem Mann mit leiser Stimme Anweisungen. Mein Herz hüpfte vor Freude, doch dann siegte die Vernunft. Der Statthalter Judäas war ganz zweifellos kein Heiratsvermittler.

Nach wenigen Minuten war das Rätsel gelöst. Eine Frau von unvergleichlicher Schönheit, mit den schlanken Gliedmaßen und den klaren Zügen der Pallas Athene, betrat, von einem stämmigen Wachtposten gefolgt, mit graziösen Schritten den Raum. Nie hatte ich eine reizendere Frau gesehen. Ihr weiches, hellbraunes Haar, das zu ihrer leicht getönten Haut paßte, war nach römischer Sitte im Nacken zu einem kleinen Knoten zusammengefaßt. Ihre Nase war fein gemeißelt, und ihre Augen, von einem seltenen Veilchenblau, schimmerten leuchtend unter den perfekt geschwungenen, mattgoldenen Brauen. Dennoch waren es ihre Bewegungen, die ich am anziehendsten fand. Und sie sah mich mit einem Ausdruck an, der zu besagen schien, ich sei der wichtigste Mensch auf dem ganzen Erdboden.

Ich war bisher noch niemals mit Migliedern einer königlichen Familie zusammengekommen und fand diese Erfahrung einigermaßen verwirrend. Claudia Procula jedoch gab mir sofort die Sicherheit zurück.

»Erzähle mir von deinem Jesus«, forderte sie mich auf, während Pilatus aufmerksam lauschend hinter ihr stand. »Ich habe viel von ihm geträumt.«

Sie lachte über meine verblüffte Miene.

»Meine Magd Susanna hat ihn mir einmal von meiner Sänfte aus gezeigt. Er könnte ein sehr ansehnlicher Mann sein, wenn er nur nicht so überaus ernst wäre.«

Ich befand mich in einer verzwickten Lage, denn ich wußte nicht recht, was ich sagen sollte, um ihn in möglichst günstigem Licht erscheinen zu lassen. Denn sie war ihm eindeutig wohlgesonnen. Trotzdem war es vermutlich besser, sich ein wenig zurückzuhalten, denn welcher Jude konnte sich schon auf einen Römer verlassen?

»Du weißt natürlich, daß er Susanna geheilt hat.«

Sie lachte, und ihr Lachen klang wie eine Glocke.

»Bei mir brauchst du nicht auf der Hut zu sein. Wie mein Mann dir sicher bestätigen wird, habe ich ein aufrichtiges Interesse an diesem Jesus und dachte, wenn ich mehr über ihn erfahre, könnte ich diese Träume, die ich gehabt habe, vielleicht besser verstehen.«

Sie lächelte schelmisch. »Wie ich hörte, hat er sich ausschließlich seinem Gott geweiht, daher kann es für diese Träume auch nur die tugendhaftesten Erkärungen geben.«

»Ich bin kein Traumdeuter. Doch wenn du mir deine Träume anvertraust, Herrin – vielleicht kann ich dich dann auf irgendeine Weise mit dem Meister in Verbindung bringen.«

Sie lachte abermals. »Meister nennt ihr ihn also? Wie sonderbar, denn in Rom haben wir nur einen Meister, und der ist ein Claudianer wie ich.«

Trocken warf Pilatus ein: »Und jetzt ist er Julianer.«

»Durch Adoption«, entgegnete sie lässig. »Eine Zeremonie ist jedoch bei weitem nicht so bindend wie das Blut.«

Pilatus schien genug von diesem Wortgefecht zu haben. »Sag der Dame, was sie wissen will«, befahl er grob. »Ich mag keine Worte, die doch nur ein Nichts ergeben.«

Sie warf ihm einen ungehaltenen Blick zu. »Versuche nicht, unseren jungen Freund hier mit deinen Grimassen einzuschüchtern, denn ich bin sicher, daß er, wenn man ihm nur gut zuredet, mir diese rätselhaften Träume erklären kann.«

Von dem Zenturio Cornelius hatte ich gehört, daß viele römische Aristokraten sich von der Verderbtheit des Hofes abgestoßen fühlten. Ich hielt es jedoch kaum für möglich, daß diese wunderschöne Dame sich von etwas anderem leiten ließ als von müßiger Neugier, ausgelöst durch die endlose Langeweile eines Lebens, so weit entfernt vom abwechslungsreichen Rom.

»Wenn du mir bitte die Träume erzählen wolltest«, sagte ich.

Stirnrunzelnd schien sie in ihrem Gedächtnis zu kramen. »War dein Meister jemals in Rom?«

Ich schüttelte den Kopf. »In Ägypten, sonst nirgends.«

»Das ist merkwürdig, denn in diesem Traum sah ich ihn ganz allein inmitten der Ruinen des Forums stehen. Ringsumher gab es kein Haus, das nicht in Trümmern gelegen hätte, und er betrachtete das Chaos mit einem Lächeln auf den Lippen. Dieses Lächeln ärgerte mich, denn ich begriff nicht, wie er inmitten dieser Zerstörung lächeln konnte. Ich sprach ihn an. ›Warum lächelst du, Herr, obwohl diese Stadt völlig zerstört ist?‹

Er musterte mich freundlich und antwortete: ›Aus diesen Ruinen wird ein größeres Reich entstehen, als es die Welt jemals gesehen hat. Ein Reich, das die Reiche aus Bronze, Gold, Silber und Eisen auslöscht. Und es wird sein wie Luft und Wasser, denn es wird keine Grenzen haben.‹«

Ich war verblüfft über den Hinweis auf die vier Königreiche, denn sie stammten zweifellos aus der Weissagung des Salomo. Dennoch aber: Wie konnte man einer Römerin erklären, daß ihr Traum das Ende ihrer Tyrannei und das Nahen des Reiches Gottes symbolisierte?

»Ich habe Jesus sagen hören, daß das Wort Gottes durch die Majestät Roms eines Tages von einem Ende des Imperiums zum anderen verbreitet werden würde.«

Pilatus hatte getan, als höre er nicht zu, jetzt aber schnaufte er empört. »Dieser Jesus ist entweder ein Tor oder ein Schurke, daß er solchen Unsinn redet! Wäre es nicht so absurd, es wäre Verrat.«

Claudia Procula ließ sich nicht anmerken, ob sie seine Worte vernommen hatte.

»Susanna hat von diesem Gott gesprochen. Sie sagte, daß dein Meister mit seiner Hilfe die Menschen heilt.« Verwirrt krauste sie die hübsche Stirn. »Ist er wie unser Jupiter oder Apollo, denen wir in der Hoffnung, daß sie mit Wohlwollen auf uns herabblicken, viele Statuen errichtet haben?«

»Er ist der Gott Israels und wohnt mit seinen Engeln im Himmel.«

Freudig klatschte sie in die Hände. »Dann muß er unseren Jupiter kennen, denn der herrscht dort ebenfalls. Und auch Apollo fährt mit seinem Sonnenwagen durch den Himmel.«

»Jesus spricht von einem anderen Gott. Der nicht nur der Schöpfer des Universums, sondern *aus* dem Universum ist, und bereit, uns teilhaben zu lassen, wenn wir an ihn glauben.«

Es fiel ihr schwer, mir zu folgen, und das war kein Wunder, denn nur aus dem Mund Jesu ergaben diese Worte einen Sinn. Doch wie sollte ich es ihr sonst erklären? Es war verständlich, daß Jesus mit seinen Heilungen und anderen guten Werken seine Glaubwürdigkeit unterstreichen mußte.

Claudia Procula verfügte über die typisch römische Offenheit, deshalb fragte sie weiter:

»In welchem Verhältnis steht dieser Jesus zu jenem Gott, von dem du sprichst?«

»Er ist sein Bote, von Gott gesandt, sein Volk von seinen Sünden zu befreien und ihm zu helfen, die ewige Seligkeit zu finden.«

Das rauhe Lachen des Pilatus unterbrach mich. »Dieser verdammte Staat sollte sich bei mir bedanken, denn ich habe vielen von seinen Bewohnern zu dieser Ewigkeit verholfen.«

Claudia Procula schien die Gegenwart ihres Mannes nicht mehr zu bemerken.

»Nennt ihn das Volk nicht den Messia?«

»Ja. Er ist der von unseren Propheten vorausgesagte Verheißene.«

Abermals wurde ich von Pilatus unterbrochen. »Und was verheißt er, dieser König der Juden?«

»Das himmlische Königreich.«

»Ich bin sicher, wenn er könnte, würde er euch den Himmel auf Erden bereiten.«

Claudia Procula warf Pilatus einen ärgerlichen Blick zu.

»Ich möchte mehr über diesen Mann erfahren, der die Kranken heilt und die Armen und Geknechteten tröstet. Ich habe gehört, daß er alles kann, sogar die Toten auferwecken und Wasser in Wein verwandeln.«

Pilatus stieß sein heiseres Lachen aus. »Du hörst zu oft deiner kleinen Jüdin zu.«

Der Wunsch, Jesus zu verteidigen, siegte über die Vorsicht. »Ich habe selbst gesehen, wie Jesus all diese Dinge und noch mehr tat.«

Sie trat auf mich zu; ihr Blick senkte sich in den meinen. »Hast du es mit eigenen Augen gesehen?«

Ich nickte, während Pilatus angewidert die Hände hob.

Ihre Augen brannten vor Erregung. »Jetzt erinnere ich mich an das verwirrende Ende meines immer wiederkehrenden Traums. Inmitten der Ruinen stehend, blickte der Meister auf die hingestreckten Gestalten mehrerer Kaiser hinab und erweckte sie mit einer Handbewegung wieder zum Leben.«

Das konnte entweder die Wiedererrichtung des Imperiums oder das Herannahen eines neuen Lebens symbolisieren. Genau wie die Erscheinung, die Jesus auf dem Berg hatte, einen neuen Glauben verkündigte.

Pilatus wurde ungeduldig. »Nun, wenigstens hat dieser Traummann das Imperium wiedererrichtet. Dafür wollen wir ihm dankbar sein und diesen Mann hier zu seinem Meister zurückkehren lassen.«

Sie seufzte ergeben. »Ich habe diesen Traum so oft gehabt, daß ich genau weiß, er muß etwas bedeuten.«

Ich zögerte, fragte mich, ob ich sie um eine Gunst bitten dürfte.

»Ich habe eine Bitte, wenn du gestattest.«

»Sprich nur«, antwortete sie, »denn man hat viel von dir verlangt.«

»Darf ich Susanna meine Grüße ausrichten lassen?«

Claudia Procula lächelte; die Aristokratin wich der Frau.

»Du mußt der Jünger sein, von dem sie gesprochen hat. Aber hast du dich nicht dem Zölibat verschworen?«

Pilatus lachte. »Er sieht nicht gerade wie eine vestalische Jungfrau aus.«

»Wir legen keine derartigen Gelübde ab.« Ich spürte, wie mir das Blut in die Wangen schoß.

Pilatus warf mir einen listigen Blick zu. »Du überdehnst die Wahrheit so sehr, daß man hindurchsehen kann.« Er wandte sich an seine Frau. »Aber schicke die Magd nur her. Was können die beiden schon tun, das nicht zuvor schon getan worden wäre?«

Ich hatte gedacht, er habe Achtung vor ihr, doch es ist schwer für Menschen, ein Bett zu teilen und sich dennoch die Illusion von der Würde des anderen zu bewahren.

Sein Verhalten mir gegenüber wurde ironisch ehrerbietig. »Claudia Procula«, sagte er, »da dieser junge Mann nunmehr unser Gast geworden ist, darf es nichts geben, was zu gut für ihn wäre.«

Sie zögerte, aber er führte mich in ein geräumiges Gemach neben der großen Halle. Das Zimmer war fensterlos und hatte eine merkwürdig gesprenkelte Decke. Riesige Schalen mit Obst standen auf einem großen Mitteltisch neben Krügen voll rotem und weißem Wein. In der Nähe mehrerer großer Polster standen sich ein riesiger Diwan und ein Ruhelager gegenüber. Das Licht einer Naphtalampe warf unheimliche Schatten auf die Wände und verlieh dem Raum eine beabsichtigte Intimität. Es erinnerte mich an ein Zimmer in einem römischen Bordell.

Pilatus musterte mich forschend. »Ich war auch einmal so jung wie du und weiß, wie es ist, wenn man das Bild eines Mädchens im Kopf hat. Dort aber nützt es leider nicht viel, jedenfalls nicht, wenn einem rotes Blut in den Adern fließt.«

»Ich denke nicht auf diese Weise an sie.«

»Auf welche Weise denkst du denn an sie?«

»Als einen Menschen, der den Meister ebensosehr liebt wie ich.«

Sein harter Blick wanderte herausfordernd über meinen Körper.

»Wozu sind deine Lenden da, wenn nicht, um zu beweisen, daß du ein Mann bist?«

»Es gibt andere Möglichkeiten, sein Mannestum zu beweisen.«

Er schlug mir lachend auf die Schulter. »Gut gesprochen, Juda-bar-Simon! Auf, auf, ins Feld gegen den Feind also, nicht wahr?«

Als ich schwieg, musterte er mich von oben bis unten.

»Wenn du die Frauen nicht magst, dann sind es vielleicht die

Männer, die dich anziehen. Natürlich, ja! Denn wie ich hörte, gibt es zwar zwölf der dreizehn Jünger, aber keine Frauen, um sie ein wenig zu zerstreuen! Das ist nicht gesund, für richtige Männer.«

Meine Wangen brannten vor Zorn über seine Andeutungen. »Wir haben eine Anzahl Frauen, die sich unserem Auftrag angeschlossen haben«, sagte ich verteidigend.

»Und so wird euer Gelübde des Zölibats bequemerweise verdrängt.«

Ich hatte die Anzüglichkeiten des Römers satt.

»Es gibt keinen tugendhafteren Mann als Jesus Christus, und er fordert dieselbe strenge Disziplin von seinen Jüngern. Wir sind hier nicht in Rom, wo Julius Cäsar für jede Frau ein Mann und für jeden Mann eine Frau war!«

Seine dunklen Augen sprühten einen Moment lang Funken, und ich zuckte unwillkürlich zusammen. Sein Atem ging schwer, seine Nasenflügel bebten. Doch dann warf er unvermittelt den Kopf in den Nacken und brüllte vor Lachen.

»Dieser Zwerghahn macht sich über den göttlichen Julius lustig! Das muß ich unbedingt in Rom erzählen!« Er packte mich am Arm und drückte so fest zu, daß meine Haut dunkelrot wurde und ich die Zähne zusammenbeißen mußte, um einen Schmerzensschrei zu unterdrücken.

»Wann immer es will«, stieß er zwischen den Zähnen hindurch, »kann Rom dich und deine Freunde zerbrechen. Merk dir das!«

Und dann war er fort, mitsamt seinem dünnen, bösen Lächeln.

Wie ich diese vulgären Männer haßte, die vor einem kleinen Volk mit ihrer weitreichenden militärischen Macht prahlten! O Gott Israels, betete ich, laß Jesus ihnen den Fehdehandschuh ins Gesicht werfen! O Herr, erleuchte ihn, auf daß er dem geschlagenen Volk Israel ein zweiter Mose werde!

So vertieft war ich in meine Gedanken, daß ich nicht merkte, wie Susanna den Raum betrat. Sie begrüßte mich mit einem nervösen Flattern der Lider. So hinreißend schön war sie, daß ich kaum dem Impuls widerstehen konnte, sie in meine Arme zu schließen. Ein schlichtes Gewand, das sich an den Seiten öffnete, gewährte einen flüchtigen Blick auf ihre goldfarbenen Schenkel und verursachte mir Herzklopfen. Das braune Haar fiel ihr in das rosige Gesicht, und sie strich es mit einer reizenden Geste zurück, während sie mir errötend erklärte, daß sie auf Befehl ihrer Herrin hierhergeeilt sei.

»Verzeih mein Aussehen«, bat sie mich.

»Wußtest du, daß du zu mir geschickt würdest?«

»Erst als ich dich sah.«

Wir setzten uns auf das lange, niedrige Ruhelager, das für das Liegen bei Tisch gedacht war, und ich nahm sehr bewußt den süßen Duft ihres Körpers wahr. Er glich dem aufregenden Geruch des Moschus.

»Du hast mir gefehlt«, erklärte ich und ergriff ihre Hände. Sie waren warm und feucht.

Sie blickte mich nicht an, sondern hielt den Kopf gesenkt, so daß ich die goldenen Haarsträhnen sah, die sich im Nacken ihres Schwanenhalses ringelten.

»Mir haben sie alle sehr gefehlt, vor allem aber der Meister selbst«, antwortete sie leise. »Doch solange er wohlauf ist, bin ich glücklich.«

Plötzlich legte sich Dunkelheit über ihre Augen, und sie packte den Saum meines Gewandes.

»Daß du hier bei Pilatus bist – hat das etwas mit ihm zu tun?«

»Du brauchst nichts zu fürchten. Pilatus will ihm nicht übel.«

Sie wich ein wenig von mir zurück, damit sich der Blick ihrer hellblauen Augen tief in den meinen senken konnte.

»Was hat dich hergeführt? Der Statthalter empfängt normalerweise außer den Hohenpriestern und den Führern des Sanhedrin keine Juden.«

Ich berichtete ihr die Wahrheit.

»Pilatus ist wegen der Aufständischen besorgt, und man glaubte, ich könnte ihm einige Informationen über ihre Unternehmungen geben.«

Ihre Augen waren vor Schreck geweitet. »Aber woher solltest du, ein Auserwählter Christi, diese Informationen haben? Das verstehe ich nicht.«

»Das ist auch nicht deine Sache«, antwortete ich härter als beabsichtigt. »Was weißt du von Verschwörungen und Gegenverschwörungen, von den Intrigen, die Imperien in Gefahr bringen?«

Wie unabsichtlich fiel meine Hand auf ihren Schenkel, in ihrer Erregung jedoch achtete sie nicht darauf. Ihr Fleisch war wie Seide unter meiner Hand.

»Von Maria Magdalena weiß ich, daß er sich in ständiger Gefahr befindet und nichts tut, sich davor zu schützen«, sagte sie hastig. »Claudia Procula selbst berichtet mir, daß er zu diesem Zeitpunkt in Jerusalem nicht sicher ist. Wirst du ihm diese Nachricht bringen? Oder sag mir, wo er sich aufhält, dann werde ich ihn selber warnen.«

»Das ist nicht notwendig«, antwortete ich beruhigend. »Er weiß alles, was du weißt, und er tut, was er tun muß. Er ist kein leichtes Boot, das von jeder kleinen Welle böser Vorahnungen hin und her geworfen wird. Er ist ein Mann aller Zeitalter, der für seinen Gott lebt und alles kann, was Gott selbst kann. Ich habe gesehen, wie er es tat, und ich zweifle nicht an ihm.«

Jetzt ergriff sie meine Hände und sah mich mit seelenvollem Blick an. »Ich habe dir unrecht getan, Juda. Denn ich ahnte nicht, daß du dich so edel ausdrücken könntest. Jetzt weiß ich, warum er dich auserwählt und dir einen Platz an seiner Seite angewiesen hat. Du liebst ihn ebensosehr wie ich.«

Ich rückte ein wenig an sie heran und genoß die Wärme ihres jungen Körpers. Sie hatte sich offensichtlich in aller Hast angekleidet, denn sie trug kein Untergewand. Wenn sich ihr Busen hob, konnte ich eben noch das zartrosa Rund ihrer süßen Brustwarzen auf dem weichen Marmorweiß ihrer Brüste erkennen. Ich dachte an ihren Körper, der sich straff und warm an den meinen schmiegte, und das Blut brauste mir durch die Adern wie Wein. Wie zufällig fiel meine Hand auf ihre nackte Schulter und zog sie ein winziges Stück nach vorn, so daß es ganz natürlich erschien, daß meine Lippen die ihren streiften. Sie widerstrebte nicht. Ihr Atem wurde vielmehr schneller, und sie stieß einen kleinen Seufzer aus. Diesmal preßte ich meine Lippen fest auf ihren Mund, und als sie die Arme um meine Schultern schlang, drückte ich ihren Körper an mich.

»Bitte«, flüsterte sie mir zu, »tu mir nichts an.«

»Ist es denn falsch, sich zu lieben?« fragte ich leise.

Sie antwortete nicht; meine Hand schob sich behutsam in ihr Gewand und legte sich auf das Rund ihrer nackten Brust.

Sie stieß einen leisen, leidenschaftlichen Schrei aus und begann mit gesenktem Kopf zu schluchzen. Als sich mein Kopf auf ihre Brust neigte, spürte ich, wie sie scharf zischend den Atem einzog und ihr Körper sich versteifte. »Nicht! Nicht!« rief sie. »Ich bin noch Jungfrau!«

Was hätte sie sonst sein sollen? Denn ihre Reinheit war es ja gerade, die mein Begehren so anstachelte.

Meine Lippen legten sich auf die ihren. Die Zeit für Gespräche war vorüber, und es gab auch eigentlich nichts zu sagen. Sie stöhnte und seufzte und wehrte sich, als läge sie in Agonie, dann erschlaffte sie in meinen Armen. Sie seufzte tief, und dann war es vorbei. Ich war enttäuscht und fühlte mich sonderbar leer. Als ich auf dieses Mädchen hinabblickte, das mir so unnahbar erschienen war, hatte ich das Empfinden, durch ihre tugendhafte Erscheinung irregeführt worden zu sein. Daß sie sich so leicht hatte erobern lassen, ernüchterte mich. Offensichtlich war ihre Jungfräulichkeit noch niemals ernsthaft in Gefahr gewesen.

»Ich liebe dich«, seufzte sie. »Ich liebe dich aufrichtig.« Sie sah mich an wie eine kranke Kuh. »Liebst du mich auch?«

Was wußte diese alberne Magd von Liebe? »Selbstverständlich liebe ich dich.«

»Gott sei Dank« rief sie aus. »Aber aus einer Heirat kann nichts werden, denn du hast Jesus Gefolgschaft geschworen.«

»Und du ebenfalls«, flüsterte ich ihr ins Ohr.

Ich richtete mich zum Sitzen auf, während sie, unter meinem Blick errötend, hastig ihre Kleider ordnete.

Sie legte mir ihren Finger auf die Lippen. »Wirst du auch niemandem etwas sagen?«

Die kleine Törin! Wem gegenüber hätte ich dies wohl erwähnen sollen? »Natürlich nicht. Niemand wird je etwas erfahren.«

»Danke, lieber Juda!« sagte sie. In ihren Augen stand ein exaltierter Ausdruck. »Es gibt nichts, überhaupt nichts, das ich nicht für dich tun würde. Ich liebe dich!«

Ich sah zu dem reichbeladenen Tisch hinüber.

»Würdest du mir ein Glas Wein einschenken?« Noch nie hatte ich mich so leer gefühlt.

Eifrig wie ein Kind sprang sie auf und brachte mir den funkelnden roten Rebensaft. Er wärmte mich und richtete mich wieder auf.

Ich war ungefähr eine Stunde dort gewesen und wollte gehen. Doch als ich aufstand, klopfte es an die Tür.

Ich sah den plötzlichen Schrecken in ihren Augen und verspürte selbst auch eine gewisse Unsicherheit.

Es klopfte abermals.

Ich ging zur Tür.

Draußen stand Pontius Pilatus.

»Du kannst gehen«, wandte er sich an das Mädchen.

Sie floh hinaus wie ein erschrecktes Reh und warf mir nur einen einzigen flehenden Blick zu.

Pilatus blickte an mir vorbei zum Ruhelager.

»Also, mein treuer Gottesjünger, wie ist es verlaufen?«

»Wir haben ein angenehmes Gespräch geführt.«

»Und habt von eurem Gott, vom ewigen Leben und von den edleren Dingen des Lebens gesprochen, von denen wir Barbaren nichts verstehen. Ist es nicht so?«

»Unser Gespräch war privater Natur«, antwortete ich grimmig.

»Du solltest lieber sagen: euer Verkehr.«

Ich spürte, wie mir das Blut stockte. »Ich verstehe dich nicht.«

Sein Blick wanderte zur Decke. »Sieh genau hin«, forderte er mich auf. »Du hast die Augen eines jungen Mannes.«

Mein Blick folgte dem seinen, und ich merkte, wie mir das Blut aus den Wangen wich. Mir wurde schwach, und ich konnte gerade noch sagen: »Hat die Dame Claudia . . .«

»O nein, das hätte ich ihr nicht zugemutet, obwohl ich ein vulgärer Römer bin und du ein kultivierter Jude.«

Unwillkürlich hob ich den Blick wieder zur Decke, zu den kleine, tupfenförmigen Öffnungen, welche den Plafond zierten.

»Durch diese Löcher«, erklärte er mir, »kann man alles beobachten, was in diesem Zimmer vorgeht.«

Der lüsterne Ausdruck auf seinem Gesicht ließ keinen Zweifel.

»Du hattest eine Lektion verdient«, stellte er fest. »Was immer wir sein mögen, Heuchler sind wir Römer auf keinen Fall. Wir nehmen uns, was wir wollen, und genießen es von Herzen. Du hältst Rom für verderbt, aber was ist mit dir, mein frommer Freund, der so überheblich von seinem Gott spricht und dann unschuldige junge Mädchen verführt?«

Sein boshaftes Gesicht trug immer noch den spöttischen Ausdruck.

»Du hast mich heute abend mein Essen gekostet, aber das macht nichts, es hat sich gelohnt. Und jetzt eile, zu tun, was dir aufgetragen ist. Und laß niemanden etwas merken. Denn keine Sorge, ich werde dich gut im Auge behalten.«

16

Das Abendmahl

»Wenn er fünftausend aus einem einzigen Korb speisen kann«, sagte ich zu Matthäus, »dann kann er alles.«

Genau wie mir schien es auch ihm unmöglich, daß es ein Trick gewesen sei.

»Ein oder zwei Menschen könnten vielleicht so schwachsinnig sein, sich so etwas einzubilden, nicht aber Tausende.«

Mit seinen Heilungen war es ganz etwas anderes, denn dabei gab es einfach keine Möglichkeit zur Suggestion. Die Blinden sahen, und die Lahmen wandelten, die Aussätzigen wurden gesund, die Besessenen ruhig. »Er hat mir«, berichtete dieser eingebildete Historiker, »von heilenden Vibrationen in der Atmosphäre erzählt, auf die man sich, so man es versteht, einstellen kann, um die Lebensenergie des Universums zur Anregung des Heilprozesses von Körper und Geist zu verwenden.«

»Aber bei ihm scheint es sofort und in allen Fällen zu wirken, während wir manchmal Erfolg haben und manchmal nicht. Wie kommt das?«

»Er schreibt es dem Glauben zu, der den Gott in uns mit der Gottesmacht draußen in Einklang bringt.«

Es war alles sehr verwirrend, aber ich hatte es immer wieder mit eigenen Augen gesehen, und das hatten die anderen auch.

Weitere Jünger hatten sich an der Diskussion beteiligt, ohne daß wir eine Antwort auf diese Frage gefunden hätten, als Jesus ins Lager zurückkehrte. Seine Augen funkelten vor Zorn.

»Was kann man von den Menschen erwarten, wenn meine eigenen Jünger so wenig Glauben an den Vater haben?«

»Ich habe den Glauben an den Herrn«, antwortete ihm Thomas, »und dennoch kann ich nicht auf dem Wasser wandeln wie du, Meister. Ja, ich versank sogar noch schneller als Petrus im Galiläischen Meer.«

»Es genügt nicht, zu sagen, daß man den Glauben hat. Beim wahren Glauben erreicht man das Verstehen von Gottes Naturgesetzen.« Er streckte die Hand aus, in der einige Samenkörner lagen. »Würde man meinen, daß diese Samenkörner, richtig gepflanzt und gewässert, zu einem Hain von Granatapfelbäumen heranwachsen? Aus anderen Samenkörnern werden Feigen, aus wieder anderen Datteln, Weizenfelder und so fort.«

Thomas sah ihn immer noch fragend an. »Aber, Meister, ein Granatapfelsamen wächst, wie jedes andere Samenkorn, in einem bestimmten Tempo, das man je nach dem Boden, nach der Menge von Sonnenschein und Regen, die er erhält, errechnen kann.«

Petrus hing noch seinen eigenen Gedanken nach.

»Aber, Meister, als ich dich auf dem Wasser wandeln sah, hatte auch ich das Gefühl, es dir nachmachen zu können. Doch mir mißlang es, obwohl ich den Glauben hatte.«

»Dein Glaube kam jedoch nicht von Gott; er kam daher, daß du einen anderen, dessen Glaube größer war als der deine, beobachtetest. Wir können unseren Glauben nicht auf andere übertragen, sondern nur das Samenkorn pflanzen und hoffen, daß es einen Platz zum Wachsen findet.«

Seine Wundertaten hatten viele Skeptiker überzeugt, die jedoch alle, da sie nur glaubten, was sie sahen, wenig von dem zu verstehen schienen, was er predigte.

Die Mutter von Jakobus und Johannes, durch seine Heilungen bekehrt, bat ihn, ihren Söhnen in dem himmlischen Königreich, von dem er sprach, die Ehrenplätze rechts und links von ihm zu gewähren. Er schalt sie freundlich; jene, die sich als erste nach vorn drängten, sagte er, seien oft die letzten, die auserwählt würden.

»Sorgt euch nicht so sehr darum, wohin ihr geht, sondern wie ihr lebt«, mahnte er, »und ihr werdet dort sein, wo Gott euch haben will.«

Das Passahfest in Jerusalem war ihm immer sehr wichtig gewesen, und dieses sogar noch mehr als sonst, denn es könne, wie er erklärte, das letzte sein, das er zusammen mit seinen zwölf Jüngern verbringe.

Als es ihnen nicht gelang, Jesus von Judäa fernzuhalten, beschlossen die Jünger mit einiger Dramatik, daß sie zusammen mit ihm dort sterben wollten. Thomas, der weniger Glauben besaß als die anderen, war der erste, der sein eigenes Martyrium ankündigte. Sogar Jesus, so ernst er zu jener Zeit auch war, mußte über diesen Maulhelden lachen.

»Es wird dir nichts geschehen, Thomas, denn du hast noch viele Seelen zu retten.«

Ich hatte Verständnis für sein Lachen, denn dieser Haufen von Galiläern zeichnete sich nicht gerade durch Tapferkeit aus. Einmal hatte ich eine Umfrage nach ihrer politischen Einstellung gemacht, doch alle außer den Brüdern Andreas und Petrus, Jakobus und Johannes teilten meine Meinung, daß der Meister den Aufstand gegen Rom führen solle. Nie allerdings konnte ich die anderen dazu bringen, meinen Worten die ihren hinzuzufügen.

»Er weiß, was er will«, sagte Matthäus, »und nichts, was einer von uns sagt, mit Ausnahme des Andreas, würde jemals etwas nützen.«

»Und wie ist es mit Johannes? Er scheint ihn sogar Andreas vorzuziehen.«

»Das ist nicht dasselbe«, erklärte Matthäus. »Johannes behandelt er wie einen Sohn oder einen jüngeren Bruder.«

»Und doch«, wandte ich ein, »spricht er davon, daß die gesamte Welt ebenfalls seine Familie sei.«

»In der Bedeutung, die er ihren Seelen beimißt. Trotzdem mögen wir manche Leute mehr als die anderen. Das ist nur menschlich.«

»Er ist nicht menschlich wie wir anderen.«

»Richtig, aber in seiner irdischen Rolle ist er immer noch ein Mensch, mit dem Körper und dem Geist eines Menschen.«

Normalerweise wären wir erst zwei bis drei Tage vor dem Passahfest nach Judäa gezogen, doch Jesus beschloß, zuvor noch einige Freunde aufzusuchen und einen bestimmten Ort für das Fest auszuwählen.

Und so erreichten wir, stets nur bei Nacht reisend, um den üblichen Troß von Neugierigen abzuschütteln, sechs Tage vor dem Fest die Heilige Stadt.

Wie immer, wenn er nach Jerusalem kam, kehrte Jesus zunächst bei Lazarus in Bethanien ein. Maria Magdalena und Martha waren überglücklich, ihn wiederzusehen, konnten ihre Besorgnis aber nur schlecht verhehlen. Nachdem sie es dem Meister bequem gemacht hatten, drängten sie mich, ihnen von meiner Zusammenkunft mit den Hohenpriestern zu erzählen.

»Hast du ihm etwas von dieser Vorladung gesagt?« erkundigte sich Maria Magdalena.

Ich zuckte die Achseln. »Ich hielt es nicht für notwendig.«

Marthas herzförmiges Gesicht nahm einen niedergeschlagenen Ausdruck an.

»Es gefällt mir nicht, wie er von seinem bevorstehenden Tod spricht.«

Maria hatte mich eindringlich gemustert. »Du hast ein Geheimnis, Juda. Das erkenne ich an der Art, wie du den Blick abwendest.«

»Das bildest du dir ein.«

»Wenn du Kenntnis hast von einem Schaden, den sie ihm zufügen wollen, und es nicht sagst, bist du ebenso schuldig wie jene, die sein Leben wollen.«

»Wer kann ihn töten, wenn er es nicht will?« rief ich erregt. »Hat er nicht euren Bruder aus dem Grab erweckt? Wie können sie ihn töten, für den der Tod nichts ist als ein Wort?« Ich trat ans Fenster und blickte auf die Straße hinaus. Unten drängten sich schon die Neugierigen, die gehört hatten, daß er Lazarus ins Leben zurückgerufen hatte, und nun sehnsüchtig darauf warteten, ihn sehen zu dürfen.

»Dieses Volk«, erklärte ich, »ist ein Zeugnis für seinen Triumph über den Tod.«

Maria ließ sich jedoch nicht ablenken. »Du weichst aus«, warf sie mir vor. »Was kam bei der Zusammenkunft, zu der sie dich in solcher Eile befohlen haben, zur Sprache? Ein Kurier wird nicht aus Höflichkeit geschickt.«

Ob man sie mochte oder nicht, Magdalena besaß tatsächlich einen sechsten Sinn, der sie klarsichtiger machte als die meisten anderen Menschen.

»Ich sage dir, es war nichts!« Ich wollte mich abwenden, doch sie hielt mich am Saum meines Gewandes fest.

»Du lügst!« zischte sie mir zu. »Du hast ihn verraten.«

Martha zuckte entsetzt zurück. »Unmöglich!« rief sie mit großen Augen. »Juda, sag mir, daß sie sich irrt.«

»Sie irrt sich«, antwortete ich seufzend. »Ich könnte ihn ebensowenig verraten wie ihr. Zu welchem Zweck denn auch?«

Maria aber gab nicht so schnell auf. »Weil du die meinst, daß dein Verrat an ihm deiner Sache zugute kommen würde.«

»Falsch«, versicherte ich abermals.

Zu meiner Erleichterung kam jetzt der Jünger Philippus herein, um sich nach Andreas zu erkundigen.

»Ein paar griechische Pilger haben von den Wundertaten des Meisters erfahren und möchten ihn auf ein paar Worte sprechen.«

Der Meister saß in seinem Zimmer, einem kleinen Raum auf dem Dach, wo er sich mit Lazarus unterhielt.

Er schüttelte den Kopf. »Ich habe nichts für diese Fremden, denn bald wird alles für mich gesagt werden. Die Stunde naht, da der Menschensohn in Gott verklärt werden wird.« Er schloß die Augen; seine Lippen bewegten sich in stummem Gebet. Und dann kam, obwohl keine einzige Wolke am Himmel stand, ein Donnerschlag, der das Haus erschütterte. Von der Straße drangen angstvolle Rufe herauf. Jesu Angesicht jedoch war so still wie das Meer nach einem Sommergewitter.

»Mein Vater hat mich gehört und gibt mir Mut. Denn meine Seele ist voll Angst, da die Stunde naht. Aber soll ich sagen: ›Vater, bewahre mich vor dieser Stunde‹, obwohl ich für diese Stunde und zu diesem Zweck gekommen bin?«

Es beunruhigte mich, daß er jetzt sprach wie andere Menschen. Denn wenn er wie andere Menschen war, dann war er auch so verletzlich wie diese.

Maria und Martha steckten die Köpfe zur Tür herein. Mit leuchtendem Antlitz winkte Jesus sie herbei. »Es freut mich, daß ihr beiden Frauen auch hört, was ich sage, denn ich liebe euch beide sehr für all die Freundlichkeit, die ihr mir entgegengebracht habt.«

Sie kamen näher, knieten nieder, und er sprach ein kurzes Gebet für sie.

»Ich bin als Licht in die Welt gekommen, auf daß jeder, der an mich glaubt, nicht in der Finsternis bleibt. So jemand meine Worte hört, sie aber nicht bewahrt, werde ich ihn nicht verurteilen; denn nicht um die Welt zu verurteilen bin ich gekommen, sondern um die Welt zu erretten.«

Das Timbre seiner Stimme verstärkte sich, und ein Leuchten trat in seine Augen.

»Mein Vater gab mir einen Auftrag, den ich an euch weitergebe. Und ich weiß: Sein Auftrag ist das ewige Leben.« Er blickte sich im Zimmer um. »Und er gab mir noch ein anderes Gebot für euch.«

»Und was für ein Gebot ist das, Meister?« fragte Petrus, der soeben das Zimmer betreten hatte und es mit seiner massigen Gestalt zu klein erscheinen ließ.

Jesu Blick wanderte durch den Raum und ruhte dann auf Magdalena. »Daß ihr euch untereinander lieben sollt. Tragt diese Botschaft des ewigen Lebens bis in die hintersten Winkel der Erde.«

Wir setzten uns früh zum abendlichen Mahl, denn es war ein anstrengender Tag für ihn gewesen, und er brauchte Ruhe. Lächelnd bediente uns Maria; die besten Stücke brachte sie dem Meister. Er aß nur wenig, und als er fertig war, hörten wir anderen ebenfalls auf. Martha ließ sich zu seinen Füßen nieder und betrachtete mit leuchtenden Augen sein Antlitz. Maria brachte kostbares Salböl, mit dem sie seine Füße salbte, und das überschüssige Öl wischte sie mit ihren langen, fließenden Haaren ab. Wie zuvor schon, dachte ich an das Geld, das der Verkauf dieses Öls eingebracht hätte, und was man damit hätte anfangen können.

»Warum wurde dieses Öl nicht verkauft und das Geld unter die Armen verteilt?«

Ich bemerkte den Ärger, der dem Meister im Gesicht geschrieben stand.

»Wirst du niemals lernen, Juda? Habe ich nicht gesagt, daß ihr die Armen immer bei euch haben werdet, mich aber nur eine kurze Weile? Laß sie nur, denn sie hat dieses Salböl für den Tag meines Begräbnisses aufgespart. Daher wird sie etwas übrig behalten, so daß noch eine beträchtliche Summe erzielt werden wird, die Andreas unter die Armen verteilen kann.«

Ich glaubte, nicht recht gehört zu haben.

»Andreas, Meister? Aber er ist nicht der Schatzmeister!«

Jesus lächelte geheimnisvoll. »Doch, Juda – Andreas. Denn du wirst dich bis dahin anderen Dingen zugewandt haben.«

Einen unbehaglichen Augenblick überlegte ich, ob er etwas von dem Plan ahnte. Ich hatte erwogen, mich ihm anzuvertrauen, aber ich hatte diese Augen vor Zorn blitzen sehen, und es wäre mir nicht angenehm gewesen, hätte sein Zorn mir gegolten. Es war später immer noch Zeit, ihm alles zu erklären.

Sowohl Andreas als auch Petrus warnten ihn, es sei gefährlich, zum Passahfest nach Jerusalem zu gehen. Er aber lächelte nur und antwortete, er sei nicht gekommen, Sicherheit zu suchen, sondern um Seelen zu retten.

»Soll ich meinen Kopf in der Kapuze verbergen und durch die Straßen schleichen wie ein Dieb?«

Er sprach bereits von seinem Tod, als wäre dieser unvermeidlich. »Weißt du nicht, Juda«, sagte er, als wir uns auf den Weg in die Heilige Stadt machten, »daß man nichts tun kann, den Willen des Vaters zu ändern?«

»Warum sprichst du so«, protestierte ich, »da du doch Macht über den Tod besitzt?«

Er schüttelte traurig den Kopf. »Nur durch sein Sterben kann der Menschensohn beweisen, daß es keinen Tod gibt.«

Das war zuviel, um auch nur den Versuch zu machen, darüber nachzudenken. »Ich verstehe nicht.«

»Du wirst verstehen«, antwortete er. »Noch vor den andern.«

Zwei Tage vor dem Passahfest erreichten wir Jerusalem und lagerten auf dem Ölberg oberhalb des Gartens Gethsemane und des Tempels.

Er machte keinen Versuch, seine Anwesenheit geheimzuhalten, sondern bewegte sich unter dem Volk, unbekümmert sowohl um finstere Blicke als auch um Ehrerbietung.

Wie gewöhnlich, saß er in der Halle des Salomo, und eine große Volksmenge versammelte sich um ihn. Ich sah die boshaften Gesichter von Ezra, Zadok und anderen, von denen ich wußte, daß sie Spione waren. Doch diesmal waren sie merkwürdig still.

Matthäus saß wie gebannt zu seinen Füßen, während ich die Stimmung der Menschen studierte. Sie verhielten sich, genau wie seine priesterlichen Widersacher, merkwürdig ruhig, lauschten ihm jedoch voller Respekt.

Er war selten in so guter Form gewesen.

»Wehe euch, Schriftgelehrte und Pharisäer, ihr Heuchler! Ihr versperrt den Menschen den Zugang zum Himmelreich. Weil ihr selbst nicht hineinkommt, laßt ihr auch die, die hineinwollen, nicht hinein. Ihr dreht und wendet alles nach euren eigenen bösen Zwecken. Ihr macht viel vom Tempelgold her, aber nichts vom Tempelgott. Ihr betet die Opfergabe auf dem Altar an, nicht aber das Symbol auf dem Altar selbst. Ihr besteht auf dem Zehnten in Gold und Rindvieh, übergeht aber die gewichtigeren Gebote des Gesetzes: das Recht und das Erbarmen und die Treue. Ihr blinden Wegführer, ihr seiht die Mücke und verschluckt das Kamel!«

Mir war bisher nie klar geworden, wie tief Jesus darunter litt, daß sie ihn ablehnten, und doch trug nur er allein die Schuld daran. Denn hätte er nur ihre Hoffnungen und Bestrebungen berücksichtigt, er hätte ihre ganze, volle Ergebenheit haben können.

»Jerusalem, Jerusalem«, rief er laut, »du tötest die Propheten und steinigst, die als Gottes Gesandte zu dir gekommen sind. Wie oft wollte ich deine Kinder zusammenholen, wie eine Glucke ihre Küken unter ihre Flügel sammelt, aber ihr habt nicht gewollt!« Seine Stimme bebte vor Bewegung.

»Seht diese Bauwerke, denen ihr so großen Wert beimeßt. Seht sie euch gut an, denn wegen eurer Frevelhaftigkeit wird hier kein Stein auf dem anderen bleiben, alles wird niedergerissen werden von dem Feind, den ihr verhöhnt.« Als Gemurmel in der Menge laut wurde, schüttelte er den Kopf. »All euer Leugnen hilft euch nichts. Und nun wird euer Haus veröden, denn der Weg des Missetäters ist niemals leicht.«

Ezras Miene war finster geworden, und ich sah, wie er andere ermunterte, den Prediger herauszufordern. In der Nähe sah ich Adam den Gerber sitzen, doch der Mann, der auf Ezras Aufforderung reagierte, war ein Judäer aus der Arbeiterklasse, dem Aussehen nach aber kein *Amharetz,* sondern ein Büroangestellter, dünn, blaß und nervös.

»Wie lange willst du uns hinhalten?« rief er. »Bist du der Messia, so sage es uns frei heraus, und wir werden dir gegen diesen Feind folgen, der unseren Tempel niederreißen will.«

Jesus schenkte ihm einen mitleidigen Blick. »Ich habe euch gezeigt, welche Werke ich im Namen meines Vaters getan habe, doch ihr habt nicht geglaubt, denn ihr gehört nicht zu meinen Schafen. Meine Schafe hören meine Stimme, und ich kenne sie, und sie folgen mir, und ich gebe ihnen das ewige Leben. Sie werden in Ewigkeit nicht umkommen, und niemand wird sie mir aus der Hand reißen können. Mein Vater, der sie mir gegeben hat, ist größer als alle, größer als der Tempel, als Rom und als die siebzig Völker, über die ihr triumphieren wollt.«

Der Mann sah ihn immer noch zweifelnd an. »Du sprichst wie ein König, handelst aber nicht so.«

»In meinem Reich, das auch das eure sein kann, sind ich und der Vater eins.«

Eine bestürzte Stille entstand, denn inzwischen wußten in Judäa alle, wen Christus mit seinem Vater meinte.

Genau wie in Galiläa, zeigten auch hier die Gesichter, daß er zuviel beanspruchte; denn wenn er sich als Gott gleichgestellt bezeichnete, warfen sie verstohlene Blicke um sich, als fürchteten sie, an seiner Lästerung teilzuhaben.

Er hatte Verständnis für ihre Unsicherheit.

»Ohne Gott bin ich nichts, doch mit ihm alles.«

Das aber begriffen sie nicht. Sie begriffen nie, obgleich viele, die den Mann von der Botschaft trennten, ihn noch immer wegen der vielen, die er geheilt hatte, liebten und ihm bis zum Tod beigestanden hätten.

Aus diesem Grund war ich von Ezras Verhalten überrascht. In der Hoffnung, Unruhe zu stiften, hob er einen Stein auf und schleuderte ihn auf den Meister. Der Stein streifte seine Wange, aber er trat der Menge furchtlos entgegen, genau wie an dem Tag, als er Maria Magdalena beschützt hatte. Andere beeilten sich, es Ezra nachzutun, denn Gewalt erzeugt immer Gewalt. Ehe sie jedoch ihre Steine werfen konnten, fuhr Jesus sie zornig an:

»Ich habe vielen von euch mit meinem Werk geholfen. Um welches dieser Werke willen wollt ihr mich steinigen?«

»Nicht um eines guten Werkes willen«, rief die Menge, »sondern wegen Gotteslästerung, weil du, ein Mensch, dich zu Gott machst!«

»Steht aber nicht in eurem Gesetz geschrieben, ihr seid nach Gottes Bild geschaffen und seid Götter? Soll ich euch deswegen steinigen?«

Nie hatte ich größeren Stolz auf ihn empfunden; denn jetzt, als er der Menge trotzte, zeigte er deutlich seine Führernatur.

Die Menge war still geworden und schien, obwohl noch verwirrt, vorerst einmal auf seiner Seite zu stehen. Nicht aber Ezra.

»Wir zweifeln nicht an deinen Werken, sondern an dem, was in dir wirkt«, ereiferte er sich. »Du bist ein Magier, und aus dir spricht der Teufel, denn wenn es Gott wäre, der aus dir spricht, würdest du dem Volk geben, worum es bittet.«

Christus musterte ihn verächtlich. »Wenn der Mensch Gott Befehle gäbe, und nicht Gott dem Menschen, dann besäße der Mensch Gottes Macht. Aber das ist nicht so.«

In seiner Wut bückte sich Ezra abermals zu dem Steinhaufen und schleuderte aus kurzer Entfernung einen weiteren Stein auf Christus. Dieser Stein verfehlte sein Ziel nicht, sondern traf ihn voll vor die Brust. Jesus schwankte einen Moment, fing sich aber schnell wieder. Seine Miene wurde so finster wie die Nacht, doch noch ehe er sprechen konnte, erhoben sich wilde Empörungsschreie in der Menge. Immer lauter wurde der Protest, und Ezras Miene nahm einen verblüfften Ausdruck an. Die Unberechenbarkeit der Volksmenge war ihm ein Rätsel. Durch seine feige, hinterhältige Tat hatte er Jesus zum Unterdrückten gemacht, und das Volk hatte mit Wut reagiert.

Matthäus stellte sich schützend vor Jesus; er meisterte die Situation gelassen.

»Ezra ist so an seine Parteigänger gewöhnt, daß er vergißt, wie viele unseren Meister noch verehren.«

So besorgt wir auch waren, wir warteten trotzdem gespannt auf Jesu Reaktion. Hatte er nicht immer wieder gesagt: »Wenn dich einer auf die rechte Backe schlägt, dem halte auch die andere hin!«?

Aber er war nicht in der Stimmung für Vergebung. Seine Augen blitzten. »Breit ist der Weg, der ins Verderben führt, und viele sind es, die ihn einschlagen. Doch schmal ist das Tor, und schmal der Weg, der zum Leben hinführt, und wenige sind es, die ihn finden, es sei denn durch mich.«

Die Menge wurde unruhig, und ich spürte, wie die Woge des Wohlwollens abebbte. Sein Anspruch auf gottgleiche Macht bereitete den Menschen Unbehagen.

Adam der Gerber stand auf, daß alle ihn sehen konnten. Mit verächtlichem Blick wandte er sich an Ezra und seine Schergen. »Es kümmert mich nicht«, sagte er, »ob er behauptet, Gottes Sohn, Bruder, Onkel oder Gott selbst zu sein. Jeder, der ihm ein Leid zufügt, wird mit mir und meinen schlagkräftigen Freunden zu rechnen haben.«

Seine Kumpane blickten sich höhnisch in der Menge um.

»Wir warten auf den Tag, da er uns gegen unsere Feinde führen wird, aber wir wissen nicht recht, welches der größere Feind ist, die Priester und Pharisäer oder die Römer. Denn nicht die Römer, sondern die anderen sind es, die uns alles verschließen außer diesem Hof, als wären wir Ungläubige, nicht Juden wie sie.«

Die Menge lachte über diese kluge Rede, und sogar die *Amharetzin* fielen in das Gelächter ein.

»Wer noch einen Stein wirft«, warnte der Gerber, »dem wird es schlecht ergehen, und sollte es Hannas persönlich sein.«

Jesus hatte sich die ganze Zeit passiv verhalten. Nun warteten wir alle auf eine Botschaft, die unsere Herzen bewegen würde; aber er sagte nur, was er uns schon so oft gesagt hatte:

»Selig sind, die Frieden schaffen: Sie werden Gottes Söhne heißen.«

Ich stöhnte auf vor tiefer Enttäuschung und sah auch auf dem Gesicht des Gerbers einen Ausdruck des Schmerzes.

Alle schlichen sich davon, und auch wir machten uns auf, denn was gab es noch zu sagen? An jenem Abend aber, am Lagerfeuer, wirkte Jesus, als halte er innere Einkehr, während er uns die Leiden und Heimsuchungen schilderte, die das Volk nach seinem Tod zu erdulden haben würde. Es schien fast, als könne er es nicht erwarten, von uns zu gehen, da er nicht erreicht hatte, was zu erreichen er gekommen war.

»Nach meiner Wiederkehr für kurze Zeit«, erklärte er uns, »werde ich im Himmel bei meinem Vater wohnen und für einige von euch einen Platz bereiten, denn nach mir wird man euch dem Leiden ausliefern und wird euch töten, und ihr werdet um meines Namens willen von allen Völkern gehaßt werden.«

Matthäus zeigte seine gewohnte Neugier.

»Und wird dies geschehen, bevor oder nachdem der Tempel Stein um Stein niedergerissen worden ist?«

»Von welchem Tempel sprichst du? Von dem, der den Geist des Menschen einschließt, oder von dem der falschen Priester?«

»Von dem, über den du uns vorhin sprachst.«

Er lächelte traurig. »Auch meine Jünger sorgen sich mehr um das Haus Gottes als um Gott selbst. Aber ich sage euch abermals, diese Zerstörung wird erfolgen wegen der Frevelhaftigkeit dieses Volkes, weil es ihn, der von Gott gesandt wurde, zurückgewiesen hat – aber nicht, ehe ihr alle zur Ruhe gebettet worden seid.«

»Sage uns«, bat ihn Matthäus nun, »wann werden diese Dinge geschehen? Und wird es ein Zeichen für das zweite Kommen und für das Ende der Welt geben?«

»Das Evangelium wird in der ganzen Welt verkündet werden allen Völkern zum Zeugnis. Und erst danach wird das Ende kommen. Die Verwüstung wird größer sein, als es je eine gegeben hat vom Anfang der Schöpfung bis jetzt. Würden diese Tage nicht abgekürzt werden, so würde kein Mensch gerettet. Doch um der Auserwählten willen werden jene Tage gekürzt werden.«

Petrus hatte mit großen Augen zugehört.

»Und wird all diese Zerstörung von einem Erdbeben kommen, Meister?«

Jesus schüttelte den Kopf. »Frag lieber, warum diese Zerstörung kommt.«

»Und warum?« fragte der Schlüsselverwalter.

»Weil der Mensch, sich selbst überlassen, das Gleichgewicht des Universums stört. Seine eigenen, aus Haß geschaffenen Waffen werden zur Ursache seines Untergangs. Die Luft, die er verschmutzt, wird die Kleider und die Muttermilch vergiften und das Kind krank machen.«

»Und woran wird der Mensch diese Zeit erkennen?«

»Wo das Aas liegt, da sammeln sich die Geier.« Ein Schatten fiel über sein Gesicht. »Doch fragt denn keiner, wann der Menschensohn wiederkehren und wie das sein wird?«

»Ich wollte dich gerade fragen«, behauptete Petrus.

»Gleich nach der Bedrängnis jener Tage wird die Sonne sich verfinstern und der Mond seinen Schein nicht mehr geben; die Sterne werden vom Himmel fallen und die Himmelsmächte erschüttert werden.«

Matthäus hatte aufmerksam zugehört. »Und dann, Meister?«

»Und dann wird das Zeichen des Menschensohns am Himmel erscheinen. Dann werden alle Völker der Erde in Wehgeschrei ausbrechen, wenn sie den Menschensohn auf den Wolken des Himmels herabkommen sehen mit Macht und großer Herrlichkeit. Und unter gewaltigem Posaunenschall wird er seine Engel aussenden, um seine Auserwählten von den vier Winden her zusammenzuführen, von einem Himmelsende bis zum anderen.«

»Und in welchem Jahr der Annalen Israels wird dies sein?«

»Jenen Tag oder jene Stunde kennt niemand, auch die Engel im Himmel nicht, selbst der Sohn nicht – nur der Vater allein. Denn wie es in den Tagen Noahs ging, so wird es mit der Ankunft des Menschensohnes gehen. Denn wie die Leute in jenen Tagen vor der großen Flut aßen und tranken, heirateten und nichts merkten, bis zu dem Tage, da Noah in die Arche stieg und die große Flut kam, die alle dahinraffte – so wird es auch bei der Ankunft des Menschensohnes sein. So seid denn wachsam, weil ihr nicht wißt, an welchem Tag unser Herr kommen wird, damit er nicht unvermutet komme und euch schlafend finde.«

Jesus hatte das Passahfest ursprünglich mit Lazarus, Martha und Maria verbringen wollen. Um jedoch zu vermeiden, daß man ihn ergriff, hatte er beschlossen, das letzte Abendmahl in Jerusalem einzunehmen, im Haus des Johannes Markus, den wir als

Markus kannten. Dieser Freund des Petrus war der Sohn des Markus David, eines reichen Pharisäers, der sehr großzügig für unsere Sache gespendet hatte.

Er änderte jedoch nicht nur den Ort, sondern auch die Zeit für das Festmahl, das er um einen Tag vorverlegte. Mose hatte im Gedenken an die Befreiung der Juden den vierzehnten Tag des ersten Monats Nisan für das Fest bestimmt, der in diesem Jahr auf einen Freitag fiel, den Anfang des Sabbat. Daher sollten wir das Passah am Donnerstag feiern, während sich Jerusalem erst darauf vorbereitete.

»Meine Feinde handeln schnell«, erklärte er mit ironischem Lächeln, »denn sie wollen nicht den Sabbat und das Passahfest dadurch entweihen, daß sie an diesen heiligen Tagen ihre Hände mit meinem Blut besudeln.«

Obwohl die Vorbereitungen für das Abendmahl schon getroffen waren, sandte der Meister noch Johannes und Jakobus aus. »Geht in die Stadt«, sagte er zu den Brüdern. »Dort wird euch ein Mann begegnen, der einen Wasserkrug trägt. Dem geht nach in das Haus, das er betritt, und sagt zu dem Hausherrn: ›Der Meister läßt fragen: Wo kann ich bei dir unterkommen, um mit meinen Jüngern das Passah zu essen?‹ Und er wird euch ein großes Obergemach zeigen, das mit Teppichen ausgelegt ist. Dort bereitet das Mahl!«

In der Nähe des Palastes des Kajafas sahen die Brüder einen grauhaarigen Mann mit einem Wasserkrug, der sie stumm zu einem Haus führte. Dort zeigte ihnen der Vater des Markus das Gemach.

Gewöhnlich hatte ich den zweiten Ehrenplatz zur Rechten Jesu inne, während Petrus links von ihm saß. Da ich diesmal jedoch zu spät erschien, entdeckte ich mit einem Gefühl leichter Übelkeit, daß Petrus meinen gewohnten Platz eingenommen hatte und Johannes auf dem Platz Petri saß, symbolisch dem Herzen des Meisters am nächsten.

Jesus bemerkte meine Unsicherheit sofort. »Nimm du den Platz neben Zelotes«, forderte er mich auf und deutete auf einen Platz ihm gegenüber.

Mir war unangenehm heiß geworden, und ich machte eine Bemerkung über die stickige Luft im Zimmer.

Andreas musterte mich neugierig. »Ich finde es kühl, doch wenn du möchtest, können wir die Fenster öffnen.«

Den ganzen Nachmittag lang hatte ich mit den Sadduzäern zusammengesessen und die Pläne für das Ergreifen Jesu bei Nacht ausgearbeitet, zu jener Zeit, da nur wenige in der Nähe sein würden. Sie meinten nämlich, er habe immer noch genügend Freunde, die einige Unruhe stiften könnten, wenn nicht sogar eine Demonstration veranstalten würden.

Jetzt blickte ich mich in meiner Unsicherheit am Passahtisch um, weil ich mein Gewissen erleichtern wollte, aber ich hatte hier nur wenige Freunde – abgesehen vielleicht von Simon Zelotes und dem Meister, den ich trotz allem, was sie über mich sagen mochten, lieb und wert hielt.

Es war das Fest der ungesäuerten Brote, ein Gedenktag an die Flucht Mose mit den Kindern Israels. Die dünnen, waffelähnlichen Oblaten standen hoch aufgehäuft auf dem Tisch, umgeben von den bitteren Kräutern, welche die Nachkommen jener Israeliten an den schweren Marsch von Ägypten bis ins Gelobte Land erinnern sollten. Es war reichlich roter Wein vorhanden, ein Symbol für das Blutopfer auf der Suche nach der Freiheit.

Jesus sprach den Segen und beschrieb dann, wie das Ritual es verlangte, mit kurzen Worten, warum dieser Abend sich von allen anderen unterschied. »Da wir alle Juden sind«, sagte er, »hat mich sehr danach verlangt, zum letztenmal bei euch zu sitzen und das Passah, das Fest des Vorübergehens, mit euch zu feiern. Denn wie ihr alle wißt, gingen die Engel zur Zeit Mose an den gekennzeichneten Häusern der Israeliten vorüber und suchten nur die Häuser der ägyptischen Untertanen des Pharao heim. Mit dem Menschensohn wird es anders sein. Denn an ihm wird der Kelch nicht vorübergehen, doch man wird auch in dieser Stunde keinen Fehl an ihm finden. Denn ich sage euch: Ich werde nicht mehr mit euch essen bis zur Vollendung im Reiche Gottes.«

Er nahm eine dünne Matze, die Mahnung an das ungesäuerte Brot, das in der Wüste gegessen worden war, sprach den Dank, brach sie mit seinen schlanken Händen, reichte die Stücke herum und sagte: »Dies ist mein Leib, der für euch und die Menschheit gegeben wird. Das tut zu meinem Gedächtnis.«

Dann trank er aus einem Becher Wein, sprach den Lobpreis, reichte den Becher an Petrus weiter und sagte: »Nehmt ihn und teilt ihn unter euch. Denn ich sage euch: Ich werde von jetzt an vom Gewächs des Weinstocks nicht mehr trinken, bis das Reich Gottes kommt. Aber dieser Becher ist auch der neue Bund, begründet durch mein Blut, das für euch vergossen wird.«

Er ließ den Blick frei um den Tisch wandern. »Trinket alle von diesem Blut, auch jener, der mich verrät. Denn er sitzt an diesem Tisch und bricht das Brot mit mir.«

Er schüttelte den Kopf über ihre Verwirrung.

»Ich sage euch abermals, einer von euch, der mit mir ißt, wird mich verraten.«

»Bin ich es, Herr?« riefen sie, einer nach dem anderen, und sogar Petrus und Johannes stellten die Frage.

Er brockte das Brot in eine Schale und sagte abermals: »Es ist einer der zwölf, die mit mir aus dieser Schale essen.«

Ich wagte ihn nicht anzusehen, denn wer konnte wissen, was er mit seinen unheimlichen Kräften erahnte?

»Der Menschensohn muß gehen, wie es geschrieben steht«, sagte er ernst. »Doch wehe dem Mann, von dem der Menschensohn verraten wird. Es wäre besser, er wäre nie geboren.«

Die anderen hörten nicht auf, einander forschend anzusehen, konnten sich aber nicht vorstellen, wer von ihnen es sein könnte, da sie ihm alle so nahe standen.

»Ich weiß, wer es ist«, sprach er zu ihnen, »und warum er es tut. Ich habe ihn gut gewählt, denn schon damals erkannte ich in ihm den Keim des Verrats. Mit Glauben jedoch hätte es nicht so kommen müssen. Dennoch mußte es getan werden, damit die Menschen bis zum Ende der Zeiten wissen, warum ich gesandt wurde. In meinem Tod werden sie meines Lebens gedenken.«

Ich meinte, alle Blicke seien auf mich gerichtet, doch als ich aufschaute, sah ich, daß alle den Meister anstarrten. Sogleich beteuerten einige ihre Loyalität, und dann begannen sie in ihrem kindischen Sinn darüber zu streiten, wer unter ihnen dem Meister am liebsten sei.

Jesus hörte eine Weile zu; dann schalt er sie: »Verdunkelt meine letzten Stunden nicht mit so lächerlichem Streit, wie die kleinen Machthaber, welche die Könige der Ungläubigen umgeben und ihnen die Stiefel lecken wie die Hunde, um sich ihre Zuneigung zu sichern. Wer unter euch der Größere sein will, der sei der Letzte und bediene die Jüngeren. Denn durch eure Werke verdient ihr euch einen Platz im Himmelreich.«

Petrus sah ihn mit betrübter Miene an.

»Ich bin dir immer treu gewesen.«

»Ja, mir, Petrus. Aber nicht dem Vater in mir. Der Teufel hätte dich längst geholt, hätte ich nicht darum gebetet, daß dein Glaube nicht schwindet. Denn ich weiß, daß du nach meinem Tod ein Fels für deine Brüder sein wirst.«

Petrus traten Tränen in die Augen. »Aber, Meister, ich bin bereit, mit dir in Gefangenschaft und Tod zu gehen.«

Ein trauriges Lächeln trat auf das Antlitz des Meisters. »Mein Tod wird die Feuerprobe sein, durch die ihr die Kraft findet, die in den dunklen Tagen der Zukunft von euch gefordert wird.«

Während ich bei all diesem Gerede von Tod unruhig auf meinem Platz hin und her rutschte, fiel Petrus vor dem Meister auf die Knie. »Ich schwöre bei allem, was heilig ist, daß ich dich nie verlassen werde.«

»Du vergißt, daß wir keine Schwüre ablegen. Doch heute noch, bevor der Hahn kräht, wirst du mich dreimal verleugnen.«

»Niemals!« rief Petrus voller Verzweiflung. »Lieber würde ich mein Leben hingeben!«

»Gib mir keine voreiligen Versprechen«, mahnte ihn Christus, »denn die sind leichter ausgesprochen als gehalten.«

Ernst wiederholte er uns nun die Ereignisse des Passahtages, da Gottes Engel alle Erstgeborenen Ägyptens töteten, die Häuser der

Juden aber verschonten, bevor der verängstigte Pharao die Kinder Israels unter der Führung Moses aus dem Land ziehen ließ.

Während Jesus aus dem Buch Mose vorlas, fragte ich mich, warum er, der so viel größer war als Mose, nicht ebensoviel für sein geknechtetes Volk tun wollte. Aber er war nie so herausgefordert worden wie Mose.

Er blickte auf und ertappte mich dabei, daß ich ihn anstarrte. »Hast du eine Frage, Juda?«

Ich spürte, daß alle Blicke auf mich gerichtet waren.

»Was würdest du sagen, wer größer ist: der Prophet, der dem Pharao trotzte und sein Volk aus der Knechtschaft führte, oder der Prophet, der sein Volk in der Sklaverei sah und keinen Finger rührte?«

»Der ist größer, Juda, der besser das Werk tut, für das Gott ihn gesandt hat.«

Sein Blick wanderte rings um den Tisch.

»Ich möchte euch aus den Psalmen vorlesen, denn was einen Menschen bekümmert, bekümmert alle, und was einen verwundert, verwundert alle. Hört also gut zu, auf daß ihr in den kommenden Jahren besser versteht.

»›O Herr, mein Gott, ich rufe um Hilfe bei Tage und schreie des Nachts vor dir. Denn meine Seele ist mit Leiden gesättigt und mein Leben dem Totenreich nahe. Schon zähle ich zu denen, die zur Grube fuhren, ich bin geworden wie ein kraftloser Mann. Unter den Toten muß ich wohnen, Erschlagenen gleich, die im Grabe liegen, deren du nicht mehr gedenkst. Ich rufe dich an, o Herr, allezeit, ich strecke meine Hände aus zu dir. Wirst du an den Toten Wunder tun? Können Schatten auferstehen, dich zu preisen? Wird deine Gnade im Grab verkündet und deine Treue im Abgrund?

Die mir nach dem Leben trachten, legen mir Schlingen, darum verlasse mich nicht, o Herr, o mein Gott, sei nicht ferne von mir. Eile mir zu Hilfe, o Herr, mein Retter.‹«

Während wir über diese Worte nachdachten, stand er vom Mahl auf, ließ sich ein Becken mit Wasser bringen, nahm ein Leinentuch und schlug es sich um. »Jetzt werde ich euch zeigen, was ich meine, wenn ich sage, die Höchsten sollen die Niedrigsten sein und der Meister solle sich dem Diener unterwerfen, denn in meinem Reich gibt es keinen Herrscher und keinen Beherrschten, sondern es sind alle gleichermaßen Gefährten des Herrn.«

Ohne Umstände kniete er vor Petrus nieder und sagte zu ihm: »Zieh deine Sandalen aus.«

Petrus sah ihn verwundert an. »Herr, *du* willst *mir* die Füße waschen?«

Jesus antwortete: »Was ich tue, verstehst du jetzt noch nicht, doch eines Tages werden jene, die nach dir kommen, eine Tradition daraus machen. Und wenn ich dich nicht wasche, gehörst du nicht zu mir.«

Petrus starrte ihn hilflos mit offenem Mund an.

»Herr, wenn es so steht, dann wasche mir nicht nur die Füße, sondern auch die Hände und das Haupt!«

»Es genügt, wenn ich nur deine Füße wasche, um dich ganz und gar rein zu machen. Einer aber ist unter euch, der wird nicht rein sein, und wenn ich ihn vom Kopf bis zu den Füßen wüsche.«

Die Apostel waren zutiefst beunruhigt.

»Wer ist es?« fragten sie ihn abermals, ohne zu merken, daß ich allein nichts gesagt hatte.

»Ich werde euch einen Hinweis aus der Schrift geben«, sagte er, seiner Neigung zum Mystizismus nachgebend. »›So spricht der Herr. Ich werde ein Feuer nach Moab schicken, und es wird die Paläste Keriots verschlingen, und Moab wird sterben mit Tumult, mit Geschrei und mit dem Klang der Trompete.‹«

Sie begriffen immer noch nicht, blickten alle von einem zum anderen und schüttelten die Köpfe. Ich machte es ihnen nach.

Und so gab er ihnen auf seine ironische Art einen weiteren Hinweis aus der Schrift.

»›Und ich sprach zu ihnen: Beliebt es euch, so gebt mir meinen Lohn, wo nicht, so laßt es bleiben. Da wogen sie mir meinen Lohn ab, dreißig Lot Silber. Der Herr aber sprach zu mir: Wirf ihn in den Schatz. Da nahm ich die dreißig Lot Silber und warf sie in den

Schatz im Hause des Herrn.‹«

An ihren verwirrten Mienen war leicht zu erkennen, daß sie nicht klüger waren als ich. Wie sollte man ihn verstehen? Selbst jetzt, da er seinen Tod nahe glaubte, konnte er noch mit Worten spielen.

Er ging im Gemach umher, begann mit Johannes und wusch alle, bis er zu mir kam. Er blickte mir offen in die Augen, und ich erschrak, denn nach all diesen Anspielungen auf seinen Tod kamen mir auf einmal böse Vorahnungen.

»Ich liebe dich!« beteuerte ich leise, aber heftig. »Ich bitte dich nur, wie jeder andere Patriot, daß du unseren Feinden entgegentrittst und uns befreist. Um mehr habe ich dich nie gebeten.«

Er seufzte. »Du verstehst immer noch nicht. Um deinetwillen wollte ich, daß es ein anderer wäre, da es aber nicht so ist, handle schnell, damit die alte Weissagung erfüllt werde.«

Ich weigerte mich, an seinen Tod zu glauben.

»Du kannst alles, was du willst.«

»Du hattest die Wahl ebenfalls. Was hast du damit getan?«

Geschickt trocknete er mir die Füße und streifte mir die Sandalen über.

Ich wiederholte, was Petrus schon gesagt hatte. »Ich bin dir auf meine Art treu gewesen!«

»Wäre es Gottes Art gewesen, Juda, wäre alles vielleicht anders gekommen. Dennoch muß die Weissagung mit den dreißig Lot Silber erfüllt werden.«

Die Jünger betrachteten uns neugierig, erstaunt über unser heimliches Gespräch.

»Und was hat das mit mir zu tun?« fragte ich ihn.

»Das wirst du erfahren, wie du vieles erfahren wirst.«

Jetzt stand er auf, legte sich wieder das Leinentuch um und kehrte an seinen Platz zurück. »Was ich für euch getan habe«, sagte er, »das sollt ihr nun auch füreinander tun. Denn ich habe euch ein Vorbild gegeben. Ich bin euer Meister, und der Diener ist nicht größer als sein Meister, noch ist der Meister größer als der, der ihn gesandt hat. Freuet euch also an diesem Gedanken, selbst wenn ihr die Füße der Niedrigsten wascht.«

Petrus blickte noch immer verwirrt und nachdenklich drein.

»Du sprichst von Verrat, und da du so sprichst, wirfst du Zweifel auf uns alle. Nenne uns den Verräter, damit wir ihn hinausjagen und uns von dieser Verseuchung reinigen können.«

»Ihr werdet es bald genug erfahren.«

Petrus gab sich jedoch nicht zufrieden, denn trotz seiner stumpfen Schwerfälligkeit war er von Neugier getrieben.

Hinter dem Rücken des Meisters stehend, winkte er Johannes, der in Christi Schoß lag, daß er ihm abermals die Frage stelle.

Johannes sah Christus in die Augen.

»Wer ist es, Meister? Wer ist dieser Verräter?«

Christus konnte ihm nichts verweigern. Doch er antwortete auf seine eigene Art. »Ich sage euch, meine Brüder, es hätte jeder von euch sein können. Aber trotz all eurer Schwächen war keiner von euch von seinen eigenen Wünschen so sehr besessen wie dieser eine. Ich erkannte ihn sofort an seinem glühenden Fanatismus. Er wollte weder Ruhm noch Geld, sondern die Rückkehr zu einer toten Tradition und die Eroberung eines fremden Volkes. Selbst jetzt erkennt er immer noch nicht, daß Gott das Leben eines Römers ebenso wert hält wie das eines Judäers.«

Ich hörte es voll Schrecken, denn er achtete überhaupt nicht meiner Gefühle und verstand nicht, was ich wollte – in meiner Liebe nicht nur zu meinem Land, sondern auch zu ihm.

Jetzt verlangten die anderen lärmend, er möge den Namen des Verräters nennen. Jesus nahm einen Bissen Brot und tunkte ihn in den Wein.

»Es ist der, dem ich diesen Bissen zureiche.«

Mein Herz setzte aus, um dann um so heftiger in meiner Brust zu schlagen. Abermals überfiel mich der Impuls, aufzustehen und alles zu erklären. Doch sein Blick hielt mich zurück.

Mit einer schnellen Handbewegung warf er den Brotbissen auf den Tisch. Er fiel vor mir nieder, aber ebenso auch vor Philippus und Thomas, die zu meinen Seiten saßen, so daß niemand sagen konnte, wem er galt.

»Der soll ihn nehmen, dem er gehört«, sagte Jesus ruhig dazu.

In dem entstehenden Schweigen rührte sich niemand. Dann winkte mich Jesus an seine Seite. »Was du tun willst, das tu bald«, flüsterte er.

Ich war wie gelähmt. Dann musterte er mich mit forschendem Blick. »Wenn wir hier fertig sind, werden wir uns in den Garten Gethsemane begeben, und dort, im Schatten der Ölpressen, werde ich mich für den Vater bereit machen.«

Die anderen, immer noch verwirrt, waren der Meinung, daß Jesus mich anwies, Einkäufe für den zweiten Abend des Festes zu machen. Anstatt jedoch sofort zu gehen, nahm ich meinen Platz wieder ein, denn ich wollte nicht auffallen.

»Dies soll mein Abschied an euch alle sein«, sagte er. »Euer Herz erschrecke nicht! Glaubt an Gott und glaubt an mich. Wir werden nicht lange voneinander getrennt sein, denn im Hause meines Vaters sind viele Wohnungen. Stünde es anders, würde ich euch gesagt haben: Ich gehe, um euch die Stätte zu bereiten? Und ich werde wiederkommen und euch zu mir nehmen, damit ihr seid, wo ich bin. Wohin ich gehe, dahin kennt ihr ja den Weg.«

Der arme ungläubige Thomas hob die Hand. »Herr, wir wissen nicht, wohin du gehst. Wie sollen wir da den Weg kennen?«

Jesu Augen brannten wie Feuer. »Ich bin der Weg, die Wahrheit und das Leben. Niemand kommt zum Vater denn durch mich.«

Auch Philippus schien besorgt.

»Herr«, sagte er, »zeige uns den Vater, so ist uns das genug.«

Jesus sah ihn voll Trauer an.

»So lange bin ich nun schon mit euch zusammen, Philippus, und noch immer kennst du mich nicht? Wer mich gesehen hat, hat den Vater gesehen. Wie kannst du da sagen: Zeige uns den Vater? Glaubst du denn nicht, daß ich im Vater bin und der Vater in mir? Die Worte, die ich euch sage, rede ich nicht von mir selbst aus. Der Vater, der in mir bleibt, tut seine Werke selbst. Glaubt mir doch wenigstens um jener Werke willen!«

Welch eine Ironie, daß sie an ihm zweifelten, während ich bedingungslos an seine göttliche Macht glaubte! Aber immer noch sprach er nicht davon, daß das Lamm Gottes von den Wolfsjungen Roms gerettet werden sollte. Darum stand ich auf, als keiner hersah, und ging hinaus. Im Tal der Entscheidung würden wir uns wiedersehen. Dessen war ich gewiß.

17

Die Gegenüberstellung

Endlich war die Konfrontation gekommen. In wenigen Stunden, noch vor dem Passah, würde die Welt die Macht Christi kennenlernen. Er war nicht immer ein friedfertiger Mensch. Ich hatte gesehen, wie seine Augen bei einer Ungerechtigkeit funkelten, und er hatte, dem Zorn der Römer trotzend, ihre Opfer von den Kreuzen herabgeholt, an die sie genagelt worden waren, weil sie Rom nicht den Tribut bezahlt oder einen römischen Soldaten geschlagen hatten, der mit ihren Frauen tändelte. Er würde seinem Volk doch noch ein Mose sein, obwohl er immer vom Sterben sprach. Er, der Lazarus hatte auferstehen lassen, konnte wohl auch selbst auferstehen. Sogar wenn er alles nur mit des Vaters Hilfe tat, würde dieser Gott, der Mose geholfen, die Ägypter mit Pestilenz und Wasserflut geschlagen hatte, seinen Sohn niemals im Stich lassen!

Ich sah keinen Grund für die umständlichen Vorbereitungen zu seiner Ergreifung. Dutzende von Tempelwachen waren zusammengerufen worden, und die Truppen des Pilatus standen alarmbereit. Eine Vielzahl von Leviten und Tempel-Sympathisanten wimmelten herum, die hinter uns herziehen sollten, um jegliche Opposition im Keim zu ersticken. Doch wer würde um diese Stunde schon dort sein, im einsamen Garten Gethsemane bei den verlassenen Ölpressen – wer außer Jesus und den Zwölfen? Was für Zwölfe? Unwillkürlich zuckte ich zusammen.

Der Zeitpunkt war gekommen, da Jesus sich zu erkennen geben mußte. Die Zeloten, die die Überfälle ausgeführt hatten, wurden überall gejagt wie die Hasen. Außerhalb von Jericho war ein Angriff auf eine Garnison zurückgeschlagen, die Verräter Cestus und Dysmas ergriffen und sofort an Kreuze genagelt worden. Denn Rom machte kurzen Prozeß mit Rebellen, ob es sich um einen edlen Brutus handelte oder um einen übelriechenden syrischen Juden. Außerdem hörte ich, daß beim selben Überfall auch bar-Abbas gefangengenommen worden sein sollte, aber für ihn hatte ich keine Träne.

Ich sah der Gegenüberstellung mit Zagen entgegen. Die Hohenpriester hatten dem verwachsenen Zwerg Zadok aufgetragen, mich zu begleiten, und er befahl dem Hauptmann der Wache, einem gewissen Malchus, dem bewaffneten Haufen voranzuziehen. Es war eine überwältigende Streitmacht für einen einzelnen friedfertigen Mann!

Kajafas erteilte mir letzte Instruktionen.

»Du gibst Jesus keine Warnung und bringst ihn stehenden Fußes in meinen Palast.«

Verwundert starrte ich ihn an. »Wie kann er dort vor Gericht gestellt werden, außerhalb der Gerichtsbarkeit des Tempels?«

»Der Tempel«, gab er hochmütig zurück, »ist dort, wo die Hohenpriester sind.«

»Aber werden wir um diese Stunde ein Quorum bekommen?«

»Wir kümmern uns um den Prozeß, kümmere du dich um deinen Auftrag, und zwar gut, sonst wird es dir schlecht ergehen.«

»Ist der Nasi benachrichtigt worden?« fragte ich ihn.

Kajafas erhob die Hand, als wolle er mir einen Schlag versetzen; die meine fuhr ebenfalls in die Höhe. »Ich bin nicht dein Diener!« rief ich empört. »Ich tue dies nur für Israel!«

»Für wen du es auch tust«, warf Hannas ein, »geh nun und bringe es hinter dich.«

Ich protestierte gegen die große Zahl der Männer, die zusammengerufen worden waren, um einen einzelnen sanften Mann zu ergreifen.

»Er hat den Teufel im Leib«, erwiderte Kajafas. »Und wer weiß, ob er nicht viele von ihnen hypnotisiert, so daß sie sich ihm anschließen? Hat er nicht die Volksmenge hypnotisiert, so daß die Leute glaubten, sie äßen Brot und Fisch, während es davon nur einen Korb voll gab?«

»Wir dürfen keine Zeit mehr verlieren«, drängte Hannas ungeduldig. »Mach dich auf den Weg, Mann, oder wir werden einen anderen nehmen und dich in Ketten legen lassen.«

»Ihr braucht mich immer noch als Zeugen!« rief ich.

Die Wachsoldaten trugen Laternen und Fackeln, einige waren mit Schwertern und Knüppeln bewaffnet. Ich wußte genau, wohin ich sie führen mußte, da ich viele Male im Garten Gethsemane gewesen war, und so entdeckte ich bald, während ich mit Malchus an meiner Seite dahinmarschierte, den Schatten einer einsamen Gestalt in der Nähe eines erlöschenden Feuers. Schon an der Silhouette erkannte ich, wer es war.

Als wir über das Lager hereinbrachen, wurde es plötzlich überall lebendig. Einer nach dem anderen rappelten sich die Jünger von ihren Betten aus Gras auf und zerrissen die Nachtstille mit ihren Alarmrufen. Der Hauptmann der Tempelwache spähte angestrengt in die Dunkelheit.

»Ich zeige ihn dir«, flüsterte ich. »Wen ich küsse, der ist es; den nehmt fest! Aber halte du ihn, damit deine Soldaten ihm kein Leid antun.«

Jesus stand ganz still, als habe er auf mich gewartet.

Ich beugte mich vor und küßte ihn auf die Wange.

Er warf mir einen Blick zu, daß mir die Knie zu Wasser wurden.

»Mein lieber Freund«, sagte er, »ich habe dich erwartet. Du siehst, ich habe den Brotbissen richtig geworfen.«

Ich war außer mir vor Schmerz. »Meister! Meister!« rief ich voll Kummer.

Dies aber nahmen sie zum Zeichen. Er jedoch hegte keinen Groll gegen mich, das merkte ich daran, daß er mir zuerst die Hand reichte; denn kein Jünger ergriff von sich aus die Hand des Meisters. »Tue, wozu du gekommen bist, und tue es schnell«, sagte er, denn er wußte, daß ich nicht aus Bosheit so handelte, sondern auf daß er etwas unternehme.

»Dies ist kein Verrat, Meister«, flüsterte ich ihm ins Ohr. »Vertraue mir. Denn wenn du nur deine Stimme für die Freiheit erhebst, werden dir immer noch alle folgen, sogar die Tempelwachen.«

Er wandte sich von mir ab. Im Licht zahlreicher Fackeln sah ich ihn mit blitzenden Augen die Menge mustern.

»Warum kommt ihr, als wäre ich ein Räuber? Tag für Tag saß ich doch im Tempel mit euch beim Gespräch, und ihr habt mich nicht verhaftet!«

Die Menge wich ein wenig zurück, und sogar die Soldaten sanken in ihrer Furcht auf die Knie. Einzig Malchus, der Oberdiener der Hohenpriester, schüttelte den Bann ab und trat mit erhobenem Schwert vor. Aus dem Dunkel jedoch stürzte eine hochgewachsene, kräftige Gestalt hervor und führte einen Streich gegen Malchus. Der Anführer der Tempelwache hob erschrocken die Hand ans Ohr, das nur noch an einem Faden hing.

Jesus aber strich mit der Hand über die Wunde, und das Ohr war wieder heil. Jetzt, da ich dieses Wunder sah, wußte ich noch sicherer als bisher, daß er alles konnte, was er nur wollte.

Niemand wagte, Hand an ihn zu legen, nicht einmal Malchus, der vor Erstaunen keinen Finger rührte. Fast wären sie mit leeren Händen zurückgekehrt, und was wäre das für ein triumphaler Sieg gewesen! Jesus aber wandte sich an Petrus, der zwischen ihm und den Soldaten stand, und sagte in scharfem Ton zu ihm: »Stekke dein Schwert in die Scheide, denn alle, die zum Schwert greifen, werden durchs Schwert umkommen. Oder meinst du, ich könnte jetzt meinen Vater nicht bitten, und er würde mir auf der Stelle mehr als zwölf Legionen Engel senden? Doch wie sollte ich dann erfüllen können, was zu tun ich gekommen bin?«

Solange der Ausgang der Festnahme noch unsicher schien, hatte sich Zadok unauffällig im Hintergrund gehalten; jetzt aber, da er bemerkte, wie schicksalsergeben Christus war, übernahm er energisch das Kommando. »Er ist nur ein Hypnotiseur, der euch mit seinen Tricks narren will. Ergreift ihn und seine Anhänger! Laßt keinen entkommen!«

Jesus rief Petrus und den anderen zu, sie sollten sich davonmachen. Und als Petrus zögerte, versetzte er ihm einen Stoß. »Du wirst mich verleugnen«, sagte er, »aber noch nicht jetzt.«

Die Jünger liefen um ihr Leben, doch Zadok griff geschickt nach einem der Fliehenden und bekam dessen Leinenhemd zu fassen. Nackt rannte der Jünger weiter, bis er nicht mehr zu sehen war. Es war Johannes, der Lieblingsjünger des Meisters.

Auf dem Marsch zum Palast des Kajafas flehte ich Jesus an, er möge wenigstens jetzt noch für unsere Sache eintreten. Er aber blickte unbeirrt geradeaus, und nur seine Lippen bewegten sich in stummem Gebet. Malchus, der sich immer noch voller Staunen das Ohr hielt, versuchte ein Gespräch mit dem Meister anzuknüpfen und hätte alles getan, worum ihn dieser gebeten hätte, aber Jesus schenkte auch ihm keine Beachtung.

Mit Tränen in den Augen kam Malchus zu mir. »Ich würde ihn befreien, wie immer es mir dann auch erginge. Denn er ist in Wahrheit der Sohn Gottes.«

»Keine Sorge«, beruhigte ich ihn. »Er kann sich selbst befreien.«

Malchus musterte mich zweifelnd. »Ich fürchte, es ist alles schon arrangiert.«

»Er kann alles, was er will«, versicherte ich ihm.

»Du kennst ihn besser. Sag mir, mit wem spricht er jetzt? Wer ist dieser *Abba?*«

»Sein Vater im Himmel. Warum fragst du?«

»Weil er ihn immer wieder anruft und leise sagt: ›*Abba,* wenn es möglich ist, so laß diesen Becher an mir vorübergehen. Doch nicht wie ich will, sondern wie du willst!‹«

Meine Stimmung hob sich wieder ein wenig. Denn ich nahm dies als ein Zeichen. Wer immer er war. Sohn Davids, Menschensohn, Messia, der Erlöser, Sohn Gottes oder König der Juden, er starb ebenso ungern wie wir anderen. Wie konnte er hoffen, die Welt zu verändern, wenn er nicht von dieser Welt war? Doch, es war eine ermutigende Nachricht, die Malchus brachte!

Auf dem ganzen Weg zu Kajafas' Palast folgte uns eine Menschenmenge, doch es waren gedungene Tempelanhänger, die dafür bezahlt wurden. Einigen von ihnen gelang es, sich in die Große Halle des Palastes hineinzudrängen, während die anderen draußen in der kalten Nacht warteten, bis sie davongeschickt wurden.

Hannas saß allein auf einem Podium. In der Gruppe davor entdeckte ich einige vertraute Gesichter: Ezra, Eleazar und Zadok. Doch weder Gamaliel noch Nikodemus oder Josef von Arimatäa waren zu sehen. Im ganzen Saal sah ich keine einzige freundliche Miene. Jesus wurde mit gebundenen Händen vor Hannas gestoßen, Kajafas stand nur wenige Schritte von ihm entfernt und musterte ihn mit finsterer Miene.

Mir gefiel diese Halle nicht; sie war riesig und kalt und nur mäßig beleuchtet, so daß die Schatten über die Marmorwände huschten und der Verhandlung eine düstere Atmosphäre verliehen. Als ich mich in der Menge umsah, entdeckte ich nur hier und da einen Pharisäer; die meisten waren Sadduzäer. Dennoch ergaben sie kaum ein Quorum, da mindestens zwei Drittel der Siebzig erforderlich, in dem Halbkreis vor den Priestern aber weniger als die Hälfte versammelt waren.

Als mein Blick auf die Zeugenbank fiel, sah ich eine vertraute Gestalt bei den anderen sitzen: schmutzig, zerzaust und in Lumpen gehüllt. Es war Josua-bar-Abbas; seine Hände waren gebunden, und er blickte wütend um sich. Lautstark forderte er, daß man seine Fesseln lösen solle. Ich hatte ihn längst am Kreuz vermutet. Auf ein knappes Nicken von Kajafas hin wurden ihm die Bande jedoch abgenommen, und er rieb sich die Handgelenke. Bemerkenswert, daß er so selbstsicher und zuversichtlich wirkte wie immer!

Ohne bar-Abbas zu beachten, näherte ich mich Kajafas, der eben ein Gespräch mit Hannas beendete, um bei ihm gegen das Fehlen des vorgeschriebenen Quorums zu protestieren.

Er stand steif und überheblich da.

»Willst du mir vorschreiben, was ich zu tun habe, du Lump?« schrie er mich an.

Meine Wangen brannten. Er sprach mit mir, wie Pilatus mit ihm zu sprechen pflegte.

»Ganz Israel wird sich über diese Ungerechtigkeit empören!« schrie ich zurück.

»Wir haben eine Versammlung des Besdin, des kleinen Gerichts, einberufen«, erklärte er mir verächtlich. »Dazu sind nur dreiundzwanzig Mitglieder erforderlich, die in Notfällen beschlußfähig sind.«

»Und was ist das für ein Notfall, der euch zwingt, eine so große Eile an den Tag zu legen und noch vor Sonnenuntergang mit ihm fertig zu werden?«

»Du bist als Zeuge vorgeladen, doch wenn du deine Zunge nicht wahrst, könntest du sehr schnell ebenfalls zum Angeklagten werden!«

Ich wagte einen kurzen Blick zu Jesus hinüber. Er schaute mit gelassener Miene um sich, als kümmere es ihn nicht, was da vorging.

Es war niemand da, der ihn verteidigt hätte, außer ihm selbst. Ich persönlich hegte auch einige Zweifel hinsichtlich meiner Zeugenaussage. Da Gamaliel nicht anwesend war, schien es klar, daß die Priester auf einen Schuldspruch aus waren.

Mit einem erleichterten Seufzer beschloß ich, nichts mehr zu tun, um die Gegenüberstellung zu komplizieren, sondern lediglich Aussagen zu machen, die ihn entlasteten.

Der Prozeß begann.

Der erste Zeuge war ein alter Mann, ein *Amharetz,* der aussah, als wäre er sein Leben lang gedemütigt worden. Er sah sich mit seinen farblosen Augen verschüchtert um und schien sich in sich selbst zu verkriechen, als der Vertreter der Anklage über ihn herfiel.

»Du hattest Schüttellähmung, behauptest du?«

»Mein Leben lang, Herr.«

Und plötzlich erinnerte ich mich an ihn. Es war in Jericho gewesen, vor mehr als einem Jahr. Ich war verblüfft, daß aus den vielen Heilungen ausgerechnet diese eine herausgesucht worden war.

»Und du behauptest, daß du geheilt wurdest?«

»Ich wurde geheilt.« Er streckte die Hände aus. »Siehst du, Herr – sie zittern nicht mehr.«

Hannas auf dem Podium machte ein finsteres Gesicht. »Beantworte die Fragen mit ja oder nein.«

»Ja, Herr.«

»Und wer hat diese sogenannte Heilung vollbracht?«

»Jesus von Nazareth.«

Der Alte nickte zu Jesus hinüber. »Dort steht er, der Heilige. So nahe, daß ich ihn fast berühren könnte.«

»Der Heilige?« Kajafas hob die scharfgebogene Nase. »Warum nennst du ihn so?«

»Nun ja, Herr . . .« Der Zeuge schluckte. »Er schien vom Heiligsten gesandt zu sein. So groß war seine Macht, daß sie nur von Gott kommen konnte.«

Hannas funkelte ihn böse an. »Beantworte nur die Fragen, Mann!«

Kajafas fragte mit seidenweicher Stimme: »Hat dieser Mann, dieser Jesus von Nazareth, selbst gesagt, daß er von Gott gesandt sei?«

»Er sagte nur, er tue Gottes Werke.«

»Antworte mit ja oder nein!« Die Stimme des Hannas war scharf wie die Schneide eines Messers.

Der Zeuge sah ihn verständnislos an. »Es ist weder ja noch nein«, antwortete er mit hilflosem Achselzucken.

»War es denn nicht Gotteslästerung, daß er sich so vertraut mit dem Heiligsten gab?«

»Nicht, wenn die Heilung durch Gott erfolgte. Und wie sonst hätte sie erfolgen sollen, Herr?«

An Kajafas' Miene war leicht abzulesen, daß er es schon bereute, diesen Zeugen aufgerufen zu haben. Und als er die Männer auf der Zeugenbank betrachtete, spürte ich, daß er einen schnellen Entschluß faßte.

»Ich entlasse diesen Zeugen, da wir noch weitere Zeugen haben«, wandte er sich an Hannas. »Einer davon ist Juda-bar-Simon, ein Jünger dieses Jesu und ein Spion des Sanhedrin.« Mir blieb das Herz stehen bei diesem Vertrauensbruch, der es so aussehen ließ, als habe ich Jesus für das Sanhedrin verraten, und der so gar nichts von meiner wahren Einstellung durchblicken ließ.

»Der zweite Zeuge«, fuhr Kajafas fort, »ist, wie er selbst zugegeben hat, ein Anführer der Zeloten, dazu ein Jünger dieses Jesus und außerdem ebenfalls ein Spion des Sanhedrin. Es handelt sich um Josua-bar-Abbas, der von den Römern versehentlich festgenommen wurde, während er sich auf geheimer Mission für das Sanhedrin befand.«

Also war er es die ganze Zeit gewesen! Jetzt wußte ich, auf welche Weise alle Schritte, die Jesus und seine Jünger unternahmen, dem Tempel zu Gehör gekommen waren. Auf welche Weise auch mein Kommen und Gehen vermerkt worden waren, von meiner Übernachtung bei Lazarus bis zu meinem Vorhaben, meine Mutter und Rahel zu besuchen.

Als ich Hannas ansah, wurde mir klar, daß alles bereits beschlossen war.

Er nickte flüchtig. Dann sagte er zum Vertreter der Anklage:

»Bevor du fortfährst, möchte ich diesem Zeugen noch ein paar Fragen stellen.«

Kajafas verneigte sich. »Wie du es wünschst.«

Der Alte schaute angstvoll auf.

Hannas' Blick bohrte sich in ihn hinein. »Du hast gesagt, diese Heilung sei durch Gott gekommen. Weißt du das ganz sicher?«

Der Alte blinzelte nervös.

»Nein, Herr. Nur, was sie gesagt haben.«

»Sie?« Hannas beugte sich eifrig vor. »Wer sind *sie?*«

»Da war noch ein anderer Mann, den Jesus Petrus nannte, und der sagte, daß nur der Christus, der Gesalbte, der Sohn Gottes tun könne, was Jesus getan hatte.«

»Und was sagte dein Jesus dazu?«

Selbst der Geschickteste trieb es gelegentlich zu weit.

»Er sagte, er tue nichts aus sich selbst. Es geschehe alles durch den Vater, und sie könnten im Glauben an Gott das gleiche tun.«

Ich sah, daß Kajafas' Gesicht lang wurde. Selbst ihn ließ die Würde dieses Alten anscheinend verstummen.

»Du kannst gehen«, sagte er beinahe freundlich.

Jetzt trat bar-Abbas, der doppelte Verräter, in den Zeugenstand. Für mich hatte er nur einen geringschätzigen Blick, dem Meister aber, der immer noch still und distanziert dastand, als gehe ihn dieser Prozeß nichts an, wagte er nicht ins Gesicht zu sehen.

Als ich jetzt diesen Schuft betrachtete, wirkte er so durchschaubar, daß ich nicht begreifen konnte, wieso ich ihn nicht sofort erkannt hatte. Der Meister hatte ihm zwar auch vertraut, aber der vertraute eben allen, denn er sagte, es sei besser, zu vertrauen und getäuscht zu werden, als beim Umgang mit anderen Menschen ständig auf der Hut zu sein.

Bar-Abbas stand furchtlos vor Kajafas.

»Du kennst diesen Jesus?«

»So gut, wie ich dich kenne.«

Der Vertreter der Anklage krauste die Stirn. »Du warst sein Jünger?«

»Das war ich, bis ich erkannte, daß er die Juden zum Aufstand aufwiegelte.«

Welch eine unverschämte Lüge! Fast hätte ich protestierend aufgeschrien.

»Hat er sich selbst als König der Juden bezeichnet?«

»Er sprach häufig von seinem Königreich, und ich vermute, daß er das damit meinte, denn alle wußten ja, daß der Messia gekommen war, um das Volk zu führen, und er nannte sich selbst den Messia.«

»Hast du erlebt, daß seine Predigten Gewalttätigkeiten auslösten?«

»In Galiläa war die Menge so stark erregt, daß sie unter großem Geschrei in Bewegung geriet und ihn an Ort und Stelle zum König gekrönt hätte, wäre er nicht zurückgewichen, weil er einige Soldaten unter dem Volk bemerkte.«

Wie manche Menschen doch die Wahrheit für ihre eigenen bösen Zwecke verdrehen können!

»Es heißt, er habe sich Gott gleichgestellt.«

»O ja, er hat ihn *Abba* genannt und behauptet, er und sein Vater seien eins. Aber daraus hat er kein Geheimnis gemacht; er hat es vor den Pharisäern im Tempel ausgesprochen.«

»Er behauptet, er könne, wie Gott, überall zugleich sein und sogar auf dem Wasser wandeln und den Wogen mit einem Wort Einhalt gebieten. Hast du solche Handlungen gesehen?«

»Nur gehört, wie er sich brüstete, das sei ein leichtes für ihn, denn Gott werde seinen Sohn nicht im Stich lassen.«

»Seinen Sohn!« Kajafas' Stimme hallte verächtlich durch den weiten Saal. »Hat er auch gesagt, wie Gott ihn gezeugt hat?«

»In einer Wolke, denn er sagte, er werde niemals sterben, sondern wiedergeboren und im Himmel gesehen werden.«

Kajafas warf dem Gerichtspräsidenten einen vielsagenden Blick zu. »Das ist Gotteslästerung – eindeutig! Was gäbe es noch weiter zu sagen?«

Hannas erwiderte den Blick gelassen.

»Unser Gesetz verlangt, daß zwei Zeugen die Anklage bestätigen und der Gefangene selbst gehört wird. Wir werden gerichtet nach der Art, wie wir über ihn zu Gericht gesessen haben.«

Mein Blick ruhte auf Jesus, in der Hoffnung, er werde sich nun endlich besinnen und den falschen Aussagen entgegentreten. Aber er wirkte immer noch desinteressiert. Zuweilen bewegte er in stummem Gebet die Lippen. Würde er doch seine Engelscharen herbeirufen, und wären diese doch dieselben, welche die Erstgeborenen der Ägypter getötet hatten!

»Juda-bar-Simon!«

Als mein Name aufgerufen wurde, trat ich vor und bemerkte, daß Jesu Blick sekundenlang auf mir lag. Er gab jedoch kein Zeichen des Erkennens.

Kajafas deutete mit langem Finger auf Jesus.

»Du warst einer der Zwölf, nicht wahr, der Elite, vor der dieser keine Geheimnisse hatte?«

»Er hatte vor niemandem Geheimnisse.«

»Das kann ich mir vorstellen.« Seine Stimme troff von Hohn.

»Hast du ihn für den Messia gehalten?«

»Daran bestand für mich kein Zweifel.«

Er krauste die Stirn. »Ist der Messia deiner Meinung nach der Befreier Israels?«

»Ganz sicher.«

»Und von welchem Unterdrücker sollte das Volk befreit werden?«

Ich erkannte die Falle sofort und entging ihr mühelos. »Von seiner eigenen Bosheit und Schlechtigkeit, damit es das Heil finde vor Gott im himmlischen Königreich, von dem er spricht.«

Ich lächelte über den Unmut, der sich auf Kajafas' Gesicht widerspiegelte.

»Du weißt sehr gut, daß der Messia der Weissagung zufolge dieses Volk über siebzig andere triumphieren lassen soll. Wie kann dies aber im Himmel geschehen? Versuche nicht mit mir zu spielen!«

Ich zuckte die Achseln. »Wenn er nicht der Messia ist, kann er nicht der Befreier oder auch der König der Juden sein.«

Als ich aufblickte, entdeckte in in Jesu Augen einen Schimmer von Interesse.

Kajafas war dunkelrot geworden, auf einen warnenden Blick von Hannas jedoch nahm er sich sofort zusammen.

»Du hast ihn sagen hören, er werde den Tempel, der mit den Händen erbaut worden ist, zerstören und in drei Tagen ohne Hände wiederaufbauen, nicht wahr?«

Seine Stimme dröhnte durch den Raum, und wie auf ein Stichwort erhob sich ein Gemurmel unter der widerwärtigen Tempel-Anhängerschaft.

»Ist es nicht Gotteslästerung, wenn er davon spricht, den Tempel zu zerstören und in drei Tagen wiederaufzubauen, ein Bauwerk, an dem zwei Generationen gearbeitet haben?«

»Der Tempel, von dem er spricht, ist nicht der Tempel, von dem du sprichst. Er spricht von seinem Leib, der, wie unsere Väter uns ermahnen, der Tempel des Geistes und der Seele ist.«

Kajafas zog ungläubig die Brauen empor. »Davon spricht er,

und du nimmst keinen Anstoß daran? Wie will er diesen Leib in drei Tagen erschaffen? Selbst sein Vater brauchte länger, um den Menschen zu erschaffen.«

Ich sah das boshafte Lächeln in den Augen von Zadok, Ezra und den anderen Mitgliedern des Tribunals.

»Er spricht von dem Glauben, mit dem auch die Pharisäer vertraut sind, daß der Mensch nach dem Tod wiedergeboren und im Himmel wohnen wird, bis Gott beschließt, daß er zur Erde zurückkehren soll.«

Zwar hatten die Sadduzäer nichts für die Wiedergeburt übrig, doch Kajafas war viel zu schlau, diesen Glauben vor den wenigen Pharisäern in dieser hastig zusammengerufenen Sitzung herabzuwürdigen. Dennoch versuchte er, wie üblich, alles, was gesagt worden war, zu seinem eigenen Vorteil zu verdrehen. »Wie kann er dann aber seine eigene Wiedergeburt in so kurzer Zeit bewerkstelligen, wenn er nicht Gott ist?«

Wie verschlagen diese Priester doch waren!

»Er sprach, wie so oft, rein symbolisch.«

Er hatte es sorgfältig vermieden, mich nach dem Geschehnis selbst zu fragen, da Jesus die ihm von bar-Abbas angebotene Krone abgelehnt hatte. Denn das hätte der Aussage des Verräters widersprochen und sie wahrscheinlich zunichte gemacht.

Ich sah fragend zu Hannas auf. »Darf ich ein paar Informationen hinzufügen?«

Seine schwarzfunkelnden Augen glichen denen eines Reptils. »Beantworte nur, was du gefragt wirst. So ist es der Brauch.«

Obwohl ich nichts gesagt hatte, was Jesus schaden konnte, schien Kajafas mit meiner Aussage zufrieden zu sein. Ich sah, wie der Richter ihm einen Blick zuwarf und der Ankläger nickte.

»Du bist vorläufig entlassen«, wandte sich Kajafas wieder an mich. »Wir rufen nunmehr den Angeklagten.«

Zorn wallte in mir auf, als ich sah, wie grob sie Jesus in den Zeugenstand stießen. Er machte keine Anstalten zum Widerstand und schien auch nicht empört über diese schnöde Behandlung. Wenn er nur einmal in Wut ausbrechen und sich endgültig gegen seine Peiniger wenden würde!

Kajafas grüßte ihn mit spöttischer Unterwürfigkeit.

»Du bist Jesus von Nazareth?«

Der Meister bewegte kaum merklich den Kopf.

»Du stehst unter Anklage der Gotteslästerung wegen deiner Lehren, eine Straftat, die nach unserem Gesetz mit dem Tod geahndet wird. Deine Jünger schreiben dir eine Weisheit und ein Wissen zu, das alle großen Lehrer Israels übertrifft, darunter den verehrten Gamaliel und Ezra. Was hast du zu dieser Beschuldigung zu sagen?«

Jesus betrachtete ihn gelassen. »Ich habe der ganzen Welt gegenüber offen gesprochen. Ich habe stets in der Synagoge und im Tempel gelehrt, wo die Juden zusammenzukommen pflegen. Und ich habe nie etwas im geheimen gesagt.«

»Du bist keiner Geheimlehre angeklagt, sondern der Verhetzung des Volkes, der *Amharetzin*, und deiner eigenen Jünger, die wiederum andere mit Lügen und Täuschungen über deine Größe irregeführt haben.«

»Ich beanspruche für mich keine Größe, nur für das, was der Vater groß macht. Doch warum fragst du mich nach dem, was ich sagte? Frage jene, die mich gehört haben, sie können dir sagen, ob es die Wahrheit ist, die du willst.«

Kajafas richtete sich vor Wut hoch auf. »Du wagst es, in diesem Ton mit mir zu sprechen?«

Er machte eine Handbewegung, und einer der Tempelwachen, der nahe bei Jesus stand, schlug ihn ins Gesicht. »So spricht man nicht mit dem Hohenpriester!« schrie ihn der Mann an.

Ich wollte aufgebracht vorwärtsstürzen, doch eine Wache hielt mich zurück. »Verhalte dich ruhig«, warnte er mich, »sonst wird es dir schlecht ergehen.«

Jesus wahrte Haltung.

»Wenn ich schlecht gesprochen habe«, sagte er sanft, »dann gib Zeugnis von diesem Schlechten und lasse es gegen mich zählen. Doch wenn ich gut gesprochen habe, wie ich glaube, warum hast du mich dann geschlagen?«

»Du bist nicht hier, um Fragen zu stellen«, herrschte ihn Kajafas unwirsch an, »sondern um sie zu beantworten. Du gibst dich recht hochfahrend für einen schlichten Zimmermann aus Galiläa. Und jetzt sage mir, wer du zu sein behauptest.«

»Ich behaupte gar nichts, es sei denn, in des Vaters Namen. Denn wie sogar du sein kannst, so bin ich.«

Kajafas verschränkte die Arme. Man sah ihm an, daß er meinte, Jesus spiele nur mit ihm.

»Deine Jünger nennen dich den Gesalbten, den Christus, den Sohn des Hochgepriesenen. Wie kann dies sein, wenn du dich nicht selbst so genannt hast?«

Jesus gab seinen Blick schweigend zurück; er schien durch den Vertreter der Anklage hindurchzusehen.

Kajafas wirkte einen Moment unsicher; dann wurde er wütend.

»Ich beschwöre dich bei dem lebendigen Gott – sage uns, ob du der Messia bist, der Sohn Gottes!«

»Wenn ich es dir sage, wirst du mir nicht glauben«, antwortete Jesus schlicht. »Und wenn ich dich fragen würde, würdest du mir nicht antworten und mich auch nicht gehen lassen, ganz gleich, was ich antworte.«

»Ich weiß nur, daß du behauptet hast, der Sohn Gottes zu sein.«

Jesus stand stolz aufgerichtet und ruhig da. »Das hast du gesagt, nicht ich. Dennoch sage ich, von jetzt an werdet ihr den Menschensohn zur Rechten der Allmacht sitzen und auf den Wolken des Himmels kommen sehen.«

Ein triumphierendes Lächeln stahl sich auf das böse Gesicht. »Dieser Mann hat seine Gotteslästerung mit eigenen Worten bestätigt. Was brauchen wir nun noch Zeugen, da wir ihn jetzt eben selber gehört haben?«

Da zerriß Kajafas seine Kleider, um die traditionelle Trauer über eine eingestandene Gotteslästerung zu bekunden.

»Er schämt sich nicht, sondern gesteht es uns ins Gesicht!«

Nur eine einzige Stimme wurde zum Protest erhoben, und die war mir vertraut. Nikodemus war zu spät gekommen und sah die Vorgänge nun mit grimmiger Miene.

»Unser Gesetz verurteilt keinen auf sein eigenes Geständnis hin zum Tode!« rief er. »Ihr dürft diesen Unschuldigen nicht verurteilen, denn mit dieser bösen Tat werdet ihr Israel auseinanderreißen.«

Jetzt ließ Hannas jeden Anschein von Unparteilichkeit fallen. »Er wurde wegen Ausübung der Hexerei und Anstiftung Israels zum Abfall vom Glauben verhaftet, und außerdem ist er ein falscher Prophet, der nach den Büchern Mose den Tod verdient. Wenn wir ihn gewähren lassen, werden mit der Zeit alle Menschen an ihn glauben, und die Römer werden kommen und uns unser Land wie unser Volk nehmen.«

»Ihr denkt an euch, nicht an das Volk!« entgegnete Nikodemus erregt. »Sonst würde dieser Prozeß nicht heimlich bei Nacht abgehalten, als wäret ihr eine Diebesbande.«

Sie wollten Hand an ihn legen, aber Nikodemus floh aus dem Palast, denn er sah ein, daß er nichts mehr ausrichten konnte.

Der Prozeß war ein Hohn auf die jüdischen Gesetze. Und die Abstimmung dauerte nicht lange. Es bedurfte lediglich einer Mehrheit von zwei Stimmen. Wie vorauszusehen, erfolgte das Urteil einstimmig. Niemand dachte daran, die jüngeren Mitglieder zuerst stimmen zu lassen, wie es der Brauch war, damit sie nicht von den älteren beeinflußt wurden.

Sie nahmen sich nicht einmal Zeit zu einer Beratung. »Tod! Tod! Tod!« Es klang fast wie ein Chor. Und jedesmal, wenn dieses Wort ertönte, spürte ich einen Klumpen in meiner Kehle. Nicht »schuldig«, sondern »Tod« stimmten sie, obwohl sie das Urteil nicht selbst vollstrecken konnten. Hätte das auch in ihrer Verantwortung gelegen, wären sie bei ihrem Schuldspruch vielleicht etwas vorsichtiger gewesen.

Das Ergebnis der Verhandlung schien Jesus nicht zu berühren. Als man ihm, dem Verurteilten, die Augen verband, um ihn vor Pilatus zu führen, wehrte er sich nicht. Mein Blick suchte flehend den seinen, doch er schien es nicht zu bemerken. Er ließ alles mit sich geschehen. Ich aber wollte es nicht zulassen.

Als sie sich bereit machten, Jesus davonzuführen, fiel mir ein, was mein Vater und Gamaliel mir über die jüdische Gerechtigkeit gesagt hatten, und ich trat rasch vors Tribunal, ehe es sich auflösen konnte. Die Männer starrten mich ungläubig an.

»Wenn auf Todesstrafe erkannt wird«, rief ich, »hat der Verurteilte das Recht auf Berufung. Innerhalb von vierundzwanzig Stunden muß eine zweite Verhandlung angesetzt werden, bei der seine Freunde Beweise für seine Unschuld vorlegen können.«

Kajafas hätte die Wachen auf mich gehetzt, wurde durch einen Blick von Hannas jedoch zurückgehalten.

»Tritt vor!« befahl er mir kurz.

Als ich mich dem Podium näherte, langte er unter den Tisch und holte einen Beutel hervor.

»Da, nimm dies!« sagte er. »Es gehört dir.«

Zögernd streckte ich die Hand nach dem Beutel aus. Er war schwer, und es klimperte darin.

»Du mußt doch wissen, was er enthält. Du hast schließlich den Geldbeutel dieser Bande von Bettlern verwaltet.«

Unvermittelt wurde mir klar, was der Beutel enthalten mußte.

Ich zuckte zurück. »Ich will ihn nicht!«

»Nimm ihn!« befahl er. »Es ist der Preis für deinen Dienst, die traditionelle Bezahlung für Informationen, die zur Verurteilung eines Volksfeindes führen.«

Er zerrte mich am Arm. »Zähle es gut. Es sind dreißig Silberstükke.«

Schaudernd warf ich einen Blick auf Jesus. Ein leichtes Lächeln spielte um seine Lippen, als erinnere er sich der Worte, die er erst wenige Stunden zuvor gesprochen hatte.

»Eile dich!« fuhr Kajafas mich an. »Das Passahfest bricht an, während du dich noch an deinem Lohn erfreust.«

»Ich will ihn nicht!« rief ich verzweifelt. »Nehmt mir diesen Beutel ab!«

»Dir bleibt keine Wahl«, antwortete Hannas. »So lautet das Gesetz. Steck es in den Beutel zu dem Geld, das du für den Sohn Gottes gesammelt hast, und höre auf, dich mit diesem Gerede von Berufung rechtfertigen zu wollen.«

Ich hätte vor Scham weinen können, denn ganz gleich, wie es aussah – ich hatte keinen Verrat begangen. Jesus konnte sich immer noch vor Pilatus retten, das wußte ich; wenn er nur einmal daran denken würde, wie viele Menschen ihre Hoffnung auf ihn gesetzt hatten. Ich wandte mich zu ihm um, doch seine Augen waren bereits verbunden, und er konnte nichts mehr sehen.

Und so machten wir uns für Pilatus bereit. Auf dem Weg dorthin spien die Häscher Jesus ins Gesicht, schlugen ihn und riefen in ihrer Verirrung: »Da du ein Prophet bist, weissage uns, wer dich geschlagen hat!« Er wich nicht zurück, noch wischte er sich den Speichel vom Gesicht.

Als wir den Palast verließen, wobei Jesus vor uns hergestoßen wurde, sah ich im Schatten Petrus lauern, und gleich darauf krähte im grauen Morgenlicht ein Hahn. Petrus hatte es auch gehört; ein gequälter Ausdruck trat auf sein Gesicht. Verzweifelt raufte er sich das Haar und lief davon. So sah ich zum letztenmal den Bewahrer der Schlüssel, ihn, den sie den Felsen nannten.

Der Zug bewegte sich rasch durch die Straßen, die gerade zu erwachen begannen. Mit uns zogen dieselben Leviten wie zuvor und noch einige mehr, damit die Anzahl eindrucksvoller war. Jesus trug keine Sandalen, seine Füße bluteten von dem rauhen Pflaster, aber sie wollten nicht anhalten und duldeten auch nicht, daß ich ihm meine Schuhe gab.

»Er ist der König der Juden«, höhnten sie, »soll er marschieren wie ein König.«

Er hätte alles in Sekundenschnelle beenden, hätte sie beruhigen können wie die Wogen des Galiläischen Meeres, ja, er hätte verschwinden können, wie er es damals getan hatte, als ihn die Menge allzu sehr bedrängte. Aber immer noch tat er nichts.

Bisher wußten nur wenige in Jerusalem von Jesu Verurteilung, denn als es heller wurde, verbarg man ihn vor den Blicken der Neugierigen, so daß unser Zug wirkte wie jede andere von Kajafas und Hannas angeführte Prozession.

Die Wachen hatten Pilatus benachrichtigt; er erwartete uns mit seinem Gefolge vor dem Prätorium nahe dem Eingang zu seiner

Festung. Wie immer lag Spott im Blick seiner flinken Augen und ein Hohnlächeln um seine schmalen, blutleeren Lippen. Mit seiner Hakennase wirkte er wie ein Falke, der sich auf seine Jagdbeute stürzen will.

Neugierig blickte er über die Menge hin, nickte kurz den Hohenpriestern zu, musterte mich spöttisch, und dann sah ich, wie seine Miene hart wurde. Sein Blick war auf den schmutzigen, zerlumpten bar-Abbas gefallen.

»Bringt diesen dort nach vorn!« rief er.

Bar-Abbas wurde auf den Platz zwischen den beiden Priestern geschoben.

Pilatus' Gesicht wurde finster. »Dieser Mann ist ein zweifacher Verräter! Der Tod durch Kreuzigung ist zu gut für einen, der Rom verrät!«

Hannas hob beschwichtigend die Hand.

»Es scheint nur so«, erklärte er. »Bar-Abbas hat uns gut gedient, und ohne diesen Mann hätten die Zeloten den römischen Einrichtungen weit mehr Schaden zugefügt. Es gab keinen Schritt, über den er uns nicht unterrichtet hat.«

Pilatus' Miene war immer noch grimmig. »Er führte Überfälle auf unsere Männer in Jericho und anderswo an.«

»Nur um den Schein zu wahren. Hätte er in seinem Eifer nachgelassen, hätte man ihn lange zuvor verdächtigt.«

Wie verächtlich, dachte ich, diese Hinterlist und Falschheit, mit der er unsere geheimen Pläne aus uns herausgelockt hat!

»Warum tretet ihr für ihn ein?« fragte Pilatus.

Sekundenlang wand sich Hannas. »Weil es uns in diesem Land der Unzufriedenen und Verräter schlecht ergehen würde, wenn wir Männer wie bar-Abbas entmutigten.«

Pilatus erwog dies einen Moment. Dann sagte er, als gäbe es gar keinen bar-Abbas: »Und was wollt ihr mit Jesus von Nazareth?«

»Wir haben ihn der Gotteslästerung für schuldig befunden und zum Tode verurteilt.«

»Und nun kommt ihr zu mir, damit ich dieses Urteil bestätige. Aber Lästerung gegen wen?«

»Gegen den Gott Israels.«

Als Pilatus die Achseln zuckte, erkannte ich abermals, wie sehr er es genoß, die Juden zu verhöhnen. »Wie kann er das Unsichtbare lästern? Meinen Gott, den unüberwindlichen Tiberius, habt ihr gesehen, den euren aber hat niemand gesehen. Wie kann man sich also gegen ihn versündigen?«

»Er nennt sich Gottes Sohn und war als solcher bereit, einen Aufstand gegen die Regierung anzuführen.«

»Nun, das ist etwas anderes.« Seine Miene wurde ernst, als wäre ihm das alles neu.

»Wir haben ihn der Volksverhetzung schuldig befunden, denn er hat den Leuten, vor allem den *Amharetzin,* verboten, Steuern an Rom zu zahlen, und behauptet, er sei der Messia, der König der Juden.«

Pilatus klatschte in die Hände. »Bringt den Gefangenen nach vorn!«

Ein Pfad öffnete sich in der Menge, und Jesus wurde mit gebundenen Händen grob von den Wachen vorwärtsgestoßen.

Nie hatte ich größeren Stolz auf ihn empfunden als in diesem Augenblick.

Die Binde war ihm von den Augen genommen worden; er stand hoch aufgerichtet da. Selbst in seinem schlichten Gewand besaß er eine Majestät, neben der die anderen gewöhnlich wirkten. Vor dieser erhabenen Würde erstarb das Hohnlächeln des Pilatus.

»Du bist der König der Juden?« fragte er ihn.

Jesus gab seinen Blick ruhig zurück. »Das sagst du.«

»Man sagte mir, du seist der Sohn dieses unsichtbaren Gottes, den die Hebräer anbeten.«

Jesus antwortete nicht.

Pilatus wiederholte die Frage.

»Sagen dir das die anderen, oder weißt du das aus eigenem?« ragte ihn Jesus sanft.

»Bin ich ein Jude, daß ich dies aus eigenem wissen könnte? Man bringt dich zu mir, gebunden wie ein gefährlicher Verbrecher, daher muß ich annehmen, daß du etwas getan hast, das diese Behandlung erforderlich macht.«

»Sie verfolgen mich aus ihren eigenen Gründen.«

Pilatus lächelte; der Blick seiner dunklen Augen züngelte wie eine Kobra zwischen den beiden Hohenpriestern hin und her.

»Und warum sollten sie das tun?«

»Weil ich vom himmlischen Königreich spreche, während sie nur von dieser Welt sind.«

Pilatus' Stirn legte sich in tiefe Falten. »Welche Beweise hast du für dieses himmlische Königreich.«

»Es ist überall, in dir und in jedem anderen Menschen, denn es zeugt vom Vater drinnen.«

Pilatus' Miene wurde noch finsterer.

»Du sprichst in Rätseln. Wer ist dieser Vater, und wo ist er? Weißt du nicht, daß dein Leben bei diesem Prozeß auf dem Spiel steht?«

»Kein Mensch kann mir das Leben nehmen, so ich es nicht hingebe.«

Pilatus lachte in seiner boshaften Art. »Das werden wir sehen. Doch nun erzähle mir von deinem Vater.«

»Er ist auch dein Vater und wohnt in dir.«

Pilatus musterte ihn zweifelnd, nicht ganz sicher, ob Jesus ihn nicht zum Narren hielt. Er deutete auf Hannas und Kajafas, die verdrossen beiseite standen.

»Diese beiden Priester, die dich in Fesseln zu mir brachten – wohnt dieser Vater auch in ihnen?«

Jesus betrachtete die beiden mit Verachtung im Blick. »Sie spotten des Vaters mit ihren Taten, und dennoch können sie das Heil finden, wenn sie bereuen.«

Pilatus machte eine ungeduldige Geste. »Wir schweifen von unserem Thema ab. Du wirst beschuldigt, dich gegen die Herrschaft des Kaisers gestellt und einen Aufstand geplant zu haben. Was hast du dazu zu sagen?«

Noch ehe Jesus antworten konnte, mischte sich plötzlich Kajafas ein. »Vergiß nicht, daß er auch noch der Lästerung beschuldigt wird, da er behauptet, Gott selbst zu sein.«

»Ein römischer Prokonsul kümmert sich nicht um eure albernen Auseinandersetzungen!« rief Pilatus. »Ihr Juden müßt auch immer streiten.«

Als Kajafas den Mund öffnete, um etwas zu entgegnen, schnitt Pilatus ihm barsch die Rede ab.

»Laß diesen Mann hier antworten. Dies ist kein jüdischer Prozeß, wo von ein paar wehleidigen Verschwörern voller Vorurteile über den Angeklagten zu Gericht gesessen wird, sondern ein römischer Prozeß, bei dem es uns um Gerechtigkeit geht!« Stolz strich sein Blick über die Versammlung. »Wir Römer stehen für das Recht ein. Wenn dieser Gefangene ein römischer Bürger wäre, könnte er beim Kaiser in Rom persönlich Berufung gegen sein Urteil einlegen. Immerhin aber stehe ich hier für den Kaiser, und der Gerechtigkeit soll Genüge getan werden.«

Es war eine noble Rede, doch ich hatte schon zuviel mit den Römern erlebt, um nicht zu wissen, wie sehr sie immer die Wahrheit beugten.

»Und nun berichte mir genau, wie du Rom stürzen wolltest.« Als Jesus schwieg, fuhr er fort: »Du mußt doch wissen, daß es ebenso verwerflich ist, an Verrat zu denken wie einen offenen Akt der Rebellion zu begehen.«

Durch sein ungezwungenes Verhalten, mit dem er uns alle in Erstaunen versetzte, wich Pilatus der Gegenüberstellung aus, auf der mein gesamter Plan beruhte.

Nicht ein einziges Mal hatte Jesus zu mir herübergeschaut; jetzt aber streifte sein Blick über das Pflaster und blieb auf mir ruhen.

»Ich kam nicht zu einer Gegenüberstellung mit Rom, sondern für ein neues Harmageddon.«

»Das Räsel wird immer unentwirrbarer«, sagte Pilatus. »Wenn du dich also nicht gegen Rom stellen willst, gegen wen dann? Wenn es nur der Tempel ist, dann ist dies ausschließlich deren Sache.«

Jesus blieb mit leicht geneigtem Kopf regungslos stehen.

»Was ist diese Gegenüberstellung, von der du sprichst?« wiederholte Pilatus seine Frage.

»Jene zwischen Gut und Böse.«

Ich faßte Mut, denn was konnte dies anderes bedeuten als Freiheit gegen Tyrannei?

Die kleinen Augen von Pilatus füllten sich plötzlich mit Boshaftigkeit. »Und dabei bist du vermutlich das Gute, während wir das Böse sind, wie?«

»Ich spreche von dem Guten und Bösen in jedem von uns. Wir besitzen nur über uns selbst die Gerichtsbarkeit. Und darum bringe ich den Segen des Vaters für alle, die sich auf das Gute in sich besinnen und das Böse, das aus dem Mangel an Glauben entsteht, zurückweisen.«

»Woher sollen wir wissen, was gut ist und was böse, wenn es nicht für uns selber gut oder böse ist? Sag mir das, Jesus.« Zum erstenmal nannte er ihn beim Namen, als erhebe er ihn dadurch über die Reihen der gesichtslosen Angeklagten hinaus.

»Zu diesem Zweck wurde ich geboren«, antwortete Jesus, »daß ich Zeugnis ablege für die Wahrheit.«

Ich erinnerte mich daran, wie höhnisch Pilatus über die Wahrheit gelacht hatte.

»Was ist die Wahrheit?«

»Die Wahrheit ist Gott«, antwortete Jesus.

Pilatus biß die Zähne zusammen. »Wir kommen immer wieder darauf zurück, nicht wahr? Die Wahrheit ist Gott, und Gott ist die Wahrheit. Was beweist das?«

»In der Liebe finden wir die Wahrheit. Es gibt keine größere Liebe noch Wahrheit als einen Menschen, der sein Leben für einen Freund hingibt.«

»Du nennst Kajafas, Hannas und Judas deine Freunde? Du mußt wahnsinnig sein! Und wieso sprichst du davon, daß du dein Leben hingibst? Du stirbst nur, wenn Rom entscheidet, daß du sterben sollst. Das Sanhedrin hat keine Macht über Leben und Tod außer der, die Rom ihm überläßt.«

»Mein Ende wurde schon vor langem von einer höheren Macht beschlossen. Auch dafür wurde ich geboren.«

»Wir alle müssen früher oder später sterben«, entgegnete Pilatus. »Warum sollte dein Tod anders sein als der anderer Menschen? Weißt du nicht, daß in weniger als fünfzig Jahren jeder aus dieser Versammlung tot sein und die Welt darum kein bißchen anders sein wird?«

Er schien unentschlossen, traute Jesus nicht, wollte aber auch den Hohenpriestern und ihren Anhängern nicht gewähren, was sie verlangten. Ich konnte fast sehen, wie die Gedanken durch seinen Kopf schossen: Wenn dieser Mann nur ein wenig aufbegehren würde, könnte ich schnell mit ihm fertig werden. Er deutete auf das Prätorium, in das fromme Juden sich nicht hineinwagten.

»Ich möchte abseits der Menge mit ihm sprechen«, verlangte er.

Die Priester warfen einander unsichere Blicke zu, während er mich mit einem Nicken aufforderte, ihnen zu folgen.

In der Halle standen Jesus und ich Seite an Seite, der Meister aber blickte starr geradeaus, als sei ich gar nicht vorhanden.

Pilatus musterte mich von Kopf bis Fuß, so daß ich mir fast nackt vorkam.

»Sage mir, Judas Ischariot, warum hast du diesen Unschuldigen verraten?«

Ich gab jeden Gedanken an Verstellung auf. »Ich wollte nur, daß er sich zu erkennen gibt!« rief ich. »Mehr wollte ich nicht!«

Sein Ausdruck wurde streng und abweisend. »Sich zu erkennen gibt? Zu welchem Zweck?«

»Zu dem Zweck, für den er kam.«

»Und das wäre?« Er versetzte mir einen Schlag ins Gesicht. »Treib nur kein Frage- und Antwortspiel mit mir, sonst wirst du selber es sein, der schließlich am Kreuz hängt!«

Ich wandte mich an Jesus; er jedoch stand immer noch unbewegt, als sei er allein.

»Ich würde mit Freuden für ihn sterben«, beteuerte ich.

»Diesen Wunsch könnte ich dir gewähren«, gab Pilatus grimmig zurück.

Es war noch nicht zu spät für ihn, sich zu erkennen zu geben.

»Ganz Israel weiß, warum der Messia kam.«

»Alle außer ihm selbst, ist es nicht so?« Er richtete den durchdringenden Blick auf Jesus. »Und was sagst du zu all diesem Unsinn?« Er hatte sich in einen Richterstuhl geworfen und schien in finstere Gedanken versunken, als eine der Wachen zu ihm trat und ihm ein Pergament überreichte. Er las es laut vor, auf lateinisch, wie es geschrieben war, denn es kam von seiner Gattin Claudia Procula. Jesus hatte keine Mühe mit dieser Sprache.

»Habe du nichts zu schaffen mit diesem Gerechten. Denn ich habe seinetwegen heute im Traum viel zu leiden gehabt.«

Es saß da wie mit gequältem Gesichtsausdruck.

»Was sagst du dazu, Jesus von Nazareth?«

Jesu Antlitz leuchtete vor Bewegung.

»Für diesen Tag soll sie einen Platz im Himmel haben, obwohl sie eine Ungläubige ist, denn sie hat sich um den Menschensohn an seinem Gerichtstag gesorgt. Doch der Menschensohn kam nicht, um sich helfen zu lassen, sondern um zu helfen und sein Leben als Pfand für viele zu geben.«

Pilatus schob seinen kugelförmigen Kopf dicht vor Jesu Angesicht. »Ich verstehe dich nicht. Ich bin seit dreißig Jahren römischer Soldat und habe mit vielen tapferen Männern gekämpft, doch du bist der erste, der keine Angst vor dem Tod hat.«

»Ich nehme seinen Willen hin und werde in sein Haus eingehen.«

Pilatus warf mir einen verwirrten Blick zu.

»Laßt uns sehen, was für ein König er ist.« Mit einem Wink befahl er die Wachen herbei.

»Dieser Mann, sagen sie, ist der König der Juden. Wollt ihr ihn für diese Gelegenheit ausstatten?«

Die Wachen musterten ihn aufmerksam; dann entschieden sie, daß er es ernst meinte, und brachen in grölendes Lachen aus.

Sie rissen Jesus das einfache Leinengewand vom Leib und legten ihm einen Purpurmantel um, während er ruhig, mit gelassener Miene dastand. Dann flochten sie rasch eine primitive Krone aus Dornenzweigen und drückten sie ihm auf den Kopf.

Sie stolperten fast übereinander, in ihrem übertriebenen Spott, und begannen ihn unterwürfig zu grüßen: »Heil dir, Judenkönig!«

Dann schlugen sie ihn, während Pilatus tatenlos zusah, mit einem Rohr auf den Kopf, als schlügen sie ihn zum König, und fielen in gespielter Ehrerbietung vor ihm auf die Knie. Einige spien ihn an und höhnten laut: »Siehe, wie wir den Gesalbten Gottes salben!«

Ich hielt es nicht mehr länger aus und stürzte vor, um mich zwischen ihn und seine Peiniger zu werfen.

Sie hoben die Speere und hätten mich damit durchbohrt, hätte Pilatus nicht gerufen: »Es ist genug!«

Er wandte sich an Jesus, dem das Blut aus dem Munde rann.

»Du siehst, wie es dir ergeht, wenn du mir nicht die Wahrheit über dich sagst.«

»Nur die Wahrheit erkennt die Wahrheit.«

»Ich weiß nicht, was ich mit dir machen soll«, seufzte Pilatus. »Das Leben eines Juden bedeutet einem Römer nichts, sogar noch weniger als das eines Griechen oder Germanen, wenn ich bedenke, welche Provokationen ich hinnehmen muß; aber ich bin immer noch nicht überzeugt, daß du eine Gefahr für Rom darstellst. Wäre ich das –« er fuhr sich mit der Hand quer über die Kehle –, »würde ich kurzen Prozeß mit dir machen.«

Jesus war grausam verhöhnt und geschlagen worden und sollte auch noch gegeißelt werden, und noch immer rief er nicht die Macht Gottes zu Hilfe.

»Jesus«, flehte ich ihn mit einer Stimme an, die mir selbst fremd in den Ohren klang, »rufe die Legionen des Herrn und schlage die Philister!«

Pilatus sah Jesus neugierig an. »Ja, rufe diesen deinen Herrn und laß ihn mich töten dafür, wie du hier behandelt wurdest.«

Jesus erwiderte seinen Blick gelassen. »Du bist dem Tod so nahe wie ich und jeder andere. Denn deine Tage sind ebenfalls gezählt.«

Pilatus schien einen Moment zu erschrecken. »Du treibst anscheinend ein Spiel mit mir! Glaube nicht, daß ich einer deiner feigen Juden bin, der für die Suggestion eines jüdischen Propheten zugänglich ist. Wie kannst du einem weissagen, der die Macht über dein Leben und deinen Tod besitzt?«

Die Andeutung eines Lächelns spielte um Jesu Lippen. »Weil ich für ihn spreche, der die Macht über dein Leben und deinen Tod und über Leben und Tod aller Menschen besitzt. Doch wer mein Wort hört, besitzt das ewige Leben, obwohl er vom Tode zum Leben gegangen ist.«

»Vom Tode zum Leben? Was für ein Unsinn soll das sein?«

»Aus diesem Grunde bin ich gekommen und aus diesem Grunde gehe ich, und niemand bestimmt über meinen Tod, nur darüber, wie ich sterbe, und das sollen sie bereuen, wenn es ihnen gegeben ist, zu bereuen.«

»Du bist ein merkwürdiger Mensch«, sagte Pilatus. »Obwohl ich dich ans Kreuz schlagen lasse, wirst du mich dafür nicht hassen?«

»Mit der Zeit wirst du dich selber hassen. Dein Reich wird nicht an andere Menschen übergehen, sondern in Stücke zerbrechen, und diese Stücke werden sich neu zusammenfügen bis zum Tag des Jüngsten Gerichts.«

Pilatus machte ein nachdenkliches Gesicht. »Nach dem römischen Gesetz werden die Fragen dreimal gestellt, um dem Angeklagten Zeit zum Bedenken seiner Antwort zu geben. Ich habe dich zuvor schon gefragt, und ich frage dich abermals: Warum willst du sterben? Warum?«

Jesus seufzte. »Ich sterbe, auf daß ich wiedergeboren werde. Ganz Israel müßte das wissen, aber sie haben mir nicht besser zugehört als den anderen Propheten oder dem Vater selbst. Es wird jedoch eine Zeit kommen, da werden sie zuhören müssen.«

Pilatus schüttelte den Kopf. »Du bist ein seltsames Geschöpf, das ich gern am Leben erhalten würde – um mehr darüber zu erfahren und um meiner Frau willen. Aber ich sehe in dir eine Gefahr für die öffentliche Ruhe und für die Regierung. Denn du ziehst Römer und Juden in deinen Bann, und ich traue dir nicht.«

Er krauste finster die Stirn.

»Was würdest du sagen, wenn ich dich gehen ließe?«

Jesus sah ihn gelassen an.

»Du hast nicht die Absicht, mich gehen zu lassen.«

Pilatus' Brauen stiegen in die Höhe.

»Woher weißt du das?«

»Ich weiß, was dem Menschensohn geschehen muß.«

»Du sprichst«, sagte Pilatus, »als seist du schon nicht mehr hier.«

Jesus sah ihn ruhig an. »Obwohl du mich für unschuldig hältst, wirst du mich nicht gehen lassen.«

»Ich kann mit dir tun, was mir gefällt«, erklärte Pilatus barsch. Sein Blick wurde nachdenklich. »Doch in Claudia Procula, in dem Zenturio Cornelius und gewissen Soldaten, die ich über dich sprechen hörte, sehe ich eine Gefahr für Rom. Sage mir, daß du aufhören wirst zu predigen und die Menschen auf gefährliche Gedanken zu bringen.«

Christus schüttelte langsam den Kopf; in seinen Augen stand ein beinahe mitleidiges Lächeln.

»Eines Tages werden die Werke meines Vaters obsiegen.«

Pilatus runzelte die Stirn. »Du läßt mir keine Wahl.«

Er wandte sich an mich. »Du bist Zeuge, daß ich ihm eine Chance gegeben habe und er sie nicht ergriffen hat.«

»Ich lege nur Zeugnis für *ihn* ab«, entgegnete ich. »Warum hast du ihn von deinen Soldaten verspotten lassen, wenn du ihm helfen wolltest?«

»Ich teste ihn, wie du es tust, aber –« er zuckte die Achseln – »ich kann nicht anders. Dafür schulde ich Rom zuviel.« Er wandte sich an Christus.

»Wir haben hier alles getan, was wir konnten. Ich übergebe dich nun wieder den Hohenpriestern und überlasse ihnen, was sie mit dir tun wollen.«

Er liebte es über alles, seine Juden, wie er sie nannte, zu narren. Denn abermals ließ er Jesus hinausbringen und machte sich über die Volksmenge lustig. »Ihr habt mir diesen Mann gebracht als einen, der das Volk verhetzt, aber ich habe ihn befragt und finde keinen Grund für eure Beschuldigungen.« Er hielt inne. »Er ist ein wenig widerspenstig und will die Herrschaft Roms nicht anerkennen, doch dafür würde ich ihn nur geißeln und anschließend gehen lassen. Ich selbst finde keine Schuld an ihm, die des Todes würdig wäre.«

Dieser Heuchler, dachte ich, spielt mit der Menge um das Leben eines Mannes, den er scheinbar retten will, und dennoch ist sein Entschluß gefaßt, bestimmt von der Rücksichtnahme auf sein Ansehen in Rom.

Die Menge spielte das Spiel mit, denn sie war ausgezeichnet gedrillt.

»Nein, nein!« riefen sie alle. »Kreuziget ihn! Kreuziget ihn! Er hat sich gegen Gott versündigt.«

»Warum nehmt ihr ihn nicht und kreuzigt ihn?« fragte Pilatus. »Da er ja eure Gesetze gebrochen hat, nicht die Gesetze Roms.«

Ein boshaftes Funkeln stand in seinen Augen, und wieder merkte ich, daß er mit ihnen spielte. Die Warnung seiner Frau hatte ihn nachdenklich gestimmt, doch die Soldaten Roms achteten nicht müßiger Träume, obwohl es den Anschein gehabt hatte, als versuche er sie zufriedenzustellen.

»Wir haben ein Gesetz«, erklärte Kajafas. »Nach diesem Gesetz muß er sterben.«

»Dann steinigt oder erwürgt ihn nach eurem Gesetz und überlaßt das römische Gesetz den Römern.«

Hannas sprach:

»Es heißt von alters her, daß einer, der den Namen des Herrn lästert, zu Tode gebracht werden und daß die ganze Gemeinde ihn steinigen soll.«

Pilatus nahm seine gewohnte Haltung ein: die Hände in die Hüften gestemmt, auf den Lippen ein Hohnlächeln.

»Ihr habt eure Gemeinde bei euch. Sie werden ihn auf euer Geheiß freudig steinigen. Warum Rom damit belästigen?«

»Weil es sonst ungesetzlich wäre.«

Pilatus lachte böse auf. »Ihr wollt es also gesetzlich machen, wie? Und wen wollt ihr damit irreführen?«

Hannas sah ihm ernst in die Augen.

»Er ist eine Gefahr für deine Stellung hier.«

Pilatus zog die Augen zusammen. »Sprich mir nicht von meiner Stellung, Alter! Denke lieber an die deine, sonst werde ich es an deiner Statt tun.«

Er wandte sich nunmehr an Jesus und schien immer noch hin und her gerissen von dem sonderbaren Wunsch, sich in Christi Augen zu rechtfertigen.

»Sage mir, wer du bist und wozu du gesandt worden bist. Denn ich habe die Macht, dich zu kreuzigen oder freizulassen, ganz wie ich will.«

Jesus antwortete: »Du hast keinerlei Macht über mich außer der, die du von oben empfängst. Er, der mich dir ausgeliefert hat, ist es, der die größere Sünde begangen hat.« Er meinte Kajafas, das erkannte ich an seinem Blick.

Pilatus stieß sein übliches rauhes Lachen aus. »Wahr gesprochen. Nun, ich habe Lust, ihnen nicht zu geben, was sie verlangen, denn sie würden meine Furcht vor Aufständen ausnutzen und denken, ich wüßte es nicht.«

Hannas ließ sich nicht so leicht einschüchtern. »Wenn du diesen Mann gehen läßt, bist du nicht Cäsars Freund. Denn wer sich selbst zum König macht, stellt sich gegen Cäsar.«

Pilatus' Gesicht lief scharlachrot an. »Kein Jude sagt dem Prokonsul Roms, wie er seinem Kaiser zu dienen hat!«

Das Volk, das die Verzögerung bemerkte, ihren Grund aber nicht kannte, rief im Chor: »Fort mit ihm! Kreuziget ihn! Kreuziget ihn!«

Er blickte spöttisch auf die Menschen hinunter. »Soll ich euren König kreuzigen? Seht, wie majestätisch er in seinem Mantel und der Krone aussieht!«

Jetzt gaben Hannas und Kajafas sämtlichen Stolz auf. »Wir haben keinen König außer Cäsar!« riefen sie laut.

Pilatus sah sie verächtlich an. »Wenn der Tod eines Menschen notwendig ist, um eure Treue zu Rom unter Beweis zu stellen, dann geschieht alles für einen guten Zweck.«

Er zögerte; dann sagte er in ironischem Ton: »Ihr habt einen Brauch hier, daß ich euch am Passah einen politischen Gefangenen freigeben kann. Wollt ihr nun, daß ich euch diesen König der Juden freigebe? Denn wahrlich, er sieht aus wie ein König.« Da er die Volksmenge kannte, wußte er die Antwort im voraus.

»Nein, nein!« riefen sie auf einen Blick der Hohenpriester hin. »Gib uns bar-Abbas!«

Pilatus' Miene drückte tiefsten Abscheu aus. »Bar-Abbas, den Räuber? Den wählt ihr vor diesem friedfertigen Mann? Nun gut, ich werde euch bar-Abbas geben, und ihr sollt seines Namens gedenken, wann immer dieses Tages gedacht wird.«

»Bar-Abbas! Bar-Abbas!« schrien sie, als feierten sie einen Helden.

»Sein Blut komme über euch, nicht über mich!«

Da rief die Menge, allesamt Freunde der Priester, wie es der Brauch bei einer Hinrichtung in Israel war:

»Sein Blut komme über uns und unsere Kinder!«

»Es ist euer Blut, nicht meines«, rief Pilatus abermals. Er ließ sich ein Becken mit Wasser bringen und tauchte seine Hände hinein. »Ich wasche meine Hände. Ich bin unschuldig am Blut dieses Gerechten.«

Dann schrieb er auf einen Querbalken, der ihm gereicht wurde, mit großen Buchstaben:

»Dies ist Jesus von Nazareth, der König der Juden.«

Kajafas wurde wütend, als er die Aufschrift las.

»Schreibe nicht: Der König der Juden, sondern, daß er behauptet hat: Ich bin der König der Juden.«

Pilatus musterte ihn zornig und sagte: »Geschrieben ist geschrieben!«

Jetzt erkannte ich, was er bezweckt hatte: Mit dieser Inschrift wollte er die von ihm veranlaßte Kreuzigung rechtfertigen und den Juden die Schuld daran geben.

»Du haßt ihn!« rief ich, als wir allein standen. »Und du wußtest die ganze Zeit, wie es ausgehen würde. Bar-Abbas war nur eine Finte. Warum?«

Ich dachte, in seiner Wut würde er mich mit dem Schwert durchbohren.

»Warum! Warum! Aus demselben Grund, aus dem du ihn verraten hast, du Narr! Weil ich ihn fürchte! Was wir nicht beherrschen können, müssen wir zerstören.«

»Aber ich liebe ihn!«

»Liebe! Was weißt du schon von Liebe? Wenn du ihn liebtest, hättest du gewollt, was er wollte.«

Wie konnte dieser Römer beurteilen, was Jesus verkörperte?

»Wäre er tatsächlich der König der Juden, hättest du ihm nichts anhaben können.«

Ein Glanz trat in seine wilden Augen. »Aber er ist der König der Juden, und ihr erkanntet ihn nicht.«

Etwas leiser fuhr er fort:

»Er verhieß Unheil für Rom. Mein eigener Zenturio kam zu mir und bat um sein Leben; meine Frau drängte mich, ihn zu verschonen. Er beeinflußte die Menschen zu sehr. Er hätte binnen kurzem das Blatt in Rom gewendet. Ich weiß nicht wie, aber ich weiß, daß es so ist. In jenem einen Mann wohnen ein Dutzend Kaiser. Aber jetzt fort mit dir! Und lebe mit dem, was du getan hast, wie ich auch damit leben muß.«

Als er sich abwandte, mit einem letzten Blick zurück auf die einsame Gestalt, die den staubigen Weg entlanggeführt wurde, hörte ich das Schmettern der Trompeten, die vom Tempel her die Mittagsstunde vor dem Passah verkündeten. Nun begannen die Priester, die Passahlämmer für das Gottesopfer zu schlachten. Und ich erinnerte mich, als wären Menschenalter vergangen, an den Täufer, der auf den einsamen Mann deutete, als dieser über den Hügel auf uns zukam. »Sehet das Lamm Gottes, das die Sünden der Welt aufhebt!«

18

Die Kreuzigung

Im Laufe des Nachmittags hatte sich der Himmel verdunkelt, und die Sonne, die noch Augenblicke zuvor strahlend geschienen hatte, war hinter dicken Wolkenbänken verschwunden. Eine beklemmende Stille lag über dem Land. Das Zwitschern der Vögel war verstummt, und sogar die ewig kreisenden Geier waren verschwunden.

Die Gestalten, die zu beiden Seiten Jesu hingen, waren als Diebe gebrandmarkt worden. In Wahrheit jedoch waren sie politische Gefangene, die jetzt neben dem Mann sterben mußten, den sie verraten hatten. Auf der einen Seite hing der abtrünnige Jünger Dysmas und auf der anderen sein Freund Cestus, ebenfalls einer der Siebzig, der Jesus nunmehr heftig beschimpfte.

»Menschensohn, rette dich selbst!« rief er ihm zu.

Jesus schien ihn nicht zu hören. Schweißtropfen rannen über sein Gesicht und verloren sich in seinem Bart. Die blauen Augen, einst so voll Freundlichkeit, waren nun glasig geworden vor Schmerz. Dennoch wollte ich, selbst als ich deutlich seine Kraft schwinden sah, nicht glauben, daß er sich nicht retten konnte. Wie ein Ertrinkender die Höhepunkte seines Lebens noch einmal sieht, so erinnerte ich mich an das, was er zu mir gesagt hatte, als ich an ihm zweifelte: »Fürchte dich nicht, Juda, wälze den Stein hinweg, und dort wirst du mich finden, spalte den Felsen, und dort werde ich sein.«

Im Glauben an die Propheten hatten wir darauf vertraut, daß durch ihn unsere Feinde vernichtet werden und Israel am Tag des Jüngsten Gerichts den einen wahren Gott auf den Thron heben würde.

Ich hatte mein Herz verhärtet vor der Herausforderung, vor die ich ihn stellte, doch als ich diese leidende Stirn sah, die ich einst ehrfurchtsvoll geküßt hatte, fühlte ich mein Herz dahinschmelzen.

»Wenn ich euch vom Irdischen geredet habe, und ihr nicht glaubt, wie werdet ihr dann glauben, wenn ich vom Himmlischen zu euch spreche?«

Aber ich hatte geglaubt, von allen hatte *ich* am meisten an ihn geglaubt. Warum sonst hätte ich ihn herausgefordert? Denn ich liebte ihn wie keiner der anderen. Meine Liebe zu ihm war größer, denn ich verlangte mehr von ihm.

Und nun bespien ihn die widerwärtigen Römer und versetzten ihm Schläge. Es freute sie, ihn zu verhöhnen, ihm einen Becher Wasser zu reichen und ihn dann, wenn er das Haupt neigte, um zu trinken, rasch wieder zurückzuziehen.

»Wenn dies der König der Juden ist«, rief einer, »dann ist es kein Wunder, daß ihr Volk von allen verabscheut wird.«

Er hing seit drei Stunden am Kreuz; die heiße Sonne brannte gnadenlos auf seinen Kopf, der bis auf die Dornenkrone unbedeckt war. Die grausamen Dornen schwärten in seinem Fleisch, und sein gemarterter Leib hing qualvoll ausgestreckt am Kreuz, an das er genagelt war. Ich betete zu Gott, der ihn verlassen hatte, daß er ihm bald die Gnade der Ohnmacht gewähre. Dennoch war das Ende noch nicht gekommen.

Ich hätte fast die Hand ausstrecken und die blutenden Füße berühren können, denen ich die Wohltat der heilenden Salböle hatte verwehren wollen. Wie kleinlich und engherzig war es doch von mir gewesen, ihm etwas nicht zu gönnen – von mir, der ich beim strahlenden Anfang dabei war und jetzt schließlich beim trostlosen Ende. Die Römer hatten meine Tempelausweise geprüft und mich durchgelassen. Josef von Arimatäa, der als Freund des Pilatus galt, weil er dessen Vater kannte, hatte das Stadttor nach Golgatha mit einer Gruppe passieren dürfen, zu der Maria, Christi Mutter, Maria Magdalena, die Mutter des Markus, Nikodemus und der Jünger Johannes gehörten. Außerdem waren die Würdenträger des Tempels und ihre Ergebenen anwesend. Sonst wäre außer den Römern niemand dort gewesen, um ihn am Kreuz sterben zu sehen.

Die übrige Volksmenge hatte nur bis zu den Toren mitkommen dürfen, um Demonstrationen zu vermeiden. Es hatte sich eine ansehnliche Prozession gebildet, und viele weinten, während sie hinter ihm herschritten. Denn am Freitag, zwölf Uhr mittags war in der Heiligen Stadt jegliche Arbeit eingestellt worden, und die *Amharetzin,* die noch immer an ihm hingen, hatten sich, als sich die Nachricht mit Windeseile verbreitete, dem Zug angeschlossen.

Auch Susanna entdeckte ich im Gedränge; sie schluchzte, als hätte sie ihren einzigen Freund verloren. Wie üblich, wehklagten die Frauen am lautesten, und Jesus unterdrückte seine Qualen, um sie zu beruhigen.

»Ihr Töchter Jerusalems«, sagte er, »weint nicht um mich! Weint vielmehr über euch selbst und eure Kinder! Denn siehe, es werden Tage kommen, da es heißen wird: ›Selig sind die Unfruchtbaren, die Mütterschöße, die nicht geboren, und die Brüste, die nicht gestillt haben! Dann werden sie zu den Bergen sagen: Fallt über uns! und zu den Hügeln: Bedeckt uns! Denn wenn man schon mit grünem Holz Feuer machen kann, wie wird es erst bei dürrem Holz brennen!‹«

Man konnte ihm seine Bitterkeit anmerken, denn er sprach von den schweren Verhängnissen, die sein Vater einer unbußfertigen Welt auferlegen würde.

Man hatte ihn gezwungen, sein Kreuz selber zu tragen, doch dann war ein alter Mann gekommen, der Mitleid mit ihm zu haben schien, als er stolperte, und hatte ihm das Kreuz abgenommen. Die Römer hatten beim Anblick des hinfälligen Alten, der diese Last auf seine schwachen Schultern bürdete, brüllend gelacht, aber keine Einwände gemacht, weil er eine so komische Figur abgab. Als ich zu ihm trat, um ihm zu danken, erkannte ich, wer es war, und blieb wie angewurzelt stehen. Es war mein alter Aufseher, Simon von Zyrene, ein reuiger Sünder, der diese letzte Strekke mit dem Meister gehen wollte.

Jetzt aber gab es niemanden, der ihm das Kreuz abnehmen konnte. Es schmerzte mich, das mitanzusehen. Sein Kreuz war höher als die anderen, seine Füße, die einen ganzen Meter über dem Erdboden hingen, verursachten ihm fast unerträgliche Qualen. Und doch ließ er sich von seinen Leiden nichts anmerken; nur bisweilen schloß er die Augen.

Es war gut, daß die Römer die Volksmenge nicht eingelassen hatten. Sonst hätten ihn die *Amharetzin,* die ihn liebten, mit Sicherheit vom Kreuz gerissen, und die römischen Legionäre hätten es ihnen tausendfach heimgezahlt, ohne daß sich damit etwas geändert hätte.

Zum Glück war mein Gesicht unter der Kapuze verborgen, so daß man mir meine Gefühle nicht anmerkte. Die anderen aber, die mit ihm litten, waren nicht gleichermaßen vor den neugierigen Blicken der Gottlosen geschützt. Ich sah deutlich Josefs Tränen, doch die Augen von Johannes und Jesu Mutter Maria blieben trocken, obwohl ihre Gesichter bleich und verhärmt waren. Sie schienen zu beten. Ich konnte hören, wie Johannes leise aus dem Propheten zitierte, der Jesu Kommen verkündet hatte.

»Er ward mißhandelt und beugte sich und tat seinen Mund nicht auf wie ein Lamm, das zur Schlachtbank geführt wird, und wie ein Schaf, das vor seinen Scherern verstummt. Aus Drangsal und Gericht ward er hinweggenommen, doch sein Geschick – wen kümmert es? Denn aus dem Lande der Lebenden ward er getilgt, ob der Sünde meines Volkes zum Tode getroffen.«

Die anderen fielen in die Gebete ein. Es mag an dem dräuenden Himmel gelegen haben oder an dem feierlichen Ernst der Stunde, aber die römischen Soldaten hörten auf, ihn zu verspotten, und standen unbehaglich auf ihre Speere gestützt.

»Dieser Himmel gefällt mir nicht«, sagte einer, und es war wirklich fast nachtfinster, und eine dunkel purpurne Wolkenwand warf ihren unheilschwangeren Schatten auf die Erde.

»Könnte es wahrhaftig sein, daß uns sein Gott zürnt wegen dem, was wir heute hier tun?«

Diese Vorstellung erschien jedoch den römischen Soldaten zu

absurd, und sie begannen wieder zu lachen und zu händeln. Er wandte den Kopf nach ihnen, und ein Stöhnen entfloh seinen Lippen. Zu meinem Erstaunen sah ich einen Zenturio, der sich bis jetzt ernst und still verhalten hatte, auf das Kreuz zutreten, um ihm einen in Wein getauchten Brotbrocken an den Mund zu halten. Ich hatte diesen Römer zuvor nicht bemerkt, denn für mich sahen die Römer in ihren Helmen und Brustpanzern alle gleich aus. Jetzt aber erkannte ich verblüfft, daß es sich um den Zenturio Cornelius handelte, dessen Burschen der Meister trotz meiner Einwände geheilt hatte. Er hatte die Lippen zusammengepreßt und sah bleich aus, aber sonst zeigten seine Züge die übliche steinerne Härte der Legionäre.

Er hatte nur Augen für den einen Mann oben am Kreuz. Die anderen beiden existierten nicht für ihn. Sie waren einfach jüdische Räuber, die auf frischer Tat beim Stehlen ertappt worden waren. Der Syrer Cestus, der zusammen mit mir von einem zweiten Makkabäer geträumt hatte, schmähte den Meister ununterbrochen. Ich verzieh ihm, denn mir war klar, daß er in seinem Todeskampf nicht mehr wußte, was er sagte: »Wie kannst du uns retten, Jesus von Nazareth, wenn du dich selbst nicht retten kannst?«

Der andere Idumäer jedoch, Dysmas, wies ihn zurecht: »Siehst du nicht, daß er für uns leidet? Wir sollten um Vergebung bitten, daß wir ihn falsch beurteilt haben, denn er hat nie wie wir gedacht. Durch ihn aber können wir immer noch das Heil finden. Sieh nur, wie er dem Tod lächelnd ins Auge schaut!«

Manche behaupten, daß Sterbende in ihren letzten Zügen einen Schimmer der Wahrheit erkennen. War Dysmas am Kreuz diese Gnade gewährt worden? Sein Blick ruhte auf der Schrift über Jesu Haupt. »Jesus von Nazareth, der König der Juden.«

»Dein Reich war ein größeres, aber wir wußten es nicht. Herr, denke an mich, wenn du in dein Reich kommst!«

Auf Jesu Gesicht erschien ein ermutigendes Lächeln.

»Wahrlich, ich sage dir, heute wirst du mit mir zusammen im Paradiese sein. Dein Glaube hat dich befreit.«

Das waren die letzten Worte, die sie miteinander sprachen.

Die beiden Zeloten fielen in Bewußtlosigkeit. Sie waren schon Stunden vor Jesus ans Kreuz geschlagen worden. Es war den Tempelbeamten äußerst wichtig, daß alle noch vor Sonnenuntergang starben, damit die Gesetze des Sabbat und des Passah nicht gebrochen wurden. Was für unverschämte Heuchler sie doch waren!

Wie üblich nahmen die Soldaten Knüppel, um den beiden Beine und die Rippen zu zerschmettern, damit kein Zweifel an ihrem Tod bestand. Cestus und Dysmas gaben kein Lebenszeichen mehr von sich. Ihre Augen blickten leer. Das Kinn hing ihnen herab, so daß die ausgetrocknete Zunge zu sehen war.

Einen Augenblick lang dachte ich, er wäre ebenfalls verschieden. Bei dem widerlichen Geräusch brechender Knochen jedoch regte er sich wieder ein wenig. Die Römer holten die beiden Leichen herunter. Fragend blickten sie zu der einsamen Gestalt am Kreuz hinüber, aber Milo, der kommandierende Zenturio, schüttelte auf einen Blick von Cornelius hin den Kopf.

Er war inzwischen schwächer geworden, aber er lebte immer noch. Die Hohenpriester, die dabei standen, verhöhnten ihn.

»Wenn er der König Israels ist«, rief Hannas, »soll er herabsteigen, und wir werden ihm Ehrerbietung erweisen.«

Auch jetzt noch, »als die Hunde nach seinen Füßen schnappten«, hatte ich gehofft, er werde sich retten. Er hatte die Kranken geheilt und die Toten zum Leben erweckt. Ich hatte ihn Tausende speisen und in einer Menschenmenge unsichtbar werden sehen. Petrus war Zeuge gewesen, wie er die Wogen beruhigt hatte und auf dem Wasser gewandelt war. Er war ein Wundermann. Gab es etwas, das er nicht konnte? Er hatte gesagt, im Glauben an den Vater könnten wir alle Berge versetzen. Und Rom war sicherlich kein Berg. Selbst als er gegeißelt wurde, selbst als die spitzen Nägel in sein Fleisch schnitten, hatte ich noch gedacht, er könne sich mit einem Wort, einem Gedanken, einem Gebet befreien. Ich sah, daß sich die rissigen Lippen bewegten, und versuchte zu hören, was er sagte. Er sprach einen Psalm Davids, der begann: »Mein Gott, mein Gott, warum hast du mich verlassen?«

Er schien am Ende zu sein. Dennoch war sein Blick fest, suchend. Schließlich ruhte er auf seiner Mutter und Johannes. Seine Lippen zwangen sich zu einem schmerzlichen Lächeln, und als seine Augen weiterwanderten, sah ich, daß er mich trotz der Kapuze erkannte.

Ich hielt seinem Blick stand, flehte ihn an, sich zu retten und zu beweisen, daß er mächtiger war als Rom. Doch nun richtete er den Blick gen Himmel und zitierte weiter den Psalm – in der hebräischen Sprache seiner Väter.

»Wie Wasser bin ich hingeschüttet, es lösen sich all meine Gebeine; mein Herz ist gleich dem Wachs geworden, zerflossen in meiner Brust.

Trocken wie Scherben ist mein Gaumen, und meine Zunge klebt an meinem Schlund; in den Staub des Todes legst du mich.

Denn Hunde lagern rings um mich, und mich umkreist die Rotte der Übeltäter; sie durchbohren mir Hände und Füße.«

Die Römer schlugen sich auf die Schenkel und brüllten vor Lachen, während sie auf die Inschrift über ihm zeigten.

Milo hielt spottend den Mantel empor, den man Jesus umgelegt hatte. »Was bekomme ich für dieses königliche Gewand?«

Mehr Gelächter gab es noch beim Kampf um den schlichten Rock, den er unter dem Mantel trug, und die abgetretenen, mit einem einzigen Riemen geschnürten Sandalen. Das Vergnügen ging weiter, indem um die zerrissenen Kleidungsstücke gewürfelt wurde. Er hatte sie offenbar gehört, denn er murmelte wie aus weiter Ferne:

»Sie haben meine Kleider unter sich aufgeteilt, und über mein Gewand haben sie das Los geworfen.

Sei nicht ferne von mir, o Herr. Du meine Stärke, eile herbei, mir zu helfen.«

Sein Haupt war nach vorn gesunken, und er gab einen tiefen Seufzer von sich. Ein verklärter Ausdruck trat auf sein Gesicht, genau wie damals, als er vom Berg zurückkehrte. Voll Trauer erkannte ich, daß er uns verlassen würde. Seine verkrampften Finger lösten sich, sein ganzer Körper schien sich zu entspannen. Unbemerkt entfiel seiner Hand ein Stück Pergament.

Ebenso unbemerkt hob ich es auf und schob es rasch in meinen Rock.

Hannas und Kajafas jedoch waren noch immer nicht mit ihm fertig; sie mußten ihrem Haß Luft machen, denn der war es, der sie trieb.

»Andere hat er errettet«, rief Kajafas, »sich selbst kann er nicht retten. Wenn er der König Israels ist, steige er doch vom Kreuz herab, damit wir's sehen und gläubig werden!«

Es war mir gleich, ob sie mich erkannten. »Es ist unwichtig, was ihr denkt; wichtig ist nur, wer er ist«, sagte ich voll Leidenschaft.

Sie steckten die Nasen in die Luft und beachteten mich nicht.

»Er hat Gott seinen Vater genannt«, höhnte Hannas. »Soll der ihn nun retten, wenn er ihn will.«

Ich erkannte die Niederlage an den hängenden Schultern und dem geneigten Kopf. Ich sah den flachen Puls an seiner Kehle. Sein Blick fiel dorthin, wo seine Mutter mit Johannes stand, und er sprach mit versagender Stimme: »Frau, sieh, das ist dein Sohn.«

Sein Blick wandte sich dem Jünger zu. »Sieh, das ist deine Mutter.«

Der Jünger ergriff Marias Hand und nickte. Sie fiel vor dem Kreuz auf die Knie und sagte leise: »O Herr, wie ich diesen Tag gefürchtet habe, da meine Seele durchbohrt werden sollte, aber dein Wille geschehe, nicht der meine.«

Ein Lächeln trat in seine Augen, ein Lächeln, wie ich es an ihm gesehen hatte, als er vom Berg heruntergekommen war und von seiner Begegnung mit dem Herrn sprach.

Seine Lippen öffneten sich ein wenig, und er sagte: »Mich dürstet.«

Wir, die wir mit ihm am Brunnen gewesen waren, wußten, was er damit meinte.

Josef von Arimatäa aber, der das nicht verstand, hob ihm einen Becher voll Wein mit Hyssop an den Mund.

Er hob den Kopf und seufzte: »Es ist vollbracht! Vater, vergib ihnen, denn sie wissen nicht, was sie tun.«

Er neigte das Haupt, und dann war es wirklich vorüber. Ich unterdrückte den Wunsch, ihn herabzuholen und in meine Arme zu nehmen. Denn ich konnte mich nicht rühren.

Endlich brach Cornelius das Schweigen.

»Wahrlich, dieser Mann ist ein Gerechter gewesen«, sagte er.

Josef von Arimatäa blickte zum Himmel, und seine Augen glänzten. Sein Gesicht war bleich. Ehrfürchtig sprach er:

»Der Stern ist derselbe, den ich bei seiner Geburt gesehen habe.«

Ich blickte ebenfalls hinauf und sah einen einzigen Stern am Firmament. Er leuchtete tiefrot, fast so wie Blut, und stand in einer riesigen weißen Wolke in Form eines Kreuzes.

Ich sah, wie Josef von Arimatäa sich bekreuzigte, und wußte, daß meine Augen mich nicht getäuscht hatten. Er hatte dasselbe Zeichen gesehen.

Es war jetzt nahezu finster geworden, und der Himmel schien uns auf die Köpfe zu fallen. Die Römer hoben die Hände, als wollten sie sich vor dem Himmel schützen, dann warfen sie sich auf die Knie und beteten alle, bis auf Cornelius, fieberhaft zu Jupiter und Apollo.

Cornelius' Augen leuchteten in der Dunkelheit. Er schien gebannt zu sein, als hätte er eine Erscheinung gehabt.

»Er lebt!« rief er laut. »Ich sehe ihn in des Vaters Armen, und in seinen Augen steht ein Lächeln. Ich sage euch, er lebt!«

Die Soldaten sahen ihn an, als sei er von Sinnen. Und dann nahm einer, der sich Crito nannte, ein syrischer Söldner, der am lautesten über Jesus gelacht hatte, einen Speer und stieß ihn dem Meister, ehe ihn jemand hindern konnte, in die Seite.

»Jetzt bist du tot, du Satanskönig!« rief er.

Ich sah, wie das Blut aus der Wunde floß, gleich darauf jedoch kam ein Strom Wasser wie aus einem Brunnen. In meinem Schmerz sah ich Jesus, wie ich ihn zuerst gesehen hatte: als er ruhig vor dem Täufer stand, während das Wasser an ihm herablief.

Ein kalter Wind blies mir ins Gesicht. Die Bäume erzitterten und beugten sich tief vor den Sturmböen, die die Luft bewegten.

Cornelius stieß den Söldner beiseite und nahm den Leichnam

behutsam herab, während Josef von Arimatäa herbeieilte, um im Namen der Freunde Jesu Anspruch auf ihn zu erheben.

Mir schwindelte, undeutlich sah ich aber doch, wie Kajafas und Hannas miteinander lachten, als wäre nicht soeben die Welt untergegangen. In diesem Augenblick haßte ich sie und sehnte ihre Vernichtung herbei.

Der Himmel grollte jetzt, und Blitze zerrissen das Dunkel. Cornelius, Johannes und Nikodemus halfen Josef mit Jesu Leichnam.

Ich war an den Rand des Hügels getreten, abseits von Josef und Nikodemus, und achtete nicht auf die Diskussion über das Begräbnis. Was spielte das schon für eine Rolle, jetzt, da er tot war? Er war dahin, und mit ihm der Traum eines siegreichen Israels. Rom hatte wie immer gesiegt, und Pilatus würde ein Lob einstekken.

Ich sah, daß ich allein war. Die Leichen waren weggeschafft worden, und die Henker hatten sich vor dem drohenden Unwetter davongemacht. Die sterblichen Hüllen von Dysmas und Cestus würden in den Gruben für die Verbrecher verscharrt werden. Mir lag nichts mehr an einem Aufstand. Denn wem sollten die Menschen folgen?

Ich mußte fort. Ich mußte mit jemandem sprechen, mit jemandem, der ihn so gut gekannt hatte wie ich, der verstehen würde, daß ich ihm nicht hatte schaden wollen.

Ich schlug den Weg zur Stadt ein und überholte kurz darauf die Trauernden. Maria Magdalena hatte geweint, Jesu Mutter hatte den Arm um sie gelegt und tröstete sie. Die Mutter von Markus, die auch Maria hieß, ging schweigend zwischen Johannes und Nikodemus. Josef war vorausgeeilt, um den geheiligten Boden zu bereiten.

Als er meine Schritte hörte, blickte Johannes sich um. Impulsiv hatte ich den Wunsch, mit ihm zu sprechen. Von allen Jüngern war er der sanfteste, der am tiefsten vom Wort Christi erfüllt war.

Er starrte mich sekundenlang an, dann zuckte er wie von einer Natter gebissen zurück.

»Judas!« zischte er mich an. »Verräter! Abtrünniger! Mörder!

Wie kannst du weiterleben, während er, den du mit einem Kuß getötet hast, kalt und still daliegt?«

»Er würde mir vergeben, wenn er hier wäre.«

»Es gibt keine Vergebung für den, durch dessen Übeltat er diese Erde verlassen mußte.«

Mit einem Ausdruck des Abscheus hob er den Saum seines Gewandes.

Jesu Mutter legte dem Jünger die Hand auf den Arm. »Er hat gesagt, daß kein Mensch ihm das Leben nähme. Es war von alters her geweissagt. Von seiner Geburt an fürchtete ich diesen Tag.«

Johannes' Miene blieb steinern. »Laß jene vergeben, die es können.«

»Bedenke, wie er gewollt hätte, daß du bist.« Sie stieß einen kleinen Seufzer aus. »Obwohl mir das Herz schwer ist, spüre ich ihn jetzt um mich.«

Johannes ergriff ihren Arm. »Laß den Verräter leben, doch er soll sich uns aus den Augen scheren.«

Maria Magdalena musterte mich mit bitterem Blick. »Ich vergebe Kajafas und Hannas, sogar Pilatus und den anderen. Sie haßten ihn, weil er die Liebe des Volkes besaß, und sie wußten nicht, was er vorhatte. Du aber, Judas, dir hat er vertraut.« Ihr Blick hielt den meinen gefangen.

»Wem viel gegeben ist, der wird auch viel geben.« Wie oft hatte ich ihn dies sagen hören.

»Und was«, fragte sie mich, »hast du ihm gegeben?«

Ein Stöhnen entrang sich meinen Lippen. »Er vergab dir deine Sünden, Maria Magdalena. Kannst du mir die meinen nicht auch vergeben?«

»Nicht, solange das Bild seines Leichnams am Kreuz noch so lebendig in meiner Erinnerung ist.«

Sie hatte nichts von ihm gelernt.

»Laßt ihn«, sagte Nikodemus schließlich. »Er ist nicht der einzige Sünder unter uns.«

Die Mutter des Meisters berührte mit leichter Bewegung meine Stirn. »Wärest du es nicht gewesen«, sagte sie leise, »so wäre es ein anderer gewesen. Das wußte er.«

Es war alles geweissagt worden, sogar die dreißig Silberstücke, aber ich wünschte, es wäre ein anderer gewesen. Hatte er nicht auch Vergebung gepredigt? Doch zuerst mußte man bereuen, und wie bereute man etwas, das nur ein Irrtum war?

Meine Gedanken waren in Aufruhr. Wenn er nicht der war, den wir erwartet hatten, wer war er dann? Vielleicht ein zweiter Simon, ein Magier, der, wie es hieß, wie ein Vogel geflogen war? Was für ein Messia war das, für den Jude und Ungläubiger gleich waren? Sein geliebter Johannes hatte ihn den eingeborenen Sohn Gottes genannt. Doch als ihm die Sadduzäer mit der Geschichte von der mit sieben Brüdern verheirateten Witwe eine Falle stellen wollten, hatte er gesagt, im Himmel seien alle gleichermaßen die Kinder Gottes.

Ich hatte keinen Verrat begangen. Das mußte jeder erkennen, der wußte, wie alles begonnen hatte. Doch an wen sollte ich mich wenden? Meine Mutter war stets verständnisvoll gewesen – bis Rahel alles verdorben hatte. Wenn ich nur mit ihr sprechen könnte! Doch warum nicht? Wenn sie mich noch verabscheute, wäre sie nicht nach Hause zurückgekehrt.

Es war kein weiter Weg. Dennoch legte ich die ganze Strecke im Laufschritt zurück, bis ich atemlos vor dem Haus ankam. Es war ein seltsames Gefühl, an die Tür meines eigenen Hauses zu klopfen, aber ich war mir jetzt nicht mehr sicher, wie mein Empfang ausfallen würde, denn alle schienen mich mißzuverstehen. Ich war kein bar-Abbas, kein Cestus oder Dysmas. Die waren nicht so mit dem Herzen dabei gewesen wie ich.

Auf mein Klopfen öffnete ein Diener.

»Deine Mutter wird erfreut sein«, sagte er und suchte sein Erstaunen zu verbergen. »Sie hält sich in ihrem Zimmer auf.«

Ich war nicht vorbereitet, sie nach wenig mehr als zweieinhalb Jahren so verändert zu finden. Ihr Gesicht war fahl und verhärmt, ihre Augen blickten erschöpft und fern, ihre Schritte waren langsam und unsicher. »Ich bin froh, daß du gekommen bist«, sagte sie. »Ich weiß nicht, wie lange es noch dauern wird, bis ich deinem

Vater folge. Das ist alles, was ich mir jetzt noch wünsche.«

Ich trat vor, um sie auf die Wange zu küssen, doch sie wich einen Schritt zurück. »Laß dich zunächst einmal anschauen.« Offenbar war sie zufrieden mit dem, was sie sah. »Es war keine leichte Zeit für dich, nicht wahr?«

Am liebsten hätte ich mich in ihre Arme geworfen, den Kopf in ihrem Schoß vergraben und geweint wie als Kind, wenn ich mir weh getan hatte. Irgend etwas in ihrem Verhalten jedoch hielt mich zurück. Rahel stand unwiderruflich zwischen uns.

Ich sah, daß der Tisch für das Passahfest gedeckt war.

»Willst du nicht den Platz am Kopfende des Tisches einnehmen?«

Ich jedoch konnte nur an jenes andere Mahl vor vierundzwanzig Stunden denken.

»Ich muß fort«, sagte ich.

»Wohin willst du, an diesem Passahabend? Du siehst erregt aus. Bleibe doch und ruhe ein wenig.«

Ich konnte nicht mehr an mich halten. »Sie haben ihn getötet, Mutter! Die Römer haben ihn getötet, und er hat sich nicht gewehrt!«

»Wen? Von wem sprichst du?«

Ihre Stimme klang merkwürdig unbewegt.

»Von Jesus von Nazareth, dem Messia, dem Lamm Gottes.«

Sie nickte unbestimmt. »Gamaliel hat mir von ihm berichtet. Er sagt, er sei ein guter und rechtschaffener Mann gewesen. Es ist zu traurig.« Sie seufzte. »Aber es sind schwere Zeiten, und viele gute Menschen gehen dahin. Es ist gut, Juda, daß wir Pharisäer an das Leben nach dem Tod glauben. Das ist gewiß leichter als dieses Jammertal.«

Mir gefiel die Teilnahmslosigkeit nicht, die ich an ihr bemerkte; es war, als spräche ich zu einer Wand. Etwas schien in ihr gestorben, seit ich sie zuletzt gesehen hatte.

Ich blickte mich im Zimmer um.

»Und Rahel – wo ist sie?«

Ich hatte mich vor dem Wiedersehen mit ihr gefürchtet, doch

nun machte es mir nichts mehr aus, ihr zu begegnen.

»Rahel?« gab sie vage zurück. »Die habe ich seit zwei Jahren nicht mehr gesehen.«

»Wo kann sie sein?« fragte ich sie verwundert, denn Rahel hatte außer uns keine Freunde.

Sie starrte mich mit glasigen Augen an. »Rahel ist tot.«

»Tot?« Mein Herz setzte aus.

»Sie hat sich getötet.«

»Getötet? Aber warum denn nur?« Ich war so benommen, daß ich kein Wort herausbrachte, und dann wirbelten meine Gedanken wie ein tosender Mahlstrom. In meinem Entsetzen hätte ich am liebsten mit den Fäusten gegen die Wände getrommelt. »Warum sollte dieses schöne junge Mädchen ihrem Leben ein Ende machen? Sie hatte alles, wofür zu leben sich lohnt!«

Ihre Augen ruhten mit leerem Blick auf mir. »Sie starb an ihrer Schande.«

»Aber ein so schrecklicher Skandal war es doch gar nicht!« rief ich bestürzt. »Niemand außer uns wußte davon.«

»Und hoffentlich der Gott über uns, der ihr das Mitleid schenken wird, das sie auf Erden nicht fand.«

»Mutter, es war nicht meine Schuld!«

»Niemand hat dir einen Vorwurf gemacht.«

»Deine Augen sprechen mich schuldig.«

»Du verurteilst dich selbst, Juda.«

»Aber was war denn so schandbar?« Ich dachte an Maria Magdalena. »Andere haben Ähnliches erlebt und haben sich nicht umgebracht.«

Sie sah mich an, als sei ich ein Fremder.

»Sie trug dein Kind. Wie viele andere haben so etwas erlebt?«

Ich starrte sie ungläubig an; ich spürte, wie sich mir die Haare sträubten. »Mein Kind? Unmöglich!«

»Denke zurück, dann wirst du es nicht so unmöglich finden.«

»Warum habt ihr nicht nach mir geschickt?« fragte ich niedergeschlagen.

»Warum sollte sie sich zweimal zurückstoßen lassen?«

»Ich wäre gekommen, ich hätte sie geheiratet, ich hätte alles getan!«

Sie sah mich mitleidig an. »Und deine heiligen Gelöbnisse gebrochen? Hast du uns nicht deutlich erklärt, was für dich wahrhaft wichtig war?« Sie schüttelte den Kopf. »Nein, sie hat alles ertragen, was sie ertragen konnte. Laß uns darum beten, daß Gott barmherziger ist als die Menschen.«

Ich zögerte, aber ich mußte es einfach wissen.

»Wie ist sie gestorben?«

Jetzt stiegen Tränen in ihre Augen. »Spielt das eine Rolle?«

»Ich weiß nicht, warum. Aber – ja, eine sehr große.«

Ihre dünne Stimme bebte. »Sie hat sich erhängt.«

Ich zuckte zurück, wie vom Schlag getroffen.

»Möge Gott ihrer Seele gnädig sein.«

Sie schien mich nicht gehört zu haben.

»Bleibe zum Passah und geh morgen früh, wenn du willst«, sagte sie. »In dieser Nacht ist es für keinen Menschen gut, draußen zu sein.«

Ich hörte über uns den Donner, und dann bebte das Haus. Das Unwetter spiegelte meine Stimmung wider. Ich fühlte mich verletzt und geschlagen, als sei mir das Herz aus dem Leib gerissen worden. Wo konnte ich den Frieden finden, den ich suchte? Wenn ich nur seine Hand ergreifen könnte! Nur er konnte mich verstehen, doch er war unwiderruflich dahin.

Völlig benommen kam ich auf die Füße und strich mir über die schmerzende Stirn. »Ich muß gehen. Ich kann nicht bleiben, in diesem Haus. Alles hier spricht von ihr.«

Jetzt füllten die Tränen ihre Augen ganz. »Und er, den sie ans Kreuz geschlagen haben? Wohin kannst du gehen, ihn zu vergessen?«

»Du wußtest also doch mehr von ihm?«

»Ganz Israel wußte von ihm, und viele liebten ihn, aber sie liebten ihn nicht genug.« Bedrückt schüttelte sie den Kopf.

Ich machte auf dem Absatz kehrt und floh aus dem Haus. Ich konnte es nicht mehr aushalten. Meine Mutter würde ich niemals wiedersehen, das wußte ich; und auch an Rahel konnte ich nicht denken, nicht einmal in Trauer, denn ein anderes Gesicht, manchmal sanft, manchmal streng, immer aber verständnisvoll, verdrängte alles andere.

Die Straßen lagen verlassen, die Bewohner suchten Schutz vor dem Sturm und begingen den Feiertag. In jedem Haus wurde das Passahmahl bereitet, doppelt geheiligt, weil es mit dem Sabbat zusammenfiel. In Hunderten von Fenstern sah ich das Kerzenlicht. Ich hatte an der Westmauer entlanggehen wollen, wandte mich statt dessen jedoch ohne besonderen Grund nach Osten. Der Himmel war jetzt pechschwarz geworden, der Donner dröhnte nahe und unheilschwanger. Ich lief durch die finsteren Gassen, stolperte in meiner Verwirrung und rannte, bis vor mir unbestimmt die Tempelwälle aufragten. So finster war es, daß ich kaum die Türme erkennen konnte. Es waren keine Wachen auf den Mauern, denn auch sie begingen den Feiertag. Ich lief durch den Hof der Ungläubigen, der jetzt leer war. Selbst die Händler hatten ihre Verkaufsstände geschlossen und waren fort. Und dennoch lebten hier Erinnerungen: die Steine, über die er geschritten war, die Tische, die er umgestoßen hatte, und in der Halle Salomos der schattige Platz, wo er gesessen und meditiert hatte.

Ich stand allein auf dem weiten Hof und hatte das Bedürfnis, laut hinauszuschreien gegen jene, die ihn zur Schlachtbank geschickt hatten. Sie würden gerichtet werden, wie sie ihn gerichtet hatten, verflucht sein bis zum Jüngsten Tag.

»Hannas! Kajafas!« schrie ich zu den Dachzinnen hinauf. »Dieser Tempel wird über euren Köpfen einstürzen! Heimatlos werdet ihr umherziehen bis zum Tag des Jüngsten Gerichts, denn ihr habt ihn, durch den das Heil in die Welt kam, getötet. Möge Gott sich euer und der Euren bis in die kommenden Generationen erbarmen! Denn andere werden es nicht tun!«

Meine Stimme hallte laut in der Stille, und als Echo kamen auf unheimliche Weise die Worte des Propheten Jesaja zurück, mit einer Stimme wie jener, die ich vor langer Zeit am Ufer des Kidron-Flusses vernommen hatte.

»Verachtet war er und verlassen von Menschen, ein Mann der Schmerzen und vertraut mit Krankheit, wie einer, vor dem man das Antlitz verhüllt; so verachtet, daß er uns nichts galt. Die Strafe lag auf ihm zu unserem Heil, und durch seine Wunden sind wir genesen.«

Ich spürte ein Beben unter meinen Füßen. Die Steine wurden erschüttert, und der Tempel, von einem grellen Blitz beleuchtet, wankte einen Augenblick. Ich drückte mich näher an die große Mauer, wollte mich von ihr begraben lassen. Aber die Erde hörte auf zu beben, der Himmel öffnete sich und der Regen fiel, als weinten die Himmel selbst um ihn.

Noch immer regte sich kein Leben. Es war fast, als hätten sich Priester und Soldaten in den Ecken verkrochen, um ihrer gerechten Strafe zu entgehen. Aber es mußte jemand hier sein, denn es war Brauch, daß gewisse Priester und Leviten das Passahmahl im Tempel einnahmen. Vom Hof der Ungläubigen eilte ich durch den Hof Israels in den Hof der Priester hinüber, und dort entdeckte ich, als ich aufblickte, in einem Fenster ein schwaches Licht. Ich sprang die Treppe empor, an dem Raum vorbei, in dem ich mit den Hohenpriestern zusammengesessen hatte, und blieb vor einer von zwei Soldaten bewachten Tür stehen. Ich zeigte meine Ausweise. »Ich werde erwartet«, erklärte ich von oben herab.

Sie musterten mich zweifelnd, unsicher wegen meiner nassen und zerzausten Erscheinung. »Es wird euch schlecht ergehen, wenn ihr mich nicht einlaßt. Ich bringe eine dringende Botschaft.«

Die Kühnheit siegte.

Zuerst sah ich die verblüffte Miene des listigen Hannas. Er saß am Kopfende des Tisches, flankiert von Kajafas und – ausgerechnet! – meinem großen Wohltäter Gamaliel. Mich wunderte nicht einmal das mehr, aber Gamaliel besaß wenigstens so viel Anstand, zu erröten. Wie ich bemerkte, hatten sie mit dem Mahl noch nicht begonnen. Ich blickte umher und zählte – in Gedanken bei jenem anderen Abendmahl – dreizehn bei Tisch. Das schien mir eine passende Zahl für diese Gelegenheit zu sein.

Gamaliel erhob sich, und einen schrecklichen Augenblick lang glaubte ich, er wolle sich entschuldigen. Statt dessen sagte er mit einer ruhigen Würde, die ich fehl am Platze fand: »Er mußte sterben, um das Volk zu retten. Zu dieser Überzeugung war ich gelangt.«

»Wie schnell du die Seiten wechselst!« rief ich empört. »Mein Vater hätte mit diesem Doppelzüngigen nichts zu schaffen haben wollen.«

Hannas machte eine ärgerliche Bewegung, um die Wachen herbeizurufen, hielt auf einen gebieterischen Wink Gamaliels jedoch inne.

»Wenn das Sanhedrin auch keinen Finger gerührt hätte – er hätte dennoch sterben müssen, weil Rom es so wollte.«

»Rom«, erwiderte ich hitzig, »richtete ihn nicht nach erdichteten Beschuldigungen.«

»Es ist kein Platz in Israel für zwei Götter oder zwei Könige. Pilatus wußte von Anfang an, was er tun mußte.«

Ich hatte ihre Falschheit satt. »Der Römer schwankte und suchte nach einem Vorwand, um einen Unschuldigen freizugeben. Die Hohenpriester und ihre Speichellecker aber waren dagegen.«

»Glaubst du, Pilatus, der die ahnungslosen Galiläer im geheiligten Bereich des Tempels abschlachten ließ, kümmert sich ein Jota darum, was das Sanhedrin mit einem einzigen Juden macht?«

Ich merkte, wie er nach einem Ausweg suchte!

»Das war Verstellung, das weißt du genau.«

»Für wen denn, wenn es ihn nicht kümmert, was wir denken?«

Ein Schatten verdunkelte Gamaliels langes Gesicht. »Für jene, die nach ihm kommen.« Er achtete nicht des zunehmenden ungeduldigen Gemurmels am Tisch. »Er wußte, daß der Nazaräer kein gewöhnlicher Mann war und aus keinem gewöhnlichen Grund kam.«

»Und woher wußte dieser so unsensible Römer das?«

»Sie herrschen nicht, weil sie unsensibel sind, Juda. Irgendwie erfassen sie den Kern einer Sache schneller als wir.« Es klang beinahe wie ein Vorwurf. »In den gebannten Blicken seiner eigenen Landsleute konnte er sehen, was die Zukunft bringen würde, wenn er dieses Licht der Heiden am Leben ließ.«

Während Gamaliel sprach, hatte ich mich ein wenig beruhigt. »Du meinst also –« ich sagte es verächtlich –, »wenn er nur für die Juden gekommen wäre, hätte Pilatus nicht eingegriffen?«

»Höchstwahrscheinlich nicht, obwohl es ihm Spaß macht, uns zu kränken und zu quälen, wo immer er kann.«

So hatte ich es zu jenem Zeitpunkt auch aufgefaßt, doch jetzt konnte ich das nicht mehr glauben – nicht, nachdem der Meister von uns gegangen war und sie fröhlich die Befreiung eines Israel feierten, das nun auf ewig in Ketten lag.

Ich griff in meinen Rock, meine Finger glitten über das Stück Pergament, das Jesus aus der Hand gefallen war, und stießen auf den Beutel mit den dreißig Silberstücken.

»Wie könnt ihr es wagen, mir dieses Blutgeld zu geben! Ich habe in aller Unschuld gesündigt. Ich will keinen Anteil an diesem schmutzigen Geld!« Damit schleuderte ich den Beutel quer über den Tisch bis dorthin, wo mit finsterer Miene Kajafas saß. »Der soll es haben, der es verdient!« rief ich.

Einige Silberstücke rollten aus dem Beutel und fielen klirrend auf den Fußboden.

»Hinaus mit dir!« schrie Kajafas wütend. »Was kümmert es uns, daß du dich für unschuldig erklärst! Wir wissen alle, was du getan hast, und deine Gründe spielen keine Rolle, denn Taten zählen mehr als Worte. Doch dieses Geld wird niemals in die Schatztruhen zurückkehren. Denn es ist Blutgeld, und es ist ungesetzlich, diese Erinnerung an deinen Verrat aufzubewahren!«

»Meinen Verrat?« schrie ich zurück. »Ich bin unschuldig, das schwöre ich vor der ganzen Welt! Er wollte sterben, die alten Weissagungen erfüllen. Das hat er selbst gesagt!«

Jetzt kamen die Wachen, ergriffen mich bei den Armen und wollten mich hinausschleppen. In meiner Verzweiflung riß ich mich los, richtete mich hoch auf und verfluchte die Priester und Ältesten mit aller Leidenschaft.

»Möge euch eure Tat im Hals stecken bleiben, nicht nur an diesem feierlichen Abend, sondern bis ans Ende aller Zeiten!«

Dann floh ich unter gräßlichen Gedanken die Treppe hinab. So ruhelos war mein Geist geworden, daß sich mein Körper dieser Unruhe nicht entziehen konnte. Ich fing an zu laufen und lief immer weiter, bis an das Goldene Tor, das in den Garten Gethsemane führt.

Die Bäume knarrten und ächzten im Wind, doch sonst durchbrach kein Laut die Grabesstille. Ich ging auf das verlassene Lagerhaus zu, wo Josua-bar-Abbas und die anderen so kühn ihre Pläne geschmiedet hatten, Rom bis in den Tod zu bekämpfen. Unwiderstehlich zog es mich an den Ort, wo ich meinen ersten leidenschaftlichen Ruf nach Freiheit hatte ertönen lassen. Die verwitterte Tür kreischte in ihren Angeln, als ich sie öffnete, und dieses Geräusch erschreckte mich. Ich mußte meine Augen anstrengen in der Dunkelheit, dann sah ich im vorderen Teil des großen Raumes einen Schatten, der sich leicht bewegte. Nervös zuckte ich zusammen, als hätte ich einen Geist gesehen. Als ich näher kam, hörte ich einen rauhen Ton, wie von schluchzendemm schwerem Atem. Es war das erstickte Weinen eines Mannes. »Wer sitzt hier, an diesem verfluchten Ort?« schrie ich. »Erhebe dich und zeige dich mir!« Ich fürchtete mich vor niemandem, nicht vor Schatten und nicht vor Menschen, denn welchen Wert besaß mein Leben jetzt noch? Die Gestalt erhob sich. Im Schein eines Blitzes, der durch die klaffenden Löcher im Dach hereinfiel, erkannte ich den letzten Menschen, den ich an diesem verlassenen Ort erwartet hätte. Sein Rücken war tief gebeugt, er ließ die Schultern hängen, und alle Kraft schien ihn verlassen zu haben.

Er hatte den Kopf in den Händen vergraben; offenbar kümmerte es ihn nicht, daß jemand hereingekommen war.

Ich begann ihn grob zu schütteln.

»Was führt dich her, du Verräter?«

Er blickte auf, und sogar in dieser Finsternis erkannte ich in jedem Zug seines groben Gesichts die Niederlage.

Josua-bar-Abbas starrte mich ausdruckslos an.

»Keiner ist gekommen!« sagte er apathisch. »Sie sollten sich hier mit mir treffen, aber sie sind alle fort. Cestus und Dysmas am

Kreuz, die anderen gefangen und niedergemacht wie die Ratten. Du, Juda, bist der einzige Zelot, der gekommen ist. Selbst Simon Zelotes ist nicht hier, obwohl er es versprochen hat.«

Voller Entsetzen wich ich zurück. »Du Dummkopf! Ich bin nicht zur Versammlung gekommen. Der Aufstand ist mit Christus gestorben, und du hast mit deinem Verrat zu seinem Tod beigetragen!«

»Wie auch immer«, entgegnete er mit einem Aufblitzen von Feuer in der Stimme, »ich habe den Römern stets Widerstand geleistet.«

»Du hast sie alle hintergangen. Der geborene Verräter!«

»Wer bist du, daß du mich Verräter nennst?« rief er. »Du hast an ihn geglaubt und ihn dennoch verraten. Für mich war er nie mehr als ein Magier, der die Leichtgläubigen mit seiner seltsamen Begabung hypnotisieren konnte. Wäre er der Messia gewesen, er hätte uns nicht verlassen, als wir ihn zum König wollten.«

Wie vom Donner gerührt, starrte ich ihn an. So also würde die Welt mich sehen, wenn ich dieser falschen Auffassung nicht widersprach, ehe die anderen mich aus Neid wegen des Platzes, den ich bei ihm einnahm, verurteilten. Noch ehe ich diesen Ort verließ, mußte ich dafür sorgen, daß alle, die nach mir kamen, von meiner Liebe zu ihm erfuhren.

»Höre gut zu, bar-Abbas, denn eines Tages könnte man dich auffordern, Zeugnis abzulegen für Juda-bar-Simon. Dies ist mein letztes Testament, also sage ich dir noch einmal, höre gut zu!

Solange ich mich erinnern kann, träumte ich von einem Messia. Ich stand im Heiligen Tempel und betete zu Gott, daß diese meine Augen den Verheißenen noch schauen möchten. Mein Herz wurde aufgerichtet, noch ehe ich im Alter von dreizehn Jahren zum Mann wurde, denn in meiner Seele hörte ich sein Versprechen, daß ich seinen Sohn schauen würde.

Ich begegnete Josua-bar-Josef in einer kleinen Stadt am Jordan, als ich nach dem Messia suchte. Ich hatte geträumt, daß ich ihn sähe, in Schönheit und in Herrlichkeit, strahlend in seiner Heiligkeit und Göttlichkeit, und als ich ihn in Wirklichkeit sah, war ich sofort überzeugt, daß er es sein müsse.

Seinetwegen verließ ich mein Haus und meine Mutter und meinen Besitz. Ich sah seine Wundertaten und hörte seine große Stimme, und alle staunten über ihn, selbst jene, die ihn haßten. Dennoch trug er kein goldenes Zepter der Herrschaft und Macht, keinen Stab aus geschnitztem Elfenbein, und auf seinem Kopf saß keine Krone. Aber mein Herz wußte: ›Er ist gekommen!‹ Ein armer Zimmermann, sagten sie von ihm, ein Mann ohne Bedeutung, ein barfüßiger Lehrer, ein Bauer, ein bescheidener Mann. Aber wie groß war er! Wie konnte ein Angehöriger der ärmsten und niedrigsten, der verachteten Klasse, ein Nazaräer, solch eine Ausstrahlung besitzen? Zunächst zweifelte ich an ihm, denn war uns nicht verheißen worden, daß Israel bei seinem Erscheinen befreit und daß Zion erleuchtet werde wie die Sonne und daß die Welt sich ihm zu Füßen werfen und ›Hosianna!‹ rufen werde?

Niemand liebte ihn so wie ich. Keiner, der ihm nachfolgte, war, wie ich, ein Pharisäer aus vornehmer Familie. Die anderen waren armselige Menschen ohne Bildung und Familie. Ich litt Qualen, wenn sie seine Worte nicht verstanden, die zwar einfach schienen, aber dennoch tiefgründig und seltsam und dunkel waren. Ich aber verstand ihn. Es gab Zeiten, da beugten die anderen die törichten Köpfe und sprachen lautlos seine Worte nach und schüttelten die wirren Locken, er aber sah mich an und wußte, ich hatte verstanden, was er sagte.Dann brannte meine Seele vor Freude, und wir tauschten ein Lächeln, aber sein Lächeln war von Trauer überschattet. Wenn er dann den Kopf abwandte, lähmte mich eine merkwürdige Kälte, und ich überlegte, was ich ihm getan hatte. Die Herrlichkeit seines Angesichts verkündete mit ihrem Strahlen, daß dies in Wahrheit der Messia, daß dies kein einfacher Mann von der Straße, von den staubigen Plätzen Nazareths war. Dies, sagte ich mir, ist der Priester aller Priester, der Gott des Universums, der König der Könige, göttlich und auf den Thron erhoben.

Wie konnte das gemeine Volk wagen, ihn zu berühren, mit ihm zu sprechen, in seinen Spuren zu wandeln, ihn zu belästigen, ihm zu folgen, ihm seine elenden Kinder entgegenzustrecken, auf daß er sie segne, die Hände an sein Gewand zu legen? Wie konnten sie es wagen, ihn zu bitten, er möge ihre Kranken heilen? Unter ihnen befanden sich auch römische Offiziere und sogar Richter und Schriftgelehrte und sehr oft, zu meinem Erstaunen, meine lieben Mitpharisäer. Wie konnten die Niedrigen es wagen, ihm Wein und Obst und Datteln und Brot und Fisch und Fleisch anzubieten? Das war eine Beleidigung, die zu Gott schrie um Strafe für diese Lästerung. Warum ließ er sich herab, die Häuser der Zöllner zu betreten, jener von den Römern zur Qual des hungernden Israel gedungenen Unterdrücker, jener, die den Juden selbst noch das Brot vom Mund wegrissen? Sie waren Verbrecher, diese Zöllner, die ihre jüdischen Mitbürger für ein paar Sekel in Armut und Verzweiflung stürzten! Dennoch aber litt er sie und hatte Mitleid mit diesen Schakalen, diesen Verfluchten Gottes, diesen Huren Roms!

Würde Gott Mitleid mit jenen haben, die sein Volk quälten? Einmal, als ich davon sprach, antwortete er: ›Die Gerechten finden den Lohn in ihrer Seele, die Bösen aber müssen aus dem Dunkel zum Licht gehoben werden.‹ Dann sah er mich an, und wieder stand tiefe Trauer in seinen schönen Augen.

Als er von den Römern und Tempelwachen festgenommen wurde, jubelte ich, denn ich sagte mir in meinem Herzen: ›Jetzt wird er sie zurückschlagen! Jetzt wird er sich zu erkennen geben! Jetzt wird er seine Majestät entfalten und alle werden ihn erkennen! Ich habe ihn dazu gezwungen! Wenn sie ihn anrühren, werden sie sterben! Engelscharen werden herabsteigen, ihn zu beschützen, und ihn davontragen! Gott wird nicht zulassen, daß sein Sohn von Menschenhand beschmutzt wird!‹

Doch er ging willig mit ihnen. Ich sah seine Demütigung, seine Geißelung, ich hörte den Hohn der Volksmenge, hörte das Lachen des Pöbels. Und ich sah auch das Hohnlächeln von Pilatus, seine verächtlich emporgezogenen Lippen, sein Achselzucken. Ich dachte über die dunklen Bemerkungen des Pilatus nach, die er machte, ehe er sich abwandte.«

All das brach jetzt in meiner Trauer aus mir heraus, und es war tröstlich, daß ich wenigstens einen Menschen gefunden hatte, der mir zuhörte, auch wenn dieser Mensch ein Verräter war.

Als ich endlich aufblickte, sah ich, daß bar-Abbas sich nicht gerührt hatte. Er hielt den Kopf noch immer gesenkt und schien den Fußboden anzustarren. Er hatte kein einziges Wort gehört.

»Hörst du mich?« schrie ich ihn an.

Er zuckte die Achseln. »Und wer hört mich?«

»Dir hat er nichts bedeutet, nicht einmal Israel hat dir etwas bedeutet, sonst hättest du nicht dein Leben gegen das seine getauscht.«

Er stöhnte. »Er ist nicht für mich gestorben. Wenn nicht ich, so wäre es ein anderer gewesen.«

Bei diesen Worten erstarrte ich, denn dasselbe hatte seine Mutter gesagt und dasselbe hatte ich mir selbst immer wieder gesagt. Es war ein schwacher Trost, als ich es nun von den Lippen eines Schurken hörte, der sich zu entschuldigen suchte.

»Er versprach, wiederzukommen, um zu beweisen, daß es keinen Tod gebe, doch wenn er dann so machtlos ist wie zuvor, was kann er dann ausrichten in dieser grausamen, von Haß erfüllten Welt? Du warst dabei, bar-Abbas, als ich ihn nach seiner Rückkehr fragte. Erinnerst du dich nicht mehr, was er darauf erwiderte? ›Es wird aber geschehen an jenem Tag, daß der Herr seine Hand zum zweitenmal erhebt, um die Reste seines Volkes zu befreien. Und er wird ein Zeichen setzen für die Völker und wird die Verstoßenen Israels versammeln und die Verstreuten Judas von den vier Ecken der Welt zusammenbringen.‹«

Bar-Abbas sah mich mit stumpfem Blick an.

»Du suchst Vergebung, Juda, aber die wirst du nicht finden. Der einzige, der dir vergeben hätte, ist der, den du getötet hast.«

Wie konnte dieser Verräter es wagen, so zu sprechen! Denn wenn ich gefehlt hatte, so nur guten Glaubens.

»Willst du dir einen neuen Messia machen?« fragte ich ihn in Erinnerung an die Worte, die er an eben dieser Stelle gesprochen hatte.

Mit dem Schrei eines verwundeten Tieres sprang bar-Abbas auf und stürzte ohne ein Wort davon. Ich lief ihm nach, holte ihn aber nicht ein. Er war in der finsteren Nacht verschwunden. Der Garten Gethsemane schien mir auf einmal stickig. Ich konnte kaum atmen. Als ich mich umsah, stand ich im selben Olivenhain, unter einem knorrigen alten Ölbaum, wo ich ihn zuletzt geküßt hatte. Ich blickte zu den kräftigen Ästen hinauf. Hatte Rahel sich an einem solchen Baum erhängt? Ich war ebenfalls am Ende, das wußte ich. Was kann ein Mann tun, wenn ihm der Traum, dem er sein Leben geweiht hat, in einem einzigen kurzen Augenblick zerstört wird – was kann er anderes tun als sterben? Wie kann er weiter existieren, wenn das Leben seinen Sinn verloren hat und nichts als eine weglose Wüste geblieben ist?

Doch während ich hier stehe, unter dem Baum, an dem ich sterben werde, kann ich nicht anders, als mich fragen: Ist er wirklich der Messia? Ist er wirklich die Hoffnung der Menschheit, die Verheißung Gottes? Habe ich mich getäuscht, oder ist er wirklich die Wahrheit?

Bei einer zufälligen Bewegung streifte meine Hand meinen Rock, und ich entsann mich des Pergamentfetzens, der ihm auf dem Kalvarienberg aus der Hand gefallen war. Im Licht der Kerze, bei dem ich fieberhaft geschrieben hatte, sah ich mit einer gewissen Enttäuschung, daß es nur einer der Psalmen war. Während ich zum Baum hinaufsah und meinen Rock zum Knoten schlang, fragte ich mich, warum er diese Worte bei sich getragen hatte.

»Der Herr ist mein Hirte, mir wird nichts mangeln«, las ich.

»Auf grünen Auen läßt er mich lagern, zur Ruhstatt am Wasser führt er mich. Er stillt mein Verlangen; er leitet mich auf rechtem Pfade um seines Namens willen.

Und ob ich schon wanderte im finstern Tal, ich fürchte kein Unglück; denn du bist bei mir, dein Stecken und Stab tröstet mich.

Du deckst mir den Tisch im Angesicht meiner Feinde;

Du salbst mein Haupt mit Öl und schenkst mir den Becher voll ein.

Lauter Glück und Gnade werden mir folgen all meine Tage, und ich werde in des Herrn Hause weilen mein Leben lang.«

Und so starb er, den der Prophet Wunderrat, starker Gott, Ewigvater, Friedefürst genannt hatte. Doch möge niemand seinen Tod auf mein Haupt laden. Und möge, wer mich Verräter nennt, zuerst in seinem eigenen Herzen suchen, denn jedesmal, wenn ein Mensch sündigt, schlägt er einen weiteren Nagel in jenes Kreuz auf Golgatha, von den Römern Kalvarienberg genannt.

Ich gehe voller Hoffnung dahin, denn der Prophet hat gesagt, des Zunehmens des Reiches Christi werde kein Ende sein. Und so warte ich in der Hoffnung, zu ihm zu gelangen, auf die Zeit, da die Erde beben und die Berge ins Meer fallen und wir sein Zeichen abermals am Himmel sehen werden.

Dann werden wir wissen, daß er bei uns ist, und alle Menschheit wird sich freuen, selbst inmitten der Zerstörung, denn die letzte Schlacht wird ausgetragen werden an einem Ort namens Harmageddon, und der letzte Feind, der vernichtet wird, wird der Tod selber sein. Dann werden alle Menschen wissen, daß er das Kreuz erwählt hat zu unserem Heil und um uns das ewige Leben zu zeigen. Dies ist mein Testament, und so einer einen Teil davon hinwegnimmt, soviel soll von seinem eigenen Leben hinweggenommen werden. Ich komme zu dir, Gott, wie Jesus kam. Nimm mich auf, Herr, denn ich habe gesündigt in meinem Stolz und wußte nicht, was ich tat. Möge Jesus Christus mit allen sein, wie er mit mir war. Amen.

Epilog

Maria aus Magdala hatte seit der Hinrichtung vor zwei Tagen nicht mehr geschlafen. Trauer und Niedergeschlagenheit hatten sie überwältigt. Sie saß auf ihrem Bett, nagte an ihren Handknöcheln, den Kopf gesenkt, daß das Haar ihr wie ein glattbrauner Vorhang ums Gesicht fiel, die Züge ausdruckslos wie die eines

Steins in der Wüste, der durch die Jahrhunderte von scharfen Winden und Sand geschliffen wurde. Seit jenem schrecklichen Tag vor dem Passahfest hatte sie weder gegessen noch getrunken. Die Sonne kam, die Sonne ging; draußen vor ihrem kleinen Haus ertönten Stimmen, die klagenden Laute der Kamele, das Klappern von Eselshufen, der ferne Ruf einer Trompete, Männerlachen, Kindergeschrei, das Schlurfen der Frauen auf den Steinen. Einige Male wurde an ihre Tür geklopft; sie beachtete es nicht. Die Laterne an ihrem Bett flackerte; dann ging sie aus, und Dunkelheit kroch in den Raum. Sie saß im Finstern und bemerkte es nicht.

Dann, als hätte sie eine gebieterische, geliebte Stimme gehört, erwachte sie aus ihrer Trance und blickte sich um. Es wurde bereits wieder dunkel; die Laterne war kalt und tot. Sie erhob sich und warf ihr wirres Haar zurück. Noch immer konnte sie nicht denken, war ihr Sinn ziellos. Sie sah ihre beschmutzten Hände und spürte das Knirschen von Sand zwischen den Zähnen. Sie wusch sich, ohne nachzudenken, in dem warmen, abgestandenen Wasser der Schüssel neben ihrem Bett. Sie zündete die Laterne an; es war, als bewege sie sich im Traum. Doch das Echo der gebieterischen Stimme hallte in ihrem leeren Geist, und sie gehorchte ohne Zögern. Die Lampe strömte einen unangenehmen verräucherten Geruch aus, und ihr schwacher Schein streifte rastlos durch das kleine Gemach, als suche er etwas und wisse selbst nicht was. Es klopfte, und ihre bleiernen Beine setzten sich automatisch zur Tür in Bewegung. Aber es war niemand draußen, nur die Dunkelheit und das ferne rote Flackern der Fackeln. In der Nähe weinte eine Frau oder ein Kind.

Sie bewegte sich schwerfällig, nahm ihre Laterne und verließ das Haus. Mit zusammengekniffenen Augen blickte sie zum Himmel empor; der Mond begann im Westen unterzugehen. In wenigen Stunden würde es Morgen sein. Morgen, dachte sie wie gelähmt. Was ist mir morgen, da ich doch tot bin? Wieviel Zeit war vergangen? War dies der zweite oder der dritte Tag, seit ihr Leben dahingegangen, da das Universum nur noch ein leerer, unbewohnter Schädel war? Ihre Füße trugen sie unbewußt in eine Richtung, die sie nicht willentlich eingeschlagen hatte. Die Häuser ringsumher waren verschlossen und ohne Licht, und es waren weder Stimmen noch Schritte zu hören. Gedämpft vernahm sie die Trompeten der Römer auf den Mauern Jerusalems; sie verkündeten die Stunde. Von den römischen Garnisonen dröhnte, wie Donner, ein Trommeln herüber.

Mit gesenktem Kopf und schweren Schritten ging sie weiter; um sie herum war nichts als Schatten. Die Laterne in ihrer Hand schwankte; der Umhang umhüllte ihren Körper wie ein Totenhemd, die Kapuze verbarg ihr ausdrucksloses Gesicht. Lange Zeit war sie so gegangen, dann plötzlich war ihr, als bräche die Welt über sie herein, und sie mußte aufschreien vor großem Schmerz. Fast hätte sie ihre Lampe fallen lassen.

Sie stand in dem wilden, dunklen, einsamen Garten, nicht weit von dem Grab, wo in nach Ölen und Gewürzen duftenden Gewändern ihr Leben zur Ruhe gebettet worden war. Wie lange war es, daß dies geschah? Menschenalter? Die römischen Soldaten hatten den riesigen Stein johlend und schwitzend vor die dunkle Öffnung gewälzt, und sie hatte mit den anderen zusammen voller Verzweiflung zugesehen und sich schließlich abgewandt, weinend, doch ohne ein einziges Wort zu sagen.

Jetzt blieb sie stehen und sah sich mit neuem Schmerz, neu erwachender Aufmerksamkeit um. Der gedunsene Mond, der sich über den Bergen im Westen zu einem hellen Gelb verfärbt hatte, warf sein Licht auf die schwarzen Zypressen, die belaubten Sykomoren, die Karobs, die vereinzelten, halbwilden silbrigen Olivenbäume, die geborstenen Mauern, die Myrthen mit ihren purpurnen Blüten, die Sandwege, die windgebeugten Palmen, und sandte lange, dichte Schatten über das wirre, hohe Gras. Hier war alles Einsamkeit und Verlassenheit; nicht einmal ein Nachtvogel rief. Sie konnte die safrangelben Stadtmauern erkennen, geschwungen, uralt, und in der Ferne die vom Mondlicht zitronengelb gefärbten Säulen des Tempels.

Schrecken ergriff sie, aber sie konnte nicht umkehren. Wie gebannt starrte sie zu dem Grab hinüber. War es nur ihre Einbildung an diesem unheimlichen Ort, daß sie ein schwebendes Licht durch die Baumstämme zu sehen glaubte? Sie wußte, daß das Grab von Soldaten bewacht wurde, damit die Anhänger des Herrn den Leichnam nicht stehlen und dann behaupten konnten, er sei auferstanden. Aber nur sie hatte voller Qual erkannt, daß nicht einmal seine Jünger und Apostel aufrichtig an seine Göttlichkeit glaubten. Hatten sie nicht geschlafen, als er sie im Garten Gethsemane um ihren Trost und Beistand bat? Hatten sie ihn nicht, aus Müdigkeit oder Trägheit, verlassen? Auf welch einer schwachen Erde hatte er seinen Altar errichtet? Schauernd flüsterte sie vor sich hin: »Glaube ich?« Sie wußte keine Antwort darauf. Sie konnte ihren Blick nicht von dem fernen Licht losreißen, das an Kraft und Größe zugenommen zu haben schien. Es war nicht rot und flakkernd und konnte daher nicht von den Feuern und Fackeln der Soldaten ausgehen; und es war nicht der Schein des Mondes.

Sie merkte, daß sie sich unwillkürlich darauf zu bewegte. Sie hörte ihr Herz in der Kehle und in den Ohren klopfen; ihr Körper zitterte. Jetzt fürchtete sie sich nicht mehr so sehr vor dem Licht. Es zog sie an, zwingend. Sie erreichte den Rand der Lichtung in dem wilden Garten, der außerhalb der Stadttore lag, und was sie dort sah, ließ sie erstarren und erfüllte sie mit heiliger Furcht und Scheu.

Denn das Grab strahlte in weißem Licht, während ringsumher alles in Dunkelheit lag. Bebend und wie gebannt trat Maria einige Schritte vor, bis ihr Fuß an etwas stieß und sie voller Entsetzen zurückzuckte. Jetzt erst sah sie, daß die Soldaten im Gras lagen, gefallen wie vom Blitz getroffen. Sie war im Dunkeln mit dem Fuß an einen Soldaten gestoßen, aber er war nicht davon erwacht. Ihr erster wirrer Gedanke war, daß sie vor Trunkenheit alle schliefen, ein junges Gesicht unmittelbar vor ihr jedoch war das eines Mannes in tiefer Trance, der nur noch kaum wahrnehmbar atmete.

Benommen hob sie den Blick und entdeckte jetzt erst die schwarz gähnende Öffnung des Grabes, sah mit ungläubigem Staunen, daß der Stein fortgewälzt worden war. Aufkeuchend hob sie die eiskalte Hand an den Mund.

Dann fuhr sie herum und begann zu laufen, schnell und ziellos, fort von dem Grab in die Dunkelheit, die Arme ausgestreckt, damit sie nicht fiel, die Kapuze auf die Schultern gerutscht, die Haare fliegend, die Augen weit aufgerissen vor Angst. Sie lief blindlings weiter auf der Suche nach dem Haus von Simon Petrus. Steine und Kiesel verletzten ihre Füße; abgebrochene Dornenzweige krallten sich in ihren Umhang. Jetzt erhellte nur noch das gelbe Mondlicht ihren Weg. Kalte Tropfen rannen ihr über die Wangen; sie weinte und stöhnte in ihrer Angst.

Endlich erreichte sie das gewundene Gäßchen, in dem die elende Hütte von Simon Petrus lag. Durch einen zerfetzten Vorhang schimmerte ein Lichtschein. Ungestüm schlug sie mit den Fäusten an die rauhe Tür und rief: »Simon Petrus! Simon Petrus! Mach auf!«

Drinnen hörte sie Gemurmel, angstvolles Gemurmel; dann wurde die Tür vorsichtig geöffnet und zeigte das verhärmte Gesicht von Simon Petrus mit dem wilden schwarzen Bart. Hinter ihm auf dem Bett sah sie den schlanken, jugendlichen Johannes sitzen, das hübsche Knabengesicht von Trauer und Tränen verzerrt. Er hob den Kopf, starrte sie im schwachen Lampenschein an und richtete sich ein wenig auf.

»Maria!« sagte Simon Petrus, der sich die trockenen Lippen rieb. »Was ist? Warum kommst du?«

»Sie haben den Herrn aus dem Grab weggenommen, und wir wissen nicht, wo sie ihn hingelegt haben!« antwortete sie weinend.

Simons Hand sank vom Mund herab. Er starrte sie an, als habe er eine Wahnsinnige vor sich. »Woher weißt du das?«

»Ich war dort, im Garten, und ich sah das Grab . . .« Ihre Stimme erstickte. Sie rang die Hände. »Es war ein großes Licht darauf . . . Ich konnte es sehen! Die Soldaten . . . sie schliefen oder waren betrunken oder tot! Und der Stein . . . der Stein . . . war fortgerückt worden . . . Er lag nicht vor der Graböffnung . . . Sie hatten ihn fortgenommen!«

»Wer hat ihn fortgenommen?« erkundigte sich Petrus. Seine

braunen Wangen waren bleich geworden.

Wieder rang sie erregt die Hände. »Ich weiß es nicht!« rief sie verzweifelt. »Aber sie haben es getan. Sie haben den Herrn weggenommen!«

Verwirrt und stumm wandte sich Simon nach Johannes um, der aufgestanden war und auf sie zu kam. Dann betrachteten sie beide die aufgewühlte junge Frau, ihr verzerrtes weißes Gesicht und ihre Tränen.

»Das kann gewiß nicht sein«, sagte Johannes mit vom Weinen rauher Stimme. »Er ist tot. Was könnten sie mit seinem Leichnam anfangen? Ein Scherz. Ein übler Scherz.« Er streckte die Hand nach einer Laterne aus. »Laßt uns zum Grab gehen«, schlug er vor.

Gemeinsam liefen die drei durch die dunklen, hügeligen Straßen, vorbei an geschlossenen Läden und verborgenen Fenstern. Von den Steilufern unterhalb der Stadtmauern kam plötzlich das Heulen der Pariahunde und Schakale. Eine römische Trompete verkündete die Stunde. Ein aromatischer Wind erhob sich, beladen mit warmem Staub. Johannes eilte ihnen schon bald voraus. Simons Sandalen dröhnten schwer auf dem Pflaster, das unter dem Mondlicht glänzte. Maria stolperte zerzaust und keuchend hinter den beiden her.

Gemeinsam liefen sie durch den Garten, so überwältigt von der Nachricht, daß sie die Soldaten kaum bemerkten. Sekundenlang blieben die beiden Männer wie erstarrt stehen, als sie sahen, daß der riesige Stein tatsächlich vom Grab fortgewälzt worden war. Johannes hielt die Laterne empor. Angstvoll bewegte er sich auf das Grab zu und blickte hinein, während Simon und Maria zitternd danebenstanden. Johannes bückte sich, um besser hineinsehen zu können: Der Steinsockel, auf den sie den Herrn gebettet hatten, war leer! Er wollte seinen Augen nicht trauen. Langsam, suchend bewegte er die Laterne hin und her und ließ ihren Schein dann wieder auf den Sockel fallen. Kein Leichnam lag dort, nur die Grabbinden und das weiße Leinentuch, das man ihm über das Haupt gedeckt hatte.

Simon schob Johannes grob zur Seite, um sich mit eigenen Augen zu überzeugen. »Es ist wahr«, murmelte er betroffen. »Er ist nicht hier.«

Die beiden Männer blickten einander an und verließen dann hastig die Grabstätte. Maria Magdalena hatten sie vergessen. Bald war das Geräusch ihrer Schritte verklungen, das Laternenlicht verloschen, und sie war allein und von Furcht erfüllt. Verzagt näherte sie sich der Graböffnung, wo sie wie angewurzelt stehenblieb, überwältigt von einem so großen Entsetzen, wie sie es noch nie erlebt hatte. Sie mußte sich zwingen, sich zu bücken und ins Grab hineinzublicken.

Und sie sah dort, was weder Simon noch Johannes gesehen hatten: zwei große, weiße Gestalten, eine am Kopfende des Sockels, die andere am Fußende, die Grabtücher zwischen sich. Es waren männliche Gestalten, in schimmerndes Licht gekleidet, aber sie waren größer als Menschen, und ihre Gesichter waren wunderschön und erhaben, weit entfernt von aller Menschlichkeit und so reglos wie aus Alabaster. Sie betrachteten sie lange schweigend, während sie, wie gelähmt, dastand.

Dann begann einer zu sprechen, und seine Stimme klang wie ferner Donner. »Frau, warum weinst du?« Seine Worte klangen mitleidig, aber es war keine menschliche Stimme.

Stammelnd, an den Rand der Graböffnung geklammert, antwortete sie: »Weil sie meinen Herrn weggenommen haben und ich nicht weiß, wo sie ihn hingelegt haben.« Ihr Entsetzen wuchs, denn sie spürte, daß sie es mit etwas Nicht-Menschlichem zu tun hatte, und die strengen Gesichter ängstigten sie.

Es war diese Angst, die ihr die Kraft verlieh, zum Grab hinaus auf die Lichtung zu laufen, immer weiter, stolpernd und schluchzend. Schließlich konnte sie nicht mehr. Wieder einmal war sie gestürzt und schaffte es nur noch, sich auf die Knie aufzurichten; ihre Kehle brannte wie Feuer, ihre Hände waren von scharfen Steinen zerschnitten. Sie bedeckte die Augen, um das Licht des schrecklichen Mondes nicht mehr sehen zu müssen, und rang nach Atem. Dann hörte sie, angstgeduckt, das Rascheln eines Busches und sehr leichte Schritte. Sie ließ den Zipfel ihres Umhangs von den Augen sinken und blickte sich mit neuem Schrecken um. In ihrer Nähe stand ein hochgewachsener dunkler Schatten.

Eine Männerstimme fragte sanft: »Frau, warum weinst du? Wen suchst du?«

Die Stimme war voll Mitleid und Freundlichkeit, aber sie klang sehr fern, und Maria meinte, es müsse wohl einer der Gärtner sein. Sie versuchte sich zusammenzunehmen, konnte aber sekundenlang kein Wort herausbringen. Endlich stieß sie flüsternd hervor: »Herr, wenn du ihn weggetragen hast, sag mir, wo du ihn hingelegt hast, so will ich ihn holen.«

Ein kurzes Schweigen entstand. Nicht mehr so furchtsam, neigte sich Maria näher zu dem Schatten hinüber.

Da sagte er: »Maria!«

Sie konnte nicht glauben, was sie gehört, konnte nicht glauben, wer da gesprochen hatte. Sie wollte aufstehen, sank aber auf die Knie zurück, das Gesicht voller Freude, die Hände gefaltet, den Kopf zurückgebogen, mit bebendem Mund.

»Rabbi!« rief sie und streckte die Hände nach ihm aus, um sein Gewand zu ergreifen. Jetzt sah sie seine Erscheinung deutlicher, strahlender. Er aber wich vor ihren ausgestreckten Händen zurück.

»Rühre mich nicht an!« sagte er. »Denn ich bin noch nicht zum Vater aufgestiegen. Und zu meinem Gott und deinem Gott.«

Da ging Maria hin und berichtete den Jüngern, daß sie den Herrn gesehen habe und er habe ihr etwas gesagt. Später am Abend desselben ersten Wochentages, als die Jünger aus Furcht vor ihren Feinden bei verschlossenen Türen beisammensaßen, kam Jesus und trat in ihre Mitte. Er zeigte ihnen seine Hände und seine Seite. Da frohlockten die Jünger, daß sie den Herrn sahen, obwohl sie ihn nicht berühren konnten.

Aber nicht alle waren überzeugt, daß er von Fleisch war. Thomas, der nicht dabei gewesen war, gab später seinen gewohnten Zweifeln Ausdruck. »Wenn ich nicht die Nägelmale sehe und meine Hand an seine Seite legen kann, werde ich nicht glauben.«

Acht Tage später trat er wieder in ihre Mitte, und als hätte er die

Worte von Thomas gehört, sagte er: »Lege deine Finger hierher und sieh hier meine Hände, und nimm deine Hand, lege sie hier an meine Seite – sei nicht ungläubig, sondern gläubig!«

Da kniete Thomas nieder und antwortete: »Vergib mir, mein Herr und Gott, daß ich gezweifelt habe.«

Jesu Antlitz war wie ein Geist. »Weil du mich gesehen hast, Thomas, bist du gläubig geworden. Heil denen, die, ohne zu sehen, zum Glauben kommen!«

Die anderen fielen ebenfalls auf die Knie, doch er hob sie mit einem Lächeln auf. Dennoch, obwohl sie ihn sahen, fiel es ihnen schwer, zu glauben, denn sie waren mit den Grenzen ihres Geistes geschlagen. Und so sprach er abermals zu ihnen. »Das sind die Worte, die ich euch gesagt habe: Es muß alles zur Erfüllung kommen, was im Mose-Gesetz und in den Propheten und Psalmen über mich geschrieben ist. Auf daß der Mensch die Wahrheit der Schrift und Gottes Wort erkenne, muß der Messias leiden und am dritten Tage von den Toten auferstehen; nun soll in seinem Namen allen Völkern Umkehr verkündigt werden zur Vergebung der Sünden – angefangen von Jerusalem aus.«

So führte er sie bis nach Bethanien hinaus, in das Haus von Martha, Lazarus und Maria; dann hob er die Hände und segnete sie. »Ich verweile nun nicht länger, sondern lasse euch das Werk weiterführen.«

»Wann werde ich dich wiedersehen?« fragte ihn Petrus.

»Wenn deine Hände ausgestreckt sind und du gebunden weggeführt wirst, dahin, wo du nicht hingehen willst.«

Da wußten sie, was er für Petrus voraussah.

Petrus rief: »Ich würde freudig sterben, um bei dir zu sein!«

»Wenn du glaubst«, antwortete Jesus, »wirst du durch meinen Namen ewig leben.«

Und dann fragte sie, die ihn so liebte: »Wie lange wirst du bei uns bleiben, Herr?«

»Ich komme jetzt nur, auf daß jene, die nicht glauben, in die Welt hinausgehen und der gesamten Schöpfung die Heilsbotschaft verkündigen. Aber ich werde mich wiederum zu erkennen geben, wenn sich die Herzen der Menschen gegen Gott verhärtet haben und eine Tyrannei des Geistes die Welt verdunkelt. Dann, inmitten von Zerstörung und Chaos, sollt ihr mich finden. Doch nicht, ehe sich alle dem Vater unterworfen haben und wissen, daß er den Verheißenen für das Heil nicht ihrer, sondern seiner Welt gesandt hat. Wenn sie am dunkelsten und verwirrtesten ist, wenn die Menschen die Hand gegeneinander erheben und die ganze Erde bebt – dann wird sie wissen, daß er naht.«

Leseprobe

Iris schrieb ihrem Sohn Lucanus:

»Es ist fast vier Jahre her, seit wir uns das letzte Mal gesehen haben, mein lieber, teuerer Sohn, und Du hast Dir unentwegt immer neue Ausreden für Dein Fernbleiben von Rom erdacht, wo es, wie ich zugeben muß, nicht so schön ist wie in Syrien. Aber wir leben ruhig auf unserem Landgute, genießen den Frieden des Abends und den Kristallglanz des Morgens. Das genügt mir. Deine Schwester Aurelia wird bald drei Jahre alt sein, und sie ist unser Herzblättchen, mit ihrem Goldhaar und ihren Augen, die so samtbraun sind wie das Mittelstück einer Maßliebchenblüte. Sie kann von Diodorus, ihrem Vater, in ihrer kindlichen Hartnäckigkeit das Unmöglichste verlangen; er wird jeden ihrer Wünsche, ohne auf meine Widerrede zu achten, sofort erfüllen. Dein Bruder Priscus ist Aurelias liebster Spielgefährte und wird von ihr tyrannisiert, was er mit der gutmütigsten Belustigung über sich ergehen läßt. Dein jüngster Bruder, Gaius Octavius, nach Deines Vaters altem Waffengefährten benannt, ist fast ein Jahr alt und ein sehr ernstes Kind, mit meinen blauen Augen und Vaters gesetzter Miene. Er lacht selten; am liebsten kriecht er auf dem Rasen umher und nimmt jeden Grashalm genau in Augenschein. Er wird bestimmt ein Philosoph. Hätten wir bloß noch meinen Sohn Lucanus bei uns, so wären wir die glücklichsten aller Sterblichen. Aber Du entkommst uns nicht! In drei Monaten hast Du keine Ausrede mehr; da verläßt Du Alexandria – als Arzt!

Im letzten Jahr hat sich bei Diodorus eine gewisse Unrast gezeigt. Ebensosehr wie ein Mann des Denkens ist er ein Mann der Tat. Lange war er zufrieden mit seiner Bibliothek, seinen Öl- und Palmenhainen, seinem Garten, seinen Feldern und seiner Familie. Philon hat uns besucht, der jüdische Philosoph, den man in Rom sehr schätzt und bewundert, und die beiden haben bis zum Morgengrauen ununterbrochen miteinander geredet. Seitdem hat Diodorus angefangen, vor sich hinzubrüten und mehrmals im Monat Rom zu besuchen. Von dort kommt er immer in sehr gereizter Laune heim und mit jedesmal frisch angefachter Empörung. Wenn ich ihm sage, daß ein einzelner Mensch nie die Welt retten oder ummodeln kann, so macht ihn das nur noch reizbarer. Oft höre ich ihn in der Bibliothek fluchen, und einmal hat er eine ganze Anzahl Bücher an die Wand geworfen und ist stundenlang hin und her gestapft. Aber zu mir, seiner Frau, und zu unseren Kindern ist er sanft wie eine Taube. Wenn Du uns besuchst – und ich bete zum Himmel, daß Du dann bei uns bleibst –, wird es Dir vielleicht gelingen, seine düstere Miene aufzuhellen und ihn zu trösten.«

Iris' Brief glühte von inniger Liebe, von Zufriedenheit, von Besorgtheit um die Familie. Lucanus spürte das alles, und er wanderte ruhelos in dem ausgedehnten Garten neben der großen Marmorkolonnade. Der Fußboden dieser Säulenhalle war aus dunkelgelbem Marmor; aber die doppelte Reihe ionischer Säulen stieg weiß schimmernd wie gerillter Schnee vom Boden zu dem weißen Dach.

Zwei Männer schritten dort jetzt im Abendrot auf und ab, der eine ein hochgewachsener Student in ehrerbietiger Haltung, der andere der untersetzte und geiergesichtige Mathematiklehrer Claudius Vetilius. Das goldene Licht umstrahlte die beiden Spaziergänger zwischen den Säulen. Manchmal blieb der Lehrer stehen, um lebhaft zu gestikulieren, und seine schrille Weiberstimme bereitete den friedlichen Vögeln und insbesondere dem in einiger Entfernung umherwandernden Lucanus Pein. Claudius Vetilius mochte keinen seiner Schüler, schon gar nicht diesen Lucanus, der unter allen Studenten der beste Mathematiker war und trotzdem hartnäckig darauf bestand, Arzt zu werden.

Wenn Lucanus daran dachte, mußte er lächeln. Jeder Lehrer hielt sein Fach für das allerwichtigste und alle anderen Fächer für zweitrangig,; eine Ausnahme machte da nur Joseph ben Gamliel, nach dessen Meinung Gott das allein Wichtige war, während alle Künste und Wissenschaften und Erkenntnisse, wie die Straßen des allgegenwärtigen Rom, nur zum gleichen Ziele, zu einem besseren Verständnis Gottes und zur Gottesstadt führten. Aber Joseph ben Gamliel war ja Jude.

Die Hochschule bedeckte acht Morgen Land, als annähernd rechteckige Agora inmitten riesiger tropischer Gärten; alle vier Seiten wurden von Säulenhallen gebildet, vor denen einer jetzt Lucanus stand. Für jedes Wissensgebiet gab es eine eigene, von den Gärten und den Säulenhallen aus durch einen gesonderten Flur zugängliche »Schule«, so die Schulen für Demokratie, Philosophie, Medizin, Mathematik, Kunst, Architektur, Drama, Naturwissenschaft, für ethische, didaktische und elegische Dichtung, für Grammatik, Sprachen und Philologie, für Geschichte, Astronomie und Literatur. Es bestand auch eine Verwaltungsschule für junge Römer, die in den öffentlichen Dienst treten wollten, ein von wachsamen ägyptischen Lehrern betreutes Museum, die berühmteste Bibliothek der Welt, ein Odeum oder Konzerthaus und außerdem der Agora selbst ein Theater für hoffnungsvolle junge Dramatiker und ein Pantheon.

Jeder Lehrer betrachtete seine eigene Stoa als Behausung der höchsten Weisheit – und als Schulungsstätte für die dümmsten, eines solchen Mentors unwürdigen Studenten. Nur Joseph ben Gamliel kannte Demut, und seine Schule der orientalischen Religionen war die einzige Oase des Friedens, eines Friedens, der nicht von großsprecherischen Tiraden gestört wurde und auch nicht von Flüchen gegen schafsköpfige Studenten, die immer wieder zum Hades geschickt wurden und den Rat erhielten, die Ziegelbrennerei oder irgendein noch niedrigeres Handwerk zu erlernen. Im allgemeinen fanden die Lehrer nichts daran, aus Leibeskräften zu schreien: »Meine tölpelhaften Studenten und ich erinnern an Laokoon vor den Mauern Trojas. Wer wird mich aus der Umklammerung dieser Schlangen befreien?« Joseph ben Gamliel dagegen sagte freundlich: »Wir wollen gemeinsam Gott betrachten und Seinen hehren Ratschlüssen auf die Spur zu kommen versuchen.«

Lucanus, der sich inzwischen auf eine Marmorbank mitten im Garten gesetzt hatte, rückte unruhig hin und her, wenn er an Joseph ben Gamliel dachte. Er allein fand bei den Vorträgen dieses Lehrers keinen Frieden. Oft wunderte er sich in düsterer Stimmung darüber, weshalb Joseph so häufig gerade ihn für ein Zwiegespräch in den Gärten auswählte.

Die Schulgebäude hinter den Säulenhallen entzogen den Blicken das Meer; aber Lucanus hörte die nie verstummenden Wellen zu dem goldenen Licht und zum Himmel sprechen. Warum entfernte sich bloß dieser Claudius Vetilius, dessen schrille Stimme ständig den schweigenden Studenten anwimmerte, nicht endlich, damit Lucanus im Garten die einzige ihm zugängliche Art von Seelenruhe fände?

Rings um ihn dehnten sich die weitläufigen Gartenanlagen, von Springbrunnen melodisch erklingend, von Blumenbeeten bunt belebt, leise knarrend vom Schwanken der Palmen, erfüllt vom Murmeln des Meerwindes, eingehüllt in den Zusammenklang der Rufe und Lieder und des schläfrigen Schilpens der Vögel. Die dunkelhäutigen Sklaven, die zu den Brunnen um Wasser kamen, mit Tonkrügen auf den Schultern; die Sklaven, die nach den goldenen Fruchtgehängen der Dattelpalmen langten und sie in Körbe warfen; die Sklaven, die zwischen den Blumenbeeten die roterdigen Gartenwege harkten – sie alle störten Lucanus nicht. Sie gehörten mit in die natürliche Tier- und Pflanzenwelt. Ihre dunklen Gestalten bildeten schöne Gegenstücke zu den vielen großen Statuen von Göttern und Göttinnen, Gelehrten und Philosophen, die in weißer, eindrucksvoller Anmut über ihre Lauben ragten und mit Würde und Hoheit die Gärten überschauten. Der Duft von Rosen, Lilien und Jasmin und andere starke Wohlgerüche schwebten wie unsichtbare Duftgewebe in den Lüften des frühen Abends.

Leseprobe aus:

Taylor Caldwell

Lukas – der Medicus Gottes

Roman

Die Mutter des Widerstands

Jane Pejsa

Mit dem Mut einer Frau

Ruth von Kleist-Retzow
Matriarchin im Widerstand

Paperback
448 Seiten
Zahlr. Abbildungen
ISBN 3-87067-759-7

Geboren in gräflichem Hause in Schlesien erlebt Ruth eine romantische Kindheit und Jugend. An der Seite ihrer großen Liebe, Jürgen von Kleist-Retzow, lernt sie später jedoch auch die harte Schule preußischer Treue und Pflichterfüllung kennen. Früh verwitwet lastet auf der jungen Frau die Last eines großen Gutsbetriebs und die Erziehung von fünf Kindern in schwieriger Zeit. Mit Mut und Gottvertrauen stellt Ruth sich den Anforderungen und wird für viele Menschen, die sich im Widerstand gegen Hitler formieren, zur mütterlichen Leitfigur.

Der Autorin gelingt es in diesem Lebensbild, den Weg dieser ungewöhnlichen Frau spannend, informativ und zugleich unterhaltsam nachzuzeichnen.

Brendow
Buch · Kunst · Verlag